치우천왕기 ⑥

치우천왕기 ⑥

자오지 한웅 —이우혁 장편소설

엘릭시르

차례

비황(飛蝗)

메뚜기에는 기묘한 변태 과정이 있다.
보통 메뚜기는 초록색을 띠고 덩치도 큰 편이 아니며 온순하고 겁이 많다.
그런데 이 초록색의 작은 메뚜기가 일정 숫자를 넘어 좁은 곳에서
조밀하게 붙어 성장하면, 색이 누렇거나 검게 변하며 덩치도 커지고
날개와 아래턱이 강하게 발달한다. 날개가 길어져 장거리를 비행할 수 있고
무엇이든 갉아 버릴 수 있게 턱이 발달하는 것이다.
결국은 일제히 날아올라 지나는 길에 있는 모든 것을 갉아 먹는다.
이 메뚜기 떼를 일컬어 '비황'이라 한다.

화산에서 말로 달려 사흘 거리에 있는 지나족의 한가로운 작은 촌락은 아침 해가 채 드리워지기도 전인 새벽부터 웅성거리기 시작했다. 늙은 부족장이 마을의 모든 남자들을 급히 불러 모았기 때문이다.

"어젯밤에 좋지 못한 꿈을 꾸었다. 위험한 일이 생길 것 같은 기분이야. 마을 주변에서 뭔가 이상한 것을 보거나 무슨 낌새를 느낀 사람은 없느냐?"

부족장은 현명한데다가 잘 맞는 꿈을 꾸기로 유명한 사람이었다. 부족장이 그런 꿈을 꾸었다면, 정말로 뭔가 일이 생긴다고 모두 믿었다. 그들은 놀라서 마을에 위험한 요소가 될 수 있는 낌새가 있는지 생각해 보고, 옆 사람에게 다그쳐 묻기도 했다. 그러나 이상한 것은 없었다. 날씨도 맑고 큰비도 없어서 조금 있으면 수확될 좁쌀과 수수 난알도 잘 영글고 있었다. 큰바람이나 지진의 낌새도 없었고 무서운 동물이나 귀신이 나타난 일도 없었다. 남자들은 의논을 하다가 평소와 다른 점을 찾지 못하자 그들 중 한 사람이 조심스레 부족장에게 말했다.

"부족장님. 이상한 것은 없는 것 같습니다만……."

부족장은 길게 늘어뜨린 흰머리를 세차게 저으며 말했다.

"아니다. 그럴 리 없다. 하늘은 재앙을 내리실 때 징조를 알려 주시는 법이다. 우리가 보고도 넘기는 것 속에 징조가 숨어 있는 법이다. 더 생각해 보아라!"

그때 무리의 가장자리에 섰던 애티를 벗지 못한 한 소년이 손을 들고 쭈뼛거리듯 말했다.

"저…… 별것 아닌 것 같습니다만……."

옆의 수염을 잔뜩 기른 중년의 남자가 눈을 흘겼다.

"장가도 안 간 어린것이 어딜 나서?"

부족장은 남자를 제지하며 말했다.

"무어냐? 별것 아닌 것이라도 좋다. 본 대로 말해 보거라."

소년은 주눅이 든 것 같았으나 조심스럽게 말했다.

"정말 별것이 아닐지도 모르는데요……."

"말해 보라고 했다!"

"그저께…… 토끼를 쫓아 동쪽 산을 넘다가 너무 멀리 가서 밤이 되어 버렸어요. 그래서 나뭇가지 위에 올라가서 잤습니다. 그런데 아침에 눈을 떠 보니 맞은편의 산이 이상해 보였어요."

"산이 이상해?"

"예……. 산이 새파랗게 보여야 하는데 이상하게 누렇더군요. 신기하고 이상하기도 했는데…… 집에 서둘러 오려고 그냥 와 버렸어요. 별것 아닐 수도 있습니다만…… 정말 생각나는 것이 그것 한 가지뿐이라서요."

"그게 다냐?"

"자다 깨서 눈에 눈곱이라도 끼었나 보구나."

어른들은 비웃듯 대수롭지 않게 여겼으나 부족장은 달랐다. 부족장은 긴장된 표정으로 소년에게 다시 물었다.

"산이…… 산이 누렇게 되었다고?"

"예. 먼 곳의 다른 산은 안 그런데 그 산 전체가 누렇게 변한 것 같았어요. 눈곱이 낀 건 아니라고요."

부족장은 어깨를 덜덜 떨기 시작했다. 근처의 다른 어른들은 부족장의 변한 안색을 보고 웃음을 거두며 정색을 했다. 마침내 부족장이 기운 없는 목소리로 말했다.

"우리 마을에 먹을 것은 얼마나 있느냐?"

"예? 이제 곧 가을걷이를 할 텐데 그것은 왜?"

"얼마나 남았느냐고 묻는 거다."

"가을걷이할 때까지 한 달 먹을 것은 남아 있습니다. 남은 것은 헌원 대족장님께 실어 보내서……."

부족장은 급히 말했다.

"지금 당장 다들 집으로 돌아가서 땅을 깊이 파고 먹을 것을 묻어라. 발 빠른 자를 뽑아 헌원님께 보내 알리고……. 아아, 그렇다. 누조 선인님께도 알려야 한다. 급하다!"

"누조…… 선인님께요? 우리같이 작은 마을에서 그런 분께 어찌 사람을……."

"보내야 한다!"

"대체 무슨 일이기에 그러십니까?"

부족장 곁에서 일을 주로 돕는 마을의 이인자가 부족장에게 묻자 부족장은 한숨을 쉬었다가 이내 호통을 치며 말했다.

"산이 누렇게 변했다는 이야기를 듣고도 모르는가? 메뚜기다!"

"메뚜기라고요!"

그 말을 들은 나이 많은 사람들의 안색이 일순 퍼렇게 변했다. 몇몇 젊은 사람들은 메뚜기 따위가 무엇이 무서운가 싶어 어리둥절해하는 듯했다.

"메뚜기는 초록색 아닙니까? 풀만 먹고 사는 벌레에 불과한데 뭐가 그리 무섭다는 말입니까?"

그러자 옆에 있던 남자가 정색을 하며 말했다.

"그렇게 떼를 짓는 메뚜기는 보통 메뚜기가 아니다! 비황(飛蝗)이야! 누렇고 몸이 크며 풀만이 아니라 무엇이든 먹어 치우는 무시무시한 것들이다! 벌레지만 너무도 많고 많아서 무엇으로도 막을 수 없다! 아이고! 가을걷이를 앞두고 이게 무슨 날벼락이란 말이냐!"

부족장은 어깨를 덜덜 떨면서도 정신없이 지시를 내리고 있었다.

"스무 해가 넘게 메뚜기 떼가 날지 않았는데, 산이 뒤덮일 정도였으니 아주 큰 메뚜기 떼가 오는 것이 분명하다! 부족이 전부 죽느냐 사느냐 하는 문제다! 너는 우리 집 말을 타고 헌원님의 마을로 달려가 알리고, 가는 길의 마을들에도 전부 알려라! 그리고 너는 누조 선인님께 말을 타고 가서 메뚜기 떼를 막을 방법이 없는지 여쭈어라. 네 목을 걸고서라도 빌어라! 메뚜기 떼를 막을 수 있는 분은 누조 선인님뿐이다! 그리고……."

부족장이 정신없이 지시를 내리고 있는데 한 사람이 손을 뻗어 뭔가를 가리키며 절규에 가까운 소리를 질렀다.

"저기를 봐!"

목소리가 너무도 처절했기에 모든 사람들의 시선은 그 사람이 가리킨 방향을 향했다. 서서히 아침 해가 솟아오르던 동쪽 하늘, 그러나 그 하늘은 거무튀튀한 누런색으로 물들기 시작했다. 그리고 서서히 사방이 미세하게 진동하며 이상한 소리가 들리기 시작했다.

"메뚜기다! 비황이다!"

사람들은 놀라 아우성을 쳤다. 서둘러 집으로 달려가 먹을 것을 묻으려는 사람, 들입다 달리면서 소리를 질러 대는 사람, 경험이 없어서 무엇일까 의아하여 멍하니 서 있는 사람 등등……. 부족장은 전령으로 보내려던 두 사람에게 악을 썼다.

"어서 가라! 준비할 겨를이 없다! 무조건 달려라! 어서! 어서!"

두 사람이 정신없이 달려가 말 등에 올라타 달리기 시작하자 부족장은 기운이 빠진 듯 그 자리에 털썩 주저앉아 눈물을 지으며 중얼거렸다.

"늦었다……. 끝났구나……."

긴 시간이 지나기도 전에 윙윙거리던 진동은 점차 정신없는 아우성 같은 소리로 사방을 뒤흔들었다. 그것은 메뚜기들이 날개 치는 소리였다. 메뚜기 한 마리 한 마리의 날개 치는 소리야 귀를 기울여도 잘 들리지 않을 정도다. 허나 지금 들리는 소리에는 땅도 흔들렸고 모든 것을 쥐어짜는 듯한 울림이 있었다. 얼마나 많기에 작은 날갯짓 소리가 이렇게 울리는지를 생각한 소년들은 그제야 얼굴이 파랗게 질리며 비명을 지르기 시작했다. 거무튀튀하게 번져 가던 하늘은 마침내 누런색으로 뒤덮이며 햇빛마저 가려 버렸다. 이어서 걷잡을 수 없을 정도의 메뚜기 떼가 마을 전체를 뒤덮으며 득달같이 달려들었다. 하늘 아래 땅 위에 메뚜기 외에는 아무것도 없는 것 같았다. 눈을 떠도 들어오는 것은 눈으로 돌진해 오는 메뚜기뿐이었고, 귀로 들어오는 소리도 메뚜기의 날갯짓 소리뿐이었다. 숨을 쉬려 해도 입과 코로 메뚜기가 틀어박힐 판이었다. 소리를 질러도 다른 사람에게 들리지 않았고, 메뚜기를 잡거나 쳐내려고 해도 해일처럼 밀려드는 메뚜기 떼를 어떻게 할 수가 없었다. 경험 많은 부족장은 얼굴을 감싸 쥔 채 땅에 웅크리고 가만히 앉아 있었다. 그 외에는 아무것도 할 수 없다는 것을 이 사람은 잘 알고 있었기 때문이다.

'그 짓을 저지르는 사람이 없어야 하는데……. 그것만 하지 않으면…….'

흥분하고 겁에 질린 사람들은 미친 듯 손발을 휘젓고 무기를 휘두르기까지 했다. 허나 무기에 맞는 메뚜기는 십억분의 일, 백억분의 일도 되지 않았으되 도리어 사람끼리 무기를 맞고 쓰러지는 일까지 생겼다. 일단 비황으로 변한 메뚜기들은 나뭇가지나 통나무도 파먹을 만큼 게걸스럽고 턱이 강해진다. 그렇기에 쓰러진 사람들의 생살까지 파먹으며 움직이는 사람의 살까지도 물고 늘어지며 달려들었다. 지옥에 가까운 아수라장이 연출되는 가운데 급기야 한 사람이 부족장이 가장 우려하던 짓을 저질러 버렸다. 메뚜기에 뜯기고 공포와 충격에 질려 버린 누군가가 머리를 써 메뚜기를 쫓는답시고 부시를 튕겨 횃불을 만든 것이다. 앞도 보이지 않는 상황에서 횃불을 마구 휘두르자 바싹 마른 짚과 나무로 만들어진 마을의 움집 여기저기에 불이 붙기 시작했다. 바싹 마른 가을볕인데다가 메뚜기들에 불이 붙어 여기저기로 날뛰는 놈들이 생기자 불은 무서울 정도로 번져 나갔다. 수많은 메뚜기가 타 죽었으나 그 정도는 표도 나지 않았고, 그로부터 비극이 시작되었다. 불붙은 메뚜기 한 마리 한 마리가 불똥이 되어 불이 순식간에 마을 전체로 번져 나간 것이다. 집에 불이 번지기 시작하자 메뚜기를 피해 집 안에 웅크리고 있던 사람들은 밖으로 뛰쳐나왔지만, 메뚜기들 때문에 한 치 앞을 못 보고 헤매며 뒹굴었다. 눈을 뜨지 못하고 방향을 잘못 잡아 불덩어리가 된 집으로 도로 뛰어들어 타 죽는 사람도 있었다. 부족장은 모든 것을 체념하고 불구덩이가 된 자기 집으로 기어가 가족과 함께 얼싸안고 죽음을 맞았다. 마침내 마을은 커다란 불바다로 변했고 그사이에도 메뚜기 떼는 쉴 새 없이 마을과 밭을 누렇게 뒤덮었다. 불길이 번져 가는 와중에도 메뚜기들은 눈에 보이는 모든 것들을 물어뜯고 매달렸다. 마을 하나가 통째로 불바다가 되었지만 메뚜기 떼는 백분의 일, 천분의 일도 줄어들지 않았다. 전령으로 달려 나가던 두 사람은 먼발치에서 불덩어리가 된 마을과, 큰불이 났는데도 여전히 누런 지옥을 뒷전으로 힐끗 보면서 무조건 달렸다. 연민이나 분노보다도 형언할 수 없는 공포가 그들을 지배했다. 가족이나 마을 생각조차 떠오르지도 않았다. 그들은 달렸다. 무조건 달렸다.

어머니 누조

『세본(世本)』,『수신기(搜神記)』,『노사(路史)』 등의 책에는 양잠을 시작하게 된
누에의 발견과 뽕나무의 기원, 잠신에 대한 재미있는 전설들이 있으며
이 모두는 꼭 일치하지는 않지만 헌원 시대에 발견된 것으로 기록되어 있다.
특히 대표자 격으로 황제가 나와 있지만
본격적으로 양잠업을 행하게 한 것은 그의 부인으로 기록된 누조*이며,
헌원이 치우와의 싸움에서 밀리자 그녀를 찾아가 도움을 청했다는 것을 볼 때,
그녀는 부인이라기보다 독립된 부족을 거느린 여수장이었을 가능성이 높다.

   황하 일대에 불현듯 나타나 사방을 휩쓸고 있는 메뚜기 떼에 대한 소
식은 여러 마을에서 헌원에게 전해졌다. 이미 한두 마을이 당한 것이 아
닌데다 가을걷이를 앞두고 타격이 심한지라 헌원도 급히 부하들을 모
으고 회의를 열었다. 헌원의 직속 부하들은 세상 사람들이 십육기인이
라 불렀는데, 그들 중 절반 이상은 판천의 싸움과 바깥의 일에 참가하느
라 회의에 참석할 수 없었다.
   십육기인의 필두는 광성자, 적송자 두 선인이었고 바로 다음 서열이
상백이었다. 그는 별다른 재주는 없지만 어릴 때부터 헌원을 키웠고 지
금까지도 헌원의 집안일을 전적으로 돌보는 충직한 노인이었다. 거기
에 지혜를 짜내는 데 능한 지와 이주, 풍후가 있었고 싸움에 능한 끽구,
비휴, 알유, 이부가 있었다. 귀신을 부리는 재주를 지닌 신도와 울루가
있고, 의약의 재주가 뛰어난 상망이 있었다. 말을 잘 다루어 헌원의 말

---

* 嫘祖. 뉘조 혹은 유조라고 기록된 책도 있다.

을 돌보는 노인이 있었는데 천한 태생이라 이름조차 남에게 말하지 않았으되 사람들은 그를 마사(馬師)*라고 불러 십육기인의 하나로 쳤다.

지나족은 말을 잘 타지 않고 북방 부족에 비해 말이 귀했기 때문에 말을 돌보는 사람도 귀해서 대접을 받았다. 그리고 사람들에게 거의 알려지지 않은 한 사람과 아주 유명한 한 사람을 보태 도합 열여섯이었다. 마지막 두 사람은 지금 헌원과 같이 있지 않았다. 또 나머지 열네 사람 중 지, 비휴, 끽구, 알유, 이부, 신도, 울루의 일곱 사람도 명령을 받고 각지로 나가 있었으며 마사는 이런 회의에 아무 관심이 없었기에 회의에 참석한 기인은 여섯 명밖에 되지 않았다. 그 때문에 헌원의 수하로 들어온 지 얼마 되지 않는 현녀와 소녀도 참석할 기회를 얻었다. 현녀는 애굽의 화려한 주술을 사용하여 백성들의 칭송을 받고 있었고 소녀는 치우천이 감추어 만들던 대량의 구리 무기를 넘겨준 공이 있기에 헌원이 특별히 배려했다. 허나 몇몇 사람들의 소녀를 바라보는 눈길은 차가웠다. 헌원의 부하들도 대부분 공명정대하고 스스로 영웅이라 자부하는 사람들이기에 이 사람 저 사람을 오갔던 소녀가 좋게 보일 리 없었다. 특히나 상망의 눈빛이 따가웠다. 상망은 공손발의 장례 이후 장난스럽던 성품이 변한 듯, 말수가 적어지고 전보다 훨씬 늙어 보였다. 그러나 눈빛은 전에 없이 형형해져서 사람의 얼굴을 뚫을 것 같았다. 그 눈빛이 따가워서인지, 스스로 처신을 하려는 것인지 소녀는 말없이 현녀의 뒤에 숨듯이 서서 회의를 지켜볼 뿐 한 번도 입을 열지는 않았다.

"메뚜기 떼는 하늘이 내리신 재앙입니다. 안타깝기는 하지만 막으려 한다고 될 일이 아닙니다."

적송자와 광성자는 입이라도 맞춘 듯 똑같은 말 한마디만 남긴 채 입

---

* 후에 일부 중국 전설에서는 신화화되어 마사황(馬師皇)이라 일컬어져 신선으로까지 전해지는 인물이다.

을 열지 않았다. 현녀가 보기에 어딘지 모르게 회의는 맥 빠져 보였다. 이주나 상백은 열심이었으나 풍후는 혼자 생각에만 잠겨 있었고, 광성자와 적송자, 상망의 세 사람은 얼굴빛이 이상했다. 그들을 자주 만나 본 것은 아니었지만 낙담하여 실의에라도 빠진 듯 뭔가 하려는 의욕이 없어 보였다. 애굽의 신관과 귀족 들 사이를 넘나들며 눈치 빠르게 살아 온 현녀가 그런 분위기를 놓칠 리 없었다.

'이상하다. 광성자와 적송자는 선인으로 유명한 사람인데 아무 대책이 없단 말인가? 그보다는 대책을 마련할 마음조차 없어 보이는구나.'

현녀는 상망을 보았다. 상망은 대부분 고개를 숙여 땅만 바라보고 있었으나 간간히 고개를 들어 헌원을 볼 때 눈빛이 아무래도 이상했다.

'저 상망이라는 노인은 헌원님을 따른 지 오래되었다는데 어찌 주인을 보는 눈빛이 저렇지? 불평이 가득한 것 같다. 이건 말로 듣던 십육기인의 모습이 아니다. 그 유명한 헌원의 회의 모습이 아니다. 우습구나.'

아니나 다를까 아무런 표정 변화 없이 앉아 부하들의 이야기를 듣던 헌원은 느닷없이 상망에게 물었다.

"상망, 자네는 약을 잘 쓰는데 메뚜기 떼를 쫓을 방법으로 생각나는 것이 없는가?"

상망은 헌원의 말을 듣고도 우물거리다가 내키지 않는 듯 말했다.

"몇 마리의 메뚜기라면 쫓을 수 있을지 몰라도 하늘을 뒤덮는 큰 메뚜기 떼는 막을 수 없습니다. 세상의 약을 전부 긁어모아도 안 됩니다. 비황이 괜히 비황인 것이 아니지요."

이주가 헛기침을 하며 말했다.

"별수 없습니다. 헌원님. 누조님의 힘을 빌리시는 것밖에는……."

"누조 말인가."

헌원의 목소리에 꺼리는 느낌이 묻어 나왔다. 이번에는 말없이 고개를 뻐딱하게 한 채 혼자 생각만 하던 풍후가 말했다.

"누조님께 방법이 없으면 아무에게도 방법이 없을 것입니다."

"역시 누조인가."

헌원은 다시 한번 되풀이해서 말했다. 스스로를 납득시키려는 것인지 내키지 않는 것인지 알 수 없었다. 현녀로서도 전혀 속을 짐작할 수 없는 사람이 헌원이었다. 그녀는 조심스레 말했다.

"제가 태어난 애굽에서도 몇 해에 한 번씩 메뚜기 떼가 일어납니다. 저도 두어 번 보았습니다만, 그것은 사람의 힘으로 어떻게 할 수 있는 일이 아닙니다. 애굽에도 신관과 주술사 들이 많고 많지만 메뚜기 떼를 막을 수는 없었습니다. 수확을 서두르고 갈무리를 잘해서 피해를 줄일 수는 있으니 그렇게 해 보심이 좋을 것 같습니다."

헌원은 현녀를 가만히 바라보며 그녀의 말이 끝나기를 기다렸다가 말했다.

"누조라면 할 수 있네. 그녀는 벌레와 말하여 그것들을 부릴 수 있는 선인이니까."

"예?"

"비단이라는 옷감을 보았겠지? 그것이 애굽에 있던가?"

"여기서 처음 보았습니다."

"누조가 벌레들을 시켜 만든 것이네."

현녀는 겉으로 내색은 하지 않고 고개만 숙였으나 속으로는 적잖게 놀랐다. 벌레를 시켜 옷감을 만들 수 있는 선인이라면 메뚜기를 쫓는 것도 가능할 것이다. 헌데 그런 좋은 재주를 지닌 사람을 두고 헌원은 왜 망설이는 것일까? 현녀가 여기까지 생각했을 때 헌원은 현녀의 생각을 읽기라도 한 것처럼 갑자기 말했다.

"누조를 부른다. 이주, 자네가 다녀오게."

이주는 무심코 말했다.

"누조님은 잘 움직이지 않는 분이시니, 그분과 친한 상망님이 저보다는 나을 것 같습니다만."

"아니야. 자네가 가게."

이주는 더 말하지 못하고 고개를 숙였다. 현녀는 다시 생각했다.

'상망이 누조와 가까웠던 것 같은데 굳이 보내지 않는 것은 의아하다. 아무래도 뭔가 있다. 상망과 이야기를 해서 알아봐야겠구나.'

그때 상망이 입을 열었다.

"누조님은 벌써 오고 계실 겁니다."

헌원은 잠시 침묵하다가 말했다.

"자네가 연락했는가?"

상망은 헌원의 눈을 피해 고개를 숙이며 입을 다물었다. 순간 현녀는 헌원의 눈빛이 불꽃처럼 번쩍였다가 이내 평상시처럼 돌아오는 것을 느꼈다.

"자네가 연락했느냐고 물었다."

"그랬습니다요. 주제님께 나서서 죄송합니다."

"아니야. 잘했네. 서둘러야 할 일이니까."

헌원은 조용히 말했지만 주변의 분위기는 썰렁했다. 헌원이 말했다.

"언제쯤 올 것 같은가?"

"며칠 내로 오실 것 같습니다. 내일이라도 오실 수 있습죠."

상망은 조심스레 고개를 들며 말했다. 그의 눈빛도 잠시 동안 번쩍이는 것 같았다. 현녀는 의아했다.

'이상하다! 이상해! 상망은 누구보다도 헌원님께 충성하는 사람이었는데, 무슨 일이 있었단 말인가?'

헌원이 나직하게 위엄 있는 목소리로 말했다.

"회의는 그만 끝낸다. 다들 물러가라. 상망, 자네는 남아 있게나."

헌원의 명이 떨어지자 사람들은 헌원에게 인사를 드리고 밖으로 나 갔다. 지명을 받은 상망과, 적송자와 광성자 두 사람 또한 나가지 않고 그 자리에 있었다. 현녀는 생각했다.

'상망과 헌원 사이에 무슨 일이 있었구나. 적송자와 광성자도 관련된 모양이다. 누조도 그렇고. 비밀 이야기인가? 하핫. 이거 재미있군. 알면 이용할 일이 생길 것도 같은데.'

현녀는 미적거리며 밖으로 나서기는 했으나 일부러 시간을 끌며 회 의장 주변을 맴돌았다. 현녀가 애굽에서 익힌 주술 중에는 귀를 훈련하 여 아주 작은 소리도 엿듣는 주술이 있었다. 사실 애굽을 떠나 이 머나 먼 동쪽 끝까지 흘러오게 된 것도 그 주술과 현녀의 타고난 호기심, 남 의 비밀 이야기를 엿듣기 좋아하는 성격 때문이었다. 고향을 떠나 이 먼 곳까지 도망쳐 오게 되었음에도, 헌원에게 들통 나면 벼락이 떨어질 줄 알면서도, 그녀의 습관은 억누를 수가 없었다.

현녀는 회의장 앞에서 가장 나이가 많은 상백에게 쓸데없는 질문을 하면서 시간을 끌었다. 물론 밖이었고 담으로 막혀 있었지만 현녀는 회 의장 안에서 들려오는 소리를 어느 정도 들을 수 있었다. 적송자와 광성 자, 상망은 헌원과 격렬한 논쟁을 벌이고 있었다. 그 이야기를 듣다가 현녀는 크게 놀란 나머지 상백과의 대화도 제대로 이어 가지 못하고 우 물쭈물하며 자리를 피하고 말았다. 현녀가 밖으로 나가는데 문 앞에서 소녀가 기다리고 있었다. 소녀가 현녀에게 말했다.

"무슨 일이 있으셨습니까? 얼굴빛이 좋지 않습니다."

"아, 아니, 별것 아닙니다."

현녀는 얼버무리다가 문득 득의에 가득 찬 표정으로 소녀를 바라보 았다. 소녀는 아무 생각 없는 듯, 텅 빈 시선으로 현녀를 바라보고 있을 뿐이었다. 곱지만 속이 비어 버린 껍질만 남은 여자. 현녀는 이 힘없고 한없이 곱기만 해 보이는 여자에게 보호 본능을 느끼고 있었다. 이방인으로서의 동병상련을 느끼면서도 나는 이렇게 무력하지 않고 잘할 수 있다는 우월감이 섞인 복잡한 감정이었다. 현녀는 소녀가 싫지 않았다. 사람들이 소녀에 대해 수군대고 싫어하는 것도 개의치 않았다. 현녀에게는 어찌 되었건 감정의 배출구가 필요했다. 애굽 시절에도 그런 친구가 있었다. 항상 같이 다니며 비밀과 생각을 공유했다. 그것은 감정을 해소하는 데도 유용했지만 실질적인 쓸모도 있었다. 마지막으로 애굽을 떠날 때 죄를 뒤집어씌워 대신 희생시킴으로써 도망칠 시간을 벌었으니까. 그 대가로 현녀는 지금도 그녀를 위해 아누비스께 제물을 올리고 있다. 친구도 만족할 것이다. 그런 존재는 하나쯤 옆에 있어야만 한다.

"누조님이 헌원님의 부인이셨다면서요?"

현녀는 소녀에게 갑자기 생각난 듯 말을 꺼냈다. 흥미로운 이야기를 들으면 여자들은 이야기를 나누게 된다. 정보를 나눔으로 가까워지고 비밀을 공유하면서 공범자가 되며 공범 의식으로 인해 더 가까운 친구라고 확신하게 된다.

"소문은 어렴풋이 들은 적이 있습니다. 카린족은 지나족의 일에 항상 귀를 기울이고 있기 때문에……."

"저번에 세상을 떠난 공손발님이 누조님과 헌원님 사이의 따님이셨다는군요."

"그랬던가요?"

소녀의 반응은 의외로 물같이 투명했다.

"헌원님은 수십 명의 아드님을 두셨고, 대부분 나이가 많으셔서 여러 곳의 부족장을 맡고 계시지요. 헌원님은 이미 증손자까지 보셨다지 않습니까. 전욱이라는 분, 아직 어리지만 굉장히 똑똑하여 누조님과 함께 십육기인의 하나로 꼽힌다고까지 들었습니다만. 세 살도 안 되었는데 어른을 가르칠 정도로 영특했다고요."

소녀는 멍한 듯 어딘가 슬퍼 보이는 미소만 띤 채 현녀의 이야기를 경청했다.

"그런데 공손발님은 헌원님의 아들딸 중에서는 가장 어리지요. 누조님은 헌원님의 부인이시며 발님의 어머니시지만 헌원님과 같이 지내지 않으시고요."

"예······."

"이상하지 않나요? 두 분의 관계는 어떤 것 같나요?"

"누조님은······ 선인이라고 들었습니다. 그래서 보통 아낙처럼 지내시지 않는 것이겠지요."

선인이라는 말을 할 때 소녀의 눈이 잠시 번쩍인 것을 현녀는 놓치지 않았다.

"선인의 일을 우리 같은 사람이야 알 수 없겠지요."

현녀가 슬쩍 던진 미끼에 소녀가 걸려들었다.

"선인은 선인끼리 산속으로라도 들어가는 게 좋지요. 사람 사는 세상에 나오면 좋지 않아요. 선인이야말로 사람이 어찌할 수 없는 재앙입니다."

소녀의 목소리는 그리 높지 않았지만 은은히 떨리는 울림에 분노와 증오가 확실히 느껴졌다.

"정말 그런 문제가 많은 것 같아요. 누조님도 그렇고······ 발님도 그렇고······ 혹시 푸린 구슬이란 것에 대해 들어 보셨나요?"

"푸린? 아······ 들어 보았어요. 하백족이 지니고 있던 구슬이었죠."

"정말요? 소녀님은 참 대단하시네요. 얼굴도 고우신데다 모르시는 것도 없네요. 가르침을 내려 주세요."

"별말씀을……. 전에 주신에 있을 때 들은 이야기일 뿐이에요. 하백 족이 지키고 있던 구슬인데……."

푸린 구슬을 얻어 준 것이 치우비였고, 당시 소녀는 치우비의 형수였 으니 푸린 구슬에 대해 잘 알고 있었다. 소녀는 현녀에게, 헌원이 상망 과 발을 보내어 진몽희에게서 푸린 구슬을 얻으려 했고 치우비가 적극 적으로 도와주어서 결국은 얻을 수 있었다는 이야기를 해 주었다. 소녀 는 쑤앙마이 밑에서 자랐기에 세상의 선인들의 계보나 이야기에 대해 서도 어느 정도의 지식이 있었다. 푸린 구슬이 선인 오로파라에 의해 만 들어졌고, 거기서 하백족을 만든 진오에게 전해졌다는 것, 거기에서 물 과 대화하는 하백족의 진몽희에게로 전해졌다는 것. 그리고 오로파라 선인의 둘째 딸이 모든 벌레의 어머니로 칭해지는 타타츄이트이며, 발 의 어머니이자 누에를 부리는 선인 누조는 타타츄이트로부터 이어진 전승자라는 것. 또 다른 타타츄이트의 후예로는 독벌레를 부리는 미아 우의 초초룬이 있다는 이야기까지 해 주었다.

"그렇군요! 신기한 이야기네요."

이야기를 듣고 나자 현녀는 흥분을 감추지 못했다.

'그렇구나. 그렇다면 말이 된다. 이것 참, 대단한 일이군!'

현녀가 기뻐하자 소녀는 의아하여 물었다.

"왜 그러시나요? 현녀님?"

현녀는 소녀에게 말했다.

"소녀님, 정말 고마워요. 정말 중요한 것을 알려 주셨어요. 그것에 대 해서는 지나족의 누구도 제대로 아는 사람이 없었거든요."

"그것은 당연하죠. 저는 주신에 있어서 잘 알 수 있었지만 상망이나 발님이 그때 치우비에게 도움받았다는 이야기를 떠들고 다녔을 리는 없으니까요. 당연히 중간의 일들을 지나족은 잘 모르겠지요."

현녀는 웃으며 말했다.

"소녀님, 절대 잊지 않을게요. 우리, 앞으로 그 이야기 덕분에 적어도 한 번은 목숨을 건질 수 있게 될지 몰라요."

소녀는 현녀가 무슨 이야기를 하는지 의아해서 고개만 갸웃거릴 뿐이었으나 현녀는 킥킥거리며 웃기만 했다. 재미있어서 견딜 수가 없었다. 이 비밀은 시나족 안에서 현녀의 미래에 큰 도움이 될 것이 분명했다.

돌아온 여인

세상에는 앞날을 보고 미래를 예언했다는 수많은 예언자들이 있다. 그러나 실제 예언에 의해 역사가 변하거나 그로 인해 영향을 받았다는 일은 찾아볼 수 없다. 이는 앞날에 대한 예측은 어느 정도 가능하지만 미래를 그대로 들여다보는 예언은 불가능하다는 것을 입증한다. 많은 사람들이 미래에서 과거로 사람이 가는 일은 인과율의 문제가 생기기에 실질적으로 불가능하다는 것을 알고 있다. 그러나 미래를 '본다'는 것도 마찬가지이다. 말 그대로 그냥 본다고 생각하기 쉽지만 이는 미래의 정보가 과거로 돌아가기 때문에 정보에 있어서의 인과율의 문제도 마찬가지로 발생하게 된다. 미래에 대한 정확한 확률의 예측은 가능할지언정, 미래를 그대로 들여다보는 일은 일어날 수 없다. 이는 우주 질서에 대한 문제이기 때문이다. 그러나 단 한 사람, 그것이 가능한 사람이 있었으니 그것이 맥달이다. 그녀가 남긴 몇몇 놀라운 예언들에도 불구하고, 그녀가 실제로 존재했던 이유나 의의는 재앙을 막거나 인간 세계를 위기에서 구하는 따위의 '사소한' 데 있지 않았다.

전쟁의 피바다를 헤치고 가는 기분이었다. 보이지도 들리지도 않는 단말마의 몸부림이었다. 피와 시체로 가득한 느낌의 큰 웅덩이 속을 허우적거렸다. 손가락 끝부터 가슴 깊숙이, 머릿속 깊숙한 곳부터 고통이 가득 차 밖으로 흘러넘쳤다.

'내가 졌다. 이제 끝났어.'

돌연 이마가 시원해졌다. 눈을 뜨지 않아 보이지 않는데도 이마가 훤해지며 정화되듯 밝아졌다. 그리고 다시 머리가 시원해졌다. 그제야 부드러운 것이 느껴졌다. 어린 꽃잎 같은 감촉이 봄바람처럼 이마를 쓰다듬고 또 쓰다듬었다. 무엇인가 뚝뚝, 얼굴로 떨어졌다. 불똥처럼 뜨거웠고 얼음보다 시원했다. 뜨겁고도 시원한 물방울이 피보다 진하게 볼을 타고 흘러내리는 간지러운 촉감에 치우천은 눈을 번쩍 떴다.

주변이 밝았다. 밝고 화끈한 열기가 가득했다. 눈이 부셨다. 이건 이상하다—여름 땡볕이어도 이렇게 밝고 뜨겁지는 않다—고 생각하는데, 눈부신 빛을 가려 주기라도 하듯 한 사람의 얼굴이 눈앞에 드리워졌다. 이상했다. 이건 현실이 아니다. 꿈, 그래. 꿈이 틀림없다. 현실에서 깨어 꿈에서 눈을 떴다는 묘한 느낌에 치우천은 혼자 피식 웃었다.

"맥……달……?"

눈앞의 얼굴이 살짝 고개를 끄덕여 보였다. 참으로 오랫동안 생각했고 미워도 했고 찾기도 했고 마음을 아프게 했던 얼굴인데, 막상 얼굴을 보니 헛웃음밖에 나오지 않았다.

"허…… 참."

맥달이 입을 열었다.

"괜찮으시오니까?"

치우천은 기가 막혀서 헛웃으며 말했다.

"안파견 한님 곁인데 괜찮고 말고가 어디 있소?"

맥달의 얼굴이 살짝 일그러졌다. 아니, 일그러진 것이 아니라 미소를 띤 것이었다. 그리고 보니 그전의 맥달의 얼굴은…….

'내 얼굴에 떨어진 것이 맥달의 눈물이었는가? 슬퍼하고 있었는가? 그런데 무엇을? 다 끝나서 안파견 한님 곁에 모인 것뿐인데…….'

치우천이 억지로 시선을 돌려보니 눈앞에 커다란 불기둥이 이글이글 타오르고 있었다. 환하고 뜨거운 열기는 저기서 나온 것이리라. 가만히 보니 불덩어리 안쪽에 붉은색으로 뭔가의 모습이 일렁였다. 새? 신수? 그렇다면 붕?

붕은 아니었다. 붕이라기에는 느낌이 달랐다. 불기둥에 그런 표현이 가능하다면 훨씬 위엄 있고 연륜이 느껴지는 불이었다. 새 모양의 그림자……. 그 새는 날개를 펼친 채 땅에 앉아 있는 모습이었는데 특이하게도 세 개의 다리를 지니고 있었다.

'자오지……? 정말 자오지이시구나. 믿을 수가…….'

치우천은 또다시 피식 웃었다.

'눈앞에 직접 보이는데 믿고 말고가 어디 있는가? 내가 죽어 안파견 한님 계신 곳에 왔으니 자오지도 계시겠지!'

그러는데 맥달이 말없이 이마를 다시 한번 쓰다듬어 주었다. 치우천은 맥달에게 눈을 돌리고 웃으며 말했다.

"안파견 한님은 어디 계시오?"

"하실 일이 남았습니다."

"무슨 소리요?"

맥달은 정중하고 차분하게 치우천을 땅에 내려놓고 뒤로 물러선 다음 일어섰다. 그러고 보니 치우천은 그때까지 맥달의 무릎을 베고 누워 있던 것 같았다. 치우천은 몸을 일으키려 했는데 몸의 여기저기가 쑤셨다. 허나 마음이 가벼워져서인지 그럭저럭 일어설 수 있을 듯했다. 맥달은 일어서는 것을 도와주려 하지는 않았다. 치우천은 가슴이 두근거리는 것을 느끼며 능청스레 웃기만 했다.

"안파견 한님 곁에 왔는데도 아직 여기저기가 아프다니, 내 몸뚱이는 정말 어쩔 수가 없나 보오."

그때 커다란 불기둥이 일렁거리며 자오지가 뒤를 돌아보았다. 맑게 불타오르는 커다란 눈동자가 치우천을 향했다. 치우천은 겁을 먹지는 않았으나 자신도 모르게 조금 어깨를 떨었다. 치우천은 변명이라도 하듯 맥달에게 말했다.

"저 새가 정말 자오지요?"

맥달은 살짝 고개를 끄덕여 보였는데 치우천은 자기에게 그러는 것인지 자오지에게 고갯짓하는 것인지 금방 분간할 수 없었다. 자오지는 크게 펼쳤던 날개를 서서히 접으며 세 개의 발을 사뿐사뿐 움직여 옆으로 비켜섰다. 그러자 불기둥에 가려졌던 주변의 모습이 눈에 들어왔다.

그곳은 여전히 신시의 광장이었다. 한편에는 부소구슬, 비렴, 병예가 있었으며 반대편에는 고시울률과 솟대 단군이 있었다. 귀족과 사울아비 들도 눈에 띄게 소란스러웠다. 그 주위를 수많은 군중이 에워싸고 있었다. 재판을 진행할 때보다 더 많아져서 신시 사람이 다 몰려든 것 같았다. 자신이 여전히 신시 광장에 있는 것을 깨닫자 치우천은 놀랐다.

"내가 왜 여기 있소? 그럼 내가 죽지 않⋯⋯."

치우천은 입을 다물었다. 그의 발치에 피 묻은 돌멩이가 몇 개 보였다. 치우천의 피가 묻은 돌. 이건 꿈이 아니었다. 헛것도 아니었다. 돌을 보자 자연스레 짐작이 갔다.

'맥달이 나를 살렸구나.'

그대로라면 치우천은 군중의 돌에 맞아 죽을 수밖에 없었다. 아무도 천부인이 살려 낸 고시울률을 제지할 수 없었고, 아무도 흥분한 군중을 말릴 힘이 없었으니까. 그럴 힘을 가진 사람이 있을까? 있을 수는 있다. 고시울률처럼 죽었다가 다시 되살아난 정도의 사람이라면 그가 보인 기적을 누를 수 있다. 신수인 자오지를 직접 데리고 나타난다면 천부인의 권위에도 의문을 제기할 수 있다. 그럴 수 있는 사람은 하나뿐이었다. 맥달이다.

치우천은 속으로 부르짖었다.

'이것을 알았기 때문에⋯⋯. 이런 일이 있을 것을 알았기 때문에 죽음을 가장했던가? 그리고 기다렸나? 내가 빠져 나갈 수 없는 함정에 빠질 것을 알고, 나를 살리기 위해 이렇게 했단 말인가?'

치우천은 가슴속이 뭉클해졌다.

"맥달. 그렇다면 당신은…… 역시 죽지 않았소?"

맥달은 말없이 슬픈 미소를 지으며 치우천에게 살짝 눈짓만 해 보였다. 군중을 향해 뭔가 하라는 듯. 치우천은 깨달을 수 있었다.

'자신이 나서지 않겠다는 뜻이구나. 나더러 하라는 것인가?'

여기저기 쑤시고 아프지 않은 곳이 없었지만 맥달을 보고 나니 무엇에 홀린 것처럼 기운이 났다. 치우천이 일어서려 하자 누가 옆에 다가와 흰 손을 내밀었다. 무라였다. 무라의 얼굴은 웃는 것도 아니고 화난 것도 아닌 묘하게 일그러진 표정이었는데 그래도 반갑기만 했다. 평상시처럼 딱딱하게 굳은 표정을 지으려 하는데 기쁨 때문에 잘되지 않는 모습이 읽혔으니.

"다행입니다. 늦지 않아서."

무라가 성큼 치우천을 일으켜 세웠다. 보기에는 가늘고 희었지만 치우천의 팔보다 훨씬 힘이 세고 단단한 팔이었다.

"무라님이 맥달님을 모시고 왔습니까?"

치우천이 묻자 무라는 슬쩍 입가에 미소를 흘렸다.

"이야기가 깁니다. 굳이 말하자면 제가 아니라 저 두 사람 덕이라고 할 수 있습니다."

무라가 가리켜 보이는 곳에는 흰머리와 흰 수염을 날리는 흰 단군이 어깨에 누리를 얹고 있었다. 흰 단군은 딴 곳을 보며 시치미를 떼고 있었고 누리도 고개를 푹 숙이고 있었다.

"흰 단군? 누리……?"

치우천도 아직은 얼떨떨하기만 했다. 이전부터 흰 단군을 찾기는 했으되 누리와 함께 나타난 것은 정말로 생각 밖의 일이었다. 그러나 그에 대해 더 생각하기 전에 낯익은 외침이 들려왔다. 고시울률의 목소리였다.

"맥달 선인! 나는 천부인의 명을 받고 되살아난 사람이오. 그런데 당신이 어이하여 신수를 데리고 와 내 앞을 막아서고 흉악한 죄인을 감싸는 것이오?"

목소리는 우렁차고 위엄도 있었지만 분명 불안한 떨림이 느껴졌기에 치우천은 저절로 코웃음이 나왔다. 치우천은 천천히 맥달을 돌아보았다. 맥달은 어느새 다소곳이 일어서 있었는데, 표정도 온화했고 고시울률의 말은 듣지도 않는 것 같았다. 치우천이 맥달을 바라보자 그녀는 치우천에게 눈짓을 했다.

'맥달이 지금껏 아무 말도 하지 않았나? 내가 나서라는 뜻인가?'

치우천은 고시울률의 기적이 거짓임을 깨닫고 있었다. 하물며 앞날을 모두 보는 맥달이 그것을 모를 리가 없었다. 자오지를 직접 몰고 나타난 시점에서 끝난 것이나 마찬가지였다. 그럼에도 아무 말도 하지 않고 치우천에게 상황을 정리하라는 눈짓에 치우천은 다시금 뼈저리게 고마움을 느꼈다. 치우천의 목숨을 살렸을 뿐만 아니라 그의 꿈을 이루는 데 무엇과도 비길 수 없는 도움을 주는 셈이었다. 고시울률이 연출한 기적보다 더 큰 기적의 주인공으로 떠받들어 주는 것이었으니까. 짧은 눈짓으로 치우천은 맥달과 마음이 통했다. 이전까지 아우 치우비를 제외하고는 누구와도 이렇게 눈짓만으로 긴 대화를 한 듯 마음이 통한 적이 없었다. 죽음의 위기에서 벗어났다거나 고시울률의 음모를 분쇄할 수 있게 되었다는 사실보다 더 크고 편안한 기쁨이 전신을 감쌌다. 허나 아직 끝난 것은 아니다. 정신을 바짝 차려야 했다.

"고시울률은 들으시오!"

치우천은 우렁차게 소리쳤다. 병든 채 돌에 맞아 죽어 가던 사람에게 나온 목소리라 하기에는 너무도 크고 힘차서 치우천 스스로도 놀랐다. 이렇게 기운이 솟을 줄은 자신도 몰랐다. 분노와 고통은 사라지고 즐겁고 기뻐 하늘을 둥둥 떠다니는 기분이었다. 고시울률의 음모를 분쇄해야 한다는 생각은 사라지지 않았으되 마음은 가볍기만 했다.

치우천이 이름을 대놓고 부르자 고시울률은 얼굴에 노기를 띠었다.

"너, 맥달 선인이 감싸 준다고 간이 배 밖으로 나왔느냐?"

고시울률이 호통을 치자 치우천도 지지 않고 맞받아쳤다.

"천부인의 은총을 받았다고 마누라님 앞에서도 함부로 하는 사람에게는 그래도 될 듯하오만!"

고시울률의 얼굴이 붉어지자 치우천은 쏘듯이 덧붙였다.

"당신이 천부인의 은총을 정말 받았는지 나는 의심스럽소."

"무슨 헛소리냐?"

치우천은 싸늘한 미소를 띠면서 고시울률에게 말했다.

"당신은 천부인을 뵈었소?"

"당연한 일이다! 천부인을 뵙고, 안파견 한님도 뵈었다! 그러니 잘린 목이 붙어 살아난 것이 아니냐!"

고시울률은 목에 아직도 나 있는 불그레한 흉터를 슬쩍 만지며 외쳤다. 그러자 치우천은 피식 웃으며 말했다.

"천부인께서 목을 붙여 주시면서 흉터는 왜 남겼단 말이오? 더구나 흉터는 남았는데 목을 꿰맸던 바늘 자국은 하나도 보이지 않으니, 천부인이 신경을 써 만들어 주신 것 같소만."

"네 이놈! 무슨 헛소리냐!"

고시울률이 펄쩍 뛰어오를 듯이 화를 냈지만 치우천은 신경도 쓰지 않으며 말했다.

"대주신의 한웅님이거나 한웅이 될 사람 말고는 천부인을 뵈면 그 자리에서 죽는다고 하는데, 천부인을 뵈었다면 모습을 보았소? 어떻게 생기셨소? 어떤 물건이었소?"

"네놈이 감히 떠들어 대는구나! 너 같은 것은 보았을 리 없지만 나는 보았다! 천부인은 세 개의 물건으로 칼과 거울과 방울……."

고시울률의 말이 채 끝나지도 않았는데 치우천은 큰 소리로 웃어 젖혔다.

"왜 웃는 거냐!"

숏대 단군이 참지 못하고 소리치는데도 치우천은 한참을 더 웃다가 말했다.

"그럼 세 개의 천부인 중 어느 것과 이야기하셨소? 거울이 대답해 주셨소? 방울이 대답해 주셨소?"

"네…… 네 이놈이……!"

치우천은 정색을 하며 날카롭게 외쳤다.

"천부인은 안파견 한님의 뜻이고 자부 선인의 힘이오! 물건에 깃들기보다 형체 없이 존재하시는 커다란 힘이자 뜻이오! 보지 않고 보았다고 하니 우습기 그지없소!"

"헛소리하지 마라!"

숏대 단군이 파랗게 질린 얼굴로 악을 쓰듯 소리쳤다.

"내가 숏대 단군이다! 천부인을 모시는 가장 가까운 곳에 있는 사람이다! 천부인이 안파견 한님 때부터 내려오는 세 개의 물건이라는 것을 내가 모를 리가 있느냐!"

치우천은 눈을 가늘게 뜨며 말했다.

"숏대 단군. 천부인을 가장 가까이 모신다는 사람이 천부인의 뜻도 모르고 힘 있는 자와 짜고 계략이나 꾸미고 있으니 주신이 이 모양이 된 것 아니겠소?"

"네놈이 미친 소리를 해 대는 구나! 네놈이 신수를 부린다고 뵈는 것이 없느냐!"

이번에는 고시울률이 소리쳤다.

"나는 믿지 않는다. 천부인의 힘을 빌려 죽었다 살아난 것이 나다. 여기 맥달 선인도 믿을 수 없다! 치우천의 편을 드는 가짜다! 이 신수도 자오지라고 할 수 없다! 전설과 모양이 비슷하고 다리가 세 개라고 무조건 자오지라고 할 수는 없다! 속아서는 아니 된다!"

고시울률이 소리치자 광장에 모였던 신시 사람들 중 고시울률의 편을 드는 사람들이 함성을 올리며 소리를 질렀다. 주로 귀족들이었다. 다른 사람들이 그에 맞서 함성을 지르기 시작했다. 치우 집안과 가깝던 사람들과 맥달을 믿던 사람들이 주축이었다. 광장에 모인 수많은 사람들이 저마다 떠들며 금방이라도 싸움이 날 것 같이 소란스러워졌다.

치우천은 기가 막혀 말도 꺼내지 못하고 있었다.

'어리석기 짝이 없구나. 자오지건 아니건 이 신수가 정말 알아듣고 화를 내면 신시는 무너져 버릴 텐데도……. 겁이 없는 것인가? 아니면 몰릴 대로 몰려서 발악을 하는 것인가? 고시울률이야 그렇다 쳐도 아직도 고시울률의 말을 믿는 저 사람들은 또 무엇인가?'

생각하다 보니 저절로 화가 치밀어 올랐다.

'고시울률이 사람들을 방패로 삼는구나. 저러다가 자오지가 정말 화를 내면 사람들을 해치게 되고 더 이상 신수로 섬김받기도 힘들겠지. 치사하기는 하지만 어쩌면 가장 확실한 방법인지도 모르겠구나. 아니, 그런데 고시울률이 언제부터 신수를 무시할 정도로 겁이 없어졌단 말인가? 그렇다면……'

치우천이 생각하는 동안 삼사와 부소구슬 등 최고 귀족들은 눈앞에서 벌어지는 일들이 너무나 엄청난지라 아무 말도 못하고 있다가 마침내 용기를 냈다. 비렴이 먼저 외쳤다.

"조용히 하라! 재판은 끝나지 않았다!"

부소구슬도 힘을 내어 소리쳤다.

"모두 조용히 하라! 조용히!"

치우천은 생각을 마치고 비렴에게 말했다.

"잘하셨습니다. 삼사님, 그리고 마누라님. 재판이 중단되었습니다만 이제 계속하여 옳고 그름을 가리게 되기를 바라옵니다. 고시울률님과 저, 둘 중 하나는 천부인과 안파견 한님까지 속이고 팔아먹으려 한 죄인 중의 큰 죄인인 셈이니 이것을 분명히 하는 것은 지금까지의 재판보다도 더욱 중요한 것이라 여겨지옵니다."

"말 한번 잘했다!"

고시울률이 외쳤다.

"네놈은 이제 천부인과 안파견 한님마저 부정하는구나! 네놈이 천부인에 대해 마음대로 떠들어 댄다만, 네놈은 천부인을 뵈었단 말이냐?"

"그렇소!"

"거짓말 마라!"

"내 굳이 내 입으로 말하지 않으려 했소만 나는 천부인을 뵈었고, 이야기를 나누었소."

"그것을 누가 믿는단 말이냐!"

"저기 있는 카린의 무라님이 정신을 잃고 있던 나를 데리고 도망친 곳이 우연하게도 솟대 밑이었소. 나는 신시에서 나고 자랐지만 신시의 솟대 밑에 천부인을 모신 굴이 있다는 것을 알지 못했소. 그것을 아는 사람은 신시 안에 몇 명 되지 않을 것이오. 나는 천부인의 부름을 받아 굴에 들어갔고, 천부인과 이야기를 나누었소!"

"번지르르한 입으로 거짓말을 술술 늘어놓다니! 그걸 누가 보았느냐? 나는 죽어 천부인의 굴에 장사 지내졌고 거기서 살아 나왔느니라!"

"고시울률 당신의 시체, 아니 당신을 가장한 누군가의 시체가 굴 안으로 던져졌을 때 나는 그 안에 있었소. 그리고 나는 불을 밝히느라 시체의 옷자락을 찢었소. 지금 당신은 장사 지낼 때의 옷을 그대로 입고 있지만, 옷자락은 멀쩡하구려. 천부인이 목을 붙여 주시면서 옷자락도 같이 붙여 주셨소?"

"거짓말하지 마라! 그것을 어떻게 증명하겠느냐!"

"간단하오. 지금 천부인의 굴로 들어가면 시체가 그대로 남아 있을 테니까. 거기에 당신과 똑같은 옷을 입은 시체가 있고 옷자락이 찢어진 채라면 당신의 말이 거짓이고, 그렇지 않다면 내 말이 거짓일 테니까 말이오."

"천부인의 굴로는 아무도 들어갈 수 없다! 들어가면 죽는데 누가 들어간단 말이냐? 할 수 없는 일을 가지고 말장난을 치지 마라!"

치우천은 눈을 똑바로 뜨고 고시울률을 바라보았다.

"당신은 천부인과 이야기했다니, 잘 알겠구려. 천부인의 굴에 어떤 사람이든 들어가면 죽는 것이 맞소?

"그렇다!"

치우천은 웃으며 말했다.

"당신 입장에서야 그렇게 알고 있겠지. 아니, 누가 들어가서 보자고 하면 큰일이니 더더욱 그렇게 주장해야겠지."

"이놈! 헛소리 마라! 네놈은 여전히 말뿐이다! 증거를 내놓지 않으면 아무도 속지 않을 것이야!"

치우천은 다시 한번 큰 소리로 웃어 보인 후 말했다.

"그렇다면 당신의 증거는 어디에 있소?"

"나는 네놈에 의해 목이 잘려 죽었다가 살아났지 않느냐!"

"그러면 저기 맥달 선인께옵서도 도단이의 칼에 찔려 돌아가셨다가 살아났는데, 아무래도 당신의 말을 믿으시는 것 같지는 않소만. 당신과 맥달 선인 둘 다 죽었다가 살아났는데 그런 일은 천부인의 힘이 없으면 안 되는 일 아니겠소? 설마 천부인께서 이랬다저랬다 하시겠소?"

"저 여자는 죽지 않고 거짓으로 죽은 척한 게 분명하다!"

"참 어린아이같이 투정만 부리시는구려. 맥달 선인이 거짓으로 죽은 척했다 살아났다면, 당신 역시 거짓으로 죽은 척할 수도 있겠구려? 더구나 맥달 선인께옵서는 안파견 한님의 신수인 자오지를 뫼시고 왔으니 눈으로 볼 수 있는 증거도 앞에 있지 않소?"

고시울률은 순간 얼굴이 파랗게 질렸지만 억지로 쥐어짜듯 말했다.

"저 신수가 다리가 셋이고 새 신수라고 하여 자오지라는 증거는 없다!"

치우천은 껄껄 웃었다. 그러면서도 치우천의 눈동자는 부산하게 움직이고 있었다.

"신시는 천부인이 계신 곳이라 어떤 귀신이나 신수도 함부로 드나들지 못하는 곳이오. 천부인은 안파견 한님과 자부 선인께서 주신을 지키고 세상의 사람들을 지키라고 만드신 힘이오. 그래서 천부인의 힘이 지켜 주는 신시에서는 안심하고 살 수 있는 것 아니었소? 도깨비 왕 비울 걸도 타타르 사막에서는 당할 자가 없었건만 신시에서는 힘을 쓰지 못하며, 번개범이나 주룽 같은 신수조차 신시를 건드린 일은 한 번도 없소. 그런 천부인의 힘이 지키고 있는 신시 안으로 태연히 날아들 수 있는 신수라면 자오지밖에 없을 것 아니겠소? 저 신수가 자오지가 아니라면 천부인의 힘이 왜 가만히 있소? 저 신수는 왜 사람들을 해치거나 하지 않고 가만히 기다리는 거요?"

치우천이 밀리지 않고 말을 이어 가자 고시울률은 겉으로도 당황한 기색이 역력해지기 시작했다. 그러자 솟대 단군이 하얗게 질린 얼굴로 말했다.

"맥달 선인을 부정하지는 않는다. 허나 자오지는 맥달 선인이 데려오신 것이고, 네가 데려온 게 아니다! 맥달 선인이 너의 혓바닥에 속았다면 말이 되지 않느냐? 그래서 네 편을 드시는 것뿐이지만 저분 또한 속고 계시는 것이 분명하다!"

치우천은 미소 지으며 말했다.

"세상의 앞날을 들여다보시는 맥달 선인께서 저에게 속고 있다고요? 솟대 단군께서는 참으로 순진하시군요."

"치우천, 자꾸 이야기를 돌리지 마라. 너는 천부인을 뵈었다고 했으니 그 말대로라면 네가 한웅이 된다는 말 아니냐? 그런 거짓말로 사람들을 속이려 하다니! 한웅 자리가 그리도 욕심났느냐!"

"천부인을 뵙고 살아났다는 고시울률님도 한웅이 된다는 말이니, 고시울률님이야말로 한웅 자리가 아쉬우셨나 보구려."

"네 말은 증거가 없다! 아무 증거도 없이 교묘한 말로 사람들을 속이고 있단 말이다! 네가 정말 천부인의 굴에 들어가서 천부인을 뵈었다는 증거는 없다!"

솟대 단군이 외치자 휜 단군이 갑자기 끼어들어 외쳤다.

"솟대 단군! 당신 정말 너무하구려!"

"죄를 짓고 도망친 네놈이 감히 끼어드는 것이냐? 너도 혀가 뽑히고 팔다리 힘줄이 잘릴 줄 알아라!"

솟대 단군이 겁을 주었지만 휜 단군은 물러서지 않고 말했다.

"좋소! 내 이미 모습을 드러낸 이상 그 정도 각오는 하고 있소! 내가 벌을 받게 되어 있다면 피하지는 않겠소! 허나 나는 적어도 안파견 한님과 한웅님을 모시던 단군이었으니 거짓말을 하지는 않을 것이오!"

"너는 이미 단군이 아니다!"

"단군이건 아니건 안파견 한님을 믿는 사람으로서 나도 할 말은 해야겠소! 나는 치우천 저 녀석과 같은 편이 아니며, 되레 저 녀석 때문에 신세를 망친 사람이오! 허나 저 녀석이 정말 천부인의 인정을 받았다면 비록 내가 그 때문에 죽는 한이 있더라도 안파견 한님을 믿는 사람으로서 그냥 둘 수는 없는 거요! 나는 저 녀석을 감시하고, 여차하면 죽이려고 마음먹었던 사람이나, 저 녀석이 천부인의 굴로 들어간 것은 틀림없소!"

"네가 보았단 말이냐!"

"나는 천부인의 굴에 몸을 숨겨 지금껏 잡히지 않았소. 솟대 단군 당신이 우두머리지만 나도 그리 낮은 단군은 아니었소. 더구나 천부인의 굴에 대해서 나보다 잘 아는 단군은 없을 거요. 그런 내가 말하오. 치우천은 여기 무라에게 안겨 굴 안으로 도망쳐 들어왔고, 혼자 없어져 버렸소. 절대 굴 밖으로 나가지도 않았고, 굴 안도 내가 다 돌아보았으니 다른 곳에 숨지도 못했소. 다만 한 곳, 천부인의 굴만 내가 들어갈 수 없었는데 천부인의 굴 바로 앞에서 이것을 발견했소."

흰 단군은 치우천의 크리스를 꺼내 보였다.

"나중에 무라가 확인해 주었는데 여기 있는 사람들 중 많은 수가 보기만 해도 알 거라고 하더군. 이건 크리스라고 하는 아주 신기하고 귀한 칼인데, 치우천이 지니고 다닌 것이오. 이것이 천부인의 굴 앞에 떨어져 있었소. 이것을 주운 것이 바로 나요!"

흰 단군은 꼼꼼하고 진중하게 이야기를 계속했다.

"나중에야 치우천이 지니고 있던 것임을 알았지만 나는 치우천 녀석을 도울 생각은 별로 없었소. 알다시피 나는 예전 치우가람에게 홀려 신시를 엉망으로 만든 죄를 짓고 쫓기는 몸이오. 내 죄는 인정하오. 더불어 내가 이 지경에 빠지고, 나와 둘도 없이 친한 검은 단군이 혀가 잘리고 팔다리 힘줄이 끊기게 된 것도 어찌 보면 치우천 때문이오. 그런데 내가 왜 치우천을 도우려 하겠소?"

"그러니까 왜 이런 헛소리를 하는 거냐!"

숫대 단군은 호통을 쳤다.

"치우천 녀석이 천부인의 굴로 들어간 것은 분명했고 나는 그 녀석이 죽었다고 믿었소. 그런데 살아 나왔다면…… 이건 분명 천부인이 치우천을 선택했다는 뜻이오! 나는 치우천의 편도 아니고 신시의 일에도 관심이 없지만 안파견 한님을 믿는 사람으로 안파견 한님과 천부인이 정하신 일을 지키고 싶을 뿐이오! 그 때문에 나는 모습을 드러냈고, 맥달 선인을 모시고 나온 것이오!"

가만히 듣고 있던 치우천이 놀라며 말했다.

"맥달 선인을……? 역시 당신이……?"

흰 단군은 한숨을 쉬며 말했다.

"그래. 나다. 내가 그랬다. 예전 치우바람이 나에게 부탁했다. 맥달 선인은 죽게 되어 있지만 자신은 도저히 그럴 수 없다고. 맥달 선인이 죽은 것으로 보이게 하고 목숨을 구해 달라고 부탁했고, 나는 거절할 수 없었다."

"그래서 주술로 도단이의 눈을 홀리게 하고 맥달 선인을 구한 거요?"

"구했다고 볼 수는 없다. 나는 분명 맥달 선인을 구하려고 여자 시체를 하나 구해 숨어 기다렸는데, 이상하게 눈앞이 깜깜해지고 움직일 수 없게 되었다. 때문에 나는 도단이가 맥달 선인을 찌르는 것을 보고만 있을 수밖에 없었다. 맥달 선인이 도단이의 칼에 찔리는 순간 몸이 풀렸고 나는 황급히 도단이와 질쾌에게 주술을 씌워 눈을 홀리게 하고는 맥달 선인과 시체를 바꿔치기했다……."

고시울률과 숫대 단군이 동시에 외쳤다.

"그것 봐라! 맥달 선인은 죽은 척한 것에 불과하다!"

흰 단군은 냉소하며 말했다.

"끝까지 들어 주시오, 고시울률님, 숫대 단군. 맥달 선인을 빼내는 데는 성공했지만, 맥달 선인은 죽은 것이나 다름없었소. 신시 안에서는 사람 눈에 띌까 봐 나는 급히 신시를 벗어나 산비탈 계곡으로 달려갔소. 어떻게든 치료를 해 보려고 했으나 그분은 묵묵히 고개를 젓기만 하셨소. 그러면서 작은 소리로 말하셨소. '하늘에 맡겨야 합니다' 라고 말이오……. 그제야 나는 알았소. 맥달 선인은 내가 이미 들어와 숨은 것도 알았고, 자기가 험한 일을 당할 것도 미리 아셨지만, 일을 피할 마음은 없으셨던 거요. 때문에 내가 미리 술수를 부리지 못하게 막았고, 선인께서 칼에 찔려 힘을 잃게 되신 후에야 내가 힘을 쓰게 된 것뿐이오."

떨리는 흰 단군의 목소리에는 감정과 회한이 복잡하게 얽혀 있었다.

"그리고 맥달 선인께서는 숨을 거두셨소. 더 놀라운 일은 그다음에 벌어졌소. 맥달 선인이 숨을 거두자 하늘에서 신수가 날아온 것이오. 바로 저기 계신 자오지와 그보다는 조금 작은 자오지의 새끼 같아 보이는 새 신수였소. 나는 놀라고 당황하여, 부끄럽게도 달아나 근처의 바위 뒤에 숨어 버렸소. 신수가 맥달 선인의 시체를 먹을 것 같았지만 어쩔 수가 없었소. 헌데 작은 신수가 서럽게 울면서 맥달 선인을 몸으로 감싸고 하늘을 향해 애타게 울었고, 곧이어 자오지가 내려오셔서 맥달 선인을 날개로 감싸 주었소."

흰 단군의 이야기는 신기하고 놀라웠기에 사람들은 숨을 죽이고 귀를 기울였다. 맥달 본인만이 쑥스러운 듯 약간 붉어진 얼굴로 먼 산을 바라보고 있을 뿐이었다. 흰 단군은 한 번 깊이 한숨을 쉬고는 다시 말을 이었다.

"그때 참 많은 생각을 했소. 그동안 나는 맥달 선인을 신기하다고는 여겼으되, 그분이 정말 자부 선인 같은 분일 거라고는 생각하지 않았소. 더구나 그때 나는 치우가람 형제의 편에 서 있었기에 탐탁하지 않은 생각만 하고 있었소. 그러나 그런 광경을 눈으로 보고 난 뒤에는 맥달 선인이야말로 하늘이 내신 분이라는 것을 믿게 되었소. 그리고 이제까지 나야말로 속고 있던 것이 아닌지 고민하게 되었소……."

흰 단군은 치우천을 바라보며 말했다.

"치우천, 이제야 이야기지만 너와 내가 처음으로 만났을 때를 기억하는가?"

"잊을 수 있겠소? 당신에게 잡혔었는데……."

"그래. 원래 그때 나와 검은 단군은 자네를 그 자리에서 죽여 버리라 명령받고 있었다. 허나 그전에 맥달 선인의 기적을 보았고, 맥달 선인이 자네 편을 든다는 것을 알고 있기에 죽이지 않았다. 물론 그때는 나도 완전히 믿지는 못했고, 치우가람 형제의 말을 듣고 있었으니 대놓고 자네 편을 들 수는 없었지. 허나 자네와 자네 벗들이 사내답게 당당히 행동하는 것을 보았고 맥달 선인의 일도 마음에 걸려서 너를 해치지 않은 것이다. 되레 치우가람을 설득해서 너를 이용해 보려고 했지. 그러다가 우리는 망했지만……. 허허……."

치우천은 고개를 끄덕였다. 알고 보니 맥달은 그때 보이지 않는 곳에서 치우천의 목숨을 한 번 구해 준 것이나 다름없었다. 흰 단군은 회상에 잠긴 듯 허탈하게 웃다가 문득 정신을 차리고 사람들을 향해 이야기를 계속했다.

"잠시 다른 이야기를 했으나 본디 하던 말을 계속하겠소. 나는 그때 맥달 선인이 죽은 줄 알았소. 허나 나중에 생각이 나서 그곳에 다시 가보았다가 너무도 놀랐소. 그때로부터 며칠이 지났는데도 자오지는 맥달 선인을 품은 채 움직이지도 않고 그대로 있었소. 나는 또 한 번 놀라 그때부터 자주 그곳을 들러 살펴보았소. 자오지는 맥달 선인을 돌보았고, 작은 신수는 자꾸 날아들면서 뭔가를 물어 왔소. 약초를 물어 와 맥달 선인을 치료하는 듯했소. 죽은 맥달 선인이지만 신수들의 모습을 보니 맥달 선인이 살아나는 것 아닌가 하는 생각도 들었소. 그러다가 며칠이 지났을 때 갑자기 자오지와 신수가 날아가 버렸는데, 맥달 선인이 몸을 일으켜 앉아 계셨던 거요. 맥달 선인은 내가 숨은 곳을 향해 눈길을 보내며 웃으셨소. 나는 놀라고 또 놀라서 다가가 죽지 않으셨냐고 물었는데, 선인은 웃기만 하실 뿐이었소. 그러고는 딱 한마디, '흰 단군님이 해야 할 일을 하십시오' 라고만 말하셨소. 나는 당황했소. 사실 그때 선인께서 무슨 말을 하셨거나 명령을 하셨더라도 나는 따랐을 것이오. 허나 선인께서는 그 말 말고는 아무런 말도 하지 않으셨소. 나는 고민고민하다가 맥달 선인을 모시고 있기로 결심했소."

"왜 그렇게 하셨습니까?"

치우천이 묻자 흰 단군은 한숨을 쉬며 대답했다.

"그때 나는 치우바람에게 맥달 선인의 죽음을 알리지 못하고 있었다. 자오지를 보았기 때문이기도 하고, 치우가람 형제가 하고 있는 일이 잘못됐다는 생각이 들어서 맥달 선인을 넘길 기분이 들지 않았다. 치우바람이 맥달 선인께 욕심을 내고 있는 것은 나도 알고 있는데, 그 녀석에게 하늘이 낸 분을 넘길 생각은 들지 않았지. 나는 치우바람에게 약점을 잡힌 상태라서 치우바람을 대놓고 거절할 입장도 아니었다. 그래서 나는 맥달님을 구하기는 했으나 상처가 깊고 기운을 차리지 못하시니 내가 돌보고 있겠다고 둘러댔다. 치우바람은 아쉬워했지만, 맥달 선인을 잘 돌보고 지키라고 말했다. 나는 맥달 선인께 다른 곳으로 피하시거나 원하는 대로 하시라고 몇 번이나 말씀드렸는데 그분은 태평하게 내가 마련해 드린 작은 오두막에서 사셨다. 아무 말씀도 하지 않으셨고 새들과 동물들과 놀면서 지내시는 것 같았지. 그러다가 알다시피 치우바람이 잡혀 갔고, 나는 누리를 돌봐 주게 되었지."

"잠깐만. 궁금한 것이 있습니다. 그런데 누리는 어떻게 된 겁니까? 왜 당신이 돌보게 된 겁니까?"

흰 단군은 한숨을 쉬면서 말했다.

"나는 치우바람을 위해 무엇이든 그 녀석이 바라는 것 세 가지를 해 주기로 되어 있었다."

"왜 그래야 했소?"

"치우괄괄 어르신께 신세를 졌기 때문이다."

"그랬군요. 세 가지 일이 무엇입니까?"

"첫 번째 일은…… 말할 것 없고, 두 번째가 맥달 선인을 구하는 것이었다. 세 번째 부탁은 치우바람이 갇힌 감옥 안에서 들었지."

"감옥에도 들어가셨소?"

"내가 어디를 가든 막을 수 있는 사람은 신시에 없다."

"인정합니다. 그래서요?"

"나는 치우바람이 세 번째 소원으로 자신을 감옥에서 구해 달라고 할 줄 알았네. 나도 급해진 상황이고 내 힘으로 될 일이 아니었지만 약속을 어기고 싶지는 않았지. 헌데 그 녀석은 다른 소리를 하더군."

"무슨 부탁을 했습니까?"

"자기는 끝났으니 아들 누리를 돌봐 달라더군. 그래서 나는 말했지. '나도 쫓기는 입장인데 아이를 키울 수는 없소. 그건 내 능력 밖의 일이오.' 그러자 치우바람은 말했지. '키워 달라는 것이 아니오. 나는 누리를 치우천 치우비 형제에게 맡길 것이오. 그 녀석들은 적이지만 그래도 일가붙이고, 누리는 내 아들이지만 나같이 바보가 아니라 똑똑하고 착한 아이니 잘 키워 줄 거요' 하더군. 나는 말도 안 된다며 바보짓이라고 했더니 치우바람은 이렇게 말했다. '그래서 부탁하는 거요. 그 형제가 누리를 잘 돌봐 준다면 다행이지만, 누리를 구박하거나 해치려 한다면 누리를 구해서 다른 부족에라도 맡겨 주시구려.' 그래서 나는 '언제까지 돌봐야 한다는 건가? 나는 늙은이고 누리는 아직 어린아이가 아닌가?' 라고 묻자 '한 해만 지켜봐 주시오. 한 해만 별일 없으면 잠잠해질 것이니 별 탈 없이 살 수 있을 것이오' 라고 하더군. 나는 이렇게 말했지. '자네를 구해 달라거나, 복수를 해 달라고 할 줄 알았는데 뜻밖이군.' 그러자 치우바람은 말하더군. '이제 다 끝난 일이오. 잘못은 우리에게 있으니 희네나 나래를 원망하여 무엇하겠소? 누리만 잘 살아 준다면 죽더라도 마음이 편할 것 같구려.' 그러면서 이렇게 덧붙였다. '희네그 녀석이 맥달 선인이 살아 있다는 것을 알면 좋아서 날뛸 텐데 마음이 복잡하구려. 기왕 이렇게 된 것, 한 해 동안 지켜보고 녀석이 누리를 잘 돌봐 주면 맥달 선인을 만나게 해 주고, 누리가 구박받거나 하면 영영 만나지 못하게 해 주시오' 라고 말이야⋯⋯."

흰 단군은 하늘을 올려다보다가 말을 이었다.

"내가 맥달 선인을 어떻게 할 수는 없지만 그 정도는 할 수 있다고 생각했지. 나도 약속은 지켜야만 했으니 원망은 말게. 부탁받은 대로 누리가 편안한지 지켜보기로 한 거야. 그러다가 자네 집에 난리가 나자 제일 먼저 누리부터 빼돌렸지. 그런데 이 녀석이 자꾸 자네를 구해 달라고 떼를 쓰더란 말이야. 아직 한 해가 다 차지도 않았는데 말이지."

"누리가⋯⋯? 나를 원망하지 않았느냐?"

치우천은 누리를 바라보았다. 누리는 울면서 말했다.

"저는 뭐가 뭔지 몰라요. 하지만 아버지가 제게 말하셨어요. 아버지가 잘못한 것이고 죄를 지어 받은 벌이니 아무도 원망하면 안 된다고요. 그리고⋯⋯ 천 아저씨 비 아저씨는 좋은 사람들이에요. 제가⋯⋯ 제가 어떻게……."

누리는 엉엉 울면서 사람들에게 말했다.

"저는 어리지만, 천 아저씨 비 아저씨는 정말 좋은 분들이란 걸 알아요! 낮이나 밤이나 주신과 신시 생각만 하고 사는 분들이에요! 한 해 가까이 곁에서 봐 왔지만, 한웅이 된다거나 누굴 속인다거나 하는 일은 들은 적조차 없어요!"

상당수의 사람들이 진심 어린 누리의 말에 감동을 받았지만 여전히 비꼬는 사람들은 있었다.

"너 같은 어린아이를 속이는 거야 간단한 일이지! 그런 중요한 이야기를 너 있는 데서 할 리가 있느냐?"

그러자 흰 단군이 말했다.

"나는 이미 단군이 아니지만 주신의 흰 단군으로서 말한다. 나는 어디에도 숨어 들어갈 수 있고 누구의 눈도 속일 수 있다. 아이는 속일 수 있었어도 나는 속일 수 없을 것이다. 더구나 신시에 내가 있다는 것은 세상의 누구도 몰랐다. 나는 항상 저들을 지켜보았다. 이런 이야기는 하기 싫지만, 저놈들이 눈곱만큼이라도 흉계나 음모를 꾸몄다면 내가 제일 먼저 좋아라고 놈들을 쳤을 것이다! 내가 할 수 없으면 다른 누구에게라도 알렸을 것이다. 하지만 원통하게 저 녀석들은 그러지 않았다. 내가 이런 이야기까지 해서 저 녀석을 돕게 되다니, 이거야말로 정말 빌어먹을 노릇이지만!"

누가 보아도 원수라고밖에 할 수 없는 흰 단군까지 이렇게 말하자 사람들은 웅성거리기 시작했다. 솟대 단군이 말을 막았다.

"흰 단군은 쓸데없는 이야기는 하지 말라! 아이의 일은 이번 일과는 관계없으니 관계있는 이야기만 하라."

그러자 치우천도 말했다.

"저도 부탁드리오, 흰 단군. 제 얼굴이 두꺼운 편이긴 합니다만 자꾸 저를 높이는 말씀을 하시니 저조차 믿기 어렵습니다. 여긴 재판장이니 자기 생각보다는 사실만 말씀하시는 것이 좋을 듯합니다. 아까 하던 말씀을 계속하시지요."

"흠흠. 좋다. 나는 네 녀석을 돕고 싶지는 않다. 그것만은 알아 두어야 한다. 그래서 누리 녀석이 매달려도 나는 한 해가 지나지 않았으니 안 된다고 하며 거절했다. 솔직히 네놈을 구하는 건 내 능력 밖의 일이었지. 좌우간 누리 녀석을 달래면서 전부터 몸을 숨기던 천부인의 굴 밑으로 왔는데 거기서 이 여전사를 만났지."

흰 단군은 무라와 만났던 이야기와 치우천의 크리스를 천부인의 굴 앞에서 주운 이야기를 사람들에게 들려주었다. 그리고 흰 단군은 치우천을 넌지시 보면서 덧붙였다.

"사실 무라와 내가 만났을 때만 해도 너를 도울 수 있으리라고는 생각지 않았다. 그냥 도망이나 칠 생각이었지. 그런데 누리가 말하더군. 맥달님은 치우천 자네 편이고 선인이시니 반드시 도울 수 있을 거라고 말이야."

흰 단군은 말을 끊었다가 조금 정중한 태도로 말했다.

"원래 누리는 한 해 동안 기다려 보기 전에는 맥달 선인에 대한 이야기도 하지 말라고 아버지와 약속했다네. 하지만 그 약속마저 깨 버리고 자네를 도우려 한 걸세. 결국 그래서 누리의 말대로 우리는 맥달 선인을 찾아갔고…… 맥달 선인께서는 기다렸다는 듯 말씀하시더군. '가십시다'라고……. 나는 신시에 모습을 드러내기가 꺼려졌지만, 맥달 선인께서 걱정 마라시기에 믿고 온 것일세. 그리고 맥달 선인이 집을 떠나시자 자오지와 작은 신수가 따라왔지."

"그다음은요?"

"그다음? 얼마나 되었다고 그러는가? 서둘러 달려와 보니 치우천 자네가 쓰러져 있었지. 사람들은 돌을 던져 대고……. 그런데 맥달 선인이 직접 자네 앞을 막아서시고 자오지께서 내려앉으시니 아무도 돌을 던지지 않게 된 것뿐일세. 그리고 좀 있다 자네가 깨어났고……. 머리를 몇 대 맞아 넘어진 것뿐이니 죽지 않았고 말이야."

'무척 오래 지난 것 같았는데 사실은 그렇지 않구나.'

치우천이 생각하는데 솟대 단군이 다시 외쳤다.

"흰 단군! 쓸데없는 이야기를 주절주절 늘어놓지 마라! 네놈과 치우 바람의 이야기 따위는 궁금하지 않다. 더구나 네놈은 주신에 죄를 지은 놈이니 네 말은 증언이 되지 못한다."

흰 단군은 화를 벌컥 냈다.

"내 말이 증언이 못 된다 치자. 하지만 맥달 선인마저도 그러하단 말이냐?"

솟대 단군은 맥달의 이야기가 나오자 당황한 듯 입을 다물었다. 그러자 고시울률이 대신하듯 소리쳤다. 치우천은 가만히 주위를 살피다가 의미 있는 미소를 지었는데 그것을 눈치챈 사람은 아무도 없었다.

"네 말대로라면 맥달 선인은 그때 이후로 한 번도 신시에 오시지 않은 것 같은데 사실을 제대로 아시기 어려울 것 아니냐?"

"앞날을 짚어 보고 아시는 분이 그만한 것을 모르실 것 같소?"

고시울률은 흥 하고 코웃음을 치며 말했다.

"맥달 선인의 신통력이야 알고 있다. 자오지나 신수를 데리고 온 것만 보아도 아니라 할 수는 없지. 하지만 맥달 선인께서는 치우천과 친하다. 신시에서 알 만한 사람은 모두 아는 사실이 아닌가? 그러니 다른 일은 몰라도 치우천의 일에 대해서만은 맥달 선인의 말을 따르기가 힘들다."

고시울률이 빈정대듯 말하자 군중들이 소란해졌다. 일부는 맞다고 외치는 소리였고 일부는 맥달을 존경하는 사람들이 분노하여 지르는 소리였다. 이제껏 미소 띠고 있던 치우천의 얼굴도 화가 치밀어 상기되기 시작했다. 힐끗 옆을 보니 맥달은 여전히 뒷짐을 지고 딴 곳을 보고 있었으나 양 볼이 살짝 발갛게 상기되어 있었다. 치우천은 즉시 고시울률에게 외쳤다.

"맥달 선인과 내가 가깝다고요? 좋소. 그렇다고 합시다. 허나 그렇다면 앞날을 다 아시는 맥달 선인께서 왜 나를 가까이하시겠소? 천부인의 힘을 받고 안파견 한님을 만났다는 고시울률, 당신을 가까이하지 않는 이유가 무엇이겠소? 당신의 말이 거짓이고 당신의 속이 시커멓기 때문에 멀리하시는 것 아니겠소?"

치우천이 소리치자 고시울률은 능청스럽게 외쳤다.

"흥! 너는 젊고 얼굴도 반지르르한데 나는 나이가 들었기 때문이라고 보는 편이 맞겠지."

흰 단군이 발을 구르면서 소리쳤다.

"고시울률! 당신 감히 선인을 모욕하다니! 죽어서 갈 곳도 없을 것이다!"

치우천도 소리쳤다.

"나이깨나 먹은데다 주신의 대귀족이라는 사람의 입이 참으로 더럽구려! 좋소, 고시울률. 자꾸 맥달 선인을 들먹이지 마시오. 맥달 선인은 이런 일 때문에 모독받기에는 너무나 크신 분이니 나는 이런 꼴을 두고 볼 수가 없구려."

"나도 맥달 선인을 모독하고 싶은 마음은 없다! 허나 맥달 선인이 네 편을 드는 것은 결코 공정하지 않다. 그 이유는 아까 말한 대로……"

고시울률이 또 입을 벙긋거리자 치우천은 화가 치밀어 머리에서 김이 날 지경이었다. 허나 자신의 분노보다 맥달이 마음 상해할 것이 더 겁이 났다. 맥달은 선인이고 신통력을 지녔지만 아직 젊은데다 조용히 혼자 살아온 여자였다. 이렇게 많은 사람들 앞에서 이런 소리를 듣는 것은 어쩌면 죽기보다 싫은 일이리라. 고시울률의 수법은 치사하기 그지없었지만 당장 대적할 방법 또한 없었다. 적어도 치우천은 지금 이렇게 자신을 구해 준 맥달의 마음을 더 이상은 상하게 하고 싶지 않았다.

"어쨌든 그만하시오! 내 욕을 하는 것은 상관없지만 선인을 자꾸 모독하면 무슨 벌을 받을지도 모르오. 저기 자오지께서 가만히 계실 것 같소?"

치우천이 겁을 주자 고시울률은 내심 자오지가 꺼려지는지 말꼬리를 돌렸다.

"맥달 선인이 신통력을 지니고 계시지만, 그렇다고 재판을 마음대로 하실 수는 없다!"

"죽었다 살아났다는 핑계로 천부인 이야기를 재판에서 마음대로 꺼낸 사람은 누구요? 고시울률 당신이 아니오?"

"네놈의 간사한 거짓말을 막기 위해서였을 뿐이다!"

"고시울률! 당신은 천부인의 힘을 빌었다고 입버릇처럼 말하는데 그렇다면 여기 계신 자오지는 무엇이오? 천부인과 자오지 모두 안파견 한님이 남기신 것들인데 어떻게 두 가지가 따로 놀 수 있단 말이오?"

"그래서 어쩌겠다는 거냐? 자오지의 힘을 빌려 우리를 겁주려는 거냐? 자오지가 신수지만, 거기까지다! 사람이 아니니 자오지가 재판을 해 주실 수 있는 것은 아니다!"

치우천은 몇 번 숨을 크게 쉬어 마음을 고르며 마음의 여유를 찾았다. 치우천의 머리가 다시 회전하기 시작했다.

"좋소. 그렇게 따지면 천부인께서도 재판을 해 주실 수 있는 것은 아니오. 여기는 죽어서 가는 안파견 한님의 재판장이 아니라 신시의 재판 장이오. 하지만 지금 여기 자오지께서 날갯짓만 한 번 하셔도 당신은 재가 돼 버릴 거요. 그것을 아시오?"

고시울률은 얼굴빛이 질렸지만 억지로 용기를 짜내듯 말했다.

"그런 짓을 한다면 자오지일 리 없다. 그냥 신수에 불과하다! 자오지는 주신의 신수이다! 신시에서 그런 짓을 할 리 없다!"

치우천은 비웃듯 말했다.

"왜 천부인의 힘은 빌지 않소? 자오지가 신수이기는 하나 천부인의 힘과는 비할 수도 없소. 당신이 천부인의 힘을 빌릴 수 있다면 자오지라도 겁낼 필요는 없을 텐데?"

솟대 단군이 불같이 화를 내며 외쳤다.

"천부인의 힘이 어느 만큼인지 네가 어찌 아느냐? 너는 입만 열면 터무니없는 거짓말만 늘어놓는데, 너무나 터무니없어서 그르다고 밝히기도 힘들 정도다! 네놈의 입을 다물게 하지 않으면 주신에 있어 큰 위험이 될 것이다! 천부인이니 선인이니, 안파견 한님의 일들을 너는 함부로 말하고 있어!"

치우천은 깨달았다.

'별 원한이 없는데도 솟대 단군이 나를 미워하는 것이 이상하다 생각했는데, 이제 보니 저 때문에 솟대 단군이 나를 꺼린 것이구나.'

주신의 솟대 단군이라면 하늘 아래서 한웅 말고는 안파견 한과 가장 가까운 자리에 있는 사람이었다. 허나 치우천이 직접 겪고 만난 일들은 그런 상식적인 수준을 훨씬 넘었다. 더구나 치우천은 그런 일들을 거침없이 언급할 뿐 아니라 마구 헤치고 다녔다. 신수가 관련된 일에도 선인과 관련된 일에도 뛰어들고, 주신에서 가장 신성시되는 천부인의 이야기마저도 함부로 입에 올렸다. 솟대 단군의 입장에서 보면 그런 사람의 존재는 미친 녀석이나 거짓말쟁이로밖에 보이지 않을 것이다. 아울러 자신의 믿음이나 지위에 엄청난 위협이 되며 나아가 그의 사고 안에서는 주신 자체의 근간을 흔드는 위험인물일 수밖에 없었다.

'그랬구나……'

치우천은 궁금증 하나가 풀리자 내심 쓸쓸히 웃으며 말했다.

"당신들이 뭐라 말해도 그만이오. 내 다시 예의를 지키겠소. 나, 주신 치우 집안의 웃뜸 치우천이 말하오. 마누라님과 삼사님, 여기 모인 모든 분들께 말씀드리오. 천부인, 자오지, 선인 신수 이야기는 그만하십시다. 우리가 지금 발을 딛고 있는 이곳은 신시의 재판장이니 신시의 법, 우리 사람의 법으로 누가 옳고 그른지를 따지는 것이 가장 좋을 것입니다. 아까도 말했듯 천부인이나 자오지나 맥달 선인께 이런 지저분한 일을 살펴 달라는 것은 정말이지 죄송스러울 뿐입니다."

비렴이 깊이 한숨을 쉬며 말했다.

"나, 풍백 비렴이 말합니다. 치우천의 말이 맞습니다. 누가 되었든 이번 일의 잘잘못은 사람이 한 것이며 사람이 죄를 지었습니다. 천부인이나 안파견 한님이나 선인, 신수를 끌어냈다고 하나 그에 죄가 있고 잘잘못이 있는 것이 아니라 봅니다. 즉, 고시울률님이 거짓말을 한 것이라도 천부인을 욕되게 해서는 안 될 것이며, 치우천이 거짓말을 한 것으로 밝혀지더라도 자오지나 맥달 선인을 욕보여서는 안 될 것입니다."

비렴이 말을 꺼내자 병예도 용기를 내어 말했다.

"우사 병예가 말합니다. 지금 자오지께서 신시에 내려오신 것부터가 이제껏 없었던 큰일입니다. 자꾸 맥달 선인에 대해 말이 많은데 이럴 것이 아니라 맥달 선인께 말씀을 해 달라고 하는 편이 어떻겠습니까?"

솟대 단군이 수염을 쓰다듬으며 말했다.

"솟대 단군이 말씀드립니다. 제가 보기에는 맥달 선인께 재판을 부탁드리는 것은 아니 될 말입니다. 맥달 선인께서 치우천을 구하기는 하셨으나 앞날을 아는 선인께서 누구 편을 들었다기보다는 사람들의 힘으로 재판의 결과를 내라 하신 것이라 봅니다."

숫대 단군의 말이 교묘하게 돌아가자 치우천은 화가 치밀었다. 죽어 가던 치우천을 살려 낸 것만으로도 모든 것을 뒤집을 수 있는데 그것을 단지 재판의 계속을 위한 행동으로만 돌리는 것은 너무도 얄팍한 수작이었다. 허나 맥달에 대해 자꾸 이런저런 이야기가 나오는 것이 싫었고, 자신이 지닌 논리만으로도 고시울률을 되잡을 수 있다고 믿었기에 덧붙여 말했다.

"치우웃뜸 치우천이 말합니다. 숫대 단군의 말씀은 일리가 있군요. 사람들의 힘으로 재판의 결과를 내자, 좋은 말씀입니다. 그러니 맥달 선인의 말씀이나 천부인의 기적에 기대지 말고 사람들의 지혜로 결과를 내 봅시다."

고시울률도 부활의 기적에 기대고 있었으나 지금의 맥달은 부활과 신수인 자오지의 기적을 두 가지 다 보이고 있었으니 아무래도 불리했다. 허나 끝까지 잡아뗴면 상대방도 증거를 잡을 수 없을 것이다. 그에 대한 준비도 되어 있었다. 마침내 고시울률은 대답했다.

"흥! 좋다. 마음대로 해 보거라."

그러자 부소구슬이 위엄 있게 말했다.

"어지럽다, 어지러워. 하늘의 뜻이 이렇게 어지럽다고 볼 수는 없으니 분명 사람이 중간에 끼어 사람들을 속이려는 것이겠소. 어찌 사람뿐이겠소? 누가 나쁜 마음을 품고 그랬다면 하늘마저도 속이려 한 셈이니이 일은 꼭 밝혀야만 할 것이오. 한웅님을 대신하여 내가 재판을 맡았지만, 천부인이며 자오지가 나오시는 데에야 한웅의 권위도 내세울 수가 없구려. 사람들의 일로 한정하여 판가름을 짓는다면, 다시 주신 한웅의 이름으로 명을 내리겠소. 옳고 그름을 반드시 밝혀야 할 것이오!"

한웅의 대리인인 부소구슬이 권위를 되찾아 명을 내리자 재판장의 분위기는 어느 정도 수습되었다. 부소구슬은 주위를 조용하게 하고 맥달에게 넌지시 말했다.

"천부인께오서 사람들 앞에 보인 적은 없으니, 맥달 선인께 여쭙겠소. 솔직히 하늘의 일과 사람의 일이 따로라고는 하지만, 맥달 선인께서 자오지까지 모시고 오셨는데 한마디 하시면 누구도 마다하지 못하겠소이다만⋯⋯."

이전까지 맥달이 선인으로 유명은 했어도 한웅의 밑이라 여겨졌다. 하지만 죽었다 살아나 자오지 같은 신수를 직접 데리고 온 이상, 이제는 마누라님이나 한웅이라 할지라도 그녀의 눈치를 보지 않을 수 없었다. 하물며 부소구슬은 맥달이 되돌아와 치우천을 감싼 순간 이미 일이 끝났다고 믿었다. 헌데 맥달은 직접 결말을 내려 하지 않았다. 그것이 의아하여 의도적으로 맥달에게 말한 것이다. 맥달은 수줍은 듯 미소를 지으며 말했다.

"하늘의 일은 하늘이 하실 것이니, 사람의 일은 사람들이 알아서 하소서. 저는 할 일을 마쳤으니 여기서는 더 말할 것이 없나이다."

"그렇다면 여기서 어떤 결과가 나더라도 천부인이나 안파견 한님이나, 자오지나 선인께 욕을 돌리는 것은 아니며 또 하늘의 힘이 이 일을 번복하거나 간섭하지는 않는다는 의미이시오?"

"바로 그러할 것입니다. 하늘은 할 일을 다 하셨습니다. 사람의 몫이 남았을 뿐이지요."

맥달은 차분하게 모여 있는 사람들을 둘러보며 말했다.

"설령 사람의 뜻이 하늘과 다를지라도 하늘은 그것을 누르고 고치게 하지 않습니다. 사람들이 만든 결과를 되품어 하늘의 길로 삼습니다. 저도 한낱 사람일 뿐이오나 하늘의 뜻을 조금은 눈치채고 있으니 감히 드리는 말씀이옵니다. 조금도, 조금도 간섭하지 않사오니 재판을 계속하소서."

고시울률이 용기를 내어 말했다.

"맥달 선인께서는 이미 재판에 끼어들어 저 녀석을 살리시지 않았소! 어찌 간섭하지 않았다 하시오?"

"재판이 끝나지 않았고, 한웅의 이름으로 판결이 내려지지도 않았는데 벌이 먼저 떨어지는 것이 옳지 않다 여긴 것뿐입니다. 한웅의 이름으로 판결이 내리지 않았는데 재판장 밖의 사람들이 마음대로 벌을 내리는 것은 옳지 않습니다. 죄가 확실해지고 나서야 벌이 있는 것입니다. 그것이야말로 신시를 세우신 안파견 한님의 뜻이고 여기 신시가 설 때부터 주신을 내려다본 자오지의 뜻이기도 합니다."

맥달은 웃으며 덧붙여 말했다.

"지금의 일은 큰일이고 중요한 일입니다. 허나 신시의 법도는 오래전, 안파견 한님 때부터 내려온 것이지요. 앞으로도 대대손손 이어 나가야 할 중요한 법도이기도 합니다. 그것을 지키는 것이 더욱 중요하다 여겼기에 나섰습니다. 굳이 하늘의 뜻이라 하신다면 그것이 하늘의 뜻이라 해 두지요."

"치우천의 죄를 감쌀 생각이 없다는 것이시오?"

"죄가 있다고 밝혀지면 누구라도 벌을 받아야 하고, 죄가 없다면 누구에게도 벌을 주어서는 안 되는 법입니다. 그것은 하늘의 법이 아니라 사람들이 세운 사람의 법이니, 사람들의 생각을 따르려 합니다. 치우천님이 죄가 있다면 벌을 받아야 하고, 없다면 받지 말아야 하겠지요. 허나 사람의 법대로 따라야 할 순서는 지키게 하는 것뿐. 하물며 안파견 한님께서 사람의 일을 맡긴 주신의 한웅의 이름으로 벌어지는 재판인데, 공연히 하늘의 이름으로 간섭할 생각은 조금도 없답니다. 제 뜻이라기보다는 자오지의 뜻으로 알아 주소서."

치우천은 맥달의 말에는 개의치 않았으나 치우천 편의 많은 사람들은 다소 섭섭하게 생각했다. 신수 자오지까지 몰고 왔으니 치우천이 맞다, 한마디만 하면 끝나는데 자꾸 물러서니, 되레 고시울률 편에 힘을 실어 주는 것 같이 보였다. 치우천이 호되게 벌받게 하기 위해 그러는 것 아닌가 하는 의심이 들 정도였다. 울라트는 하마터면 소리를 지를 뻔했다. 그러나 알한이 나서서 울라트와 사람들을 타일렀다.

"치우천님을 믿으십시다. 천님이 차분히 계신 것으로 보아 뭔가 생각이 있으신 겁니다. 우리가 공연히 움직이면 나쁜 놈들에게 기회를 주는 것이니, 찍소리 말고 가만히 있읍시다."

"그래야 하나요?"

울라트가 안타깝게 말하자 비울걸이 말했다.

"일단 되어 가는 대로 두고 보자."

치우천이 없는 상황에서 비울걸의 나이와 용모는 확실히 다른 사람이 따르게 만드는 무언가를 갖추고 있었다. 덕분에 치우천 쪽 지지자들은 조용해졌다. 더불어 고시울률이나 솟대 단군의 얼굴에도 화색이 돌았다. 맥달이 지나가듯 덧붙였다.

"세상의 재판은 세상의 재판대로, 하늘의 재판은 하늘의 재판대로이 옵니다."

그때 맥달의 시선은 솟대 단군에게 가 있었는데 그녀의 얼굴은 다소 발그레해진 것 말고는 평온했고 눈빛도 바다처럼 잔잔했다. 솟대 단군은 그녀의 눈빛을 잠시 멍한 듯 바라보다가 고개를 돌려 시선을 피했다. 치우천은 빙그레 미소만 머금고 있을 뿐이었다.

맥달의 말이 끝나자 돌연 자오지가 날개를 활짝 펼치더니 하늘로 홀쩍 날아올랐다. 하늘로 날아오르는 자오지의 시선이 잠시 치우천과 마주친 다음 순간, 자오지는 높이 솟구쳐 올라 구름 너머로 사라져 버렸다. 맥달이 말했다.

"계속하시오소서."

자오지가 갑자기 사라져 버린 것은 맥달과 하늘의 힘이 인간의 재판에 간섭하지 않겠다는 증거나 다름없었다. 자오지가 사라지자 안타까운 탄성과 안도의 한숨 소리가 광장 여기저기에 퍼졌다.

이윽고 부소구슬이 외쳤다.

"다시 재판을 계속하노라. 맥달 선인께서 말하신 대로 사람의 일은 사람이 풀어야 하는 것이다. 풍백께오서는 재판을 계속해 주소서."

비렴은 망설이다가 말했다.

"이 재판은 애초 치우천의 죄를 묻는 재판이었습니다. 그러나 치우천이 재판의 내용을 바꿀 뻔했고, 때를 맞추어 고시울률님이 되돌아오신데다가 맥달님도 오셨기에 더욱 갈피를 잡기 어렵게 되었습니다. 하물며 저는 치우천의 일조차 제대로 말할 수 없는 둔한 사람이니 거기서 더 얽히고설킨 지금 무엇을 말할 수 있겠사옵니까? 제가 나서기보다 지금껏 했던 대로 치우천 스스로 자기 죄를 벗도록 맡깁시다. 우리는 귀를 돋우어 그 말을 잘 듣고 마누라님께서 판단을 하시는 것이 좋을 듯합니다."

비렴의 말은 상황에 적절한 정론이었기에 고시울률도 꼬투리를 잡을 수 없었다. 치우천은 몇 번 헛기침을 하고는 입을 열었다.

"저도 죄인이 될지 모르는 판이니, 함부로 입을 열어 제 이야기만 늘어놓지는 않겠습니다. 말씀드린 대로 맥달 선인이나 신수, 천부인의 이야기는 하지 않겠습니다. 다만 고시울률님께서는 천부인의 덕을 입으셔 살아나신 분이니, 그것에 대해서까지 아무 말도 하지 않을 수는 없군요. 몇 가지만 묻겠습니다."

"무엇을 묻고 싶은 것이냐?"

고시울률이 말했다. 치우천이 물었다.

"흰 단군의 말에 의하면 저는 천부인의 굴에 들어갔다 나왔습니다. 제 입으로 제 이야기를 하고 싶지도 않고 그래 봐야 믿지도 않으실 것이니 그 사람의 말로만 생각해 보십시다."

"그것은 믿을 수 없다!"

"말씀드린 대로 저는 흰 단군과 가까운 사이가 아니었습니다. 흰 단군께서 거짓말을 하신다 해도 얻으실 것이 없습니다. 그런데도 흰 단군의 말조차 믿지 않으신다는 말씀이군요."

"죄를 짓고 쫓기던 자의 입을 어찌 믿겠느냐?"

"그렇다면 여기 맥달님, 흰 단군, 누리, 무라님 모두 증인이 되지 못한단 말씀입니까?"

치우천의 질문에 솟대 단군과 고시울률 및 몇몇 사람들은 한동안 모여 숙덕거리더니 이윽고 고시울률이 대답했다.

"맥달님은 실제로 보신 것이 없으시며 그분은 말하지 않는다 하셨으니 증인이 될 수 없다. 누리와 무라는 애당초 네 집에 있었고 네 편이었으니 믿기 어렵다. 흰 단군은 너와 원수간이라 하나 네 편인 누리를 돌봐 주는 사람이었으니 역시 증인이 될 수 없다!"

어찌 보면 억지 같았으나 그렇다고 부정할 수도 없는 답변이었다. 치우천은 느긋하게 기다리고 있다가 답변이 떨어지자마자 말했다.

"굴 안에 다녀온 증거가 있다면 어찌하시겠습니까?"

"증거라?"

치우천은 품에서 작은 물건을 꺼내 들었다.

"이것은 제가 천부인의 굴에 들어갔을 때 무심코 가져온 물건입니다.

가져오려는 생각은 없었는데 무의식중에 가져온 것이지요. 헌데 어젯밤 갇혔을 때 이것을 생각해 내고 가만히 보니 보통 물건이 아니더군요."

그것은 치우천이 천부인의 굴에서 가져온 곡옥이었다. 치우천은 그 것을 살살 어루만지면서 말했다.

"여기에는 한웅님의 표식이 새겨져 있습니다. 생각해 보니 이전에 돌아가신 한웅님을 장사 지낼 때 같이 들어갔던 물건 같군요. 누가 알아봐 주신다면 감사하겠습니다만."

고시울률이 꿈틀하는데 우사 병예가 치우천에게 다가가 그것을 받아들었다. 그러나 병예도 알지 못하는 모양이었다. 비렴과 신지울태도 그 것을 살폈으나 역시 고개만 갸웃거렸다. 마침내 부소구슬이 그것을 받아 살피다가 이윽고 말했다.

"한웅의 표식이 맞는 것 같기는 한데 조금 다르다."

고시울률은 호통을 쳤다.

"그렇다면 가짜요!"

부소구슬은 고개를 저었다.

"고시울률께옵서는 서두르지 마시오. 조금 다르기는 하나, 제가 알기로는 이것은 아주 오래된 한웅의 표식이오. 때문에 지금의 표식과 약간 다른 것이오."

"그렇다면 그 물건이 진짜라는 말씀이시오니까?"

부소구슬은 얼굴을 찡그리고 한참이나 깊은 생각에 잠긴 다음 마침내 말했다.

"가짜가 아니오. 한웅의 표식이 그 자체로도 중요하여 알아보는 사람이 적지만, 이렇게 아주 약간씩 다르게 새겨진다는 것은 주신에서도 아는 사람이 거의 없소. 한웅의 집안사람 아니면 알지 못할 것이오. 이 물건은 진짜요."

허나 고시울률은 냉랭하게 고개를 저었다.

"그 물건이 설령 진짜라고 해도, 그것을 정말 천부인의 굴속에서 가지고 나왔는지는 모를 일이지요."

"그러지 않고서는 이리 오래된 한웅의 표식이 새겨진 물건을 어디서 구한단 말이오? 고시울률님은 그런 물건을 구해 오실 수 있소?"

부소구슬이 날카롭게 말했으나 고시울률은 완강했다.

"그렇다고 그것이 천부인의 굴에서 나왔다는 보장은 없소."

치우천은 웃으며 말했다.

"맞습니다. 고시울률님의 말씀대로 그것이 천부인의 굴에서 나왔다는 증거는 물론 없지요."

사람들이 의아하여 치우천을 바라보는 순간, 치우천은 말을 덧붙였다.

"똑같이, 고시울률님이 천부인의 굴에서 되살아나셨다는 것도 증거 없기는 마찬가지입니다."

"이놈!"

고시울률이 기다리고 있던 듯 화를 내자 치우천은 웃으며 말했다.

"화내지 마십시오. 저는 있는 대로 말씀드렸을 뿐입니다. 제가 저 곡옥을 다른 데서 구해서 천부인의 굴에서 가지고 나왔다고 의심하실 수 있지요. 의심하는 것이 맞습니다. 마찬가지로 고시울률님도 고시울률님 아닌, 다른 사람의 목을 친 다음 숨어 계시다가 장사를 지내고, 그다음에 굴에서 나오신 것이 아닐까 의심할 수도 있다는 말씀입니다."

"그게 무슨 헛소리냐?"

"아까 재판을 하면서, 고시울률님은 목이 떨어져 돌아가셨는데 얼굴은 왜 망가져 있었을까 궁금해했습니다. 그런데 그렇게 하면 말이 되더란 겁니다. 아직은 저도 증거가 없습니다만, 의심은 그렇게 하고 있다는 말씀입니다."

"의심할 것이 따로 있지!"

누가 비명처럼 소리쳤으나 치우천은 능글맞게 말했다.

"재판은 원래 의심하고 의심해야 하는 것입니다. 고시울률님도 제가 낸 물건을 의심하셨기에 진짜라 볼 수 없다고 했고, 제 편의 이야기를 한 증인들도 증인이 될 수 없다고 하시잖습니까? 그것은 그른 일이 아닙니다. 마찬가지로 저도 의심할 것은 의심해야겠습니다. 재판에서 의심도 하지 말라면 아예 재판을 하지 않는 것이 낫지요."

"좋다. 마음대로 의심해 보아라. 하지만 너는 증거를 낼 수 없다."

치우천은 웃으며 말했다.

"곡옥도 증거가 안 된다고 하시니 다른 것을 말해 볼까요? 천부인의 굴 안은 몹시 어두웠습니다. 그래서 불을 밝히려고 새로 들어온 사람의 옷을 찢었습니다. 나중에 보니 고시울률님의 시체 같더군요."

"네놈이 아까 말한 옷자락 이야기냐? 하기는. 너는 죽은 사람의 몸을 뒤지는 쥐새끼였으니."

고시울률이 냉랭히 비꼬자 치우천은 말했다.

"어두운 곳에서 불을 밝히지 않으면 안 되니 별수 없었습니다. 그렇다면 거기 잠들어 계시던 옛 한웅님들과 주신의 조상님들 물건에 손을 대야 했습니까? 그러고 싶지는 않더군요. 더구나 옷이 거의 삭아 있어서 그럴 만한 물건이 없었습니다. 도둑들의 시체도 몇 있었습니다만 그것 역시 오래되어서 불붙일 것이 없었습니다. 부싯돌은 도둑의 시체에서 찾았습니다만."

그러자 솟대 단군이 참기 힘들었던지 소리를 냈다.

"주신에서 제일 신성한 장소에 무슨 도둑이란 말이냐?"

치우천은 웃으며 말했다.

"그러게나 말입니다. 신시에서 나고 자란 저도 있는지조차 모르던 동굴인데 거기까지 도둑이 들어와 뼈를 묻을 정도니 도둑들도 대단하지요."

"도둑이 들어갔을 리가 없고, 또 도둑인지 어떻게 안단 말이냐?"

"장사 지내는 조상님의 몸에 부싯돌이니 밧줄이니 그런 것을 넣을 리가 없지 않습니까? 더구나 삭아 버린 것이라 하더라도 한웅님이나 주신의 귀족들이 걸치시기엔 너무 초라한 옷을 입었구요. 그렇다면 도둑이 아니겠습니까? 고시울률님도 거기서 되살아 나오셨다면서 모르십니까?"

고시울률은 당황한 듯 금방 대답하지 못했다. 솟대 단군이 대신 외쳤다.

"지금 나와 단군들까지도 일을 잘못한다고 모욕하는 것이냐?"

치우천은 웃으며 일부러 시간을 주듯 말을 천천히 이어 갔다.

"신시에서도 제일 깊이 숨겨진 곳이 천부인의 굴이지요. 허나 거기 도둑이 들었다고 솟대 단군님이나 단군님들이 욕을 먹어서는 안 될 것입니다. 원래 도둑들은 귀한 것이 있는 곳이라면 무슨 수를 써서라도 가게 마련이니까 말입니다. 천부인을 찾았다기보다는 장사 지낸 분들이 지녔던 물건에 욕심나서 들어간 것이 분명하죠. 천부인을 알았다면 당연히 들어갈 엄두도 내지 못했을 거고 말입니다. 또 몇십 년 이내로는 들어간 녀석이 없는 것 같으니 누가 책임질 문제는 아닙니다."

고시울률이 외쳤다.

"네 녀석은 불경스럽게도 장사 지낸 사람의 옷에서 불을 붙였다고 하지만 과연 그런 것이 용납되겠느냐? 나는 그럴 생각도 하지 않았고, 어둠속에서도 천부인의 인도를 받아 스스로 나왔다!"

"천부인의 굴은 위에서 뚝 떨어지게 되어 있어 기어 올라갈 수도 없고, 가느다란 나무 사다리밖에 없는데 어두운 곳에서 어떻게 올라오셨습니까? 사다리가 보이셨습니까?"

"그렇다! 천부인이 방을 환하게 만들어 주셔서 나무 사다리를 찾을 수 있었다!"

"아, 다시 생각하니 거기에 사다리는 없고 밧줄 한 가닥만 있었던 것 같군요. 제가 머리가 나빠 착각했나 봅니다. 그런데 고시울률님은 정말 사다리를 잡고 올라 오셨단 말인가요?"

고시울률은 일순 대답하지 못했다. 그의 얼굴이 약간 핼쑥해지자 솟대 단군이 지체 없이 외쳤다.

"너, 말꼬리를 잡고 늘어지자는 것이냐?"

치우천은 여유 있게 웃으며 말했다.

"그런 것이 아니라 이상해서 여쭈어 보는 것입니다. 정작 말씀드리고 싶은 것은 따로 있습니다. 제가 굴 안에서 고시울률님 옷의 소맷자락을 찢었는데, 고시울률님의 옷소매는 멀쩡하니 이상하지 않습니까?"

"너는 옷자락 이야기를 두 번이나 했다! 네가 굴에 들어간 적이 없다면 옷자락을 찢을 수도 없었을 것 아니냐? 거짓으로 증거를 만들려고 하다니 뻔뻔하기 이를 데 없구나!"

"옷자락에 대해 그렇게 말하신다면 다른 것도 있습니다."

"좋을 대로 지껄여 보거라."

"지금, 고시울률님의 옷에는 왜 먼지며 흙이 잔뜩 묻어 있습니까?"

고시울률은 이를 갈며 외쳤다.

"그것은 또 무슨 헛소리냐? 그런 시시콜콜한 것들로 트집을 잡는단 말이냐?"

"모든 것을 의심해야 한다기에 드리는 말씀입니다. 백번 물러서 옷자락은 그렇다 쳐도 먼지는 이상합니다. 고작 하루 이틀 계셨는데 옷에 먼지며 흙이 너무 많이 묻으셨습니다. 천부인의 굴에 장사를 지낼 때는 아무도 굴에 들어가지 않기 때문에 그냥 시체를 던지게 되어 있더군요. 그렇다면 그렇게 먼지가 많이 묻을 리가 없는데, 그 옷은 꼭 일부러 땅에 묻혔다가 나온 것 같지 않습니까? 천부인이 먼지라도 뒤집어 씌우셨습니까?"

치우천의 말은 빈정대는 것 같았으나 한 올의 빈틈도 없었다. 주신에서는 사람이 죽으면 대부분 땅에 묻는다. 때문에 천부인의 굴에 사람을 매장할 때도 똑같이 '묻힌다'고 말한다. 하지만 천부인의 굴에 들어가면 누구나 죽는다고 알려져 있으므로 시체를 묻을 수는 없고, 그곳에 '묻힌다'는 것은 단순히 굴 밖에서 던져지는 것이었다. 이런 사실은 주신의 보통 주민들도 몇몇은 알고 있었다. 그렇게 던져진다면 옷이 저렇게까지 먼지투성이가 될 리 없다. 이윽고 광장에 모인 사람들조차 웅성거리며 치우천의 말에 동조하여 의심하기 시작했다. 고시울률은 한참이나 얼굴빛이 질린 채 입을 다물고 있었으나 이윽고 입을 열었다.

"말하겠다. 내가…… 비록…… 그때의 일을 말하지 않으려 했으나 네 녀석의 혓바닥이 하도 미끄럽게 돌아가니 일일이 대꾸하지 않을 수가 없구나. 우선 첫째, 굴에는 분명 사다리가 있었다."

고시울률은 떠듬떠듬 말을 이어 갔다. 좀 어색했지만 치우천은 아무 말 않고 여유 있게 고시울률의 이야기를 들었다.

"……허나 지금은 밧줄로 바뀌어 있겠지. 네놈이 천부인의 굴에 들어갔다고 나는 믿지 않는다. 흰 단군이 천부인의 굴 앞에서 네놈의 칼을 주웠다고 네놈이 천부인의 굴에 들어간 것은 아니다. 그것은 대단히 귀중한 보물이라는데, 왜 일부러 그것을 그 앞에 끌러 놓았느냐? 네놈이 안에 들어갔다는 표를 내기 위해서가 아니겠느냐? 그렇다면 분명 천부인의 굴 앞까지는 갔다는 것이니 사다리를 치우고 밧줄로 바꾸어 놓았을 수 있다. 그곳은 사람이 많이 다니는 곳이 아니니까. 그렇게 하여 나를 함정에 빠뜨리려고 혓바닥을 놀리지만 나는 당하지 않는다!"

고시울률의 반격은 뜻밖이었다. 사람들은 혼란스러워지기 시작했다. 방금까지는 치우천이 고시울률을 꼼짝 못하게 만들었다 생각했는데 고시울률의 이야기를 듣고 보니 그런 것 같기도 했다. 치우천은 계속 여유 있는 표정으로 말했다.

"그렇다면 옷소매는 어떻게 말하시렵니까?"

"네놈이 굴에 들어가지 않았다면 옷소매를 찢을 수도 없겠지."

"그렇다면 먼지는요?"

"이것까지 말해야 하는가? 천부인께서는 나를 땅에 묻었다가 꺼내 살려 내셨다. 어떻게 되었는지는 모르지만, 내 몸이 땅에 묻혀 있었고 머리만 나와 있었다. 하늘의 힘을 쓰신 것이니 자세한 것은 알 수 없으나, 흙에 묻힌 씨앗에서 새싹이 나듯이 땅의 힘을 쓰신 것이겠지. 하늘이 하신 일이라 굳이 입 열지 않으려 했지만 하는 수 없이 말한다! 네놈이야말로 말해야 할 것이다! 네놈의 그 보물이라는 칼을 하필 천부인의 굴 앞에 끌러 놓은 것은 무슨 수작이었느냐? 쫓기는 상황에서 무기를 함부로 끌러 둔다는 것은 생각할 수 없다. 네놈은 수작을 부리기 위해 그것을 거기 놓아둔 것이다. 네놈의 잘 돌아가는 머리로 나를 함정에 빠뜨리려고 말이다!"

고시울률의 이야기는 한편으로는 허황되게 들렸으나, 대놓고 부정할 수도 없었다. 치우천이 연달아 이상한 정황을 지적해서 끝났다 생각했는데 고시울률의 이야기를 듣고 보니 그편의 이야기도 그럴듯하지 않은가? 더구나 크리스를 하필 천부인의 굴 앞에 벗어 두고 간 것은 증거가 아니라 약점이 된 셈이었다. 군중들은 혼란에 빠졌고, 삼사나 부소구슬마저도 어쩔 줄을 모르는 형편이었다. 치우천은 크리스를 왜 끌렀는지는 말하지 않았다. 그것을 말하려면 천부인의 굴에 들어가면 누구나 죽는 것이 아니며, 쇠붙이를 지니고 들어갔을 때만 죽는다는 것을 말할 수밖에 없었다. 그러나 그것은 천부인의 큰 비밀이라고 볼 수 있다. 어차피 이번 재판 때문에 천부인의 위치는 신시 사람 모두에게 알려졌는데 천부인의 굴에 들어가도 모두 죽는 것이 아니란 사실이 알려지면 도둑들이 가만있지 않을 것이다. 몸의 쇠붙이를 끄르고 한웅의 유물을 훔치려는 도둑들이 줄을 이을지도 모르기 때문이다. 치우천은 속으로 한숨을 쉬었다.

'나는 왜 이리 생각이 많은가? 병이구나, 병. 고시울률은 지지 않으려 별짓을 다하는데 나는 이것저것 따지기만 하니 원……. 하지만 이제 분명해졌다. 더 이상 피할 수 없을 것이다. 고시울률.'

치우천은 광장 주변을 한번 둘러보고 마침내 최후의 도박을 시작했다.

배신의 싹

춘추전국시대 조각의 명수였던 환혁(桓赫)은 이렇게 말했다.
"조각을 잘하려면 처음에 코는 크게 하고 눈은 작게 해야 한다.
코가 큰 것은 깎아 줄일 수 있지만 크게 할 수는 없고
눈이 작은 것은 파내 늘릴 수 있지만 작게 줄일 수 없다."
세상의 일들을 처리하는 것도 또한 이러해야 한다.
해 둔 뒤에도 수정할 수 있도록 대비해 두어야 실패가 적다.
—『한비자(韓非子)』, 「설림편(說林篇)」

예고도 없이 나타난 헌원의 대군을 보고 놀란 것은 치우비만이 아니었다. 유망과 형천 또한 헌원의 대군이 나타났다는 소식에 놀랐다. 사실 유망은 전령의 기별을 받아 치우비보다 하루 먼저 알고 있었다. 허나 유망에게 있어서도 그들의 출현은 급작스럽고 의아한 일이었다. 그 때문에 유망은 헌원이 군대를 보낸 진위를 파악하기 위해 부하들을 모아 회의를 했다. 치우비와 계속 싸움을 벌이지 않은 이유도 따지고 보면 그 때문이었다.

형천은 헌원의 참전을 기뻐했다.

"헌원이 드디어 정신을 차린 것 같습니다. 이건 헌원이 염제 신농님께 드리는 선물이고, 지난날의 잘못을 뉘우치는 뜻으로 보셔야 할 것입니다."

유망은 많은 소부족장과 대전사 들이 모인 큰 천막의 가장 높은 자리

에 앉아, 눈을 반쯤 게슴츠레하게 뜨며 심드렁하니 대답했다.

"형천, 그렇게 생각해?"

"그렇습니다. 헌원이 금천을 앞세웠다는 것이 증거라고 생각합니다. 금천은 우리와 함께 어깨를 맞대고 있었습니다만 태산 회의 이후 헌원에게 돌아서 버렸습니다."

"그건 그렇지. 그때 일을 생각하면 쳐 죽이고 싶은 놈이지."

"염제 신농께서 말씀하신 대로 금천은 헌원의 부하 중에서도 우리와 제일 껄끄러운 입장에 있습니다. 금천도 우리 낯을 보기 민망할 테지요. 그런 금천이 앞장서서 온 것은 헌원이 염제 신농께 사과를 드린다는 뜻이 분명합니다. 금천의 잘못부터 빌면서 헌원도 같이 사과를 드리고, 염제 신농님을 중심으로 뭉쳐 앞으로 지나족끼리 잘해 보자는 것이라 생각합니다."

형천이 자신 있게 말하자 유망이 물었다.

"정말 그럴까?"

"저는 그럴 것이라고 생각합니다."

그러자 이번에는 축융이 한 발 앞으로 나서며 말했다.

"저도 형천의 생각과 비슷하기는 합니다. 분명히 염제 신농님 앞에 나설 때 금천이 그런 소리를 하겠지요. 그렇다고 곧이곧대로 다 믿어서는 안 된다고 생각합니다."

"좀 더 자세히 말해 봐."

유망이 살짝 미소를 지으며 말하자 축융은 헛기침을 한 다음 말을 이었다.

"헌원은 믿을 수 없는 놈입니다. 속에 무엇이 들었는지 알기 힘든 놈이죠……."

유망이 장난스럽게 킥킥 웃으며 말했다.

"이봐, 축융. 나도 그놈을 놈이라 하기는 하지만 그래도 대족장이야. 사람들이 모인 앞에서 이놈 저놈 하면 그놈이 안 좋게 생각할지도 모르잖은가?"

사람들은 웃음을 터뜨렸다. 축융은 무표정한 얼굴 그대로 유망의 말이 끝나기를 기다렸다가 다시 말했다.

"염제 신농님의 말씀에 따르겠나이다."

"아, 계속해."

"헌원은 내내 주신과 우리 사이에서 저울질을 해 왔습니다. 한때는 치우 형제를 보호하기도 했고, 싸움에 끼지 않으려 했습니다. 허나 그러면서도 우리에게 입막음을 하려는 것인지 많은 물건들을 보냈고, 사실 그 물건들은 우리에게도 큰 도움이 되었습니다. 헌원의 막내딸과 치우비가 묘한 사이였다고 들었는데, 그것도 관련이 있었을 것입니다. 헌데 제가 듣기로, 헌원의 막내딸이 죽었다더군요."

유망은 힐끗 관심을 나타내며 말했다.

"어? 정말이냐?"

"그렇다고 합니다."

유망은 생각에 잠긴 표정으로 말했다.

"계속 말해 봐. 자세히."

축융은 헛기침을 하고는 말을 계속했다.

"지난번 서쪽의 창족에게서 들은 말입니다. 전에 치우 형제가 카린산에 간 일이 있는데 처음에는 헌원이 그들을 도와서 같이 갔답니다. 그때는 치우 형제가 주신에서 줄이 끊어진 터라 갈 곳 없는 처지였답니다. 아마 그래서 헌원이 꼬이려 했겠죠. 허나 치우 형제는 헌원의 꼬임을 뿌리쳤고, 꽤 크게 싸움까지 했답니다."

유망은 낄낄거리며 웃었다.

"욕심이 지나쳐. 헌원은 욕심이 지나쳐. 될 일이 아닌데 물고 늘어지는 걸 보니 역시 헌원이야. 그래서?"

"치우천 그 녀석은 죽어도 자기 고집을 바꿀 놈이 아니니, 헌원에게 남은 것은 치우비뿐이었겠지요. 그 와중에도 치우비는 헌원의 딸을 잊지 못해 혼자 헌원의 마을로 몇 번이나 쳐들어갔다더군요. 발칵 뒤집어 놓았답니다. 화산 근처의 사람들은 그 이야기를 많이 한답니다. 치우비가 자신의 딸을 잊지 못하니, 헌원은 앞으로 희망이 있다고 생각했겠지요. 치우비는 꽤 센 녀석인데다가 주신의 웃뜸사울아비까지 되지 않았습니까? 허나 자기 딸이 죽어 버렸으니 이제 주신에게 비빌 언덕은 없어진 거죠. 더구나 염제 신농께서 이렇게 주신으로 진격하고 계시고 주신은 치우비 하나가 버티고 있을 뿐 변변히 군대도 보내지 못하고 있으니, 지금 기회를 놓치면 끝이다 싶어 달려온 것이 분명합니다."

유망은 눈을 가늘게 뜨며 말했다.

"결국 형천하고 같은 생각이잖아?"

축융은 천천히 다시 말했다.

"그건 그렇습니다. 하지만 제가 정말로 드리고 싶은 말씀은, 그들을 받아들여서는 안 된다는 것입니다."

"하하. 받지 말자?"

"그렇습니다. 그놈들은 믿을 수 없습니다. 다 합하면 사만 명이나 되는 많은 숫자지만, 전쟁 한번 해 본 적이 없는 헌원의 부하들이 싸우면 얼마나 잘 싸우겠습니까? 더구나 지금 마음을 바꾼다지만, 헌원은 태산 회의에서 한번 염제 신농님을 배반했던 놈입니다. 한번 배반한 놈은 또 배반할 수 있습니다. 그런 놈을 받아들여서는 안 됩니다."

대족장 사이에서 축융을 비난하는 소리가 들려왔다.

"도와주러 온 사람에게 너무하는 것 아닙니까?"

"지금은 헌원의 힘도 필요한 때입니다."

축융은 가늘게 찢어진 눈을 부릅뜨며 말했다.

"조심해야 할 것은 조심해야지! 그리고 누구냐! 순서도 지키지 않고 뒤에서 떠들어 대는 것은?"

분위기가 이상해지자 유망이 손을 저으며 말했다.

"아아, 할 말들 있으면 나와서 앞에 나서서 해 봐."

축융이 옆으로 물러나고 다섯 명의 대족장이 걸어 나와 동시에 유망에게 고개를 숙였다. 유망은 흥미롭다는 듯 수염을 매만지며 대족장의 이름을 하나하나 불렀다.

"자오, 추, 예, 리우, 창."

다섯 명은 각각 다섯 성씨를 대표하며 유망과 헌원 사이의 접경 지역에 위치한 부족장들이었다. 유망은 잠시 그들을 훑어본 후 웃으며 말했다.

"다섯이 사이가 좋은가 봐? 마음도 딱딱 맞나 보지?"

"자오, 추, 예, 리우, 창의 다섯 부족을 대표하여 자오 부족의 자오웬이 말씀드립니다. 지금 주신의 군대는 그리 많지 않습니다만, 우리는 쉽게 이기지 못하고 있습니다. 여기저기 다른 부족에서 원군도 밀려들고 있으니 이 또한 골치 아픈 일입니다. 비록 우리의 숫자가 많지만 쉽게 생각해서는 안 되니만큼 헌원님의 군대와 함께 싸워야 할 것입니다."

유망은 심드렁하게 말했다.

"그들이 도우러 온 게 아니라면?"

"무슨 말씀이온지?"

"제대로 싸워 줘야 원군이지 싸우지 않는다면 원군이 아니겠지?"

"아마도 열심히 싸울 것입니다."

"그래. 그렇겠지?"

그러면서 유망은 손뼉을 짝짝 두 번 쳤다. 회의장으로 두 사람이 들어왔다. 둘 다 큰 키에 다부지고 탄탄한 몸매를 한 전사였는데 회의장의 사람들이 단번에 그들을 알아볼 정도로 유명한 사람이었다. 둘이 이미 밖에 대기해 있었던 것을 알고 부족장들은 웅성거렸다. 두 사람은 유망 앞으로 나서서 절을 하며 말했다.

"알유, 이부가 헌원님과 금천님을 대신하여 인사드립니다."

"아. 그래, 그래. 오랜만이네. 태산 회의에도 나갔던 용감한 전사들이 와 주니 반갑군그래."

"예. 감사합니다. 있는 힘을 다해 도울 것입니다. 금천님께서 직접 오시려고 했으나 부대를 정비하느라 조금 늦게 오실 것 같으니 염제 신농께서는 이해해 주시기를 바라옵니다."

"아, 그래?"

유망은 킥킥 하고 약간 비틀린 소리를 내며 웃었다.

"뭐, 이해해. 나 보기가 껄끄럽다는 건가? 하지만 굳이 지금 따지고 싶진 않고……."

"그에 대해서는 따로 전할 말씀이……."

"아, 지금은 작전 회의중이니 그 이야기는 나중에 하고……. 어때? 자네들은 금천의 명령만 받고 온 건가, 다른 지나족 부대도 대표해서 온 건가?"

"금천님이 두 부대 전체의 대장이니 두 부대를 대표한 것입니다."

"아, 그래? 거 잘됐네. 뭐, 길게 이야기 할 것 없지. 와 줘서 반갑고 고마워. 우리, 좀 힘들거든? 주신군은 얼마 되지 않는데, 치우비 그놈이 보통 괴물이 아니야. 그런데다 다른 부족 놈들이 생각보다 빠르게 모여들고 있어. 그리고 상황도 안 좋다구. 형천의 대인족 한 부대는 대장 위가 이상한 짓을 해서 완전히 엉망진창이 돼 버렸고, 축융도 상처를 입을 정도로 고전중이야. 치우천 놈도 나오지 않았는데 말이지. 참, 기막힌 노릇이야."

형천의 얼굴이 붉어졌고 축융도 표정 변화를 드러내지는 않았으나 어깨가 떨리는 것 같았다. 다른 대족장들도 놀라 수군거렸다. 자존심 강한 유망의 입에서 저런 소리가 나온 것도 의외였고, 측근 중의 측근이라 할 수 있는 형천과 축융의 얼굴을 배려하지 않는 말도 의외였다. 무엇보다도 유망은 이미 헌원의 원군을 받아들일 마음의 준비를 하고 있는 것 같지 않은가?

"싸움에서 약간 손해를 보는 일도 있는 법. 저희는 형천님과 축융님의 힘을 조금도 의심하지 않습니다."

"아, 그거야 그렇지. 하지만 말이야, 지금은 너희가 도와줘야겠어. 앞장서서 말이야."

알유는 보이는 인상과는 달리 차분하고도 빈틈없는 태도로 말했다.

"세상 제일의 용사인 형천님을 두고 저희가 앞장서도 되겠사옵니까?"

형천을 치켜세우는 것 같아도 묘하게 앞장서기 싫어하는 느낌이었다. 유망은 웃으며 말했다.

"아, 형천도 이해할 거야. 부대를 정비해야 할 테니까. 듣자 하니 너희는 좋은 것을 많이 얻었다며?"

알유는 유망의 말에 약간 놀라는 것 같았으나 이내 차분한 표정으로 대답했다.

"운이 좋아 치우천이 만들던 구리 무기를 많이 손에 넣었습니다. 이미 좋은 구리 무기 천 개를 염제 신농님께 바치려고 가지고 왔사옵니다."

부족장들은 감탄의 소리를 냈다.

"오오! 구리 무기를!"

"천 개씩이나!"

천 개의 구리 무기라면 상당한 분량이었다. 유망은 여전히 속을 보이지 않는 웃음을 지으며 말했다.

"아, 고맙군. 그런데 그렇게 좋은 것으로 무장했으니 싸움도 훨씬 쉽겠군그래? 그러니 앞장서서 치우비 녀석을 어떻게 해 봐."

유망이 이렇게까지 말하는데 알유는 딱 잘라 거절할 수도 없었다. 알유는 고개를 숙이며 말했다.

"구리 무기를 많이 얻었지만 익숙해지기는 어렵습니다. 금천님께 염제 신농님의 말씀, 그대로 전하겠사옵니다."

유망이 눈을 빛내며 날카롭게 말했다.

"이봐, 이봐. 너희가 대표라며? 그런데 뭘 전한다는 거야. 도와주러 왔다며? 그러면 도와줘야지 뭘 또 따질 게 있어?"

알유는 연신 고개를 숙이며 말했다.

"분부 받들어 그대로 전하겠사옵니다. 저희는 헌원님과 금천님을 대표하옵니다만, 오늘은 인사를 드리러 온 것이며 이렇게 급하게 작전 회의에 설 줄은 몰랐사옵니다. 염제 신농께오서 저희를 높이 보아 주셔서 작전 회의에 참가하게 해 주신 것은 큰 영광입니다. 허나 저희가 아무리 대표라고 해도 작전을 마음대로 할 권한은 없으니 이해해 주시기 바랍니다. 금천님에게는 최대한 말을 달려 의견을 묻겠사옵니다."

알유가 깍듯이 말하자 유망은 표정을 풀며 웃음을 지어 보였다.

"알유 하면 힘세고 유명한 전사인데 말도 참 잘하는구먼. 좋아, 뭐. 그 정도는 이해해 줄 수도 있지. 그러면 가서 이렇게 전해. 일단 먼저 나가서 치우비와 싸우던지, 더 상의하고 싶으면 금천과 저쪽 부대 대장들도 모두 오라고 말이야. 그래야 회의를 하지. 안 그래?"

유망은 부족장들에게 말했다.

"자, 이제 헌원의 부대도 도와줄 테니 우리는 군대를 나누어서 치우비를 도와주러 오고 있는 부대들을 막도록 한다. 기왕 나서기도 했으니 다섯 부족장이 각각 몽골, 타타르, 키탄, 미아우, 마갸르 부족의 지원 부대를 어떻게든 막아 봐. 그들이 생각보다 빨리 오고 있다는 보고가 있었어. 그리고 형천은 부대 사기를 바로잡고, 축융은 몸을 돌보고 말이야."

형천과 축융은 자존심이 상한 표정이었으나 유망의 명령에 토를 달지는 않았다. 평소 두 사람을 가장 신뢰하던 유망과는 달라 보여서 부족장들이 미미하게 동요하는 기색이 보이자 유망은 웃으며 말했다.

"자, 그러면 일단 금천과 헌원의 부대가 앞을 막아 주고, 그들의 지원 부대는 다섯 부족장이 맡아 줄 것으로 믿기로 한다. 내가 신중한 것 같아 보이겠지만 지금 문제가 상당히 많아. 치우비도 문제지만 황하 부근에서 메뚜기 떼가 번지고 있다는데 이것도 큰일이다."

메뚜기 떼에 대한 소식은 며칠 전에 한 번 들려온 적이 있지만 유망이 그것에 마음을 쓰고 있을 줄은 몰랐다. 유망이 말했다.

"너희 중 메뚜기 떼를 겪지 않은 부족장도 꽤 있을 거다. 요 몇십 년간 메뚜기 떼가 나타나지 않았으니까. 정말 일어났다면 문제가 상당히 심각하다. 우리는 지난번 공상을 잃으면서 큰 손해를 입었다. 전사들은 그리 잃지 않았지만 식량과 물건을 많이 잃었어. 거기에 이번 싸움 때문에 우리 고향의 곳간은 텅텅 비게 되었다. 그런데 메뚜기 떼가 넓게 퍼지면 이건 정말 큰일이라고 할 수 있다. 메뚜기를 막을 방법은 없지만 메뚜기 떼가 휩쓴 다음에 마을을 다시 지으려면 젊은 사람들의 힘이 반드시 필요하다. 그러니 싸움을 오래 끌거나 많이 진격할 수도 없는 노릇이다. 주신과의 싸움도 중요하지만 우리 고향 땅도 중요하지 않은가? 물론 얻는 것 없이 돌아갈 수는 없겠지만 최대한 신중하게 싸워야 한다. 나도 오래 생각하고 내린 결론이니 잘 따르도록!"

유망이 딱 잘라 말하자 모두는 크게 대답하는 수밖에 없었다. 유망은 일어서서 부족장 하나하나를 격려하며 걸어 나갔다. 그러면서 그는 형천에게 슬쩍 말했다.

"오늘 밤 술이나 하자구."

형천은 고개를 끄덕해 보이고는 밖으로 나섰다. 각각의 부족장들은 자신의 부대로 향해 갔으나 알유와 이부는 사신 격으로 온 참이라 유망의 막사 부근에 지은 임시 막사에 있었다. 형천은 유망의 최측근이었으므로 막사도 유망의 바로 옆에 있었다. 그런데 형천은 막사로 돌아가기도 전에 소리를 질러 위를 불렀다. 기세가 상당히 사나워서 머지않아 겁먹은 위가 달려왔고 알유와 이부도 약간 떨어진 곳에서 그 광경을 엿보았다.

위가 도착하자마자 형천은 무섭게 일갈했다.

"이길 수도 있고 질 수도 있다. 힘을 다해 싸웠다면 졌다고 탓할 수는 없다. 허나 너는 글러먹었다. 부하를 돌보지 않는 대장은 대장이 아니다. 너는 대장이 아니다. 쓰레기다!"

형천은 소리를 지르면서 위를 걷어찼다. 위는 비명조차 지르지 못하고 천막의 가죽을 뚫고 날아가 한참이나 떨어진 흙바닥 위를 데굴데굴 굴렀다. 위가 극심한 고통으로 새우처럼 몸을 꼬부려 간신히 신음만 올리고 있는데, 형천은 뚜벅뚜벅 다가와서 위를 짓밟기 시작했다.

"아프냐? 네 부하의 마음은 그보다 더 아팠을 것이다! 창피하냐? 자기편에게 활을 쏘아야 했던 네 부하들이 훨씬 창피했을 것이다! 네가 한 짓을 잘 알지? 염제 신농께서조차 신경 쓰고 계신다! 네 부하는 네 부하만이 아니다! 염제님의 부하이기도 하단 말이다, 이 개 같은 자식아!"

사정없는 형천의 발길질에 위는 순식간에 빈사 상태에 이르렀다. 위의 숨이 넘어갈 것 같자 형천은 짓밟으려던 발길질을 멈추고 위에게 말했다.

"너는 이제 대장이 아니다. 쓰레기다. 쓰레기로 남고 싶으면 꺼져 버려라. 허나 다시 사람이 되고 싶으면 뉘우치고, 정말로 뉘우쳤다면 나를 찾아와 남은 벌을 받아라."

형천은 그 말을 남기고 숨만 간신히 붙어 씩씩대는 위를 내버려 두고 막사 안으로 성큼성큼 들어가 버렸다. 위가 만신창이가 되고 형천의 벌이 끝났는데도 정작 위의 부하들 중에서 위를 돌보아 주는 사람은 하나도 없었다. 판얼의 죽음과 지난번 싸움에서의 일로 인해 위는 자기 부하들에게 인망을 완전히 잃고 말았다. 도리어 위의 부하들은 형천이 마지막으로 위에게 기회를 준다는 뜻의 말을 한 것이 불만스럽다는 표정이었다. 위의 행동이 벌을 받아 마땅했으며, 그 때문에 형천이 회의 때 유망에게 직접 지적을 받는 망신을 겪었고, 선봉의 자리를 넘긴 사실도 있기 때문에 아무도 형천의 행동이 지나치다고는 생각하지 않았다.

사정을 잘 알지 못하던 알유는 조심스레 옆에 있던 이부와 주변의 부하들에게 말했다.

"위는 그래도 우리 지나족에서는 손꼽히는 대장 가운데 하나인데, 저 꼴은 안되었군."

이부도 말했다.

"잘못이 크기는 합니다. 다만 차라리 목을 칠지언정 저렇게 모욕을 주는 것은 심한 듯합니다만."

알유는 아니라는 듯 고개를 세게 흔들었다.

"위를 벌주는 게 중요한 게 아니라 부하들의 마음을 달래는 것이 더 중요하다. 형천님은 그걸 아시는 게지. 더구나 위를 아주 내치지는 않은 것 같다. 마저 벌을 주겠다는 말은 뉘우치면 용서해 주신다는 말 같은데?"

이부는 알유에게 말했다.

"어떻게 할까요?"

"일단 저렇게 두기는 눈꼴사납군. 돌봐 주게나."

이부는 알유에게 말했다.

"그러셔야지요. 쓸모가 있을 것 같습니다만."

알유는 갑자기 화난 듯 소리쳤다.

"불쌍한 전사를 도와주는 것이지, 쓸모를 보고 구해 주는 것은 아니다. 너는 전사가 아니라 장사꾼인가?"

이부는 입을 다물고 자리를 피하기라도 하려는 듯 위에게 다가갔다. 알유는 이부가 멀어지자 주변의 부하들에게 말했다.

"이부는 강하고 용감한데다 머리도 좋다. 하지만 전사답지 않아. 똑똑하고 강하지만 명예를 얻기는 힘들 것이다."

주변의 부하 한 명이 알유에게 넌지시 물었다.

"그러면 알유님은 명예를 중시하십니까?"

"그렇다. 전사는 싸움을 하고 남을 죽인다. 좋은 일이라고는 할 수 없지. 그렇기에 더더욱 명예롭게 행동하고, 당당하고 올발라야 하는 것이다. 명예를 잃은 전사는 들개나 다름없다. 내가 바라는 것은 큰 곰이나 큰 호랑이 같은 전사가 되는 것이다. 썩은 시체를 뜯는 들개 따위가 되고 싶어 전사가 된 것은 아니다. 저기 두 사람은 자칫하면 들개가 될 것이다. 그들을 잘 보고 배워라. 닮으라는 것이 아니라 닮지 말라는 것이다."

주변의 부하들이 조용히 듣고 있자 알유는 자신의 말이 지나쳤다 여겼는지 한마디를 더했다.

"내가 존경하는 사람이 세 사람 있다. 첫 번째는 물론 헌원님이다. 그분만큼 크고 가슴이 넓으며 올바른 분은 없을 것이다. 두 번째는 형천님이다. 세상에서 가장 강하고 당당하며, 또 굳센 전사다."

"그럼 세 번째는 누구입니까?"

"세 번째는 굳이 여기서 말할 필요가 없다고 본다. 누구라도 인정할 만한 사람이고, 언젠가는 꼭 한번 직접 겨뤄 보고 싶다."

"치우비입니까?"

누가 슬쩍 묻자 알유는 웃으며 말했다.

"말하지 않는다는데 왜 자꾸 알려고 하는 게냐?"

그렇게 이야기를 하고 있는데 이부가 부하를 시켜 위를 업고 왔다.

"형천님의 힘이 대단해서 상처가 심합니다. 잘못하면 이대로 숨이 끊어지겠습니다. 제가 돌보겠습니다."

이부가 나서자 알유는 고개를 살짝 끄덕였다.

"그럼 수고해 주게."

알유는 부하들과 함께 금천의 막사로 갔다. 알유가 등을 돌리자 태평했던 이부의 얼굴이 갑자기 험악하게 일그러지기 시작했다. 이부는 분노와 경멸이 뒤엉킨 표정으로 옆의 부하에게 씹어뱉듯 말했다.

"나는 들개고 자기는 호랑이인가? 흥! 싸움에 진 호랑이는 들개만도 못하다."

"예? 무슨 말씀인지……."

이부는 자조적인 미소를 지으며 중얼거렸다.

"귀가 밝은 이부다. 알유는 그것도 모르겠지? 멍청하게 전사의 명예나 생각하고 있는 녀석이니. 알았느냐? 나는 귀가 밝은 이부다."

"몰…… 몰랐습니다."

"그래야지. 남이 알아서 좋은 것이 있고 몰라야 좋은 것도 있거든. 너도 앞으로 입조심해야 할 것이다."

"예…… 옛!"

부하가 대답하자 이부는 중얼거렸다.

"항상 알유 다음에 이부였다. 그랬지?"

옆의 부하는 놀라며 말했다.

"예."

"하지만 앞으로는 달라진다. 이부 다음에……. 아니, 이부 다음에 누구와 누구와 누구…… 한참 뒤에 알유다. 알겠나?"

"예…… 옛! 하…… 하지만……."

이부는 평상시의 무덤덤한 얼굴과는 전혀 다른, 복잡하게 일그러진 표정으로 정신을 잃고 늘어진 위를 보며 씩 웃었다.

"이 남자가 그렇게 만들어 줄 것이다."

재판의 끝

송, 명조의 송사(訟事) 기록을 보면 현대의 재판과는 양상이 사뭇 다르다.
명송사로 일컬어지는 것들만 보더라도 함정 수사나 지나친 유도 신문, 회유, 협박 등등
가능한 방법은 모두 동원하는 것이 현대의 재판과 다르다.
하물며 법률이 정비되기 전인 고대에는 더했을 것이다.
솔로몬의 재판이나 서양의 기록도 같은 양상을 보인다. 허나 그럼에도 불구하고
'누가 옳고 누가 그른가?'에 대한 판정을 내리는 이러한 재판은
인간이 부족 이상의 단위로 모여 살기 시작하면서는 필수적인 것이었다.
고대 통치에서 가장 중요한 기능 중 하나도 재판이었을 것이며,
고대로 올라갈수록 재판의 결과는 가장 근원적이고도 단순한,
'누구의 말이 옳으냐?'는 문제로 귀착될 것이다.

"고시울률님의 말솜씨는 대단하군요. 이런 식으로 하면 끝이 없을 것입니다. 어차피 고시울률님의 이야기나 제 이야기나 증거를 댈 수 없는 이야기일 뿐입니다. 그러니 이 상황을 간단히 풀 수 있는 세 가지의 방법이 있습니다. 마누라님, 그 방법을 말씀드리게 해 주소서."

부소구슬은 고시울률의 반격이 만만치 않자 불안했는지 약간 떨리는 목소리로 말했다.

"말해 보거라."

"첫 번째 방법은 간단합니다. 고시울률님은 천부인의 선택을 받으셨다 했고, 저도 천부인의 굴에 갔다 왔습니다. 둘 중 하나는 거짓말을 하는 것이겠지요. 그러니 둘이 함께 천부인의 굴로 들어가 보면 간단합니다. 거기 사다리가 있는지, 굴 안에 고시울률님을 닮은 시체가 있는지 눈으로 확인해도 됩니다. 아니, 그럴 것도 없이 틀린 사람이 죽겠지요.

가장 확실하고 깨끗한 방법입니다."

이 방법은 도박이었다. 실제로 천부인이 사람을 함부로 죽이지 않는 것을 치우천은 알고 있었다. 정말 간다고 하면 둘 다 죽지 않을 확률이 높았으니 고시울률이 그러자고 하면 되레 문제가 될 수 있었다. 하지만 고시울률 측은 그것을 알 리 없었고 설령 안다 해도 확신이 없으니 고시울률 같은 겁쟁이가 나설 리 없다 생각했다. 예상했던 대로 고시울률은 즉시 설레설레 고개를 저었다.

"그럴 수는 없다!"

"이렇게 이야기만 늘어놓으니 그편이 간단하지 않습니까?"

"흥! 왜 그런 번거로운 일을 해야 하느냐? 네놈은 그렇게 말해 놓고 기회를 보아 달아날 생각이 분명하다!"

"주신의 사울아비들이 바보가 아닌데 어떻게 달아나겠습니까?"

"네놈의 교활한 수작에 놀아나지 않는다. 천부인의 굴은 누구든지 들어가면 죽는다. 그러니 아무도 가까이 갈 수 없지 않느냐?"

"그렇다면 저 혼자 들어가면 어떻겠습니까? 제가 죽지 않고 살아나오면 제 말이 맞는 것 아니겠습니까? 제 말이 틀렸다면 그냥 죽어 버릴 테니 제가 스스로 벌을 받는 것 아니겠습니까?"

"네놈을 놓아주라는 말이냐?"

"굴 주위를 지키면 그만 아니겠습니까?"

솟대 단군은 붉어진 얼굴로 크게 소리쳤다.

"그곳은 주신에서 가장 중요한 장소인데 와르르 몰려가라는 소리냐? 그런 짓은 할 수 없다! 천부인을 감추어 소중히 지키는 것은 오래전부터 내려온 주신의 법이다! 더구나……."

솟대 단군은 말을 끊었다가 침중한 표정으로 말했다.

"천부인의 굴은 무너졌다."

"무너졌다고요?"

치우천이 날카로운 눈으로 노려보자 솟대 단군은 머뭇거리다가 다시 말했다.

"그렇다. 고시울률님이 나오시고 난 다음 천부인의 굴은 무너져 버렸다. 아마도 스스로를 지키기 위해 그러신 듯하다. 고시울률님이 나오시면서 천부인의 위치가 밝혀져 버렸으니 비밀을 지키기 위해서 그러신 것이 분명하다."

"다시 파면 될 것 아니겠습니까? 아무리 그래도 천부인을 묻힌 채 둘 수는 없지 않겠습니까?"

"그것은 매우 오래 걸린다."

치우천은 한참 턱을 어루만지며 생각에 잠겼다가 입을 열었다.

"그렇다면 힘들군요. 천부인은 그대로 계시더라도 파내는 데 시간이 오래 걸린다면……. 또 거기가 묻혀 버렸으니 제가 가지고 나온 옥이 정말 거기서 나온 것인지, 고시울률님의 시체가 거기 있는지도 알 수 없어졌고……."

부소구슬이 걱정스러운 듯 말했다.

"그럼 사실을 밝힐 길이 없단 말이냐?"

"두 번째 방법으로 생각한 것이 있었는데, 안 되겠군요. 그리고 세 번째 방법은……."

치우천이 중얼거리는데 갑자기 누가 재판장으로 뛰어오르며 외쳤다.

"멀쩡하던 동굴이 무너졌다는 것은 말도 안 된다! 이건 고시울률의 짓이다!"

그 사람은 비울걸이었다. 비울걸이 재판장에 뛰어오르자마자 사울아비들이 일제히 창과 도끼를 들이댔고, 단군들과 삼사도 주술을 외울 채비를 갖추었다. 비울걸의 재주가 대단하므로, 행여 그가 난동을 피울까 봐 우려한 것이다. 병예와 비렴이 동시에 외쳤다.

"비울걸! 무슨 짓이냐! 도깨비라도 불러낼 셈이냐?"

"형님이 나설 곳이 아니오!"

비울걸은 주술을 부리지 않고 다만 큰 소리로 외치기만 했다.

"천부인의 동굴 안에만 가면 모든 것이 판가름 지어진다. 치우천과 고시울률이 같이 들어가도 되고, 그 안을 살필 수 있으면 증거도 있을 것이다! 치우천 혼자 들여보내도 밝혀질 문제다! 그런데 몇천 년 동안 잘만 있던 그곳이 그냥 무너졌을 리는 없다! 분명 누가 무너뜨린 것이고, 무너뜨렸다면 당연히 고시울률이다!"

고시울률은 벌컥 화를 내며 위엄 있게 소리쳤다.

"늙은이! 무슨 헛소리인가? 무슨 증거가 있다고 그런 소리를 하느냐?"

"증거? 이 도깨비 왕 비울걸의 말이 증거다! 내 말 어디가 틀렸는가?"

"너는 처음부터 치우천 편을 들었으니 증인이 될 수 없다!"

침착하게 눈을 빛내던 치우천이 크게 외쳤다.

"비울걸! 이 무슨 짓이오! 이곳은 안파견 한님의 이름으로 열린 주신의 재판장! 당신이 무엇이라고 마음대로 소란을 피우시오!"

치우천의 말에 비울걸은 당황한 듯 말했다.

"치우천. 나는 너를 생각해서 그러는……."

치우천은 광장 안팎에 있는 모든 사람의 귀가 멍해질 정도로 크게 고함을 쳤다.

"닥치시오!"

치우천은 비렴에게 말했다.

"이런 난동꾼을 그냥 두어서는 안 됩니다. 누군가 또 난동을 부려서는 안 되니 하늘 군대 사울아비들로 하여금 광장을 에워싸고 아무도 들어가지도 나오지도 못하게 하소서!"

비렴도 당황하고 화가 나던 참이라 즉시 손을 들었고 부소구슬 뒤에 늘어섰던 하늘 군대의 사울아비들이 달려 나와 재판장을 에워싸기 시작했다. 치우천은 부소구슬에게 말했다.

"저 비울걸의 죄가 크니 당장……."

그때까지 비울걸은 멍한 눈으로 치우천을 바라보다가 째지는 목소리로 외쳤다.

"네 이놈! 네가 이럴 수가 있느냐? 내 네놈을 구하려고 목을 걸었는데 너는……."

"비울걸! 이건 다른 일이오!"

"잔소리 마라! 내 예전부터 말한 대로 네놈을 잡아먹어 버릴 것이다!"

비렴과 병예가 흠칫하면서 조치를 취하려 했지만 비울걸은 머뭇거리지 않고 달려들어 치우천의 가슴팍을 쳤다. 컥 하는 소리와 함께 치우천이 땅에 쓰러지려는 순간, 흰색 그림자 두 개가 빛살처럼 날아와서 하나는 치우천을 부축하고 하나는 치우천의 앞을 막아섰다. 치우천을 부축한 것은 무라였고 비울걸의 앞을 막아선 것은 흰 단군이었다. 흰 단군은 큰 소리로 외쳤다.

"이 도깨비 놈! 내 아무리 죄지은 몸이지만 그래도 단군! 너 같은 도깨비가 재판장에서 날뛰는 꼴은 못 본다!"

그러자 비렴이 달려들고 하늘 군대 사울아비들도 재판장 위로 올라섰다. 그러자 비렴이 크게 고함을 쳤다.

"이게 무슨 짓들이냐! 하늘 군대는 어서 저들을 끌어내고 재판장을 에워싸라! 마누라님을 지키고 아무도 올라오지도, 빠져나가지도 못하게 하라!"

하늘 군대는 즉각 움직였다. 비울걸, 무라와 흰 단군 옆에도 사울아비들이 몇 지키고 있었지만 그들을 제지하지 못했으니 나중에 벌이 떨어질 것이 분명했다. 때문에 하늘 군대 사울아비들도 악이 받쳐 올라 행동도 민첩해졌으며 은연중에 살기마저 띠었다. 그렇게 되자 고시울률이나 솟대 단군, 귀족들도 예외 없이 포위를 당했다. 하늘 군대 사울아비들이 광장의 모든 사람들을 안팎으로 에워싸자마자 치우천이 갑자기 외쳤다.

"마누라님! 삼사님! 치우천이 목을 걸고 말씀드립니다. 지금 당장 광장 왼쪽 끝에 있는 움집을 뒤지소서! 당장!"

의외의 사태에 멍해져 있던 부소구슬은 치우천의 말을 알아듣지 못했고 비렴도 무슨 소리인지 영문을 알 수 없어 멍해 있었다.

"무슨…… 소리냐?"

치우천은 안타까운 듯 발까지 구르며 외쳤다.

"당장 집을 뒤지게 하소서! 그 안에 주신 사람 아닌 자가 있을 것입니다! 그자가 모든 것을 알고 있습니다! 어서!"

이런 상황에 그게 무슨 헛소리인가 싶어 어리둥절할 뿐 아무도 움직이려 하지 않았다. 그때 치우천을 부축하고 있던 무라가 공중으로 휙 뛰어올랐다.

"도망친다!"

"잡아라!"

치우천의 말에 어리둥절해하던 사울아비들도 무라의 움직임에는 지체 없이 반응했다. 무라는 허공에서 세 바퀴나 재주를 넘으며 사람들의 머리를 뛰어넘었다. 바깥쪽 사울아비들이 반사적으로 긴 창을 찔러 댔으나 무라는 매끄럽게 몸을 비틀어 창끝을 아슬아슬하게 피하며 땅에 내려앉았다. 하늘 군대의 사울아비들도 보통은 아니어서 무라가 땅에 내리는 순간을 노리고 창과 도끼를 들이댔다. 두 자루의 창과 한 자루의 도끼가 무라의 몸을 스치면서 피가 몇 방울 튀었지만, 무라는 간신히 몸을 굴려 광장 왼쪽으로 굴러갔다. 굴러가다가 튕기듯 몸을 일으킨 무라는 달리기 시작했다. 어찌나 빠른지 흰 안개가 유령처럼 날아가는 것 같았다. 비렴과 삼사는 의외의 사태에 놀라서 발을 굴렀고 비렴은 큰 소리로 사울아비들을 재촉했다.

"잡아라! 잡아!"

하늘 군대의 사울아비 중 완전 무장을 한 열 명의 사울아비가 그 뒤를 쫓았다. 허나 무라의 속도를 따라잡기는 힘들었다. 그런데 무라는 치우천이 말한 광장 왼쪽 집 앞까지 오자 더 이상 달아나지 않고 그 앞에 당당히 버티고 섰다.

"여기다."

무라가 무뚝뚝하게 외치는 순간, 도착한 사울아비들은 일사불란하게 부챗살처럼 퍼지며 무라와 그녀가 등지고 선 움막집을 포위했다. 비록 부패하고 나약해졌다지만 하늘 군대 사울아비들도 결코 녹녹치 않아 무라는 더 이상 빠져 나갈 수 없었다. 그때 재판장 위에서 치우천이 다시 외쳤다.

"무라를 잡는 것도 중요하지만 집 안을 뒤지시오! 그 안에 있는 사람은 주신 사람이 아닐 것이니 그도 잡아야만 하오!"

고시울률의 절박한 목소리가 그 뒤를 이었다.

"쓸데없는 짓을 하지 말라!"

뒤이어 달려온 하늘 군대의 작은스승은 고개를 갸웃거리다가 무라에게 물었다.

"도망치지 않을 건가?"

무라는 무뚝뚝하게 말했다.

"이 안의 사람과 같이 간다면 도망 안 친다."

하늘 군대 작은스승은 고개를 갸웃거리다가 말했다.

"뒤지는 틈을 타서 도망치려는 것 아닌가?"

"나는 카린 쑤앙마이의 열세 자매 중의 첫째인 무라다. 거짓말은 하지 않는다."

쑤앙마이라는 이름 때문인지 무라 본인에게 느껴지는 인상 때문인지 사울아비 작은스승은 고개를 끄덕이고는 외쳤다.

"뒤져 봐라."

작은스승이 명령을 내리자 네 명의 사울아비가 칼을 뽑아 들고 움집 안으로 뛰어들었다. 그것을 본 치우천은 안심한 듯 휴 한숨을 내쉬면서 그 자리에 주저앉았고 비울걸도 덩달아 한숨을 내쉬면서 주저앉았다. 그러면서 비울걸은 말했다.

"나, 잘했냐?"

"잘했소."

"근데, 나 어쩌느냐?"

"뭘 말이오?"

"나, 아무래도 혼날 것 같은데?"

"감히 주신의 재판장을 뒤엎으면서 그런 각오도 없으셨소?"

"어? 이…… 이놈아. 나는 네가 도깨비를 통해 부탁한 대로 한 거잖아……."

"이번 기회에 혼 좀 나 보시구려."

"아니, 이 녀석이 나를 골탕 먹이려는 거냐?"

"골탕이 아니라 법은 분명히 법이니 법대로 해야 하는 거요."

"아니, 법대로 한다면 나는 상당히 혼날 것 같은데, 그럼 네 녀석은……."

비울걸과 치우천이 전혀 긴장감 없이 지껄여 대자 비렴은 얼굴까지 붉어져서 크게 소리쳤다.

"닥쳐라! 도대체 이게 무슨 도깨비놀음이냐?"

비울걸은 히히 웃으며 말했다.

"도깨비 왕이 도깨비놀음을 해야지 뭘 하겠어? 안 그래? 아, 제기랄. 재미없구나, 재미없어. 내가 이렇게 재미없는 말밖에 못하다니, 아무래도 이젠 늙어서⋯⋯."

비렴은 어이가 없어 말문이 막혀 버렸다. 조용히 있던 신지울태가 조심스레 말했다.

"여기는 재판장이지 장난을 하는 곳은 아닌 것입니다."

도대체 무슨 일이 어떻게 된 것인지 몰라 혼란에 빠져 있던 부소구슬이 말했다.

"치우천. 이게 도대체 무슨 일인지 말해 보거라."

치우천은 눈을 빛내며 움막 쪽을 돌아보았다. 거기서는 약간의 저항이 있던 듯 네 명의 남자가 거칠게 끌려 나오고 있었는데 특히 몸집이 작은 늙은이의 저항이 거셌다. 저항이라기보다는 아예 칼을 향해 몸을 던져 죽으려는 듯 결사적이었다. 다행히 하늘 군대 작은스승의 솜씨가 좋은지라 노인은 금세 뒤로 결박 당하고 재갈까지 물려 혀조차 깨물 수 없게 되었다. 거기까지 보고서야 치우천은 안도의 한숨을 내쉬며 말했다.

"이제 되었습니다. 저 사람들을 이리 끌고 오라 하시면 모든 것이 밝혀질 것입니다."

그러나 아무도 치우천이 무슨 소리를 하는지, 재판을 하는 중간에 왜 움집을 뒤지게 했는지 이해할 수가 없었다. 날카로운 비렴조차도 감이 잡히지 않아 치우천에게 물었다.

"도대체 저 사람들은 누구며, 왜 잡아 오라 한 것인가?"

"비렴님, 아직 하늘 군대의 경계를 풀면 아니 됩니다. 누구도 여기서 나갈 수 없어야 합니다."

"당연하다. 누구도 나갈 수 없느니라. 그런데 대체……."

치우천은 사람들이 간절한 눈빛을 보내자 할 수 없다는 듯 씩 웃으며 말했다.

"소란을 부려서 죄송합니다. 그럴 수밖에 없었던 점을 이해해 주십시오."

"소란을 부려 놓고 이해하라니?"

치우천은 어깨를 펴고 여러 사람을 향해 말했다.

"조금 아까 제가 돌을 맞고 넘어졌을 때부터 저는 생각했습니다. 이대로 간다면 절대로 이 재판을 이길 수 없다고 말입니다."

"그게 무슨 소리냐?"

병예가 묻자 치우천은 신중하게 대답했다.

"이 음모를 꾸민 사람은 교활하고 빈틈이 없어서 상대하기가 힘들었습니다. 그래도 저는 어떻게든 해 보려 노력했고, 제가 기절하기 전의 재판에서 나름대로 결과를 얻었습니다. 아마도 우발두레님이 입을 열었다면 모든 것이 끝났을 테지만 고시울률님이 살아나는 기적이 벌어져 저는 말 한마디 하지 못하고 돌에 맞아 죽을 뻔했습니다. 맥달님이 나타나지 않았으면 벌써 안파견 한님 곁으로 갔겠지요. 참으로 공교롭지 않습니까? 자로 잰 듯 시간을 맞추어서 그때 고시울률님이 나타났다는 것이."

"그렇다면 그것도 누가 일부러 맞추었다는 것이냐?"

"물론 살다 보면 우연히 딱 아귀가 맞는 일도 일어나긴 합니다. 허나 누가 이 일을 뒤에서 지켜보고 있다가 수작을 부려서 이런 일이 벌어졌다고 보는 것이 맞다고 생각했습니다."

"저기 잡혀 오는 사람들이 그들이란 말이냐?"

"그럴 것입니다."

"그것은 대체 어떻게 알았느냐? 도리어 저 사람들과 네가 한패일 수도 있지 않느냐?"

신중한 비렴이 되묻자 비렴이 치우천은 웃으며 대답했다.

"그럴 리 없습니다. 제 생각에 저들 중에는 주신 사람 아닌 사람이 하나 이상 있을 것이고, 고시울률님과 아주 가까운 사람도 있을 것입니다. 그런 사람을 제가 어찌 부리겠습니까?"

"도대체 어떻게 그런 것을 알았느냐?"

"정신을 차린 저는 보통의 방법으로는 이길 수 없다고 생각했습니다. 밖에서 머리 좋은 누가 지켜보며 그렇게 일을 방해하고 증거를 없애는데 제가 혼자 입을 놀려서 어떻게 그것을 이기겠습니까? 저는 고시울률님이 때맞춰 나타난 것부터 의심했습니다. 누가 이 재판을 지켜보고 있다가 적절한 때 방해를 하고 있다고 말입니다. 제가 계속 입을 놀리기는 했지만, 다른 곳에 신경을 쓰고 있었습니다."

"무슨 신경을?"

"고시울률님의 뒤편을 자세히 보고 있었습니다."

"그건 왜?"

"누가 고시울률님에게 꾀를 내어 주는지 알고 싶어서 말입니다."

"누가 꾀를 내어 주는지는 어떻게 알고?"

"고시울률님은 이런 꾀를 내실 분이 못 된다 생각했습니다. 혹시나 해서 자세히 보았지요. 누가 고시울률님의 뒤편으로 계속 왔다 갔다 하더군요. 그래서 저는 제가 가지고 있던 증거물들을 일부러 내놓았습니다. 고시울률님과 솟대 단군님의 대답이 늦다는 것을 눈치채신 분도 있을 것입니다. 고시울률님이나 솟대 단군께서 직접 생각하시는 거라면 대답이 늦을 이유도 없고 누가 뒤편에서 뭔가를 전할 필요가 없겠지요. 그 사람이 드나드는 곳이 광장 왼쪽의 집이었습니다. 그것을 알아내기 위해 옷자락이나 천부인의 굴 이야기 같은 증거들을 내놓았는데, 짐작대로 증거가 하나하나 쓸모없어지더군요. 그건 뒤편으로 사람이 왔다 갔다 할 때마다 벌어진 일이니, 그 집이 바로 배후 인물이 숨은 집이라 생각하지 않을 수 없었지요. 천부인의 굴이 무너진 이야기는 방금 나왔는데, 굴이 무너졌다면 고시울률님이 밖으로 나왔을 때 벌써 알려졌을 것입니다. 굴의 안을 뒤지는 일이 생기면 불리해질 테니 밖에서 누가 손을 써서 무너뜨렸겠지요."

"재판장에서 말이 나온 것이 조금 전인데 그리 빨리 굴을 무너뜨릴 수 있느냐?"

치우천은 웃으며 말했다.

"옷자락 이야기가 나왔을 때 굴을 무너뜨리러 사람을 보냈을 것입니다. 누가 증거를 확인하러 가기 전까지만 무너뜨리면 그만이니까요. 굴을 무너뜨린다는 생각까지는 못했지만 어쨌든 누가 증거를 지우고 있다는 것을 확인하느라 일부러 시간을 끌었습니다. 더욱이 굴이 무너지고 무너지지 않고는 중요하지 않습니다. 굴이 무너지지 않았더라도, 무슨 수를 써서든 그곳에는 아무도 가지 못했을 것입니다. 저는 손발이 다 묶여 있고 저들은 증거를 지울 수 있는 부하가 수도 없으니, 증거를 찾는 식으로는 절대 이길 수 없는 재판이었습니다. 그렇다면 방법은 한 가지, 거꾸로 밖에서 손을 쓰는 자가 있다는 것을 밝히고 싶었습니다. 그것만 밝히면 제가 옳음을 보일 수 있으니까요."

비렴을 비롯한 삼사는 감탄해 마지않았다. 치우천은 속을 숨기고는 내내 다른 방향에서 재판을 엎을 역전의 수를 만들어 낸 것이다.

"다른 부족 사람이 있고, 또 고시울률님과 가까운 사람이 있다는 것은 무슨 소리냐? 어떻게 알았느냐?"

그때 집에 숨었던 자들이 재판장 위로 끌려왔다. 한 사람은 늙고 자그마한 노인이고, 두 사람은 건장한 무사 같았으며 마지막 한 사람은 젊은이였는데, 바로 고시울률의 막내아들이었다. 재판장의 사람들은 놀라며 기막혀했다.

"너는 왜 거기 있었느냐?"

비렴이 고시울률의 아들에게 물었으나 그는 입술을 깨물며 대답하지 않았다. 고시울률과 솟대 단군도 얼굴이 퍼렇고 허옇게 질려서 입을 열지 못하고 있었다. 비렴이 치우천을 향해 궁금한 듯 고개를 돌리자 치우천은 말했다.

"그보다 다른 사람들을 살펴보시지요. 아니, 제가 저 사울아비 스승에게 한 가지 물어도 되겠습니까?"

"물어보라."

사울아비 작은스승은 재판과 상관없는 사람이라 말을 시키려면 허락을 받아야 했고 부소구슬이 허락을 내렸다.

"치우웃뜸인 치우천이 묻습니다. 이름이 무엇입니까?"

치우천이 묻자 사울아비 작은스승은 겸손하게 고개를 숙이며 말했다.

"하늘 군대 사울아비 작은스승 궁라길이라 합니다."

"저 노인은 재갈까지 물렸는데 왜 그랬습니까?"

"목숨을 끊으려 했기에 그랬습니다. 중요한 증인 같은데 죽으면 말을 할 수 없지 않습니까? 조금만 늦었어도 저들은 스스로 목숨을 끊었을 것입니다."

"정확한 판단입니다. 정말 고맙다고 말씀드립니다. 그런데 제 말을 어찌 믿었습니까?"

"처음부터 믿지는 않았습니다. 저는 그들을 잡으러 간 것이 아니라 도망치는 흰 머리의 여인을 잡으려 달려갔습니다. 그런데 저 여인의 태도가 거짓 같지 않아 보이고, 또 혹시나 싶어 들어가 살피니 사람들이 있었으며, 그 사람들 중 몇몇이 주신 사람이 아니어서 보통 일이 아니다 싶어 손을 쓴 것입니다."

"주신 사람이 아니란 것은 어떻게 알았습니까?"

궁라길은 머리를 긁적이며 말했다. 치우천도 그런 버릇이 있었는데 궁라길도 그런 것을 보자 친근감이 들면서도 그리 보기 좋은 버릇은 아니라는 생각도 들었다.

"말을 시켰습니다."

"말을요?"

"예. 다짜고짜 몇 가지 말을 시켜 보았습니다."

"왜 그랬습니까?"

"다른 부족 사람을 밝혀낼 때는 그게 제일 쉬운 방법입니다. 주신 말과 다른 부족 말과는 다른 점이 있습니다. 그렇기 때문에 아무리 주신 말을 잘하고 주신에서 오래 산 사람이라도 주신에서 태어난 사람이 아닌 이상에는 몇 가지 귀에 거슬리는 소리가 들립니다. 저들은 처음에 변명을 하려 했는데 들어 주는 척하면서 몇 가지 말을 하게 만들었습니다. 그러니까…… 주신에서 태어나 자란 사람이 아니면 되지 않는 말들을 시켜 본 겁니다. 저 덩치 큰 녀석들은 얼결에 말을 했는데 확실히 주신 사람이 아니었습니다. 그러자 늙은이가 혀를 깨물려 했는데 그도 주신 사람은 아닌 것 같았습니다."

치우천은 양손을 짝 소리 나게 마주치며 고개를 끄덕였다.

"그거 좋은 방법이군요. 그런 방법을 어떻게 그리 빨리 생각해 냈습니까?"

"하늘 군대에서 간혹 사람들을 가려내기 위해 고생한 일이 있어서, 이럴 때는 그렇게 하면 어떨까 생각해 두었습니다. 별것도 아닌데 도움이 되었다니 다행입니다."

"당신은 훌륭한 스승이군요. 고맙습니다. 그런데 당신이 보기에 이들은 어떤 부족 사람들 같습니까?"

궁라길은 딱 부러지게 대답했다.

"지나족입니다. 지나족 중에서도 화산족입니다."

"어떻게 알았습니까?"

"말을 할 때 말의 높낮이가 혀에 배인 부족은 지나족과 남쪽 미아우족, 타타르의 몇 개 부족뿐인데 이들의 말투는 분명 지나족입니다. 그리고 지나족 중에서도 화산족이 분명한데 그 이유는 말할 때의 높낮이와 뒤꼬리를 끄는 것이……."

궁라길의 말이 길어질 것 같아서 치우천은 웃으며 말했다.

"그것으로 충분합니다. 감사합니다. 궁라길님의 재주는 대단하군요."

"별것 아닙니다."

궁라길과 치우천의 대화는 천연덕스럽게 진행되었지만 삼사나 다른 사람들은 충격을 받은 다음이었다. 다른 부족 중에서도 하필 지금 전쟁 중인 지나족이라니? 그 사람들이 잡혀 오자 고시울률과 숫대 단군은 포기한 기색이 역력했다. 비렴은 놀란 듯 치우천에게 물었다.

"어…… 어떻게 알았느냐?"

치우천은 한숨을 쉬며 대답했다.

"마음 한편으로 지나족은 아니길 바라고 바랐는데 결국 그렇게 되는군요. 간단합니다. 재판을 주무르려면 직접 보면서 판단하고 명령을 내려야 하는데, 그러려면 재판장에 나와 있어야 합니다."

"그거야 그렇겠지."

"그런데 이 사람들은 재판장에 나오지 않았지요. 그건 뭔가 의심받을 구석이 있다는 이야기지요. 그것을 스스로도 아니까 재판장에 직접 나서지는 못하고 숨어서 꾀를 부려 말을 전한 것이지요."

"의심받을 구석이라면?"

"궁라길님이 말한 것과 같습니다. 말투가 다르니까요. 재판장에서 아무리 작은 소리로 속삭이더라도 어색한 주신 말이 들리면 누가 눈치챌 수 있다 여겨 그것을 대비한 것입니다. 이 사람은 꾀가 대단할뿐더러 치밀하기 짝이 없는데 그 정도는 당연하지요."

"고시울률의 아들은?"

"중요한 이야기를 전하는데 믿지 못할 사람을 쓰겠습니까? 아주 가까운 사람이 이야기를 전할 것 아니겠습니까? 중요한 이야기를 전하기 때문에 가까운 사람이어야 하지만, 그만큼 누가 보아도 저와는 상관없는 사람이 분명하겠지요. 생각이 맞아서 다행입니다만……."

그사이 늙은이는 꽁꽁 묶인 채로 얼굴을 땅에 쳐 박고 있었다. 필사적으로 얼굴을 가리려는 것 같았다. 그러나 치우천은 그쪽으로 다가서면서 말했다.

"고개를 숙인다고 얼굴을 감출 수는 없지요. 나는 이미 당신이 누군지 알아보았는걸요."

그때는 이미 비렴을 비롯한 삼사가 달려와 늙은이의 턱을 잡아 얼굴을 본 다음이었다. 비록 얼굴에 흙칠을 하고 변장도 한 것 같았으나 한 가지, 숨길 수 없는 것이 있기에 삼사는 즉시 그를 알아보았다. 사람들은 깜짝 놀라 한꺼번에 외쳤다.

"이…… 이 사람은 지(知)!"

치우천은 한숨을 쉬며 말했다.

"그렇습니다. 화산 지나족 헌원의 십육기인 가운데 한 명인 지군요. 저 사람의 어울리지 않는 큰 눈동자는 한번 보면 잊을 수가 없고, 변장을 아무리 하려고 해도 눈동자를 바꿀 수는 없죠. 하핫. 그리고 보니 말투보다 눈동자를 누가 알아볼까 봐 재판장에 나서지 못한 것도 같군요."

부소구슬이 분노한 음성으로 소리쳤다.

"고시울률! 당신이 지나족과 짜고 있었다는 거요? 이건…… 이건 정말……!"

고시울률은 변명을 해 보려고 했으나 말이 나오지 않았다. 아들이 지와 함께 잡힌 이상 도저히 변명할 수 없었다. 솟대 단군이 말했다.

"그렇지 않습니다!"

"솟대 단군! 또 무슨 할 말이 있는 거냐! 우리와 전쟁중인 지나족과 짠 것만 해도 용서받을 수 없는 일이거늘!"

부소구슬이 얼굴까지 붉히며 화를 냈으나 솟대 단군은 악에 받친 듯 외쳤다.

"저 사람이 지나족이고 헌원의 부하라고 해서 우리가 주신을 배반했다는 증거가 어디 있습니까? 저 사람은 헌원의 말을 전하러 왔을 뿐입니다."

비렴이 날카롭게 외쳤다.

"솟대 단군! 당신의 일이 대체 무엇인가? 한웅님도 모르시고, 마누라님도 모르시고, 삼사도 모르는데 당신과 고시울률이 헌원과 이야기한다고? 되는 변명을 해야 할 것 아닌가!"

비렴의 말 속에 솟대 단군과 고시울률에 대한 경칭이 사라졌다. 다른 사람이라면 몰라도 철저하고 냉정한 비렴의 입에서 이런 말이 나왔다는 것은 모든 것이 끝났다는 의미나 다름없었다. 허나 솟대 단군의 주장이 마지막 생명줄이라 생각한 고시울률이 허겁지겁 외쳤다.

"그것은 내 잘못이오! 지는 내가 먼저 만나고 나중에 안내할 생각이었고, 그것은 잘못된 일이오! 이것은 재판과 상관없소!"

"상관없기는 무엇이 상관없어!"

비렴이 버럭 소리를 지르자 고시울률도 소리를 질렀다.

"비렴! 네놈이 감히 함부로 소리치느냐? 내가 고시울률이다! 감히 나에게……!"

"주신을 배신한 더러운 놈이 무슨 말이냐!"

고시울률은 이를 갈더니 다시 소리쳤다.

"너희 놈들의 재판 놀이에는 질렸다! 감히 나를 건드려? 나를 건드리고 무사할 것 같으냐?"

고시울률의 뻔뻔스러움에 비렴은 숨까지 막힐 것 같았다. 그는 큰 소리로 호통을 쳤다.

"모든 것이 밝혀졌는데 아직도 허튼소리를 하느냐? 네놈의 낯짝은 대체 얼마나 두꺼운 거냐?"

비렴의 입에서 마침내 욕설까지 나오자 고시울률은 냉랭하게 손을 치켜들었다. 그러자 고시울률을 따라왔던 많은 귀족과 그를 따라왔던 사울아비들이 무기를 꺼내 들었다. 그러자 비렴은 호통을 쳤고 하늘 군대 사울아비들도 무기를 겨누었다. 그때 와 소리와 함께 여기저기서 무기를 든 사람들이 몰려나왔다. 놀랍게도 그들은 솟대가 있는 단군의 거처에서 쏟아져 나왔는데 반은 사울아비였고 반은 단군이었다. 그들의 숫자는 재판장을 둘러싼 사울아비들보다도 훨씬 많아서 재판장을 역으로 포위했다. 재판장이 급기야 싸움판으로 변할 것 같았다. 고시울률 쪽 사람들은 숫자가 훨씬 많았지만 하늘 군대 사울아비들에게 포위된 상태여서 즉각 손을 쓰지는 못했다. 비렴의 등에서는 식은땀이 흘렀다.

'저놈들은 여차할 경우 재판장을 둘러엎을 생각까지 하고 있었구나! 비울걸이 난리를 피워 하늘 군대가 경계하고 있었기에 망정이지 그러지 않았다면 우리는 한꺼번에 죽었을 수도 있다. 비울걸은 아무래도 치우천과 짠 것 같은데…… 저 녀석이 설마 그것까지 생각하고……?'

치우천이 설레설레 고개를 저으며 입을 열었다.

"고시울률, 늦었습니다, 늦었어요. 군대를 부르려면 지가 잡히자마자 불렀어야 합니다. 잡혀서 얼굴이 드러난 이상 아무도 당신의 말을 믿지 않을 것입니다. 항상 머뭇거리다가 중요한 순간에 결단을 내리지 못하는 게 당신의 약점인데 여전히 고치지 못했군요. 더구나……."

치우천은 쓸쓸한 눈빛으로 고시울률을 보며 말했다.

"당신은 그래도 주신에서 두 번째 가는 큰 사람인데 이렇게 흉한 꼴을 보이고 싶습니까?"

"네놈이 무엇을 어찌하겠다는 거냐? 네 이놈…… 내 이런 날이 올 줄 알았다. 네놈에게 발등을 물릴 날이 올 것 같았다."

고시울률이 탄식하듯 말하자 치우천도 우울한 듯 하늘을 보며 말했다.

"내가 당신을 문 것이 아니라 당신이 나를 이렇게 몰아 붙였습니다. 나는 그래도 천부인의 굴에서 당신 시체를 보니 눈물이 나더군요. 어머님과 아버님, 제 어릴 때의 기억을 되새기기도 했습니다. 그러나…… 그러나 당신 스스로 당신 목을 조이니 어찌할 수가 없군요. 왜 나를 그냥 놓아두지 않았습니까?"

고시울률은 순간 두려움과 후회로 가득 찬 눈빛이 되었으나 이내 입술을 깨물었다. 그의 입에서는 발악을 하는 말들만 쏟아져 나왔다.

"너희는 잊었느냐? 지금 신시 밖에서 무엇이 오고 있는지? 우리 고시씨와 동쪽의 모든 집안이 수십천의 사울아비를 몰고 오고 있다! 흐흐……. 모두 죽일 것이다. 모두 죽인다! 주신은 내 것이다! 나는 한웅이 될 거란 말이다!"

치우천은 주위를 둘러보며 말했다.

"당신이 이길 수 있다고 생각합니까? 당신 마음대로 주신을 엎을 수 있다고 생각합니까? 천부인을 팔아먹고 속임수로 한웅 자리를 얻을 수 있겠습니까? 그 정도로 주신이 약하다고 생각합니까? 부하들이 아직도 당신 말을 따르리라 보입니까? 천부인과 자오지, 안파견 한님이 용납하시리라 보입니까? 당신이 무슨 죄를 지었는지, 왜 이길 수 없는지 아직도 깨닫지 못한단 말입니까?"

천부인과 자오지, 안파견 한님이라는 세 개의 단어에 치우천은 힘을 주었다. 그 말을 듣자 사람들은 눈에 띄게 동요했다. 그 세 가지는 주신 사람에게는 신앙의 대상이었고, 부정할 수 없는 믿음의 존재였다. 고시울률은 그것을 건드리는 금기를 범했다. 두렵지 않을 수 없었다. 그때 고시울률이 소리쳤다.

"모두…… 공격해라!"

치우천이 버럭 소리를 질렀다.

"공격이라고?"

한마디에 불과했지만 그 말은 쏟아지는 화살보다 더 강력하게 사울아비들을 제지했다.

"한웅님을 속이고, 주신을 속이고, 천부인과 하늘까지 속이려 한 자의 편을 들 생각인가? 부끄럽지도 않은가?"

치우천의 호통은 우르릉거리는 천둥 같았다. 한 사람이 크게 외쳤다.

"나는 싸울 수 없다!"

그 사람은 꽤나 높은 지위에 있었던 듯 훌륭한 차림을 한 건장한 사울아비로, 우발두레와 함께 재판장 가장 가까이에 있던 고시울률의 직속 사울아비 중 한 명이었다. 그는 입었던 옷을 잡아 찢으며 외쳤다.

"고시 집안이 우리의 주인이지만, 나는 더 이상 따를 수 없다!"

"네 이놈! 은혜도 모르느냐?"

"치사한 놈아!"

고시 집안의 귀족들이 욕설을 했지만 그는 끄덕도 않고 말했다.

"나야말로 속았다! 치사한 고시울률 네놈에게!"

"저놈! 죽고 싶으냐?! 뭣들 하는 게냐!"

고시울률이 소리쳤지만 근처에 있는 누구도 그를 겨누지 않았다. 그는 부르르 몸을 떨며 하늘을 보고 큰 소리로 소리쳤다.

"나, 사울아비 갈짓마루! 태어날 때부터 고시 집안의 사울아비였다! 무엇이든 마다 않고 아무리 더러워도 시키는 일은 다 했다! 그것이 크게 보면 옳은 일이라 여겼기 때문이다! 허나 아니었다! 우발두레님은 누구보다도 충성스러운 분이었는데, 고시울률은 그런 분마저 벌레처럼 죽였다! 더러운 일을 하고 속임수를 써도, 다 한웅님을 잘 모시기 위한 것이라 믿었는데 그것도 아니었다! 주인을 위해서라면 사울아비로서 명예도 버릴 수 있지만 하늘에까지 죄를 짓고 싶지는 않다!"

갈짓마루의 목소리는 당당하기 이를 데 없었다. 그는 고시 집안의 사울아비 중에서도 꽤나 중요한 사람이었던 듯, 그가 말을 끊을 때마다 주위의 사울아비들이 같이 고함을 질렀다. 갈짓마루는 눈을 감더니 말했다.

"우발두레님이 못한 이야기, 내가 한다. 고시울률이 죽던…… 아니 죽은 척하던 날, 집을 나간 것은 고시울률의 마누라시다! 네 명의 계집종을 데리고 나갔다가 세 명만 돌아왔다! 이것은 목숨을 걸고 말하지 않겠다고 맹세한 일이지만…… 나는…… 나는…… 하늘에까지 죄를 지을 수는 없다!"

말을 마치자마자 갈짓마루는 품에 숨겼던 작은 칼을 빼들어 자신의 가슴을 찔렀다. 주변의 사울아비들이 급히 갈짓마루를 부축하는데 고시울률이 시뻘겋게 달아오른 얼굴로 외쳤다.

"저 개 같은 놈은 죽어도 싸다! 너희는 내 부하다! 전부 내 말을 들엇!"

사울아비들은 흥분하여 소리쳤다.

"개 같은 놈은 너다! 고시울률!"

"우리는 이제 네 부하가 아니다!"

"우리를 속인 네놈을 죽여 버리겠다!"

고시울률은 온몸을 부들부들 떨며 이를 갈았다.

"저…… 저…… 종놈들이!"

그때 고시 집안에서 한 사람이 일어서며 외쳤다. 수염이 짙고 키가 크며 낯빛이 창백하지만 건장한 어깨가 위험한 느낌을 주는 자였다.

"나, 고시한. 더 이상 고시 집안사람이 아니다!"

남자는 뚜벅뚜벅 고시 집안사람들이 모인 곳에서 걸어 나갔다. 그것을 보고 몇몇 사람들이 고시한을 욕했다.

"고시한 네놈! 집안사람도 몰라보느냐?"

"그런다고 네가 죄를 벗을 것 같으냐?"

고시한은 비웃는 듯 묘하게 뒤틀린 표정으로 씹어뱉듯 말했다.

"누가 죄를 벗는다고 했나?"

고시한은 치우천을 보고 외쳤다.

"치우웃뜸! 이 빌어먹을 고시 집안은 고시울률부터 전부 한통속이다! 나도 거기 붙어 오만 꾀를 냈고, 사람도 꽤 죽였고, 별짓을 다 했다! 뭐, 후회하지는 않아! 나도 한자리 잡고 싶었으니까!"

"저 비뚤어진 놈!"

고시 집안사람들이 외쳐 댔지만 고시한은 묘하게 뒤틀린 사람인 듯 냉혹하게 비웃는 표정만 짙어졌고 말투도 점점 거칠어졌다. 흡사 독을 품은 뱀 같았다.

"근데 말이지, 지나족과 붙은 것, 그건 몰랐다. 그건 아냐. 정말 아니다. 나 고시한, 죄를 인정한다. 내 목을 쳐라. 난 아직도 치우웃뜸, 네놈이 싫어 죽겠지만…… 이놈의 고시 집안이 더 싫다! 내 목을 치고, 이 빌어먹을 고시씨를 싹 죽여 다오! 부끄러워 미칠 지경이다! 우리 집안이지만 이런 빌어먹을 집안이 있다니!"

그러면서 크게 외쳤다.

"저 밖에 있는 놈들! 그만둬라! 이게 대체 뭐 하는 지랄이냐! 집어치
워! 손에 든 것 다 버려!"

"고시한! 네놈이 미쳤느냐?"

고시울률이 소리쳤지만 고시한은 여전히 비웃듯 말했다.

"고시울률, 네가 고시 집안 웃뜸이지만 바람 뱀의 사울아비들은 내
새끼들이다! 네놈과 나와 고시씨는 죽어 싸지만, 죄 없는 새끼마저 죽
이자는 거냐? 윗대가리질을 몇십 년이나 해 먹고도 이미 끝난 것을 몰
라?"

고시한은 고시울률이 말할 틈도 주지 않고 크게 외쳤다.

"바람 뱀의 사울아비들! 뱀의 두목인 고시한의 명령이다! 이제 끝났
으니 다들 튀어라! 주신에서 튀어! 하하!"

그러면서 유유히 아무 일 없다는 듯 걸어 나와 비렴 앞에 털썩 주저
앉았다.

"고시 집안에서 온갖 짓을 한 바람 뱀 사울아비의 웃뜸인! 나 고시한
의 대가리가 예 있소! 아무 때나 집어 가시오!"

세상에 잘 알려지지는 않았지만 고시울률의 중요한 심복인 갈깃마루
와 일족인 고시한마저 등을 돌리자 고시울률 쪽의 사울아비들은 눈에
띄게 흔들리는 기미를 보였다. 중요한 것은 고시울률이 명분을 잃었다
는 점이다. 다소 겁을 먹고 있던 부소구슬이 결정적으로 소리쳤다.

"고시울률은 주신의 배반자다! 지금 그를 돕는 자는 영원히 주신을
배반한 것이 되어 살거나 죽거나 안파견 한님과 천부인이 지켜 주시는
주신에 발을 붙이지 못할뿐더러 집안사람과 앞으로 태어날 아이들까지
저주를 받을 것이다!"

드물게도 우사 신지울태가 덧붙여 크게 소리를 쳤다.

"고시울률에게 더 이상 속아서는 아니 될 것입니다! 모든 사울아비들, 모든 귀족들! 당신들은 고시울률의 말에 따라 주신을 위하기 위해 피를 흘리고, 거친 짓도 마다하지 않았을 것입니다! 허나 고시울률은 지나족의 지와 내통하고 그에게 휘둘리는 배신자였던 것입니다! 더 이상 속아서는 아니 되는 것입니다!"

삼사는 주신의 실무를 담당하는 만큼 눈치가 빠르고 경험 많은 사람들이라 기회를 놓치지 않았다. 병예와 비렴이 연달아 '지금 배반하면 돌이킬 수 없다. 지금 돌아서면 고시울률에게 속았음을 인정하고 죄를 묻지 않는다!' 라고 외치자 마침내 상황이 급변했다. 고시울률 편의 사울아비들이 상황을 짐작하고는 무기를 버리기 시작했다.

고시울률은 제정신이 아니었다.

"뭣들 하느냐! 무기를 들어라! 쓸어버려라! 너희는 내 부하다! 나, 고시울률의 부하야! 내 명령을 따라라!"

그러나 한번 허물어지기 시작한 집단은 수습하기 힘들었다. 도리어 싸늘한 냉소와 욕설이 고시울률에게 향했다.

"주신을 위한답시고 주신을 팔아먹으려 한 돼지 새끼!"

"네놈 말 따윈 더 이상 아무도 안 들어!"

"천부인의 이름까지 더럽힌 미친놈!"

"새끼들까지 저주받을 거야!"

"안파견 한님과 자오지께서 보고 계시다!"

사람들의 비난과 차가운 시선이 쏟아지는 것을 고시울률은 더 감당하지 못했다. 태어나서 지금까지 한 번도 그런 대접을 받아 보지 못했다. 그는 항상 승자의 입장이었고 위에서 아래를 내려다보기만 했다. 자기가 아래로 떨어지고, 패자의 입장에 서게 된 것을 도저히 받아들일 수 없었다. 그는 미친 것처럼 횡설수설하기 시작했으며, 누가 보아도 제정신이 아니었다. 그가 미친 듯 외치는 소리는 아무에게도 제대로 들리지 않았다. 그나마 그에게 정이 남아 있던 사람들도 눈을 돌리고 말 정도로 추악하고 처참한 꼴이었다.

"헛소리다! 나는 믿지 않는다! 천부인이고, 자오지고, 안파견 한이고 간에 나는 믿지 않는다! 주신은 내 것! 내 것이다! 전부 죽이고……."

미친 듯 소리치던 고시울률의 목소리가 갑자기 끊어졌다. 그의 눈이 불신과 경악으로 가득 찼다.

"네…… 네가……."

고시울률은 그대로 자리에 쓰러져 몇 번 몸을 움찔거리다가 숨을 멈추고 말았다. 부소구슬과 삼사, 치우천마저도 의외의 사태에 놀라 눈을 크게 떴다. 고시울률의 옆구리를 찌른 것은 전혀 의외의 인물, 바로 솟대 단군이었기 때문이다.

솟대 단군은 파리하게 질렸으되 엄숙한 표정으로 주변을 둘러보더니 입을 열었다.

"맥달 선인께 묻습니다."

맥달은 천천히 몸을 돌려 솟대 단군을 바라보았다. 그녀의 눈동자에는 연민과 슬픔이 가득 차 있었다. 맥달은 아무 말도 하지 않았지만 솟대 단군은 그녀를 보고 말했다.

"저는 죄를 지었습니다. 저는…… 저는 많은 죄를 지었습니다. 주신의 솟대 단군이면서도…… 저는 안파견 한님도, 천부인도 제대로 믿지 않았습니다. 옛날 옛적의 이야기로만 생각했을 뿐 그런 힘이 정말 있다고는 믿지 않았습니다. 지금의 세상은 지금 고치는 것이 옳다고 여겼고, 다소 좋지 않은 일을 해도 더 큰 것을 위해서는 그럴 수도 있다고 생각했습니다. 그래서 고시울률의 꼬임에 넘어갔고, 한번 발을 딛고 나니 점

점 깊은 곳으로 들어갔습니다. 허나 그건 잘못이었고 그래서…… 지금
이 꼴이 되었군요……."

솟대 단군은 말하다가 힘없이 웃었다.

"사람의 일은 사람이 알아서 하지만…… 하늘의 뜻은 하늘의 뜻대로
있는 것인가요? 제가 죽고 하늘로 간 다음에는 하늘의 심판을 받는 것
인가요?"

맥달은 대답하지 않았다. 솟대 단군은 다시 물었다.

"제가…… 이제라도 뉘우친다면…… 용서받을 수 있습니까?"

맥달은 말없이 슬픈 듯 천천히 고개를 저었다. 그러자 솟대 단군은
비통한 듯 말했다.

"역시…… 용서받을 수는 없군요. 맥달님은 모든 것을 알고 계시는
군요. 다만…… 한 가지만 더…… 못난 이놈을 깨우쳐 주소서. 지
금…… 지금 일을 마무리하면…… 용서받지는 못해도 죄를 더 짓는 것
은 아니겠지요? 늦었어도…… 잘못을 고치려 하는 게…… 계속 잘못
을 저지르기보단 낫겠지요?"

솟대 단군의 말투가 너무도 간절해서 사람들은 저도 모르게 동정심
을 느끼게 되었다. 맥달은 가만히 슬픈 눈으로 솟대 단군을 바라보다가
고개를 끄덕여 보였다. 그러자 솟대 단군은 미소를 띠더니 큰 소리로 말
했다.

"고시울률님이 나와 짜고 죄를 지었다! 천부인을 모독하고 거짓으로
세상을 속이려 했다. 이것은 내 목숨을 걸고 사실이니, 주신 사람들은
더 이상 속지 말라! 고시울률과 내가 죄인이다! 단군들과 사울아비들!
무기를 버려라!"

그리고 나서 잠시 말을 멈추었다가 처절하게 외쳤다.

"세상을 속이고 하늘을 속일 수 있다고 믿는 사람들, 내가 밟은 어리

석은 길을 되밟지 마라! 하늘의 눈을 가리고 옳고 그름을 자기 마음대로 정할 수 있다고 믿는 사람들, 내가 저지른 어리석음을 되밟지 마라!"

숫대 단군은 고시울률의 피가 아직도 맺혀 있는 짧은 칼로 자신의 심장을 단숨에 찔렀다. 그리고 웃음인지 울음인지 분간하기 어려운 희미한 표정을 남긴 채 그 자리에 쓰러져 숨을 거두고 말았다. 고시울률이 죽고 숫대 단군이 죄를 자인한 후 자살하자 상황은 완전히 정리되어 갔다. 무기를 들고 뛰쳐나왔던 고시울률 쪽 사울아비들과 단군들 중 아직 무기를 버리지 않던 사람들도 무기를 땅에 내던지기 시작했다. 척척 무기를 내던지는 소리가 하나둘씩 들리다가 마침내 소나기가 쏟아지듯 울려 퍼졌다. 비렴을 비롯한 삼사는 때를 놓치지 않고 직속의 사울아비들로 하여금 무기를 거두고 상황을 정리하도록 했다. 병예는 무장 해제를 맡았고 신지울태는 남아 있는 고시울률의 일족과 귀족을 몰아 연행했다. 비렴은 부소구슬에게 호위를 딸려 한웅의 집으로 모시게끔 명령을 내린 다음 지에게 다가갔다.

"당신이 주신의 일에 끼어 있을 줄은 몰랐소. 아니, 헌원이 시켰을 테지."

지는 독기 품은 눈으로 비렴을 바라보며 재갈이 물린 입을 들썩거렸다. 치우천이 다가와 말했다.

"입을 풀어 주시지요."

"스스로 목숨을 끊을지도 모른다."

"그가 헌원의 십육기인 중 하나인 지라는 것을 모두가 안 이상, 목숨을 끊어 보아야 아무 소용없습니다. 지가 그 정도로 바보는 아니죠. 도리어 하고 싶은 말이 많은 듯하니 들어 주어도 좋을 듯싶습니다. 저도 몇 가지 묻고 싶고요."

비렴은 그래도 걱정스러운 듯 말했다.

"지. 너는 죽고 싶어도 죽을 수 없다. 치우천의 말대로 죽기에 늦었을 뿐더러 내가 죽게 놓아두지 않겠다. 그러니 허튼 짓 하지 마라."

그러고는 지의 입에 물린 재갈을 끌러 주었다. 지는 이를 갈며 말했다.

"치우천…… 이놈, 네가 이겼다고 생각하지 마라. 아직 끝나지 않았다!"

치우천은 태연히 고개를 끄덕였다.

"정말로 내가 이겼다고 생각하지 않소. 당신은 너무도 머리 좋은 사람이라 나도 감당하기 힘들었소. 내 지독하게 운이 좋지 않았다면 당신은 멀쩡했을 테고 나는 죽어 있을 거요."

"운? 하하. 그래. 운이지. 네놈이 애당초 기절하지 않았으면 벌써 목이 떨어졌을 테니까."

치우천은 약간 놀란 듯 머리를 갸우뚱하다가 이내 고개를 끄덕였다.

"그렇군요. 내가 기절하지 않고…… 가짜 머리를 끌러 보았으면 그때 내 목을 치려던 것이었군요. 그게 원래의 계획이었소?"

"그렇다! 너 같은 놈에게는 절대 시간을 주어서는 안 되는데……. 네놈은 너무나 맥없이 기절을 해 버렸다."

비렴은 이해가 되지 않아 치우천에게 물었다.

"이게 무슨 소리냐? 무슨 기절?"

치우천은 탄식하듯 말했다.

"맨 처음, 소녀가 세 개의 머리를 들고 제게 왔던 일을 말하는 겁니다. 저는 아파서 제 정신이 아니었던데다 충격을 받아서 그만 기절해 버렸습니다. 만약 제가 정신을 차리고 보따리를 열어 보았다면, 우리 집으로 사람들이 들이닥쳤을 것입니다. 고시울률님의 머리를 들고 있는 순간을 잡는다면 제게는 변명이고 뭐고 통하지 않았을 겁니다. 그 자리에서 목을 날렸을 테고, 지가 세운 계획도 그거였겠지요. 그날은 비도 집에 없었고 아버님과 저도 아팠으니 그게 제일 빠르고 가장 확실하게 저를 없애는 방법이니까요."

"그 순간을 어떻게 정확히 잡겠느냐?"

"고시울률의 부하들조차 저와 제 벗들에 대한 것을 전부 알고 있다 했습니다. 그렇게 감시를 하고 있을 정도인데 그 정도는 문제가 되지 않지요. 이제야 드는 생각이지만, 고시울률의 아들 중 한 명이 뛰쳐나올 준비를 하고 있었겠군요. 제가 고시울률의 머리를 들고 있을 때 이 원수! 하면서 쳐 버리면 저는 막을 기운도 없으니 목이 달아날 수밖에 없었겠지요. 지, 어떻소? 맞소?"

지는 분을 참지 못해 이를 갈며 대답했다.

"역시 그랬어야 했다. 나는…… 몹시 후회한다……. 네놈이 기절하건 말건 그냥 그랬어야 했는데……."

치우천은 고개를 저으며 타이르듯 말했다.

"아니, 그건 당신 판단이 옳았소, 지. 내가 보따리도 풀지 못하고 기절했는데 내가 범인이라고 목을 치는 것은 말이 되지 않지. 내가 시킨 일이라면 그 결과를 보고 기절했을 리 없지 않소? 당신같이 머리를 잘 쓰고 완벽하게 일을 처리하는 사람이 그렇게 엉성하게 일을 처리할 리 없겠지. 더구나 내가 기절해 버렸다면 당신이 꺼리는 내 머리는 더 이상 돌아가지 않으니, 뭐든 맘대로 할 수 있다고 생각했겠지. 안 그렇소?"

이야기를 듣고 보니 비렴은 등골이 싸해졌다.

"네가 몸이 약한 것이 도리어 도움이 되었구나."

"그럴 수도 있습니다. 허나……."

치우천이 무거운 표정으로 땅을 내려다보는데 지가 외쳤다.

"겁쟁이 녀석! 네놈이 그 정도로 간이 콩알만 해지는 바보인 줄은 몰랐다! 나는 몰랐어!"

치우천은 지를 비웃듯 말했다.

"그게 아니오. 당신은 나를 겁쟁이라 말하지만, 나는 겁쟁이가 아니오. 당신이 한 가지를 깨닫지 못했던 것뿐."

"무엇이?"

"나는 놀라서 기절한 것도 아니고, 무서워서 기절한 것도 아니오. 소녀가…… 소녀가 그런 짓을 저질렀다는 것이 놀라웠던 거요. 그녀는 물론 미친 짓을 했소. 당신은 그것만으로 우리 사이가 갈라졌다고 믿었겠지. 우리 사이의 감정은 별것 아니었다고 말이오. 허나 적어도 내게는 그렇지 않았소. 나는 그녀를 믿었고 좋아했소. 그 때문에 기절한 거요. 그녀가 그랬다는 것이 괴로워서…… 다시는 눈을 뜨고 싶지 않을 정도였소. 내가 고통이나 놀라움으로 그리 오래 정신을 잃을 사람으로 생각했소? 그렇지 않소. 나는…… 죽더라도 눈을 뜨기 싫다는 마음이 가득했기 때문에 깨어나지 않았던 거요. 천부…… 아니, 그 무언가의 소리가 나를 깨우지 않았다면…… 나는 영영 눈을 뜨지 않았을지도 모르오. 당신은 내 마음을 제대로 몰랐고, 그 때문에 좋은 기회를 잃은 거요. 내가 그렇게 상심할 줄 알았다면 다른 계획을 세웠을 텐데 말이오. 그렇지 않소?"

"역시 목을 쳤어야 했는데……."

지가 후회하듯 중얼거리자 치우천은 말했다.

"당신이 나를 제거하기 위해 고시울률의 목을 자르는 연극을 생각할 때, 고시울률의 부활을 화려하게 치러 준다는 약속이 되어 있었을 테지요. 모두가 짜고 고시울률을 닮은 자를 죽여 소녀에게 목을 자르게 했겠지? 그런데 홀레부치는 당신들이 만든 증인이오, 아니오?"

"원래는 다른 사람이 증인을 할 예정이었다. 그런데 그 종놈이 깨어나 현장을 보아 버렸지."

"그렇다면 흘레부치의 뒤통수를 친 사람은 고시울률이었겠군?"

"역시 치우천이다. 본 것처럼 잘도 아는군."

"기절시키기는 했지만 도리어 그를 증인으로 이용하는 편이 낫다고 여겼을 테지? 일부러 만든 증인은 마음이 변할 수도 있지만 속고 있는 증인은 그럴 리 없으니까."

"그렇다."

"그러면 일을 마친 다음 소녀를 데리고 나간 사람은 누구요?"

"하핫. 끝난 일이니 시원하게 알려 주지. 고시울률의 마누라였다."

"그래서 우발두레가 재판장에서 금방 말을 하지 못하고 머뭇거렸 군요."

그 말을 듣자 비렴이 말했다.

"그런데…… 생각해 보니 우발두레는 죽었다 해도 갈짓마루며 그의 부하가 많이 있는데 왜 그들에게는 묻지 않았느냐? 그랬다면……."

치우천은 씩 웃으며 대답했다.

"제가 아까 말씀드린 두 번째 방법이 그것이었습니다. 우발두레의 부하들이나 고시울률의 집안사람을 하나씩 철저히 다루다 보면 틈새가 있었겠지요. 그러나 그것은 쓸 수 없는 방법이었습니다."

"어째서냐?"

"그 사람들도 우발두레나 천부인의 굴처럼 묻힐 수 있었기 때문입니다. 지가 숨어서 일을 조종하고 있는데 누가 살아날 수 있겠습니까? 그 사람들은 제 편이 아니었지만, 그렇다고 그렇게 죽게 할 수는 없지 않습니까? 그래서 두 번째 방법은 쓰지 않았습니다."

"그들은 네 적이었는데?"

"그래도 주신 사람입니다. 다른 부족이 움직이는 술수에 놀아난 사람들을 다치게 하고 싶지는 않았습니다. 완전히 궁지에 몰리면 몰라도 말입니다."

비렴이 새삼 따스한 눈으로 치우천을 보자 치우천은 멋쩍은지 지에게 다시 물었다.

"또 한 가지 물을 것이 있소. 도단이와 부소길을 죽인 것은 소녀요?"

"그 여자가 무슨 힘으로 사울아비인 부소길을 죽이겠느냐? 내 부하들이 대신 죽였다."

"도단이를 왜 죽였소?"

"사실 번거로운 일이었다. 허나 그 여자가 반드시 도단이를 죽여야만 한다고 우겼다. 그러지 않으면 협조할 수 없다고 했기에 별수 없었다."

치우천의 얼굴빛이 하얗게 질렸다.

"아아…… 설마 했는데 역시 그랬소?"

"그게 뭐 중요한 일이라고 그러느냐?"

"나는…… 그러지 않았기를 바랐소. 고시울률이 되살아났을 때 나는 소녀에게는 죄가 없고 당신들에게 이용당했기를 바랐소. 그러나…… 그러나 역시 그녀도 죄가 있었구려. 역시나 독한 여자고 죄를 물을 수밖에 없구려……."

지는 한탄하는 치우천을 비웃듯 말했다.

"너는 그 여자를 잊지 못하는구나. 하하. 예쁘기는 하지만 그런 지독한 여자를 잊지 못하다니! 네놈이 그렇게 여자에 빠지는 놈인 줄 알았다면 더 쉬운 방법도 있었을 텐데 아쉽구나."

"그런데 그녀는 왜 숨겼소? 그녀를 증인으로 쓰는 것이 더 확실했을 텐데."

"그럴 수밖에 없었다. 허나…… 하핫! 그 이유는 마지막에 이야기해 주마."

"어째서?"

"나는 어쨌든 잡혔고, 살기를 바라지 않는다. 나는 지금 네놈이 우쭐하라고 모든 것을 알려 주는 것이다. 나는 죽겠지만 네놈을 최대한 놀라게 해 주고 싶거든. 그래서 말하는 것이다."

지가 광기 서린 눈을 번들거리며 말했지만 치우천은 피식 웃으며 머리를 긁적거렸다.

"그렇게 나를 미워할 건 없지 않소? 태어난 곳이 다르고 할 일이 다르니 그런 것이지. 나는 당신을 미워하지는 않는데…… 뭐, 쓸데없는 이야기는 그만둡시다. 일이 그렇게 되었고 나는 기절했으니 서두를 것은 없었을 테고…… 도리어 부활의 의식에 그 상황을 이용하려고 했을 테지요. 당신 계획은 틀리지 않았소. 한데 왜 며칠이나 기다렸소?"

지는 몸을 부르르 떨더니 대답했다.

"좋다. 이제 와서 무엇을 감추겠는가? 네 아우, 비 녀석 때문이다."

"아우 때문에?"

"그래. 그 녀석이 근처에 있으면 성가시다. 너를 죽이려 할 때 난리라도 피우면 좋지 않으니까. 그래서 나는 고시울률에게 비 녀석을 내보내는 것이 낫다고 말했지. 네 아우, 멍청이 놈은 자기가 주신 회의에서 말을 잘해서 나간 것으로 알 테지만 사실은 내 손아귀에서 놀아난 것에 불과하지."

치우천은 아우의 이야기가 나오자 갑자기 노기를 띠었지만 꾹 참고 지의 이야기를 들었다. 지는 자포자기한 듯 말했다.

"우리는 네놈의 그 멍청한 도깨비가 바보같이 뒷마당에 머리를 묻는 것을 보고 기뻐했다. 생각할 수 있는 방법 중 가장 바보 같은 짓이었지. 차라리 먼 데 버리거나 태워 없앴다면 골치 아팠을 텐데."

치우천이 끼어들어 말했다.

"천만에. 리미의 행동은 현명했소. 먼 데 버리거나 없애려 했다면 당신들이 그냥 두었을 리 없소. 감시하는 녀석들이 있었을 테니, 되려 한 번에 우리 집안은 누명을 쓰고 죽음을 당했을 거요. 리미가 바보 같았지만 오히려 시간을 벌어 집안을 구한 셈이지."

"그랬을지도 모르겠군. 허나 시간을 벌건 말건 그것은 중요하지 않았다. 어쨌거나 나도 시간이 필요했으니까."

"그렇군. 흘레부치가 고발하게 뒤에서 조종한 사람이 당신이었을 테니까. 그렇게 용기를 내게 해 주려면 시간도 필요했겠지. 아니, 어쩌면 고시울률의 가짜 머리가 썩기를 기다렸는지도 모르겠군."

"그렇다. 어차피 얼굴을 뭉개서 알아볼 사람도 없을 테지만, 조금 썩어 뭉개지는 것이 더 완벽하니까."

"그래서 며칠 지난 다음 흘레부치를 부추겨서 우리 집으로 뛰어들게 한 거요?"

"그렇다."

그러자 비렴이 끼어들었다.

"치우우레가 기적을 보였을 때 솟대 단군이 갑자기 나타난 것도 네가 시킨 것일 테지?"

"그렇다. 계획이란 아무리 준비를 잘해도 막상 벌이고 나면 틀어지는 일이 많다. 그래서 항상 모든 것을 듣고 보면서 맞춰 나가지 않으면 제대로 이루어지지 않지. 확실히 치우우레가 그런 기적을 보일지는 예상치 못했다. 허나 솟대 단군이 우리 편이었지. 고시울률을 부활시키려면 그의 협조가 필요했고, 그는 오래전부터 고시울률과 한편이었어. 사실 그 일이 나를 두 번째로 당황하게 만들었다. 허나 몇 마디 말로 솟대 단군이 나서게 하기는 어렵지 않았다. 그놈은 기적이 정말 일어났다고 처음에는 망설였지만, 이미 우리 일에 발을 들여놓은데다 약점도 잡혔으니 별수 없이 달려 나갔지. 달려 나간 뒤에는 나보다 더 잘하더군."

지는 통쾌한 듯 크게 웃고는 말을 이었다.

"자기가 깨끗하고 똑똑하다고 믿는 놈들이 한번 발을 잘못 디디면 더 악랄한 짓도 태연히 한단 말이야. 솟대 단군이라면 손꼽히는 주신의 주술사인데도 말이지. 처음에는 꺼리는 눈치더니만, 한번 물을 들이더니 자기 죄를 감추려고 악착같이 머리를 짜내더군. 덕분에 일을 많이 덜었지."

치우천은 한숨을 쉬고 말했다.

"솟대 단군은 마지막에 죄를 뉘우쳤으니 그의 흠을 잡지 마시오. 그러나 실제로는 내 벗들이 나를 구했지 않소."

지는 이를 갈며 말했다.

"그래. 참으로 속이 뒤집어지는 노릇이었다. 왜 이렇게 일이 자꾸 흐트러지는지 화가 났다. 어떻게 보면 즐겁기도 했다. 내가 정말 머리를 다 써서 일을 꾸미기는 참으로 오래간만이었으니까 말이다."

"일을 꾸미는 것이 그리도 재미났소?"

"나는 싸움을 잘하지도 않고 전사들을 다루지도 못한다. 일을 꾸미고 꾀를 내는 것이 내 일이며 그 덕에 십육기인의 하나가 되었는데 그런 즐거움을 어찌 모르랴?"

치우천은 씁쓸한 표정으로 지를 바라보았으나 아무 말도 하지 않았다. 지는 혼자 흥분하여 떠들어 댔다.

"무라와 비울걸이 너를 빼냈고, 천부인 굴 쪽으로 사라졌다는 말을 듣고는 나는 가슴이 철렁했다! 천부인의 굴은 고시울률을 장사 지내기로 한 곳인데 하필 그리로 네가 사라진 것은 가장 좋을 수도 있고 가장 나쁠 수도 있었으니까!"

"그건 무슨 말이오?"

"그곳은 누구든 들어가면 죽는다는 곳이니 네놈이 죽어 버리면 가장 좋은 것이고, 그렇지 않고 네가 살아 나온다면 가장 나쁜 일이 되는 것이지. 네놈이 죽건 말건 신시에서 도망쳤으면 굳이 뒤를 쫓을 생각은 없었다. 네놈이 무서운 것은 주신을 등에 업었을 때이지, 작은 주신 따위의 찌꺼기 부족장이라면 무서울 것도 없으니 말이다. 아무튼 나는 네놈이 살아 나올 때의 일도 대비해야 했다."

치우천은 기막히다는 듯 고개를 설레설레 저어 보였다.

"당신이 나보다 훨씬 고생했구려. 나는 그냥 정신을 잃고 있었는데, 예측하지 못한 일이 계속 생겼으니. 당신은 무서울 정도로 치밀했고 잘해 나갔소. 대단한 사람이오."

"허헛. 치우천의 입에서 그런 말을 들으니 기분 좋군."

"그런데 왜 굳이 천부인의 굴을 허물었소? 안을 치우면 간단했을 텐데?"

"천부인의 굴에는 들어가면 죽는다니 손을 쓸 수가 없었다. 손을 쓸 이유도 없지. 너도 고시울률이 죽은 것으로 알고 있지 않았나?"

"분명 그렇소. 나도 미처 거기까지는 생각하지 못했소. 고시울률이 나타나기 전까지는 말이오. 그런데 고시울률이 모습을 드러낸 것도 당신이 생각하고 미리 대비해 둔 일이겠지요?"

"그렇다. 네가 잡혔다는 소식을 듣고 나는 머리가 아팠다. 네놈이 도망가지 않고 순순히 잡혔다는 이야기를 듣고 두려워졌지. 이제까지는 네 머리와 싸우는 것이 아니었는데, 이제는 네 머리와 싸워야 하니 말이다."

"나는 꼬리도 보이지 않고 일을 꾸미는 당신이 두려웠는데 당신은 내가 두려웠다니, 재미있구려."

"세상에 누가 치우천의 머리를 두려워하지 않겠는가? 거기서 나는 계획을 되돌려 보고는 이를 악물었다. 나는 빠르게 네 목을 치려 했지만 네놈은 자꾸 빠져나가지 않았느냐. 내가 몇 번이나 일을 실패한 덕분에 여기저기 증거가 많이 남아 있었고, 그것들을 되돌리는 것은 아주 힘든 일이었다."

"홀레부치의 뒤통수를 친 사람이나 돌칼 같은 것들 말이지요?"

"그렇다. 그런 것을 모르지는 않았지만 네가 아니라면 당장 밝혀낼 사람도 없고, 나중에 밝혀진다 해도 너를 죽이면 신경 쓰지 않아도 되는 일이었다. 네가 다시 나타나니 큰 걸림돌이 되더군."

"우발두레의 입도 두려웠겠군요."

"물론이다. 그래서 나는 생각했다. 여기저기 널린 증거를 없애기보다는 한 번에 일을 뒤집어 버리는 편이 낫다고 말이다. 네 머리를 쓸 틈도 없이 모든 것을 뒤집어 네놈을 없애는 수가 생각난 거다."

"재판이 이상해지면 바로 그때 고시울률이 나타나게 하는 꾀였군요."

"그렇다!"

"확실히 대단한 수였습니다. 앞뒤는 맞지 않지만 아무도 예상하지 못했고, 막을 수도 없었습니다. 정말 당할 뻔했지요. 탄복했습니다. 머리싸움으로만 본다면 당신이 이긴 것이지요."

지는 미친 듯 웃었다.

"그렇다! 머리싸움에서는 내가 이겼다! 나, 지가 치우천을 이긴 것이다!"

지는 웃으며 외치다가 돌연 이를 갈았다.

"그런데…… 맥달이라는 여자가 나타날 줄은 몰랐다. 더구나 신수까지……."

치우천은 웃으며 말했다.

"당신은 다 잘했지만, 맥달 탓은 하지 않는 게 좋을 것입니다."

"무슨 소리냐?"

"맥달이 나타나고 자오지가 나타나기는 했지만, 맥달을 데려온 것은 무라와 누리, 흰 단군입니다. 맥달이 죽은 사람이었더라도 최소한 무라와 누리는 저를 구하려고 무엇이든 했을 것입니다. 무라같이 몸이 빠른 사람이 눈을 뻔히 뜨고 나를 죽게 두었을까요? 좀 더 모양새가 좋지 않고 시간이 더 걸렸을 테지만 쉽게 당하지는 않았을 것입니다. 뭐, 제가 맥달에게 신세를 진 것도 분명히 느끼고 있습니다만 당신의 패인은 맥달이나 신수 탓이 아니라 무라의 행적을 놓친 것에 있습니다. 당신은 나에게만 너무 신경을 썼지요."

지는 크게 탄식하며 외쳤다.

"그렇구나! 정말 그렇구나! 하핫! 선인이나 신수 탓이 아니라 내 탓이었구나!"

치우천은 지의 탄식이 그치기를 기다렸다가 냉랭하게 말했다.

"분명 이전의 한 수는 나를 넘어섰지만, 그다음의 수는 제가 빨랐습니다."

"그렇……다……. 나는 맥달과 신수 때문에 네가 살아난 후로 증거가 많이 남은 천부인의 굴을 허물고 네가 가지고 나왔다는 증거를 반박하느라 정신이 없었다."

"옛 한웅의 곡옥과 옷자락 말이지요."

"그렇다."

"저는 그것들을 증거로 쓸 생각은 하지 않았습니다. 재판 밖에서 누가 증거를 지우고 있으면 도움이 되지 않을 테니까요. 고시울률이 정확한 때 나타나 우발두레를 죽여 입을 막아 버린 것을 본 다음부터 그렇게 생각했습니다. 증거를 내밀 때마다 눈치를 보아 고시울률과 솟대 단군이 누군가의 꾀에 기대고 있다는 것을 밝히는 데 썼을 뿐이지요."

"그건 확실히…… 내 예상을 넘어섰다."

"재판 자체보다 당신을 잡으면 모든 재판 결과도 따라오리란 생각을 했지요. 이전의 한 수에 제가 당했다면, 이 한 수에는 당신이 당한 셈입니다."

"그…… 그렇다. 인정한다."

"당신은 무라를 놓아두는 실수를 했지만 저는 실수하지 않았습니다. 그래서 당신은 잡혀 있고 저는 죄를 벗었지요."

지는 부들부들 떨며 이를 갈았다. 분노로 얼굴이 새빨갛게 달아오른 지는 치우천에게 씹어뱉듯 말했다.

"이겼다고 생각 마라!"

"이제 한 가지만 더 묻겠습니다. 이제 와서 그리 중요한 일은 아닙니다만…… 당신은 대체 언제부터 고시울률의 꾀주머니가 되었습니까?"

"흥, 한번 맞혀 보아라!"

"꽤 오래전부터 아닐까 싶습니다. 고시울률도 처음부터 주신을 팔아먹을 사람은 아니니까요. 당신은 오래전부터 고시울률과 알고 지냈겠지요. 헌원의 평판이 좋았던 태산 회의나 그 이전부터 말이지요. 물론 처음부터 모든 것을 터놓았을 리는 없고, 자잘한 충고를 해 주는 것부터 시작했겠지요. 맞습니까?"

"흥! 알면서 왜 묻느냐?"

"치우가람과 바람의 일에도 관련이 있습니까?"

"그런 자잘한 놈들과는 직접 상대하지 않았다!"

"당신 같은 사람이 고시울률의 편에 서 있었다면 그들이 그렇게 쉽게 일을 꾸미지 못했을 텐데요? 고시울률도 치우가람 형제에게는 완전히 속았습니다. 당신이었다면 그들의 음모를 저보다도 훨씬 쉽게 알았을 텐데요?"

치우천의 말에 지는 갑자기 안색이 변했고 눈길을 돌렸다. 치우천은 달래듯 말을 이어 나갔다.

"당신이 드러내 놓고 치우가람, 바람의 편은 아니었겠지요. 그러면 고시울률 편이었을까요? 아니, 그것도 아니겠지요. 당신은 여전히 헌원의 십육기인 중 한 명이고, 헌원의 말에 목숨이라도 바칠 사람이니까요. 당신의 목적은 고시울률을 돕는 것이라기보다는, 주신을 흔들고 음모를 도와 결국 주신이 스스로 엎어지게 만드는 것이 아니었을까 싶습니다만."

치우천이 날카롭게 말하자 지는 마침내 폭발했다.

"마음대로 말해라! 나는 지나족이다! 너희 주신족이 아니란 말이다! 내가 목숨을 바치는 것은 지나족을 위해서일 뿐이며, 지나족과 헌원님을 위해서라면 나는 뭐든지 할 수 있다! 어떤 악독한 꾀도, 어떤 끔찍한 짓도 저지를 수 있다! 너희 건방진 주신족을 뭉개고 영원히 노예로 삼기 위해 나는 몸을 바쳤고, 후회는 없다!"

지가 미친 듯 증오에 가득 찬 음성으로 외치는 것을 듣자 비렴마저도 놀라 몸이 떨릴 정도였다. 헌원을 온화하고 믿을 수 있는 지나족으로 생각하고 있던 재판장의 많은 사람들, 귀족들도 마찬가지로 충격을 받았다. 지의 말대로라면 헌원은 오래전부터 주신을 흔들려고 지를 침투시키고, 주신의 이인자인 고시울률이나 숏대 단군 같은 사람까지도 암암리에 움직여서 주신을 수라장으로 만든 장본인이었다. 모든 사람이 경악을 금치 못했지만 치우천은 얼음장같이 싸늘한 눈빛으로 가만히 지를 바라보다가 말했다.

"궁금해지는군요. 당신이 지금 하는 말은 함부로 꺼낼 만한 성질이 아닌 것 같은데요? 당신은 죽음을 각오하고 말하는 겁니까, 아니면 이미 헌원이 움직였기에 말하는 겁니까?"

지는 광기와 분노가 어우러진 번들거리는 눈동자를 빛내며 소름끼치는 어조로 중얼거렸다.

"내가 아까 마지막에 한 가지 알려 줄 것이 있다고 했지? 소녀, 그년을 왜 숨겨야 했는지?"

"그랬습니다."

"소녀…… 그 여자는 우리에게 중대한 비밀을 전해 준다고 했다. 솔직히 그런 여자는 쓸모가 다하면 없앨 셈이었지만…… 그년도 뒤늦게나마 그걸 눈치챘는지 거래를 하자더군. 아주 탐나는 것으로 말이야……."

치우천은 담담하게 말했다.

"그게 뭡니까?"

"네가 오래전부터 만들어 오던 수십천 개의 구리 무기…… 그것이 있는 곳 말이다. 하하핫! 그곳은 우리의 전사들이 휩쓸어 버렸을 것이다! 이제 우리 화산족은 구리 무기로 무장하는 것이다! 그리고 세상을 휩쓸어 버릴 것이다! 너희 잘난 주신족은 더 이상 갈 곳이 없다! 우리 화산족에게 짓밟혀 피를 쏟고 죽거나 노예가 될 것이다! 알겠냐? 하하핫!"

지의 이야기에 사람들은 놀라고 경악했다. 비렴마저도 수만 개의 구리 무기가 지나족의 손으로 넘어갔다는 이야기를 듣자 안색이 변했다. 치우천 또한 처음에는 놀라는 것 같더니만 금방 안색을 회복하여 침착하게 말했다.

"당신이 이렇게 이야기하는 것을 보니 구리 무기는 벌써 빼앗겼겠군요."

"물론이다!"

"그런데…… 겨우 그겁니까?"

"뭐……?"

도리어 지가 놀라 되물었다. 치우천의 표정은 억지로 지어내는 것 같지 않은데다 오히려 안심했다는 표정이었기 때문이다.

"아깝기는 합니다만 그저 물건 아닙니까? 나는 뭔가 싶어 긴장했는데…… 허, 그 정도라면 별것도 아닙니다. 당신이 짜낸 함정치고는 약한데요."

"네…… 네놈 무슨 소리냐? 주신이 우리보다 나은 건 구리 무기 때문이다! 숫자가 많은 우리 지나족이 구리 무기로 무장하면 너희는 끝장이다! 그만한 머리도 안 돌아가느냐? 놀라서 머리가 굳어졌느냐?"

치우천은 빙그레 웃었다.

"내가 걱정하는 것은 사람입니다. 물건 따위는 걱정하지 않습니다. 지나족이 구리 무기를 많이 얻었다 해도 만드는 법을 모른다면 헛것입니다."

"하…… 하지만……."

치우천은 웃으며 지에게 말했다.

"당신의 좋은 기분을 깨고 싶지는 않습니다만, 물건이 싸움을 이롭게는 해 줄지언정, 물건이 싸움을 하는 것은 아닙니다. 조금 고달파질 수는 있어도, 으음…… 당신들은 많아야 세 번이면 도로 돌을 주워 들어야 할 것입니다. 머리 좋으신 지님께서 그런 물건을 중요하게 생각하니 제가 당황스럽군요."

갑자기 지가 눈에 보일 정도로 어깨를 덜덜 떨기 시작했다. 그는 본능적으로 치우천의 말이 거짓이 아님을 느끼고 있었다. 그 말대로 치우천은 세 번 싸우는 동안 지나족의 구리 무기를 없애 버릴 묘책을 짜낼 수 있는 사람이었다. 치우천은 이제까지의 복수라도 하듯 폐부를 찌르는 날카로운 말을 지에게 쏘아붙였다.

"도리어 이렇게 되니 당신에게 고맙군요. 덕분에 고시울률과 솟대 단군을 이길 수 있었습니다. 당신이 꾀를 내주지 않았다면 오히려 그들에게 발목이 잡혀 마음대로 헌원을 쳐부수기 어려웠을 텐데, 당신이 주신

안의 적을 깨끗이 정리해 준 덕분에 머지않아 헌원은 제게 쓴맛을 보겠지요. 당신이 잡힌 이상, 더 이상 주신의 누구도 헌원에게 속지 않고 무기를 들 것입니다. 그뿐입니까? 헌원이 끝까지 속을 숨겼다면 제가 조급해졌을 것인데, 구리 무기를 얻었다고 속을 드러내며 움직인다면 그거야말로 제가 바랐던 일입니다. 하하! 주신 전체가 앞으로는 헌원에게 이를 갈고 모든 힘을 다해 맞설 것이고, 헌원은 참고 기다려 왔던 자신의 장점을 버렸으니 이 얼마나 좋은 일입니까? 선인도 신수도 저도 할 수 없던 일을 벌여 주신을 하나로 뭉치게 해 주고 무겁기 짝이 없는 헌원을 들뜨게 만들어 주었으니, 저는 지님, 당신에게 감사드립니다! 지님은 저에게 누구보다도 큰 공을 세워 주셨으며 주신의 은인이라 할 만합니다. 하하. 참으로 길고 길었던 싸움이지만 당신과의 싸움은 결국 제가 이겼습니다. 더구나 생각지 않았던 신세까지도 졌고요. 똑똑하신 지님이라면 알 수 있을 텐데요? 하하하! 이제 헌원을 무릎 꿇릴 차례겠지요."

지는 가슴을 후벼파는 치우천의 말에 온몸을 사시나무처럼 덜덜 떨다가 미친 듯 고함을 지르며 뛰어오르려 발악을 했다. 묶인 몸이었지만 치우천을 물어뜯어서라도 죽이고 싶은 모양이었다. 기세가 흉하기 이를 데 없어 비렴이 얼른 지를 잡아 땅에 태질을 쳤으나 지는 치우천을 물지 못하자 갑자기 혀를 깨물려고 했다. 비렴이 번개같이 턱을 움켜쥐어 자살을 막았다.

"너는 함부로 죽을 수도 없어."

지는 혀를 깨물지 못했는데도 갑자기 컥컥 하는 소리를 내더니 입에서 왈칵 피를 토하고 눈을 뒤집으며 그대로 숨이 끊어져 갔다. 비렴은 지의 처참한 몰골을 보고 멍하니 말했다.

"허. 성질만으로 죽어 버리다니."

치우천은 죽은 지를 바라보며 담담하면서도 싸늘하게 중얼거렸다.

"그에게는 이게 차라리 잘된 일이겠죠."

비렴은 걱정스레 중얼거렸다.

"이제 우리 주신과 헌원과는 적이 되었구나. 네 말이 맞았구나, 맞았어……. 나도 눈이 어두워 네 말을 믿지 못했으니……."

"앞으로가 큰 문제입니다. 이미 벌어진 일이니 어떻게든 해야겠지요. 지가 떠든 것을 들으니 헌원은 속셈을 드러냈음이 분명합니다. 어서 대책을 세워야 하겠습니다."

"그렇군."

비렴은 목을 가다듬고는 큰 소리로 주위를 향해 외쳤다.

"재판은 끝났다! 치우웃뜸 치우천은 죄가 없으며, 주신을 위해 지나족 헌원의 큰 음모를 밝혀내는 공을 세웠다! 모든 죄는 고시울률과 숫대 단군, 그리고 지나족의 지가 지은 것으로, 이들은 죽었으되 관련이 있는 사람은 모조리 조사하여 벌을 내릴 것이다! 속았을 뿐 이제라도 죄를 깨달아 무기를 버리는 자들은 벌을 피하게 될 것이다!"

비렴의 선고에 광장의 많은 사람들이 환호했다. 치우천은 비렴에게 정중하게 말했다.

"치우웃뜸 치우천이 풍백 비렴님께 청합니다. 마누라님께 알려서 회의를 열어 재판의 남은 일을 처리하고 대책을 논의하게 해 주십시오!"

"좋다!"

비렴이 호쾌하게 웃으며 걸어가는데 누가 치우천의 등을 살짝 쳤다. 돌아보자 비울걸의 무섭고 흉하지만 장난스러운 얼굴이 보였다.

"이놈아. 그런데 나는 벌을 받는 거야, 어떤 거야? 나를 빼 달라고 했어야지, 인마."

치우천은 웃음을 터뜨리는데 이번에는 무라가 말없이 밝은 표정으로 눈길을 보내더니 턱으로 한쪽을 가리켜 보였다. 맥달이 있는 곳이었다. 치우천은 입을 열지는 않았으나 한없이 고맙다는 듯 무라를 바라보았다. 무라는 어깨만 으쓱해 보이고는 다시 맥달 쪽을 가리켰다. 치우천은 그제야 맥달에게 눈을 돌렸는데, 맥달은 그림처럼 수줍은 미소를 지은 채 서 있을 뿐 아무 말도 하지 않고 있었다. 그때 광장에서 누군가가 만세라도 부르듯 환호를 올렸다.

"치우웃뜸! 치우천!"

알한과 도깨비, 치우 집안의 종 들이었다. 울라트도 눈물이 범벅된 환한 얼굴로 치우천의 이름을 연신 부르며 환호했다. 분위기에 휩쓸려 광장의 많은 사람들도 덩달아 이름을 불렀고 마침내 하늘 군대 사울아비들마저도 환호하며 이름을 불렀다. 누리는 엉엉 울면서 흰 단군의 품에서 빠져나와 치우천에게 달려들어 울어 댔고 치우천은 누리의 등을 두들기며 말했다.

"녀석. 사내가 그리 헤피 우는 것이 아니다."

치우천은 맥달에게 걸어가 잠시 망설이다가 말없이 손을 내밀었다. 맥달은 맑은 눈동자를 반짝거리며 수줍은 듯 고개를 숙이더니 손을 천천히 마주 잡았다. 더 이상 말은 필요 없었다. 치우천과 맥달은 손을 잡고 수많은 신시의 군중들이 환호하는 가운데 천천히 재판장으로 꾸며진 단을 내려섰다. 뒤를 무라와 비울걸, 조금 어색해하는 흰 단군이 따랐고, 곧이어 알한, 울라트, 리미, 개르가 함께 달려와 얼싸안고 환호했다. 험악한 재판이 끝나자마자 신시 사람들은 누가 먼저랄 것도 없이 노래를 부르고 춤을 추며 축제를 벌였다. 그러나 치우천은 조용히 그곳을 빠져나오며 치우 집안의 어른인 치우주먹에게 말했다. 치우천의 손은 여전히 맥달의 손을 가볍지만 단단하게 잡고 있었다.

"아버님께서 묻힌 곳으로 가고 싶습니다."

치우천은 참았던 눈물을 주르륵 흘렸다. 치우주먹은 흰 수염을 몇 번이나 쓰다듬다가 눈물이 핑 도는 눈으로 맥달을 바라보았다. 치우천은 조용히 말했다.

"함께 가고 싶습니다."

치우주먹은 조금 놀란 것 같았으나 이내 고개를 끄덕이고는 치우천의 어깨를 턱 치며 앞장섰다. 치우천은 걸음을 옮기지 못했다. 일이 해결되자 긴장과 함께 온몸이 물먹은 솜처럼 풀린데다 재판 중간 맞았던 돌 세례의 아픔이 새롭게 느껴졌기 때문이다. 치우천이 몸을 부들부들 떨며 균형을 잃자 치우천의 손을 잡고 있던 맥달이 서둘러, 그러나 조용히 몸을 부축했다. 치우천의 옆을 에워싸고 있던 친척들과 벗들도 치우천을 부축하려 했으나 치우천은 애써 손을 저었다. 그리고 몇 번 숨을 고르고는 다시 어깨를 펴고 태연하게 걷기 시작했다. 그 광경을 조금 떨어진 곳에서 보던 울라트가 발을 굴렀다.

"안 그래도 천 오라버니는 몸이 좋지 않은데……."

리미가 숙연한 표정으로 되받았다.

"사내는 아무리 아파도 어깨를 펴야만 할 때가 있는 겁니다."

치우천의 손을 잡고 있던 맥달은 남몰래 슬쩍 눈물을 훔쳤다. 치우천의 손을 잡고 있는 그녀는 지금 그의 고통과 아픔을 느낄 수 있었다. 원래 좋지 못한 몸에 며칠에 걸친 도피와 투옥, 잠시였지만 목숨을 위협할 정도로 퍼부어진 돌 세례. 확실해져 버린 아내의 배신과 아버지의 죽음. 주신 전체나 다름없던 고시울률과 대항해 치렀던 재판. 거기다 최후의 기력까지 짜낸 지와의 머리싸움. 정신적으로나 육체적으로나 치우천은 당장 까무러쳐서 며칠을 앓거나 심지어 영원히 일어나지 못한다 해도 이상할 것이 없었다. 그래도 치우천은 일어섰고, 종내는 맥달의 손마저 천천히 떼어 냈다. 꺾이려는 발목을 밀어 옮기듯이 질질 끌고, 천 근 같은 무게로 내리누르는 눈꺼풀을 억지로 밀어 올리면서 어깨를 펴고 걸었다. 최선을 다해 당당해지려 했지만 지치고 피곤한 어깨는 활짝 펴지지 않았다. 며칠을 쫓겨 다니고 돌에 맞고 땅에 굴러 흙이 묻고 군데군데 흩어진 옷매무새도 여전했다. 그러나 광장에 모여 있던 수많은 사람들 누구의 눈에도 치우천은 남루하거나 천하게 보이지 않았다.

운명을 받아들이다

순장(殉葬)은 고대 문명이라면 동서양을 막론하고 어느 곳에나 있었던 장례 풍습이다.
그런 의식이 광범위하게 성행된 것은 크게 두 가지 이유에 있다.
첫 번째는 죽은 자를 위해 죽은 이후에도 시중들어 줄 영혼을 같이 보낸다는 의미이고,
두 번째는 죽은 자의 명예를 높이기 위해 자원자를 구하는 방법이었을 것이다.
비슷한 순장 방식이라도 근원이 어디서 비롯되었는가에 따라 많이 다르다.

"휘이휘이. 가소서. 가소서. 편안하게 가소서. 에야~ 디야~."

무덤잡이가 치우우레의 시신을 안치할 구덩이 앞에서 장례 노래를
부르고, 평소 치우 집안과 잘 알고 지내던 늙은 단군 두 명이 의식을 집
행하고 있었다. 크게 소리를 내지는 않았지만 내내 치우천의 눈에서는
눈물이 샘솟았다. 주신 전체가 걸린 큰일을 해결하느라 표를 내지 않고
억눌러 놓았지만 슬픔은 크고도 컸다. 그토록 사랑하던 아내 미리내를
잃고 두 아들만 바라보며 평생 싸움터와 변방의 오지를 헤매다가, 마침
내는 아들을 위해 스스로 목숨을 내던질 정도로 아들 사랑이 극진했던
치우우레였다. 그런 아버지를 어쩌면 자신 때문에 떠나가게 한 치우천
의 슬픔은 무엇에도 비견할 수 없을 정도였다.

장례 절차가 진행되어 치우우레의 시신이 구덩이에 뉘어지자 그 앞
으로 치우우레가 쓰던 무기와 집기, 저승으로 갈 동안 치우우레가 쓸 곡
식과 물건 들이 날라져 왔다. 물건들을 시신 옆에 놓는 것은 죽은 자의
가족 중 하나가 해야 했고, 그 일은 당연히 큰아들인 치우천이 맡았다.

치우천은 치우우레의 분신이나 다름없던 큰 구리도끼를 비롯해 물건을 하나하나 아버지 옆에 정성껏 늘어놓았다. 그동안에도 치우천은 두어 번이나 까무러칠 뻔했지만 강한 의지로 버티어 냈다. 치우천이 정렬을 마치자 치우우레를 오래 모셨던 세 명의 종과 한 명의 늙은 사울아비가 앞으로 나섰다. 사울아비가 먼저 슬피 통곡하며 하늘을 향해 외쳤다.

"치우우레님! 치우우레님! 당신이 먼저 가시니 우리도 세상에 남아 있기 싫습니다. 우리도 따라가서 치우우레님을 모실 것이오니 하늘이시여! 부디 우리 모두 영영 함께 있도록 하소서!"

그들은 치우우레의 죽음 앞에 순장되어 목숨을 바치려는 것이었다. 높은 신분의 인물이 죽을 때 따라 죽어 순장되는 사람이 많을수록 그 사람의 명예는 빛나며 장례식도 제대로 치렀다고 인정을 받았다. 때문에 억지로 종이나 노예를 협박하여 수십 명씩 무덤에 같이 순장시키는 귀족도 간혹 있었다. 어찌 보면 종이나 노예는 죽은 사람에게 소속된 것이므로 주인이 죽으면 따라 죽는 것도 그리 이상한 일은 아니었다.

그러나 치우천으로서는 죽은 사람 때문에 산 사람의 목숨을 끊는 풍습을 좋게 볼 수만은 없었다. 그럴 필요도 없고, 바라지도 않는다는 것을 은근히 강조해 왔다. 그렇기에 자신이 어릴 때부터 보던 종들과 치우우레의 부하였던 늙은 사울아비까지 직접 나서자 마음이 쓰일 수밖에 없었다.

치우천은 만류하려고 눈길을 주었으나 늙은 사울아비는 단호히 고개를 저었다.

"내가 바라는 일이니 치우천님이 말린다고 해도 따를 수 없소. 치우우레님을 따라가는 것은 못난 내 삶 중에서 가장 잘한 일이 될 것이니 말이오."

말리는 사람이 있는데도 순장되기를 고집하는 것은 순장 중에서도 최고의 인정과 명예를 받는 행위라 할 수 있었다. 말을 마치고 네 사람은 구덩이 앞에 앉아 차례대로 목을 그어서 피를 뿌리고 만족한 듯 쓰러졌다. 스스로 나선 네 사람의 피를 바쳤으니 치우우레의 장례는 대단히 영광스럽게 치러진 셈이었다. 사울아비의 시신은 옮겨져 따로 매장될 터이나 종들의 시신은 화장되어 그 재가 치우우레의 시신과 함께 모셔질 것이었다.

영광스러운 순장 의식이었으나 알던 사람들의 죽음을 다시 코앞에서 보게 되자 치우천은 현기증이 일었다. 그때 치우주먹이 다가와 귓속말을 건넸다.

"이제 되었네, 치우웃뜸. 슬픔이 클 것이고 몸이 편치 않으니 뒷일은 다른 집안 피붙이들에게 맡기게나. 자네는 더 많은 일이 있지 않은가. 그런데 고인돌을 세우는 게 좋겠는가, 선돌을 세우는 게 좋겠는가?"

치우천은 눈물이 넘쳐흐르는 눈을 잠시 지그시 감은 채 생각하다 말했다.

"선돌로 세우도록 합시다. 살아 계실 때의 아버님처럼 우람하고 우뚝 솟은 돌로 세워 주십시오."

"그럼세."

치우천은 장례를 마치자마자 쉴 틈도 없이 반쯤 끌려가다시피 회의장으로 향했다. 안 그래도 치우천은 몇 명 되지도 않는 사울아비들을 군대랍시고 끌고 유망과 형천을 막으러 간 아우가 걱정되어서 죽을 지경이었다. 더구나 미리 신시 밖의 귀족과 대장 고시가라를 설득하러 간 신지사사와 부소댕기에게도 연락을 받지 못해 초조했다. 치우천의 뒤로는 맥달과 부루벼락, 쇠돌이, 무라, 알한, 울라트, 리미 등 많은 사람들이 뒤따랐으나 다른 부족 출신 사람들은 회의장 담벼락 밖에 머물러야 했고 사울아비 스승인 부루벼락과 쇠돌이마저도 회의장 안으로는 들어

갈 수 없었다. 맥달은 선인으로 인정받은지라 어디든 자유롭게 드나들 수 있기에 치우천의 뒤를 따라 들어갈 수 있었다. 허나 맥달은 막상 회의장 앞에서 걸음을 멈추고 들어가지 않았다. 결국 삼사와 치우천만이 회의를 하게 되었다.

"마누라님께서 한웅님을 대신하여 말씀을 이르셨소이다. 몹쓸 짓을 했던 고시울률과 솟대 단군, 그리고 지나족의 지는 이 세상 사람이 아니게 되었으니 남은 자들의 처리를 치우웃뜸의 손에 맡기겠다고 말입니다."

삼사 중에서도 가장 나이 많은 우사 병예가 치우천에게 말했다. 이제 고시울률이 없고 그의 음모를 분쇄한데다 치우웃뜸이기도 한 치우천이기에 공식적인 자리에서는 병예도 치우천에게 높임말을 써야 했다. 치우천은 재판장에서의 당당함은 어디로 갔는지 초췌하기 이를 데 없는 표정으로 간단히 대답했다.

"조사는 하되 죽이거나 더 벌을 줄 필요는 없습니다. 그들도 나름대로는 주신을 위한다 여기고 명령을 충실히 따랐을 뿐이니까요."

"그래도 지은 죄가 있으니 그냥 넘기기는 곤란할 것이오이다. 나중에도 문제가 될 수 있고……."

신지울태가 난감한 듯 말했다. 치우천의 발언이 난감한지 치우천에게 높임말을 쓰다 보니 그녀 특유의 말버릇이 꼬여서 난감한지 구별하기 어려웠다. 그러나 치우천은 어쨌거나 더 이상 피를 볼 생각은 전혀 없었다.

삼사는 너무 관대한 것도 곤란하다고 맞섰지만 치우천이 몇 번에 걸쳐 확고한 태도로 말을 했기에 어느 정도 합당한 벌을 내리기로 하는 선에서 그 문제는 일단락되었다. 그다음은 유망에 맞서러 나간 치우비에게 지원군을 보내는 문제였다. 처음에 치우천은 고시울률의 잔당들에게 지은 죄를 씻는 의미로 이번 지원군으로 종군하게 하면 어떨까 하는 생각을 했다. 허나 신중한 비렴이 난색을 표했다. 그들이 죄를 두려워하거나 부끄러움에 도망치면 지원군을 보내는 의미가 없어지고 만다. 그렇다고 지금 신시에 많은 병력이 있는 것도 아니다. 그런데 신지울태가 그 문제를 해결해 주었다.

이전에 고시울률의 명령을 받고 신시로 진군하던 고시가라의 군대가 있었다. 고시가라에게 파견된 부소댕기가 나름대로 역할을 충실히 수행하여 고시가라는 반 이상 마음을 돌리게 되었다. 그런데 신시 안의 상황이 급변하여 치우천이 체포되는 일이 벌어지자 고시가라와 부소댕기는 당혹해했다. 급기야 재판이 벌어지게 되었다는 소식을 알게 되자 그들 부부는 일단 누가 옳은지 끝을 보기 전에는 움직일 수 없으니 사태를 관망한다는 판단을 내렸고, 그런 내용을 어젯밤 비밀리에 부하를 통하여 신지울태에게 알렸다는 것이다. 그 말을 듣고 보니 고시가라의 군대가 갑자기 움직이지 않게 된 것이 이해가 갔다.

치우천의 기분은 씁쓸했으나 생각해 보면 고시가라와 부소댕기의 입장에서는 충분히 그럴 수 있었다. 특히 고시가라는 유능한 대장이었지만 지난번 신시 앞 싸움에서 신수를 보고 그것이 하늘이 내린 징조라 생각하여 싸움을 멈춘 일이 있을 정도로 신앙심이 깊은 사람이었다. 그렇게 생각하니 그나마 고시가라가 어느 편도 들지 않고 움직이지 않아 준 것만 해도 부소댕기의 공이 크다고 할 수 있었다.

"고시가라님의 군대를 대나무골로 보내면 될 것 같습니다. 고시가라님은 유망과도 맞설 충분한 재주를 가진 분입니다. 군대의 규모는 어느 정도 된답니까?"

"아주 많다고 들었던 것이야. 사울아비만 치면 적겠지만 합하면 스무천은 되는 많은 수라 들었……."

신지울태가 무의식중에 치우천에게 말을 낮추었다가 실수를 깨닫고 말꼬리를 흐리자 치우천은 가볍게 미소만 띠고는 말했다.

"운사님은 제가 존경해 오던 어른이시니 편하게 말씀하시는 것이 도리어 저에게는 좋습니다. 여기 모르는 사람이 있는 것도 아니니 굳이 그러실 것 없습니다."

"그래도……."

그때 비렴이 딱딱한 음성으로 말했다.

"문제가 있소이다. 동쪽 귀족들에게 신지사사를 보내기는 했지만, 고시울률이 죽은 이상 동쪽 지역이 어떻게 될지 걱정이오. 고시울률의 죄가 밝혀지기는 했지만, 혹여 그들도 관련된다 생각하여 난리라도 일으키면 큰일이 되니 말이오."

"여기 치우웃뜸께서는 다른 자들은 벌하기를 원치 않으신다 하시었는데?"

병예가 되묻자 비렴은 인상을 찌푸리며 탄식했다.

"그들이 믿느냐 아니냐는 또 다른 문제일 것이오. 우리가 사람을 풀어 전한다 해도 믿을지 믿지 않을지도 모를 일이고. 아무래도 신지사사한 명의 힘으로 처리되기를 바라기엔 일이 너무 커진 것 같소."

"하면 어떻게?"

치우천이 말했다.

"제가 가면 됩니다."

병예가 당장 난색을 표했다.

"그건 위험하오! 치우웃뜸!"

신지울태도 병예와 같은 생각이었다.

"동쪽 귀족들이 혹여라도 오해를 하면 어쩌려고 하는 것이……오니까? 고시울률의 죄를 믿지 않고 치우웃뜸이 일을 저지른 것이라 오해한다면 몹시 위험한 것이오이다."

치우천은 고개를 저었다.

"오해가 깊을 수 있기에 제가 가야 합니다. 위험을 무릅쓰고 제가 가야 그들도 믿어 줄 것입니다."

비렴은 조금 생각하더니 고개를 끄덕였다.

"그러면 내가 사울아비 세 부대를 이끌고 함께 가도록 하겠소."

"비렴님이 함께 가 주신다면야 저로서는 든든합니다만 군대를 끌고 가서는 안 됩니다. 오히려 오해를 더 살 수도 있습니다."

"그건 너무 위험하지 않겠소? 그들이 믿지 않는다면……?"

"몇 사람이 같이 가기는 해야겠지요. 생각해 둔 사람이 있으니 염려 않으셔도 될 것입니다. 허나……."

"아우님이 걱정되시는가요?"

신지울태가 자상한 표정으로 물었다. 치우천은 쑥스러움 없이 고개를 끄덕였다.

치우천은 한동안 깊은 생각에 잠겼다. 물론 가장 큰 문제는 동쪽의 불온함이었다. 허나 유망도 문제고, 아우가 걱정되기도 했다. 마음 같아서는 당장이라도 위험한 지경에 빠졌을지도 모르는 아우에게로 달려가고 싶었다. 하지만 치우천의 이성은 그보다 동쪽의 일을 해결하는 것이 더 급하다고 외치고 있었다. 치우비는 강하다, 그러니 아우를 믿어야 한다고 이성이 외쳤다. 다른 한편으로는 아무리 그래도 아우의 부대는 너무 적고, 유망과 형천은 그 적은 숫자로 맞서기는 너무도 세다는 생각도 들었다. 헌원의 움직임도 마음에 걸렸다.

'지의 음모는 수십 년에 걸쳐서 쌓아 왔던 것이다. 그것이 무너졌으니 헌원도 뒷마무리를 하려면 시간이 필요할 것이다. 더구나 헌원이 결국 노리는 것은 아우가 아니라 나다. 그렇다면 아우는 괜찮을 것이다.

도리어 나를 경계해서라도 아우를 위험하게 만들지는 못할 것이다. 설령 싸움에 지더라도 위험해지지는 않겠지.'

그때 병예가 넌지시 말했다.

"떠나기 전에 누굴 만나 보는 건 어떻겠는가?"

"누굴 말입니까?"

치우천이 묻자 병예는 멋쩍은 듯 말했다.

"누군지도 모르겠네."

"그런 사람을 왜 만납니까?"

"보통 사람은 아닌 것 같은데…… 도무지 어떤 사람인지 알 수가 없으니 하는 말일세."

"도대체 어떤 사람이기에 그러십니까?"

"한 사람이 아니라 한 무리라네."

"무리라고 해도 우두머리가 있을 것 아닙니까?"

"그건 그렇지. 그런데 참 이상하다네. 온통 다른 부족 사람들로 들끓고 있는데, 도깨비처럼 생긴 것들도 무리에 섞여 있었네. 말을 해 보려 해도 자기끼리 수군거리기만 하지 거의 대답이 없다네."

"도깨비장난 같군요. 그런데 왜 그런 사람들을 만나야 합니까?"

"비록 이상해 보이지만 그들은 자기 부족에서 대단히 높은 자들이라 하고, 값진 예물을 정중하게 한웅님께 보내오기도 했네. 생전 들어 본 적이 없는 부족이지만 말이야. 그들의 차림이나 예물을 보아 그냥 넘길 일은 아닐 것 같네."

"그런데 왜 하필 저입니까?"

"치우웃뜸은 주변의 많은 부족들과 통해 왔고, 도깨비도 부리고 있지 않은가? 그러니 말이 통할 방법을 찾을 수 있을 것 같아 부탁하는 걸세. 더구나……."

병예는 치우천의 안색을 보다가 말했다.

"다른 이야기는 뭐가 뭔지 통 알 수가 없었지만 그들이 찾는 사람이 지나족의 현녀더란 말이야."

"지나족요? 그런데 현녀는 누굽니까?"

"나도 잘은 모르지만, 아주 먼 데서 온 주술사로 지금은 헌원 밑에 있다는 소문이 있네. 십육기인 중의 하나가 되었다는 소문도 있지. 온몸이 까맣게 그을린 것처럼 검어서 현녀라 부르는데, 지나족에서도 그녀를 따르고 숭배하는 무리가 많다고 하더군."

"그럼 지나족을 찾아가지 왜 주신으로 왔을까요?"

"잘은 모르네만 현녀에게 좋은 감정을 가진 것 같지 않다네. 그녀의 이야기를 하면서 얼굴색이 변하고 분통을 터뜨리는 듯했으니."

치우천은 잠시 생각하다가 고개를 끄덕였다.

"어찌 되었건 헌원과 관계된 사람을 찾는다면 제가 만나는 편이 낫겠군요."

"그래 주면 고맙지."

치우천은 한웅의 집을 나서면서 병예의 부하 한 명의 안내를 받아 곧바로 이상한 무리가 머문다는 곳으로 향했다. 그들은 한웅의 손님인 셈이라 한웅의 집 뒤쪽에 마련된 넓은 터에 머물고 있었다. 대략 사오십 명 정도 되어 보였는데 치우천이 가까이 가 보니 비슷한 복색이나 생김새의 사람은 하나도 없었다. 어떤 사람은 싱카와 비슷하게 머리에 흰 천을 두르고 살빛이 검기도 했고, 어떤 사람은 지나족이나 남방 미아우족 같아 보였으며, 그 밖에도 해괴하게 보이는 옷차림이나 머리, 장신구를 단 사람이 많았다. 리마나 개르처럼 눈이 파랗거나 금발인 한 사람은 없었다. 살빛이 검다고 해도 마냥만큼 새까만 사람도 없었다. 생긴 것이나 피부색은 조금 달라도 머리와 눈 빛깔은 용납할 수 있을 만한 갈색이나 검은색이었기에 도깨비로 몰리지 않고 머물 수 있던 것 같았다. 치우천과 함께 온 병예의 부하 사울아비가 손님이 왔음을 알리자, 그들 중 한 노인이 나왔는데 치우천이 보기에는 미아우족 같았다. 사울아비가 치우천의 신분을 밝히자 미아우 노인은 듬성듬성 빠진 이를 드러내 웃으며 말했다.

"그 유명하신 치우웃뜸님이시군요. 저는 미아우 출신이라 높으신 이름 여러 번 들었습니다. 이렇게 직접 뵈옵게 되니 놀라울 뿐입니다."

주신 말이 능숙한 미아우 노인은 말했다.

"저는 천한 종일 뿐이고 제 지금 주인님은 멀리 우루에서 오신 분입니다. 그…… 하여간 아주 위대한 신인…… 마…… 마…… 마둑, 아니 마르둑의 가호가 주신에 있기를 바란다 하셨습니다."

치우천은 무표정하게 고개를 끄덕여 보인 후 물었다.

"주신의 치우웃뜸 치우천이 감사의 인사를 전하오. 그런데 노인, 우루가 어디요?"

"저도 모릅니다."

"주인의 고향도 모른단 말이오?"

미아우 노인은 그냥 고개만 수그렸다.

"죽여 주십시오."

치우천은 어이가 없어 되물었다.

"그러면 마르둑이라는 신을 모시는 곳이 우루요?"

"그런 것 같습니다만 역시 모릅니다. 죽여 주십시오."

"내가 여기저기 많은 곳을 돌아보았지만 마르둑이라는 신 이름도 처음이고, 우루라는 곳도 처음 들어서 그렇소. 그런데, 왜 주인이 직접 나와 맞지 않소? 예의에 어긋나는 일 아니오?"

"그건…… 그건…… 어쩔 수 없어서 그러니 이해해 주시기를 바랄 뿐입니다."

"무슨 사연이 있소?"

노인은 얼굴을 구겼다.

"저도 모릅니다."

치우천은 아무래도 이상하여 노인에게서 눈을 돌렸다. 그러자 노인의 뒤에 다른 중년의 남자가 서서 노인을 노려보고 있었다. 생김새도 거칠어 보이는데다 나무 섬유로 뽑은 거친 초록색 옷감으로 몸을 감고 뼈 목걸이를 걸고 있어서 대번 보아도 야만족 같았다. 그자는 계속 노인을 노려보고 있었다. 노인은 그자를 몹시 두려워하는 듯했다. 겁을 집어먹을 만한 인상이었다. 눈치를 챈 치우천이 노인에게 넌지시 물었다.

"뒤에 선 사람이 당신 주인이오?"

"그…… 그렇습니다. 저는 주신 말을 하는 종일 뿐입니다."

"당신은 주신 말도 잘하고 현명해 보이는데 왜 저 사람의 종이 되었소?"

그러자 노인은 고개를 숙이며 대답하지 않았다. 치우천은 짐작 가는 바가 있어서 말했다.

"주신 말을 옮기기 위해서 잡히거나 팔려 온 것이 아니요? 그러면 당신 주인은 주신 말을 못 알아듣는다는 소리이니 걱정 말고 말해도 좋소."

노인은 살짝 몸을 떨며 작게 말했다.

"말씀하신 대로 주신 말을 잘한다는 이유로 한밤중에 잡혀 끌려왔습니다. 저를 살려 주십시오."

치우천은 피식 웃으며 되물었다.

"저 사람이 우루에서 온 사람이오?"

"아닙니다. 그분 뒤에 또 사람이 있는 것 같고……. 저도 우루에서 왔다는 분은 뵌 적이 없습니다."

"그런데 왜 이렇게 온갖 부족 사람이 함께 다니는 거요?"

"저도…… 저도 모릅니다."

"우루에서 온 사람이 바라는 것은 무엇이오?"

그것만은 미아우 노인도 더듬거리지 않고 단숨에 말했다.

"사람을 찾는 것입니다. 누미티에, 우시아, 소유카, 치릉신두……."

미아우 노인은 단숨에 열 몇 개의 여자 이름을 대고 끝으로 덧붙였다.

"……그리고 현녀입니다. 그 요물을 잡을 수 있게 도와주시기를 주인님의 주인님의 주인님이 간절히 바라십니다."

치우천은 눈살을 찌푸리며 말했다.

"현녀 한 사람만 그나마 들은 바 있고 다른 사람은 전혀 모르겠소."

"한 사람이면 족합니다. 모두 같은 사람이니까요."

치우천은 이대로는 안 되겠어서 노인에게 말했다.

"당신 주인에게 전하시오. 현녀에 대해서는 아는 바가 있으나 그녀는 지금 지나족 헌원 밑에 있다고 들었소. 그런데 왜 주신에 와서 현녀를 찾는지 알고 싶소."

"전하겠습니다."

노인은 꾸벅 절하고 몸을 일으키더니 뒤에 서 있던 거친 사내에게 덜덜 떨며 기어갔다. 치우천은 살짝 얼굴을 찡그렸지만 뭐라고 간섭하지는 않았다. 노인은 거친 사내에게 알아듣기 힘든 언어로 뭐라고 한참 설명했다. 거친 사내는 이해하기가 어려운 듯, 몇 번이나 거칠게 되묻고 따지고 하더니 몸을 돌려 저만치로 달려갔다. 노인이 한숨을 쉬며 이마의 땀을 훔치는데, 치우천이 가만 보니 그 거친 남자는 저만치에서 뭔가를 먹던 사람을 찾아가 말을 하고 있었다. 그 사람은 차분하고 행동이 느릿느릿한 뚱보였는데, 세련되기는 했지만 처음 보는 이상한 옷차림을 하고 있었다. 거친 사내가 손짓발짓까지 해 가며 한참 걸려 그에게 뭔가 말하자 뚱보도 천천히 몸을 일으켰다. 시간이 걸렸지만 치우천은 꽤 재미있게 그 광경을 지켜보았다. 뚱보는 느릿느릿하게 걸어서 또 다른 편으로 갔다. 그곳에는 온몸을 천으로 시커멓게 감은 삐쩍 마른 껑다리가 멍하니 하늘만 바라보고 서 있었는데, 뚱보는 그 앞에 털썩 무릎을 꿇더니 뭐라고 한참을 떠들어 댔다. 껑다리는 뚱보가 떠들든 말든 계속 하늘만 멍하니 보고 있었다. 이쯤 되자 치우천도 싫증이 나기 시작했고 병예의 부하 사울아비도 마찬가지인 듯 치우천에게 말했다.

"보시다시피 이런 식으로 하다가 끝납니다. 병예님도 이걸 이해하지 못하셨지요. 대체 왜 이런 미친 짓을 하는지 알 수가 없습니다. 그들의 주인이라는 자는 코빼기도 보인 적이 없고요."

치우천은 웃으며 말했다.

"미친 짓이 아니라 말이 통하지 않으니 저러는 거요. 우루라는 곳이 아주 먼 곳인가 보구려."

한참 사람들끼리 말을 전하는 것 같더니 이번에는 중간에 싸움이 났다. 싸우는 두 사람 모두 야릇하고 이상한 차림이되 하나는 푸른색 깃털을 잔뜩 꽂아 옷처럼 걸쳤고 다른 사람은 칙칙한 핏빛 천을 둘렀다. 둘은 소리소리 지르며 주먹질을 해 싸웠는데 주변 사람들은 관심도 보이지 않았다. 치우천은 참고 기다려 보려 했지만 싸움은 한참이나 계속되었다. 그쯤 되자 아까 보았던 뚱보가 넉살좋게 다가와 자리도 깔아 주고 물과 음식도 늘어놓았다. 나름 대접해 주는 셈이지만 치우천은 기가 막혔다. 별수 없이 자리에 앉아 뚱보가 따라 주는 물을 받아 마셨다. 뚱보가 몇 마디 했지만 하나도 알아들을 수 없었다. 그러다가 급기야 아까의 과정을 다시 거쳐 결국 미아우 노인이 치우천에게 말했다.

"중간에 말이 전달되질 않아서 죄송합니다. 어떻게든 수를 내 볼 것이니 조금 더 기다려 주시길 바랍니다."

말 한마디 전달하려 한 것이 벌써 한참이나 지나, 해가 닷 발은 넘어간 다음이었다. 그럼에도 대답커녕 더 기다리라는 소리뿐이라 치우천은 답답해서 말했다.

"내가 보니, 당신의 주인님의 주인님의 주인…… 그러니까 우루에서 오신 그분은 아주 먼 길을 온 것 같소. 가는 곳마다 이야기하기 위해 사람을 쓴 것 같은데, 워낙 온 길이 멀다 보니 사람도 많아져서 이 모양이 되는가 보구려."

"그런 것 같습니다. 허나 저는 이 일을 한 지 몇 달도 안 되었으니 뭐라 드릴 말씀이 없습니다."

"그런데 저렇게 많은 사람의 입을 거치면 말이 제대로 전해질 리가 없잖소. 그런데도 노인은 마르둑, 우루와 현녀의 많은 이름만은 잘 알고 있으니 그건 어떻게 된 거요?"

노인은 도리질을 쳤다.

"그것만은 정말로 중요한 말들이라 맞으면서 외운 겁니다. 그러나 다른 말은 말씀하신 대로 빙빙 돌아 전달이 안 되는 것 같습니다."

"사람을 줄여 보는 건 안 되겠소?"

"그 말을 또 누가 전합니까? 서로 말이 통하는 사람도 하나뿐인데 말입죠."

"그래도 이런 식으로는 절대 말이 안 통하겠소. 여러 부족 사람이 있는 것 같은데, 신시는 넓은 곳이오. 내 당신들의 부족을 하나씩 알아내 주신에서 말이 통하는 사람을 찾으면 줄일 수 있을지도 모르는데……."

그 말이 그럴듯했는지 노인은 거친 사내에게 말을 전달했으나 거친 사내는 화를 내며 노인을 구박했다. 노인은 덜덜 떨며 다시 치우천에게 말했다.

"중간에 다른 사람이 끼면 말이 변할 수 있으니 아예 통하지 않는 것이 낫다고 하는군요. 저도 어쩔 수 없습니다요."

치우천은 도리머리를 치며 일어설 수밖에 없었다. 치우천은 집으로 오면서 멀리 서쪽에서 온 알한이나 싱카, 마냥을 떠올렸다. 재판이 끝났으니 그들도 집으로 돌아갔을 것이었다. 사실 아무것도 아닌 일이라 할 수도 있지만 헌원과 관련된 현녀를 찾는다는 말이 치우천의 마음에 조금 걸렸다. 이 의문의 인물들을 그냥 내버려 두고 싶지는 않았다.

일단 한시가 급한 치우천은 출발 준비를 우선으로 했지만, 짬을 내어 알한과 마냥, 싱카를 불러 우루라는 곳을 들은 적이 있느냐고 물었다. 알한과 싱카가 우루에 대해 들은 적이 있다고 대답했다. 우루는 아주 강대한 도시로, 독특한 믿음과 풍습을 지니고 있다고 알한이 말했으며, 싱카는 조금 더 알아서 그 지방의 패권을 잡고 있는 열두 개의 거대한 도시 중 하나라고 말했다. 그 지방의 이름이 수메르라고 했다. 그러자 마냥도 한번은 그 지방에 노예로 팔린 적이 있는 것 같다는 말을 했다. 다만 마냥은 노예여서 자신이 어디서 어떤 경로로 왔는지 정확히 알지 못했다. 안타깝게도 마냥만이 아니라 세 사람 모두 우루의 말이나 자세한 것에 대해서는 알지 못했다. 치우천은 그 정도면 다행이라 생각하고, 알한에 싱카와 마냥을 붙여서 저 이상한 우루 사람과 자세하게 이야기할 수 있는 방법을 찾아보라 명했다. 무라에게는 울라트와 나머지 도깨비 부대를 이끌고 부루벼락과 쇠돌이 등의 사울아비들과 함께 지나는 길에 있는 부족의 도움을 받아 치우비를 도우러 가게 했다. 신시 방어 때문에 병력을 뺄 수 없었으니 이것이 지금 할 수 있는 최선이었다. 자신은 서둘러 동쪽으로 가서 고시씨를 설득하되, 그전에 고시가라를 만나 치우비를 돕게 할 생각이었다.

깊은 밤에 이루어진 일

도저히 선택할 수 없는 것 가운데 하나를 골라 선택해야만 할 때,
운명의 힘이 그렇게 몰아붙일 때, 사람들은 어찌할 것인가?

늦은 시간이라 잠자리에 들었어야 마땅한 시간인데도 헌원은 어두운 표정으로 화산에 있는 널따란 자신의 방 안을 오가고 있었다. 내일 해가 뜨면 그는 새로이 모집한 육만 대군을 이끌고 판천으로 달려가게 된다. 그래서 그가 공언한 대로 주신군을 짓밟고 그가 생각한 작전을 수행해야 한다. 실패할 리 없는 작전이었다. 그럼에도 불구하고 헌원의 얼굴 표정은 어둡기만 했다.

그의 앞에는 가장 가까운 네 사람이 나란히 서 있었다. 그들의 표정 또한 어두웠으며, 그중 한 사람은 노기까지 은은하게 띠고 있었다. 화려한 물감으로 그림이 그려진 흰색 비단옷이 고귀한 풍채를 돋보이게 하고, 중년의 나이에 접어들었음에도 젊은 시절의 화사함을 잃지 않고 있는 귀부인이었다. 그가 바로 선인 오로파라의 뜻을 이어 선인으로 추앙받는 십육기인 중의 하나이며, 대부족을 이끄는 여걸이자, 지나족 중에서 최대의 영웅이라 일컬어지는 공손헌원의 부인인 누조였다. 그녀의 붉은 입술이 열리며 싸늘한 목소리가 흘러나왔다.

"부족의 이름으로도 말할 수 없다면 당신의 안사람으로 한 번만 말하겠어요. 당신은 거짓말을 하고 있어요. 솔직히 말해요."

헌원은 나직하게 한숨을 쉬면서 말했다.

"화산의 대족장으로서 나는 거짓말을 하지 않았으며, 거짓말을 할 수 없소, 부인."

"그것 또한 거짓말이에요. 당신이 거짓말을 계속한다면 내 도움은 기대하지 말아야 할 것이에요."

"나는 화산의 대족장으로 거짓말을 할 수 없소. 이것이 내가 말해 줄 수 있는 전부요."

누조는 더 이상 참을 수 없는지 눈썹을 치켜세웠다.

"우리 부족은 전사가 없지만 우리 부족만이 비단을 만들어 냅니다. 그래서 어느 부족보다도 많은 재산이 있어요. 그것이 당신의 적에게 가면 어떻게 될까요?"

"당신은 내 부인인데 어찌 그럴 수 있소?"

"내가 못할 것 같나요? 자꾸 부인, 부인 떠들지 말아요. 당신 부인은 열 손가락을 열 번 꼽아도 모자랄 만큼 많은데 나를 그중의 하나로 생각하는 것은 아니겠지요? 모욕입니다."

"당신은 발의 어미이고, 나는 그 아이의 애비요. 부인이라 하지 않고 무엇이라 부르겠소?"

누조는 발을 굴렀다.

"당신의 자식은 백 명에 가깝고, 당신에게 발은 그중의 하나일지 모르지만 나에게는 하나뿐인 자식입니다! 그 아이를 제대로 기르지도 못했으면서 뻔뻔스럽게 애비 노릇을 하려는 건가요?"

헌원은 탄식하며 말했다.

"나는 백 명의 자식들을 모두 아끼지만, 발만큼 귀여워한 자식은 없었소."

누조는 정말로 화가 난 듯 말했다.

"뻔뻔스럽군요! 그렇게 귀여워해서 옆에 두고 기르셨다? 어미 손에서 빼앗고, 아이를 인질 삼아 우리 부족을 긁어 먹으려고?"

누조의 옆에 있던 상망의 얼굴이 해쓱해졌다. 누조의 말이 심했기 때문이다. 옆에 서 있는 광성자와 적송자는 선인답게 여전히 무표정하고 무심했다. 대부족장으로서 참을 수 없을 것 같은 욕을 직접 듣고 있는 헌원의 표정도 괴로워 보일 뿐 분노의 기색은 보이지 않았다.

"그 아이를 내 옆에 둔 것은 내 욕심도 있었지만, 그 아이를 보호하기 위해서 우리 둘이 내린 결정이었소. 말이 심하시오."

"그래서, 그렇게 보호를 잘해서 애를 죽였나요?"

누조의 독기를 품은 말에 헌원은 신음하듯 말했다.

"내가…… 죽였다고?"

헌원의 음성이 너무도 괴롭게 들렸기 때문에 화난 누조도 멈칫했다. 숨 막히는 침묵이 흐르는 동안 헌원은 고개를 숙이고 있다가 이윽고 네 사람을 차례대로 바라보며 말했다.

"두 분 스승, 상망…… 당신들도 그렇게 생각하시오?"

상망은 울음을 터뜨릴 것 같은 표정으로 얼굴을 돌렸고 광성자와 적송자는 조용히 헌원을 바라보았다. 그 얼굴은 도인답게 담담했으나 밝은 표정은 아니었다. 헌원은 한숨을 쉬며 말했다.

"그 아이는 죽지 않았소."

누조는 버럭 소리를 질렀다.

"내가 그 정도도 모를 것 같나요? 나도 선인의 뒤를 이은 사람이란 말이오! 그 아이가 죽었다는 소식을 듣자마자 점을 쳐 보았어요! 수십 번이나! 그러나 그 아이는 멀쩡히 살아 있다는 점괘만 나올 뿐이었어요!"

헌원은 고개를 숙이며 말했다.

"나도 당신이 모를 거라고는 생각지 않았소."

누조는 정말 화가 난 듯 거친 숨을 뱉으며 외쳤다.

"뻔뻔스럽군요. 지나족의 화산 대족장은 거짓말을 할 수 없고, 해서도 안 된다고? 죽지 않은 아이를 죽었다고 소문낸 것은 거짓말이 아닌가요?"

"그것은……."

"그렇게 소문낸 이상, 그 아이는 이제 누구 앞에 나설 수도 없으니 죽지도 살지도 못하게 되어 버린 것 아닌가요?"

"그 아이가 죽었다고 소문낸 것은 내 생각이 아니오. 그 아이가 바랐소."

"또 거짓말을 하는군요."

"거짓말이 아니오."

"화산족의 대족장은 거짓말을 할 수 없다면서요? 그거야말로 우습기 짝이 없는 거짓말이지! 당신은 거짓말을 수염처럼 길러 입에 붙이고 사는군요."

헌원은 천천히 대답했다.

"화산의 대족장으로서 나는 거짓말을 하지 않았소. 다만 그 아이의 애비로서…… 그 아이의 뜻을 받아들여 주었을 뿐이오. 그러나 지금은 그것이 후회스럽구려. 당신의 비난과 분노는 당연하오. 얼마든지 화를 내시구려. 다 받아 주겠소."

누조는 화를 내며 발을 굴렀다.

"대체 무슨 헛소리를 늘어놓는 건지!"

헌원은 뱃속 깊은 곳에서 울리는 탄식처럼 우울하고도 몽롱한 목소리를 냈다.

"내 이야기를 들어 보시오. 두 분 스승과 상망도 들으시오."

헌원이 말하자 누조를 뺀 세 사람은 살짝 고개를 숙여 헌원의 이야기를 경청할 준비가 되었음을 표했다. 헌원은 이야기를 시작했다.

"발 그 아이가 좋아하게 된 아이는 처음부터 용납할 수 없는 사람이었소. 지금 우리와 전쟁을 치르고 있는 주신 사람이고, 거기에서도 가장 유명한 용사 중의 한 사람이오."

누조는 헌원의 느릿느릿한 이야기가 짜증이 난다는 듯 비꼬는 투로 말했다.

"주신의 용사 치우비에 대해 모르는 사람은 드물지요. 젊은 용사들 중 그보다 잘난 남자는 없다고들 하고."

"알고 있으니 다행이오. 치우비가 우리 딸애에 비해 모자라는 점은 없다고 생각하오. 나도 치우비와 발을 맺어 주고 싶었소. 그러나 치우비는 주신 사람이고, 그의 형 치우천은 나를 가장 큰 적, 원수로 여기고 있소. 그들 형제가 나를 따라 주기 바랐으나 그들은 그러지 않았소. 치우비는 형 치우천의 말은 절대로 거역하지 못하는데다 주신의 웃뜸 사울 아비가 되었소. 주신과는 알다시피 전쟁이 벌어진 판이고. 더구나 치우비는 자기가 힘을 얻자마자 정식으로 발에게 결혼을 요청하려 했소. 그러나 그것은 내 딸을 볼모로 보내는 것이나 마찬가지요. 나는 화산의 대족장으로서 주신에 딸을 볼모로 잡힌 약한 부족장이 될 수 없었소. 발도 마찬가지 생각이었소. 그러나 대놓고 청혼을 거절하면 주신 사람들을 화나게 만들 것이며, 머리 좋은 치우천에게 이용당할 수 있었소. 발을 시집보내면 주신에 인질을 잡히는 것과 다를 바가 없으니, 치우천 녀석은 나를 함정에 빠뜨리려 할 것이고, 나는 그런 함정에 빠질 수 없었소."

누조는 고개를 설레설레 저으며 말했다.

"그래서 그 아이가 죽었다고 한 건가요?"

"나도 고민을 많이 했소. 딸에게 결혼을 청하러 사울아비들이 오고 있다는 연락을 받았을 때는 잠을 이루지 못할 정도였소. 그때 딸 그 아이가 스스로 말했소. 차라리 자신을 죽은 것으로 해 달라고 말이오."

헌원의 말은 담담한 듯했으나 고통과 분노가 깃들어 있었다. 누조는 울음을 터뜨릴 것 같은 표정이 되었다가 이내 감정을 수습하고 말했다.

"거짓말이 아니겠지요?"

"그 아이가 밤에 찾아와 울면서 말했소. 치우비를 잊을 수도 없고, 나를 버릴 수도 없다고 말이오. 차라리 죽은 것으로 해 달라고, 그래서 아무도 만나지 않고 지내게 해 달라고 청했소. 내가 어떻게 할 수 있었겠소?"

누조는 고개를 돌리고 눈물을 닦아 냈다. 헌원은 계속 말했다.

"나는 화산의 대족장으로 거짓말을 하지 않고, 거짓말을 할 수 없소. 그러나 그 아이가 죽었다는 거짓말은 대족장으로서가 아니라 애비로서 받아들인 것이오. 그 아이가 산 채로 죽은 사람처럼 된 것은 나도 괴롭기 그지없는 일이오. 허나 대족장인 나로서는 다른 방법이 없었소."

누조는 고개를 설레설레 저으며 말했다.

"이해가 안돼요. 당신은 독한 사람이에요. 자기 딸을 죽은 것으로 만들 정도로 독한 사람이지. 그런 당신이 자기 딸이 주신에 가 있다고 해서 할 짓을 못할 사람이라고는 생각할 수 없어요."

"아니라고는 하지 않겠소. 맞소. 나는 지독한 사람이오. 지독한 남편이고 지독한 애비라고 불러도 할 수 없지. 그렇지만 대족장으로서 인질을 넘기는 것은 결코 할 수 없는 일이오. 우리 지나족은 더 커져야 하고, 주신을 이겨 내고 넘어서야 하오. 그것을 위해 수천수만의 부족 사람들이 땀을 흘리고 목숨까지 걸고 있소. 그들은 나를 믿고 있소. 그 사람들을 생각해서라도 나는 그럴 수 없소. 가장 소중히 여기는 딸이라고 해도 말이오. 당신도 부족을 이끄는 사람이니 이해할 수 있을 거요."

헌원의 말은 간곡했지만 누조는 고개를 저었다.

"이해할 수 없어요. 당신이 말하듯 나도 부족장을 하고 있지만 그런 식으로 사람을 다스리지 않아요. 서로 싸우는 부족 간에 사랑이 생기는 일은 과거에도 수없이 많았지만, 이렇게 거짓말을 하는 방법으로는 해결되지 않아요."

"싸우는 부족 사이에 생긴 사랑은 비참하고 슬프게 끝나오. 우리 딸이 그렇게 되기를 바라오? 더구나 부족을 위해서는 절대 그럴 수 없소."

"당신은 이미 주신과 전쟁을 하기로 했잖아요. 그러니 당당하게 아이를 보내지 않으면 되는 것 아니었나요?"

"나도 그 생각을 해 보았소. 그러나 역시 안 될 일이오."

"왜 안 된다는 거죠?"

"치우비는 예전에 홀몸일 때도 우리 부족을 두 번이나 뒤엎은 무서운 녀석이오. 그런 녀석이 이제는 주신의 웃뜸사울아비가 되었으니 그 힘은 어마어마하오. 그런데 녀석의 청을 그렇게 거절하면 그 결과는 수천 수만 우리 지나족 전사들의 피로 되돌아올 것이오."

"어차피 전쟁을 하잖아요?"

"전쟁을 하더라도 놈의 사기가 달라지오. 발을 내가 잡고 놓지 않는 거라 생각한다면 치우비 그놈은 무서운 힘을 보일 거요. 무슨 일이 있어도 발을 빼앗아 가려고 용을 쓸 것이고, 그 결과는 우리 전사들의 피 값으로 돌아올 거요."

"죽었다고 속이면 일이 풀린단 말인가요?"

"적어도 그렇게 기를 쓰고 돌진하지는 않을 테고, 얼마간 낙심해서 힘을 제대로 쓰지 못할 거요."

"적의 힘을 빼려고 딸을 희생한단 말인가요? 참 대단한 부족장이고 남자다운 짓이군요."

누조가 비꼬았으나 헌원은 담담하게 말했다.

"아니라고는 하지 않겠소. 그러나 내가 그 이유 하나만으로 그런 것은 아니오. 무엇보다도 발이 원했소."

"그 아이가 왜요?"

"잊고 싶다고 했소. 이보시오, 부인. 나는 부족장의 입장 때문에 딸을 희생시킬 수도 있는 지독한 놈일지 모르고, 그런 욕을 먹어도 할 수 없다 생각하오. 그러나 아직까지 나는 그런 정도로 막되 먹은 애비는 아니오. 그 아이의 입장을 생각해 보았소?"

"무슨 소리죠?"

"당신은 나를 미워하고, 내가 하는 짓을 경멸할 테지. 그러나 그 아이는 그러지 않소. 발은 착한 아이이고, 나를 위해 주고 있소. 이렇게 지독한 애비라 해도 나를 믿고, 스스로를 희생할 만큼 나를 따르고 있단 말이오. 당신은 자꾸만 내가 그 아이의 사랑을 방해한다고 여기고 있는데 그렇지 않소! 차라리 나는 그 아이가 결단을 내려서 치우비를 따라가는 편이 낫다고 여기오. 적어도 지금보다는 속도 시원하고 마음도 편하겠소. 그러나 그러지 않는 것은 바로 그 아이란 말이오! 치우비를 사랑하고 좋아하지만 그만큼이나 이 못난 애비를 생각해 주고 우리 부족을 생각한다는 거요! 그래서 고민하고! 그래서 망설이고! 그래서 자기 스스로 죽었다고 할 만큼 괴로워하는데…… 내가 뭘 더 할 수 있단 말이오! 그 아이의 마음을 어찌 내가 받아들이지 않을 수 있다는 말이오?"

항상 담담했던 헌원이 드물게도 감정을 드러내어, 뒤의 말은 가슴을 저릴 정도로 절절했다. 누조도 잠시 동안 아무 말도 하지 못하다가 이내 눈물을 흘렸다. 광성자와 적송자는 침묵을 지키고 있었고, 상망도 눈가가 벌겋게 되어 있었으나 안절부절못하는 표정이었다. 헌원은 한참 침묵을 지키다가 말했다.

"광성자, 적송자 스승. 그리고 상망. 세 분은 내 행동을 마음에 들지 않아 하셨고, 내 마음을 알아주지 않으셨소. 이제는 믿어 주시구려. 나도 발 그 아이를 생각하지 않는 것은 아니오. 그리고 부인."

누조는 눈물을 흘리면서도 여전히 쌀쌀한 목소리로 말했다.

"부인이란 소리 듣기 싫으니 그냥 부족장 누조라 불러 주시오."

"당신에게는 부탁이 있소. 지나족 땅을 휩쓰는 재앙을 막아 달라고 하고 싶소."

"메뚜기…… 비황 말인가요?"

"그렇소."

누조는 고개를 설레설레 저었다.

"내가 누에를 다루는 법을 안다고 비황을 마음대로 할 재주도 있는 것은 아니에요."

그 말에 헌원의 표정에 살짝 실망감이 어렸다. 그러자 누조는 눈을 빛내며 말했다.

"비황으로부터 부족 땅을 보호하는 정도는 할 수 있을지도 모르죠."

광성자와 적송자, 상망은 놀라며 기쁜 표정이 되었다. 헌원은 표정 변화가 없었다. 누조는 뜸을 들이다가 말했다.

"당신은 나에게 지나족, 아니 그보다는 화산족의 땅을 비황으로부터 보호해 달라고 하고 싶은 것이지요?"

헌원은 천천히 대답했다.

"아니오. 나는 비황을 없앨 수 있는 방법을 찾고 싶었소."

"비황은 하늘의 재앙이에요. 스스로 사라지지 않고서는 없앨 수 있는 방법은 없어요. 다만 비황으로 하여금 어느 지역은 피하게끔 만드는 정도일 뿐이죠. 그것도 쉽지 않은 일이며, 내 모든 힘을 쏟아야 가능한 겁니다."

헌원은 위를 올려다보며 탄식했다.

"어느 지역에서는 비황을 밀어내더라도 다른 지역은 피해를 입을 것 아니오?"

"비황 자체를 없애지 않는 한 할 수 없는 일이지요."

그러다가 누조는 갑자기 큰 소리로 깔깔 웃었다.

"그렇군요! 당신은 그걸 바라는군요! 그러면 그렇지!"

헌원은 조용히 말했다.

"나는 아무 말도 하지 않았소."

"말할 필요도 없어요. 나는 당신을 아주 잘 아니까. 당신의 화산족과 그 주변의 마을들로부터 비황을 피하게 만들면 다른 지역은 피해를 입겠지요. 아주 커다란 피해를! 좋아요! 좋아!"

"메뚜기로부터 사람이 피해를 입는 것은 기쁜 일이 아니오. 우리 지나족이 아니라 어느 부족이 입는 피해라 해도 말이오."

"오홋! 그러신가요? 말씀으로 미루어 보니 비황을 주신 쪽으로 틀어주기를 바라시는가 보군요? 헌데 미안합니다만 저는 비황이 어느 지역을 싫어하게 할 수 있을 뿐 어디로 가라고 명령할 도력이나 재주가 없어요."

헌원은 표정을 살짝 찌푸리며 말했다.

"나는 그런 말을 한 적 없소."

"항상 당신은 자기가 입을 열지 않고 남으로 하여금 앞질러 움직이게 하지요. 당신을 도우면서도 당신의 눈치를 보게 되고, 행여 무슨 잘못이 생겨도 당신은 발을 빼고요. 언제까지나 공명정대하고 마음 넓은 대족장이실 뿐, 지저분한 일은 발도 들이지 않는 분이지요! 저는 잘 알아요. 왜 그런지 아시나요? 나도 당신에게 여러 번 당했기 때문이죠!"

누조는 화가 치밀어 씩씩거리다가 소리쳤다.

"해 드리지요. 지나족 전체는 안 될지라도 당신의 화산족과 직속의 다섯 부족이 비황의 해를 입지 않게 힘을 써 드리지요! 우리 부족의 비단과 재산을 털어 전쟁을 돕구요! 그대신…… 우리 아이를 놓아주세요!"

"놓아주다니? 나는 그 아이를 잡고 있지 않소."

"아니. 당신이 잡고 있어요."

"그 아이가 떠나지 않는 것은 스스로의 괴로움과 마음 때문이오."

"그렇게 만든 것은 당신 아닌가요? 그 아이는 착한 아이이고 당신은 애비니까."

"분명히 말하지만, 그 아이가 죽은 것으로 소문낸 것은 내가 아니라 그 아이의 생각이었소."

"만약 내가 비황의 방향을 조종할 힘이 있었다면 주신 쪽으로 돌리게 했을 테지요. 당신은 그런 말을 하지 않았으니 당신의 생각이 아니라 내 생각이었을 뿐이구요. 헌원, 당신은 무서운 사람이지만 나에게는 그 방법을 너무 많이 써먹었어요. 나는 그동안 보지 않았지만 그 아이를 당신이 붙잡고 있는 것만은 분명히 알 수 있어요."

"나는 그 아이를 잡고 있지 않소. 죽었다고 소문낸 것은 분명하지만 나는 그 아이를 묶어 둔 것도 아니고 가두어 둔 것도 아니오."

"당신은 명분으로 그 아이를 묶었고, 고민으로 그 아이를 가두었을 테지요. 발은 마음씨도 여리고 당신 말을 잘 들으니까요!"

"그 아이는 당신을 닮아 나를 탐탁하게 생각하지 않소."

"그렇게 마음을 가지고 줄다리기를 하는 당신의 재주야말로 무섭기 그지없는 것이지요."

"당신이 나에 대해 좋지 않은 생각을 가졌다는 것은 이전부터 알고 있소만, 말씀이 심하오."

"나는 조금도 심하다고 생각하지 않아요. 다시 한번 말하지요. 당신이 바라는 대로 비황을 피하게 해 주고, 비단과 많은 물건을 넘겨주겠어요. 그 대신, 발을 풀어 주세요. 그 아이는…… 내 딸이지만 당신의 자식이기도 해요. 그 아이가 행복하도록, 좋아하는 사람과 살 수 있게 해 달란 말이에요! 당신은 잘난 지나족의 대족장이고, 입만 열면 부족 사람을 모두 행복하게 해 줄 거라면서, 부족 사람 중의 하나인 당신 딸은 어찌 그리 불행하게 만드는 거죠?"

"나도 그 아이의 행복을 바라오. 하지만 아까 말했듯 그 아이가 치우비에게 가지 않는 것은 그 아이의 뜻일 뿐이오."

헌원은 태산 같이 흔들리지 않았다. 누조는 마침내 지친 듯 한숨을 쉬며 말했다.

"그렇다면 내가 그 아이를 만날 수 있나요?"

"어미가 딸을 만난다는데 누가 뭐라겠소?"

"당신이 정말 그 아이를 잡고 있지 않다면, 그 아이의 마음이 바뀌어 나간다 해도 잡지 않겠군요?"

헌원이 대답했다.

"잡지 않을 것이오."

"그 때문에 발 그 아이가 죽지 않았다는 소문이 돌더라도 말이죠? 당신이 거짓말을 했다는 이야기가 퍼지더라도 말이죠?"

헌원은 깊이 한숨을 쉬고 말했다.

"그런 일은 생각하기 싫소. 대족장으로서 세상에 거짓을 말한다는 것 자체가 벌써 잘못된 일이었소. 다만 그것이 알려지지 않는다면 나 혼자 마음의 죄를 안으면 그뿐이겠지만, 알려진다면 그 값을 치룰 각오는 되어 있소."

헌원은 다시 한번 한숨을 쉬더니 말했다.

"뭐, 그렇다고 발 그 아이를 잡거나 당신을 말리거나 하지는 않을 것이오. 이건 분명한 내 본심이오."

그 말에 누조는 잠시 현기증을 일으킨 듯 몸을 비틀거렸다. 그러자 이제껏 침묵을 지키고 있던 광성자가 입을 열었다.

"광성자가 감히 말씀드립니다. 그러하시다면 발 아가씨가 살아 있었다는 것이 알려질 경우, 어떻게 책임을 지신다는 말씀이십니까?"

헌원은 조용히 말했다.

"거짓말을 하여 부족 사람을 속인 사람이 부족장으로 앉아 있을 수는 없지 않겠소?"

적송자도 입을 열었다.

"적송자도 감히 말씀드립니다. 주신과 전쟁을 벌이고 유망과의 관계도 좋지 않은 마당에 헌원님이 물러나신다면 화산족, 아니 모든 지나족은 어찌하시렵니까?"

그러자 헌원은 입을 다물고 아무 말도 하지 않았다. 한참이 지났는데도 아무 말이 없자 누조가 마침내 답답함을 이기지 못해 크게 한숨을 토하고 이를 갈며 말했다.

"두 분 선인님들께옵서도 아시지 않습니까? 저 사람은 정말 그만둘 생각입니다. 지나족은 전쟁중에 갑자기 지도자를 잃으니 혼란에 빠져 주신에게 지고, 유망에게 지고, 산산이 밟히겠지요! 그래도 저 사람은 한다면 합니다! 그것이 저 사람의 무서운 점 아닙니까? 그러니 제가 알아서, 발이 알아서, 두 분 선인께서 알아서 알려지지 않도록 해야겠지요! 저 사람은 한마디도 하지 않고, 손끝 하나 까딱하지 않고 말이지요! 저는…… 저는 이미 수도 없이 당했고 지금 또 당합니다. 선인들께옵서도 모르시옵니까?"

헌원이 입을 열었다.

"나는 큰 뜻을 위하여 살고 우리 부족을 위해 살 뿐, 나 자신을 위해 사는 것이 아니오. 비록 당신이 억울한 마음이 있고 섭섭한 일을 당했다 해도 그것은 나로서도 어쩔 수 없는 일이오. 나는 나나 내 주변의 사람들을 이롭게 하려고 대족장을 하는 것이 아니오. 큰 뜻을 이루기 위해 하는 것이고, 누군가는 그 일 사이에서 고통받고 다치고 죽을지도 모르오. 그러나 모든 것은 큰 뜻을 위한 것이오. 나를 미워한다면 얼마든지 미워해도 좋고, 욕을 퍼부어도 좋고 저주해도 좋소. 그러나 나는 내 생각대로 끝까지 갈 것이오……."

그 말에 모든 사람들은 더 이상 대답할 말을 찾지 못했다. 그러자 헌원이 다시 잠시 숨을 고르고 천천히 말했다.

"화산의 대족장 헌원의 이름으로 말하오. 부족장 누조께서는 발을 만나서 데려가시오. 발이 어디에 있는지는 상망이 알고 있을 것이니 같이 가시오. 당신이 말씀하신 대로 비황의 처리를 맡기오. 선물이 있다면 고맙게 쓰겠소. 두 분 스승님과 상망, 세 분께서도 이 헌원의 마음과 처리가 마음에 들지 않아 이렇게 오신 것으로 아오. 나 헌원은 방금 보고 들으신 그대로이니 세 분께서도 원하시는 대로 하시오. 여러분과 헤어지게 되는 것은 나로서도 마음 아프기 그지없는 일이나 여러분의 있을 곳은 여러분 스스로가 정하시는 것이라 믿소. 가시고 싶으시면 발과 가셔도 좋고, 혹 가셨더라도 마음이 변하신다면 언제든 돌아오셔도 좋소."

헌원은 네 사람에게 각각 정중하게 깊이 인사를 하고는 조용히 눈짓을 했다. 광성자와 적송자는 헌원에게 깊이 인사를 했고 상망은 눈물을 흘리면서 헌원에게 큰절을 하며 말했다.

"저는 발 아가씨를 끝까지 모실 것입니다요. 헌원님을 모시지 못하는 이 늙은 놈을 용서하소서."

헌원은 대답했다.

"용서하고 말고가 어디에 있겠소. 상망 당신에게는 고마움을 금치 못하겠소이다."

그때 상망이 고개를 숙여 절한 자세에서 말했다.

"혹시나 하여 입을 놀리는 늙은 놈을 용서하소서. 구슬은 걱정하지 않아도 되겠습니까?"

눈가가 조금 움찔했으나 헌원은 이내 차분히 말했다.

"이미 부숴 버렸으니 걱정 마시구려."

상망은 몸을 일으켜 적송자 광성자와 함께 몸을 돌려 나갔다. 마지막까지 남아있던 누조가 헌원에게 쏘아붙이듯 말했다.

"나는 항상 당신을 지켜볼 것이에요. 당신이 정말 발을 생각했다면 쫓아내서라도 치우비에게 가게 만들었어야 했어요! 주신에서 해 달라는 대로 아이를 넘겨주고 나서 전쟁을 해도 되었어요! 오히려 그 아이에게 앞으로는 주신 사람으로 주신 편이 되어 싸우라고 말해 줬어야 진짜 애비예요! 그러나 당신은 그러지 않았어요!"

"나는 내가 할 수 있는 말만을 해 왔고 할 수 있는 일만을 해 왔소. 결국 당신 때문에 나는 내가 믿고 따르던 두 분의 스승과 가장 충직했던 상망마저 잃게 되었소. 나는 충분히 상처 입었고, 마음이 아프오. 더 이상 말하지 마시오. 피곤하구려."

헌원은 피곤한 듯 고개를 숙이며 냉랭한 목소리로 말했다. 그러나 누조는 눈을 빛내며 말했다.

"당신은 발 그 아이가 당신을 생각하여 치우비를 따르지 못하는 것에 만족하고 안심할지 모르지만, 나는 그렇지 않아요."

헌원이 대답하지 않고 두 번째로 나가라는 손짓을 해 보였다. 누조는 다시 말했다.

"나는 발이 당신이 그렇게 마음을 얽어매었음에도 치우비를 잊지 못하는 것에 기대를 걸고 있어요. 그 아이는 치우비를 찾아갈 거예요. 그래서 당신에게 내 대신 복수해 줄 거라고요. 아시겠어요?"

헌원은 여전히 대답하지 않고 세 번째로 손짓을 해 보였다. 간단한 손짓이었지만 이번만큼은 심상치 않은 기운이 엿보였다. 헌원은 고개를 들었고 그의 눈빛이 누조의 눈과 마주쳤다. 헌원의 눈은 평상시의 담담한 빛 대신 날카롭게 내쏘는 안광을 뿜고 있었다. 누조는 놀란 듯 어깨를 움찔하며 곧 뒤돌아 문 밖으로 나가 버렸다. 헌원은 넓은 방 가운데에 미동도 하지 않고 앉아 있었다. 마치 앞으로는 움직이지 않으려는 듯이. 이윽고 방 안을 밝히던 기름등잔이 하나둘 꺼져 방 안에 어둠이 가득할 때까지도, 헌원은 그 자리에서 움직이지 않았다. 영원히 움직이지 않을 것처럼…….

판천 전투

『산해경(山海經)』, 『열선전(列仙傳)』, 『태평어람(太平御覽)』 등에 따르면,
염제에게는 네 명의 딸이 있었다고 한다. 그중 하나인 이름이 전해지지 않은
계녀(季女)는 적송자(赤松子)를 따라 신선이 되었다고 하는데,
적송자가 염제의 우사였다는 기록도 있어서 흥미롭다.
요희(瑤姬)라는 딸은 요절하여 요초(瑤草)라는 풀이 되어서 열매를 먹은 자가
사랑을 이루게 해 주었다고도 전해진다. 또 다른 딸 하나는 이름이 밝혀지지 않고
적제녀(赤帝女. 염제의 딸이라는 의미)라 불리는데, 그녀도 신선의 도를 배워
흰 까치로 변해 남양 악산의 한 뽕나무에 앉아 내려오지 않았다.
염제가 답답하여 불을 질러 나무에서 내려오게 하려 했으나 그녀는 스스로
불길에 뛰어들어 타 버린 몸을 벗고 하늘로 올라갔다. 그녀가 앉았던 나무를
제녀상(帝女桑)이라 불렀고, 후대 사람들은 정월 보름이면 나무 위의 까치집을 거두어
불에 태운 후 재에 물을 부어 누에알을 담그는 풍습이 생겼다.
그러나 가장 유명한 딸은 새가 되어 바다를 메우려 한 여왜이다.

"나가라!"

형천의 호통 소리에 물에 맞닿아 있던 판천의 성문이 열렸다. 그와 동시에 판천성에 들어가지 못하고 물가에 진을 이어 붙이고 있던 금천의 군대도 움직이기 시작했다. 판천성의 문으로부터 뗏목을 짊어진 전사들이 연이어 달려 나왔다. 판천성의 주변, 금천 진중의 전사들도 만들어 두었던 뗏목을 물에 뒤집어 던지듯 띄웠다.

"또 온다! 준비!"

지나족의 움직임을 포착하고 말을 달려 나갔던 치우광이 물가를 재빨리 훑듯 말을 달리며 외쳤다. 이제는 거의 이천 명 정도로 불어난 주신군도 저마다 무기를 수습하며 몸을 일으켰다. 부달이 이끌고 온 대장

장이와 기술자도 빠진 사람 없이 선두에 섰다. 무기를 들 실력이 없는 사람들은 방패라도 받쳐 세웠고 화살이라도 실어 날랐다.

"우리의 조상이신 진오님이 보살펴 주신다! 물이 있는 한 우리 하백족은 지지 않는다!"

진몽희의 앙칼진 호통에 화답하듯 하백족이 고함을 지르며 물가로 달려 나가 물속으로 몸을 날렸다. 하나하나가 자맥질에 있어서는 귀신 같은 하백족이라 물속으로 수백 명이 뛰어드는데도 물방울은 거의 튀지 않았다. 치우비는 치우벌, 부소다솔과 함께 개미 떼처럼 우글거리는 적진을 살피면서 말했다. 세 사람은 지난번 전투에서 상당한 부상을 입었기 때문에 일단은 전선에서 떨어진 곳에서 지휘만을 맡기로 되어 있었다.

"형천과 축융은 나오지 않는 것 같군요."

치우벌이 고개를 끄덕이다가 적진을 날카롭게 훑어보고 말했다.

"그러기엔 지나족 전사들이 너무 많다. 엄청나군. 한꺼번에 넓게 퍼져 건너온다면 하백족이 막아 내기 어려울지도……?"

부소다솔은 겁먹은 표정이 되었다.

"우리 지원군은 도착한다는 날짜가 넘었는데도 안 오고, 지나족은 수가 더 늘어났으니 이건……."

치우비도 굳은 안색으로 말했다.

"유망이 우리 벗들을 막아섰는지도 모르겠군요. 부달이 오면 확실히 알겠지만……."

치우비는 혹시나 싶어 부달과 그의 부하들을 시켜 지원 부대의 정찰 및 안내를 맡겼다. 그러나 경험 많은 치우벌은 고개를 저었다.

"부달이 굳이 오지 않았어도 알 만하네. 지나족이 앞을 막아섰기에 늦어지는 걸세. 헌원군이 많이 와서 자리를 메웠기에 표가 잘 안 나지만 유망이 데리고 온 부대 중 몇 개가 안 보이네. 그들을 시켜 우리 지원군의 앞을 막았겠지. 저쪽은 그러고도 남을 만큼 머릿수가 많으니까."

치우벌이 차분히 대답하자 부소다솔은 애가 타는 듯 말했다.

"그렇다면 우리 힘으로만 싸워야 하는데……."

"하백족이 있지 않나?"

치우벌의 말에도 부소다솔은 고개를 저었다.

"아냐, 아냐. 지난번에는 하백족에게 당했는데도 또 나온다는 건 대책을 마련했기 때문일 걸세. 조심해야 해."

부소다솔의 말에 치우비는 눈에 힘을 주어 물을 건너기 시작하는 지나족을 살폈다. 눈 밝기로 유명한 몽골족의 치베만은 못해도 치우비 역시 절대 뒤지지 않는 시력을 지녔다. 치우비의 눈에 이상한 것이 잡혔다. 보통 지나족이 들고 타는 장비와는 조금 다른 것들이 뗏목마다 한 꾸러미씩 옮겨지고 있었다. 대나무골 근방에 숱하게 자라고 있는 긴 대나무들이었다. 그것을 본 치우비는 입술을 깨물며 치우벌에게 말했다.

"곤란하게 될 것 같군요. 진몽희에게 하백족을 후퇴시키라고 하세요. 지나족이 머리를 썼습니다."

높은 소리로 휘파람을 불며 하백족을 독려하던 진몽희에게 치우벌이 말을 달려 갔다. 하백족은 물속에 거의 들어가 있기에 진몽희가 지휘를 하려면 높은 소리로 휘파람을 불어야 간신히 전달이 되었다. 그 때문에 숨이 차 헐떡이던 진몽희는 치우벌의 말을 듣고 눈을 크게 떴다.

"이제는 전달이…… 아이구, 늦었을지도 모르는데요?"

"그래도 얼른 뒤로 전사들을 빼야……."

벌써 상황은 급반전되고 있었다. 지나족의 뗏목에 탄 전사들 중 반은 삿대를 저었으나 나머지는 방패와 긴 대나무 창을 들었다. 전사들은 뗏목 주변을 미친 듯 대나무로 쑤셔 대었다. 하백족의 전사들이 뗏목 주변으로 다가오지 못하게 하려는 술수였다. 물론 보지도 않고 뗏목 주변에서 찔러 대는 대나무로 하백족 전사들을 맞히기는 어려웠다.

그러나 물속에서 밑으로 접근하여 뗏목을 엮은 줄을 끊으려는 전사들에게 대나무는 충분한 위협이 되었다. 물은 그렇게 깊지는 않아서 대나무가 미치지 않는 바닥까지 자맥질했다가 올라올 수도 없었다. 더구나 흙탕물이라서 하백족도 시야가 좁아진데다가 대나무 창이 마음에 걸려서 접근하는 데 시간이 걸리다 보니 초조해지기 시작했다. 성급하게 접근하다가 대나무에 찔리는 사람도 늘었고 일단 대나무에 찔린 사람은 집중적으로 찔러 대는 대나무 창에 꼬치가 되어 죽었다.

그럼에도 불구하고 하백족은 용감하게 달려들어 뗏목을 끊고 갈고리를 던졌다. 강 건너 주신 사울아비들도 돌을 던지고 화살을 쏘았지만 하백족이 맞을지도 모르기 때문에 집중 사격을 할 수는 없었다. 물 중간 즈음에서 한동안 난전이 벌어졌지만 원래가 몇백 명밖에 되지 않는 하백족이라 몇십 명만 물러나도 맡은 구역에 틈이 생겼다. 작전이 성공적인 듯하자 유망과 형천도 전사들을 독려하여 남아 있는 뗏목을 모조리 내리며 총공세의 준비를 하기 시작했다. 누가 보아도 하백족으로는 역부족이었다. 그러자 물가의 전사들을 지휘하던 치우광이 용기를 내어 크게 외쳤다.

"하백족이여! 당신들은 할 만큼 했소! 이제 물에서 나와 우리와 함께 싸웁시다!"

진몽희와 치우벌은 발을 동동 굴렀으나 별수 없었다. 진몽희는 다시 몇 번이나 날카로운 휘파람을 불어서 하백족을 이쪽 편 물가로 피하도록 했다. 하백족이 물러나 건너편에 머리를 보이자 지나족은 크게 환호성을 울렸다. 그에 화답하듯 금천이 말을 달려 놀라운 기마술로 뗏목들 사이를 뛰어넘어 달리면서 외쳤다.

"이제 하백족의 물귀신들은 겁낼 것 없다! 뗏목을 저어라! 저편에만 닿으면 놈들을 짓뭉개 버린다!"

하백족이 물러서자 치우광은 곧 강가의 사울아비들로 하여금 화살을 쏘고 돌을 던지게 했다. 뗏목에 있는 지나족 중 방패를 든 자들이 화살과 돌을 막기 시작했다. 그래도 꽤 많은 지나족이 화살에 맞고 돌에 맞아 떨어졌다. 그제야 선두에 선 몇몇 부족장들이 맞서 활을 쏘라고 외쳤다. 삿대를 젓던 자들은 어차피 계속 저어야만 했으니 자연스레 장대를 찌르던 자들이 활을 들었다. 진몽희가 때를 놓치지 않고 날카롭게 외쳤다.

"하백족! 나가라!"

진몽희가 외침 소리와 함께 휘파람을 높이 불자 물 위로 나와 있던 하백족의 머리가 다시 물속으로 퐁퐁 들어갔다. 그것을 본 금천이 크게 외쳤다.

"화살보다 물귀신들이 더 위험하다! 뗏목 근처로 오지 못하게 해라!"

명령이 떨어지자 지나족들은 활을 놓고 다시 뗏목 주변을 마구 찌르고 휘저어 댔다. 몇몇은 그사이 요령이 붙어 무작정 찌르기보다는 하백족이 걸리기를 바라듯이 대나무를 휘저어 댔다. 휘젓다가 느낌이 오면 찌르려는 것이다. 치우벌이 그것을 보고 진몽희에게 말했다.

"위험하지 않겠소?"

"뗏목으로 다가가진 않을 거예요. 그래야 저들이 화살을 못 날릴 테니까요."

진몽희의 기지로 지나족이 응전을 하지 못하게 되자 치우광은 미친 듯이 부하들을 독려하여 화살을 퍼붓게 했다. 그러나 고작 천 명 남짓이 쏘는 화살과 돌로는 수만 명에 이르는 지나족의 도하를 막을 수 없어 보였다. 치우비도 안색이 어두워지면서 말을 잡아타려고 했다. 그때 저편에서 진몽희와 하백족 장로 두어 명이 헉헉거리며 달려왔다. 진몽희의 고운 얼굴이 진흙투성이가 되고, 하백족 장로 한 명의 몸에는 화살까지 박혀 있었는데 장로는 화살을 뽑을 틈조차 없었던 모양이었다.

"아무래도 힘들 것 같네요."

치우비의 안색이 어두워지자 화살이 몸에 박힌 하백족이 장로가 말했다.

"이럴 것이 아니라 몸을 피하시는 게 좋을 듯합니다. 적어도 진몽희님과 웃뜸사울아비께서는 몸을 피하셔야 합니다."

치우비는 고개를 저었다.

"진몽희님만 피하게 하시오. 아니, 하백족은 지금까지 잘 싸워 주셨으니 남은 일은 우리에게 맡기고 물러서시오."

"이대로 물러날 수는 없어요!"

진몽희가 앙칼지게 외치자 장로 한 사람이 침착하게 나서서 말했다.

"맞습니다. 우리 하백족이 적을 앞에 두고 물러날 수는 없지요. 진몽희님은 가셔야 합니다. 우리가 다 죽는 한이 있어도 진몽희님은 사셔야 합니다. 우리 부족은 여기 온 사람이 전부가 아니지 않습니까?"

치우비도 이토록 큰 희생을 치른 하백족에게는 고맙고 미안한 감정뿐이었기에 고개를 끄덕이며 말했다.

"맞습니다. 진몽희님, 지나족이 물을 건너면 하백족은 빠지셔도 상관없습니다. 하백족 전사들은 진몽희님을 지키며 물러서도 좋습니다."

선의로 한 말이었으나 진몽희는 눈을 부라렸다.

"나는 물러서지 않아요! 더구나 물러서면 어디로 물러서라는 거죠? 지금 이 판국에 하백족을 빼면 대열이 당장 헝클어지는데?"

치우비에게도 생각이 있었다.

"하백족은 물속에 있지 않습니까? 그러니 물속으로 몸을 피해 판천성 뒤쪽으로 돌아가면 될 겁니다. 지나족은 뗏목 주변만 경계할 뿐이니 피하고자 한다면 피할 수 있을 겁니다."

하백족의 장로 두 사람은 치우비의 말을 듣자 눈빛을 빛냈다. 그대로만 한다면 진몽희도 살리고, 하백족의 전사도 피하게 할 수 있었다. 그러나 진몽희는 고집을 부렸다.

"이대로 물러서는 것은 하백족의 명예를 더럽히는 일입니다!"

치우비는 아이를 타이르듯 부드럽게 미소 지으며 말했다.

"제가 무너지더라도 주신이 무너지는 것은 아닙니다. 무서워서 도망치는 것이 명예를 더럽히는 것이지, 훗날을 생각하여 물러서는 것은 명예를 더럽히는 일이 아닙니다."

그러는 사이에도 지나족의 뗏목들은 느릿느릿 전진을 계속하고 있었다. 주신과 하백족의 결사 항전에 상당한 수의 사상자를 내면서도 그들의 숫자는 끝이 없어서 한 식경도 안 되어 뭍에 다다를 것 같았다. 치우비와 진몽희가 아옹다옹하는 사이 치우벌과 부소다솔이 달려왔다. 부소다솔이 비명에 가까운 소리를 질렀다.

"이제 화살이 떨어졌소! 돌도 거의 없고!"

치우벌은 뭔가 각오한 듯 비장하게 외쳤다.

"사울아비들을 말에 태우겠소."

사울아비들 대부분은 방패에 기대어 활을 쏘고 있었는데 그들을 말에 태운다는 것은 기병 돌격 진형을 편성한다는 뜻이었다. 돌격 진형으로 뭍에 올라오는 지나족을 쳐부순다는 뜻이다. 물론 상당한 타격을 줄 테지만 물가로 말을 달리며 싸운다는 것 자체가 무리다. 결국 최후까지 싸우다가 죽거나 후퇴한다는 의미였다. 치우비가 이를 악무는데 치우벌이 말했다.

"웃뜸사울아비께서는 신시로 가시오. 더 많은 사울아비를 모아서 저들을 물리쳐 주시구려."

하백족 장로 한 명이 말했다.

"하백족의 장로 늙은 수이타르가 말합니다. 웃뜸사울아비는 저희가 모실 수 있습니다."

그러자 치우비를 어릴 적부터 잘 아는 치우벌이 웃으며 말했다.

"우리 사울아비들이 모시면 됩니다."

치우비는 황당하다는 표정을 지었다.

"아, 아저씨. 저는 물러서지 않을 겁니다. 저는……."

치우벌은 답답하다는 듯 예전처럼 호통을 쳤다.

"비 이 녀석아! 너는 주신의 웃뜸사울아비야! 적에게 죽어서는 안 된 단 말이다!"

수이타르가 침착하게 말했다.

"저희도 우리 편인 주신의 웃뜸사울아비가 지나족에게 잡히기를 바라지 않습니다. 그리고 주신 사울아비의 말 타는 솜씨를 의심하는 것도 아닙니다. 하지만 웃뜸사울아비가 말을 타고 뒤로 물러간다 해도 지나족은 금방 뒤를 쫓을 것입니다. 그러나 저희와 함께 가면 절대 잡히지 않을 수 있습니다. 아니, 쫓지도 못할 겁니다."

포기한 듯 허탈한 표정을 짓고 있던 부소다솔이 한숨을 쉬며 끼어들었다.

"무슨 소리인지 알 것 같소. 그래, 웃뜸사울아비를 물속으로 데리고 간다면 당연히 지나족은 못 따라가겠지. 그러나 우리 웃뜸께서는 물속을 다니는 재주가 없소. 주신 사울아비는 말을 타지 자맥질하고 헤엄치는 재주가 없단 말이오."

치우벌이 덧붙였다.

"주신 사울아비를 모두 따져도 헤엄칠 줄 아는 이는 몇 안 될 거요."

그러자 수이타르가 말했다.

"그게 아니오. 우리의 주술의 힘을 한데 모으면 한 분 정도는 물 위로 떠오르게 할 수 있소. 아니, 주술사 열 사람이 힘을 모으면 웃뜸사울아비가 물 위를 땅처럼 밟고 달릴 수 있게 할 수 있단 말이오."

치우비와 주신 사람들은 눈을 둥그렇게 떴다.

"그게 정말이오?"

"그렇소. 우리 하백족의 주술은 약하지 않단 말이오!"

옆에 있던 다른 장로 한 사람이 말했다.

"내가 보기엔 열네 명은 힘을 합해야 할 것 같소. 웃뜸사울아비의 몸이 다른 사람보다 크니 말이오."

치우비의 뇌리에 뭔가가 번득였다.

"말을 타고 달리게 하실 수도 있습니까?"

"말을 타고 물 위를 달리게 하는 것도 어쩌면 될 것 같소. 다를 것 없겠지. 다만 그러려면 서른 명의 주술사가 힘을 합해야 하는데……."

수이타르는 주변을 둘러보고 말했다.

"지금 장로 여섯 명과 주술사 열두 명이 남아 있는 것 같소. 말을 타고 달리게 하기에는 조금 힘들……."

진몽희가 당당하게 나섰다.

"내가 있어요. 나, 오로파라 선인의 후예 진오님의 주술을 이은 진몽희가 있지 않아요? 주술사 열 사람 몫은 할 수 있어요!"

진몽희는 곧 치우비에게 눈을 돌려 간절한 목소리로 말했다.

"웃뜸사울아비님, 그러면 말을 타고 물 위를 달릴 수 있으니 일단 저와 함께 몸을 피하시지요."

부소다솔과 치우벌이 보기에 진몽희는 명예니 전투가 아니라 치우비의 곁에 달라붙으려는 생각밖에 없어 보였다. 죽느냐 사느냐 하는 이런 판국에도 저러는 것을 보고 치우벌은 한숨을 쉬었지만 부소다솔은 겁먹은 얼굴에 희미하게나마 미소를 지었다.

"그게 좋겠소. 그게 좋겠어."

치우벌은 약간 더 신중했다.

"그런데 주술사들이 주술을 쓰려면 정신을 집중해야 할 텐데 멀리 떨어지면 어떻게 명령을 내리려는 거요?"

진몽희는 단박에 말했다.

"내 휘파람 소리대로 힘을 모으게 하면 됩니다. 하백족의 주술사는 말보다 휘파람 소리로 이야기하는 게 더 편할 정도로 훈련받습니다. 저는 웃뜸사울아비의 뒤에 타고 그들을 조종하면 되고요."

진몽희의 속셈이 빤히 보였지만 다른 방법도 없기에 치우벌도 고개를 끄덕였다. 그러나 치우비는 다른 생각을 하고 있었다.

"정말 제가 말을 모는 대로 물 위를 달릴 수 있는 겁니까?"

수이타르는 자신 있게 외쳤다.

"그렇소! 하백족의 주술을 얕보지 마시……."

"그럼 갑시다!"

치우비는 와락 진몽희를 껴안아 들다시피 하고 몸을 날려 말 위에 올라탔다. 치우비가 이렇게 서두를 줄 모르던 다른 사람들은 잠시 멍해 있었다. 하백족 장로들은 곧 고함을 지르고 휘파람을 불어 주술사들을 모으고, 치우벌과 부소다솔도 바쁘게 움직이기 시작했다. 지나족 뗏목들이 결국 코앞까지 밀고 들어온 것이다. 사울아비들도 흥분하여 방패를 걷어치우고 이를 갈며 육박전을 준비하기 시작했고, 뗏목의 행렬에 밀려 물 밖으로 나온 하백족도 독이 올라 고함을 치며 쓸 수 있는 무기를 찾았다. 그런 난장판 속으로 치우비는 똑바로 말을 몰았다. 급하게 말을 잡아탔기에 멍해 있던 진몽희는 치우비의 허리를 부여잡으며 비명을 지르듯 외쳤다.

"치…… 치우비님. 왜 이쪽으로……?"

치우비는 담담하게 말했다.

"무거우면 안 좋다고 했지요?"

"그렇습니다만…… 왜 하필 이리로……?"

"꽉 잡으십시오."

치우비는 달리면서 말에 매여 있던 물주머니들을 떼어 내던졌고 급기야는 커다란 구리몽둥이와 구리칼까지 내던지기 시작했다. 물에 젖으면 무거워질 수 있는 웃통까지 벗고 웃뜸사울아비를 상징하는 옥돌과 장신구까지 내버렸다. 사울아비들과 하백족은 웃뜸사울아비가 왜 저러는지 몰라 잠시 행동을 멈추고 멍하니 지켜보았다. 무거운 것을 내팽개친 치우비는 진몽희에게 말했다.

"주술을 써 주십시오. 아, 그리고 잠시 허리를 놓으시오."

진몽희가 엉겁결에 허리를 잡고 있던 손을 풀자 치우비의 몸이 갑자기 말에서 떨어져 내렸다. 진몽희는 깜짝 놀라 비명을 질렀다. 허나 다음 순간, 치우비의 커다란 등이 마술처럼 진몽희의 눈앞에 나타났다. 치우비가 다리로 말 배를 감싸고 몸을 아래로 빙글 돌려 땅에서 뭔가를 낚아 챈 다음 제자리로 돌아온 것이다. 물가에서 살던 진몽희로서는 본 적 없던 교묘한 기마술이었다.

치우비의 손에는 울타리를 만들려고 쌓아 두었던 사람 허벅지만큼이나 굵은 통나무가 들려 있었다. 길이만 해도 거의 두 길(육 미터 정도)이 넘어 보였다. 치우비는 무게를 가늠하려는 듯 거대한 통나무를 장난처럼 머리 위에서 빙빙 돌려 보고 있었다. 치우비의 엄청난 힘이야 알고 있었지만 코앞에서 그것을 보게 되자 진몽희는 숨이 막힐 것 같았다.

"그…… 뭐 하시려고……."

진몽희가 더듬거리며 치우비의 허리에 매달리자 치우비는 말했다.

"이 정도 무게는 버틸 수 있으십니까?"

"네?"

"물 위를 달릴 수 있냐 말입니다."

"아…… 네, 되겠지요."

"더 꽉 잡으십시오. 그리고 주술을!"

말하자마자 치우비는 말의 옆구리를 힘주어 찼고 구름은 펄쩍 뛰어 올랐다. 뒤에 타고 있던 진몽희의 속이 울렁거렸다. 순간적으로 치우비가 말을 솟구쳐 적진 한가운데로, 그것도 물 위로 뛰어들자 자기도 모르게 '미친……'이라는 생각이 들었다. 그러나 진몽희도 하백족의 수장인 만큼 굳센 여자였다. 정신이 아득해질 것 같았지만 이대로라면 물에 빠지고 만다. 곧 힘주어 휘파람을 불었고 휘파람 소리는 뒤에서 주술사들의 힘을 집중하고 있던 수이타르와 장로들에게 울려 퍼졌다. 그리고 진몽희를 뒤에 태운 치우비와 그의 애마 구름은 무너져 가고 있던 주신 사울아비들의 방패를 훌쩍 뛰어넘으며 허공을 날아올라 막 물가에 닿으려던 지나족의 뗏목 두 채의 사이로 떨어져 내려갔다. 그와 동시에 치우비의 입에서 엄청난 고함 소리가 터져 나왔다.

물에 닿을 순간을 기대하며 열심히 삿대를 젓던 지나족에게는 청천 벽력 같았다. 마치 하늘의 신이나 신수가 튀어나와 덮쳐드는 기세였다. 치우비가 지른 함성이 전쟁터 전체를 압도하며 메아리쳐 갔다. 진몽희는 눈을 질끈 감고 힘을 최대로 뽑아 냈고 수이타르나 다른 하백족 주술사들도 온몸에 힘을 주었다.

일순의 틈도 없이 뗏목 한 척이 두 쪽으로 쪼개지며 그 위에 타고 있던 지나족이 비명과 함께 튕겨져 올라갔다. 치우비가 떨어져 내리는 순간에 휘두른 통나무의 한 방에 뗏목 한 채가 그대로 박살 난 것이다. 구름은 다른 한 채의 뗏목 위에 네 발굽을 짚어 내렸는데, 떨어져 내리던 무게와 치우비의 내리치는 힘을 함께 받은 그 뗏목 역시 두 쪽으로 쪼개져 버렸다. 주술력을 집중하던 수이타르와 주술사들도 보이지 않는 힘에 얻어맞은 것처럼 어깨를 움찔했고 한 사람은 피까지 토하고 말았다. 치우비가 떨어져 내리는 힘을 주술로 받아 내는 바람에, 뗏목이 중간에서 완충 역할을 해 주기는 했어도 심한 충격을 받았기 때문이다.

순식간에 두 대의 뗏목을 박살 낸 치우비는 잠시 긴장했다. 원래대로라면 다음 순간, 물에 푹 빠져 들어야 했다. 주술이 과연 사실일까? 아니, 사실이더라도 이런 힘을 정말 버텨 줄 수 있을까? 아주 짧은 번민이 머릿속을 스쳐 지나가는 사이 뗏목을 산산이 박살 내고 네 다리가 부러질 듯한 충격으로 몸을 움츠렸던 구름이 치우비의 고함 소리에 화답하듯 길게 소리를 지르면서 다시 힘차게 다리를 튕겨 뛰어올랐다.

'된다!'

치우비는 힘이 솟았다. 물을 밟고 달릴 수 있다니! 지나족이 득실거리는 싸움터의 한가운데였지만 치우비는 절로 솟구치는 신기하고 즐거운 감정을 이기지 못해 껄껄 웃었다. 그러면서 통나무를 길게 한 번 휘두르자 건너편에 다가들던 뗏목 위의 지나 전사 십여 명이 와르르 휩쓸려 물로 떨어져 내렸다. 주신 사울아비들도 놀라서 잠시 화살을 쏘는 것조차 잊으며 멍하니 지켜보고 있었고, 지나 전사들도 마찬가지였다. 놀라서 움직일 생각조차 잊은 것 같았다. 양측 전사들의 다른 점은 주신 사울아비의 눈에는 놀라움과 기쁨이 어린 데 비해 지나 전사들의 눈에는 공포가 스며들었다는 것뿐이었다. 이때의 싸움은 하백족에게 전설로 전해져, 후에 진몽희는 물 위에서 용과 함께 싸웠다고 전해지다가 나중에는 그녀가 말머리에 용의 몸을 한 강의 수호신이 되었다고 전해지게 되었다.

"저게…… 뭐냐!!!"

판천성의 성문 위에서 느긋하게 지켜보던 유망은 소리를 질렀다. 뗏목의 대열을 점검하며 군대를 독려하던 형천의 눈에도 그 광경이 들어왔다.

"치우비!"

형천은 이를 갈면서 막 물에 내려져 전진하려던 뗏목에 손을 뻗어 나무 하나를 잡아 뽑았다. 뗏목이 엎어지며 뗏목 위의 전사들이 어이쿠, 하면서 나가떨어지고 물에 빠지기도 했지만 형천은 신경도 쓰지 않았다. 유망이 외치는 소리가 들려왔다.

"형천! 치우비다! 놈을 막아!"

유망이 소리치지 않아도 형천은 뛰어나갈 생각이었다. 순식간의 일이지만 치우비가 달려들었다면, 그것도 물 위를 달려 뛰어들었다면 그것을 막을 수 있는 사람은 형천밖에 없었다. 치우비가 들고 있는 것에 지지 않을 커다란 통나무 하나를 어깨에 떠멘 형천은 껑충껑충 몸을 날려 뗏목들을 징검다리처럼 밟으며 무섭게 달려 나갔다.

건너편에서 치우비의 활약을 보고 있던 치우벌과 주신 사울아비 부대도 놀고 있을 수는 없었다. 판천성 밖에 진을 치고 있던 금천과 알유가 지휘하는 헌원의 부대 중 일부가 크게 우회하면서 양쪽을 감싸듯 유망의 공세에 호응하며 접근하는 모습을 발견한 것이다. 치우벌과 부달이 보이는 대로 부하들을 긁어모아서 양편으로 달려가 미친 듯 그들과 부딪쳐 갔는데, 치우벌의 부대는 고작 삼백 정도 남짓이었고 부달 부대는 구백 명 정도였다. 그러나 부달의 부대는 구리 무기를 만들던 곳에서 도망쳐 온 장정들로 이루어진 부대로, 사울아비는 고사하고 지나 전사보다도 전투력이 크게 떨어지는 오합지졸이었다. 부달의 부하 중 정예병은 부달의 직속 부하인 검은 옷의 부대 쉰 명 정도밖에 없었다. 원래대로면 치우비의 명을 받아야겠지만 치우비가 직접 나선 마당이라 치우벌이 지휘를 맡을 수밖에 없었다. 치우벌은 말을 타기 전 치우광에게 말했다.

"여기는 자네에게 맡긴다. 사울아비를 많이 못 남기고 가지만 어떻게든 웃뜸사울아비의 뒤를 받쳐 주게나."

치우광은 씩씩하게 답했다.

"하백족도 충분히 용감합니다. 가운데는 염려 마십시오."

치우비가 인간 같지 않은 용맹을 발휘하고 있었지만 전세는 아직도 불확실했다. 헌원의 부대들이 양옆을 전격적으로 밀고 들어오면 치우비가 아무리 날뛴다 해도 주신 측은 전멸이었다. 이런 소수의 병력을 또 쪼개서 막을 수 있을지 없을는지는 극히 불안한 상황이었다. 더구나 그들은 그런 소수의 부대지만 만약 한쪽이 유리하면 다른 쪽을 지원하기까지 해야 하는 판단도 하지 않으면 안 되었다. 치우광도 엄청난 용맹을 지닌 용사였지만 이런 미묘한 싸움은 젊고 아직 경험이 적은 치우광에게는 무리라 생각하여 치우벌과 부달이 나선 것이다. 치우벌은 더 이야기를 할 틈도 없어서 사울아비들과 함께 무서운 속도로 달려 나갔다. 부달도 온통 새까만 자신의 직속 부하들과 함께 검은 연기처럼 반대쪽으로 달려 나갔고 그들의 뒤를 혼란스럽고 훈련되지 않은 장정들이 뒤따랐다.

"하하핫!"

치우비는 거침없이 물 위를 달리면서 통나무를 휘둘러 댔다. 지나족의 뗏목이 순식간에 일곱 채째 박살 나고 있었다. 치우비가 든 통나무가 워낙 큰 것이어서 창이나 칼은 닿지도 않았다. 통나무가 날아들 때 쳐내거나 튕겨 내려던 뗏목도 있었지만 치우비의 무지막지한 힘은 그것을 용납하지 않았다. 뗏목 하나에는 기껏해야 스무 명 남짓밖에 탈 수 없었는데, 그들의 힘을 모두 모아도 치우비에게는 당할 수가 없었다. 치우비의 통나무에 쓸린 전사들은 모조리 물에 빠졌고, 간혹 비껴 맞은 전사는 허공을 날아 여기저기 처박혔으며, 아래로 내리 맞은 전사들은 박살이 나 버리기도 했다.

"활을 쏴라! 돌을 던져! 저 괴물을 막아!"

앞장섰던 지나족의 용기 있는 대전사 한 명이 외쳤다. 지나족 전사들도 정신을 차리고 활을 겨누고 돌을 던졌다. 그러나 치우비는 껄껄 웃으며 재빠른 기마술로 방향을 바꾸며 달려 나갔다. 치우비가 있던 곳을 노리던 화살이 허공을 나는 동안 치우비는 이미 다른 곳에 가 있었고 눈 없는 화살은 그 뒤에 있던 자기편의 뗏목 위로 쏟아져 내렸다.

"아이쿠!"

"우리 편이다!"

"이놈들아! 쏘지 마라!"

열 명에 가까운 지나족이 애꿎게도 자기편의 화살에 고슴도치가 되어 쓰러지고 물에 빠지면서 고함을 질렀다. 화살을 쏜 지나족도 놀라고 당황스러워서 멈칫하고 있는데 치우비의 통나무가 그 위를 다시 휩쓸었다.

사람들끼리 밀려서 겹치자 들고 있던 활이 부러지고 창이 부러졌다. 무지막지한 힘에 서로 팔다리가 얽혀 부러지고 갈비뼈가 으깨지기도 했다. 그러고 난 다음에는 물로 곤두박질쳐지는 것이다. 화살도 소용이 없자 앞장서 있던 지나족의 대전사는 미친 듯 고함을 지르며 커다란 도끼를 휘두르며 몸을 날렸다.

"죽어라, 괴물!"

뗏목 위에 있던 용맹한 전사 몇 명도 이를 갈며 도끼와 창을 고쳐 잡았다. 물에 빠질 것을 각오하고 미친 듯 몸을 날려 공격해 왔다. 그들의 흉흉한 기세를 본 진몽희는 간이 오그라들었다.

'저놈들이야말로 괴물 같아!'

진몽희가 잠시 딴 생각을 하자 구름의 다리가 물로 축 처져 반 정도 잠기게 되었다. 진몽희는 깜짝 놀라 다시 정신을 모아 주술력을 늘렸으나 잠깐 사이에 치우비는 주춤하게 되었다.

하지만 치우비는 놀라거나 당황하지 않았다. 얼굴에 남은 웃음기를 거두며 담담한 표정으로 돌아간 치우비는 엄청난 크기의 통나무를 조그만 칼을 다루듯 가볍게 휘둘러 몸을 날려서는 부딪쳐 오는 적들을 쳐 냈다. 무서운 속도로 쳐내는 허벅지만 한 굵기의 육중한 통나무를 아무도 견디지 못했다. 맞는 즉시 코와 입으로 피를 쏟으며 즉사했고 팔다리가 으깨지고 허리가 부러져 버리기까지 했다. 치우비가 한 번 휘두르는 사이 세 명의 전사가 허공에서 박살 났는데, 노련한 대전사 한 명이 한 박자 몸을 움츠렸다가 치우비의 통나무가 지나간 틈을 노려 달려들었다.

"죽어랏!"

대전사가 도끼를 내리치는 순간 치우비는 통나무를 허공에 던지고 왼손으로 대전사의 도끼를 걸어 내며 오른손으로 대전사의 턱을 명중시켰다. 대전사는 도끼를 놓친 채 턱이 돌아가다가 몸마저 팽이처럼 파르륵 돌면서 줄 끊어진 꼭두각시처럼 맥없이 손발을 휘저으며 날아갔다. 맞은 것도 치명타이지만 너무도 강한 타격에 목이 두 바퀴나 돌아가 순식간에 숨이 끊어져 버린 것이다. 떨어져 내리는 통나무를 다시 받은 치우비는 또 한 채의 뗏목을 내리쳐 부숴 버렸다. 다음 순간 하백족의 주술력이 되살아났고, 구름이 물 위로 뛰어올랐다. 치우비는 노련하게 구름의 고삐를 채서 방향을 바꾸며 달렸다. 달리면서 다시 두 대의 뗏목을 쳐부수었다. 이쯤 되자 뗏목 위의 지나족은 하백족을 견제하기 위해 들었던 긴 대나무를 옆으로 쳐들고 절망적으로 위협하듯 휘저으며 허우적거렸다. 치우비의 기다란 통나무를 견제할 수 있는 길이의 무기는 그것뿐이었기 때문이다. 그러나 그런 긴 대나무는 옆으로 든다고 휘두를 만한 무기가 아니었다. 휘어져 축 처지거나 부러져 버리기도 했으며, 긴 무기를 휘두를 만한 힘을 가진 이도 몇 없었다. 더구나 느릿느릿한 뗏목의 속도가 물 위를 직접 달리는 치우비의 속도를 피할 수 없었다. 한 채의 뗏목 위에 탄 스무 명의 전사가 대나무를 허우적거리며 치우비의 접근을 막아 보려 해도, 치우비의 굵은 통나무가 휩쓸면 가느다란 대나무 창은 모조리 부러져 버렸다. 지나 전사들 중 마음이 약한 자는 절망과 공포로 부르짖었고, 대담한 자조차 분노와 어쩔 수 없는 절망 섞인 고함을 내뱉었다. 치우비가 스물두 채째 뗏목을 부수자 마침내 지나 전사 공포가 한계에 달했다. 뗏목들이 약속이라도 한 것처럼 물을 건너기를 포기하고 무조건 치우비를 피하기 위해 미친 듯 움직이기 시작했다. 도망치는 방향이 제각각이다 보니 안 그래도 빽빽하게 전진하던 뗏목들끼리 엉키고 걸리며, 서로 부딪혀 뒤집어지기까지 했다. 무적을 자랑하던 수천 명에 달하는 위대한 염제 신농과 세상 제일의 용사 형천의 정예 부대가 한 사람 때문에 무너지고 있었다. 그때 뒤편에서 질쾌와 포리가 여자들과 아이들을 거느리고 나타났다. 사람을 고치는 단군인 질쾌와 도깨비 포리는 후방에서 불쇠 영감과 함께 다친 사람을 고치거나 화살을 만드는 일을 하고 있었는데 일이 다급해지자 여자들과 아이들까지 데리고 급히 만든 약간의 화살과 돌을 주워 나른 것이다. 나른 것 중 화살은 몇 대 되지도 않았고 대부분 돌뿐이었지만 집어 던질 것이라도 생긴 주신 사울아비들은 사기가 올랐다. 달려온 여자들과 아이들은 불쇠와 함께 구리 무기를 만들던 자들의 가족이었고 살터를 빼앗겨 죽을 고생을 하며 길을 떠나온 터라 지나족에 대해 품은 독기는 사울아비 못지않았다. 그들은 돌을 던질 힘조차 모자랐으나 하다못해 방패라도 받치고, 날아든 화살에 부상을 입은 사람들을 뒤로 옮기는 일이라도 했다. 하백족의 주술사들도 젖 먹던 힘을 다하여 치우비를 받치고 있었고 수중 전사들도 치우비의 용맹에 뗏목 주변의 경계가 허술해지자 뗏목을 엮은 줄을 끊거나 물에 빠진 지나 전사들을 덮치는 등 활약을 하기 시작했다. 치우비가 아무리 날뛰어도 간간이 몇 채의 뗏목은 물가에 닿기도 했지만, 한꺼번에 밀어닥치는 것이 아니어서 기슭에 있던 사울아비들이 몰려들어 순식간에 처치해 버렸다.

"치우비——!!"

지나족을 짓밟는 치우비의 귀에 전장의 아우성을 파고들듯 다가오는 고함 소리가 있었다. 치우비는 목소리의 주인이 누군지 금방 알아차렸다. 형천이었다. 치우비의 허리를 끌어안고 있던 진몽희는 치우비의 온몸이 순간적으로 돌처럼 딱딱하게 긴장하는 것을 느꼈다.

치우비가 말머리를 돌릴 틈도 주지 않고 무언가가 벼락같이 떨어져 내렸다. 치우비가 급히 통나무를 들어 그것을 후려치자 산산이 부서졌는데, 그것은 사분의 일쯤 부서진 뗏목이었다. 비록 후려쳐 부수기는 했지만 날아오는 기세가 너무 강해서 하마터면 구름이 휘청하고 옆으로 몸을 기울이며 넘어져 버릴 뻔했다.

"치우비! 거기 서랏! 나와 겨루자!"

형천은 거대한 체구를 마치 토끼처럼 껑충껑충 날리면서 뗏목들을 뛰어넘어 달려오고 있었다. 그러면서 세 번이나 부서진 뗏목 조각이나 통나무를 치우비에게 집어 던졌는데, 그 기세가 무시무시했다. 커다란 뗏목 조각 하나를 치우비가 슬쩍 피하자 뒤편에서 도망치던 뗏목 하나가 그것에 맞아 물보라를 일으키며 박살 나 버릴 정도였다.

치우비도 마음속이 이글이글 들끓어 올랐다. 자신을 부르는 형천의 목소리가 피를 들끓게 했다. 치우비는 이를 악물고 참았다. 형천이 두려워서가 아니었다. 지금 자신은 결투를 하는 것이 아니라 전쟁을 하고 있기 때문이다. 치우비가 말머리를 돌리자 형천은 분노로 크게 외쳤다.

"치우비! 왜 등을 보이는 것이냐! 왜 나와 싸우지 않는 것이냐! 치우비!!!"

형천은 화가 나서 미친 듯 소리치며 손에 닿는 것을 마구 집어 던졌다. 무의식중에 지나 전사까지 집어 던질 정도로 형천은 화가 나 있었다. 그러나 치우비는 솜씨 좋게 형천이 던지는 것들을 피하거나 쳐내면서 멀어지고 있었다. 치우비가 물 위를 마구 달릴 수 있는데 반해, 형천은 뗏목 위밖에 뛰어 다닐 수 없었기에 마음대로 치우비를 쫓을 수도 없었다.

판천성 위에서 그 광경을 내려다보던 유망은 안타까워서 자신도 모르게 외쳐 댔다.

"치우비! 이 죽일 놈아! 싸워! 형천과 싸우란 말이다, 이 비겁한……."

유망은 돌연 한숨을 쉬며 크게 탄식했다.

"제기랄. 비겁한 건 아니지……. 저놈은 대장이구나, 전사가 아니라 진짜 대장이야."

유망은 다시 명령을 내렸다. 치우비가 형천을 피하는 것이 마음에 들지는 않았다. 마음 같았으면 치우비가 형천에게 맞서 싸워서, 후련하게 형천의 마음을 풀어 주고 싶었다. 작전이나 명령으로 될 일 같았으면 전세가 불리해지더라도 그렇게 해 주고 싶었다. 허나 치우비가 형천을 피하는 이상에는 될 일이 아니었다. 그놈은 결투보다 전세를 더 중시하는 것이다. 그러나 어차피 치우비가 대열의 앞을 막지 않는다면 굳이 안타까워할 일도 없는 것이다.

"형천이 치우비를 쫓는 동안 다시 전진한다! 대열을 갖추고 전진하라고 해! 물러서는 놈은 그 자리에서 죽여 버려! 어서!"

치우비는 형천을 피하면서도 힘껏 뗏목 대열을 쳐부수려 했지만 형천이 집요하게 따라붙었기 때문에 마음껏 설칠 수가 없었다. 치우비를 형천이 뒤쫓는 사이 유망의 준엄한 명령이 떨어지자 헝클어졌던 뗏목 대열이 질서를 잡기 시작했다. 치우비는 형천에게 몰려 뗏목 대열의 뒤편으로 밀려 있었는데, 대오를 편성하는 지나군을 발견한 진몽희가 외쳤다.

"치우비님! 이대로라면 적이 다시 전진할 거예요!"

치우비는 그 말에 잠시 멈칫하며 형천이 던진 나무토막 하나를 쳐냈다. 이미 수많은 뗏목을 부수고 형천의 집요한 공격을 막아 내느라 치우비가 들고 있던 통나무는 부러지고 갈라져 원래의 반도 안 되는 길이로 줄어 있었다. 그것을 던져 버린 치우비는 중얼거리듯 말했다.

"아니, 못할 겁니다."

치우비는 큰 소리를 질렀다.

"광아! 광아! 네 차례다!"

그리고 난 다음 치우비는 진몽희에게 말했다.

"이번에는 치우광에게 주술을 써 주시오."

"너무 먼데요."

"해 보세요."

치우비는 말을 몰아 싸움터의 반대쪽으로 달려 나갔다. 진몽희는 치우광의 위치가 잘 보이지 않았지만 할 수 없이 휘파람을 불며 힘을 집중했다. 그러자 치우비가 타고 있던 구름의 몸은 물에 푹 잠겼으나 노련한 말은 두 사람을 태우고도 제법 능숙하게 헤엄을 쳤다. 치우비가 달려온 곳은 전장에서 한참 떨어진 곳이었다. 이윽고 반대편에서 다시 아우성이 들려왔다. 치우광이 말을 타고 물 위를 달려 뛰어들어 치우비가 한 것처럼 뗏목들을 두들겨 부수기 시작한 것이다. 치우비만은 못하지만 치우광도 당할 자가 드문 장사였다. 치우광은 치우비처럼 통나무를 휘둘러 뗏목 하나를 한 방에 부술 힘까지는 없었으나 그의 무기인 커다란 도리깨는 뗏목 위의 지나족을 무차별로 쓰러뜨리기에 좋은 무기였다. 지난번 격전 때 양쪽에 짧은 막대기가 달린 치우광의 전용 도리깨는 부서져 버렸기에 한쪽에만 막대가 달린 도리깨를 쓰기는 했지만, 불쇠가 밤을 지새워 구리를 두텁게 입혀 주었기 때문에 위력은 나무랄 데가 없었다. 창처럼 찌르거나 칼처럼 휘둘러 벨 필요도 없이 무서운 힘으로 돌리면서 휘두르면 걸려드는 모든 것이 박살 났다. 간신히 수습되어 가던 뗏목 대열의 앞을 치우광이 또다시 짓부수자 형천은 이를 갈며 물러서 치우광에게 달려갔다. 치우비는 너무 멀리 있어 쫓아갈 수 없는데다 자기편을 그냥 둘 수는 없었다. 형천이 다가오자 치우광은 지나 전사들을 짓밟으며 세로로는 뗏목 대열의 뒤쪽, 가로로는 치우비의 반대편으로 물러섰고 형천은 그를 뒤쫓았다. 여유 있게 느릿느릿 말 위에서 한숨을 돌린 치우비는 형천이 치우광에게 다가갈 만하자 큰 소리를 질러 치우광을 물러서게 했다. 그리고는 주술력을 다시 자신에게 집중시켜 뗏목 대열의 앞으로 달려 나가며 닥치는 대로 해치우기 시작했다. 치우광이 영리하게 치우비의 뜻을 짐작해 척척 손발이 맞았기 때문에 가능한 작전이었다. 덕분에 형천이 아무리 이리 뛰고 저리 뛰어도 기동력의 한계 때문에 한동안은 치우비와 치우광 중 누구도 잡을 수 없었다.

돌연 형천이 치우광, 치우비를 버리고 뗏목 대열의 앞으로 달려가기 시작했다. 이미 지나족의 뗏목은 절반 이상 부서져 버린 다음이었으나 아직도 지나족의 수는 압도적이었다. 치우비는 그것을 보고 한숨을 내

쉬자 진몽희가 땀을 뻘뻘 흘리며 말했다.

"형천이 포기한 것 아닌가요?"

"아닙니다. 형천은 앞을 지켜 무조건 진격하려고 하는 겁니다. 이젠 형천과 붙을 수밖에 없군요."

"힘을 내세요."

"예……."

솔직히 말해 형천을 이길 자신은 아직 없었다. 그러나 그런 말을 할 필요는 없다. 힘껏 싸우다가 안 되면 그뿐이다. 진다는 생각도 들지 않았다. 다만 싸워 보고 싶을 뿐이었다.

"사실 형천과는 온 힘을 다해 싸워 보고 싶었습니다. 오래전부터."

치우비의 긴장이 진몽희에게까지 전달되는 듯했다. 진몽희도 이제는 기진맥진한 상태였으나 치우비의 결심을 알고 휘파람을 불어 주술사들에게 신호를 하며 힘을 냈다. 구름이 물 위로 솟구쳐 오르자 치우비는 말했다.

"갑시다."

돌연 뗏목 대열의 왼쪽이 헝클어지기 시작했다. 비명과 고함이 섞인 아우성이 일었다. 치우비가 눈에 힘을 주어 보니, 뗏목 위에서 노를 젓던 지나 전사들이 픽픽 쓰러져 가고 있었다. 놀라운 것은 방패를 들어 앞을 막는 전사까지 쓰러지고 있다는 것이었다. 심한 경우에는 동시에 세 명의 전사가 쓰러지기도 하는데, 이것은 화살 하나가 세 명을 동시에 꿰뚫었다는 말밖에는 되지 않는다. 치우비의 눈이 커졌다.

"혹시?"

치우광은 치우비의 반대편에서 헤엄치는 말 등에 만신창이가 된 몸을 기댄 채 숨을 고르고 있었다. 치우비에 못지않은 용맹을 보인 치우광이었지만 치우비와는 달리 여기저기 잔 상처도 많이 입었으며 왼쪽 어깨는 퉁퉁 부어올라 있었다. 형천이 집어 던진 것에 스치기만 했는데도 이 정도이니 받아칠 엄두도 내지 못했다. 보통 사람의 눈에는 괴물 같아 보이는 치우광의 눈으로 봐도 치우비와 형천은 괴물이라고밖에 할 수 없었다. 그런데 그 형천이 맞겨루기를 포기하고 대열의 앞으로 달려갔으니 막을 방법이 없었다. 더구나 치우광이 치우비만은 못하며, 다치고 지쳤다는 것을 눈치챈 지나족의 전사 몇 명이 뗏목을 저어 슬슬 다가오고 있었다. 물 위를 달리지 못하는 상태라면 치우광에게도 승산이 적었으나 치우광의 말도 지쳐서 뗏목만큼 속도를 내지 못하고 있었다. 결국 이 판사판으로 뗏목 위로 뛰어들어 뗏목을 빼앗아 버티는 방법밖에는 없었다. 그런데 슬슬 다가들던 뗏목 위의 지나족 전사들이 풍덩풍덩 물속으로 떨어졌다. 처음에는 자신을 잡으려 헤엄 잘 치는 전사들이 뛰어드는 줄 알았으나 그게 아니었다. 그들은 물에 떨어지고 잠시 후 둥둥 떠올랐는데, 몸에 짤막한 화살이 박혀 있었던 것이다.

"누가……?"

뒤를 돌아본 치우광의 얼굴에 화색이 돌았다. 한 무리의 말 떼가 건너편에서 달려오며 앞에서 몇 명의 사람들이 활을 쏘아 대고 있었다. 그들의 옷이나 사람이 타지 않은 여분의 말이 같이 달리는 점, 그리고 말들이 키가 작고 짤막한 몽골 말이라는 것이 그들이 어느 편인지를 알려주고 있었다.

"몽골? 보돈차르족?"

휙휙 하고 가늘지만 날카로운 소리를 내며 화살이 날아들 때마다 치우광을 노리고 달려오던 뗏목 위의 전사들이 여지없이 쓰러져 갔다. 화살의 정확도는 놀랄 만했다. 나무판자를 덧댄 방패에 앞을 보기 위해 뚫은 작은 눈구멍을 통해 화살이 박히는가 하면, 드러난 발목에 화살을 맞힌 뒤 그 아픔으로 방패를 떨어뜨리면 그다음 화살이 여지없이 목을 꿰뚫어 버리기도 했다. 모든 화살이 그렇게 정확한 것은 아니지만 그중 특출하게 잘 맞는 화살들이 있었다. 치우광이 보기에 그들 중 한 명의 궁수가 엄청난 실력을 지닌 것 같았다. 뗏목 한 척 위에 타고 있던 십여 명의 전사들이 순식간에 어떻게 해 보지도 못하고 꼬치가 되자, 다가들던 다른 뗏목 두 척이 꽁무니를 빼기 시작했다. 그러나 날아드는 화살은 다시 한 척의 뗏목 위에 있던 전사들을 낱낱이 쏘아 맞혀 죽여 버렸다. 이쯤 되자 치우광도 호기가 치밀어 말 등을 차고 뗏목 위로 뛰어올랐다. 전의를 잃은 지나 전사들은 용기백배한 치우광의 미친 듯 돌아가는 도리깨의 상대가 되지 못했다. 뗏목 위에 있던 열네 명이나 되는 전사를 모조리 때려죽일 때쯤, 달려오던 몽골족 전사들이 물가에 이르렀다. 그들의 수는 아직 많지 않았고 스무 명 남짓이었으나, 그 뒤로 달려오는 말 떼로 보아 그들은 첨병이고 후속 부대가 오고 있음이 분명했다. 살았다는 생각에 치우광은 껄껄 웃으며 크게 소리쳤다.

"나는 주신의 사울아비 큰스승 치우광이오! 당신들은 몽골족이오? 보돈차르족이오?"

그러자 선두에 서서 쉴 새 없이 화살을 쏘던 늠름한 전사 한 명이 소리쳤다.

"보돈차르족이다! 나는 대족장 치베라고 한다! 당신은 치우 집안사람 같은데, 나의 안다 천은 어디에 있는가? 비는 어디에 있는가?"

치우광은 태산 회의의 영웅이자 몽골족의 전설적인 전사라고 들었던 치베의 이름을 듣자 반가워하며 외쳤다.

"치베님입니까? 정말 반갑습니다! 비 형님은 반대쪽에서 적을 쳐부수고 계십니다!"

"무사한가!"

"그럴 겁니다만, 적중에 형천이 있습니다! 둘이 부딪힐 수도 있습니다!"

"형천!"

치베는 놀란 듯 급히 말머리를 돌렸다. 치베는 몽골 말로 부하들에게 지시를 내렸고, 스무 명 정도의 부하 중 대다수는 그 자리에서 계속 화살을 쏘아 지나족을 몰아붙였으며 두 명의 부하는 짐을 잔뜩 짊어진 말을 끌고 치베의 뒤를 따랐다. 치베는 지금까지 쓰던 활을 말 등에 걸더니 부하에게 커다란 활을 받아 들고는 말을 달렸다. 주신 사울아비의 기마술도 대단하지만 몽골족의 기마술에는 비할 수 없었다. 말과 한 덩어리가 된 것 같은 세 사람은 미친 듯 말을 달려 물가를 크게 돌아 반대편 어귀로 향했다. 달리면서도 치베는 고삐는 아예 놓은 채 발만 가지고 귀신같이 말을 조종했다. 방향을 계속 바꾸고 장애물을 뛰어넘는데도 고삐 한번 잡지 않았다. 이렇게 말과 완전히 혼연일체가 된 기마술을 가진 사람은 몽골족 내에서조차 극히 드물었다. 거대한 활을 연신 쏘며 싸움터가 된 물가를 달리는 치베를 본 지나족은 경악했다. 치베의 활솜씨가 놀랍다기보다 전장에 갑자기 나타난 몽골족의 출현이 놀라웠다. 몽골족이 전장 한복판에 나타난 것은 진형이 깨어져서 돌파당했다는 의미 아니겠는가?

"몽골족이다!"

"몽골족이 나타났다!"

"아이구! 저건 치베다! 활 귀신 치베다!"

판천성 위에서 전장을 내려다보던 유망도 크게 놀랐다.

"저놈은 몽골족이냐? 그렇다면 옆이 뚫렸단 말이냐? 빌어먹을 알유 놈! 금천 놈! 헌원의 부하 놈들은 뭐 한 거야! 그놈들은 전부 병신이었단 거냐!"

"구원군이 왔다! 구원 부대다!"

물가에 남은 몇 안 되는 사울아비 중에는 작은 주신 출신도 있었고, 그들은 먼발치에서도 몽골족의 명궁 치베를 틀림없이 알아보았다. 그들의 환호에 치베를 처음 보는 하백족조차 열광했다. 죽었다고 생각한 마당에 구원 부대가 옆구리를 뚫고 나타났으니 힘이 나지 않을 수 없었다. 그러나 정작 치베는 아군의 환호성에 답할 마음의 여유가 없었다.

"비 안다! 비 안다! 어디 있는가? 내가 왔다! 안다 치베가 왔다!"

치베는 목이 찢어져라 고함을 지르면서 말을 달렸다. 그 목소리는 분노와 걱정이 가득 차, 듣는 사람의 마음을 잠시 흐트러뜨릴 정도로 간절했다. 마침내 그의 눈에 저만치에서 놀랍게도 물 위를 달리고 있는 치우비의 모습이 보였다. 치베의 밝은 눈이 휘둥그레졌다.

'비 안다가 텡그리의 가호를 받았는가! 하늘의 신이 되었는가! 물 위를 달리다니!'

그러나 놀라고 있을 겨를이 없었다. 치우비의 맞은편에서 무시무시한 기세로 거대한 통나무를 휘두르며 달려오는 거인의 모습이 눈에 들어왔다. 기세만으로도 사람을 질식시킬 것 같은 세상 제일의 용사, 형천이었다.

"형천!"

치베는 목이 터져라 외치면서 말에서 뛰어내리며 거대한 활 끝을 땅에 박았다. 그 활은 애당초 그럴 목적으로 만들었던 듯, 한쪽 끝에 뾰족한 구리 꼬챙이가 달려 있었다. 있는 힘을 다해 활을 땅에 박아 고정시키자 치베의 뒤를 따라오던 두 사람의 부하 중 한 사람이 활의 기둥을 잡고 버텼고, 다른 한 사람은 말 등에 실려 있던 커다란 화살통을 몇 개나 들고 뛰어내려 치베의 뒤에 서는 것과 동시에 구리 화살촉으로 된 커다랗고 매끈한 화살을 내밀었다. 수없이 연습한 듯 손발이 척척 맞았다. 치베는 화살을 받자마자 한 손이 아닌 양손으로 활줄을 잡고 온몸의 힘을 모아 활줄을 잡아당겼다. 말 위에서 활을 쏠 때는 이 할 정도밖에 활대를 휘지 못했으나 그렇게 날아가는 화살도 막을 자가 없었다. 그런데 온몸으로 활을 당기자 활이 터져 나갈 듯 당겨졌다. 활대를 받치고 있던 몽골 전사는 덩치가 우람한 사람이었는데, 활대가 반원형으로 휘는데도 활 전체를 조금의 흔들림도 없이 받치고 있었다. 터져 나올 듯 근육이 부풀고 핏줄들이 요동칠 듯 꿈틀거렸다. 온몸을 던져 활을 당긴 치베가 눈을 부릅뜨고 손을 놓자 날카로운 소리와 함께 화살은 빛살처럼 쏘아져 나갔다.

"치우비——!"

소리를 치며 치우비에게 덮쳐들던 형천의 귀 옆 머리칼이 곤두섰다. 무언가 심상치 않은 예감을 느꼈다. 쳐들었던 통나무를 본능적으로 휘저으며 옆을 막는 순간, 탕 소리와 함께 날카로운 것이 형천의 뺨을 스치며 그었다. 어른 허벅다리만큼이나 굵은 통나무를 단번에 꿰뚫고 한 뼘 이상을 튀어나온 것이다. 실로 무시무시한 화살이었다.

형천이 분노하여 고개를 돌리는 순간에도 치베는 두 번째, 세 번째 화살을 연속해 쏘아 댔다. 두 번째 화살이 날아들자 통나무로 막을 시간조차 없었다. 아니, 막을 수 있더라도 통나무가 뚫리면 막지 않으니만 못했다. 형천은 숨을 들이켜며 눈을 부릅뜬 채 두 번째 화살을 질끈 손으로 잡았다. 순간 형천의 무지막지한 힘에도 불구하고 화살은 미끄러지면서 앞으로 나가려고 발버둥 쳤다. 순간 형천은 크게 잘못되었다는 것을 느꼈다. 화살을 쏜 여우 같은 놈은 예전부터 자신을 노리며 궁리한 것이 분명했다. 보통 화살보다 훨씬 공을 들여 화살대를 매끄럽게 다듬은 것도 모자라서 화살대에 기름을 먹여 미끄럽게 만들어 놓았던 것이다. 형천은 어지간한 화살은 피하기도 했지만 손으로 잡아채 적의 사기를 꺾기도 했다. 그것을 노린 것이 틀림없었다. 제아무리 형천이라도 저절로 헉 하는 소리가 나왔다. 마지막으로 화살이 손에서 미끄러지는 순간 간신히 고개를 숙이고 손을 위로 올려 눈에 화살촉이 박히는 것은 면했지만 화살촉은 형천의 이마에 박혀 버렸다. 뼈가 뚫릴 정도는 아니었으나 머리가 찡하고 울리면서 시큰한 아픔이 뒤따랐다. 형천의 온몸에 식은땀이 솟았다.

'보통 놈이 아니다!'

노한 형천은 화살을 비틀어 뽑았다. 이마에서 한 줄기 선혈이 솟구쳐 올랐다. 그러나 숨 쉴 틈도 없이 세 번째 화살이 날아들자 어지간한 형천도 더 견디지 못하고 바닥에 몸을 납작 엎드려 피할 수밖에 없었다. 엎드리든 어쩌든 피하면 그만일 수도 있지만 형천 정도의 전사가 된다면 몸을 엎드려 화살을 피하는 짓은 어지간하면 하지 않는다. 그러나 갑자기 이런 무서운 화살의 공격을 숨 돌릴 틈도 없이 받자 형천으로서도 어쩔 수 없었다.

"형천! 형천! 비 안다를 건드리지 마라! 네 상대는 나다!"

치베는 크게 외치면서 네 번째, 다섯 번째 화살을 쏘았다. 그러나 형천이 자존심을 굽히고 몸을 숙인 이상 아까만큼 정확한 조준을 할 수는 없었다. 형천이 쉽게 몸을 피하자 좁은 뗏목 위에 서 있던 다섯 명의 전사가 화살 한 대에 꿰뚫려 버렸다. 세 명의 배를 관통하고 한 명의 손바닥을 뚫은 다음 다섯 번째 전사의 허벅지에 박혀 버렸다. 형천이 몸을 숙이자 치베는 약을 올리려는 듯 외쳤다.

"세상 제일 용사 형천! 나에게 고개를 숙여 절을 하는 것이냐? 네가 세상 제일이 맞는 거냐? 하핫!"

"네놈은 누구냐? 몽골족의 치베냐?"

"그렇다! 보돈차르족의 치베다! 용기가 있다면 고개를 처들고 나를 쫓아와 보라! 내가 무서운가, 형천?"

형천은 그런 도발에 넘어갈 사람은 아니었지만 속에서 화가 끓어오르는 것은 참기 어려웠다. 마음 같아서는 당장 뛰쳐나가서 치볘를 때려잡고 싶었지만 화살만큼은 정말 무서웠다. 더구나 근처에는 치우비도 있었다. 혹시나 치볘와 치우비가 한꺼번에 덤빈다면 견디기 힘들 수도 있었지만 다행히 치우비는 자신과의 싸움보다 뗏목들을 부수고 몰아내는 데 전념하고 있었다. 그때 퇴각 신호로 정해져 있는 고함 소리가 들려왔다.

"일단 성으로!"

"성으로! 물러나라!"

목소리가 큰 수십 명의 전사가 성 위에서 소리를 질렀다. 전장의 아우성에 섞이면 퇴각 명령을 내리기 어렵기 때문에 지나족은 이렇게 수십 명의 목소리 큰 사람을 통해 명령을 내리고 있었다. 결국 형천도 몽골족이 갑자기 나타났다는 것은 구원군이 도달한 것이며 포위당할 우려가 있다는 의미라고 생각해 이를 갈며 퇴각할 수밖에 없었다. 뗏목이 일제히 뒤로 저어 가기 시작하자 여러 대의 뗏목이 뒤엉켜 부딪혔다. 성문으로 뗏목이 한 척씩 퇴각하는 것은 아무래도 힘들게 되었다. 성문께에서 지휘하던 축융은 뗏목들이 성문 입구를 틀어막자 급히 결단을 내려 뗏목을 포기하고 철수하라고 소리를 쳤다. 성안의 나무를 거의 다 써서 만든 뗏목이 아깝기는 했지만 부하들의 목숨만은 못했다. 퇴각 명령이 떨어지자 치우비와 치우광의 용맹에 질린 지나족은 미친 듯 몰려서 이어진 뗏목의 위를 뛰어넘으며 성문 안으로 다투어 뛰어들었다. 형천은 끝까지 뒤를 지키며 치우비와 치우광의 접근을 막았는데 만약 그가 그러지 않았다면 지나족의 피해는 더 커졌을 것이다. 그 와중에도 치볘는 미친 듯 형천을 노리고 강한 활을 쏘았지만 거리가 멀어져 형천은 쉽게 피했다. 형천 또한 치우비에게 달려들 엄두는 내지 못했다. 그러자 치베는 기름에 적신 헝겊을 앞에 매단 불화살을 날리기 시작했다. 치베의 부하들은 주신 사울아비들에게도 불화살을 내주었고 마침 화살이 떨어졌던 사울아비들은 치베와 함께 불화살을 마구 쏘아 대었다. 치베만큼 강한 힘을 실어 화살을 쏠 사람은 없었지만, 멀리 쏘기에는 주신의 활도 치베의 큰활 못지않아서 불화살은 성문 주변에 잔뜩 몰린 뗏목에 여기저기 떨어져 박혔다. 아무리 물 위의 배라고는 해도 기름 먹인 헝겊을 맨 불화살에는 불이 붙지 않을 수 없었다. 지나 전사들이 간신히 퇴각하고 형천마저도 성으로 들어갈 때 즈음에는 뗏목들은 전부 타올라 판천 성벽을 온통 그을리기 시작했다.

"이젠…… 제발 가요."

진몽희는 죽을상을 해서 치우비에게 사정하듯 말했다. 긴 시간을 싸우지는 않았지만 처음으로 말 위를 달리면서 누비는 전투를 겪었고, 주술력을 있는 대로 써서 녹초가 되어 버린 것이다. 치우비는 불타오르는 판천성 앞을 잠시 보다가 말머리를 돌렸다. 긴장이 풀린 진몽희가 더 버티지 못하고 주술력을 풀자 구름은 물에 풍덩 잠겨 헤엄을 치기 시작했다. 그제야 치우비는 덤덤하게 말했다.

"정말 고마웠습니다. 잘해 주셨습니다."

"이거…… 내일도 해야 하나요? 전 며칠은 앓아누워야 할 것 같은데요."

"성문이 불로 막혔으니 하루는 벌 수 있을 것 같군요. 더구나 이제 뗏목을 다 태웠으니 헤엄쳐 나오지도 못할 테고."

"몇 년은 늙은 것 같다고요."

진몽희의 쫑알거리는 소리를 들으며 구름을 여유 있게 몰아 기슭으로 나오는 치우비에게 사울아비와 하백족 주술사들이 환호성을 올렸다. 치우비는 그들 가운데서 치베와 몽골 전사들의 모습을 보고는 반가워서 소리를 질렀다.

"치베! 안다 치베!"

"비 안다! 내가 왔다! 하하하! 내가 왔어!"

치베는 치우비를 보자 반가운 나머지 헤엄도 치지 못하면서 물로 뛰어들어 허우적거리며 치우비에게 달려가려고 했다. 그러다가 꼬르륵거리며 가라앉으려고 하자 물속에 있던 하백족 전사 두 명이 그를 받쳐 들어 치우비에게로 헤엄쳐 왔다. 치우비와 치베는 물속에서 부둥켜안고 껄껄거리며 주먹으로 어깨며 머리를 툭툭 쳐 댔다.

"반갑다! 치베! 다친 곳은 어떤가? 이젠 괜찮은가?"

"이제 아무렇지도 않다! 비 안다! 너야말로 멀쩡한가? 그런데 어떻게 물 위를 달렸는가? 너는 정말 텡그리의 가호를 받은 것 아닌가? 혹시 선인이 된 것 아닌가? 하하!"

"하백족의 주술을 빌린 것뿐이야. 하하!"

"하하. 이러다가 훌쩍 하늘로 날아가 버리는 것은 아니겠지? 반갑다, 안다. 반가워!"

치베는 어린아이처럼 웃으며 기뻐서 견딜 수 없다는 듯 발버둥을 치기도 하고 버럭버럭 고함을 지르기까지 했다. 진몽희는 자신조차 이름을 들은 적 있는 무시무시한 대용사 치베가 마치 어린애처럼 굴자 꿈을 꾸는 것이 아닌가 싶기도 했다.

치우비가 물에서 나오자 많은 사울아비들이 치우비의 용맹을 찬양하면서 몇 번이나 환호성을 올렸다. 치우비는 부소다솔을 불러 상황부터 물었다. 치우광도 그제야 물에서 나왔는데 잘했다며 환호성을 올리고 에워싸는 사람들을 무뚝뚝하게 헤치며 치우비에게 달려와 말했다.

"치우벌님과 부달님이 왼쪽과 오른쪽에서 오는 적을 막으러 가셨습니다. 이제 적이 성에서 당분간 나오지 못할 테니 그분들을 도우러 가는 것이 어떨지요?"

치베가 말했다.

"몽골 보돈차르의 치베가 말한다. 나는 오른편에서 왔지만 양쪽 다 별 걱정 안 해도 될 것 같다."

"무슨 말씀입니까?"

"내가 뚫고 온 쪽은 알유의 군대가 있었는데 그다지 열심히 추적하거나 싸우려는 것 같아 보이지 않았다. 안 그랬으면 내가 고작 스무 명만 데리고 그들을 돌파할 수 있었겠는가?"

치우비는 의아해서 되물었다.

"무슨 소리야? 열심히 싸우려 하지 않다니?"

"내 눈으로 직접 본 그대로다. 그들은 분명 몇십천이나 되었다. 그런데도 달려오는 자들은 고작 일이천밖에 되지 않았고, 그나마 열심히 쫓아오는 눈치가 아니었다. 내가 뚫고 오면서 부달의 부대도 얼핏 보았는데 그들에게도 달려드는 것 같지 않았어."

부소다솔이 말했다.

"헌원 부대는 확실히 이상했지. 처음의 위세대로라면 단박에 쳐들어왔어야 해. 어제만 해도, 헌원의 부대가 옆구리를 쳤다면 우리는 전멸했을 걸세. 그런데 잠자코 있지 않았나?"

"실제로는 싸울 마음이 없다는 것 아닐까요?"

치우비가 묻자 부소다솔은 어제의 상처가 다 낫지 않은 상처투성이의 얼굴을 갸우뚱해 보였다.

"그거야 모르지. 그런데 그 뭐냐…… 주신을 전멸시키기 전에는 돌아가지 않는다던가. 뭔가…… 그런 노래까지 지어 부르게 한 것을 보면 꼭 그런 것 같지도 않고 말이야."

"헌원까지 상대한다면 정말 힘들어집니다. 헌원이 싸울 마음이 없다면 다행일 텐데요."

치우비는 발을 생각해서라도 헌원과는 싸우고 싶지 않았다. 그러나 치베는 고개를 저었다.

"비 안다. 내 생각은 다르다."

"음?"

"보돈차르님과 나는 유망이 여기로 나온다는 소식을 들었을 때부터 자네나 천 안다가 오리라 생각하고 준비했고, 서둘러 달려오려 했다. 그러나 중간에 헌원의 부하들이 집요하게 싸우고 방해를 했다. 원래대로라면 보돈차르님의 부대는 벌써 도착했어야 한다. 그러나 헌원의 부하들이나 그를 따르는 부족들이 지긋지긋할 정도로 물고 늘어져서 이렇게 늦어진 것이다. 우리가 피해서 돌아가려고 해도 지쳐 쓰러질 때까지 달려들었다. 헌원이 싸울 마음이 없다고는 생각할 수 없다."

"참, 보돈차르님은 어디 계신가?"

"보돈차르님이 오시려면 이틀은 더 걸릴 것이다. 나는 마음이 급해서 보돈차르님에게 묻지도 않고 내 뜻을 따르는 스무 명의 부하만 거느리고 급히 달려왔다."

그 말에 부소다솔이 놀라며 말했다.

"아니, 스무 명만 데리고 온 거라고?"

치우광도 기막혀했다. 오른쪽의 헌원 군대를 뚫고 몽골족이 나타나자 주신 측이나 지나 쪽이나 몽골 부대가 측면을 돌파했다고 믿었다. 그래서 주신 측은 사기가 올랐고 유망은 뗏목을 잃으면서까지 부대를 성안으로 퇴각시켰다. 그런데 돌파한 부대가 치베가 거느린 스무 명에 불과했다니! 치베는 어리둥절한 표정으로 말했다.

"그래, 스무 명. 제일 말을 잘 타는 부하들이다. 말을 일곱 마리나 끌고 갈아타면서 달려왔기에 말의 숫자는 많았지만 스무 명이다. 다른 부하들은 아직도 저만치서 오고 있을 거다."

스무 명 정도라면 알유의 군세 측에서도 정찰병이라 생각하여 대수롭지 않게 여겼을 것이다. 마침 부달의 부대가 맞서는 것을 보고는 이런 소수의 군대는 내버려 두었을 수도 있다. 어쩌면 정말 싸우는 것이 싫어 내버려 두었을 수도 있었다. 어쨌거나 스무 명의 치베 무리가 판천 싸움을 순식간에 끝나게 만들었다는 것은 황당한 일이었다. 양쪽 다 너무 긴장했기에 벌어진 일이라고밖에 볼 수 없기에 치우광은 배를 잡고 웃어댔다. 그러나 치우비는 웃기커녕 눈물까지 핑 돌 것 같았다. 친구의 안위를 얼마나 생각했으면 겨우 스무 명으로 목숨까지 걸고 수만 명의 군대를 돌파해 단숨에 달려올 수 있었겠는가? 이 거칠고 투박한 몽골 사내의 진심에 치우비는 감동한 나머지 말을 이을 수가 없었다.

"치베. 고맙네."

"허허……."

"이건 정말…… 자네가 최고네. 자네가 치우비 열 명보다 나았네. 자네 공이 대단해."

"화살 몇 개는 쏘았지만, 한 일은 별로 없는데 왜 그러나?"

"아냐. 많지, 많아. 나보고 텡그리의 가호를 받았다고 했나? 내 보기에는 자네야말로 텡그리의 가호일세. 정말이야."

치우비는 진심으로 하늘이 도왔다고 생각했다. 치베의 급작스러운 등장으로 적을 성에 몰아넣었으며, 뗏목을 거의 잃게 만들었다. 더구나 뗏목에 불이 붙어 성문 앞을 막기까지 했다. 불은 오래가지 않겠지만 그동안은 아무도 성에서 나올 수가 없으니 당장 숨을 고를 수 있다. 다음의 일을 생각해 보아도 운이 좋은 상황이었다. 헤엄칠 줄 아는 지나족은 그리 많지 않으며, 헤엄을 친다 해도 물귀신에 가까운 하백족이 있었다. 이 의외의 사태 때문에 주력 부대인 유망의 군대는 외부의 호응이 없으면 당장 성을 빠져나오기조차 힘들게 된 것이다.

오른편이 뚫려 몽골의 지원 부대가 온 것으로 짐작했던 유망은 한참을 지켜보아도 부대가 나타나지 않자 비로소 속았다고 생각하고 화가 나서 펄펄 뛰었다. 그러나 이미 때는 늦어서 모든 뗏목이 없어지고, 기마대를 막으려 터뜨렸던 강물은 이제 판천성을 포위하는 장애물이 되어 버렸다. 돌연한 하백족의 참전 때문에 장점으로 삼으려던 것이 단점이 되어 버린 것이다. 형천이나 축융도 화가 치밀어 발을 굴렀다. 특히 축융은 아무리 스무 명 정도의 작은 수라도 적의 통과를 허용한 무능한 헌원군에 대해 저주에 가까운 악담을 퍼부어 댔다. 유망도 화가 치밀어 당장이라도 책임을 묻고 싶었으나 성문 앞이 불길로 막혀 몇 안남은 뗏목조차 띄울 수 없으니 사자를 보낼 수조차 없었다. 그러나 밤이 되어 성문 앞의 불길이 수그러들 즈음 더 심각한 문제가 생겼다.

"물이 불어납니다!"

"뭐?"

유망은 놀라서 직접 성벽으로 가서 아래를 내려다보았다. 확실히 물이 불어나 있었다. 알유와 금천의 소극적인 응전으로 치우벌과 부달의 부대는 전력 손실 없이 물러날 수 있었다. 그리고 유망의 군대가 성문이 막혀 제대로 지원을 하지 못하고 연락이 끊겨 버린 기회를 틈타 승부수를 던진 것이다. 그것은 바로 주변의 둑을 습격하여 물을 불리는 작전이었는데, 하백족의 참전이 없었다면 생각할 수조차 없을 작전이었다. 기민하게 상황을 읽어 이 작전을 건의하고 직접 둑을 공격한 것은 부달이었다. 근방의 둑에도 어느 정도의 경계 인원이 있었지만 유망 본대가 판천성에 갇혀 지원을 받지 못했기 때문에 패퇴하고 말았다.

"이건 뭐지? 응? 이건 뭘까? 형천! 축융!"

축융이 양 주먹을 불끈 쥐며 말했다.

"놈들이 둑을 습격한 것 같습니다. 둑을 텄나 봅니다."

"뭐? 아니, 그러면 놈들이 말을 달리기는 더 힘들어질 텐데?"

형천이 우울한 표정으로 말했다.

"이제는 그들보다 우리가 더 불리합니다. 저쪽에는 하백족이 붙었고, 우리 편에는 배가 거의 남지 않았습니다. 저들보다 우리가 더 불리해지고 있습니다."

축융이 덧붙였다.

"아무래도 헌원 부하 놈들이 제대로 싸우는 것 같지 않습니다. 오늘도 우리가 전진하면 양옆에서 돌격해 들어오기로 했는데 코빼기도 보이지 않잖습니까? 양옆으로 금천 놈과 알유 놈이 밀고 들어갔다면 제아무리 치우비가 난리를 쳤어도 우리가 이겼을 겁니다. 그런데 놈들은……. 놈들을 믿을 수 없습니다."

유망은 입술을 깨물었다.

다음 날 아침이 되자 금천과 알유가 각각 사자를 보냈다. 자기들도 양옆으로 급습하려 했지만 치우벌과 부달의 부대에 막혔고, 반대쪽에서 다가오는 주신의 지원 부대를 경계하는 중에 중앙 부대가 퇴각하는 것을 보고 자신들도 퇴각했노라는 내용이었다. 조만간 헌원이 직접 수많은 군대를 끌고 도우러 올 것이라는 이야기를 늘어놓았다. 말이 안 되는 것은 아니었지만 성의라고는 전혀 없는 보고였다. 유망은 불같이 화를 내며 입을 놀리던 두 명의 사자를 때려눕혔다.

"변명! 변명이야! 핑계에 불과해! 알겠어! 이제야 알겠다구! 헌원 이놈, 내가 죽기를 바라는 거야. 주신에 당해 내가 죽게 만들고 그다음에 내 땅을 집어삼켜서 주신까지 처먹겠다는 거야. 설마설마 했는데 확실해!"

유망은 마약을 끊은 이후 많이 차분해졌는데, 이번만은 다시 과거로 돌아간 것처럼 길길이 날뛰었다. 형천과 대부족장들 몇이 유망을 뜯어 말려서 두 명의 사자는 목숨을 건졌으나 한 명은 팔이 부러지고 한 명은 턱이 돌아갔다. 유망 측의 상황이 점점 나빠지고 있는 것은 분명했다. 그런데 유망은 사자들이 돌아가고 대족장들이 막사를 나선 뒤 형천과 축융을 조용히 불렀다. 두 사람은 긴장하여 유망을 대했으나 유망은 언제 자기가 날뛰었냐는 듯 차분한 표정으로 되돌아와 있었다.

"아무래도 결단을 내려야 할 것 같아. 형천?"

"옛?"

"축융?"

"예?"

"우리의 적은 누구지?"

너무도 당연한 것을 묻는지라 형천과 축융은 잠시 서로 얼굴을 마주 보았다. 그러다가 축융이 먼저 조용히 입을 열었다.

"지금 싸우는 적이야 당연히 주신이고, 치우비라 할 수 있습니다 만……"

유망은 웃으며 말했다.

"그런데?"

"우리의 진정한 적, 영원히 싸워야 할 적이 주신인 것 또한 마찬가지 입니다. 허나…… 지금은 더 위험한 자들이 있는 것 같습니다."

유망의 웃음 띤 얼굴이 약간 굳어지며 미간이 좁혀졌다.

"너희도 느끼지?"

형천과 축융은 주변을 살피다가 말없이 고개를 끄덕였다. 그러자 유망도 목소리를 낮춰 말했다.

"좋아, 좋아. 우리 처음부터 하나씩 되짚어 보자고. 나는 처음 치우천 녀석이 나를 얕보아서 안 나타난 것으로 생각했지. 그러나 그게 아니었어. 주신에서 큰일이 벌어진 것이 분명해. 자기는 나오지도 못하고 저 덩치 꼬마 한 녀석에 천 명 남짓 되는 부하⋯⋯. 그걸로 우리를 막으러 보내고 뒤따르는 군대도 없이 주변 부족의 군대를 긁어 보내야 할 정도로 지금 신시는 심각한 거야. 처음에는 치우천의 꾀인가도 생각했지만 이건 아냐. 절대 아냐."

이 의견에는 형천도 동감을 표했다.

"신시에 일이 벌어진 것이 분명합니다."

축융은 조금 더 생각해 보고 말했다.

"헌원이 무슨 일을 저질렀을지도 모릅니다."

유망은 씩 웃으며 손가락을 딱 튕겼다.

"그래! 틀림없어. 헌원 말고는 그럴 사람이 없지. 아마 주신을 난장판으로 만들었겠지. 반란이 일어나게 했을지도 모르고, 한웅을 죽였을지도 모르고, 치우천 녀석을 잡아 죽였을지도 모르지. 뭔지는 모르지만 아주 큰일을 저질러 놓았어. 그러니까 치우천이 꼼짝도 못하지. 헌원은 그걸 알아. 그걸 아니까 이렇게 모든 힘을 끌어모아 이리로 몰려오는 것이 분명해. 그런데 말이야⋯⋯."

유망은 말을 끊고 의자의 손잡이를 손가락으로 똑똑 두드리다가 천천히 말했다.

"헌원이 정말 신시로 진격하려고 몰려오는 걸까? 또, 헌원이 모든 힘을 다해 몰려오면 주신을 쓸어버릴 수 있을 것 같아?"

형천과 축융은 심각하게 한참을 생각했다. 형천이 먼저 말했다.

"형천이 말씀드립니다. 주신은 만만치 않습니다. 주신의 사울아비도 만만치 않지만 더 문제가 되는 것은 치우천이 오래전부터 닦아 놓은 다른 부족과의 친분입니다. 예전부터 가까웠던 마갸르, 미아우, 키탄뿐 아니라 멀리 떨어진 타타르나 몽골에 훈족까지도 주신에 무슨 일이 생기면 만사 제치고 달려오는 판입니다. 더구나 그들 중 많은 부족이 치우천의 덕을 입었고 세력이 엄청나게 커져서 전체 부족을 휘두를 수 있을 정도입니다. 설령 우리가 신시로 밀고 나간다 해도, 그들 부족은 주신의 땅이 밀릴 때마다 더욱 많은 부하를 보낼 것입니다."

"맞는 생각이야. 더."

"솔직하게 말씀드리겠습니다. 지금 다른 부족들이 주신에 부하를 보내 주고 있어도 우리는 힘을 나눠 그들을 칠 수 없습니다. 그리고 그들이 주신에 직접 지원군을 보내는 것은 여기 판천을 비롯한 마갸르 지역이 중요하기 때문입니다. 우리가 앞으로 나가 이 지역을 점령하고 신시로 나갈 수 있다고 해도 지금 상태에서는 문제가 큽니다."

"어째서? 자세히 말해 봐."

유망은 반문하거나 나무란다기보다는 듣기 좋다는 표정으로 말했다. 그 어감에서 호의를 느낀 형천은 자신의 생각을 단숨에 말했다.

"예전의 주신이었다면 판천과 대나무골 등의 지역이 끊기면 다른 부족은 이를 핑계로 삼아 더 이상 지원을 하지 않았을 것입니다. 그러나 지금 치우천의 입김을 쐰 부족들은 다르게 나올 것입니다. 키탄의 야율쿠리와 미아우의 초초룬은 이제 풋내기가 아니라 부족을 휘두르는 대족장이 되었는데, 그들을 밀어준 것이 치우천입니다. 목숨을 나눌 절친한 벗인데다가 씻지 못할 은혜까지 입었습니다. 그들은 대나무골과 판천 길이 끊겨 신시와 작전을 못하더라도 힘을 모아 우리를 칠 것입니다. 마갸르의 족장들도 우리에게 휩쓸렸다가 치우천의 힘으로 마을을 회복했고, 그에게서 뒷길을 끊는 작전을 잘 배웠습니다. 그들을 생각하지 않을 수 없습니다."

"앞으로 나가면 나갈수록 뒤가 소란해지고 어려워진단 말이지?"

"그렇습니다. 타타르도 무시할 수 없을뿐더러 몽골의 보돈차르는 우리와 멀리 떨어져 있지만 이제는 몽골만 아니라 서방 부족까지도 눈치를 보아야 하는 대족장으로 컸습니다. 그의 기마대는 너무도 빨라서, 그가 죽을 각오를 하고 독한 마음을 먹으면 우리 지나의 땅 어디든지 위협이 됩니다."

형천은 차분하게 상황을 정리했다. 그를 세상 제일의 용사라고만 생각하는 사람도 많았지만 그 이전부터 형천은 대인족의 대족장, 그것도 현명한 족장이었다. 이 정도로 정세를 꿰뚫어 보는 노련함은 갖추고 있었다. 유망은 그의 체구나 지위에 맞지 않게 킥킥 웃으며 말했다.

"형천, 많이 좋아졌네. 거의 치우천이 다 되었구먼. 하하. 아주 좋아, 좋아. 나도 동감이야."

유망은 한참 동안 형천을 칭찬하다가 축융에게 말했다.

"축융?"

"옛."

"형천이 한 이야기는 아주 옳아. 그러나 그건 전쟁에 대한 이야기지. 넌 좀 다른 이야기도 할 수 있을 것 같은데."

축융은 어깨를 펴며 헛기침을 먼저 했다. 비만한 체구와 튀어나온 배가 출렁였지만 눈은 뱀같이 빛나고 있었다.

"축융이 말합니다. 지금 헌원은 겉으로는 우리를 부추기고 있습니다만 실제로 자신이 열심히 싸울 생각은 별로 없는 것이 분명합니다. 그리고 주신을 치는 것은 당연한 일이지만, 우리가 들어가면 들어갈수록 어려워진다는 것도 분명합니다. 더구나 믿을 수 없는 헌원과 함께 움직인다는 것이 더욱 꺼려지는군요. 솔직히 말씀드려 아무리 치우비라 해도 고작 몇 천도 안 되는 부스러기들로 우리가 이렇게 밀릴 줄은 생각도 못했습니다. 이것은 저도 창피하게 여기는 바입니다만 분명 눈앞에서 벌어지고 있는 일입니다."

축융이 눈치를 보는 것 같아서 유망은 여전히 온화하게 고개를 끄덕여 보이며 말했다.

"아니, 좋은 이야기야. 계속해."

"신시에 무슨 일이 생긴 것은 분명합니다. 그래서 우리에게는 제법 유리한 판입지요. 그러나 오래 못 가리라고 생각합니다."

"어째서?"

"치우천이 있기 때문입니다."

"치우천이 죽었을 수도 있지 않을까?"

"죽었다면 치우비가 저렇게 열심히 싸우지 않을 것입니다. 전에 느낀 것이지만, 치우비는 주신에 대한 마음이 곧긴 해도 그보다는 제 형을 더 중요하게 생각하는 것 같습니다. 형이 신시에서 일을 당했다면 그것을 어떻게든 하려 할 놈이지 목숨 걸고 우리를 막고 있을 놈이 아닙니다. 또 치우천은 보통 놈이 아니니 어떻게든 뒷수습을 할 것입니다."

그때 형천이 끼어들었다.

"그럴 수도 있지만 치우비가 나온 다음에 난리가 나거나 치우천이 어떻게 되었을 수도 있지 않은가?"

형천의 의문은 축융이 아닌 유망이 대신했다.

"아니, 그럴 순 없지."

"그렇습니까?"

"그래. 하하. 치우천이 죽었으면 치우비가 안 나왔을 거라는 축융 말은 맞을 것 같아. 치우천이 죽었으면 치우비도 따라 죽거나 갇힐 것 같거든? 그러니 치우천이 죽었을 리는 없지. 신시가 정상이라면 치우비가 고작 천 명도 안 되는 부하만 끌고 왔을 리도 없고, 저렇게 직접 나서서 목숨을 걸고 간당간당하게 버틸 이유도 없지. 좋아. 여태까지는 일이 잘 안 풀렸지. 힘들었어. 그러나 말이야, 위기가 곧 기회일 수도 있는 거야.

나는 지금이 좋은 때라고 생각해. 내 생각엔 말이야, 지금이야말로 결단을 내릴 때가 된 것 같아."

"결단이라 하심은?"

유망은 기분 좋은 표정으로 씩 웃으면서 양손을 활짝 펴 보였다.

"지금 중요한 것은 땅을 넓히는 일이 아니야. 잃은 땅을 되찾고, 대족장의 위엄을 갖추면서……."

유망은 양 주먹을 꽉 움켜쥐었다.

"헌원 녀석을 잡는 것이지!"

형천과 축융은 깜짝 놀라며 말했다.

"그럴 수 있습니까?"

"해 봐야 알겠지만, 한 가지만 되면 나는 된다고 봐. 두 사람, 나와 함께 밤바람이나 쐬러 가 보자구. 잘되면 앞의 일들이 이루어지고, 안 돼 봤자 목이 떨어지기밖에 더하겠어? 하핫, 아하하핫!"

유망은 호탕하면서도 다소 불안한 느낌을 주는 비틀린 웃음을 터뜨렸다. 그러나 형천과 축융은 진지하게 눈을 빛내며 동시에 외쳤다.

"어디든지 함께하겠습니다!"

회담 제의

전쟁을 일으켜 수많은 피를 보아야 풀릴 것 같은 일도,
현명한 지도자는 타협과 담판으로 풀어 낼 수 있다.

깊은 밤 어둠을 타고 남몰래 성벽에서 배 한 척이 내려왔다. 마구잡이 도하용으로 만든 뗏목이 아니라 제대로 만들어진 배였다. 힘센 장사들이 밧줄로 이어 내린 배는 판천성의 성문 반대편에 내려져 주신군의 눈에는 띄지 않았다. 배가 내려지자 다섯 사람의 남자가 가볍게 밧줄을 타고 훌훌 내려와 배에 탔다. 그들 중 두 사람이 열심히 저어 배는 어둠과 물안개를 젖히고 어느덧 기슭에 이르렀다. 그곳은 헌원이 먼저 보낸 양 갈래의 선봉 부대 중 왼편에 위치한 금천의 진영이었다.

뒤척거리며 얕은 잠을 자고 있던 금천은 황급히 막사로 달려 들어온 부하 때문에 곧 깨어났다. 금천은 일어나 옷을 입고 매무새를 챙긴 뒤 두 자루의 구리몽둥이를 차고 막사 밖으로 나섰다. 막사 밖은 횃불을 든 부하들에 의해 환하게 밝혀져 있었는데 그 가운데에 세 사람이 서 있었다. 금천은 믿을 수 없다는 듯 눈을 다시 비비다가 고개를 숙여 예를 표했다.

"염제 신농님께 인사드립니다. 이렇게 늦은 시간에 직접 찾아 주실

줄은 몰라 마중도 나가지 못했습니다."

세 사람은 유망과 형천, 축융이었다. 지나족의 최고 대족장인 유망에다가 역시 대족장이며 지나족 최고의 용사들로 꼽히는 형천과 축융이 부하 한 명 거느리지 않고 늦은 시간에 조용히 찾아왔다는 것은 금천뿐만이 아니라 금천의 부하들로서도 믿기 힘든 일이었다. 금천은 원래 유망 휘하의 가장 신뢰받는 대족장 중의 하나였지만 지난번 태산 회의 때의 배신 이후로 완전히 사이가 갈라져 버린 상태였다. 그 때문에 금천의 부하들도 감히 나서지는 못하되 경계하고 꺼리는 눈치가 역력했다. 수백 명이 정중히 불을 밝히고 있었지만 언제 한바탕 싸움이 일어나도 이상하지 않을 묘한 분위기였다. 그러나 축융이 다소 긴장된 표정을 짓고 있을 뿐 형천은 덤덤한 표정 그대로였고 유망 또한 꺼리는 기색이 없었다. 당당하고 쾌활해 보이기까지 했다.

"아, 금천. 금천. 그래, 오래간만이야. 이거 얼굴 한번 보기 힘드니 어쩌겠는가? 이렇게 찾아온다고 푸대접하지는 않겠지? 하하."

유망은 꺼리는 기색도 없이 반갑다는 듯 껄껄 웃으며 금천에게 다가가 어깨에 손을 얹으려 했다. 순간 금천도 긴장했고 주위의 호위 무사들도 움찔했다. 금천이 눈짓만 보내면 지체 없이 무기를 빼들 것 같아 보였다. 그러나 금천은 한 발을 슬쩍 뒤로 빼더니 다시 멈추어 서서 유망의 팔이 어깨에 얹히도록 놓아두었다. 금천은 유망의 얼굴을 바라보다가 살짝 미소 지으며 말했다.

"많이 좋아지셨습니다. 좋군요."

유망은 천연스럽게 금천의 어깨에 올린 팔로 몸을 기대더니 낄낄거리며 웃었다.

"좋아지기는 했는데, 고생했지. 그…… 빌어먹을 것을 끊기가 쉽지는 않은 일이라서."

"정말 끊으셨군요. 지나족 전체를 위해 기쁜 일입니다."

금천은 담담히 말했으나 그의 말에는 어느덧 진심이 어려 있었다. 그러자 유망은 슬쩍 주변을 둘러보며 말했다.

"이렇게 밖에 세워 둘 건가? 이 아이들은 왜 이리 인상을 쓰고 있는 거야? 내가 자넬 어떻게라도 할 것 같아? 그럴 거면 우리 셋만 오지 않았지."

유망이 천연덕스럽게 속을 까보이자 금천은 고개를 저으며 웃었다.

"세 분만 오셨다 하시지만 너무 무서운 분들이라 다리가 덜덜 떨리는군요."

"아, 그럴 것 없어. 그나저나, 정말 세워 둘 거야? 애들 보는 앞에서?"

금천은 반쯤은 체념한 표정으로 반쯤은 의심스럽다는 표정으로 살짝 한숨을 쉬고는 자신의 막사를 유망에게 가리켜 보였다. 유망은 금천의 막사가 자신의 집인 것처럼 태연하고 거침없이 막사의 휘장을 젖히고 안으로 들어섰다. 형천이 뒤따랐고 축융은 가만히 뒷짐을 지고 있다가 금천이 안으로 들어서고서야 뒤를 따랐다. 만의 하나를 대비하는 것이다. 네 사람이 막사로 들어서자 막사 안에 있던 금천의 부하들은 곧 밖으로 쫓겨났다. 막사 안에서 유망의 큰 목소리가 들려왔다.

"술 좀 가져와! 좋은 걸로!"

금천의 부하들은 어찌할 바를 모르다가 마침내 몇몇은 술을 구하러 가고, 나머지는 막사 주위를 얼쩡거렸다. 한편 막사 안에서 금천은 반쯤은 죽은 것 같은 표정으로 멍하니 서 있었다. 되레 유망이 자기가 막사 주인인 것처럼 태연히 가죽 깔개를 끌어당겨 앉았고, 축융과 형천은 그 뒤를 지키듯 섰다. 유망은 금천에게 웃으며 말했다.

"이것 봐, 금천. 왜 그런 얼굴을 하고 있어? 네가 주인인데 반겨 줘야 할 게 아니겠어?"

"지은 죄가 있어서 감히 그러지 못합니다."

"지은 죄? 하하. 그런데 왜 군사를 끌고 여기까지 왔지? 지은 죄가 있다면서 내가 무섭지 않았어?"

금천은 후 하고 길게 한숨을 쉬었다.

"저도 어쩔 수 없었습니다."

"헌원 그 자식은 네가 날 껄끄러워할 것을 당연히 알 텐데, 굳이 너를 오라고 한 이유가 뭐지?"

"모릅니다. 저는…… 이럴 수밖에 없었습니다."

"일단 앉아."

금천이 계속 머뭇거리자 유망은 다시 피식 웃으며 말했다.

"이봐, 이봐, 금천. 너도 늙었다. 하긴, 나도 늙었지. 우리 옛날엔 이렇게 어색한 사이 아니었잖아? 뭐 잘못도 하고, 오해가 있다고 해도 이런 식으로 머뭇거릴 만한 사이는 아니었다고 생각하는데?"

금천은 그제야 유망의 앞에 마주 앉았으나 표정은 아직도 풀리지 않았다.

"저는 유망님을 배신했습니다."

"아, 그래. 그랬지. 태산 회의 때 멋지게 뒤통수를 쳤어. 하하. 그땐 나도 화가 많이 났지."

유망은 마치 남의 일인 것처럼 껄껄 웃으며 말했다.

"그래서 내가 겁났어? 이렇게 내가 찾아와 주지 않으면 얼굴조차 볼 수 없을 만큼?"

"솔직히…… 그렇습니다."

금천이 자못 당당히 대답하자 유망은 껄껄 웃으며 말했다.

"이봐. 네가 날 버리고 간 것, 나도 이해해. 물론 화는 났지만 말이야, 내가 정말 너를 어떻게 하려고 했다면 왜 여태껏 그냥 있었을까? 안 그래?"

금천은 어깨를 흠칫했다. 그러자 유망은 다시 말했다.

"널 정말 증오했다면 너희 부족에 쳐들어갔을 수도 있고, 여기 형천을 너에게 보냈을 수도 있겠지. 그러나 난 그러지 않았잖아. 주신 놈들하고만 열심히 싸웠어. 그렇게 뒤통수를 친 너나 헌원 놈에게, 하다못해 그 부하나 부족에 내가 단 한 번이라도 해코지를 하거나 복수하거나 한 적이 있었나?"

유망은 멋쩍다는 듯 위를 올려다 본 채로 한숨을 쉬었다.

"그래. 내가 미친놈이었지. 헌원 놈이 준 연기를 마시고 반쯤 돌아 버렸어. 성질을 부리고 사람도 패 죽이고. 참 미쳐 돌아갔지. 나도 그걸 알아. 너도 오죽했으면 내 뒤통수를 치고 갔을까. 사실 나라도 고민했을 거야. 그런 미친 부족장을 섬기면 앞날이 안 보이지. 그런데 말이야, 내가 그런 미친 부족장이었을 때도 너나 헌원 놈에게 복수할 생각은 하지 않았어. 이렇게 저렇게 따져도 우린 같은 편이잖아. 더구나 너에 대한 복수심 같은 거, 그때 잠깐 있었지 지금은 없다. 도리어 우리 사이가 서먹서먹해진 게 더 서글프더구나."

금천은 마음속이 격앙된 듯, 고개를 푹 숙였다. 유망은 드물게도 감상적인 목소리로 말했다.

"금천, 이놈아. 네가 날 배신했다고 하는데, 너 정말 예전 일은 다 잊어버렸어? 우리가 이 자리에까지 서기 위해 함께 싸움을 몇 번 했지? 네가 내 목숨을 몇 번 구했고, 내가 네 목숨을 몇 번 구했지?"

금천은 목이 메어 오는지 약간 떨리는 목소리로 대답했다.

"셀 수도 없지요."

"우리가 젊었을 때는 서로 싸우기도 꽤 했지? 너 처음에 나한테 간죽대다 죽도록 맞았던 거, 잊어버렸어?"

금천은 고개를 저으며 희미하게나마 미소를 띠었다.

"제가 결국 지기는 했지만 염제 신농께서도 상당히 맞으셨을 텐데요."

"난 멍이 든 정도였지만 너는 코피도 터졌잖아."

"그건 재수 없이 스쳐서 그런 것뿐입니다."

"좌우간 네가 졌어! 그래서 너는 내 밑으로 들어왔고. 우리 그때도 비록 여기저기 아팠지만 같이 술 마시고 그랬잖아? 그날 밤 달이 정말 밝았지. 기억나냐?"

"가느다란 초승달이었지만 몹시도 밝았지요. 물론 기억합니다."

"그래. 그런데 내가 뒤통수 한번 맞은 정도로 모든 걸 잊을 사람 같아 보이냐? 내가 아직도 약에 취해 있는 미친놈으로 보여?"

"아…… 아닙니다."

"내가 미쳤을 때에도 여기 앉아 있는 너희는 잊어버린 적 없다. 그건 내 옆에 계속 있었던 형천이 알고, 축융도 알거야. 내가 언제 돌아 버릴지 몰라서 조마조마하긴 했겠지. 하지만 난 그러지 않았고, 앞으로는 더더욱 그럴 일은 없을 거다. 그런데 참……."

유망은 한숨을 쉬며 말했다.

"우리 정말 많이 늙은 것 같다. 많이 물들고, 지쳤어. 언제부턴가 예전의 우리는 없어지고, 무슨 대부족장과 부족장이라는 자리만 남은 것 같아. 이거……."

유망은 지나의 대부족장의 상징이자 염제 신농의 상징인 소뿔 머리 모양의 장신구를 머리에서 풀어 손에 들었다.

"……이게 아주 빌어먹을 거더라고. 오늘 이거 놓고 예전 기분 좀 내보자. 그러자고 온 거다."

금천의 부하들이 술과 음식들을 가지고 막사 안으로 들어섰다. 그리고 금천의 눈치를 보며 그것들을 쌓아 두었는데 금천은 부하들에게 이제는 다소 평온하게 변한 표정으로 물러가라는 눈짓을 해 보였다. 부하들이 물러나자 금천은 사람 머리통만 한 술 항아리 하나를 번쩍 들어 유망에게 권하고 형천과 축융에게도 하나씩 권한 다음 자신도 한 개를 집어 들었다.

"참 많은 일이 있었지만, 지금 이렇게 같이 있게 되니 좋군요. 드십시오, 염제 신농님."

"그냥 유망이라고 불러라."

"알겠습니다, 유망님."

그렇게 네 사람은 술을 마시기 시작했는데, 마치 밑 빠진 구멍처럼 한정 없이 술을 들이켰다. 금천의 부하들은 뻔질나게 오가며 계속 술을 구해 와야 했는데 하도 마시는 양이 대단하다 보니 부족장이 마시는 좋은 술이 바닥나서 전사들이 개인적으로 가지고 온 술까지 빼앗다시피 해서 갖다 바쳐야만 했다. 유망과 금천은 지난 이야기만 나누었을 뿐, 전쟁이나 헌원에 대한 이야기는 한마디도 하지 않았다. 형천과 축융도 처음에는 조용히 있었지만 차츰 술이 취하고 흥이 나자 그들도 껄껄대고 이야기를 했다. 축융은 원래가 음침한 사람이라 말수만 조금 많아지는 정도였으나 형천은 큰 소리로 호탕하게 웃고 떠들고 노래까지 불러댔다. 그렇게 달이 기울어 이슥해질 때까지 술을 퍼 마셔서 완전히 곤드레가 되어 버리자 금천이 반쯤 풀린 목소리로 말했다.

"유망님!"

완전히 풀어진 자세로 노곤하게 늘어진 유망이 게슴츠레한 목소리로 되받았다. 금천도 많이 취했으나 행동에 흐트러짐은 없었는데, 유망은 완전히 늘어진 자세가 되어 있었다. 축융은 반쯤 조는지 고개를 푹 숙이고 있었으며, 형천은 뭐가 그리 좋은지 혼자 땅바닥에 쓰러져 팔다리를 버둥거리면서 돼지 멱 따는 것 같은 노래를 부르고 있었다.

"왜 그러냐?"

"저…… 싸우기 싫습니다. 전쟁, 그거 아주 싫어합니다."

"인마, 나도 마찬가지야. 여기 형천이나 좋아할까, 좋아할 놈이 어디 있어?"

"저…… 그래서 그때 등을 돌렸습니다. 유망님이 주신과 크게 붙어 전쟁을 일으키고, 아무래도 큰 사달이 날 것 같아서요."

"그랬냐?"

"네."

"그런데…… 그게 싫어서 헌원한테 간 놈이 전쟁에서 선봉을 서서 와?"

금천은 한숨을 쉬었다.

"저는 미처 몰랐습니다. 제가 유망님에게 한 것은 배신이었습니다. 헌원은 배신한 저를 결코 믿지 않았어요. 바람막이로나 써먹으려고 하는 것 같았습니다."

"당연한 거다. 배신한 놈을 세상에 누가 믿겠냐? 하하. 그러니 이제 정신 차려."

"하지만 이제 어쩝니까? 이미 저지른 일인걸요."

"뭐, 이제 이렇게 술까지 한잔했는데 끝난 것 아닌가?"

"예?"

"당연히 끝난 거란 말이다. 네가 날 죽인 것도 아니고 전쟁을 건 것도 아닌데 그런 것으로 뭐라 하고 싶지 않다."

"하지만 저는 지금 전쟁터에 있습니다. 부하들을 많이 거느리고 있고요. 더 문제가 되는 것은 우리 부족의 위치입니다."

"네 부족 땅이 마갸르와 주신과 지나 사이에 끼어 있는 곳이지?"

"예. 그래서 주신과 싸움이 나거나 마갸르와 싸움이 나면 우리 땅이 가장 심하게 피해를 봅니다. 아직은 헌원 쪽에 붙어서 싸우지 않았기 때문에 공격받지는 않습니다만 특히 지난번 유망님이 공상을 빼앗긴 이후 우리는 완전히 다른 부족에게 에워싸인 판입니다. 좁다란 틈바구니로 지나족의 다른 부족과 교역을 하지만 전쟁이 벌어지면 당장 길이 막힙니다."

"뭐, 네 땅도 적지는 않은데 어차피 주변 부족은 다 적 아니겠어? 길이 막히는 게 그리 문제가 되나?"

"문제가 됩니다. 우리 땅은 다른 건 다 좋은데…… 이건 비밀이지만…… 큰 문제가 있습니다."

"그게 뭔데?"

금천은 심각한 표정으로 말했다.

"소금이 안 납니다."

유망도 다소 심각한 표정이 되었다. 소금은 먹지 않으면 죽는, 사람에게 필수불가결한 물건이었기 때문이다. 바닷가에 사는 부족은 바닷물을 끓이거나 말려 소금을 만들고, 내륙의 부족은 주로 암염을 사용했다. 그런데 금천의 땅은 바닷가에 면하지 않은 내륙이었고, 그 넓은 땅에 암염 광이 하나도 없을 줄은 유망도 알지 못했다.

"소금이면 엄청난 무게가 나가는 것도 아닌데 사 오면 되잖아. 많이 사서 쌓아 둔다고 썩는 물건도 아니고."

"뭐 전쟁만 아니라면 문제가 없습니다만 많이 사 올 수 없으니 문제입니다."

"왜?"

"우리 땅은 습기가 많고 비도 오고 안개도 잘 끼기 때문에 소금을 쌓아 두기가 나쁩니다. 아무리 많이 쌓아 두어도 해가 넘어갈 때마다 반의반 정도는 녹습니다. 또 우리 부족의 땅에 소금이 없다는 것이 알려지면, 주변의 부족이 우리 목줄을 잡는 것이나 다름없습니다. 비축한 것으로 몇 년은 버틴다 해도 결국에는 우리가 질 테니까요."

금천의 보존 기술로는 밀폐나 건조에 한계가 있었다. 지역 자체가 건조하다면야 보존이 용이하지만, 습하다면 소금의 보존에 많은 문제가 있었다. 애당초 당시의 소금은 완전 건조된 정제 소금이 아니라 수분을 상당히 함유한 자연염이었다. 그런 소금은 대량으로 쌓아 둘수록 수분이 흡수되고 안에서 쓴 간수가 흘러나와 스스로 녹게 된다. 장마라도 져서 습해지면 눈에 보일 정도로 소금 더미가 줄어들었다. 그렇다고 공기의 수분을 접촉시키지 않는 기술적인 발상이 있을 리 없으니, 저주를 받아 소금이 마구 녹아 나가는 몹쓸 땅이라 여기는 수밖에는 없었다.

"그렇다고 소금을 안 팔면 사람이 죽는데 그걸 안 파는 나쁜 녀석들이 있겠어?"

"그렇긴 합니다만. 문제는 전쟁이 나서 오래 끌 경우입니다. 그러면 죽자 살자는 식으로 소금을 팔지 않을 수 있습니다. 우리 지나족과의 가느다란 연결로만 끊어 버리고, 소금 창고나 소금을 나르는 사람들만 습격해도 우리는 결국 위험해집니다. 물론 어떻게든 방법이 있기는 하겠지만, 이런 부담을 안고 전쟁을 한다는 것이 정말 마음에 들지 않습니다. 그나마 공상이 우리 편일 때는 바다의 소금 줄과 이어질 수 있었는데 이제는 그게 안 되니 정말 문제가 큽니다."

"헌원도 이걸 알아?"

"아닙니다. 우리 부족만의 비밀입니다. 유망님께도 처음 말씀드리는 것이잖습니까. 저는 정말 유망님께 솔직히 말씀드리고, 뻔뻔스럽지만 도움을 받고자 하는 것입니다."

금천은 숙연한 태도로 유망의 눈을 바라보았다. 그러나 유망은 여전히 게게 풀린 제 멋대로의 자세를 풀지 않고 말했다.

"그럼 전쟁하지 말고 공상만 되찾으면 되겠네?"

"그게…… 되겠습니까?"

"어차피 나도 주신과 끝장날 때까지 싸울 생각은 없었어. 우리가 너무 많이 잃었으니, 최대한 되찾으려고 싸운 것뿐이거든. 주신 신시로 정말 쳐들어가려면 왜 판천성에서 기다리고 있었겠어? 더구나 메뚜기 떼가 극성이니 우리 고향을 그냥 둘 수도 없지 않겠어? 공상은 나에게도 필요해."

"그렇긴 합니다. 그러나 지금 여기서 싸우시면서 공상을 언제 찾으시려는 겁니까? 여기서 철수하는 것도 그리 만만하지는 않을 텐데요. 위험할 수 있습니다."

유망은 비웃는 목소리로 말했다.

"도리어 지금 위험한 건 헌원이지."

유망은 느긋한 태도로 빈 술항아리 하나를 빙글빙글 굴렸다. 마치 손안의 항아리가 세상이고 천하라도 되는 듯. 금천은 취기가 치미는 중에도 유망의 그릇이 큼을 느끼고 결국 비밀을 토해 놓았다. 실질적으로 말하지는 않았으되 유망의 편으로 돌아서겠다는 의미와 다름 아니었다. 금천은 최대한 속삭이듯 유망에게 말했다.

"헌원이 엄청난 양의 구리 무기를 얻었습니다. 그것으로 주신과 끝장을 보려는 것 같습니다만."

유망은 태연하게 말했다.

"그게 헌원을 미치게 만든 이유군. 구리 무기 좋지. 하지만 그걸로 그 지긋지긋한 치우 형제를 이길 수 있을까? 생각을 해 보라고. 주신 사울아비가 아무리 무서워도 우리 지나 땅을 정복할 수 있을 것 같아?"

"말도 안 되지요. 우리 땅이 얼마나 넓고 부족이 얼마나 많은데요. 부족을 정복하여 지키려면 주신 사울아비가 다 모여도 부족당 한 명밖에는 안 돌아갈 겁니다."

"마찬가지로 우리 지나족의 군대가 많고 전사가 많다지만 주신 땅이 그렇게 좁을 것 같아?"

"우리보다야 땅도 좁겠고 사람도 적겠습니다만 그래도 정복에는 문제가 많지요. 더구나 요즘 주변의 부족과 아주 사이가 좋아졌으니 모든 부족과 싸우는 것이나 마찬가지가 될 겁니다."

"그래. 그래서 말만 그렇게 하지 실제로 나도 신시로 밀고 들어가는 것은 엄두를 안 내. 할 수 없는 게 아니라, 신시로 가다가 내가 늙어 죽을 테니 못한다는 게 더 맞을 거야."

"유망님의 진정한 마음이십니까?"

"나는 아무 소리나 막 하지만, 마음에 없는 소리를 한 적은 없어."

"그러시다면 다행입니다. 헌원은 미친 것 같습니다. 제가 전쟁을 원하신 것 같던 유망님을 피해 헌원에게 간 것처럼, 지금 저는 전쟁에 미친 헌원을 피해 유망님께 돌아오고 싶습니다. 간사하고 뻔뻔하다 욕하셔도 할 수 없습니다만 저로서는 이 길밖에 없습니다. 지나족 전체 부족 중에서도 저희 부족은 주신이나 다른 부족과 전쟁을 하면서는 살아갈 수 없습니다. 주신이나 마갸르와 피도 많이 섞였고, 전쟁이 나면 집안이 서로 싸우는 꼴이 되는 집도 숱합니다. 저만 하더라도 주신에서 떠나 지나족이 된 지 백 년도 안 된 집안이라 들었습니다……."

금천과 유망은 술에 취해 이런 저런 이야기를 계속 늘어놓았고 급기야 같이 잠이 들었다. 그들 모두는 워낙에 취해 있었기 때문에 누가 막사 안의 이야기를 엿들을 수 있으리라고는 생각지 않았다. 그러나 그 이야기를 모두 들은 사람이 있었다. 그는 막사의 바깥 어두운 그늘에 숨어서 그들이 잠들 때까지 이야기를 듣다가 어둠 속으로 사라져 갔다. 유망은 새벽이 밝기 전에 형천과 축융을 깨워서 조용히 떠났고, 금천도 그때 일어나 유망과 마지막으로 몇 마디를 나누었다. 유망은 마지막으로 금천에게 작은 소리로 말했다.

"공상을 되찾는 거다. 이건 내가 약속하지."

금천은 고개를 끄덕였다.

그날 하루는 술기운을 빼려고 했는지, 자신의 생각을 검토하려는 것인지 별일 없이 지나갔다. 판천성 안은 조용했고 싸움을 걸지도 않았다. 성을 차지한 것은 유망이었으나 방어하는 입장인 치우비로서는 싸움이 나지 않는 편이 좋았다. 하루하루 시간이 지날수록 주변에서 몰려오는 동맹군들이 가까워질 것이며, 신시에서도 지원군이 올지도 모르니 말이다. 하루를 쉬면서 지친 몸과 마음을 쉬고 급하나마 판천 부근의 대나무 숲에서 벤 나무들로 모자라는 화살도 만들었다. 그런데 다음 날이 되자 돌연 연락이 들어왔다. 유망을 도와 왼쪽과 오른쪽에 다소 멀리 배치되어 있던 금천과 알유의 군대가 움직이기 시작한 것이다. 치베가 그것을 보고 지원군 도착이 멀지 않아 합류를 방해하려는 것이라 말했으나 치우비로서는 망설이지 않을 수 없었다. 지원군과의 합류야 치우비로서도 바라마지 않는 일이었지만 도우러 가기에는 거느린 군사가 너무나 적었다. 치우벌은 저것이 안 그래도 모자라는 주신 군대를 쪼개려는 계략이 아닐까 의심했다. 치우광은 지원군과 합류하지 않으면 앞날이 없다고 말하며 도우러 갈 것을 주장했다. 한동안 생각하던 치우비는 마침내 결단을 내렸다.

"그제 싸움에서 유망이 배를 다 잃었으니 쉽게 치고 나오지는 못할 겁니다. 더구나 부달 형의 꾀로 둑을 끊어 물도 불었고 하백족의 전사들이 있으니 당장 문제가 생길 것 같지는 않습니다. 제가 말 탄 사울아비들 약간만 거느리고 도우러 가도 도움이 될 겁니다."

치우비가 결정을 내리자 치우벌과 다른 사람들도 반대하지 않았다.

다만 부달이 음울하게 말했다.

"지금 금천과 알유의 군대가 움직임을 보이고는 있지만 헌원의 다른 부대가 도착하지 않는 것이 수상합니다. 서남에서 비휴와 끽구가 온다는 연락을 받은 지가 며칠이나 되었는데 아무래도 그것이 마음에 걸리는군요."

"저도 그것이 이상했습니다. 알아보았으면 합니다."

"정찰을 보내고 싶지만 부하들의 눈이 좁아 정확히 못 봅니다. 제가 직접 보고 왔으면 합니다만."

"부달 형이 직접 하시면 틀림없겠지요. 다만 몸을 소중히 하셔야 하니, 검은 옷 부하들을 데리고 가십시오."

부달은 치우비가 생각해 주자 살짝 웃었으나 일그러져 천으로 동여맨 얼굴인지라 음산하게만 보였다. 그것이 기분 좋은 웃음이라는 것을 치우비는 눈빛으로 알았다.

"웃뜸사울아비야말로 몸을 소중히 하십시오. 대주신의 웃뜸사울아비가 항상 싸움터 맨 앞에서 달리시는데 제가 몸을 아낄 이유가 없잖습니까? 정찰만 하는 게 아니라 기회만 된다면 공도 세워 보이겠습니다."

결국 부달을 서남으로 보낸 뒤 치우비와 치우광이 오백 명의 사울아비를 끌고 북동쪽의 구원에 나서기로 했다. 판천성 앞에는 진몽희의 하백족 및 다른 사람들이 남기로 했는데, 특히 치베의 활솜씨는 물을 건너 원거리 타격이 효과적인 이 상황에서는 천군만마 같았다. 그제 싸움에서 목격했듯 치베가 새로 개발한 강궁 솜씨는 물을 건너는 상황이라면 형천조차도 저지할 수 있을 것 같았다. 다만 질쾌가 금천의 부대와 맞선다는 이야기를 듣고 같이 가기를 자청했다.

"비 형! 아니, 웃뜸사울아비님! 금천과 우리 집안은 옛적부터 원수였소. 이렇게 그 집안사람과 싸움터에서 만나게 되었는데 몸을 피한다면 죽은 후에도 조상님들을 볼 낯이 없을 것이오. 나도 데려가 주시오! 금천을 잡아 조상님들의 원을 풀겠소!"

치우비는 난감한 표정을 지었다.

"질쾌 형. 우리는 지원군을 도우러 가는 것이지, 금천과 맞상대하러 가는 것은 아닙니다. 질쾌 형의 마음은 잘 압니다만 싸움에서 사사로운 마음을 가지면 안 됩니다."

질쾌는 치우비의 말을 곧 알아듣고 고개를 끄덕였지만 다시 말했다.

"제가 어리석었군요. 금천과 맞상대하지는 않겠습니다. 허나 같이 가는 것만은 허락해 주십시오."

질쾌가 끈덕지게 청하자 결국 치우비는 고개를 끄덕일 수밖에 없었다. 허나 치우벌은 나중에 넌지시 치우비에게 물었다.

"도대체 사람 고치고 굿하는 단군이 싸움터에는 왜 그리 나가려 하는지 모르겠다. 방해나 되지 않으면 좋은데…… 괜찮겠느냐?"

"제가 알기로 금천의 집안은 원래 주신에 있었는데, 질쾌의 집안과 큰 싸움이 있었나 봅니다. 그래서 주신에서 나가 부족을 세우고 지나족이 되었다는군요."

"백 년은 지난 이야기 같은데, 질쾌 집안의 원한이 그렇게 크단 말이냐? 도대체 금천…… 아니, 그의 할아비가 무슨 짓을 했는데?"

"그건 저도 알지 못합니다. 이번에 한번 물어보고 싶네요."

"좌우간 다 좋다하더라도 거치적거리지는 않을까?"

"질쾌 형이 단군이라 싸움터의 경험은 그리 많지 않습니다만 돌 던지는 재주가 대단합니다. 방해가 되지는 않을 겁니다."

"그렇다면 다행이지만."

치우비와 치우광이 거느린 부대는 질쾌를 보호하듯 중간에 넣고 대오를 짰다. 그다음 판천성 안에서 눈치채지 못하도록 뒤로 크게 돌아서

북동쪽으로 달려갔다. 정예병 중의 정예병인 기마대였기에 조금 돌아 간다고 문제가 될 것은 없었다. 말을 달리다가 치우비는 선봉을 치우광에게 맡긴 다음 말고삐를 늦춰 질쾌에게 다가갔다. 질쾌는 말을 탈 줄 알기는 했지만, 역시 단군 출신이기 때문에 이런 사울아비식 강행군에는 땀을 빼고 있었다.

"질쾌 형, 이렇게 달리기는 처음이지? 허허. 할 만하슈?"

치우비가 농을 걸자 질쾌도 먼지 땀을 슬쩍 옷소매로 훔치며 웃었다.

"아, 견딜 만하네."

"그런데 궁금하더군요."

"뭐가 말인가?"

"도대체 금천 집안과 맺은 원한이 뭐기에 이러는지 말이오."

그 말을 하자 질쾌는 얼굴을 굳혔다.

"그 집안 누군가의 목을 바치기 전에는 씻을 수 없는 한이네."

하도 냉랭하게 딱 잘라 말하는지라 치우비도 마음이 서늘해졌다. 그래도 넌지시 다시 물으려 하자 질쾌는 다시 한번 말했다.

"내 차마 입에 담을 수 없지만 그냥 그런 원한이라 여기면 된다네. 나중에 금천과 맞대면하면 알려 주겠네."

칼로 벤 듯한 말에 치우비는 입을 닫을 수밖에 없었다.

북동으로 가다 보니 멀리서 먼지구름이 일어나고 싸움이 벌어지고 있는 소리가 들려왔다. 급히 달려가 보니 전투는 상상 이상으로 심각했고 난전이었다. 치우비는 끼어들기에 앞서 조금 높은 곳을 찾아 올라갔다. 일대는 산세가 험하지 않고 넓은 평원이었기 때문에 조금만 높은 곳에 올라도 주변이 한 눈에 들어왔다. 치베만큼은 아니라도 눈이 밝은 치우비가 둘러보니 몽골족과 금천, 알유의 부대만이 싸우는 것이 아니었다. 몽골의 보돈차르가 이끄는 것이 틀림없는, 질서 정연한 기마대가 돌파를 계속 시도하고 있는데, 똘똘 뭉쳐서 방진을 형성한 지나족의 부대가 그것을 잘 막아 내고 있었다. 부하를 가르치는 데 최고라고 하는 금천의 정예 부대가 틀림없었다. 보돈차르의 기마대가 몽골족답게 무시무시한 위력으로 파도처럼 밀어붙이는데도 뚫리지 않고 거북 등껍질처럼 단단하게 방어를 하는 것이 일품이었다. 보돈차르의 부대가 물러나면 지나족에서도 기마대가 튀어나왔는데 그들은 절대 몽골족과 정면충돌하지 않고 후위만 노렸다. 반면 그럴 때는 몽골족 옆에서 돌 던지는 부대가 달려 나와 또 지나족의 기마대를 막았다. 그들은 마갸르의 와난수 와난강 부자가 이끄는 부대였다. 그곳에서 좀 떨어진 곳에서는 다른 싸움이 있었다. 이편의 질서정연한 싸움과는 전혀 양상이 다른, 대혼잡의 난전이었다. 얼핏 보아도 푸른색으로 몸을 칠한, 무섭게 연신 맹돌격을 감행하는 부대를 보고 치우비는 야율쿠리를 떠올렸다. 키탄의 야율쿠리가 여기 있다면 타타르족이나 미아우도 있을 것 같았는데, 혼전중이라 알아볼 수가 없었다. 이쪽의 전투는 질서 정연하지는 않되 처절한 악전고투라는 점에서는 더더욱 무시무시했다. 누가 누구와 싸우는지 알아보기도 힘들 정도로 엉클어져 섞여 버렸고, 언뜻 보아도 백 명 남짓의 소부대 단위로 제각각 고립되어 엉망진창의 혈전을 벌이고 있었다. 양편 모두 대부족장이 이끌고 있는데도 왜 이런 싸움이 되어 버렸는지 의아할 지경이었다. 치베만큼만 눈이 밝았다면 더 많은 것을 알 수 있었을 테지만 지금은 별 도리가 없었다. 치우비는 다시 말을 달려와 전투대형으로 바꾼 다음 난전중인 싸움터로의 돌진을 명했다. 질서 정연한 전투가 벌어지는 보돈차르와 금천 쪽의 진형은 그들이 끼어 봐야 큰 도움이 되지 않을 것이기 때문이다.

치우비의 부대는 겨우 오백 명이었지만 정예 중의 정예였으며 특히 치우비와 치우광 두 사람이 선두에 선 이상 돌파에는 더 이상의 진형이 없을 정도였다. 더구나 난전중에는 더더욱 거칠 것이 없었다. 치우비와 치우광의 부대는 창으로 찌르듯 혼전중인 부대 사이를 뚫고 들어가 일시적이나마 단숨에 양편을 떼어 놓았다. 먼발치에서 분전중인 낯익은 얼굴들이 보였으나 워낙 싸움이 치열하여 근접할 수는 없었다. 싸움으로 잔뼈가 굵은 치우비의 벗들이었으나 금천과 알유의 지휘도 제법이라 단숨에 돌파하기는 아무래도 문세가 있었다. 치우비의 부대가 여기저기를 헤집고 다니며 싸움을 흩뜨렸지만 전세 자체를 바꿀 수 있는 것은 아니었다. 전과로만 본다면 주신 쪽의 큰 승리라 할 법했는데도, 지나족은 많은 사상자를 내면서도 결국 밤이 될 때까지 지원군의 합류를 저지하는 데 성공했다. 치우비도 어쩔 수 없이 연락병 몇 명만을 보낸 후 본진으로 되돌아올 수밖에 없었다. 질쾌는 금천의 부대와 싸우지 못한 것을 안타까워했지만 별수 없었다.

　나중에 포위망을 숨어서 뚫고 돌아온 연락병의 이야기를 들으니 지원 부대 한 쪽이 크게 흐트러진 것은 지원군으로 함께 온 나단선우가 알유와 맞대결을 해서 둘 다 상처를 입는 바람에 그리 되었다고 했다. 그 때문에 훈족의 대오가 흐트러지자, 함께 오던 타타르족도 그들을 구하기 위해 덩달아 헝클어졌고, 이 때문에 야율쿠리의 키탄족과 초초문의 미아우 부대까지도 같이 혼전에 빠진 것이다. 이 문제는 지원군이 각자 부족의 전사를 끌고 왔기에 통일된 대장을 정하지 않아서 생긴 문제였다. 한 부대가 대장을 잃자 금시에 혼란에 빠지고 말았다. 천만다행인 것이, 지나족도 알유의 부상으로 효과적인 섬멸전은 펼치지 못하고 방어에만 그쳤던 일이다. 그러나 대장이 다쳐서 지휘를 못하는데도 방어전을 펴서 지원군을 막아 낼 정도로 이 부대는 정예였다. 또 다른 편의 보돈차르와 마갸르족은 나름대로 질서를 잃지 않았지만 금천의 철벽같은 방어에 가로막혔다. 그들도 잘 싸웠지만, 가만 보니 보돈차르의 몽골과 훈족은 뿌리 깊은 불화가 있어서 같이 싸우려 들지 않았다는 것이다. 손발이 맞지 않았다. 치우천의 큰 지휘 아래에서 이들은 형천에게도 지지 않는 강병 맹장들이었으나 구심점이 되는 지휘 없이는 금천과 알유의 부대도 돌파하지 못하는 상황을 낳았다. 치우비는 익히 느끼고 있었으나 이런 이야기를 전해 들은 다른 사람들은 치우천의 큰 시야와 전략적인 두뇌의 가치를 다시 한번 느낄 수 있었다.

아무튼 지원군과 합류하지 못한다면 결국 수적으로 열세인 치우비가 불리해지는 것은 당연한 일이다. 만약 유망이 이 기회를 틈타 전력전을 벌인다면 어떻게 할까? 사람들은 치우비의 무용에 다시 기댈 생각도 해 보았지만 진몽희가 거부했다. 지난번에 주술의 기력을 많이 써서 주술사들이 앓아누운 것이다. 또다시 그런 신술을 보일 형편이 못 된다는 주장이었다. 신시에서 지원군이 온다는 소식도 없었다. 더구나 밤이 깊어지자 부달이 돌아왔는데, 부달은 비휴와 끽구의 부대는 정예병들로 숫자만도 스무천에 달하는 많은 숫자라고 했다. 그런데도 그들이 움직이지 않고 있는 것은 뭔가를 꾸미고 있음이 분명하다면서, 부달은 나름대로 어떻게 대책을 세워야 한다고 강력히 주장했다.

치우비로서는 난감할 따름이었다. 직접 전투에 나선다면 어떤 상황에서도 굴하지 않을 자신이 있었으되, 이런 복잡한 상황을 임기응변으로 타개해 나가는 것은 힘에 부쳤다. 형의 그늘이 절실했지만 마음속으로만 부르짖는 수밖에 없었다. 결국 치우비는 밤 내내 제대로 쉬지 못하고 잠을 설쳤다.

그런데 다음 날이 되자 판천성 안에서 몇 사람의 무장하지 않은 사람들이 작은 배를 타고 나오면서 큰 소리로 외쳤다.

"염제 신농께오서 주신 웃뜸사울아비와 이야기를 나누고 싶어 하시오! 답을 주시오!"

때마침 작전 회의를 하러 모여 있던 주신 측의 수뇌부는 그 이야기를 듣고 흥미를 보였다.

"뭐 하는 걸까요?"

치우광은 어리둥절했고 치우벌은 긴장하며 말했다.

"크게 싸워 결판을 내자는 것은 아닐까?"

허나 부소다솔은 다른 이야기를 했다.

"난 오히려 싸움을 끝내자는 이야기 아닐까 싶은데?"

치우비는 부소다솔의 말에 흥미가 갔다.

"유망과 형천이 그리 만만한 사람들이 아니고, 군대의 숫자도 차이가 엄청난데 어떻게 그렇게 생각하십니까?"

부소다솔은 머리를 긁적였다.

"뭐 저쪽이 아무리 많다 해도, 지금 우리는 그럭저럭 잘 막아 내고 있잖은가. 조금 있으면 우리 편도 많이 올 것 같은데, 그렇게 되면 저쪽도 큰 망신을 당할지 모르지. 그러니 적당히 싸움을 끝내자는 것은 아닐지? 사실 나…… 나는 그편이 좋거든. 헤헤."

"원 사람도, 싱겁기는. 그렇게 마음대로 되겠어? 더구나 지원군이 합류하지 못하니 우리가 몹시 불리한데 말이야."

치우벌이 부소다솔에게 핀잔을 주며 치우비에게 말했다.

"웃뜸사울아비께서는 어찌하실 생각이신가?"

"이야기를 하자고 청하니 이야기를 해 봐야겠지요. 다만 제가 잘할 수 있을지……"

"웃뜸사울아비께서는 주신을 대표하는 대장일세. 아니면 웃뜸이라 부르겠는가? 신중히 생각하고 말하도록 하되, 어지간한 일이라도 과감하게 결단을 내리시게. 웃뜸사울아비의 말은 한웅님의 말이나 다를 바가 없고 싸움터에서의 권한은 한웅님과 마찬가지일세. 어떤 결단을 내리시더라도 모든 사울아비들이 따를 것이네."

치우벌이 격려하자 치우비는 힘차게 고개를 끄덕였다. 그러자 치우벌이 치우광과 함께 진 앞으로 나가 지나족의 사자들에게 외쳤다.

"웃뜸사울아비께오서 지나족의 염제 신농과 이야기하시겠다 하오."

"잘 알겠소. 그렇게 전하리다."

"그런데 어디서 어떻게 만나 이야기를 나누겠소? 싸움 도중에 대장끼리 만나 이야기하는 것이라 매우 조심스럽소."

"염제 신농께서 이미 말씀이 있으셨소. 아무 때나 가장 빨리 이야기하고 싶으시다오. 전사들이 무기를 잠시 놓게 하고 판천성과 주신의 진 사이, 양쪽의 화살이 닿지 않을 만큼 떨어진 배 위에서 만나자고 하시오. 증인이 될 다섯 사람씩만 동행하고, 아무도 무기를 들지 않으면 될 것이오."

치우광이 걱정이 되는지 소리를 질렀다.

"증인이 될 다섯 사람이라? 그럼 형천이나 축융도 나올 것 아니오? 그런 사람들이 같이 온다면 무기를 들지 않아도 든 것과 다를 바 없지 않소?"

그러자 지나족 사자도 맞받아쳤다.

"주신의 웃뜸사울아비께서도 무기 없이 누구든 이길 수 있는 분인데 무엇이 두렵소?"

그 말을 듣고 치우벌이 치우광의 입을 막았다.

"그 말이 맞다. 무기 없이는 형천이 나오더라도 네 형을 해치기는 어려울 거다. 더구나 유망은 그만한 힘이 없으니 이건 도리어 유망이 위험을 감수하는 것이라 봐야지."

"그래도 혹시 화살이라도 날린다면요? 무슨 나쁜 꾀를 꾸민다면 어쩝니까?"

"염제 신농이라는 위치로 보아 그런 짓을 대놓고 하지는 못한다. 그럴 만큼 작은 인물도 아니고. 우리가 결정하는 것이 아니라 비가 결정하는 것이니 우리는 전하기만 하면 된다."

치우벌은 딱 잘라 말하고는 지나족의 사자에게 외쳤다.

"잘 알겠소. 웃뜸사울아비께 전하여 답을 받아오겠소."

치우광은 불안한 기색이었으나 말없이 치우벌의 뒤를 따랐다. 허나 치우비는 치우광의 불안함과는 달리 한마디로 승낙했다.

"좋겠군요. 유망과 이야기하는 것은 태산 회의 이후로 처음입니다. 반가운 기분마저 드는군요."

"언제로 하는 것이 좋겠소?"

"오늘은 너무 급하고, 내일 아침으로 하지요."

"알겠소, 치우웃뜸."

치우벌이 말을 전하러 나가자 치우광은 어린애처럼 칭얼거리듯 말했다.

"비 형님, 조심하셔야 합니다."

치우비는 여유 만만했다.

"유망이 좀 이상했었지만 지금은 멀쩡해졌다고 하더군. 그러니 걱정하지는 않아도 될 거야. 내가 이상한 꾀를 꾸며 유망을 치면 주신 망신이 되는 것처럼, 유망도 그런 짓은 하지 못해. 그럴 사람도 아니고. 그러니 염려 마라."

"그럼 저도 갑니다. 저도 뒤에 서게 해 주십시오."

"유망과 이야기하는 데 같이 간다는 것은 증인이 되기 위해서이고, 말이 막히거나 결단을 내리기 어려울 때 도움을 받으려는 것이다. 경험 많은 분들이 좋을 것 같다. 너는 자꾸 불안하게만 생각하는데 정말 불안한건 내 몸이 아니라 거기서 무슨 이야기가 오가느냐다."

치우비는 일단 경험 많은 치우벌과 계산에 밝은 부소다솔이 같이 가야 한다고 생각했다. 그러고 나니 세 사람이 남는데, 치우광, 부달과 질쾌를 데리고 가는 방법이 있고 진몽희, 치베와 앞서의 세 명 중 한 명을 데리고 가는 방법이 있었다. 주신군으로서의 결단이 필요하다면 전자가 맞는 셈이고 다른 부족의 입장도 대변한다는 의미로는 후자가 맞는 셈이다. 진몽희는 부족장이지만 어린데다 물 주술 말고는 도움이 될 일이 적었다. 영리하기는 하지만 다른 부족과 교류를 거의 하지 않은 하백족 출신으로 유망과의 담판에 제대로 임할 것 같지 않았다. 치베는 친한 벗이고 유명한 장사지만 정작 같이 나가야 하는 것은 그가 아니라 보돈차르였다. 그러나 보돈차르는 합류하지 못한 상황이다. 보돈차르라면 믿고 나가도 되겠지만 치베를 데리고 나가면 보돈차르에게 실례되는 일이 되지는 않을까 걱정되기도 했다. 어떻게 해야 하나 한참이나 고민하다가 결국 치우비는 주신 사람들만 같이 가되 치베나 진몽희 등에게는 조언과 양해를 구하는 쪽으로 결정을 내렸다.

기묘한 고백

칠월칠석 장생전 안 사람 없는 어두운 밤 그대 함께 그늘에서 다정하게 속삭일 때
바라건대 하늘에서 비익조로 어울리고 바라건대 땅에서는 연리지로 얽히기를
— 백거이(白居易), 「장한가(長恨歌)」에서

치우천은 동쪽으로 향하고 있었다. 몸이 만신창이가 되었고 제대로
아버지의 장례를 마치지도 못했지만 특유의 고집을 발휘하여 계속 더
빨리 움직이라고 재촉만 해 댔다. 치우천은 말조차 탈 수 없는 지경이라
마누라님이 내준 한웅의 가마에 몸을 싣고 있었다. 그 가마는 한웅이 타
는 것이었는데 주신 한웅의 표식만을 떼어 낸 것이었다. 거기에 타고 간
다는 것은 치우천의 몸을 위함도 있었으나 동쪽의 귀족에게 치우천이
한웅의 인정을 받은 정통 후계자임을 입증하는 계기도 될 수 있었다. 그
래서 비렴이 제안했고, 부소구슬이 군말 없이 응했다. 그러나 막상 가마
위에 탄 치우천은 엉망이 된 몸 상태는 생각도 하지 않고 말을 타고 가
면 빠른데 느리기 짝이 없다고 불평을 쏟았다. 치우천 일행은 치우천의
주장대로 군대를 거느리지는 않았으나 비렴, 병예, 신지울태의 삼사와
맥달이 함께하고 있었는데, 병예는 치우천의 평소답지 않은 행동을 의
아하게 생각하고 한번은 신지울태에게 넌지시 말을 걸었다.

"운사님. 저…… 치우웃뜸이 평소와 다른 것 같지 않소? 저렇게 신

경질을 부리는 성격이 아니었는데······."

병예는 걱정이 되어서 한 말인데 신지울태는 할머니답지 않게 얼굴까지 붉히면서 배시시 웃었다.

"그게 뭐 문제가 되는 것이어요?"

"아니, 특별히 문제랄 것은 없지만······."

"우사님은 모르시겠사와요? 저 아이는······."

"아이라니요. 치우웃뜸인데다가 다음 한웅이 되실지도 모르는데!"

"그 말이 맞는 것이지요. 허나 아무리 총명하고 엄청난 일을 해내었어도 아이는 아이인 것입니다. 저 아이, 부끄러움을 타는 것입니다."

"예?"

병예는 멍한 표정이 되었다. 우사 병예는 단군 출신으로 백 살에 가까운 나이임에도 장가를 들어 본 적도 없고 여자와 사귀어 본 적도 없었다. 애당초 천재도 아닌데다 키가 작고 볼품없이 생겨서 여자들에게 인기가 없었고, 그 때문에 주술과 일에 매달려 칠십이 넘어서야 빛을 보아 우사가 되었다. 그러한 노력 때문에 현재의 병예가 되었지만 반면 주술이나 단군의 업무 외의 인간 생활에 대해서는 밝을 것이 없었다.

"저는 무슨 말씀인지 잘 모르겠소이다. 치우웃뜸이 부끄러움을 타다니요. 대체 누구에게······."

"치우웃뜸 같은 젊은 영웅과 어울릴 만한 사람이 세상에 어디에 또 있는 것이겠어요? 호호."

신지울태는 다시 한번 소녀처럼 웃었다. 병예도 이제야 짐작이 갔다.

"아! 그러면 소문대로······!"

"치우웃뜸이야 올바른 사람이니 주신 안의 헛소문을 믿을 것은 없을 것이에요. 그러나 둘이 마음에 있다는 것은 누가 보아도 분명한 일인 것이에요. 그러니 치우웃뜸은 계면쩍은 것이에요. 젊은 사람들은 어쩔 수가 없는 것이지요. 그것을 척 봐서 모르시는가요? 호호."

병예는 고개를 저었다.

"나는 전혀 모르겠구려."

병예는 무심코 몇 마디를 하려다가 도로 삼켰다. 신지울태라면 그런 마음을 누구보다 잘 알 것이라고 말하려 했는데 그것은 신지울태의 오랜 상처를 건드릴지도 모를 말이었다. 오래전의 이야기였지만 젊은 시절의 신지울태는 신시 안에서 제일가는 미녀로 뭇 청년들의 선망의 대상이었다. 병예야 당시에는 신지울태에게 말을 걸 용기도 여유도 없었지만 신지울태의 이야기와 연애담은 귀가 닳도록 들어 왔다. 더구나 신지울태는 누구도 멀리하거나 빼지 않고 누구와도 즐겁게 이야기를 나누고, 함께 산책하거나 구경을 다니기를 마다하지 않았다. 덕분에 그녀를 연모하는 사람이 신시 안에 넘쳐서 결투와 싸움도 수십 번은 벌어졌다. 사실인지는 알 수 없지만 죽은 사람도 생겼다는 소문이 있었다. 그러나 정작 신지울태 본인은 많은 남자들과 친구로 사귀었을 뿐, 누구에게도 마음은 주지 않았다. 그녀는 어느 날 젊은 나이에 결혼하지 않고 하늘에 자신을 바치는 의식을 마친 뒤 운사의 길로 들어서고 말았다. 풍백과 우사는 결혼을 할 수 있지만 운사는 대부분 결혼하지 않는 것이 통례였다. 그 일에 낙담하여 자신의 모든 것을 버리고 어디론가 떠나 버린 청년들이 숱해서 신시가 휘청했다는 소문까지 있었다. 나중에 우사가 된 이후 신지울태와 접해 본 병예는 모든 것이 신지울태가 해 왔던 일종의 공부였다는 것을 알게 되었다. 글자 주술도 있지만 앞날을 점치고 사람들의 앞길을 점지해 주는 일도 하는 운사의 길에는 사람의 마음을 배우고 아는 공부가 무엇보다 컸다. 그 때문에 신지울태는 누구에게든 배우는 마음가짐으로 친절하게 대하고 마음을 통하려 했는데, 그것이 오해를 산 것이다. 신지울태는 그런 과거 때문에 치우천의 상태도 단박에 짚어 낼 수 있었다. 허나 과거 원치 않게 남의 마음에 상처를 입혔다는 것을 내내 슬프게 생각해 왔다. 병예가 말을 더 꺼내지 않고 삼킨 이유도 거기에 있었다. 그러나 도리어 신지울태가 병예를 위로하듯 말했다.

"제 지난 허물 때문에 그런 마음 가지실 필요는 없는 것이에요. 오래전에 지나 버린 일이고, 저는 늙은 할망구일 뿐인 것이에요. 호호."

병예와 신지울태가 무슨 이야기를 하건 비렴은 항상 진중하고 조용했고 말이 없었다. 그는 자신의 일은 꼼꼼히 수행하고 속내를 비추지는 않았지만, 그런 그도 간혹 밤에 쉴 때는 달을 바라보며 한숨을 쉬기도 했다. 그는 어릴 때 헤어졌다가 다시 만나게 된 비융을 생각하고 있었다. 치우 형제나 보통 사람들은 비울걸이라 불렀으되 비렴에게는 비융이었다. 그는 극적인 순간에 치우천을 구했고, 당연한 이야기지만 처벌을 받지도 않았다. 오히려 큰 상을 받을 수도 있었는데 또다시 도깨비처럼 사라져 버려, 비렴을 안타깝게 만들었다. 비렴은 치우천에게도 비울걸의 행방을 물었으나 애당초 도깨비 같아서 온다 간다 말조차 없는 기인이라 치우천도 비렴을 도와줄 수 없었다. 비렴은 강직하고 빈틈없는 사람이지만 그렇게 딱딱하게 살았기에 어린 시절 쌓은 정은 더욱 간절한지도 몰랐다. 비렴은 내내 안타까워했고, 비융을 다시 보고 싶어 했다.

그러나 제일 큰 고민을 안고 있는 사람은 치우천이라 할 수 있었다. 치우천은 언뜻 보기에도 뺨이 푹 파여 보일 정도로 쇠약해진 상태였다. 허나 지친 내색을 보이기커녕 신경질까지 부려 대며 사람들을 독촉했다. 그가 서두르는 것을 보고 사람들은 그의 몸 상태에 큰 걱정은 없다고 생각했다. 그것은 오해였다. 그가 쇠약해지는 더 큰 이유는 늦은 밤에도 잠을 이루지 못하고 며칠째 밤잠을 설치고 있어서였다. 비록 막사를 치고 바람을 막았으며 가죽을 푸짐하게 깐 편한 자리에 몸을 뉘였고, 거기에 누운 채로 조용히 있기에 편히 자는 줄 알고 있었으나 실제로 치우천은 하루도 제대로 잠을 이룬 날이 없었다. 억지로라도 잠을 이루려고 해도 잠을 잘 수 없었다. 그런데 길을 떠난 지 닷새째 되는 날 깊은 밤, 치우천이 누워 억지로 잠든 척하고 있는 막사의 장막이 스르르 걷히며 누가 조용히 들어섰다. 자고 있지 않았던 치우천은 본능적으로 귀를 기울였다. 조용했지만 특별히 발걸음을 숨긴 것도 아니어서 나쁜 마음을 품은 적 같지는 않았다. 하긴 삼사가 근처에 있는데 막사에 적이 몰래 숨어들 일은 아예 없다고 보아도 과언이 아니다. 부하 중 누구이거나 삼사 중의 한 명이 자신의 상태를 보러 온 것 같았다. 귀찮아진 치우천은 계속 자는 체하며 버티려고 했다. 헌데 조용한 가운데 치우천의 귀에 또렷하게 들리는 고운 목소리가 그를 움찔하게 만들었다.

"주무시지 못하는 것 알고 있사옵니다."

치우천은 놀라 벌떡 몸을 일으켰다. 바로 맥달의 목소리였다.

"맥달 선인님 아니시옵니까? 어찌 이런 늦은 밤에……."

치우천은 불측한 생각에 한 말도 아니었지만, 자신이 무심코 꺼낸 말에 저절로 머리가 돌아가서 얼굴이 붉어지며 말꼬리를 흐렸다. 한마디로 당황스러웠다. 솔직히 맥달은 아름답고 마음도 기울고 있었으나 애초부터 그런 상상을 하기에는 너무나도 숭고한, 사람 같지 않은 선인이었다. 맥달은 당황하지 않고 싱긋 웃으며 말했다.

"별일은 아니옵니다. 치우웃뜸께오서 잠을 이루시지 못하는 것 같사와, 잠을 이루시라 술을 가지고 왔사옵니다. 드시지요."

"제가 몸이 안 좋아서 삼사께오서 걱정하시는데, 제가 술까지 마신다면 병이 더 심해지지 않겠습니까?"

"몸의 병이라면 권하지도 않지요. 허나 치우웃뜸께서 언짢으신 것은 마음의 탓이니, 술이 약이 될 수도 있겠지요."

그 말을 듣자 치우천은 자신도 모르게 피식 웃었다.

"제가 제정신은 아닌가 봅니다. 다른 분도 아니고 맥달님이 모르실리 없지요."

"아니옵니다. 무슨 예언을 하는 것이 아니옵고 다만 제가 보기에 그래 보인 것뿐이라 걱정이 되어 한 짓입니다. 바라지 않으신다면 도로 가지고 나갈까요?"

맥달이 웃으며 하는 소리가 분명 농담조라 믿기조차 어려웠다.

"농담이시겠지요? 제가 먹다 죽는 한이 있어도 이런 좋은 향기가 나는 술을 마다하지는 않습니다. 더구나 저를 훤히 알고 계신 선인께서 권하시는데 제가 어찌 마다하겠습니까?"

치우천은 당황스러워 머리와 입이 잘 돌아가지 않았다. 이미 치우천은 청년기도 중반에 접어들고 있고, 소녀와 결혼 생활도 누려 본 사람이다. 늦은 야밤에 여인이 몰래 잠자리에 들어와 술을 권하는 것은 아무리 머리가 좋은 치우천의 두뇌로도 한 가지밖에는 생각나지 않았다. 더구나 스스로 주체할 수 없을 정도로 마음이 끌리고, 더없이 다정하고 가련하기도 하며, 자신을 위해 마지않는 여인이다. 허나 조금만 생각을 바꾸어 본다면 상대는 사람이라고 볼 수도 없을 선인이다. 아리땁되 사람의 손이 닿지 않는 꽃과 같았다. 미래를 훤히 들여다보며, 자부 선인의 밑에서 컸고 전설로 숭배해 마지않는 자오지나 맥을 가족처럼 여기며 죽었다가도 살아나는 사람이다. 그와 얽힌 문제는 더 많았다. 그녀의 마음은 순수했으나 그녀 때문에 소녀와 꾸렸던 가정은 파탄이 났고, 과정이야 어떻든 결과적으로 아버지의 죽음이라는 결과를 낳았다. 또한 자신은 그녀와 아무런 사감이 없다고 수십 번 가까이 공언하기까지 했다. 개인적인 이야기를 떠나 공적인 자리에서도 그랬고 소녀에게도 여러 번 맹세까지 했다. 신시에 지저분한 소문이 돌기까지 했으니 공적으로도 곤란했고, 사적으로도 그녀와 맺어진 것은 소녀가 알면 그럴 줄 알았다며 소리라도 지를 것 같았다. 심정적으로는 모두 용납하기 힘든 일이다. 아니, 잘 돌아가는 치우천의 머리로도 맥달과의 관계는 너무도 복잡하여 판단커녕 일일이 생각하기조차 힘들었다. 그러나 맥달이 조용히 웃으며 권하는 술은 거부하기 힘들었다. 거부할 마음조차 들지 않았다. 번민과 고통에 싸여 있던 순간순간들이 단지 그녀가 옆에서 웃고 있는 것만으로도 치유되는 것 같았다.

"제가 예전에 심한 이야기를 많이 했지요?"

계속 말없이 술을 들이켜던 치우천이 여섯 번째 잔을 비우고 나서 맥달에게 말했다. 맥달 또한 그때까지 계속 말없이 웃고만 있었는데 치우천이 말을 걸자 그제야 곱게 대답했다.

"제 목을 치겠다고까지 하셨지요?"

"하하…… 정말…… 정말 죄송합니다. 그때 생각을 하면 낯이 뜨거워져 견딜 수가 없습니다."

"아니옵니다. 저는 되레 반가웠사옵니다. 말씀은 험하셨어도, 저를 이해해 주신 분은 치우천님뿐이셨으니까요."

"아…… 이야기가 나왔으니 말입니다만…….."

치우천은 말하다 말고 고개를 휘휘 저었다.

"……어……. 이상하군요. 이 정도 마시고 이렇게 취하다니 하하…… 술이 독한 모양입니다. 하하."

맥달은 그냥 싱긋 웃을 뿐이었다.

치우천의 막사 밖에는 신지울태와 병예 두 사람이 눈을 크게 뜨고 서 있었다. 신시에서 지혜롭기로 소문났고 이미 많이 늙은 두 사람이었지만 두 사람의 눈에는 호기심이 가득했다. 나이는 제일 많지만 평생 홀몸으로 지낸 병예가 아주 조그마한 소리로 신지울태에게 먼저 물었다.

"이거…… 이거……."

그러자 신지울태도 혹시나 안에 들릴까 봐 작은 소리로 말했다.

"그것 보아요. 제 말이 맞는 것이에요. 치우웃뜸은 남자답지만 이것 하나만은 참 못난 것이에요. 여자가 먼저 말을 꺼내게 만드는 것 말이에요."

"서로 좋은데 남자가 먼저 말하거나 여자가 먼저 말하거나 무슨 상관이겠소?"

"우사님은 몰라도 너무 모르시는 것이에요. 이런 일은 너무도 드문 것이에요."

"난 몰라도 상관없는데, 이거 괜찮을지 모르겠소. 사실 신시의 법도 대로라면 이것은 안 될 일이잖소. 아비를 여읜 지 얼마 되지도 않았고, 소문도 좋지 않으며, 때도 좋지 않은데 말이오."

"그건 이야기가 되지 않는 것이에요. 오히려 때가 좋지 않아 위험하니 지금 아니면 영영 때가 없을지도 모르는 것 아니겠어요? 그리고 법도에 얽히고, 그것을 어길 만큼 두 사람이 지혜가 없다고 여기시는 것은 아닐 테지요?"

"아…… 뭐……."

그러자 어느새 나타났는지 뒤에서 비렴의 목소리가 들려왔다.

"두 분께서는 무엇 하고 계십니까?"

신지울태와 병예는 화들짝 뒤를 돌아보았다. 여전히 표정조차 변하지 않는 비렴의 근엄한 얼굴이 보였다. 비렴은 아직 중년이라 병예나 신지울태보다는 한참 어렸지만, 근엄한 기색 때문에 간혹 그가 연장자 같다는 착각이 들게 하곤 했다. 지금도 마찬가지였다.

"아…… 풍백이신가. 아니, 별것 아니네. 그냥 걱정이 되어서……."

병예가 주춤거리자 비렴은 딱딱하기 이를 데 없게 말했다.

"어르신이 이러시면 아니 됩니다."

그러면서 비렴이 손짓으로 막사에서 멀어지라는 듯 재촉을 하자 두 사람은 어쩔 수 없이 비렴을 따라 약간 떨어진 곳으로 걸음을 옮겼다. 그러고 나자 신지울태가 말했다.

"풍백님은 궁금하지도 않사와요?"

"무엇이 궁금하겠습니까? 아무 일도 일어나지 않을 것인데요."

"그건 무슨 말씀이신지요?"

"아니, 아무 일도 일어나지 않는다기보다는 두 분이 궁금해하는 일은 일어나지 않는달까요?"

비렴의 거침없는 말에 신지울태의 얼굴이 붉어졌다.

"궁금해하는 일이라니요?"

한편 조금 더 술을 마신 치우천은 풀린 목소리로 말했다.

"앞날을 아는 맥달님이 위험하다고, 없어져야 한다고도 생각했지만…… 그 뒤로 또 생각한 게 있습니다. 앞날을 안다는 것, 슬프더군요. 몹시 슬프고 힘든 일이더군요……. 그리고 나니 또 생각이 들더군요. 그럼 나는 어떨까? 나는 머리를 써서 전쟁에서 이깁니다. 칼을 쓰지 않고 도끼도 휘두르지 않고, 활을 쏘지도 않습니다. 그렇지만 나는 싸움에서 이깁니다. 적이 어떻게 움직일지, 적이 이번에는 어떻게 나오며 무슨 생각으로 꾀를 쓸지, 깊이 생각하여 미루어 짐작할 수 있기 때문이더군요. 그럼 그게 앞날을 읽는 것과 무엇이 다르겠습니까? 꼭 맞는다 할 수는 없어도 앞날을 읽는 것 아니겠습니까?"

치우천은 단숨에 말하고 술을 따라 훌쩍 들이켜더니 말을 이었다.

"나는 그런 꾀를 씁니다. 그리고 그 꾀가 맞는다고 믿고 내 아우와 내 벗들과 내 부하들을 그리로 몰아넣습니다. 여태까지는 거의 맞혀 왔습니다. 하하. 나도 앞날을 읽는 사람이었던 겁니다. 더구나 그런 꾀로 사람을 부리고 그 재주로 제법 뻐기기도 하면서 앞날을 읽는 자는 무서운 자이며 위험하다고 내 입으로 말했으니……. 하하. 그 말대로라면 스스로 내 목을 쳐야 마땅할 것 아니겠습니까?"

치우천은 술기운에 이끌리듯, 이번에는 잔도 팽개치고 작은 단지 모양의 술병을 양손으로 들어 얼굴에 반쯤은 쏟아 붓듯 술을 들이켠 다음 다시 말했다.

"그러고 보니 사람 사는 일이 다 마찬가지더군요. 겨울이 오면 봄이 올 것을 미루어 짐작합니다. 싹을 뿌리고 물을 주면 낟알이 나올 것을 짐작하여 농사를 짓습니다. 여기쯤이면 짐승이 올 줄 알고 덫을 칩니다. 이렇게 가르치면 자식이 지금보다는 잘될 것이라 여기고 아이를 가르칩니다. 하하. 모든 사람이 앞날을 알고 싶어 하고, 제 힘 닿는 대로 앞날을 읽고 대비하여 사는데, 누가 맥달님을 두려워하고 욕할 수 있단 말입니까? 사람이란 것 자체가 자신의 앞날을 짚으려는 싸움을 벌이며 산다고 할 수 있잖겠습니까? 그런 주제에……! 그런 주제에……!"

치우천은 처절하게 스스로를 비웃는 소리를 내다가 말했다.

"맥달님, 당신은 강한 분입니다. 그리고 좋은 분입니다. 모든 것을 알면서도 스스로 구하는 바가 없으니 누구보다 좋은 분입니다. 저 치우천, 당신을 질투한 것 같습니다. 맥달님을 위험하다고 한 내가 맥달님의 힘을 가장 갖고 싶어 하고 가장 질투했는지도 모릅니다. 앞으로는 그러지 않을 것입니다. 절대 그러지 않고…… 아…… 이거……."

치우천은 끝내 말을 끝내지 못했다. 취한 듯 고개를 푹 숙이고 있었으나 분명 그는 마지막 말을 하지 않은 것이 아니라 하지 못한 것이다. 맥달은 계속 빙긋이 웃으며 치우천의 모습을 보다가 말했다.

"저는 그렇게 무서운 여자라서, 저에게 거짓 취한 척은 통하지 않는

답니다."

그 말에 치우천은 고개를 숙인 채 대답했다.

"이번에는 틀리셨습니다. 저는 정말 취했습니다."

맥달은 말했다.

"저에게 말씀하지 않으셔도 제가 안다고 여기지는 말아 주십시오. 저는 보기보다는 고집 센 아낙입니다. 제가 모른다거나, 보려 들지 않는다고 말하지는 않겠습니다. 허나 제게 말씀하지 않으신 것은 저 또한 말씀하시지 않은 것으로만 받아들일 뿐입니다."

치우천은 여전히 고개를 푹 숙인 채 말했다.

"이미 제가 할 말을 알고 있다 믿으시니, 더더욱 말할 용기가 나지 않는군요. 치우웃뜸이니 뭐니 하지만 저는 이정도로 마음 약한 졸장부일 뿐입니다."

"치우웃뜸님은 누구보다도 굳센 분입니다. 수십천의 군대도 두려워하지 않고 신수도 이겨 내는 분이 마음 약하시다니요."

"그런 것들은 두렵지 않은데…… 지금은 무척이나 두렵습니다."

치우천은 웅얼거리듯 말하다가 마침내 아주 작은 소리로 말했다.

"맥달님, 저와 함께 있어 주십시오. 앞으로 계속…… 우리가 안파견 한님 곁으로 가기 전까지 계속 말입니다……."

그 말을 듣는 순간에도 맥달은 빙긋이 미소를 머금고 있었으나 이내 왈칵 눈물을 터뜨렸다. 구슬같이 맑은 눈물이 계속하여 목걸이를 이룬 듯 줄줄 떨어져 내렸다. 그러나 그녀의 얼굴은 한없이 밝았다. 치우천은 여전히 고개를 푹 숙인 채 코 막힌 소리로 말했다.

"세상에 이런 꼬락서니로, 이렇게 청혼을 한 바보는 저밖에 없을 것입니다. 마음이 끌리는데도 끝까지 우겨 대며 고집을 피운 멍청이도 저밖에 없을 것입니다. 저 때문에 죽음까지 겪게 만들고, 수없는 창피와 시련을 겪게 하고서도 이런 소리를 하는 뻔뻔스러운 사람도 저밖에 없을 것입니다. 그러고도 용기가 모자라 고귀한 분이 먼저 움직이시고 나서야 말을 꺼내고, 그런 지금도 감히 고개도 들지 못하는 남자답지 못한……."

"아니옵니다. 아니옵니다. 같이 있겠사옵니다. 정말로…… 저도 정말 그것을……."

맥달은 계속해서 눈물을 펑펑 쏟았으나 그것은 감격의 눈물이었다. 치우천은 고개를 들고, 주저주저하면서도 용기를 내어 맥달의 곁으로 다가갔다. 맥달은 수줍은 표정만 지었을 뿐 조용히 앉아 있었다. 치우천은 마침내 손까지 약간 떨면서 맥달의 어깨를 안아 고개를 기대었다.

"맥달님, 아니 맥달…… 나를…… 나를 용서해 주시오……. 사실 나는 머리 좋고 꾀 많은 치우천이 싫소."

"아니옵니다."

맥달은 손을 들어 치우천의 머리를 쓰다듬었다. 편안한 손길이었다. 치우천은 계속 중얼거렸다.

"나는 무책임하오. 솔직히 지금 당신 문제에 대해서는 아무런 대책도 없소. 그런데도 나는…… 나는 당신을 원하오. 정말 원했고, 그 때문에 아닌 척했소. 죽을 각오로 아닌 척했으되 결국은 원할 수밖에 없구려. 내 고집 때문에, 내 어리석음 때문에 우리는…… 우리는 너무도 먼 길을 돌아왔구려. 나는…… 나는 정말 미안하오. 당신에게 미안하고 내 주위의 모든 이들에게 미안하오……."

"치우천님……."

"내가 맥달이라고 부르오. 그런데도 치우천님이 무엇이오?"

"그럼 무엇이라 부르오리까? 희네라고 할 수는 없지 않겠습니까?"

맥달은 여전히 눈물을 흘리고 있었지만 전에 없이 활짝 웃음을 머금고 있었다. 서로 눈이 마주치지는 않았지만 치우천은 너무도 편한 표정으로 맥달의 어깨에 고개를 기대고 있었고 맥달의 손은 보석이라도 어루만지듯 치우천의 머리를 계속 쓸어 주고 있었다. 두 사람의 표정은 밝았고, 편안했다.

"천이라 불러 주시구려."

"천……."

"좋구려!"

치우천이 익살스럽게 웃자 맥달도 가볍게 풋 소리를 내며 웃었다. 오랫동안 쌓인 앙금이 풀린 듯, 둘은 깍듯이 존대하던 방금까지의 시간이 존재조차 하지 않은 것처럼 편하게 이야기를 나누기 시작했다. 방금 청혼을 했건만 이미 몇 년은 같이 산 부부와도 같았다.

"에구머니나. 에구머니나."

신지울태는 비록 막사에서 멀리 있었지만, 그녀의 귀신같은 재주는 막사 안에서 두 사람의 몸이 맞붙은 기척까지 느낄 수 있었다. 신지울태가 붉어진 얼굴로 연신 탄식하자 병예도 얼굴이 불그레해져서 말했다.

"아이구, 두 분이 결국?"

그것을 보고 비렴은 혀를 쯧쯧 찼다.

"이 모습을 신시의 다른 사람들이 본다면 우사와 운사라 하오리까? 어르신들이 어찌 아이처럼 구십니까?"

"아, 운사 우사는 사람도 아닌가? 궁금하지 않은가? 아, 이거 그렇다고 말릴 일도 아니고! 끼어들 일도 아니고! 미치겠구먼그랴!"

병예가 항의하자 신지울태도 말했다.

"궁금하다기보다는, 두 분은 이제 신시에서 아주 중요한 분들인 것이에요. 저로 인해 좋지 못한 소문이라도 나게 된다면……."

그러자 병예가 말했다.

"소문은 무슨! 나도 안 내고, 우사도 안 내고, 풍백도 안 내면 누가 소문을 내! 소문내면 내가 없애 버리겠소!"

"꼭 말로 내는 소문을 말하는 것이 아닌 것이에요. 혹시 아이라도 들어서면 그 일을 감당하기가……."

비렴은 기가 막힌다는 듯 힘없이 허허 웃다가 아예 고개까지 설레설레 저었다.

"내, 이때껏 그리 안 봤는데 두 분, 너무 어린아이 같습니다그려."

"맘대로 생각하시게! 나는 치우웃뜸이 걱정되어서 그런 것뿐이니! 치우웃뜸의 꾀야 아무도 당할 사람이 없지만 뜬소문만은 당하지 못해! 치우웃뜸이 그동안 뜬소문들 때문에 얼마나 다쳤고 해를 입었는지 몰라서 그러시는가?"

"맞는 말인 것이에요!"

비렴은 비웃는 기색을 거두고 진중하게 말했다.

"제 말씀이 심했다면 어르신들이 용서해 주시길 바랍니다. 허나 치우웃뜸이 어떤 사람입니까? 우리가 생각하는 그런 것들 하나 생각 못할 사람 같습니까? 저 두 사람, 사랑을 확인했지만 더 이상의 일은 안 합니다. 두 사람 다 책임을 알기 때문이죠. 정식으로 절차를 밟아 혼례를 치르지 않았으니 더 이상 다른 일 없고 밤새 이야기나 나눌 것입니다."

비렴이 차분하게 말하자 신지울태와 병예는 믿지 못하겠다는 듯 말했다.

"험험…… 아무리 그래도 젊은 두 사람이……."

"그러게 말이에요. 더구나 늦은 밤이고 술기운도 있는 것인데……."

"저는 그렇게 믿습니다."

"풍백이 어찌 그리 잘 아십니까?"

그러자 비렴은 조금 얼굴을 돌리며 말했다.

"우사 어르신, 저는 이래 봬도 장가를 든 사람입니다. 아이도 둘이나 있습니다."

"허……. 내가 그걸 모르겠소? 홀로 늙었다고 아무것도 모르는 망령 든 늙은이로 아시는 거요?"

"아닙니다. 다만 제가 장가들 적에 저랬습니다. 하지만 저도 아무 일 없이 지냈지요. 하물며 치우웃뜸이 그러겠습니까? 무슨 밤이 어떻고, 술기운이 어떻고, 다 핑계입니다. 남자가 세상에 할 일을 걱정하고 처신을 하는 것이지 무슨 욕구에 휩쓸려서야 어디……."

신지울태는 한숨을 쉬며 말했다.

"풍백님이야 그럴 만도 하실 것이에요. 하긴 치우웃뜸도 그럴 수 있 겠지요. 아니, 그런 것 같은 것이에요……."

병예는 비렴에게 넌지시 물었다.

"그런데 풍백, 자네 안사람께서 자네에게 불만 없으신가?"

"험험…… 저만 믿고 잘 살고 있습니다. 갑자기 웬 말씀이십니까?"

신지울태도 한숨을 쉬며 중얼거리듯 말했다.

"풍백님 안사람, 뵌 지가 오래된 것이에요……. 이번에 다시 가면 찾 아서 이야기 동무라도 해 드려야 할 것이에요. 너무너무 안된 것이에 요……."

"예? 아니 우사님 그게 대체 무슨……?"

그러자 병예가 비렴을 막아서며 말했다.

"아니야, 아냐. 됐네, 됐어. 에이! 이젠 기분도 잡쳤네그려. 우리 그만 들어가서 잠이나 자자고."

"우리가 처음 보았던 때를 기억하시나요?"

"다 잊어버린 것 같구려."

"농담 마시고요."

"내 어찌 잊겠소? 당신은 몹시도 깡마르고 가냘픈데다가 더럽기 짝이 없어서 사내아이라고 생각했소."

"무슨 그런 이유로 사내아이라 여기셨나요?"

"사내아이들이 장난이 심해 더럽잖소."

"저런."

"이렇게 어여쁜 모습이 될 줄 진작 알았으면 뭔가 달라졌을지도 모른다오. 하하……. 그러나 당신의 눈빛만은 내 잊지 못하겠더구려. 솔직히 내내 잊을 수 없었소. 지금 선인이라 칭송받는 당신의 우아한 모습도 좋지만, 나는 그때의 커다랗던 눈빛을 잊지 못했다오."

맥달은 눈을 감고 멋진 음악이라도 듣는 것처럼 귀를 기울였다. 치우천은 그런데 잠시 생각하다 다시 말했다.

"맥달, 다시 한번 말하겠소. 미안했소, 그동안 정말 미안했소."

"조금도 원망하지 않아요, 천."

"그리고 앞으로도 미안할지 모르겠소. 아니, 미안할 일이 많을 것 같아 두렵소."

"조금도…… 조금도 그럴 일은 없어요. 도리어 제가……."

치우천은 가만있다가 갑자기 언성을 약간 높여 맥달의 말을 막았다.

"아무리 그래도 내가 지아비요. 당신이 무엇을 하건, 어떤 선택을 하건, 심지어는 세상을 뒤집어 놓더라도 이제 나는 당신 편이오."

"제가 그러지 않을 것을 아시고 하는 말씀이시잖아요."

"그럴 수도 있소만, 이제는 정말 뒤집어 놓더라도 당신의 편이오."

치우천은 가볍게 웃었다.

"우리 둘은 정말 이상하오. 이게 깊은 밤에 만난 남자 여자 사이에 오고 갈 만한 이야기요?"

"우리 둘이니까 그렇겠지요."

"그런 것이오?"

치우천이 아이처럼 웃자 맥달이 말했다.

"웃음소리가 다음 대 한웅 후보답지 못하군요."

"왜? 듣기 싫소?"

"듣기 좋지는 않군요."

"원래 이렇게 웃는 것을 좋아하오. 그러나 그러지 못했거든. 심지어 비 녀석 앞에서도, 아버지 앞에서도 이렇게 웃지는 못했지. 아니, 더더욱 그럴 수 없었지."

"안 그러셔도 될 것을."

"안 그래도 되기 때문에 더더욱 그럴 수 없었던 거요."

"그럼 제 앞에서도 그러지 마셔요."

"아니, 그럴 거요. 계속 그럴 거요."

치우천은 장난스럽게 웃다가 맥달의 무릎을 베고 누워 버렸다. 맥달은 가볍게 웃으며 치우천의 머리를 쓰다듬다가 조용히 말했다.

"제가 옛날이야기 하나를 해 드릴까요?"

"새삼스레 무슨? 애처럼 웃으니 정말 아이 같아 보이오?"

"그렇게 보이는군요. 덩치만 커다란 아이처럼요."

"해 보시오."

"아주 오래전, 아주 멀리 떨어진 곳에 '새벽'이라는 뜻의 이름을 가진 영웅이 계셨어요. 누구보다 강하고, 누구보다 자존심이 셌으며, 누구보다 야심이 많은 영웅이셨지요. 그는 부족장도 아니었으되 열다섯 살도 안 되어 그 일대의 모든 부족을 정벌했고 수많은 다른 부족의 영웅들을 벗으로 삼고 부하로 삼은 대단한 분이었지요."

"뭐, 흔한 이야기 아니오?"

"그럼 그만할까요?"

"아니오, 아니오. 더 들려주시오."

"그 '새벽'은 원래는 거칠고 자존심이 강한 분이었는데, 어느 날 점령한 한 부족에서 아주 쓸모없어 보이는 노인을 잡았어요. 절대 입도 열지 않고 초라하기 짝이 없는 늙은 노인이었어요. 처음에는 죽여 버리려고 했지만 벙어리도 아닌 것 같은데 절대 말을 하지 않는 것이 궁금해서 그를 살려 두었지요. 알고 보니 그 노인은 아주 현명한 사람이었어요. 이전 부족 사람들은 노인을 '대답하는 사람'이라고 했는데, 자신의 이야기는 절대로 하지 않고 남의 일에 대해, 그것도 절실하게 물어보는 말에만 대답해 주는 사람이었어요. 그의 이야기는 현명하고 깊은 지혜를 담고 있어서, 영웅도 노인에게 많은 것을 배우게 되었지요."

"아주 특이한 분이셨나 보군. 나도 호기심이 드는걸?"

"그 노인은 '대답하는 사람'에서 '대답하는 노인'으로 이름이 바뀌고, 마침내는 '대답하는 스승'으로 불리게 되었지요. 영웅 새벽의 존경을 받게 되어 그의 스승이 되신 거죠. 그의 가르침에 의해 새벽도 점점 현명하고 따뜻한 마음을 가진 사람이 되어 갔지요."

"좋은 스승이셨나 보군. 지식과 지혜를 가르쳐 주는 것도 중요하지만 마음을 가르쳐 주는 스승이 좋은 스승이지."

"어느덧 새벽은 더 이상 전쟁을 벌이자는 주장을 하지 않기 시작했어요. 새벽이 앞장서지 않자 전쟁은 벌어지지 않았는데, 사실 주변에 전쟁을 벌일 부족이 아예 남아 있지 않았죠. 허나 새벽은 전쟁이 그치자 한 달에 걸쳐 자기 부족의 땅을 돌아보고는 한숨을 쉬었지요. 그 부족의 땅은 큰물과 가까이 있어서 아주 살기 좋았지만, 주변의 다른 땅은 척박하기 이를 데 없어서 사람도 별로 없고 살기에 좋지 않았던 것이에요. 그분이 당장만을 생각하는 사람이라면 그걸로 넘어갔을 테지만, 그분은 더 웅대한 뜻을 가진 분이셨지요. 돌아보는 데 한 달밖에 걸리지 않는 땅에서 사람이 살아야 얼마나 살겠느냐, 더 큰 땅이 분명 다른 곳에 있을 테니 그곳으로 나가든지 아니면 주변의 살기 힘든 땅이라도 일구어야 하지 않겠느냐는 생각이셨지요."

"돌아보는 데 한 달 정도라면 어지간한 대부족 정도는 넘었겠군. 허나 넓은 건 아니니 사내로서 가질 수 있는 야심이겠소."

"그러나 부족 사람들은 그의 말에 반대하고, 특히 부족장이 반대했어요. 넓혀 보아야 쓰지 못할 땅을 무엇하러 일구느냐고요. 더구나 거의 새벽의 힘으로 다른 부족을 점령했고, 그분은 점령당한 땅의 용사들도 자신의 형제로 똑같이 대우해 주었지만, 부족 안의 다른 사람들은 그러지 않았어요. 점령당한 부족 중 대부분의 사람들은 노예가 되어 버렸지요. 새벽은 이제는 따뜻한 마음을 가진 다음이라 고통받는 노예들을 보고 괴로워했지만, 실제로 그들을 그런 지경에 빠뜨린 것이 그분 자신이라 심하게 마음의 고통을 받았지요. 더구나 자신은 부족장도 아니니 비록 영웅 대접을 받더라도 그런 일에는 힘이 없었어요. 그나마도 전쟁이 벌어지지 않자 점차 부족에서의 힘이 약해지고 말이죠."

"슬픈 일이군."

"새벽은 전쟁 영웅답지 않게 노예들을 구하려고 애썼지만 부족장은 그 말을 듣지 않았지요. 어느 날, 하늘이 노하셨는지 큰 재앙이 닥쳤지요. 물이 흐려지고, 해가 빛을 보이지 않으며 농사짓던 것들이 말라 죽었어요. 곡식과 물건이 많은 부족이었지만, 굶주릴 위기에 처하게 되어 버렸지요. 그러자 부족장은 노예로 삼은 부족들을 죽여서 식량을 아끼려고 들었죠. 새벽은 반대했어요. 아껴서 먹으면 다음 해까지는 버틸 수 있는데, 부족장이나 편한 생활에 물든 부족 사람들은 자신이 배를 굶기보다는 노예를 해치우는 편이 낫다고 여겼죠. 결국 부족장과 부족 사람들이 노예를 죽이려 하자 새벽은 무기를 들고 막아서셨고 싸움이 나게 되었어요."

"그래서? 설마 새벽이 죽은 것은 아닐 테지?"

"그건 아니지요."

"그렇지……. 그러면 이야기가 끝나 버리니까. 새벽이 이겼겠군?"

"새벽은 몇몇 벗들과 함께 싸웠지만 그의 강함은 당할 자가 없었어요. 허나 그는 차마 같은 부족 사람들을 죽이지 못해 목숨을 빼앗을 곳은 치지 않고 쓰러뜨리고 물리치기만 했답니다. 한 사람도 죽이지 않았고 한 사람도 낫지 못할 만큼 다치게 하지 않았어요. 부족의 다른 전사들은 몇천 명도 더 되었지만 아무도 새벽을 당해 낼 수 없었어요."

"허. 내 아우나 형천이라도 그렇게는 못할 텐데? 아니, 어림도 없지. 몇백도 힘들 건데……. 더구나 죽이지도 않고? 허허. 그냥 들었으면 지어낸 이야기라 여기겠지만 당신의 이야기니……. 그거 정말이오?"

"정말 있었지요. 제가 아는 일이니 틀림없겠지요?"

"그렇다면 믿어야겠지만 놀랍군. 그런 용사가 있었다니."

"새벽은 사흘 내내 물 한 모금 마시지 않고 싸워 수십천을 쓰러뜨렸어요. 부족의 모든 전사보다 몇 배 많은 숫자를 쓰러뜨린 것인데, 그것은 한 사람도 죽이지 않았기 때문이에요. 쓰러졌던 전사들이 정신을 차리고 쉬었다가, 심지어는 잠까지 자고 와서 다시 새벽을 공격했기 때문이죠. 새벽의 벗들과 뜻을 같이한 용사들도 대단한 사람들이었지만 그들도 하나둘 지쳐서 쓰러졌죠. 그들 또한 새벽의 뜻을 알기에 자신들이 죽는 한이 있더라도 한 사람도 죽이지 않았어요. 그러나 새벽은 쓰러지지 않았어요. 세상의 누구도 그를 쓰러뜨릴 수는 없을 것 같았지요."

"대단하오! 그런 용사가 있었다니!"

"그러다가 마침내는 새벽도 지치기 시작했어요. 부족장은 이제 새벽이 두려워서라도 죽기 살기로 몰아붙여 반드시 죽이려 했지요. 그런데 그런 와중에 어린 전사 하나가 잘못 뛰어들었다가 새벽의 도끼에 맞고 쓰러져 버렸어요. 새벽은 워낙 싸움 기술이 뛰어나 그가 멀쩡했다면 손을 피했겠지만, 지친 나머지 손을 미처 돌리지 못해 어린 전사 한 명이 죽고 만 거예요. 그러자 새벽은 같은 부족의 피를 흘리게 한 자신을 탓하며 무기를 놓아 버렸어요."

"아아! 그…… 그런 분이 계셨다니! 정말 대단한 분이오!"

이제껏 조금 심드렁하던 치우천도 이 대목에서는 감탄했다. 맥달은 싱긋 웃더니 이야기를 이어갔다.

"그런데 막상 새벽이 무기를 놓자 이제는 아무도 새벽을 해치려 달려들지 못했어요. 새벽과 무기를 맞대며 싸웠던 전사들 모두가 새벽에게 큰 존경심을 가지게 되었기 때문이죠. 부족장 한 사람만이 고함을 지르고 있었지만, 그는 겁쟁이라 감히 새벽의 근처로 다가갈 엄두도 내지 못했어요. 그런데 그때, 단 한 사람, 죽어 버린 어린 전사의 어머니가 창을 들고 달려와 새벽을 찔렀어요."

"아아……! 이럴 수가! 어머니의 심정도 이해는 되지만…… 그건…… 그건 너무도 안타까운 일이오! 그래서 어떻게 되었소?"

치우천은 이 이야기에 흥미를 가지기 시작했다.

"새벽은 묵묵히 눈을 감고 팔을 벌려 창을 받아들였어요. 한낱 전사도 아닌 어머니가 찌른 창이었지만 피하지도, 막으려 힘을 주지도 않은 채 찔린 터라 상처가 심했지요. 새벽은 잘못한 것은 자신이니, 분이 풀릴 때까지 찌르고 싶으면 얼마든지 찌르라고 했어요. 그러자 어머니는 다시 창을 들어 한 번 더 새벽을 찔렀지만, 이번에는 아까만큼 깊은 상처를 입히지는 않았지요. 어머니는 창을 떨어뜨리고 울음을 터뜨렸어요. 새벽은 그 어머니에게 엎드려 절을 하며, 큰 슬픔을 주어서 미안하다고 몇 번이나 정중히 사과했어요. 그리고 다시 일어나 그 광경을 보던 모든 부족 사람들에게 다른 부족 사람들, 노예들에게도 죽음은 싫은 것이고, 슬픔은 싫은 것이라고 말했지요. 아무도 그 말에 대답하지 못했고 고개를 숙였어요. 이제는 부족장마저도 아무 말 하지 못했지요."

"그래서 새벽은 부족장이 되었소?"

"아니요. 오히려 새벽은 같은 부족의 피를 흘린 자신이 죄인이라며 노예를 죽이지 말고 자신에게 맡겨 달라고 했어요. 부족의 죄인인 자신은 추방되어 마땅하니 새 땅을 찾아 그들과 함께 살 것이라고 했지요. 그러면서 새벽은 처음으로 눈물을 흘렸는데, 그것은 어린 전사의 죽음 때문이었어요. 새벽은 비록 그전까지 전쟁에서 수많은 사람을 죽였지만, 그가 '대답하는 스승'에게서 깨달음을 얻은 이후에는 단 한 사람도 죽이지 않았고, 어린 전사가 그 이후 처음으로 그가 죽인 사람이었지요. 새벽은 하늘에 맹세를 하며 다시는 사람을 죽이지 않겠다고 외쳤죠."

"아니, 새 땅을 찾아서 살려면 전쟁을 치러 다른 부족을 몰아내야 했을 텐데, 어찌 한 사람도 죽이지 않겠다고 했단 말이오?"

"계속 들어 보세요. 그래서 새벽은 수많은 무리를 이끌고 그들이 살 수 있는 땅을 찾아 나섰지요. 그러나 아주 험하고 척박한 곳 말고는 사람이 살 만한 땅은 거의 다른 부족들이 있었어요. 그들을 친다면 새벽의 힘과 용맹만으로도 점령할 수 있었겠지만, 새벽은 그러지 않았어요. 절대 다른 부족을 범하지도, 다른 부족의 땅을 욕심내지도 않았지요."

"그건 너무도 힘든 일이었을 듯하오. 믿을 수가 없구려. 그러면 그 많은 무리들이 무엇을 먹고 살았소?"

"새벽은 사람과는 싸우지 않았으나, 짐승이나 야수, 신수와도 싸웠어요. 도적도 수없이 물리쳤지만 한 사람도 죽이지 않았어요. 그 대신 도움을 받은 부족들이 먹을 것과 잠시 쉴 곳을 제공했죠. 처음에는 작은 부족들이 새벽의 무리를 경계하고 두려워했고, 새벽의 무리들에도 이탈자가 나오는 등 수많은 난관이 있었으나 새벽의 힘과 그를 따르는 벗들의 용기, 그리고 '대답하는 스승'의 지혜로 전부 이겨 냈어요."

"도대체 무엇을 위해서요?"

"사람과 사람 사이의 믿음을 위해서지요. 그들은 힘이 있음에도 그것을 과시하지 않았고, 자신들이 어렵고 굶어도 남을 위해 일해 주었고, 위험을 무릅쓰면서 다른 부족의 위험을 없애 주었어요. 오해도 많이 샀고, 서러움을 받고 치욕도 당했지만, 새벽과 그를 믿는 사람들은 불평하지 않았어요. 그들이 정말 원한 건 사람과 사람 사이의 믿음을 이끌고, 모든 사람이 함께 평화롭고 이롭게 살려던 것이었기 때문이죠. 지금도 생긴 것이 다르고 습관이 다른 사람들을 보면 도깨비니 야만족이라고 하는데, 옛적에는 더더욱 심했지요. 새벽과 그의 스승이신 '대답하는 스승'은 그것이 틀렸다는 것, 사람은 누구나 벗이 될 수 있다는 것, 무기를 쓰지 않고도 사람은 함께 살 수 있다는 것을 보이고 싶었던 것이에요. 사람이 죽으면 원한이 쌓이게 되고 원한은 분노를 낳아 눈을 어둡게 하니 절대 사람을 해치지 않았던 것이고요."

"아아……."

치우천은 거기까지 듣고 뭔가 가닥이 잡힌 듯 탄성을 냈다. 맥달은 이야기를 계속했다.

"새벽의 무리는 아주 먼 길을 갔어요. 가면서 수많은 괴물과 요괴, 신수와 짐승 들을 퇴치했고, 절대 지날 수 없다는 길을 열어 난폭하고 사악한 부족조차도 감화시켰어요. 그들이 지나간 길에 있는 부족은 중요한 것을 배우게 되었는데, 곁에 사는 이상한 풍습의 부족도 자신들과 같은 사람이지 괴물이 아니라는 것이었어요. 비록 모든 싸움이 그치지는 않았어도 그들은 서로 대화도 하고 어울리기도 하게 되었는데 그렇게 된 것은 전부는 아니어도 절반은 새벽의 힘이었어요. 그리고 그런 새벽에게 끝까지 가르침을 주고 험한 일을 만나 마음이 흔들릴 때마다 그를 도운 것이 바로 '대답하는 스승'이었고요."

"그게……."

치우천이 뭔가 말하려 했으나 맥달은 그의 말을 미소로 끊으며 이야기를 이어갔다.

"그러나 새벽이 애써 일깨워 준 것도 약간의 세월만 지나면 잊히기 일쑤였어요. 다른 부족들 말이지요. 그런 일을 겪은 새벽은 결국 처음의 목표대로 그들이 살 수 있는 땅을 찾아 그들만의 부족을 세우고, '대답하는 스승'의 가르침을 실현하여 사람들이 평화롭게 살, 그들의 가르침을 계속 잊지 않도록 되풀이하여 가르쳐 줄 터전을 찾아야겠다고 생각했어요. 쓸 만한 땅은 모두 사람들이 살고 있었고 새벽이 바라는 꿈은 아주 컸으므로 작은 땅에 자리 잡을 수도 없었지요. 그렇다고 다른 부족을 점령하지도 않으니, 길은 험난하고 어려웠지요. 한 부족과 친해지면 비어 있는 험한 땅을 애써 일구고, 괴물과 짐승을 쫓아내고 난 뒤 스스로 일한 수확만을 가지고 땅을 그냥 넘겨준 뒤 다른 길을 떠나는 덧없어 보이는 여정이었어요. 벗이 된 부족도 새벽의 꿈은 이루어질 리 없다며 비웃었어요. 그들은 거의 스무 해 동안 거친 땅을 떠돌았고 마침내는 '대답하는 스승'도 나이를 이기지 못해 죽고 말았어요. 굳센 새벽조차도 스승의 죽음에 고민하고 의지를 꺾을 뻔도 하지요. 그러나 하늘의 뜻인지 그의 죽음 직후에 새벽은 마침내 그가 바라던 광활한 빈 땅을 발견하게 되었어요. 사람이 살지 않는 빈 땅. 그러나 그곳에 사람이 살지 않는 것은 우연이 아니었지요. 그곳에는 짐승도 아닌 무시무시한 신수가 자리 잡고 있었고, 그 때문에 살기 좋은 땅인데도 사람들은 얼씬도 못했던 거예요. 신수의 힘은 천님도 잘 아시겠지만, 옛날의 신수는 정말로 무시무시했어요. 지금의 신수들은 벌레 같아 보일 정도로 거대하고 무서웠는데, 특히 그 땅에 자리 잡은 신수는 그중에서도 가장 강한 신수라고 할 수 있는 놈이었어요. 새벽 같은 용사마저도 가망이 없다 여길 정도였지요. 그러나 여기를 버리고 나면 더 이상 뜻을 펼 곳이 없다 생각한 새벽은 그를 믿고 따른 모든 용사들에게 싸울 것을 명했어요. 그리고 스스로 앞장서서 죽음을 각오하고 신수에게로 달려들었는데……."

"그랬는데?"

"기적이 일어났지요. 새벽이 그동안 만났던 작은 신수들은 한둘이 아니었는데, 꼭 싸운 것이 아니라 친해진 신수도 있었어요. 그중 두 마리의 신수가 어떻게 알았는지 나타나서 새벽을 도와 신수와 싸웠어요. 새벽과 벗들은 신수가 돕자 하늘도 우리 편이라 믿고 용기를 내어 싸웠지요. 그러나 자리 잡고 있던 신수의 우두머리는 너무도 강한 놈이라 상황은 새벽에게 불리해져 갔어요. 새벽의 편을 든 두 마리의 신수도 강했지만 점차 힘이 빠지는 것 같아 보였지요. 그런데 그때, 죽었던 '대답하는 스승'이 새벽의 눈앞에 나타난 거예요. 그리고 놀란 새벽에게 신기한 물건 하나를 건네면서 이것을 쓰면 저 신수를 단숨에 물리칠 수 있다고 말했어요. 그러나 새벽은…… 그것을 받되, 쓰지 않았어요. 자신의 신념이 아닌 힘을 쓸 수는 없다고 말이지요. 그리고 물건을 품에 넣은 채 힘을 내어 신수에게 돌진해 마침내는 무서운 신수를 죽이고 말았어요. 새벽도 무거운 상처를 입었지만 그는 결국 '주어진 힘'이 아니라 스스로의 힘으로 신수를 물리친 거예요. 그분은 살아남아 그 땅에 도시를 세우고 수많은 부족을 이끄는 큰 부족을 세우죠. 사람과의 전쟁 없이, 오로지 평화로만……. 그제야 그가 지나왔던 길의 수많은 부족은 마음으로부터 감탄하여 새벽을 높이 받들고, 정복당하지 않았어도 그들을 위대하게 받들어 모시고 벗이 되었어요. 그 후 새벽은 스승이었던 '대답하는 스승'의 진면목도 깨달아 그분을 기리는 의식과 이름을 만들고 또 그분을 도왔던 신수도 높이 받들어 부족의 상징으로 삼고……."

치우천은 멍한 눈빛으로 하늘을 보며 말했다.

"들어 보니 나도 약간은 아는 이야기였던 것 같구려. 당신처럼 자세히 알지는 못했지만……. 아…… 오래전 일이니 정확히 아는 사람은 아마 당신뿐이었겠지. 그…… 그…… 새벽이라는 분은 내가 제일 존경하는 분 같소."

맥달은 싱긋 웃으며 대답했다.

"더 이야기할 필요는 없을 것 같군요."

"그 새벽이라는 이름…… 새벽이라는 뜻이라고만 이야기했지, 이름을 밝혀 주지는 않았잖소?"

"그분의 이름은 많아요. 지나온 길이 많았기에 각기 조금씩 말들이 달라 다른 이름으로 불렸죠. 그분의 원래 이름은 '건'이셨어요."

"건……. 그분의 이름을 듣게 되다니……. 정말…… 정말로……."

치우천은 땅에 엎드려 몇 번이나 절을 했다. 맥달은 조용히 눈을 감은 채 중얼거리듯 이야기했다.

"그분이 지나온 북쪽 부족은 그분을 '겐'이라 부르기도 하고 '쉔'이라 부르기도 하셨죠. '건'이라 했지만 지금과는 말하는 법이 달라 저도 정확히 흉내 내기 어려워요. 그리고 그분은…… 위대하는 뜻으로 '암파'라는 칭호를 얻었는데, 그것은 북방 부족 모두 그렇게 불렀어요. 물론 어느 부족은 '암바'라고도 했고 '아바', '압빠'라고도 했으며 어느 부족은 존경의 칭호와 이름을 합쳐서 '안바겐'이라고도 불렀죠. 그분이 세우신 도시의 후손은 결국 '안파견'이라 부르고 하늘이 내신 분이라 하여 '안파견 한'님이라고 부르지요. 바로 우리의 선조이시자 우리의 신인 그분의 이야기지요······."

치우천은 눈물까지 글썽이며 절을 하고 또 하며 말했다.

"그분을 존경하고 받들었으며, 위대하신 분이고 위대하신 가르침을 남기신 분이란 것은 알지만, 정말 그렇게 위대한 분인 줄을 몰랐소. 세상에 그런 분은 다시 없을 것이오."

맥달은 조용히 말했다.

"세상에 위대한 분은 생각보다 많습니다. 꼭 우리 땅, 우리 조상이 아니더라도."

"허나 내게 중요한 것은 그분이고, 그 가르침이오. 그리고 그분의 뜻, 비록 나는 그분보다 많이 모자라 피를 흘려야만 하고, 누군가가 나로 인해 고통받을 것이오. 허나 그분의 뜻은 반드시 이룰 것이오. 반드시 이루고야 말 것이오."

맥달은 잠시 치우천을 지켜보다가 넌지시 물었다.

"당신은 '대답하는 스승'이 누구인지 짐작하시겠지요?"

치우천은 즉시 명쾌하게 말했다.

"처음에는 몰랐지만, 분명히 말할 수 있소. 그분은 자부 선인이셨을 것이오. 그분이 주셨지만 안파견 한님께서 쓰시지 않은 물건은 천부인이며, 안파견 한님을 도운 두 신수는 분명 맥과 자오지일 것이오."

"천, 당신의 길이 비록 피로 얼룩지고 전쟁으로 더럽혀진 길일지라도, 당신의 뜻과 행해 온 길이 안파견 한님과 닮았다는 생각은 드시지 않나요?"

"아아······ 부족한 나로서는 감격할 따름이오. 나는 항상 자신 있는 듯 말하고 행동했지만, 속으로는 고민하고 괴로워했소. 내 생각이 맞는지, 내 뜻이 옳은지 말이오. 내가 정말 자신을 가져도 되는지, 그것이 정말 세상을 이롭게 하는 것인지 알고 싶었소. 허나 안파견 한님이 걸으신

길을 들은 이상, 나에게도 이제는 확신이 서오. 안파견 한님의 뜻이어서 따른다는 것이 아니라, 그분도 믿으셨을 만큼 옳은 길이기에 따른다는 말이오. 맥달, 고맙소! 정말로 고맙소!"

치우천은 기쁘고 흥분한 나머지 맥달을 부둥켜안고 몇 번이나 소리쳤다. 맥달의 얼굴이 붉어졌는데, 치우천은 그것조차 느끼지 못하고 아예 자신이 무엇을 하는지조차 잊어버린 듯 했다. 맥달은 조금 떨리는 음성으로 말했다.

"제가 이 이야기를 드린 진정한 뜻은 거기에만 있지 않답니다."

치우천은 맥달의 음성이 약간이나마 달라진 것 같아 정신이 들었다. 그리고 자신의 행동을 깨닫고 조금 얼굴이 붉어졌다. 그러나 치우천은 내색하지 않으려 능청스럽게 헛기침을 하며 맥달의 얼굴을 바라보았다. 맥달은 선인답게 우아하고도 고고한 미소를 지운 적이 없었다. 그런데 지금은 달랐다. 하물며 치우천이 그녀를 막 대할 때조차 놀라는 표정은 지었을망정 지금과 같은 표정을 보인 적은 없었다. 그것은 다름 아닌 살짝 불만스러운 듯, 삐친 듯 입술을 내민 표정이었다. 치우천은 그 모습을 보자 눈물이 왈칵 솟았다. 이것이야말로 그가 바라마지 않던 맥달의 다른 모습, 인간다운, 여자다운 모습이었기 때문이다. 치우천은 눈물을 흘리면서도 호탕하게 껄껄 크게 웃고는 곧이어 달래듯 말했다.

"맥달…… 왜 모르겠소? 내가 부족하나마 안파견 한님의 길을 걷는다면, 당신은 '대답하는 스승'의 길을 걷겠다는 것 아니겠소? 당신이야말로 자부 선인과도 비견할 선인 중의 선인이며, 그분이 키워 주신 분이기까지 하니 당신이 그리해 주지 않으면 누가 하겠소? 내, 빌기라도 할 터이니 영원히 내 옆에서 내 안사람으로, 그리고 부족한 나의 스승이 되어 주시구려."

맥달은 여전히 삐친 표정을 고집하려 했으나 어느덧 킥 웃으면서 이

내 맑은 음성으로 웃었다.

"당신의 혀는 자부 선인이나 혼돈 선인보다도 무섭네요. 더 화난 척 하고 싶었는데."

"신수보다는 덜 무서울 거요."

"천, 당신이 몰라서 하는 말씀이에요. 신수는 세상의 끝까지 쌓아도 열두 큰선인의 손끝 하나도 감당할 수 없지요. 그러나 적어도 저에게는 선인이 세상 끝까지 닿을 만큼 모여 계셔도 당신을 당할 수 없지요."

치우천은 처음으로 들어 보는 맥달의 농담이 사실은 우습지 않았지 만 그래도 껄껄 웃었다. 우스워서가 아니라 맥달이 농담을 하는 것이 기 분 좋아서였다. 그런데 그때 문득 혹시나 위험에 빠져 있을지도 모를 아 우 생각이 났다.

문득 아우 생각을 하게 되니 이렇게 즐거운 기분에 취해 있는 자신이 죄스러워지는 치우천이다. 더불어 저절로 떠오르는 걱정스러운 기색을 감출 수 없었다. 허나 맥달은 여전히 웃으며 말했다.

"제가 가져온 술이 확실히 효과가 있군요. 마음이 편해지셨나요?"

"아…… 그…… 그렇소."

비록 아우가 걱정되어도 맥달에게 당장 그런 푸념을 늘어놓고 싶지 는 않았다. 맥달은 치우천의 눈을 장난스럽게 들여다보며 말했다.

"그런데 안색이 편해 보이지 않는군요. 그러면 한 가지 더 말씀드려 야겠군요."

"무엇을 말이오?"

"아버님은 걱정 마시어요. 안파견 한님의 곁으로 편안히 가시었습니 다. 도련님 걱정도 하지 마시어요. 두 분은 무사히 신시에서 만나게 될 것이며, 도련님께도 여러 일이 생기지만 아주 나쁜 일은 생기지 않을 것 입니다. 적어도 지금 걱정하는 일은 벌어지지 않아요."

"정말……이오?"

"물론입니다. 제가 드리는 말씀이니 믿으셔도 되어요."

치우천은 마음의 근심이 씻어지는 듯했다. 다른 사람도 아닌 맥달의 말이다. 돌아가신 아버님의 걱정과 비의 걱정이 해소된 것이나 다름없자 치우천의 마음은 한결 가벼워졌다. 그러나 치우천의 좋은 머리는 이럴 때에도 걱정거리를 끌어냈다.

"그런데…… 맥달…… 당신 지금 예언한 것 아니오? 그 힘을 쓰면……."

"괜찮습니다."

"아니오. 혹시나 당신에게 해가 된다면…… 앞으로는 절대 예언하지 마시오."

맥달은 살짝 입을 가리며 곱게 웃었다.

"하면 아니 될 말도 많지만 해도 상관없는 예언도 많습니다. 저는 이미 사와라 한웅을 위해 많은 예언을 했고, 천님을 위해서도 여러 번 예언을 했습니다. 제가 알아서 할 것이니 걱정은 마시어요. 천님과 비님 역시 앞으로 수많은 난관을 겪고, 어려움을 이겨 내셔야만 하옵니다."

"우리가 택한 길이오. 그 일에 대해서는 잘못되어도 조금의 후회가 없소. 다만……."

치우천은 머뭇거리다가 말했다.

"나는 참 길고 긴 길을 걸어서 마침내 당신을 얻은 듯하오. 허나 비는…… 그 녀석은……."

맥달은 신비하고 조용한 미소를 지었다.

"사랑을 말씀하시는 것이라면…… 비님의 어려움은 우리의 어려움보다 더 클지도 모르지요."

"저런! 그래서는 안 되는데!"

신수를 만나도 변하지 않던 치우천의 안색은 단번에 흙빛이 되었다. 맥달은 어쩔 수 없다는 듯 살짝 웃고는 다시 말했다.

"그러나 어려움 끝에 얻어지는 결실이 더 값진 것이 될 수도 있지 않을까요?"

"결국 비가 결실을 이룰 수는 있단 말이오?"

"참을 수 없는 것을 참고, 견딜 수 없는 것을 견디며, 넘을 수 없는 벽을 넘어선다면요."

대답을 듣고도 치우천은 계속 맥달에게 조르듯 물었다. 아우의 일이 아니었다면 보이지 않을 행동이었다.

"그건 된다는 말이오, 되지 않는다는 말이오? 그냥 듣기로는 몸이 떨리는 말 같아 두렵소. 시원하게 말해 줄 수는 없는 거요?"

"비님도 천님처럼 운명을 여시는 분, 스스로 택한 길이 그분의 길이 됩니다. 결말은 그분이 원하는 대로 될 것입니다……."

"맥달 당신을 생각하면 미안한 이야기일지 모르나…… 나는 비 그 녀석이 나보다 더 행복해지기를 바라오."

맥달은 잠시 머뭇하다가 용기를 낸 듯 말했다.

"적어도 그분의 마지막은 우리보다 행복합니다."

"우리……."

치우천은 잠시 놀란 듯했다. 행복에 겨워 잊고 있던 맥달의 어두운 운명이 생각났다. 자신의 죽음과 종말을 알고, 이제는 치우천의 죽음과 종말도 같이 떠안게 된. 치우천은 후회하듯 말했다.

"미안하오. 내가…… 내가 물을 수 없는 것을 물었구려."

맥달은 밝게 웃어 보였다.

"아닙니다, 천님. 미안하다는 말씀, 하지 마시어요. 절대로 하지 마시어요. 저는 말할 수 있습니다. 우리도…… 우리도 행복합니다. 영원히 서로를 믿고, 서로를 의심하지 않고, 서로를 신뢰하고 아낍니다. 이것보다 더한 행복이 어디에 있을까요? 더 이상 무엇을 바랄 수 있을까요? 저는…… 저는 정말 행복합니다……. 그리고 비님은 그보다 더 행복하실 것이에요……."

그 말을 듣자 치우천도 안심할 수 있었다. 맥달의 말대로라면 정말 행복의 극치가 아닐까? 그러나 맥달이 좋은 말만 하자 조금 미심쩍은 생각이 드는 것도 막을 수 없었다. 치우천은 용기를 내어 물었다.

"그런데 이런 것을 말하면…… 당신의 무언가를 잃는 것은 아니오? 내 정확히 기억하지는 못하나, 분명 비슷한 이야기를 당신에게 들은 것 같소. 나는…… 나는 걱정이 되오."

"아닙니다. 저는 괜찮습니다. 이 정도의 일을 말하는 것은 관계가 없어요. 자부 선인도 '대답하는 스승'으로 많은 것을 알려 주셨고, 저도 안 하는 듯하였으되 수많은 것을 예언했습니다. 저를 믿으세요. 저는 괜찮습니다."

"정말이오?"

"저는 거짓을 말하지 않습니다. 하물며 천님께는……."

치우천은 다행이라는 듯 고개를 끄덕였다. 허나 그는 맥달이 속으로 한 말까지 알아들을 수는 없었다.

'미안합니다. 천님, 미안합니다. 정말 사랑하기에…… 제가 거짓을 말할 수 있는 분은 천님뿐입니다. 용서하세요……. 저를 용서해 주세요.'

평화는 오는가

치우는 군사를 정비하여 양수(洋水)를 떠나 공상(空桑)으로 쳐들어갔다.
공상(空桑)이란 지금의 진류(陳留)인데 유망이 도읍했던 곳이다.
일 년 동안 다시 12제후국을 빼앗는데 시체가 들에 가득 차서
중국 백성들은 간담이 서늘하여 도망가거나 숨어 버렸다.
이때 유망은 소호(小顥)에게 치우씨를 막게 했다.
치우씨는 옹호창을 휘둘러 소호와 크게 싸우며 안개를 일으켰다.
소호는 넋을 잃고 혼란에 빠져 크게 패하여 공상으로 달아났다.
소호는 유망과 함께 달아나다가 탁록 들에 들어갔다.
이때 치우씨는 공상에서 제위(帝位)에 올랐다.
이어 군사를 탁록 들로 돌려 유망을 포위하니 또 크게 패하고 말았다.
—『규원사화(揆園史話)』에서

다음 날 아침이 되자 판천성의 문이 조심스럽게 열리고 널찍하고 튼튼해 보이는 뗏목 하나가 돌을 싣고 나왔다. 회담 장소로 쓰려는 것이니 건드리지 말아 달라고 선두에 선 지나족 전사가 외쳤다. 지나족들은 뗏목을 판천성과 주신군의 진 사이에 띄우고 돌에 밧줄을 매어 물에 던져 뗏목을 고정시킨 후 헤엄쳐 돌아갔다. 유망의 엄명이 있었던 듯 지나족은 다른 어떤 징후도 보이지 않았고 진중에서는 외침 소리 하나 들리지 않았다. 치우비도 부하들에게 움직이거나 소리 내지 말라고 지시한 다음 작은 뗏목 하나를 준비시켰다. 이윽고 판천성의 문이 열리고 유망이 탄 뗏목이 나타났다. 약속대로 유망의 뗏목에는 유망 외에 다섯 사람밖에는 타고 있지 않았다. 치우비도 준비를 마친 다섯 사람만 태운 채 회담 장소로 향했다. 유망의 뒤에 거대한 형천의 모습이 보이자 치우광은 긴장했지만 치우비는 별로 긴장한 기색을 보이지 않았다.

도합 열 사람이 물 위에 뜬 뗏목에서 만났다. 지나족은 염제 신농인 유망을 필두로 형천, 축융, 금천, 알유, 이부가 나왔다. 수뇌부가 전부 참석한 것이며 한 명 한 명이 대족장이다. 그에 비해 치우비 측은 예정 대로 치우벌, 부소다솔, 치우광, 부달, 질쾌가 나왔다. 인물들의 면면으로 볼 때는 주신 측이 아무래도 위축되는 감이 없잖아 있었다. 그러나 치우비는 그런 것은 신경도 쓰지 않는 듯, 먼저 입을 열었다.

"이렇게 직접 만나 뵙게 되니 기쁩니다. 염제 신농님."

유망은 티 없이 밝기만 한 치우비의 인사를 먼저 받고는 곧 자신도 웃으며 껄껄 웃었다.

"먼저 인사를 건네주시니 고맙구려, 웃뜸사울아비님."

치우벌이 찌푸린 얼굴로 치우비의 옆구리를 찌르며 속삭였다.

"주신을 대표하는 입장이니 조금은 체면을 챙겨야 하느니."

치우비는 치우벌의 말은 못 들은 척 형천에게도 인사를 건넸다.

"형천님도 건강하신지요."

형천도 웃어 보이며 정중히 자세를 잡으며 말을 받았지만 당당한 위풍은 여전했다.

"덕분에 잘 지내지만 잠을 잘 못 이룬다네. 자네와 제대로 겨루고 싶어서 말일세. 지금은 아니 되겠지만, 언제 한번 높낮이를 가르세나."

"저는 형천님과 겨룬다는 생각만 하면 속이 두근거려서 잠이 오지 않습니다. 그냥 이렇게 만나 이야기를 나누는 편이 좋지 않습니까?"

그러자 유망이 말했다.

"좋은 생각일세. 전쟁이나 싸움을 하지 않고 이렇게 이야기만 나눌 수 있다면 그보다 좋은 것은 없겠지."

치우벌과 부소다솔은 얼굴을 마주 보았다. 유망의 말투로 보아 싸움을 끝내자는 말이 나올 수도 있을 성싶었기 때문이다. 유망은 나머지 네 사람을 소개했다.

"이쪽은 다들 알겠지만 대족장 축융. 이쪽은 대족장 금천이고, 저쪽은 알유와 이부라고 하네. 태산 회의 때 나왔던 사람들이기도 하지."

치우비도 자신 쪽의 다섯 사람을 하나하나 소개했다. 치우벌은 상당히 소문난 사울아비였고 부소다솔도 또 다른 의미에서 알려진 존재였다. 서로 소개를 하자 축융과 부달은 상대방을 말없이 노려보았는데, 아직 쌍방의 마음속의 울화는 풀리지 않은 것 같았다. 질쾌도 내내 금천을 노려보았다. 금천도 질쾌가 자신을 바라보고 있는 것은 아는 듯했지만 왜 저 젊은이가 적의를 가지는지는 알 수 없다는 표정이었다. 치우비는 나이나 관록으로 보아 치우광을 제일 마지막에 소개했는데 형천이 수염을 쓰다듬으면서 웃으며 말했다.

"먼발치에서 보았지만 어린 친구가 대단하더군. 앞으로 웃뜸사울아비의 뒤를 이어 갈 만한 인재야."

며칠 전까지만 해도 목숨을 걸고 싸우던 상대였지만, 세상 제일의 용사란 칭송을 받는 형천에게서 칭찬을 받자 나이 어린 치우광은 뭔가 가슴이 뭉클해지는 것 같았다. 그는 얼굴을 붉히며 고개를 숙여 감사를 표했다. 그러자 유망이 말했다.

"어쨌거나 웃뜸사울아비께 축하를 드리네. 주신이 오랫동안 있어 왔지만 웃뜸사울아비의 지위에 오른 사람은 많지 않다고 들었고, 자네만큼 젊은 나이에 오른 사람 또한 몇 되지 않을 것이네. 내 예전부터 자네와 자네 형의 재주를 눈여겨본 바가 있으나 이렇게 다시 만나다니 놀라울 뿐이네. 자네 형제의 재주에는 탄복하지 않을 수 없다네."

"염제 신농께서도 많이 좋아지신 것 같아서 다행입니다."

"아, 나도 좋아졌지. 자네와 자네 형에게 당해서 그런 것이라 기분이 묘하지만, 어쨌거나 나는 덕분에 약을 끊고 제정신으로 돌아올 용기를 낼 수 있었네. 형의 다리는 어떠한가? 좋아졌는가?"

"많이 좋아졌습니다만 아직도 약간은 불편해 보입니다."

"허, 그런가? 언젠가 내가 자네 형의 다리를 보아 줌세. 빈말이 아니라 이건 약속이라네."

치우비는 다른 사람도 아닌 신농 유망이 형을 돌봐 준다고 하자 기뻐하며 급히 인사를 했다.

"정말 감사합니다!"

"감사해하는 것은 고맙네만 자네는 지금 주신을 대표하는 웃뜸사울아비일세. 그것은 잊지 않고 있는가? 자네가 지금 감사하는 것은 주신이 감사하는 것이나 다름없는 일이니 조금은 신중하시게."

유망은 며칠 전까지 목숨 걸고 싸우던 사이라고는 믿지 못할 만큼 따뜻한 어조로, 마치 한동네의 마음 좋은 아저씨처럼 말했다. 더구나 이전의 유망은 항상 말투가 건방지기 이를 데 없었는데, 이 정도로 고분고분하게 말하는 것을 보아하니 제정신인 것이 틀림없었다. 웃뜸사울아비에게 쓰는 말치고는 약간 하대처럼 들리지만, 유망도 대족장인데다 나이도 있고, 치우비와 이전의 안면도 있으니 그 정도면 적당했다. 치우비는 고개를 끄덕였다. 유망은 다시 한번 확인하듯 말했다.

"내가 염제 신농으로서 하는 말은 지나족 전체가 하는 말과 다를 바가 없으며, 내가 한 약속은 지나족 전사와 지나족 모두가 지키네. 마찬가지로 자네가 웃뜸사울아비의 이름으로 하는 약속은 주신의 사울아비와 주신 사람 모두가 지킬 것으로 믿네."

"저는 부족한 사람이지만, 주신에 흠이 되지 않으려 애쓸 뿐이지요."

"좋아. 내가 하고 싶은 이야기는 세 가지일세. 세 가지이지만, 한 가지이기도 하지."

"귀를 씻고 잘 듣겠습니다."

"우선 첫 번째로는 땅 문제일세. 한마디로 말해 나는 지금 중요한 근거지를 잃은 상태일세."

"공상 말씀이십니까?"

"그렇지. 공상을 잃은 것은 내가 지배하는 많은 대부족이 함께 모일 수 있는 땅을 잃은 것이라 몹시 불편하네. 더구나 공상을 잃음으로 해서 나는 위신이 깎였어. 그것도 되찾고 싶다네."

"그러하오면 공상을 되돌려 달라는 말씀이신지요?"

"그렇지. 그게 첫 번째일세."

치우벌이 얼굴을 붉으락푸르락하며 나섰다.

"감히 아뢰건대 웃뜸사울아비께오서는 저런 요구를 들으셔서는 아니 됩니다."

유망은 웃으며 치우벌을 바라보았고 치우비는 치우벌을 돌아보았다. 그러자 치우벌은 거칠게 말했다.

"공상은 우리가 힘겹게 얻어 낸 땅이잖습니까?"

축융이 냉랭히 말했다.

"그렇지만 주신과는 너무 멀어서 다스릴 수도 없는 땅일 텐데? 얻는 것도 없을 테고."

"주신의 문제를 떠나 그 근방의 마갸르, 미아우족에게는 공상성 자체가 커다란 위협이란 말이오. 지나족은 자신들이 정복했다고 말하나 그곳은 원래 마갸르 족과 미아우족이 나누어 살던 한 중간이오. 그것을 지나족에게 되돌려 주면 그 근처의 마갸르나 미아우족은 살 곳을 잃고 말 거요!"

그 주장은 틀림이 없기에 치우비도 고개를 끄덕이며 유망에게 말했다.

"들으셨다시피, 그건 곤란하겠군요."

"물론 거저 달라는 것은 아니네. 흥분하는 것도 이해는 하겠지만 내가 제시할 조건도 들어 보아야 하는 것 아닌가?"

부소다솔이 자못 용기 있게 나서서 말했다.

"이쪽의 곤란함이 몹시 큽니다만, 염제 신농께서도 그것을 모르실 리는 없고…… 그렇다면 제시하실 조건이란 것도 가볍지는 않겠군요? 그런 곤란함을 무릅쓸 만큼 말이지요."

"셈이 밝은 분이 계셨구려."

축융이 가늘게 찢어진 눈을 더 가늘게 만들며 웃어 보이자 치우벌은 씩씩거리며 다시 외쳤다. 특히 마갸르, 미아우와 관계가 깊었던 치우벌로서는 조건이 어떻든 도저히 승낙할 수 없는 문제였다.

"이건 셈의 문제가 아니오. 지나족은 공상을 빼앗고, 주변을 정벌하면서 마갸르와 미아우족과는 씻을 수 없는 원한을 쌓았소. 완전히 불타고 다 죽어 망한 부족이 한두 개가 아니란 말이오!"

치우벌이 흥분하자 도리어 치우비가 간곡하게 자제를 청했다.

"아저씨의 마음을 모르는 것은 아닙니다. 아직 허락한다고 말하지도 않았고요. 저쪽 이야기를 끝까지 들어 보아야 하지 않겠습니까?"

치우벌이 간신히 마음을 진정시키자 유망은 말을 이어 갔다.

"마갸르나 미아우족이 반대할 것은 잘 알고 있네. 그러나 비록 미아우 마갸르족이 내 손에 많이 죽었지만, 공상성을 지나족으로 모두 채운 것은 아니었네. 나를 받아들이고, 나를 따르겠다고 말한 미아우 마갸르족도 매우 많아. 좌우간 원한이 깊은 것은 나도 잘 알고 있지. 다시 그리로 돌아갈 생각은 하지 않고 있다네. 창힐은 지금도 공상에 있고, 원래부터 다른 부족에도 소문이 좋던 사람이니 그에게 맡기면 될 걸세. 간단히 말하자면, 공상성만을 돌려 달라는 걸세. 그 근방의 마갸르 미아우족을 괴롭힐 생각은 조금도 없고, 도리어 그들과 잘 어울려 살게 하고 싶은 것이 내 진정한 뜻이네."

유망의 발언은 지금까지 정복자이자 약탈자로 알아 왔던 유망이라고는 믿을 수 없는 것이었다. 유망은 차근차근 모든 것을 설명했다. 공상성은 주변의 미아우나 마갸르를 정복하기 위해 세웠다기보다는 넓디넓은 지역에 흩어져 있는 지나족 중 헌원의 화산족이 아닌 유망이 지배하는 지나족이 중심지로 삼기 좋은 장소였다. 특히 지나족이 서로 물건을 교역할 수 있는 장소로서 최적의 요충이라 할 수 있기에 포기할 수 없다는 것이었다. 실제로 공상을 빼앗긴 이후 유망이 이끄는 지나족은 교역이 어려워져서 경제적으로 많은 어려움을 겪어 왔다. 유망은 거기까지 설명하고 딱 자르듯 말했다.

"내 다시 말하지만, 공상을 달라는 것은 언저리의 다른 땅까지 달라는 것이 아닐세. 공상성 하나만을 말하는 것이야. 주변의 마갸르나 미아우족에게는 공상성에서 이루어지는 교역 열 가운데 하나를 떼어 주겠네. 지나족의 수는 많고 교역할 물건도 끝없이 많으니 원한이 조금 있더라도 그것을 갚을 만한 충분한 보상이 되고도 남는다는 생각일세."

치우벌은 다시 뭐라 하려 했으나 셈이 빠른 부소다솔은 급히 치우비에게 귓속말을 했다. 치우비로서는 아직 그것이 어느 정도이며 무엇인지 짐작이 잘 가지 않았으나 유망의 제안은 실로 파격적이라 할 수 있었다. 결국 다른 땅을 차지하고 다른 부족을 점령하려는 것도 실제로는 뭔가를 얻으려고 하는 짓이다. 그런데 지나족 전체가 교역하는 물량의 십분의 일을 그냥 얻는다면 그 근처의 미아우나 마갸르족은 아마도 전체 미아우나 마갸르 중에서도 가장 부자가 될지도 몰랐다. 더구나 유망이 원하는 것은 지역 전체의 통제가 아닌, 교역 장소로서의 공상의 역할이었다. 유망과 형천에 대한 원한이 깊은 사람도 있겠으나 그들 대신 창힐이 그곳에 남는다면 그러한 묵은 원한을 들춰 낼 기회도 없어질 수 있다. 적어도 미아우 마갸르에 대한 보상으로서는 이 이상 확실한 것이 없다고 부소다솔은 설명했다. 전쟁을 벌여 승리해도 이 이상의 보상을 받기는 어렵다는 설명이었다. 그러자 치우벌이 다시 말했다.

"그렇다고는 하나 그렇게 하면 주신은 무엇을 얻소? 또다시 열 가운데 하나를 주신에게 줄 생각이오?"

"그렇게 한다면 너무나 손해가 커서 어떤 지나족도 공상에서 교역하지 않을 테지. 그보다 주신에게 줄 수 있는 더 큰 선물이 있네만. 그건 다음에 말하기로 하고."

"일단은 끝까지 들어 봅시다."

유망이 턱없는 요구를 늘어놓는 것 같지는 않자 치우벌의 굳어진 안색도 조금은 풀렸다. 유망은 다음 안건을 말했다.

"두 번째는 간단한 요구 사항 같은 것일세. 헌원에 대해서는 다들 잘 알겠지만, 그의 칭호를 올려 주었으면 싶네. 주신의 권위가 높으니 주신의 칭호를 얻어야 헌원도 어깨를 펴지 않겠는가? 오래전의 일이지만 태산 회의 때에도 사와라 한웅께서 회의를 헌원이 주관하라 하신 적도 있으니 크게 어려운 일은 아니라고 여기네. 내가 더운 남쪽을 다스리고, 성격이 불같아서 염제라고 불리고 있지. 헌원은 넓고 기름진 누런 땅을 다스리고, 성격도 땅과 같으니 황제(黃帝)라고 불러 주는 것이 어떨까 싶네만."

그 요구를 듣자 알유와 이부는 만족스러운 듯 고개를 끄덕였다. 알유와 이부는 헌원 측에서 참전을 한 사람들이니 헌원의 명예를 높이는 요구 조건에 반대할 리가 없었다. 주신의 한웅에게 이러한 칭호를 받는 것은 단순한 이름뿐일지라도 커다란 의미가 있었다. 현재까지 아무리 누가 뭐라 해도 지나족의 지배자는 염제 신농 유망이었다. 헌원이 세력을 유망 못지않게 키웠다고 해도 모든 사람들의 인식은 염제를 떠날 수 없었다. 그러나 헌원이 황제라는, 염제에 비견될 호칭을 얻는다면 앞으로 헌원은 유망에 필적하거나 그 이상으로 올라갈 수 있다는 인식을 얻는 것이다.

공상 건과는 달리 이 조건은 치우비나 주신으로서는 마다할 이유가 없었다. 치우비가 이즈음 신시에서 벌어진 일련의 사건들을 알았다면 사정이 달라졌을지 모르지만, 치우비는 헌원이 음모를 꾸미는 속이 시커먼 자라는 것, 소녀까지 조종하여 형을 골치 아프게 만든 사람이라는 것 정도까지만 알고 있었다. 속이 울컥하기는 했지만 개인적인 일이라 여겨 억누를 수 있었다. 주신의 입장으로는 지나족이 둘로 나눠지는 편이 유망의 밑에 똘똘 뭉쳐 있을 때보다 낫다. 더구나 예전 태산 회의 때 사와라 한웅이 천하에 공포한 일도 있으며, 쌍수를 들어 반대해야 할 처지인 유망이 원하는데 못 들어줄 일도 아니었다.

머리로 꾸미는 일에 대해서는 항상 형을 믿고 의지해 왔던 터라, 치우비는 스스로의 생각이 있음에도 불구하고 양해를 구해 뗏목 뒷전에서 사람들과 상의를 했다. 꼼꼼한 부소다솔이 도리어 대부분의 의견을 찬성했고 부달과 치우광은 입을 다물었으며 치우벌과 질쾌가 여러 가지를 의심하는 입장이었다. 결국 치우비는 세 번째 조건까지 들어 보고 결정을 내려야겠다고 마음먹었다. 유망에게 의사를 밝히자 유망은 의외의 말을 했다.

"좋네. 허나 세 번째 이야기는 웃뜸사울아비와 염제 신농인 나, 둘이서만 해야 할 것이야. 그래도 좋은가?"

싸움이라면 주저하지 않았겠지만 혼자 유망과 이야기를 나눈다는 것은 곧 결론도 스스로 내려야 한다는 것을 의미했다. 치우비는 주저했다.

'내가 잘할 수 있을까? 아, 형님이 계셨어야 하는데!'

그러나 치우천은 지금 이 자리에 없다. 치우비는 용기를 내어 유망에게 고개를 끄덕여 보이고는 같이 온 다섯 사람을 물러서게 했다. 유망도 형천 등 자기편 사람들을 물러서게 했는데, 형천은 치우비를 보고 웃으며 말했다.

"언제 꼭 다시 겨뤄 보세나. 싸움터가 아닐지라도 말이야. 웃뜸사울 아비."

치우비는 형천이 남긴 말이 이해가 가지 않았다.

'당장 싸움터에서 내일이라도 다시 부딪힐지 모르는데 무슨 소리를 하는 걸까?'

유망과 막상 이야기를 나누게 되자 치우비는 형천의 말이 깊은 의미를 담고 있다는 것을 알게 되었다. 유망이 믿을 수 없는 제의를 한 것이다.

"정말이십니까?"

치우비는 도저히 자신의 귀를 믿을 수 없어서 다시 물었다. 유망은 똑같이 말했다.

"정말이라네."

"믿을 수가 없습니다."

"믿기 힘든 것도 이해하네. 허나 믿어도 좋네."

유망의 어조에는 조금의 광기도 없었다. 광기커녕 흥분한 기색조차 없었고, 지나족의 대족장다운 산 같은 기세와 위엄만이 흘렀다.

"나는 오랫동안 주신과 싸웠고, 자네 형제와 싸워 왔네. 그러나 원한은 없네. 그러기커녕 자네들이 마음에 든다네. 자네들을 누구보다도 잘 알고 있다고 생각하고. 적일지라도 오래 접하다 보면 상대의 모든 것을 알게 되지. 서로 모든 수를 다 써서 싸워 보았기에 벗으로 만났다면 모를 밑바닥까지 속속들이 알게 되는 거야. 그래서 더 믿을 수 있는지도 모르지."

"허나 말씀하신 것이 너무도 큽니다. 그것을 과연…… 주신으로서야 마다할 이유가 없습니다만 지나족이 과연 따를지……."

치우비가 아직도 믿을 수 없다는 기색을 지우지 못하자 유망은 엄하게 말했다.

"내가 염제 신농이야. 따르지 않는 놈이 있다면 내 선에서 책임을 지겠네. 아직 그만한 능력은 내게 있다고 믿으니."

"헌원이 따를는지요?"

"하하. 그래서 내가 헌원에게도 이름을 주라고 요구한 걸세. 나와 비슷한 위치에 있다고 생각하면 헌원은 속마음을 드러낼 거야. 아니, 이미 속마음을 드러냈으니 더 머뭇거리지 않을 테지. 허나 그게 헌원을 죽음으로 이끌 걸세. 왜냐하면 주신이 아닌 내가 그를 칠 것이므로!"

"헌원은 우리가 만들고 있던 구리 무기를 수없이 손에 넣었습니다."

"아, 나도 대강은 들어 알고 있네. 조금 힘들어지겠지만, 그렇다고 진다는 생각은 하지 않아."

유망은 웃으며 말했다.

"헌원을 치고 나면, 놈이 빼앗아 갔던 구리 무기도 거두어 돌려주도록 하지."

치우비는 다시 한번 확인하듯 말했다.

"지나족과 주신이 싸우지 않기로 맹세하는 것이라면 차라리 쉽습니다. 헌원도 그것 하나만이라면 거부하기 어렵겠지요. 허나……."

"내가 제안한 것은, 그 약속을 정말 이룰 수 있다는 증거야. 내 마음을 굳혔으니 염려할 것은 없네."

치우비는 그래도 믿어지지 않는 듯 말했다.

"물론…… 물론 좋은 일입니다만…… 어떻게…… 어떻게 형님이 지나족의 지배자가 된다는 것입니까?"

이것이 치우비가 놀란 점이었다. 유망은 주신과 지나족의 화친을 제안하면서, 그 증거로 염제의 뒤를 이어 치우천이 지나족의 수장 자리를 맡을 것을 요구했다. 주신의 사울아비나 치우 집안의 웃뜸 같은 자격을 포기하지 않은 상태에서 말이다. 유망은 큰 소리로 웃었다.

"우리 부족의 지배자가 되는 것이지, 족장이 되는 것은 아니야. 우리 지나족과 다른 부족들 사이의 관계를 이끌어 달라는 것이지 우리에게 이러쿵저러쿵 간섭하라는 것도 아니야. 자네 형이 그동안 주신과 싸워 왔던 우리의 지배자가 된다면 일단 큰 공을 세우고, 한웅이 될 수 있을 것 아닌가?"

"그건······."

"아마도 그리될 거야. 그러면 우리는 주신과 싸우지 않게 되고, 덩달 아 주신을 따르는 부족들과도 싸우지 않게 되겠지. 그렇다고 주신 한웅 이기도 한 자네 형이 우리를 직접 다스리고 간섭할까? 하하. 한웅이 되 면 그러고 싶어도 그럴 틈이 없을 거야. 이보게, 웃뜸사울아비. 사실 나 도 평화를 바라네. 다만 지나족이 제일 높은 위치에서의 평화를 바랐을 뿐이고, 그래서 전쟁을 벌인 거야. 허나 그건 착각이었고, 실수였어. 우 리를 잘살게 하기 위해 벌인 싸움에 점점 말려들어서, 원래 바란 것이 무엇인지조차 잊어버리고 화내고 울분을 터뜨리고 복수하고······ 결국 은 그 싸움이 우리 스스로를 못살게 만들고 있는 것을 깨달았네."

유망은 나지막하게 말하면서 머리에 달고 있는 소뿔 장식을 어루만 졌다.

"이제는 발을 빼지 않을 수가 없어. 헌데 너무 깊이 들어와서, 발을 빼고 싶어도 싸움을 그치고 싶어도 그칠 방법이 없는 거야. 한 가지 방 법이 이거였어. 내가 지는 거야. 다른 사람에게는 나도 지지 못해. 자존 심이 있으니까. 자네들이라면 믿을 수 있지. 자네들의 뜻은 세상에서 싸 움을 줄이는 것이고, 서로 어울려 벗으로 삼아 존중하면서도 간섭하지 않고 친하게 지내는 것이라 하지 않았던가?"

"그렇습니다."

"예전에 그 말을 들었을 때 나는 실제로 이루어질 수 없는 헛소리라고 여겼지. 자네들과 처음 만나고 싸울 때는 제정신이 아니기도 했고. 허나 싸우고, 지면서 차차 머리가 맑아지더군. 자네들이 거짓을 말하는 것 아닌가 의심도 했어. 자네들이 벗을 대하고, 어려움을 이겨 내는 것을 이야기로나마 전해 들었네. 자네 형제를 따른 부족들이 어떻게 변해 가고, 강해지고, 서로 단단히 뭉쳐졌는지도 아네. 마갸르와 미아우가 함께 힘을 합해 싸우고, 멀리 있는 타타르와 몽골까지도 서로를 믿고 등을 내주게 만들지 않았나? 거기에 지나족도 끼워 넣고 싶은 거야. 그런데 우리와 주신과는 워낙 묵은 감정이 많고, 내가 이제껏 우리 부족을 잘못 이끌어서 주신이라면 원수로 여기는 사람들이 널려 있어. 그러니 방법을 찾아야 하는데, 이제야 간신히 하나를 찾은 걸세. 내가 지는 거야. 그래서 지금 말한 지배자 자리를 넘기는 거고, 주신은 우리를 달래기 위해 공상을 넘겨주는 거지."

"지나족이 받아들일까요? 이름뿐일지라도 주신에 지배자 자리를 넘기는 것은……"

치우비가 말하자 유망은 다시 웃으며 말했다.

"자네 착각하는군. 내가 언제 주신에 지배자 자리를 넘긴다고 했나? 자네 형, 치우천에게 넘기는 걸세. 그리고 내가 살아 있는 동안은 아니야. 내 다음의 후계자가 되는 거야. 그때가 되면 치우 집안이 지나족의 지배자 집안이 되는 것이지, 지나족이 주신족이 되는 것은 아니야. 비슷한 것 같아도 아주 달라. 주신에 지나족을 넘긴다면 당장 내 부하들도 참지 않지. 그러나 치우천에게 져서 권리를 넘기는 것뿐이야. 이름뿐이지만, 이것만으로도 지나족과 주신족은 싸움을 멈추게 돼. 주신에 항복한 것은 아니지만 지배자의 부족과 싸움은 좋지 않은 일이야. 지나족의 자존심도 살리고, 주신의 자존심도 상하지 않아. 나중에 자네 형이 죽게 되면, 치우 집안에서 지배자를 뽑아도 좋아. 하지만 내 생각에는, 자네 형이 지나족을 계속 다스릴 거라곤 믿지 않아. 싸움이 멈추고, 평화가 자리 잡은 다음에는 아마도 자네 형이 알아서 지나족 중에 똑똑한 이를 뽑아 자리를 맡길 거야. 하하. 내 속을 너무 보였나?"

치우비는 이윽고 고개를 끄덕였다.

"염제 신농께서는 패배하신 게 되는데, 그걸 받아들이실 수 있습니까? 또, 패하셨는데 지나족이 말씀을 잘 따를까요?"

유망은 껄껄 웃었다.

"하하! 솔직히 나는 졌어! 나도 형천도 내 부하들도 세상 어디 내놓아도 뒤지지 않는다 자신하지만 자네들은 못 당하겠어. 공상에서도 졌고, 지금도 이렇게 숫자 차이가 나고 자네 형도 없는데도 나는 이기지 못하고 있어. 더구나 앞으로 자네 형과 자네가 주신의 모든 힘을 이끌어 나와 비슷한 숫자의 군대를 이끌게 된다면…… 하하. 자신 없네! 지금 인정하는 것이 차라리 내 자존심을 살리는 일이지!"

유망의 웃음에는 조금도 꺼리거나 스스로를 비웃는 느낌이 없었다. 비틀리지 않은 웃음이라는 것을 확인하자 치우비의 걱정도 어느새 사라졌다. 유망은 자신이 모든 불명예와 책임을 짊어지려 했다. 존경스럽다는 생각이 절로 우러나왔다. 허나 유망은 장난이라도 치듯 잠시 더 웃다가 말했다.

"내가 여기서 패했다고 해도 내 부하와 군대는 그대로야! 분명 헌원이 난리를 피우겠지. 그러니 그놈은 때려잡아야 해! 그러고 나면 누가 내 말을 어길 것이며, 내가 후계자로 인정한 치우천을 무시할 수 있겠는가? 다만 부하들을 이해시키려면 이런 꾀도 내야 해. 내 부하들, 한낱 전사에 불과하여 생각도 없이 싸움만 하는 바보들도 자존심은 있어. 주신에 져서 그 밑으로 들어간다고 하면 그 바보들은 자신들이 노예가 될 거라 생각할 거야. 자네 형제가 아니라 주신의 다른 놈에게라면 전멸할 때까지 싸웠을 거야. 허나 내가 그동안 확인한바, 자네 형제들은 그럴 사람이 아니지. 다른 부족과의 관계를 끌어 가는 것을 보면 알아. 허나 그 바보들은 자네 형제의 큰 뜻과, 어울려 사는 게 낫다는 생각을 쉽게 이해하지 못할 거야. 그러니 그들에게도 명분을 주는 거지."

유망은 치우비에게 손짓을 해 가까이 오라고 했다. 치우비가 옆에 다가오자 유망은 뗏목 위에 털썩 편하게 주저앉아 발을 물에 담그고 장난하듯 까닥거리며 손짓으로 거듭 앉기를 권했다. 아이 같기도 하고, 철없어 보이기도 하면서 대부족장다운, 무엇에도 꺼리지 않고 마음대로 행하는 모습이 보이기도 했다. 치우비가 곁에 와서 앉자 유망은 발로 물을 튀기며 말했다.

"자자. 내 부하들, 돌대가리들의 생각을 한번 짐작해 보자고. 부족 대 부족으로 싸운 게 아니라, 전사 대 전사로 내가 치우천에게 졌다. 그러니 지배자의 자리를 준다. 실제 지배하여 세금을 거두거나 일을 시키지 않으니 실제로 손해 볼 것도 없지. 도리어 공상을 돌려주고, 졌다고 배상을 물리거나 하지도 않아. 어, 정말인가 생각하겠지. 그 증거로 금천이 나설 거야. 금천도 싸우기 싫어하는 놈이야. 주신과 지나족 사이의 긴 땅도 가지고 있어. 그놈은 전쟁보다는 장사에 재주가 있는 놈이지. 우리 지나족은 주신의 신시에서 나오는 좋은 물건들을 아쉬워하고 있거든. 몽골의 좋은 말, 타타르의 씨 좋은 양과 가죽, 미아우의 약초와 말린 과일, 마갸르의 수수와 조, 소, 주신의 구리 물건과 장식품, 그릇……. 하하. 우리도 힘들어. 지금 그것들을 빼앗으려 전쟁을 벌인 셈이지만 이기기도 힘들어. 언제 신시까지 가나, 언제까지 참아야 하나, 그런 생각일 거야. 그런데 싸움이 멈추고, 그런 물건들이 흘러온다면? 아, 좋다.

이렇게 좋고 편한 걸…… 그렇게 생각할걸? 처음에는 원한도 있고, 자존심 상해하는 놈도 있겠지. 허나 지배자의 부족이니 주신과 싸우지 못하지. 주신이 강하거나 못 싸우게 하는 게 아니라, 지나족이 스스로 지배자의 체면을 세워 주느라 '안' 싸우는 게 되는 거야. 하하. 똑같은 것 같지만 말이야, 같은 일이라도 자기가 좋아서 하거나 자기 체면이 서는 일은 힘든 줄도 모르는 법이야. 반대로 누구에게 눌려서라거나 체면이 상한다면 목숨도 거는 법이고 말이야. 체면을 세워 주고 자존심만 건드리지 않는다면, 세상의 어느 미친놈이 전쟁을 좋아하겠어? 하하!"

"주신에서 만약 지나족을 험하게 다룬다면 어쩌시겠습니까? 물론 그런다는 말씀은 아닙니다만."

"그럼 뭐 어떡해. 다시 싸우는 거지. 그때 싸워도 늦지 않아. 하지만 말이야, 난 자네 형제를 믿어. 적이었기 때문에 더 잘 안다니까. 적어도 자네 형이 살아 있는 동안은 확실하고, 아주아주 세월이 흘러 자네 형이 죽은 후에는 어찌 될지 모르지만, 자네 형은 그전에 대비를 해 둘 사람이야. 하하. 거기까지야. 그때면 내가 늙어 죽은 다음일 건데 뭐 알아서들 잘 살겠지. 굳이 하나 이야기한다면……."

유망은 흐뭇한 표정으로 하늘을 올려다보았다. 치우비는 약간 굳은 표정으로 눈을 크게 뜬 채 유망의 얼굴만 바라보고 있었다.

"내 손자 중에 공공이라는 아이가 있어. 아직은 어리지만 똑똑하고 튼튼해서 헌원이 자랑하고 다니면서, 그 뭐냐…… 십육기인인가 뭔가에까지 끼워 넣었다는 전욱이라는 놈에게도 뒤떨어지지 않아. 전에 창힐에게 뭣 좀 가르치라고 맡겨 공상에 두었는데, 지금도 거기 있을 거야. 그 녀석이 자라면 자네 형보다 똑똑한 녀석이 될지도 몰라. 자신 있어, 하하. 그땐 그 녀석이 나, 유망의 후손으로 이름뿐인 주신의 지배자 자리를 차지하는 날이 올지도 모르지. 난 그날이 오기를 바란단 말이야,

하하! 좌우간…… 전쟁은 더 이상 내키지 않아. 전쟁 같은 거 이제 집 어치우자고. 내가 졌고, 진 걸로 소문도 낼 테니 우리와 싸우지 말자는 거고, 하나씩 바꾸잔 거야. 자네 형더러 지나족 지배자 하라고 하고, 공상성만 줘. 주변의 마갸르 미아우족은 창힐이 알아서 할 거야. 공공 녀석도 사람들 다스리고 친하게 지내는 법도 배울 겸 말이야. 금천의 부족을 용서해 주고 우리와 교역하는 중간 역할을 열어 줘. 그리고 나는 헌원을 잡아 주는 거지. 그다음에는 걸릴 게 하나도 없어. 적어도 자네 형이 뜻을 펴며 살아 있는 동안에는 말이야……."

유망은 양팔까지 휘저으며 자못 격렬하게, 조금도 망설이거나 막힘이 없이 열변을 토하고는 치우비를 바라보았다.

"어떤가?"

치우비는 유망의 눈을 가만히 바라보았다. 눈빛은 격렬했고 불타오르는 듯했으나 그것은 흥분하거나 광기 어린 불꽃이 아니었다. 따뜻하고 편안함을 주는 불꽃의 느낌이었고, 그 한가운데에는 확신이 있었다. 치우비는 눈을 크게 뜨고 유망의 눈을 마주 보다가 천천히 고개를 끄덕였다.

잔치

치우는 어떤 사람들에게는 하늘나라의 못된 신으로 비치기도 하지만
본래는 용맹스러운 한 거인족의 명칭이었다. 이 부족 사람들은 남방에 살았는데
염제의 자손이라고 한다. 고서의 기록에 따르면 치우에게는
모두 여든한 명 혹은 일흔두 명의 형제가 있었다고 하는데 그 모습이 모두 유별나게
용맹스러워 보였다. 구리로 된 머리에 쇠로 된 이마. 그리고 동물의 몸을 하고 있으면서
사람의 말을 했다고 한다. 그 밖에 이상한 민간 전설도 있다.
즉 치우는 "사람의 몸에 소의 발굽을 하고 있고 눈이 네 개에 팔이 여섯 개"라고도 하고,
또 머리에는 날카롭고 단단한 뿔이 돋아 있으며
귀 옆의 머리카락이 마치 칼처럼 뻣뻣하게 서 있다고도 했다.
—『술이기(述異記)』,『노사(路史)』,『태평어람(太平御覽)』등에서 발췌

"저게 대체 뭐 하는 짓거리인가?"

만주 벌판의 황색 먼지를 머리에 개어 바르듯 뒤집어쓴 야율쿠리가
외쳤다. 화가 치밀어 올라 뺨이 부르르 떨리자 겹겹이 뭉쳐 달라붙어 있
던 먼지가 한 조각 떨어졌다. 넓은 벌판에서도 군데군데 동산처럼 솟아
오른 작은 언덕이나 산은 있게 마련이었고, 이들은 지금 그런 언덕배기
중 하나에 올라 주변을 살피는 중이었다. 그런데 저만치, 반나절 거리에
모인 양측의 군대는 믿기 어려운 행동을 보이고 있었다. 야율쿠리가 화
난 듯 고삐를 급하게 채어 거칠게 말머리를 돌리자 네 명의 힘센 장한이
멘 가마를 타고 있던 초초룬이 비웃듯 말했다. 녹색의 천을 온몸에 두르
고 얼굴까지 반쯤 가린 초초룬은 눈만 반짝거리며 빛나고 있었다.

"보고도 모르냐? 잔치를 벌이고 있잖아."

야율쿠리는 악을 썼다.

"나도 그건 안단 말이다!"

"알면서 왜 그러는 거야?"

야율쿠리는 답답한 듯 오른 손바닥을 주먹 쥔 왼손으로 탁탁 쳐 가면서 말했다.

"그러니까, 우리는 지나족과 싸우는 주신을 도우러 죽을 고생을 하면서 달려왔고, 지나족과 싸워 가며 포위를 뚫고 여기까지 왔다! 이 먼지봐라! 대족장이신 내 얼굴에 이 먼지가!"

"너만 그랬냐? 여기 모든 부족이 다 그랬지."

초초룬이 여전히 빈정거리자 야율쿠리는 답답한 듯 가슴까지 쾅쾅쳐 가며 외쳤다. 자못 사나운 기세였으나, 초초룬에게는 아이가 투정부리는 것으로밖에 보이지 않는 모양이었다.

"아, 그런데 왜 지나족과 주신족이 같이 어울려 잔치를 벌이고 놀고있느냔 말이다! 이건 뭐냐! 우린 뭐야?"

야율쿠리는 말하면서 더 성질이 도지는지 곤봉과 도끼를 들고 말에서 훌쩍 뛰어내려 하늘을 보며 포효하듯 외쳤다.

"나는 싸우고 싶다! 지나족 돼지들을 물리치고 벗을 구하려고 왔단말이다! 끽구를 쓰러뜨린 키탄의 야율쿠리가……."

초초룬이 야율쿠리에게만 들릴 정도의 크기로 비웃듯 말했다.

"끽구를 쓰러뜨린 게 아니라 잠깐 엉덩방아를 찧게 한 것뿐이었지. 너는 맞아 죽을 지경이었고."

야율쿠리는 얼굴이 잠깐 벌게졌지만 못 들은 척 용맹하게 외쳤다.

"이번에는 형천과 겨루어 보려고 왔단 말이다! 그런데 왜 싸우지 않는 거냐? 왜 놀고들 있는 거냐 말이다!"

야율쿠리가 늑대가 포효하듯 외치자 언덕 아래의 키탄족 전사들이 덩달아 와하고 고함을 치며 늑대 울음소리를 냈다.

저만치에서 말을 타고 누가 급하게 달려왔다. 팔짱 낀 채로 말을 몰아 언덕배기를 질풍같이 올라오는데도 흔들림조차 없었다. 보통 사람의 두 배는 됨 직한 거인인데다가 뼈와 짐승 발톱으로 온몸을 괴물처럼 치장해 무시무시한 차림이었다. 얼굴에 흉터가 그득하고, 얼마 전 생긴 것이 분명한 상처로 인해 얼굴 반쪽을 붉은 천으로 동여매고 있어서 흉포하기 그지없어 보였다.

"설명해라!"

그자는 도착하자마자 여전히 팔짱을 낀 채 말을 귀신같이 멈추며 대뜸 소리를 질렀다. 그 기세에 야율쿠리는 험악한 인상으로 뒤를 돌아보며 외쳤다.

"뭘?"

"훈의 나단선우가 말한다! 내가 여기 온 것은 치우비를 내 손으로 쓰러뜨리기 위해서다! 그러나 치우비는 지나족과 싸우고 있다고 하여, 내 먹잇감을 넘겨주지 않기 위해 여기까지 왔다! 내 얼굴에 상처를 입힌 지나족 놈과 싸운 게 불과 며칠 전이다. 그런데 이 잔치판은 뭐냐? 나는 누구와 싸워야 하는 거냐? 치우비는 어디 있느냐?"

야율쿠리도 외쳤다.

"키탄의 야율쿠리가 말한다! 나단선우! 나도 모르고, 성질나는 중이니 떠들지 맛!"

나단선우는 냉랭하게 말했다.

"성질난다고? 나도 성질나는데 어쩌지?"

"뭐야? 한번 해보자는 거냐? 하핫!"

야율쿠리도 차갑게 웃으며 곤봉을 땅에 박고 긴 도끼를 양손으로 거머쥐었고, 나단선우도 팔짱을 끼었던 팔을 서서히 풀어 갔다. 그러자 이제야 타타르족 씨름꾼 출신 전사, 보챠두가 헐떡거리며 올라왔다.

"나단선우! 진정하시오! 주신의 연락병이 도착해서 말을 전했소이다!"

나단선우는 거칠게 말했다.

"다른 소리 할 건 없고! 치우비는 어디 있느냐 말이다!"

보챠두는 약간 노기를 띠며 말했다. 보챠두도 타타르의 유명한 씨름꾼이자 용사였으며 누구도 두려워하지 않았지만 부족장은 아니었다. 더구나 성질 급한 나단선우를 끌어들인 것이 타타르 앙가마이족이다. 일단은 참아야 했다.

"주신의 웃뜸사울아비이자 지나족의 악몽, 타타르의 수호자, 키탄과 미아우의 영원한 벗이고 마갸르의 은인이며……."

"닥치고 치우비는 어디 있느냔 말이다!"

자못 냉정해 보이던 나단선우가 노기를 터뜨리자 보챠두는 안색을 굳혔지만, 지지 않고 끝까지 말했다.

"……세상 제일의 용사가 되실 주신 치우 집안의 비님께서는 저기에 계신다 하오!"

한참 동안 존경의 칭호를 늘어놓고서야 잔치판을 손가락으로 가리켜 보이는 보챠두에게 나단선우는 성질을 부렸다.

"너희에게는 무슨 대단한 놈이라도 나에게는 아냐! 치우비 놈에 대해 구질구질한 소리를 내 앞에서 또 하면……."

그러자 보챠두도 더 참지 못하겠다는 듯 소리를 질렀다.

"나단선우! 그대가 비록 족장이라지만 치우비님을 모욕하는 소리를 하면 나도 참을 수 없소!"

"치우비가 뭐라고? 그 망할 자식이 네 뭐라도 되……."

나단선우가 크게 외치면서 말을 몰려고 하자 야율쿠리가 끙 소리를 지르며 말의 뒷다리를 잡아 말과 거인인 나단선우를 동시에 들어 올려

내동댕이치며 외쳤다.

"비 욕을 하면 나도 못 참는단 말이다! 이 개새끼야!"

야율쿠리가 무서운 힘으로 던진 말은 균형을 잃고 나자빠지며 데굴 데굴 굴렀지만 나단선우는 몸을 훌쩍 솟구쳐 뛰어오르더니 어느새 커 다란 구리도끼를 든 채 육중한 소리와 함께 땅에 발을 디뎠다.

"내 말을 던져? 이 냄새나는 키탄 거지새끼 따위가……!"

나단선우의 살기가 짙어지자 야율쿠리도 지지 않고 눈을 찢어지게 부릅뜨면서 실실 웃었다.

"헤헤. 이리 와. 와 봐!"

그때 와난수가 언덕으로 올라서다가 족장들 간의 싸움을 보고는 금 세 얼굴을 굳히며 뭐라 말할 사이도 없이 돌부터 꺼내 들었다. 뒤를 이 어 올라온 와난수의 아들 와난강도 돌을 꺼내 들었다. 동시에 던져진 이 두 사람의 돌 네 개를 한꺼번에 피할 사람은 몇 없었다. 보챠두도 입은 다물었지만 언제든지 나단선우에게 뛰어들어 몸을 조일 준비 자세를 갖추고 있었다. 허리를 낮추고 양팔을 휘젓는 그만의 독특한 자세였다. 그때 초초룬이 가마에서 훌쩍 뛰어내리며 짜증 섞인 목소리로 외쳤다.

"멈춰!"

초초룬은 뛰어내리자마자 양손을 보라는 듯 눈높이로 올렸다. 양손 의 집게손가락과 엄지손가락이 뭔가 집은 듯한 모양이었다.

"더 떠들면 다 죽인다. 허풍이 아냐. 난 미아우의 초초룬, 모든 벌레 와 독의 어머니 타타츄이트의 후예다."

야율쿠리가 코웃음을 치며 빈정댔다.

"타타츄이트 선인이 모든 벌레의 어머니란 것은 아는데 언제부터 모 든 독의 어머니도 되셨냐?"

초초룬은 야율쿠리에게 매섭게 눈을 흘겼다.

"한 번만 더 빈정대면 너도 죽인다! 바로 죽이지도 않고 차라리 죽여 달라고 발을 핥게 만들어 줄 수도 있다."

야율쿠리의 얼굴에 웃음기가 싹 가셨다. 그는 즉시 입을 다물고 조심스럽게 목에 걸었던 천으로 입과 코를 막으면서 뒤로 세 걸음이나 물러섰다. 나단선우의 거대한 도끼 앞에서도 눈 하나 깜짝하지 않고 웃던 야율쿠리가 저런 태도를 보이자 나단선우도 긴장했다. 초초룬은 야율쿠리와 나단선우와의 거리가 조금 멀어지자 타이르며 겁주듯 말했다.

"부족장답지 못한 것들아. 앞뒤는 살펴야지, 무턱대고 성질만 부리는 게 아니란 말이다. 부족장의 위엄과 자존심도 중요하지만 바보짓에 자존심을 부릴 거냐? 그런 바보라면 부족을 위해서도 내가 죽여 주는 게 나을 것이다."

초초룬은 뭔가 쥔 것 같은 양손의 손가락을 까딱거리며 말했다.

"둘 중 하나를 골라라. 온몸이 질질 녹아들어서 물처럼 흘러 내려가고 싶으냐? 부하들이 보는 앞에서 배를 움켜쥐고 죽는다고 데굴데굴 구르다가 입에서 온갖 것을 토해 내면서 죽고 싶으냐?"

나단선우는 지지 않고 손에 든 도끼를 반 바퀴 빙글 돌리며 무섭게 초초룬을 쏘아보았다.

"네가 손가락을 튕기는 게 빠를까? 아니면 두 손모가지가 날아가는 게 빠를까? 해볼까?"

야율쿠리가 외쳤다.

"누구 손목을 어쩐다고? 나, 키탄 울크리 족장 야율쿠리의 후계자, 야율빈을 낳은 여자의 손목을 노린다고 했냐, 지금? 그 손목을 노리는 손모가지는 무사할 수 있을까? 남의 손목을 자르기 전에 손목이 떨어지지는 않을까?"

나단선우는 얼떨떨한 듯 잠시 생각하다가 야율쿠리를 보았다.

"뭐야? 너희 한통속이었냐?"

그러자 초초룬이 동시에 말했다.

"이미 몇 년 전부터, 우리가 같은 편인 것은 모르는 부족이 없었는데 너는 그렇게도 바보냐? 이야기를 전해 주는 부하도 없었느냐?"

"흥! 그럼 결국 나만 죽이겠다 이거냐?"

나단선우가 이를 갈면서 말하자 야율쿠리가 풀죽은 소리로 말했다.

"그건 아니다. 저 여자, 말 안 들으면 나도 죽일걸?"

"뭐? 너희 말을 들어 보니 부부 같은데 어찌……."

초초룬이 성질을 부렸다.

"부부는 뭐가 부부냐! 위대한 미아우의 초초룬이 저딴 늑대 새끼 같은 키탄 놈과 부부? 너 정말 죽고 싶으냐?"

나단선우는 어이가 없어서 자신도 모르게 말했다. 의외로 일단 기가 꺾이자 어눌하고 순박한 말투로 변했다.

"흐흠…… 아, 아니라면 미안하다. 이건 미안하다. 오해다, 오해. 그런데 분명 야율쿠리 아들의 어머니가 너라고 들어서……."

그러자 돌만 든 채 이쪽을 보고 있던 와난강이 말했다.

"그건 맞다."

와난수도 말했다.

"뿐만 아니라 미아우의 공주, 슈슈린의 아버지도 키탄 야율쿠리지."

"어…… 어? 그러면 부부 맞는 것 아니냐?"

나단선우가 또 무심코 말하자 초초룬이 악을 썼다.

"아니라니까!"

이번에는 야율쿠리도 지지 않고 외쳤다.

"절대 아니다! 위대한 늑대의 후예 키탄 울크리 부족장의 마누라가 저런 독 덩어리에 성질 고약한 미아우 뱀벌레라니! 그런 헛소리를 지껄이면 내가 죽건 말건 네 대갈통부터 부숴 버리겠다!"

나단선우가 결국 폭발했다.

"아, 그러니 뭐가 뭐냐? 이 미친 연놈들아! 나를 죽이려면 죽이고, 붙어 보려면 붙어 보자! 그렇지만 날 놀리는 건 못 참는단 말이다!"

그때 껑충 뛰어오르며 날듯이 언덕을 오른 한 필의 백마가 나단선우의 앞에 떨어져 내렸다. 네 발굽을 모아 디디는 동시에 고삐를 잡아채어 말을 돌리면서 깔끔하게 멈추어 서는 품이 보통 기마술이 아니었다. 말 위에 탄 사람은 어느새 날카로운 뼈칼을 뽑아 나단선우의 코앞에 내밀고 있었다. 팔을 반쯤 굽힌 상태에서 칼끝이 코앞에 있으니, 팔만 뻗으면 바로 목이나 눈이 꿰일 것 같았다. 나단선우는 놀라기는커녕 도리어 눈을 부라리며 호통을 쳤다.

"보돈차르! 너도 해보자는 거냐?"

보돈차르는 간단히 답했다.

"아니다."

"그럼 뭐냐?"

나단선우는 씩 일그러진 미소를 지었다. 어느새 나단선우의 도끼가 보돈차르의 말 배 밑에 들어가 있어서 위로 쳐올리기만 하면 사람까지 통째로 날려 버릴 수 있었다. 보돈차르는 눈도 돌리지 않고 차분하게 말했다.

"몽골의 보돈차르가 말한다. 우리는 주신을 도우러 왔다. 주신이 싸우고 있으면 도와서 싸우면 그만이고, 잔치를 벌이고 있으면 도와서 잔치에 참가하면 된다. 어쨌거나 여기서 우리끼리 말싸움을 하는 것은 주신에 도움을 주는 일이 아니고, 우리가 할 일이 아니다."

보돈차르는 가볍게 칼끝을 거두고 말머리를 돌렸다. 나단선우도 잠시 씨근거렸지만, 천천히 도끼를 끌어당겨 손에 쥐며 말했다.

"보돈차르, 너는 싫지만, 네 말은 틀리지 않는 것 같다. 나는 내려가서 치우비를 만나야겠다."

나단선우는 도끼를 몇 번 휙휙휙 허공에서 돌리다가 등 뒤로 던져 꽂았다. 그제야 언덕 위의 사람들은 긴장을 풀고 무기에서 손을 떼었다. 야율쿠리도 양손을 치켜들며 당당하게 외쳤다.

"나는 형천을 만나겠다!"

초초룬도 손가락을 말아 쥐고는 슬쩍 팔짱을 끼며 말했다.

"가서 얻어맞고 뒈지려고?"

야율쿠리의 얼굴이 달아오르자 와난수가 재빨리 끼어들었다.

"일단 모두 내려가서 어떻게 된 영문인지 알아봅시다. 웃뜸사울아비를 만나면 다 알게 되지 않겠소? 지나족과 싸움이 멎은 모양이니 꺼릴 것은 없을 것 같소만."

지원군을 끌고 온 각 부족장은 우르르 흩어져 각자 자신의 부대에게 따라오라는 명령을 남긴 뒤 약속이라도 한 것처럼 모여 전진했다. 조금 더 가니 울타리와 물로 막힌 지나족의 방어벽이 나왔다. 그곳에는 지나족 전사들이 많았지만 모두 술에 취해 있거나 혹은 취해 가는 중일 뿐, 무기를 들고 그들의 앞을 가로막는 자들은 하나도 없었다. 심지어는 주신의 사울아비 같아 보이는 자들이 지나족의 모닥불에 끼어 앉아 같이 술을 마시거나 고기를 뜯는 모습도 보였다. 그러다가 주신의 사울아비 중 몇이 부족장들을 알아보고 놀라서 일부는 달려와 맞이하고 일부는 윗선에 알리러 달려 나갔다. 한동안 시끄럽다가, 마침내 부족장들은 정중하지만 술 냄새 풍기는 지나족 대전사급의 안내를 받았다. 주신과 지나족의 양쪽 진영 가운데에 피워진 거대한 모닥불 앞으로 나아가자 모닥불을 두고 둥글게 둘러앉아 있는 여러 사람들이 보였다. 양팔로 껴안아야 들 수 있을 만큼 커다란 토기를 아예 옆에 두고 술을 퍼마시는 거인은 분명 형천 같아 보였다. 그리고 바가지로 무슨 놀이인지 싸움인지 모르겠지만 술 한 잔을 퍼마실 때마다 머리를 쾅쾅 부딪쳐 대는 두 사람도 보였다. 한 명은 축융이고 한 명은 눈과 입만 빼고는 검은 헝겊으로 얼굴을 감은 으스스한 분위기의 사울아비 부달이었다. 말도 한마디 없이 서로 바가지를 부딪쳐 경쟁이라도 하듯 술을 퍼마시고, 있는 힘을 다해 머리를 쾅 소리가 나게 부딪치고 다시 술을 퍼마시고를 반복하고 있었다.

"저건 어느 부족 풍습이냐?"

나단선우가 무심코 묻자 야율쿠리가 고개를 저었다.

"척 보면 모르냐? 무슨 놈의 풍습이냐, 술 마시고 떠는 개지랄이지."

"축융과 주신 사울아비가 왜 지랄을 떨어? 그것도 함께?"

그들의 모닥불 맞은편에는 사람들이 많이 몰려 있었는데, 그 가운데에서 벌어지는 광경은 더했다. 한 사람이 한 손에는 술 바가지를 들고 다른 한 손으로는 몽둥이를 휘둘러 대고 있었다. 그의 등 뒤에는 커다란 술항아리가 여러 개 있었다. 맞은편에는 또 다른 한 사람이 이리저리 몸을 건들거리다가 무섭게 돌을 던져 댔는데, 바가지와 몽둥이를 든 사람은 돌을 피하거나 몽둥이로 쳐내면서 술을 퍼마시려고 했다. 그런데 그의 얼굴을 본 야율쿠리의 표정이 의아하게 변했다.

"저건…… 금천이잖아?"

그러자 보돈차르도 놀라는 표정을 지었다.

"자기 부족에게 '작은 하늘[小昊]'이라고 불리는 지나족의 금천 말인가?"

와난강은 침통하게 말했다.

"지나족 족장 따위가 무슨 놈의 하늘이란 말이오!"

"남의 부족이 자기 족장을 뭐라 부르건 무슨 상관이냐?"

나단선우가 끼어들자 와난수가 아들 대신 말을 이어받아 말했다.

"감히 자신을 하늘에 비교하다니, 건방지지 않소이까?"

그러자 다시 나단선우가 말했다.

"우리 부족은 나를 '하늘보다 높고 거대한 나단선우'라고 부른다. 나도 너무 건방진 거냐?"

와난강과 와난수는 입을 다물었다. 금천의 부족과 경계가 닿아 있는 마갸르족의 두 사람이었다. 그렇기에 금천과 쌓인 감정이 많은 것이 사실이었다. 그러나 남의 부족이 자기 족장을 높이건 말건 그것을 트집 잡을 이유는 없는 것이다. 와난수가 말을 돌리려는 듯 말했다.

"그 앞에서 돌 던지는 사람은 보아하니 태산 회의에서 보았던 주신 단군이로군. 도단이……는 아니고…… 질쾌라고 했던가?"

초초룬은 고개를 저었다.

"그런데 저게 무슨 짓인지 모르겠네."

무슨 짓을 하는지 납득은 가지 않지만 일단 그쪽을 보게 되니 눈을 뗄 수가 없었다. 둘의 겨루는 재주가 신기하고 손에 땀을 쥐게 하기 때문이다. 보아하니 질쾌는 금천이 술을 마시지 못하게 방해하려고 돌을 던지는 듯했다. 돌이 사방에서 날아들고 하나인 것 같다가 둘로 쪼개지는가 하면 휘돌아서 뒤로 날아들기까지 하니 기막힌 재주라 하지 않을 수 없었다. 역시 돌 던지는 재주를 갖고 있던 와난강과 와난수 부자는 자신들도 모르게 약속이라도 한 것처럼 질쾌의 재주를 들여다보며 마치 자신이 돌을 던지는 것처럼 몰입해 버렸다. 속으로 놀라기도 하며, 이때는 그렇게 하는 것이 아니라고 응원과 질책을 번갈아 해 댔다. 그러나 금천의 몽둥이 휘두르는 기술은 퍽 놀라워서 그런 질쾌의 돌을 계속 막아 내고 있었다. 휘두를 때마다 길지도 않은 몽둥이에서 바람 소리가 일었고, 몽둥이가 손에서 빙빙 돌 때는 뿌옇게 변해 보이지도 않을 정도였다. 다급해지면 땅을 구르거나 몸을 날리기도 하면서 돌을 피해 내며 술을 마시려고 했으나 질쾌의 돌은 눈 달린 것처럼 날아들어 도저히 술을 퍼낼 수가 없었다. 금천의 재주는 몽둥이였지만 그것은 칼이나 도끼, 긴 도끼에도 응용이 가능한 기술이었다. 역시 그쪽의 재주를 평생 갈고 닦은 야율쿠리나 나단선우는 물론, 보돈차르까지 눈을 빛내고 금천을 주시했다. 와난강 와난수 부자와 똑같이 눈앞의 싸움에 빠져 버린 것이다. 오로지 보챠두와 초초룬 두 사람만 고개를 갸웃거리며 두 사람을 바라보았다. 겨루되 몸을 직접 노리지 않는 것을 보아서는 무슨 내기 같았으나 그렇게 보기에는 질쾌의 눈에 짙은 독기가 서려 있었고 땀을 뻘뻘 흘리는 금천의 표정도 심각했다.

"저것도 술 먹고 하는 개지랄이야?"

한참 바라보다가 초초룬이 무심코 우연히 곁에 있던 보챠두에게 묻자 엄숙한 성격의 보챠두는 잠시 입을 다물고 있다가 말했다.

"술 먹고 하는 건지…… 아니, 술 취한 채라면 저런 기술은 부리기 어려울 겁니다. 초초룬 대족장."

"그렇겠지?"

"예."

초초룬은 그제야 보챠두의 얼굴을 바라보고 자신이 실례를 범했다는 것을 깨달았다.

"어머. 그리고 보니 타타르의 씨름 명인, 보챠두님 아니신지요? 이름은 많이 들었습니다. 이렇게 직접 인사하기는 처음이군요. 이거, 제가 버릇이 없어서 실례를 했습니다."

"저야말로 미아우의 위대한 여족장 초초룬님의 이름을 자주 들었습니다. 저는 타타르족의 작은 전사일 뿐입니다. 족장분들께 연락을 전하러 왔다가 무심코 끼어들어 여기까지 오게 되었군요."

"아니, 아니. 치우비에게서도 이야기 여러 번 들은 용감한 전사신데, 족장이니 뭐니 무슨 상관이겠어요?"

초초룬이 살갑게 생긋 웃으며 말하자 보챠두는 속으로 생각했다.

'미아우의 초초룬은 성격이 독하고 건방지기 이를 데 없어서 남자를 개같이 여긴다고 들었는데, 뜬소문은 믿을 것이 없구나. 족장답게 사람을 대하고 대접하는 것에 남다른 데가 있어.'

그때 보챠두에게 인사를 마치고 눈을 돌린 초초룬이 혼잣말로 중얼거렸다.

"그런데 저 빌어먹을 사내자식들은 싸움질만 보면 할 일도 잊고 눈이 돌아가 버리니 원. 독을 풀어 다 죽여 버릴까 부다."

보챠두는 입을 벌린 채 생각하기를 멈추었다.

저만치에서 누가 손을 들어 초초룬을 불러 댔다. 남자 목소리인데 술에 취했는지 혀 꼬부라진 소리여서 누가 부르는지 알 수 없었다.

"초초룬~~~! 어이 초초룬~~~!"

자기 이름을 마구 부르자 부아가 치민 초초룬은 버럭 소리를 질렀다.

"어떤 냄새나는 사내새끼가 미아우 대족장님의 이름을 함부로 부르는 거냐? 혓바닥이 썩을······!"

그런데 욕을 하면서 눈을 돌린 초초룬의 얼굴은 금방 헤 웃는 표정으로 변했다. 보챠두가 보니 그 사람은 치우비였다. 치우비는 조금 놀란 듯, 멍한 표정으로 눈을 크게 뜨고 동작을 멈춘 채 초초룬을 보고 있었다.

"어······ 미······ 미안, 미안합니다. 초초룬 족장. 이거 무심코······."

초초룬은 아니라는 듯 양손까지 휘휘 저어 보이며 활짝 웃었다.

"야, 반갑다. 웃뜸사울아비. 아니, 내가 실수했다. 넌 줄 몰랐어. 반갑다. 비야."

치우비는 다시 히죽 웃으며 손에 들고 있던 커다란 술항아리를 들어 벌컥벌컥 마셨다. 그러고는 술항아리를 초초륜에게 내밀었다.

"같이 마시자."

초초륜은 술항아리를 받아들고는 역시 호탕하게 한참을 마신 다음 입가를 슥슥 소매로 문질러 닦은 다음 치우비에게 말했다.

"그런데 이제는 지나족과 싸우지 않는 거냐?"

"응."

치우비가 간단하고 무심하게 대답하자 초초륜은 부아가 솟았다.

"어허. 도대체 이게 뭐냐? 우리는 죽을힘을 다해 여기까지 싸우며 왔는데……."

"나도 힘들게 싸웠다."

옆에서 누가 불쑥 끼어들었다.

"물론 나도 힘들게 싸웠지."

초초륜은 끼어든 사람의 모습을 보고는 크게 놀라 자신도 모르게 뒤로 한 걸음 물러섰다. 당당한 체구에 번쩍이는 눈빛과 머리에 크게 솟아 있는 두 개의 쇠뿔을 닮은 장식. 지나족 중에 이런 쇠뿔 장식을 높이 달 수 있는 사람은 한 명뿐이었다.

"염제 신농!"

"그래. 내가 유망이야. 우리, 본 적이 있었나? 난 기억에 없는데."

초초륜은 긴장하여 머뭇거렸다. 지금껏 수많은 부족들이 지나족과 싸워 왔고, 그중에서도 먀갸르와 미아우는 많은 피를 흘렸으며 여러 부족이 멸망당하기까지 했다. 그런 지나족 중 최고의 우두머리가 염제 신농 유망이었다. 비록 싸움은 멎은 분위기였지만, 유망과 코앞에서 불쑥 맞닥뜨리게 되니 순간적으로 초초륜의 마음은 복잡해졌다.

'독을 써서 죽여? 아니면 그냥 넘어가? 아, 이게 도대체 어떻게 된 거

야, 대체.'

그때 치우비가 무방비한 상태로 술을 마시면서 유망에게 말했다.

"미아우의 대족장 초초룬입니다. 대단한 여전사지요. 제 친한 벗입니다."

"아하. 그렇군. 독을 잘 쓰고 벌레를 부리는 그 유명한 초초룬인가? 나도 고생깨나 했지. 이렇게 마주 보게 되니 반갑군그래."

유망은 남의 일인 것처럼 태연하게 말했다. 초초룬이 긴장과 고민으로 주춤하는 사이, 유망은 자신이 안고 있던 술항아리 하나를 초초룬에게 덥석 안기며 말했다.

"받아. 지나족 대족장이니 미아우 족장이니 생각하지 말고 다만 치우비의 벗으로 마시자는 거다. 마셔."

초초룬은 술항아리를 받아들었지만 긴장한 목소리로 말했다.

"미아우의 초초룬이오. 치우비의 벗으로 마시자니 마시기는 하겠으나, 왜 싸움을 멈추었는지 좀 더 설명해 줄 것을 요구하오!"

초초룬은 술항아리를 번쩍 들어서 단숨에 벌컥벌컥 항아리의 술을 한 번에 들이켜고는 항아리를 내던져 깨뜨렸다. 많은 술을 마셨지만 소맷자락으로 입을 쓱 훔치는 초초룬의 눈빛은 또렷하여 취한 기색이 없었다. 유망은 그것을 보고 껄껄 웃으며 엄지손가락을 세워 보였다.

"아! 대단하군! 치우비의 벗다워! 좋아. 설명을 할 테니 다른 족장들도 부르시게."

잠시 후, 유망은 치우비와 그의 벗들을 모아 놓고 술을 마시면서 주신과 지나족이 평화 협정을 맺은 경과에 대해 설명해 주었다. 공상을 지나족에게 돌려주는 대신 치우천을 유망의 뒤를 이은 지나족의 지배자로 삼는다는 조건은 몇몇에게는 이해시키기 어려웠지만 치우비와 가장 날카로운 두뇌를 지닌 보돈차르에 의해 그럭저럭 설득이 되었다. 다만 헌원에게 '황제'라는, 주신도 인정한 지위를 준다는 것을 더 이해하기 힘들어하는 사람도 있었다. 그러나 특히 보돈차르와 초초룬이 이 계획에 전적으로 동의했고, 미처 내막을 짐작지 못하는 다른 부족장들을 설득했다. 지나족과의 전쟁에 많은 부족이 지쳐 있었으며, 중심에 선 치우비가 전적으로 유망의 생각에 동의하자 다른 부족장들은 할 말이 없었다. 다만 신중한 보돈차르는 유망에게 말했다.

"염제 신농의 그런 결심에 찬동하오. 그러나 헌원이 어떻게 나올지는 모르는 일이오. 그것이 가장 문제가 될 거요."

유망 대신 형천이 말했다.

"염제님 옆에는 내가 있고, 축융과 육만의 전사들이 있다. 또 금천이 이끄는 이만의 전사들과 알유가 이끄는 만 명 이상의 전사들이 염제 신농님에게로 합세하기로 되어 있다."

"비휴와 신도 울루가 이끄는 전사들도 있던데 그들은 어찌하시려오?"

와난강이 묻자 이번에는 축융이 답했다.

"그들이 이끄는 전사는 만 오천밖에 안 되며, 지금 우리에게 눌려 움쩍도 못하고 있다. 만약 헌원이 염제님의 말을 듣지 않는다 해도 그 숫자로 우리를 어쩌지는 못한다."

"헌원이 직접 온다면?"

와난수가 묻자 금천이 말했다.

"헌원이 군대를 몰고 와도 염제 신농님을 물러서게 할 수는 없지. 만약 우리를 공격한다면 지나족 대족장의 말을 듣지 않는 것이니 반란이나 다름없다. 그렇다면 헌원을 아예 잡아 버리면 되는 것이지."

구원군으로 온 각 부족장은 저만치로 가서 머리를 맞대고 의논한 다음 결론을 내렸다.

"지나족끼리 싸움이 벌어져도 우리는 끼어들지 않을 것이오. 주신은 염제 신농님의 말을 믿는다고 했지만, 우리는 조금 더 신중하게 지켜볼 것이오. 싸움을 걸지는 않겠지만 이곳은 당분간 우리가 맡아서 지키도록 하겠소. 다만 두 군대가 맞붙어 있으면 좋지 않은 사고가 생길지도 모르니 우리가 오십 리 정도 물러서겠소."

유망은 웃으면서 승낙했다.

"어차피 이것은 우리 지나족의 문제, 헌원을 상대하는 것은 내 몫이다. 한 입으로 두말하지는 않을 터이니 염려 말라."

치우비도 부족장들과 주신 측의 사울아비들을 모아 놓고 말했다.

"일단 대나무골에서는 진을 오십 리 물리기로 합니다. 유망이 말을 어길 것 같지는 않지만 끝까지 지켜봐야 합니다."

야율쿠리가 호탕하게 말했다.

"그거야 당연하지."

와난수도 말했다.

"만약을 대비해서 좀 더 유리한 곳들에 흩어져 진을 치는 게 나을 것 같소이다."

보돈차르도 고개를 끄덕였다.

"여러 부족이 모여 있으니 각자 부하들을 이끄는 게 좋을 것이오."

아무리 치우 형제와 혈맹이나 다름없는 신뢰로 뭉쳐 있다 해도 애당초 다른 부족이었고 나름대로 원한이나 감정의 앙금이 남아 있는 부족도 많았다. 같이 싸우는 것이라면 다른 생각을 할 겨를이 없겠지만, 가만히 지키고 앉아 있으면 부족 간에 마찰이 일어나기 쉬웠다. 이제는 각각 당당한 부족장이라 지휘 체계 때문에 말썽이 일어나거나 분쟁이 생길지도 몰랐다. 치우비도 그만한 것쯤은 짐작했기에 순순히 고개를 끄덕였고 회의는 그 선에서 그쳤다.

모든 군대는 유망이 아낌없이 내놓은 술과 음식으로 잔치를 벌였다.

그리 멀지 않은 곳에 신도 울루의 군대가 있었지만 그들에게는 신경조차 쓰지 않았다. 의외로 헌원의 부하인 알유도 호탕하게 잔치에 참석했고 치우비에게 웃는 얼굴로 인사를 하며 몇 번 잔을 나누었다.

"주신 웃뜸사울아비님께는 큰 은혜를 입었지요."

알유의 말에 치우비는 고개를 갸우뚱했다. 알유는 웃으며 말했다.

"저는 원래 아주 건방졌는데, 태산 회의에서 웃뜸님에게 내던져진 후로 많이 정신을 차렸습니다. 제 주제를 깨닫게 되었죠."

"어. 이거……."

치우비가 쑥스러워하자 알유는 호탕하게 웃으며 말했다.

"아닙니다. 비꼬는 것이 아닙니다. 그때 그렇게 무서운 힘을 가지고 계시면서도 조금도 뽐내려 하지 않는 웃뜸님을 보고 정말 많은 것을 깨달았지요. 웃뜸님은 힘도 셌지만…… 뭐랄까, 그것과는 다른 무언가를 지니고 계셨습니다."

"그건 알유님이 스스로 얻으신 것이지, 제가 가르쳐 드린 것이 아니니 감사하실 필요는 없습니다. 아니, 솔직히 말씀드려 저는 무슨 말씀을 하시는지 전혀 모르겠답니다. 제가 알지도 못하는 것을 가르쳐 드릴 수는 없잖습니까."

"그때까지 저는 힘만 믿고 우쭐대는 바보였지만 지금은 아닙니다. 예전의 바보 같은 저였다면, 싸우지 않게 된 것을 아쉬워했을 겁니다. 그러나 지금은 아주 기쁩니다. 헌원님도 분명 이해해 주시겠지요."

유망은 헌원과 한번 크게 싸울 것이라 들었는데 알유는 아직 아무것도 모르는 것 같았다. 치우비는 당당한 알유가 마음에 들었지만 기밀을 누설할 수는 없었다. 유망과 헌원이 싸우면 알유가 제일 먼저 희생될지 모른다. 이렇게 생각한 치우비는 마음이 아파서 술 몇 잔을 연달아 마시고 슬며시 다른 자리로 옮겼다. 알유의 뒤에 서 있는 이부는 아무 말도 하지 않았다.

부달과 축융은 그 후에도 아무 말 없이 술을 마시며 계속 머리를 부 딪쳤다. 이전 싸움에서 남은 앙금을 나름대로 푸는 것인지, 혹은 분을 삭이지 못해 그러는지는 알 수 없었다. 축융은 간간이 부달에게 욕도 하 고 칭찬도 했고 화해하자고도 하다가 화도 냈지만 부달은 아무 말이 없 었다. 그러나 마침내 술을 견디다 못한 축융이 자리를 털고 일어나자 부 달은 묵묵히 고개를 끄덕여 보이고는 귀신같이 먼저 자리를 떴다. 축융 은 그의 눈빛이 이제는 적의나 증오를 담지 않았다고 보았다. 이유야 어 떻든 간에 그제야 십 년 묵은 체증이 내려가는 기분이었다. 진몽희는 바 로 이전에 축융과 격렬하게 싸웠던지라 축융을 슬슬 피해 다녀 마주치 지 않았다. 하백족과 지나족의 문제도 더는 따지지 않기로 유망에게 확 답을 얻었으니 그녀로서는 좋은 결과를 얻은 셈이다. 이제 하백족은 노 골적으로 치우비를 자기 사람 취급했고 진몽희의 눈빛은 해바라기처럼 치우비만 따라다녔다. 부담스럽기 그지없는 일이었다.

금천과 질쾌의 재주 겨룸은 회의 때문에 승부를 내지 못하고 중지되 었다. 그러나 회의가 끝나자 질쾌는 금천에게 대들었다.

"이렇게 그냥 갈 수는 없소, 금천."

금천은 웃으며 말했다.

"아, 지겹군. 그만하면 안 되겠는가?"

질쾌는 고집스럽게 고개를 저었다.

"절대 아니 되오. 이건 여러 백 년을 두고 우리 집안에 이어져 온 사 명이오."

금천은 한숨을 쉬며 말했다.

"나는 그런 것에 대해 알지 못하네. 자네는 자꾸 내 조상이 죄를 짓고 주신에서 도망친 사람이라 하는데 나는 그런 이야기를 들은 적이 없다네. 또 백번 양보하여 설혹 자네 말이 맞다고 쳐도 나는 지나 사람으로 살아왔고, 앞으로도 그럴 것이네. 지금 내가 다스리는 부족이 얼마인데 목을 내놓으라는 것은 말도 안 되는 소리일세."

질쾌는 시무룩하게 말했다.

"나도 그건 아오. 그러나 나는 있는 힘을 다해야 하오. 나는 아주 어릴 때 이 일을 해내겠다고 맹세했소. 지금 당신을 건드리면 좋지 않다는 것을 알지만, 그래도 나는 멈출 수 없소. 당신은 주신을 배신한……"

금천이 질쾌의 말을 끊었다. 표정이 일그러져 있었다.

"그만해."

질쾌가 자기도 모르게 입을 다물자 금천은 천천히 말했다.

"더 이상 배신이라는 말을 듣고 싶지 않아. 내가 한 것도 아니고, 몇 백 년 전 조상이 했을지 아닐지도 모를 일로 그런 소리를 한다면……"

멀찌감치 있던 치우비가 달려와 사이에 끼어들며 질쾌를 막아섰다.

"질쾌 형. 이건 아니지. 오늘은 전쟁을 그친 좋은 날인데, 이런 날 시비를 걸면 안 되잖아. 그것도 대놓고……"

질쾌는 한숨을 쉬며 말했다.

"그러니 해야 하는 거요. 웃뜸사울아비."

"무슨 소리야?"

"이제 유망과는 화해했으니 금천과 싸울 수도 없소. 그렇다고 조용히 숨어 있다가 나중에 그를 죽이기라도 하면 전쟁도 날 만큼 큰 문제가 될 것 아니겠소? 차라리 대놓고 이렇게 나서서 이건 나 혼자의 일인 것을 사람들에게 알게 해야 나중에 내가 죽든 금천이 죽든 뒤의 일이 커지지 않을 거요."

"금천을 죽여야만 하는 건가? 그는 죄가 없잖아."

"그가 직접 죄를 짓지는 않았으되, 그의 조상이 주신을 떠나면서 우리 집안의 어르신 여섯 명을 죽였소. 그 원한은 잊히지 않소."

"도대체 왜 그랬다는 거야?"

"금천이 익힌 몽둥이 쓰는 법은 우리 집안의 것이었고 그의 조상은 그것을 배웠소. 그 기술을 다른 사람이 아는 것이 싫어 기술을 아는 우리 집안사람을 죽이고 도망쳐서는 대족장이 되었소."

금천이 마침내 분통을 터뜨렸다.

"나는 알지도 못하고 들어 본 적도 없는 일이라 했다! 아니, 설혹 그랬다고 쳐도 내 조상님을 더 모욕한다면 용서하지 않겠다!"

치우비는 이럴 수도 저럴 수도 없어서 한숨만 쉬다가 결국 질쾌를 한쪽으로 밀어냈다. 질쾌의 처지도 딱했지만 그렇다고 백 년, 이백 년 전의 일을 가지고 금천을 죽일 수도 없어 답답했지만 뾰족한 수가 없었다. 질쾌는 밀려나면서도 언젠가는 반드시 복수를 할 것이라고 큰 소리로 떠들어 댔다.

거기에 나단선우가 자꾸 자기와 겨루어 보자고 달라붙어서 치우비는 머리가 다 아플 지경이었다. 나단선우에게 악의가 있는 것은 아니었지만 이야기를 해야 할 사람도 많고 처리할 일, 골치 아픈 일도 많아서 결투나 시합을 할 경황이 아니었다. 설령 겨룬다고 해도 자신은 형천과 겨루고 싶지, 나단선우와 겨루고 싶지는 않았다.

다음 날이 되자 주신과 연합 부족 군대는 오십 리를 물러나서 다시 진을 쳤다. 합하면 만 명이 훨씬 넘는 숫자였다. 신도 울루와 비휴가 이끌던 부대는 눈에 띄게 술렁거렸다. 유망은 형천, 축융과 새로 얻은 금천과 알유의 부대까지 동원하여 진형을 옮겨 그들을 감쌌다. 이제까지 동쪽을 향하던 방향이 서쪽으로 바뀌었다. 유망의 의도가 읽히자 신도 울루와 비휴는 눈에 띄게 동요하며 물러서기 시작했다. 상황이 급변해서 대책을 세울 수도 없었고, 그들만으로는 막강한 유망의 부대를 감당할 수도 없었기 때문이다. 유망은 탁강의 둑을 다시 쌓아 올리기 시작했다. 주신이나 몽골, 훈족과 싸우지 않을 것이라면 주변을 물로 채워 봐야 소용이 없었다. 대나무골(탁록)을 뒤덮은 뻘창의 물은 서서히 빠지기 시작했고 이대로면 기마병도 실력을 발휘할 수 있을 것이었다.

회의에서 상의한 대로 치우비, 치우벌, 치우광이 이끄는 주신 부대는 대나무골에서 주신으로의 진입로를 지키고, 바로 양옆에 야율쿠리의 키탄족과 와난강의 마갸르족을 배치했다. 다른 부대들은 각자 싸우기 유리한 지형에 유망의 군대를 크게 감싸듯이 배치하도록 지시했다. 보돈차르의 몽골족과 나단선우의 훈족 부대는 기마병이므로 벌판에 자리를 잡았다. 그러나 보돈차르와 나단선우는 사이가 좋지 않았으므로 서로 멀찌감치 떨어졌다. 초초룬의 미아우군과 타타르군도 각각 유리한 곳에 자리를 잡았다. 아울러 공상을 지나족에게 넘겨주는 절차는 애당초 그곳을 맡았던 부달과 그 부하들이 맡았다. 공상을 되돌려 주는 데는 무력보다 셈이 밝은 인물이 필요할 것 같았기에 부소다솔을 함께 가도록 했다.

금천은 주신의 연합 부대가 후방에서 넓게 진을 편 것을 보고 조금 불안해했다. 혹시나 치우비가 뒤를 치지 않을까 염려되었다. 허나 그 말을 들은 유망은 간단히 웃어 넘겼다.

"치우 형제는 약속을 어기지 않아. 그 정도인 놈이라면 내가 손을 잡지도 않지."

"그러나 뒤가 불안합니다. 저들의 숫자도 이제는 상당한데다 싸우기에 유리한 곳을 차지하고 있습니다."

"이봐, 금천. 저들은 여러 부족이 한데 묶여 있어. 그렇기 때문에 저들에게는 신뢰가 중요한거야. 치우 형제에 대해 믿기 때문에 저들이 저렇게 뭉칠 수 있는 거라구. 그런데 비록 적과 한 약속이라도 지키지 않는다면 저들의 신뢰 관계가 무너져. 다른 사람…… 그러니까 헌원 같은 놈이라면 몰라도 치우 형제는 적과 한 약속이라도 절대 어기지 않아. 스스로 무덤을 파는 짓이니까. 그걸 모를 만큼 바보도 아닌데다 애당초 그럴 놈들도 아니지."

"그렇습니까."

"그래. 그보다는 소문이나 나도록 애써 봐. 치우천이 염제의 자리를 잇게 되었다고 말야. 그게 소문이 나야 공상을 넘겨받는데도 문제가 적어질 거고, 여기로 짐을 나르는 부하들도 덜 위험해지는데다 전쟁을 멈추는 데 도움이 될 거야. 누구보다 금천, 자네에게 좋잖아."

금천은 말없이 고개만 숙였다. 유망이 덧붙였다.

"그보다…… 알유는 어떨 것 같아?"

"알유는 뜻이 제법 큽니다."

"어떻게?"

"전쟁에서 이름을 날리는 것보다 지나족에 옳다고 생각하는 일에 용기를 낸답니다."

금천은 말하고 슬며시 웃어 보였다.

"그가 한 말을 그대로 옮긴 것입니다."

"멋 좀 부리네."

"그렇죠."

"뭐, 그러니 헌원의 부하지만, 헌원과 싸울 수도 있다는 건가?"

"그렇죠. 헌원이 옳을 때는 따르지만, 옳지 않을 때는 따르지 않을 수 있다고 하더군요."

"원 참. 틀린 건 아니지만 답답한 놈이군. 그런 걸 누가 알아주나."

"신경 쓰지 않는답니다."

"오래 살진 못하겠어."

"모르는 일이죠. 그가 약하다면 몰라도, 손꼽히는 전사인데다 묘하게 따르는 자가 많으니까요. 이부도 그렇고……."

"뭐, 알아서 하겠지."

"이번에 위를 밑에 두게 해 달라고 청해 왔습니다만."

"위? 그 쓰레기를?"

"쓰레기라서 어차피 골치 아팠는데 떠넘겨 버리는 게 낫겠지요."

"그런 걸 데려다 뭐하게. 혹시 그놈도 잘 대하고 이끌면 사람 된다고 믿는 것 아냐?"

"그럴 겁니다."

유망은 고개를 설레설레 저었다.

"착각이야. 그런 놈은 안 변하는데. 물론 제법 재주는 있지."

"그러니 한번 다스려 보겠다는 것 아니겠습니까."

"그게 안 되는 거야. 어리거나 차라리 모자란 놈이라면 달라질 수 있는데…… 그런 놈은 안 돼. 하긴 그래도 공이 있었던 놈이니 내 손으로 죽일 수도 없고…… 나나 형천에게는 잘된 일이지만…… 어허. 위, 그놈이 잘나갈 때는 나도 형천도 속을 몰랐어. 원래 사람이 잘될 때는 속을 알기 힘든 법이잖아. 독하고 마음이 모진 놈이라고 생각했지. 그러나 한번 몰리니 속에 감춰 뒀던 쓰레기 근성이 나왔거든. 그런 놈은 쉽게 변하지 않아. 뭐, 알아서 하겠지만 조심하라고 말이라도 전해."

금천은 유망의 표정을 보고 미소를 지었다. 가슴이 뭉클해졌다. 원래 유망은 이런 사람이었다. 속이 깊고 남 생각을 많이 하던, 누구에게나 큰형과 같은 느낌을 주던 사람이었다. 그러던 그가 점점 세력이 커지면서 세력에 짓눌려 갔다. 원래 사람을 고치고 사람을 보살피던 그의 운명은 기이하게 비틀려져 피 칠갑을 한 정복자의 길을 걷게 만들었다. 그렇다고 벗어던질 수도 없는 굴레. 그것에 짓눌려 유망은 고통스러워하고 비틀리기도 했지만 진정한 그를 아는 오랜 전우와 벗들은 묵묵히 자리를 지켰다. 보통 사람들은 그런 그를 모르고 약에 취하고 권력에 홀려 광기를 부리던 모습만으로 두려워했지만, 젊은 시절부터 그와 알았던 형천, 금천, 축융은 그런 것을 잊지 않고 있었다. 그리고 그들은 이제 오래 기다리고 참아 왔던 그의 모습을 보았다. 금천은 속으로 중얼거렸다.

'이제 더는 염제 신농이라는 이름에 눌리시지 않는군요. 마침내 돌아오셨습니다.'

한때 그의 변덕을 이기지 못해 헌원에게 돌아섰던 금천이었다. 배신자라는, 그것도 두 번이나 배신했다는 꼬리표를 달고 살겠지만, 마음은 무겁지 않았다. 위대한 정복자이자 무적의 전사인 염제 신농이 아닌, 전쟁의 무서움을 깨닫고 자신이 패배를 자처하더라도 백성을 돌보는 진정한 마음을 지닌 통치자의 모습을 되찾은 것이다. 모르는 사람들은 유망이 고작 한 줌의 병사를 거느린 치우비에게 졌다고 떠들 테지만, 사실을 아는 사람들은 그렇게 생각하지 않을 것이다. 자신을 두 번이나 여기저기를 배신하고 오고 간 박쥐 같은 자라고 욕하는 자들도 있겠지만 마음 쓸 필요가 없었다. 그저 아주 먼 길을 돌아 헤매다 제자리로 돌아온 기분이었다. 금천은 한동안 흐뭇한 생각을 하다가 답했다.

"말씀 전하겠습니다."

피곤한 듯 반쯤 눈을 감고 커다란 가마 위에 기대 있던 헌원이 눈을 크게 떴다. 그의 앞에는 먼 길을 급히 달려온 듯 먼지와 땀으로 범벅이 된 한 사람이 엎드려 눈물을 흘리고 있었다.

"지(知)가 죽었는가?"

헌원의 말투는 느릿했지만 아주 조금 떨렸다. 엎드려 있던 남자도 흑

하고 울분 삼킨 목소리를 가다듬고 간신히 말을 이었다.

"예. 원통하게도 일을 이루시지 못하고……."

남자는 소리 죽여서 흐느끼기 시작했다. 그는 지가 어릴 적부터 옆에 두고 키우다시피 한 심복이었다. 헌원은 손을 들어 손가락을 조금 움직였다. 가마가 땅에 내려졌다. 헌원은 반쯤 눈을 감은 채 천천히 몸을 일으켰다. 남자는 흐느끼다가 급기야는 복 놓아 울기 시작했다. 헌원은 천천히 그의 앞으로 걸어가서 작게 한숨을 쉬며 말했다.

"항상 오던 소식이 늦어져서 내 이미 그럴지 모른다고 생각했다."

남자가 억울하다는 듯 울음 섞인 목소리로 말했다.

"거의 다…… 되었는데…… 치우천…… 그놈 때문에……."

"역시 그랬는가……."

"그놈의 혓바닥 하나 때문에 수십 년 준비한 일이…… 더구나 지님마저도……."

헌원은 통탄스러운 듯 눈을 감으며 혼잣말처럼 중얼거렸다.

"어떻게 죽었는가? 치우천이 죽이지는 않았을 텐데……."

"빠져나오느라 직접 듣지는 못했습니다만…… 지님은…… 치우천 놈과 이야기를 하다가 피를 토하며 돌아가셨다고 합니다……. 아마 너무도…… 너무도 원통한 나머지……."

남자가 말을 잇지 못하자 헌원은 천천히 한숨을 내쉬었다. 별다른 움직임도, 탄식의 말도 없었지만 남자와 주변의 사람들은 헌원이 품은 애도의 마음을 분명하게 느꼈다.

"지는 비록 남을 속이는 꾀를 많이 썼지만, 모두가 우리 부족을 위해서였다. 그를 영원히 잊지 않겠노라."

남자는 비통한 어조로 말했다.

"혓바닥으로 사람을 죽이는 괴물, 치우천 놈을 잡아 주십시오. 원수를 갚아 주십시오!"

헌원은 입술을 깨물고 있다가 고개를 끄덕였다.

"알겠노라."

남자는 고개를 들어 헌원을 보며 빠르게 말했다.

"지님께서는 항상 이렇게 말씀하셨습니다. 신시에서 일을 꾸미는 것은 범의 입속에서 노는 것과 같아, 천의 하나 일이 잘못되면 한 명도 살아 나갈 수 없다. 허나 그럴 때에도 누군가는 달려가 일이 잘못되었음을 한시바삐 알려야 한다고요. 그 일을 맡은 것이 저이고, 제가 아는 것은 다 말씀드렸습니다. 이제 할 일을 했으니, 제 갈 곳으로 가려 합니다……."

헌원은 남자를 만류하려는 듯 손을 내밀다가 이내 거두며 눈을 감고 돌아섰다.

"시체조차 거두지 못했으나 지의 고인돌을 크게 세우고 자네의 몸도 같이 묻어 주겠네. 지도 외롭지 않을 거야."

"감사합니다. 지님의 원수를 갚아 주시기 바랍니다."

말을 마치자마자 남자는 천천히 목에 걸고 있던 작은 돌칼을 쥐고 자신의 목을 그었다. 주변의 사람들은 퍼덕거리는 그의 몸의 움직임이 완전히 멈출 때까지 정중하게 고개를 숙이고 있다가 시체를 옮겨 갔다. 이제 용기 있는 순장(殉葬)으로 정화된 지의 죽음은 외롭지 않을 것이었다. 그의 시체는 전사들이 정중히 옮겼다.

헌원은 가마를 물리게 하고 천천히 뒷짐을 진 채 걷기 시작했다. 호위 전사들과 몇몇의 수하들이 뒤를 따랐다. 그리고 십육기인 중의 상백과 이주가 헌원의 약간 뒤에서 함께 걸으며 말했다.

"아쉽습니다만 실망하지 마소서."

헌원이 말했다.

"생각보다 너무 많은 것을 잃는구려."

"그래도 바라시는 것을 꼭 이루실 것입니다."

상백은 헌원이 어렸을 때부터 돌보아 준 아저씨 같은 사람이었다. 나이도 많았으나 건장했고 헌원이 믿고 의지하기에는 첫 손꼽히는 사람이었다. 허나 그는 광성자나 적송자처럼 세상의 이치를 일깨워 주는 능력은 없었다. 헌원은 반대편으로 눈길을 돌렸다. 거기엔 이주가 있었다. 명석하고 사리가 분명한 이주. 허나 그에게는 지와 같은 임기응변과 묘책에 강한 기질이 없었다. 부족을 다스리고 법을 만들거나 그것을 판단하는 재판관으로서의 재능은 누구보다 뛰어났지만 새로운 꾀를 만들어 내는 데는 사뭇 미덥지 못한 점이 있었다. 허나 그는 성실하게 꾀를 짜내고 있었고, 헌원으로서는 그의 책략에 의지할 수밖에 없었다.

"지님이 실패하셨더라도 주신이 흔들린 것은 사실입니다. 치우비가 서쪽으로 나온 것으로 보아 치우천은 동쪽을 안정시키기 위해 정신이 없을 것입니다. 바라는 것을 얻으시기에는 부족함이 없습니다."

헌원은 작은 소리로 말했다.

"부족함이 없다……?"

헌원은 쓸쓸한 웃음을 지었다.

"이제는 딸자식까지 속이고 이용해야 하는 처지. 내키지 않네."

이주가 고개를 숙였다.

"저도 송구스럽습니다. 하오나 그것은 정말로 중요한 세상 전체의 일이니, 흔들리지 마십시오."

헌원은 이주의 얼굴을 바라보았다. 이주는 명석했고 강직했다. 그러나 고지식하고 고집이 세어, 평생 누구와 친하게 지낸 적도 없었고, 여자와 사귀거나 아이를 가져 본 일도 없다. 그럴 생각조차 없을 것이다. 그가 정말로 자식을 생각하는 아비의 기분을 느낄까? 그것을 모르면서 자식을 이용하는 계책을 제대로 세울 수 있을까? 자식을 생각하면 하늘이 찢어질 것 같은 느낌, 자식을 위해서라면 못할 짓이 없을 것 같은데. 마음을 억누르지 못하면 언제라도 모든 것이 무너질 수 있다는 생각까지 하고 내놓은 계책일까?

헌원은 다시 고개를 숙였다. 그 꾀를 택한 것은 자신이었다. 강해져야 했고, 더 강해지려고 노력해야 한다. 무엇을 위해 강해져야 하는지 점점 모호해졌지만 이제는 되돌릴 수 없으니. 헌원은 변하지 않은 표정으로 스스로를 몰아붙이듯 작고 짧게 말했다.

"흔들리는 일은 없을 것일세."

이주와 상백이 고개를 깊이 숙이자 헌원은 말했다.

"전사들을 판천으로 모으게."

며칠 지켜보니 누구의 눈에도 유망은 협정을 지킬 것으로 보였다. 유리한 뒤편의 지점들을 아무 말 없이 내주고, 탁강의 둑을 고쳐 수렁도 마른 땅을 드러내고 있었으며, 진형은 분명 서쪽을 향해 있었다. 이제는 주신 편의 군세도 늘어나 위험은 없을 것 같았다. 무엇보다도 공상을 넘겨받기 전에 유망이 배신을 할 까닭이 없었다. 공상까지는 가는 데만도 수천 리 길이다. 공상에 부달이 도착할 때면 유망과 헌원은 맞부딪힌 다음일 것이다. 그 때문에 의심 많은 부족장들도 더는 유망의 의도를 의심하지 않았다.

이즈음 신시에서 사울아비 한 명이 달려왔다. 그는 신지씨 집안사람으로 신지울태가 보낸 사람이었다. 지난번 신시 싸움에서 치우 집안에 죄를 지었다 생각한 신지울태가 신시가 뒤집히자 사람을 보낸 것이다. 물론 그도 나름대로는 급히 말을 달렸지만, 목숨을 걸고 달린 지의 전령보다는 많이 느릴 수밖에 없었다. 그래서 먼저 출발했는데도 더 가까운 곳에 늦게 도달한 것이다. 그런데 그는 신시에서 일어난 변고와 치우천이 투옥되었다는 사실만 전했다. 신시와 대나무골 사이의 거리도 아주 멀었으므로 이제야 도착한 것인데, 그는 신지울태가 귀띔을 했기에 치우우레의 죽음까지는 알리지 않았다. 그러나 그것만으로도 치우비는 당장 막사 지붕이라도 뚫고 나갈 기세로 펄쩍 뛰었다.

"형님이 무얼 잘못했기에! 형님에게 무슨 일이 생겼다면 내 신시를 둘러엎어 버리겠다!"

사실 웃뜸사울아비로서 할 수 있는 말이 아니기에 치우벌과 부소다솔 등이 뜯어말리고 입을 막다시피해서 간신히 진정시켰지만, 치우비는 뒤도 돌아보지 않고 신시로 가려 했다. 유망과 싸움도 그쳤고 헌원과도 당장 충돌하지는 않을 테지만, 곧 헌원과 유망이 충돌할지 모르는 판에 총대장인 치우비가 자리를 비우면 문제일 수밖에 없었다. 허나 치우비의 마음을 돌릴 수도 없고, 치우천의 안위는 여기 모든 부족장들에게 있어서 유망과 헌원의 생사보다도 더 중요했다. 걱정하지 않는 사람이 없었기에 되레 조금 지나자 당장이라도 군대를 몰고 신시를 포위하자는 주장부터 유망의 군대까지 같이 끌고 신시를 엎어 버리자는 과격한 의견까지 쏟아졌다. 치우벌도 치우 형제의 편이었지만, 균형 감각이 있었기에 사람들을 말렸다. 치우천의 안위가 시급하다 해도 이미 전령이 달려오느라 많은 시간이 지났고, 또 아무리 급히 신시로 간다 해도 며칠 이상은 걸릴 것이니 침착하게 대응해야 한다는 의견이었다. 결국 치우비는 치우광과 작은 주신 전사들만 이끌고 신시로 향하되, 나머지 부족도 하루 정도 차이를 두고 조금씩 신시로 진군하기로 했다. 처음에는 야율쿠리의 키탄족 부대의 절반, 그다음은 초초룬의 미아우족 군대 절반의 순서로 느린 부대부터 조금씩 신시 쪽으로 이동하다가 정말 문제가 있다고 판단되면 모든 군대를 신시로 향하게 하여 치우천을 구한다는 꾀였다. 몽골이나 훈족 등 빠른 기마족은 최후에 이동하기로 했고 원래 이곳에 살던 마갸르족은 대나무골 방어를 굳히는 데에만 전념하기로 했다. 아울러 하백족은 자유롭게 떠나거나 원하는 대로 하도록 말을 전했다. 한 번에 병력을 빼지 않으므로 이쪽의 상황도 나름대로 대응할 수 있고, 신시 쪽으로 집결할 때도 그냥 가기보다는 훨씬 신속하게 이동할 수 있기에 좋은 방법이었다. 실제 전사들의 통솔이 잘 이루어지지 않으면 이론으로만 그칠 꾀였지만, 여기 부족장들은 전사의 통솔에 능한 사람들이라 문제는 없어 보였다.

불쇠 영감과 구리 무기를 만들던 천 명 가까운 사람들도 신시로 같이 가기를 청했다. 허나 그렇게 많은 숫자의 사람을 이끌고는 신시에 재빠르게 다녀올 수가 없었다. 치우비는 그들은 따로 무리를 지어 신시로 향하게 했고 몇몇 사울아비를 시켜 호위하기로 했다. 자신은 치우광과 작은 주신 출신 전사들만 이끌고 급히 말을 달려 출발했다. 치우천이 직접 단련시킨 작은 주신 전사들은 끈기가 엄청나서 죽을 기세로 말을 달리는 치우비에게서도 떨어지거나 낙오하지 않았다. 천하장사인 치우광조차 힘들어 죽을 지경으로 달리는데도 말단 전사들이 자신 못지않게 버티는 것을 보고 속으로 놀랄 수밖에 없었다.

황염대전(黃炎大戰)

『여씨춘추(呂氏春秋)』「탕병편(蕩兵篇)」에 이르기를
"황제와 염제는 행하는 도가 달라 물과 기름처럼 합쳐질 수 없었다"고 했고
『열자(列子)』「황제편(黃帝篇)」에는 "황제와 염제가 판천에서 크게 싸웠는데
온갖 들짐승과 날짐승까지 황제 편을 들어 싸웠으니 염제는 마침내 이기지 못하고
패하였다"고 했으며 『회남자(淮南子)』에서는 이후 염제가 남방으로 쫓겨나
간신히 명맥만을 유지했다고 되어 있다. 이후 『노사(路史)』의 기록에는
치우가 황제와 싸울 때 스스로를 염제의 후계자로 일컬으며 염제를 자칭했다고 하는데,
이는 스스로 자칭했다고 해석할 수도 있겠지만 염제가 패퇴할 시점 즈음에서
염제와 치우 사이에서 후계자에 대한 약속이 오고 간 것으로 해석할 수도 있다.

유망은 평화 협정이 끝난 뒤에도 판천에 계속 군대를 주둔시켰다. 다만 공격 대형이 아니라 방어 대형으로 진세가 바뀌어 있었다. 당황한 것은 신도와 울루였다. 그들은 금천, 알유의 군대와 함께 유망을 도우러 왔지만, 전력을 보존하면서 주신과 유망이 크게 싸워 양쪽 다 큰 피해를 입게 하는 임무를 맡고 있었다. 그런데 상황이 너무 급히 변했다. 유망은 주신과 평화 협정을 맺었고, 금천과 알유마저도 회유해 버렸다.

헌원은 주신과 싸울 것을 공개적으로 선언했고, 전력을 기울여서 진군하고 있었다. 이대로라면 헌원과 유망이 정면충돌해 버릴 것이 분명하다고 생각한 신도 울루는 백 리 이상 진을 후퇴시키면서 헌원에게 전령을 보냈다. 유망과 치우비가 잔치를 벌이는 동안 신도 울루의 부대는 급히 빠져나갔는데, 유망은 그들에게 신경조차 쓰지 않았다. 신도와 울루가 보낸 전령은 밤을 낮 삼아 달려 판천을 향해 진군해 오는 헌원의 본대에 소식을 전했다. 헌원은 긴급회의를 열었다.

"이건 보통 일이 아닙니다, 헌원님. 아무래도 다시 생각하셔야 할 것 같습니다."

십육기인 중의 상백이 입을 열었다. 상백은 나이가 많지만 건장하고 열화 같은 성격을 지닌 사람이었다. 가장 괄괄하다고 알려진 그조차 진군을 반대할 정도로 상황은 좋지 않았다. 그러나 헌원은 딴소리를 했다.

"염제 신농이 나에게 황제(黃帝)라는 이름을 내렸다는군. 황제 헌원. 어떻게 들리는가?"

머리가 좋고 판단이 명석하다고 알려진 이주가 차분한 어조로 말했다.

"좋은 이름입니다. 허나 염제는 주신과 평화 협정을 맺으며 공상을 되찾게 되었습니다. 큰 이득을 본 거죠. 더구나 주신의 웃뜸사울아비인 치우비가 직접 내린 결정이니, 마갸르나 미아우족도 결정에 따를 겁니다."

끽구가 물었다. 비휴와 끽구는 회의 때문에 군대를 주둔시켜 둔 채 헌원 옆에 와 있었다.

"치우비가 결정을 내린 게 무슨 차이가 있소?"

"치우비는 많은 부족의 존경을 받는 영웅이오. 그가 없이 주신이 유망과 평화 협정을 맺는다 해도, 마갸르나 미아우는 잘 따르지 않았을 거요. 허나 치우비가 직접 그렇게 했다면 미아우나 마갸르족도 군말 없이 따를 테니, 달라도 많이 다르지요. 더구나……."

이주는 잠시 한숨을 쉬고 말을 이었다.

"그보다 더 중요한 것은 염제가 후계자로 치우천을 지목했다는 것입니다. 정말 생각도 하지 못했던 수인데, 너무도 교묘합니다."

헌원이 이주에게 물었다.

"그래 봤자 치우천이 주신을 버리고 지나족을 다스리지는 못할 텐데?"

"물론 그렇습니다. 그러나 그 소문이 퍼지면, 주신과 지나족은 더 이상 싸울 수 없게 됩니다. 가장 곤란해지는 것은 헌원님이십니다."

"이제는 황제라고 부르게."

"아…… 예. 황제께서 주신으로 진군하시기를 기다렸다는 듯 염제가 그랬다는 것이 문제입니다. 황제님의 지배력을 약화시키고 권위를 빼앗아 버린 것이나 다름없습니다. 그러면서도 판천에 진을 치고 있다는 것은……."

헌원은 살짝 웃으며 말했다.

"나를 협박하려는 거겠지. 여기서 내가 물러서면 꼬리를 사리는 게 되고…… 그렇다고 물러서지 않으면 직접 치겠다는……."

풍후가 입을 열었다.

"염제의 군사는 수도 없이 많고, 형천과 축융 같은 대장들에 이제는 금천과 알유마저 그들에게 넘어갔습니다. 공상을 되찾게 된데다 다른 부족들과 평화 협정을 맺은 것이나 다름없게 되었으니 보급도 문제가 없습니다. 솔직하게 말씀드려 이기기 어렵습니다. 피하시는 것이 어떨까 합니다."

"상대하기 어렵다는 말이군."

헌원이 혼잣말처럼 중얼거리자 저만치에 앉아 있던 현녀가 날카롭게 말했다.

"그러나 이긴다면 이야기가 달라집니다."

현녀가 입을 열자 나머지 사람들의 시선이 한꺼번에 그녀에게 향했다. 시선은 그렇게 곱지 않았다. 아무리 재주가 뛰어나고 헌원이 받아들였다고는 하나 여자인데다 살갗이 검은 이방인이다. 제일 문제가 되는 것은 소녀와 가까이 지낸다는 점이었다. 수만 개의 구리 무기를 가지고 온데다 주신의 많은 기밀을 알려 주었지만 소녀를 곱게 보는 사람은 거의 없었다. 함께 자란 자매를 헌신짝처럼 아무렇지도 않게 죽일 만큼 그녀의 속마음이 독하기 짝이 없다는 것은 지나족에게도 알려질 만큼 알려졌다. 비록 적이라고는 하지만 치우천은 지나족 기인들에게도 찬탄의 대상이었다. 불구의 몸을 극복하고 젊은 나이에 온갖 시련을 이겨 내었으며 마침내 주신에서도 최고의 위치를 차지한 젊은 영웅을 인정하지 않는 사람은 없었다. 그런 치우천과 직접 살을 맞대고 살면서도, 질투 때문에 남편을 배신하고 도망 온 여자를 좋게 볼 수 없는 것은 어쩌면 당연했다. 더구나 그녀는 더 이상 쓸모가 없었다. 얼굴이 곱고 악기를 잘 다루는 것은 전쟁에는 눈곱만치도 도움이 되지 않았다. 그런데 현녀는 그런 소녀에게 살갑게 굴고 그녀가 대단한 능력이 있는 것처럼 사람들에게 선전을 아끼지 않았다. 그녀가 가진 잠자리에서의 재주는 드러내기 부끄러운 것이었는데도, 그것을 거꾸로 돌려서 건강하게 오래 살며 선인이 되고 대도를 깨닫는 길이라고 선전했다. 물론 대도는 어느 곳에나 통하며, 남녀의 관계란 생명을 잉태하고 사람에게 제일가는 기쁨을 주는 신비한 일이기도 하니 그 이론도 일리는 있었다. 실제로 상당히 많은 사람들이 그 이론을 추종하기도 했다. 허나 적어도 모든 내막을 아는 십육기인은 부족을 배신하고 연달아 남편을 배신한 여자에게 선인이니 대도니 말을 꺼내기조차 창피하다고 생각했다. 이제는 헌원의 곁을 떠났지만 광성자나 적송자 같은 선인의 깨달음과 지혜는 스승으로서 이름에 부끄러움이 없었다. 그런 선인과 비교하면 소녀는 더더욱 좋지 않게 보이고, 정말 선인이라 할 수 있을 신기한 지혜를 갖춘 현녀마저도 곱지 않은 시선으로 보게 되었다. 그러나 헌원이 현녀를 총애했기에 대놓고 면박을 줄 수는 없었다.

"계속 말씀해 보시오."

이번에도 헌원은 현녀의 편을 들었다. 현녀는 유창한 지나 말로 거침없이 말했다.

"염제가 판천에서 기다리는 까닭은 황제님을 굴복시키기 위함입니다. 만약 그러지 않는다면 쳐 없앤다는 뜻이기도 하지요. 염제의 힘은 강합니다만 만약 이긴다면 모든 것이 바뀝니다. 염제는 그동안 지나족의 지배자였고 황제님의 머리 위에 있었습니다. 그러나 그는 한 가지 실수를 했습니다. 황제님을 치기 위해 주신 사람인 치우천을 후계자로 둔것은 너무 지나칩니다. 지나족에 대한 배신이라 볼 수 있지요."

비휴가 불쑥 말했다.

"그게 무슨 말인가?"

비휴는 노골적으로 적의가 가득한 눈길을 현녀에게 쏘아 보내고 있어서 현녀마저도 어깨를 움찔했다. 비휴는 입을 거의 열지 않는 사람이라 더더욱 놀랐다. 풍후가 말했다.

"현녀님이 너무 넘겨짚으셨습니다. 생각도 못한 일이기는 하지만 재주 있는 사람을 후계자로 두었을 뿐입니다. 지나족을 다스릴 권리를 넘긴 것도 아니고 치우천이 받아들일 리도 없으니 배신이라고 할 수도 없습니다. 싸움을 멈추기 위한 약속일 뿐이죠."

이번에는 이주가 말을 이었다.

"입에 올리기 송구스럽소만 예전 황제께서도 치우 형제를 맞아들이려 애쓰신 적이 있소……. 모르고 그랬겠지만 그런 일은 입에 올리는 것만으로 황제께 모욕이 되니 그만하는 게 좋겠소."

현녀는 자신이 실수했다는 것을 알았지만 물러서지 않고 오히려 더 나섰다. 안 그래도 불안한 입지인데 이런 자리에서조차 밀리면 끝이라는 생각이 들었다.

"저도 실제로 그렇다고는 생각하지 않습니다. 그러나 그렇게 만들어야 합니다."

"만들다니?"

끽구가 얼굴을 일그러뜨렸지만 현녀는 계속 말했다.

"사람 둘이 싸우는데도 이유가 필요합니다. 하물며 전쟁은 더더욱 명분이 필요하지요."

"그러니까 그 말은……."

솔직한 끽구는 현녀의 말이 마음에 들지 않는 듯 화를 내려 했으나 현녀는 눈 하나 깜짝하지 않고 말했다.

"전사들이 싸움터에서 피를 흘리는 것은 힘들고 처절합니다. 그러나 머리를 쓰고 말로 명분을 겨루는 일도 그에 못지않습니다. 내 강한 무기로 적의 약한 곳을 뚫어야 하고, 적을 속이거나 함정에 빠뜨려야 싸움에서 이길 수 있습니다. 머리나 명분을 걸고 싸우는 것도 다를 것이 없지요. 아니, 더 매서워야 합니다."

그때 헌원이 조용히 말했다.

"나는 유망에게 사람을 보낼 것이오. 나를 치려 하느냐고."

헌원이 입을 열자 주변은 조용해졌다. 그 침묵 위에 그림을 그리듯 헌원은 단정하여 말했다.

"어차피 이렇게 될 일이었소. 일이 짐작하지 못한 쪽으로 흘렀지만 차라리 잘된 일이라 여기오. 유망과는 이번 기회에 승부를 짓겠소."

헌원이 단정 짓자 모두가 입을 다물었지만 내로라하는 십육기인의 얼굴에도 불안한 빛이 어렸다. 먼저 끽구가 입을 떼었다.

"저, 끽구가 말씀드립니다. 저는 세상의 아무도 두렵지 않습니다. 치우비와, 형천과 싸우게 될 날만을 바라고 있습니다. 허나 염제 유망님과……."

돌연 현녀가 작지만 날카롭게 말했다.

"이제 염제는 없고 황제만이 계실 뿐이오."

끽구는 인상을 찌푸렸지만 곧 다시 말했다.

"유망님의 군대는 강합니다. 주신과 싸우는 데 힘을 많이 쓴 것 같지도 않고요."

비휴도 딱딱하게 말했다.

"주신 군대와 다른 부족의 군대도 뒤에 있다."

현녀는 여기서도 내쏘았다.

"비휴님도 황제님 앞에서는 말씀을 높이소서."

비휴는 늑대 같은 눈을 빛내며 말했다.

"나는 원래 이렇다."

"고치셔야 합니다."

비휴는 경멸스럽다는 듯 말했다.

"그게 싫으면 내 입을 찢어 봐라. 그래도 안 될 거다."

"몰라서 못하는 것도 아닐 것인데 왜 그러는 거요? 야만스럽게!"

현녀가 지지 않고 작지만 날카롭게 중얼거리자 비휴의 눈에 살기가 흘렀다.

"내 부모는 늑대다. 내 벗도 늑대다. 난 그걸 잊지 않으려 이러는 거다. 너는⋯⋯."

비휴의 눈빛이 곱지 않자 풍후가 목소리를 높였다. 중간에 끼어들지 않고도 두 사람의 다툼을 말릴 수 있는 방법이었다.

"비휴님의 말씀도 일리가 있습니다. 우리가 유망님과 싸우게 될 경우 뒤에 있던 주신과 다른 부족이 유망님의 편을 들 수 있습니다. 우리는 두 배 이상의 적과 싸워야 하는 셈입니다. 또 그걸 이겨 내더라도 거의 모든 부족을 적으로 두게 됩니다."

헌원도 풍후의 마음을 눈치챘는지 조금 큰 목소리로 대답했다.

"걱정할 것 없네. 이건 우리 지나족 안의 일이야. 유망과 다른 부족이 싸움을 멈추었다 해도 그동안 쌓인 원한이 작지 않네. 목숨 걸고 유망을 도울 리는 없다 생각하네."

풍후는 말을 멈추었다가 이내 고개를 저었다.

"맞는 말씀입니다만 문제는 치우 형제입니다. 치우천이 우리를 목표로 하고 있으니 유망을 도우려 할 겁니다."

"치우천은 대나무골에 없네. 그를 동쪽으로 끌어낸 것만 해도 지는 큰일을 한 셈이지."

"그렇더라도 치우비가 어떨지 모릅니다. 그는 자기 형의 마음을 알 겁니다. 더구나 그는 이제 웃뜸사울아비이고, 만만치 않습니다. 더구나 그는 예전에 싸웠다 해서 한번 한 약속을 어길 사람이 아닙니다. 유망이 불리해지면 치우비가 부족장을 설득해서 유망을 도우려 할 테고, 그러면 부족장들도 따라나서지 않을 수 없을 겁니다. 그렇게 된다면요?"

풍후의 지적은 예리했다. 날카롭게 서로를 노려보던 비휴와 현녀마저도 풍후의 말에 걱정이 되는지 눈길을 돌렸다. 끽구는 한숨을 쉬며 한탄하듯 중얼거렸다.

"결국 치우천, 치우비…… 치우 형제가 문제구나!"

헌원은 차분히 말했다.

"치우비는 그들을 이끌지 못하네."

"예?"

"치우비는 그럴 수 없게 될 걸세. 더 이상은 말하지 않겠네."

이주가 딱딱한 표정으로 말했다.

"그럴 겁니다."

진실을 알고 있는 몇몇 사람 외에는 의아해했으나 일단 황제 헌원의 입에서 단언이 떨어진 이상 누구도 토를 달지 않았다. 말을 내뱉고 몸을 돌린 헌원의 표정 없는 얼굴에는 슬픔과 자책이 가득한 표정이 감돌고 있었다. 그러나 그 표정은 잠시 후 사라졌다. 헌원은 다시 무표정한 얼굴로 몸을 돌려 유망과 싸울 작전을 지시하기 시작했다.

이틀 동안 치우비는 말이 지쳐 쓰러질 정도로 서둘러 신시로 달려갔다. 구름은 손꼽히는 명마였음에도 지쳐서 거품을 물었고 다른 사울아비들의 말 중에서 몇 마리는 죽기도 했다. 원래라면 말을 달려도 나흘 가까이 걸릴 거리를 돌파했다. 길을 가면서 치우광은 누군가의 시선을 느꼈다. 딱 짚어 발견하지는 못했지만 누가 그들을 따라다니며 감시하는 기분이었다. 한둘이 아니고 여러 무리 같았지만 어찌 되었건 그런 것에 신경 쓸 때가 아니라 생각했다. 허나 아무래도 신경 쓰여, 말들이 지쳤기에 간신히 달리는 것을 멈춘 치우비에게 말하자 그는 간단히 말했다.

"내가 어디를 가건 신경 쓰는 자들은 전부터 많았다. 그래도 아무도 나를 건드리지는 못할 거고, 말을 엿들을 만큼 다가오지도 못할 거다. 다가오거나 거치적거리면 그때 치워 버리면 되고."

치우광이 생각하니 주신의 웃뜸사울아비쯤 되면 움직임 하나하나가 세상의 주목을 피할 수 없을 듯했다. 치우비의 말대로 누가 항상 치우비를 주시하는 것은 당연한지도 몰랐다. 더군다나 치우비가 이미 눈치채고 있는 이상 위험할 것도 없다고 생각했다. 수백, 수천 명의 무리를 끌고 오지 않는 이상 치우비의 상대가 될 수는 없었고, 여기는 하늘이 뒤집혀도 그런 짓을 티 안 나게 할 수 있는 곳이 아니었다. 치우광도 치우비처럼 아주 가까이 기척이 다가오지 않는 이상 신경 쓰지 않기로 했다.

그들은 길을 가다가 멀리서 큰 무리의 사람들을 발견했다. 수천 명이 넘어 보이는 큰 사울아비 군대였는데, 조심스레 다가가 확인하니 그것은 뜻밖에도 사울아비 큰스승이자 지금은 하늘 군대 큰스승이 된 고시가라의 부대였다. 고시가라가 직접 오지는 않았다. 대장은 신시 공방전 때 싸웠던 부소눌하였다.

얼마 전 싸우기는 했지만 직접 칼을 맞대지도 않았고, 지금의 치우비는 누가 뭐래도 웃뜸사울아비기에 부소눌하는 치우비를 발견하자 정중하게 모셨다. 치우비는 그에게서 신시에서 벌어졌던 일의 전모를 들을 수 있었다. 치우천에게 고시울률을 죽였다는 모함이 가해지고, 고시울률이 다시 살아나서 재판이 뒤집히는 등 치우천이 거듭 위기를 맞는 이야기를 들을 때 치우비는 눈을 크게 부릅떴다. 부소눌하는 눈빛만으로도 겁에 질려서 이야기를 길게 하지 못하고 급하게 줄여야 했다. 곧이어 맥달이 나타나고 고시울률이 죽고 지의 음모가 분쇄된 이야기를 들을 때의 치우비는 영락없이 아이 같았다. 손뼉을 치고 발을 구르고 눈물까지 글썽거리는 모습을 보면서 부소눌하는 이 사람을 어떻게 판단해야 하나 알 수 없어서 곤혹스러워했다.

치우비는 자신이 보낸 부소댕기가 많은 역할을 잘했다는 것도 알게 되었다. 그녀는 비록 고시가라가 결정적으로 치우천의 편을 들어 주게 하지는 못했지만 적어도 서쪽의 위기를 설득하여 유능한 부소눌하와 삼천에 달하는 사울아비를 급히 서쪽으로 파견하게 했다. 같은 집안인 고시울률의 죽음과 어쩌면 있을지 모르는 고시씨의 반란 때문에 이러지도 저러지도 못할 처지였지만, 그래도 주신을 지켜야 한다는 생각은 있었기에 한 행동이었다. 불안 요소가 아직 남아 있었지만 치우비는 형이 직접 동쪽으로 간 이상 문제없을 것이라 믿어 의심치 않았다. 끝이 좋으니 다 좋은 거라고 농담 비슷하게 말할 정도였다.

그러나 주저하던 부소눌하가 치우우레의 죽음을 알리자 치우비는 슬픔에 빠져서 한참을 목 놓아 울었다. 주변의 누가 말려도 듣지도 않고 바윗덩이처럼 앉아 땅을 치며 통곡을 하는데, 큰 주먹으로 계속 후려친 땅이 꺼지다 못해 막사 기둥이 기울어질 정도였다. 치우우레에게 은혜를 입었던 치우광도 치우비 못지않게 슬퍼했고, 작은 주신의 전사들도 자기 아버지의 임종을 본 양 다 같이 슬퍼했다. 덕분에 부소눌하마저도 반나절이나 움직이지 못하고 치우비의 통곡을 들어야 했는데, 많은 사울아비들이 치우우레의 죽음을 슬퍼해 주었다.

치우비는 정신을 수습하자 자신의 책임을 떠올렸다. 그는 무거운 표정으로 부소눌하를 서쪽으로 보냈는데, 부소눌하가 떠나자마자 정신을 잃고 까무러쳤다. 단 이틀이지만 자신을 몰아붙이며 긴장하고 있다가 형이 무사하다는 소식에 긴장이 풀리며 맥이 빠졌는데 아버지의 죽음이라는 충격이 갑자기 겹치자 견디지 못하고 혼절한 것이다. 부소눌하가 고의로 그런 것은 아니지만, 어찌 되었든 치우비에게는 아주 큰 충격을 주었다. 치우광은 펄쩍 뛰며 막사를 치게 해서 치우비를 간호했다.

어쨌거나 신시로 가 봐야 치우천이 자리에 없을 테니 대나무골로 돌아가는 것이 최선이었다. 유망과 헌원의 싸움에 대비를 해야 했다. 다행히 치우비는 금방 정신을 차렸지만 그날은 이미 저물기도 하고, 일이 아주 급하지는 않았기에 그대로 머무르기로 했다.

그런데 예상치 못한 사람이 찾아왔다. 불쇠 영감이었다. 원래라면 저 뒤에서 다른 무리와 함께 느릿느릿 따라오고 있어야 할 사람이었다. 그런데 고작 하루 만에 치우비를 따라잡은 것을 보아 무리에서 떨어져 급하게 달려온 모양이었다. 불쇠 영감은 치우우레의 죽음을 듣자 치우비 못지않게 슬퍼해서 치우비가 또 울게 만들었다. 치우광도 그때까지는 별생각을 하지 않았다. 그런데 생각해 보니 불쇠 영감은 원래 신시로 향할 예정이었는데 왜 갑자기 혼자 달려왔는지 모를 일이었다. 그러다가 다음 날이 되어 치우비가 서쪽 대나무골로 돌아가려 하자, 자신도 치우천이 없는 신시는 갈 필요가 없으니 같이 가겠다고 고집을 피웠다. 치우비는 어릴 때부터 보아 온 어른이라 뭐라 내놓고 말을 하지 못했기에 불쇠와 안면이 거의 없는 치우광이 계속 불쇠와 티격을 벌였다.

"영감님. 이건 급한 일입니다. 길도 험하지 않으니 천천히 오세요."

"아니, 이 늙은이를 혼자 버리고 가겠다고? 그럴 수는 없어! 나는 그 냥 대장장이가 아녀! 치우웃뜸이 직접 부탁한 큰일을 맡은 사람이란 말 여! 날 홀대하면 안 된단 말여!"

"그러면 사울아비들을 붙여 드리지요. 그래서 시중 받으시며 천천히 오시면 되잖습니까."

치우광이 최대한 좋게 권하는데도 불쇠 영감은 고집을 꺾지 않았다. 자 신은 중요한 일이 있기에 반드시 치우비와 같이 가야 한다며 매달렸다.

"난 꼭 같이 가야 혀. 꼭 그래야 한대두."

끈덕진 불쇠의 고집으로 꽉 찬 얼굴을 보고 치우광은 한숨을 쉬었다.

"영감님, 웃뜸사울아비께서는 놀러 가시는 것이 아닙니다. 더구나 서 둘러 가셔야 하는데 영감님이 따라오시면 시간이 더 걸릴 수가 있어요. 다른 사람들과 함께 신시로 가시든지 아니면 천천히 따라오세요."

"아, 안 돼. 난 꼭 나래…… 아니, 웃뜸사울아비님 허구 같이 가야 한 대두!"

"대체 왜 같이 가셔야 하는데요?"

"아, 그거야…… 말 못하지. 비밀이여, 비밀!"

"나 참……."

치우광은 나중에는 지쳐서 우격다짐으로라도 불쇠를 떼어 놓으려 했 으나 치우비가 말렸다.

"그만해라. 어르신, 우리는 말을 타고 달릴 것이고, 어르신이 계시다 고 천천히 달리지는 않을 것입니다. 따라붙으실 수 있으십니까?"

치우비의 정중한 말에 치우광은 불만스러운 표정을 지었으나 불쇠는 좋아서 시시덕거렸다.

"내, 나이는 먹었어도 아직 말 타고 달리는 것쯤은 할 수 있네! 염려 마시게, 웃뜸사울아비!"

그러나 거짓말이었다. 불쇠는 말 등에 얹혀 있을 뿐 조금도 말을 달릴 줄 모르는 것 같았다. 속력을 내어 말을 달리려고 하면 불쇠는 말 등에서 굴러떨어져 주변을 소란스럽게 만들었다. 보다 못한 치우광이 불쇠를 안고 가겠다고 말했지만, 불쇠는 망령이라도 난 듯 고집을 피우면서 실수한 것뿐이라며 날뛰었다. 치우광이 조금 뭐라고 하기라도 하면 꼬투리를 잡아 노인을 몰라본다고 바득바득 대들었다. 치우광은 어렸고, 치우비도 안면 있는 노인에게 뭐라고 하기에는 너무 마음이 좋았다. 나중에 치우광은 '차라리 말에서 떨어져 호되게 다쳐라, 다쳐! 죽어도 좋다! 그 입만 다물어 준다면!'이라고 생각할 정도였다. 그러나 불쇠는 계속 말에서 떨어져 뒹굴면서도 용케도 큰 상처는 입지 않았다. 덕분에 이틀 걸려 달려온 거리를 이틀 되돌아갔는데도 절반밖에 가지 못했다. 아무리 올 때 모질게 달렸더라도 너무 늦어지는 것 같자 치우비도 마음이 급해졌다. 치우비는 밥을 먹을 때 틈을 보아 불쇠에게 말했다.

"어르신, 이대로는 안 되겠습니다."

"뭐가 안 되어?"

"너무 늦어져서 안 되겠다는 말씀입니다. 광이의 말을 함께 타고 가십시오."

"뭐라? 아니, 내가 늙어서 조금 무뎌져서 그렇지, 혼자 말을 못 탄다고 그러는 거여?"

"아닙니다. 아닙니다. 어르신이야 말을 잘 타시지요. 그래도……."

"아, 그래도 나, 불쇠가 당당한 사내인데, 어찌 남의 앞에 탄단 말이냐! 아이고, 내가 늙었다고 나를 우습게 보는 거냐? 아이고, 이거 정말 늙으면 죽어야지, 콱 죽어 버려야지, 서러워서……."

치우광은 얼굴을 붉으락푸르락하다가 아예 귀를 틀어막아 버렸지만 치우비는 허허 웃으며 좋은 말로 불쇠를 달랬다. 불쇠의 고집은 철석같아서 자꾸 시간만 지체되었다. 그렇게 아옹다옹하는 중에 망을 보던 사울아비 하나가 한 무리의 사람들이 다가온다고 알려 왔다. 혹시 도둑 떼나 적인가 싶어 치우비가 나가 보니 진몽희가 이끄는 하백족이었다. 진몽희와 하백족의 늙은 원로 세 명, 스무 명가량의 전사들이었다.

"어머머. 여기서 다시 만나네요."

진몽희는 치우비를 보자마자 고양이 같은 눈망울에 이채를 띠우며 배시시 웃었다. 치우비는 가슴이 철렁 내려앉는 것 같았다.

"어…… 그…… 그렇군요. 다시 뵙게 되어 반갑습니다. 그런데 어쩐 일로……."

"어쩌긴요. 신시에 일이 있어서죠."

말은 저렇게 하지만 분명 치우비를 따라온 것이 분명했다. 허나 자신은 신시로 가는 것이 아니라 되돌아가는 길이었다.

"그러시군요. 저는 대나무골로 돌아가니 아쉽지만 헤어져야겠군요."

그 말에는 진몽희도 놀라는 것 같았다. 그러나 그녀는 고양이처럼 눈을 빛내며 물었다.

"왜 갑자기 되돌아가시려는지요?"

치우비는 진몽희의 귀여운 눈빛이 부담스러워서 얼버무리려 하는데, 불쇠가 툭 튀어나와 말했다.

"신시는 조용해졌고 치우웃뜸도 동쪽으로 갔답니다요. 그러니 웃뜸님도 대나무골로 가는 것입죠."

진몽희는 호호 소리를 내며 웃었다.

"아, 그렇군요. 그러면 저도 신시는 다음에 가기로 하고 같이 돌아가지요."

치우비는 당황했다.

"어…… 아니, 뭐 그러실 건 없는데……."

"치우웃뜸님을 뵙고 싶어 신시로 가려던 것인데 안 계시다니 다음에 가도록 하지요. 그런데 유망과는 싸우지 않기로 했는데 웃뜸님은 왜 대나무골로 가시나요?"

속이 뻔히 보였지만 치우비는 대답해 주지 않을 수 없었다. 하백족은 엄연히 이번 싸움에 큰 공을 세운 부족이며, 진몽희도 엄연히 하나의 부족을 이끄는 수장인데다 신세까지 졌으니 무시할 수도 없었다.

"아무래도 그 결과도 보아야 하고…… 헌원이 더 위험한 인물이니 유망님이 위험해지면 뭔가 해야겠지요."

"유망도 작은 부족을 수도 없이 짓밟았는데 그렇게까지 할 필요는 없지 않겠어요? 더구나 지나족끼리 싸우는 것인데 굳이 끼어들 필요는 없지 않나요?"

"그렇게 생각할 수도 있지만 그리 간단한 일이 아닙니다. 지금 간신히 지나족과 공상을 돌려주고 싸우지 않기로 했는데, 헌원이 유망님을 물리치면 다시 전쟁이 벌어질 겁니다. 그러니……."

"그런가요. 저희 하백족은 바깥세상을 너무 몰라 큰일이니 저에게 가르침을 좀 더 주시지 않겠어요?"

이쯤 되자 치우비도 마다할 수가 없었다. 진몽희와 하백족이 도와주지 않았다면 주신군은 전멸했을 것이다. 큰 신세를 입은 마당이라 더는 거절할 명분이 없었다. 치우광은 물론이고 치우비도 은근히 시간을 끌고 미적거리게 한 불쇠 영감과 진몽희, 하백족 사이에 무슨 이야기가 있었던 것 같다는 낌새를 챘다.

치우비는 알면서도 할 수 없이 진몽희에게 말려들었다. 치우비가 조금 더 무뚝뚝했다면 창피를 주더라도 적절한 선에서 끊었을 텐데, 적에게는 귀신같지만 자기편에게는 비단결 같은 마음을 지닌 치우비는 차마 그렇게 할 수가 없었다.

진몽희는 기회라도 잡은 듯 치우비 옆에 바싹 붙어서 이것저것 말을 걸고 떨어지지 않았고, 다른 세 명의 하백족 할망구들이 두 사람의 주위를 은근히 감싸서 다른 사람들이 방해하지 못하게 했다. 치우비로서도 진몽희가 싫은 것은 아니었지만 어디까지나 동료나 벗으로서였다. 자꾸 진몽희가 눈치를 주자 발 생각이 나서 마음이 쓰라렸다. 더구나 하백족이 합류한 이후 불쇠 영감은 말 타는 법이 기억났다면서 잘도 말을 탔다. 전에는 짐작이었지만 말 타는 모습을 보니 불쇠가 하백족과 뒷이야기를 나눈 뒤 일부러 시간을 끈 것이 분명해졌다. 치우비는 불쇠 영감을 볼 때마다 속이 부글부글 끓었지만 불쇠는 실실 웃으면서 치우비를 피해 다녔다.

'할 수 없지. 이왕 이렇게 된 것을 어쩌겠나. 나야 발을 잊지 못한다고 하지만 그렇다고 공이 있는 진몽희에게 쌀쌀맞게 대해도 좋을 것이 없지. 어쨌든지 헤어질 때까지만 참고 적당히 넘어가자.'

이렇게 생각한 치우비는 굳이 진몽희를 멀리하지 않고 마음대로 하게 내버려 두었다. 진몽희는 그것만으로도 기뻐했다. 노골적으로 피하던 것에 비하면 많은 진전이 있는 것 같았다. 하백족의 원로들도 비슷한 판단을 내려 더더욱 가깝게 지내라고 나섰다. 이전에는 불쇠를 닦달했던 치우광이나 작은 주신 사울아비들도 피식 웃으며 방해하려 들지 않았다.

치우비의 순정은 작은 주신에서는 유명했지만 당사자인 발이 죽었으니 심각하게 여길 것은 없었다. 치우비 스스로만 몰랐지, 장차 그가 누구와 짝을 이룰 것인가는 작은 주신 출신 사람들에게는 흥미진진한 화젯거리였고 치우광도 그들에게 별 이야기를 다 얻어들었다. 천하무적의 대용사이자 주신의 웃뜸사울아비인 치우비의 배우자 문제는 치우광이나 작은 주신 출신이 아니더라도 부족과 남녀노소를 막론하고 관심을 가질 수밖에 없었다. 누구는 오랫동안 가깝게 지냈던 무라와 맺어질 것이라 했고, 누구는 비록 오빠 동생 하고는 있지만 울라트와 맺어질 것이라 했으며, 신시의 집안 좋은 여자와 맺어지게 될 것이라는 소문도 있었다. 치우비 부근에 있는 여자 중에 사람들의 입에 오르지 않은 사람이 없었고, 나중에는 실제 있지도 않은 여자가 그럴듯하게 부풀려져 소문이 나기도 했다. 맥달 선인의 자매가 되는 고운 여자 선인이 있다는 소문에서 주신 삼사가 치우비의 짝으로 신시 최고의 미녀를 물색하고 있다는 소문에 쑤앙마이가 치우비를 좋아하여 신시로 올 것이라는 말도 안 되는 헛소문까지 나올 정도였다. 그런 와중에 하백족이라는, 잘 알려지지 않는 부족이지만 미모의 여부족장이 치우비에게 노골적으로 달라붙으니 재미있게 여길 수밖에 없었다.

　그렇게 이틀 정도 더 길을 갔다. 가는 길은 불쇠가 늑장을 부릴 때보다 더 늦어져 이제는 유람하는 것보다 느려 터진 행군이라 남은 길은 한참이었다. 이제는 당장 발등에 불이 떨어진 상황도 아니고, 치우광이나 작은 주신 사울아비들마저도 은근히 시간을 끌었다. 그렇다고 대놓고 명령을 내리거나 억박지를 상황도 아니고 그럴 성격도 아니었으므로 치우비는 거의 도를 닦는 기분으로 참아 넘겼다. 나중에는 진몽희에게 신경을 쓰기보다 차라리 진몽희를 달래서 조금이라도 빨리 가는 것이 나을 것 같았다. 그렇게 마음을 먹자 진몽희가 옆에서 뭐라 하건 치우비는 그냥 웃는 표정만 지으며 무조건 고개만 끄덕였다. 귀찮기도 했고 피곤하기도 했으며, 이런 작은 일이야 될 대로 되라는 생각이었다. 이제 진몽희는 완전히 치우비의 옆에 달라붙어서 쉬지 않고 조잘거렸고, 식사 때면 음식과 술을 챙기는 등 아예 마누라 노릇을 대놓고 했다. 천하장사이지만 아직 어린 치우광은 속으로 부럽다고만 생각했고 사울아비

들은 부족장이면서도 알뜰하기 그지없는 진몽회에 대해 호감을 가지게
되었다. 하백족 원로나 전사들도 더없이 점잖고 친절했으며 말단 사울
아비까지도 깍듯이 위해 주었는데, 절반 이상은 일종의 사전 공작이었
다. 담담한 치우비로서야 개인적인 일이라 여길 뿐이지만 하백족으로
서는 부족 전체의 앞날이 걸린 중대사였으니 한 치도 소홀히 할 수 없
었다.

사실 하백족은 마음 같아서는 몇 달이고 몇 년이고 시간을 끌고 싶었
지만 치우비가 서두르는 데에는 이유가 있다는 것쯤은 알고 있었다. 큰
일을 지나치게 방해할 수는 없는지라 진몽희도 말로만 능장을 부릴 것
처럼 할 뿐, 며칠이라면 몰라도 너무 오래 시간을 끌 수는 없었다. 만에
하나 그러다가 일이 조금이라도 틀어지면 더 큰 문제라는 것을 모를 정
도로 진몽희는 바보가 아니었다. 그리고 불쇠까지도 담합하여 이렇게
일을 꾸민 데는 숨겨진 이유가 있었다. 치우비는 몰랐지만 사실은 생각
보다 빨리 드러났다. 대나무골이 한나절 거리 정도에 들어왔을 무렵 치
우비는 예기치 못한 사람과 마주쳤다. 그 사람은 길가에 앉아 있다가 치
우비 일행이 다가오자 길을 막듯이 나와 섰다. 흰머리에 작달막한 덩치,
꾸부린 허리에 주름이 가득한 얼굴. 그는 바로……

"상망……님?"

치우비는 말을 멈추며 믿을 수 없다는 듯 말했다. 상망은 깊은 한숨
을 쉬며 대답했다.

"주신의 웃뜸사울아비께서 알아봐 주시니 고맙구려."

"그런 말씀은 그만두십시오. 편하게 말씀하세요. 여기는 어쩐 일이십
니까?"

"웃뜸사울아비를 뵈러 왔지요."

"저를요?"

진몽희가 앞으로 나서며 날카롭게 말했다.

"비님, 잊지 마세요. 저 사람은 우리의 적인 지나족이고, 헌원의 부하예요. 수작을 부리는 것이 분명하니 속으시면 아니 되어요."

진몽희는 과거 상망이 발과 함께 하백족을 뒤집어 놓았던 사람임을 잊지 않고 있었다. 지나족이라는 것보다 치우비의 마음을 꽉 잡고 있는 발과 함께 있었다는 기억이 불안한 예감을 자아냈다. 사실 진몽희와 불쇠는 이미 한참 전 상망과 지나족이 이쪽으로 다가오는 것을 발견했고, 치우비를 생각하고는 그들과 마주치지 못하게 하려 수를 쓴 것이다. 진몽희로서는 발과 연관이 있을까 지레짐작해서였고, 불쇠도 치우비가 지나족과 마주치는 것은 좋지 않다고 생각했기 때문에 연극까지 하며 길을 꼬이게 만들었다. 그런데도 결국 상망은 치우비 앞에 나타난 것이다. 상망은 다시 깊은 한숨을 쉬며 짧게 말했다.

"나는 이제 헌원님의 부하가 아니오."

치우비는 믿을 수 없었다. 상망은 헌원의 명이라면 목을 내놓으라고 해도 그렇게 할 사람이었기 때문이다. 치우비는 대꾸했다.

"저런. 어쩌다가……."

"그렇게 되었으니 더 묻지 마시구려."

"그러면 무슨 일로 저를?"

진몽희가 다시 나섰다.

"그러니 뭔가요? 신시에라도 데려다 달라는 건가요? 헌원이 주신을 상대로 전쟁을 벌인 것은 아시지요?"

상망이 대답했다.

"알고 있다오. 아무리 헌원님의 곁을 떠났다 해도 나는 지나 사람이오. 어떻게 신시로 갈 마음을 먹겠소?"

"그러면 왜 우리 앞을 막은 거죠?"

상망은 몸을 일으키며 서글픈 어조로 말했다.

"우리라…… 하백족은 주신과 한편이 되었구려. 진몽희님도 웃뜸사울아비님과 많이 가까워진 것 같고……."

"말에 가시가 있네요. 당신이 뭔데……."

진몽희가 화를 내자 치우비가 그녀의 앞을 막아서며 말했다. 자신이 잘못한 것은 없지만 뭔가 부끄러운 짓을 하다가 들킨 기분이었다. 상망이 말했다.

"웃뜸사울아비님은 내가 어떤 사람인지 아실 거요. 나는 웃뜸님께 해를 끼칠 생각이 없소. 다만 조용히 몇 말씀 드리고 싶을 뿐이라오."

"무슨 이야기인지요?"

상망은 정중하게 말했다.

"여러 사람 앞에서는 할 수 없소이다. 다만 이 이야기를 듣지 않으면 두 사람이 죽고, 이야기를 들으면 웃뜸님이 곤란해질 겁니다. 솔직하게 말씀드렸소이다."

치우비가 멍해하는데 진몽희가 날카롭게 외쳤다.

"협박하는 건가요? 죽는 사람이 웃뜸님은 아니겠지요?"

"물론 아닙니다. 협박이 아닙니다. 솔직히 말씀드려 그대로 듣지 않고 가시는 것이 웃뜸님에게는 편하실지 모릅니다."

"더 볼 것도 없네요. 가요!"

진몽희가 대신 대답하는데 치우비가 말했다.

"내가 곤란해지더라도 듣지 않으면 사람이 죽는다는데, 어떻게 그냥 갈 수 있겠습니까?"

"웃뜸님. 당신은 이제 일개 사울아비가 아니에요. 대주신의 웃뜸사울아비입니다. 웃뜸님이 곤란해지는 건 몇 사람 죽는 것보다 훨씬 더 큰일이에요!"

진몽희가 말했지만 치우비는 고개를 저었다.

"내가 웃뜸사울아비라고 해서 사람이 죽는 것을 그냥 지나칠 수는 없습니다."

"답답하시군요! 이건 분명 웃뜸님을 궁금하게 만들어서 꾀어내려는 뻔한 술수라고요!"

"저도 압니다만, 상망님은 이유 없이 그런 수를 쓰실 분이 아닙니다. 저는 궁금하군요."

치우비가 웃으며 대답하는데 진몽희가 말을 끊었다.

"안 돼요! 들을 필요 없어요! 분명히 좋지 않아요!"

"무턱대고 그렇게 생각할 수는 없지 않습니까?"

"무조건 그렇게 생각하는 것이 옳아요! 지나족의 술수에 말려들지 않으려면 말이에요!"

"제가 알아서 하겠습니다."

치우비는 딱 잘라 말했다. 그리고 진몽희가 뭐라 하든 대답도 하지 않고 치우광을 불러 무조건 계속 길을 갈 것이며, 자신은 상망과 이야기를 나누고 바로 따라잡겠다고 했다. 치우비는 상망과 함께 길가 숲으로 들어갔고 치우광은 무심하게 일행을 전진시켰다. 진몽희는 불안한 마음에 뭍에 오른 물고기처럼 팔딱팔딱 뛰었지만 별수 없었다.

헌원이 이끄는 군대가 마침내 대나무골 어귀에 도착해 신도 울루의 부대와 합류할 즈음, 유망이 보낸 전령이 달려와 헌원에게 말을 전했다. 지나족은 이제부터 주신 및 그를 따르는 부족들과 싸움을 멈출 것이고, 치우천을 다음번 지나족의 지배자로 삼을 것이니 군사를 물리라는 일종의 명령이었다. 헌원으로서는 첩자들을 통해 다 알고 있던 사실이었다. 헌원은 전령을 돌려보내며 간단히 받아들일 수 없다는 말을 전했다.

그러면서도 군대를 계속 전진시키자 두 번째 전령이 달려왔다. 군사를 물리지 않으면 유망에 반기를 든 것으로 보겠다는 전언이었다. 헌원은 역시나 군사를 물릴 수 없다는 말만 전했다. 그리고 이번에는 자신이 유망에게 전령을 보내 치우천을 그런 자리에 오르게 놓아둘 수는 없으니, 유망이야말로 원래 약속했던 대로 신시로 진군하라는 말을 전달했다. 그러나 유망은 단칼에 거절하고 다시 전령을 보내 물러서지 않으면 치겠다고 전해 왔다. 그러자 헌원은 이제와 물러설 수는 없다고만 짧게 답신을 보냈다. 쌍방 수뇌부는 뻔히 상대의 마음을 읽었지만 절차상 전령들이 오고 가면서 전투를 준비하라는 명령이 전해지자 말단 전사들도 긴장했다.

헌원의 부대는 대나무골로 들어서면서 크게 네 갈래로 나뉘어졌다. 헌원이 이끄는 이만에 달하는 군세의 양옆을 신도 울루와 풍후, 비휴, 이주가 각각 만 명씩을 거느리고 지켰고 끽구와 상백이 이끄는 만 오천의 군세가 선두에 섰다. 이에 반해 유망 쪽은 판천성을 주축으로 하여 성을 중심으로 형천의 군대가 오른쪽, 금천의 군대가 왼쪽, 축융의 군대가 중앙에 위치했다. 형천의 군세는 만 이천, 금천은 이만, 축융은 만 삼천을 거느리고 있었다.

헌원의 군대가 판천성 이십 리 정도까지 접근하자 형천과 금천이 서서히 진군을 시작하며 좌우로 간격을 벌렸다. 헌원은 유망군의 포진을 보고 살짝 눈가를 찌푸렸다.

"형천이 가운데가 아닌 듯한데……. 좋지 않다."

예상대로라면 최강의 전사이자 장수이기도 한 형천이 가운데를 맡고 있어야 했다. 그런데 가운데는 축융이 차지하고 있고 형천은 오른쪽 측면을 차지하고 있었다. 유망에게 속셈이 있는 것 아닌가 싶어서 불안해졌다. 그러나 이제 와서 다시 포진을 바꿀 수도 없어서 헌원은 각 부대를 계속 계획대로 전진시켰다.

　양군의 좌우측 부대는 화살이 닿을 거리에서 약속이라도 한 듯 전진을 멈추었다. 그리고 각각 대장이 앞으로 나서서 스스로를 밝히고, 상대를 비난하며 함성을 질러 사기를 돋웠다. 바야흐로 황제와 염제의 전쟁으로 후세까지 전해지는 황염대전(黃炎大戰)이 시작되었다.

　앞으로 나선 금천은 심각하게 이주와 논쟁을 벌이고 있었다. 금천과 맞선 헌원 측 부대의 대장은 비휴였지만 워낙 말수가 적기 때문에 명분 싸움이라 할 수 있는 대장끼리의 대화는 이주가 나서야 했다.

　"금천! 당신은 대족장이면서 이쪽에 붙었다 저쪽에 붙었다 하면서 배신을 밥 먹듯 하니, 누가 당신을 전사답다고 생각하겠소?"

　이주는 자신을 밝히자마자 여러 번 배신행위를 한 금천의 행동을 제법 통렬하게 깎아내리는 것으로 시작했고 금천도 입장의 타당성을 밝혔다.

　"너는 나를 배신했다 말하지만, 나는 옳은 길을 선택한 것뿐이다. 옳다고 생각되는 일을 배신이라고 깎아내리는 너 같은 고집쟁이도 있지만 염제 신농께서는 그러시지 않으신다. 굳이 나를 배신자라고 모욕한다면, 그때 나를 받아들인 헌원은 또 무엇인가? 배신자라도 이용하는 사기꾼이라는 것인가? 그때는 나를 용기 있다고 추켜세웠으면서 지금은 배신자라 욕하니, 이것이야말로 자기 편할 대로 말을 바꾸는 사기가 아닌가?"

　비록 말로 이주를 당해 내지는 못했지만 그렇다고 부하들의 사기가 떨어질 정도로 밀리지도 않았다. 이주와 대강 말을 섞은 금천은 두말없이 전군을 거칠게 밀어 전진시켰다.

다른 편의 신도와 울루는 무섭게 긴장해서 앞으로 나서며 외쳤다.

"우리는 화산족의 신도와 울루다! 염제는 주신과 한통속이 되었으니, 이제 더는 지나족 지도자의 자격이 없다! 그를 따르는 자들은 무기를 버리고 항복하는 것이 좋을 것이다!"

그러자 상대편 대장이 나서며 껄껄 웃었다. 그냥 웃기만 하는데도 웃음소리는 멀리 메아리쳐서 신도 울루의 부하들 귀에까지 똑똑히 들렸다. 그는 웃음을 멈추고 등에 메고 있던 커다란 도끼를 들어 땅에 쾅 소리가 나게 꽂으며 외쳤다.

"나는 대인족의 형천이다!"

신도 울루의 전사들은 삽시간에 놀라는 기색을 보이며 형천이다, 형천이다 하며 수군거렸다. 누가 뭐래도 형천은 하늘 아래 최강의 전사로 손꼽히는 강자였다. 같은 지나족이었기에 이제까지는 든든한 이름이었으나, 적이 된 것을 새삼 깨닫자 몸서리가 쳐졌다. 뒤에서 풍후가 일러주는 대로 신도 울루가 몇 마디 소리를 지르며 전쟁의 타당성을 추궁하려 했지만 형천은 웃으면서 크게 소리쳤다.

"종알대지 말고 어서 시작하자."

그의 말은 간단했지만 목소리는 태산같이 무겁고 위엄이 있어서 신도 울루는 하던 말도 채 끝마치지 못했다.

형천이 말을 마치자마자 뒤편에서 전사들이 뛰어 나왔다. 자그마치 아홉 갈래나 되는 전사들이 일사불란하게 사방을 뒤덮으며 불길처럼 덮쳐 왔고 그 앞에는 형천이 직접 키운 대인족의 아홉 대전사들이 나서고 있었다. 각각 오백 명밖에 안 되는 숫자였지만 너무도 급작스러운 움직임이라 신도 울루는 허둥대며 군사를 나눠 보려 했다. 침착한 풍후가 말렸다.

"선수를 빼앗긴 이상, 한데 뭉쳐서 방어를 단단히 갖추고 버티는 게 우선이오."

풍후는 현명한 사람이라 신도 울루는 그의 말대로 군대를 둥글게 뭉쳐 방어에 주력했다. 그만큼 아홉 대전사들의 움직임도 신속했다. 대전사들은 거의 동시에 신도 울루의 부대를 덮쳐들었는데, 하나하나가 괴물같이 엄청난 힘을 지니고 있었다. 귀신을 부리는 데 능하지만 힘으로도 손꼽히는 장사들인 신도 울루가 각각 한 명씩의 대전사와 부딪혔는데, 그 대전사들은 신도 울루에도 뒤지지 않고 치열하게 맞서 싸웠다. 신도 울루를 제외하면 나머지 일곱 대전사를 감당할 자가 없었다. 방어진 곳곳에서 대전사들이 난입해 악귀처럼 무기를 휘둘러 댔고 그들이 이끄는 부하들의 용맹도 뒤지지 않았다. 형천의 부하들은 말단 전사 하나까지도 벌써 몇 년 동안 마갸르족과 미아우족, 그리고 주신 사울아비들과 싸워 온 백전노장이었다. 아직 제대로 된 큰 전쟁을 얼마 겪어 보지 못한 헌원의 부하들과는 전사 하나하나의 격이 달랐다. 풍후가 급히 중앙에서 이리저리 전령을 보내 전사들을 독려하지 않았다면 그대로 허물어졌을지도 모를 정도였다. 형천은 처음 나선 자리에서 도끼를 짚고 서서 여유 있게 자신의 부하들이 상대를 유린하는 광경을 보다가 이내 손을 높이 들며 크게 휘파람을 불었다. 그러자 형천을 중심으로 나머지 팔천에 달하는 병사들이 쐐기형으로 길게 늘어서며 순식간에 대열을 맞추었다. 그것을 본 아홉 대전사들은 유유히 눈앞의 적들을 뿌리치고 사방으로 흩어져 떨어져 나갔다. 그 자리에는 수많은 시체와 부상자들만 남았고 대열은 여기저기 헝클어져 있었다. 형천은 씩 웃더니 곧바로 도끼와 방패를 들며 뾰족한 쐐기 진형의 끝점이 되어 무섭게 돌진했다. 풍후가 서둘러 전사들을 모아 가운데에 맞서고, 신도와 울루는 포위라도 할 듯 옆을 벌렸으나 노련한 형천은 속지 않았다. 쐐기형으로 돌진하다가 옆에서 협공을 받으면 위험해지는 것이 보통이었지만, 형천은 포위망이나 중앙의 방어가 자신의 공세를 견딜 정도가 아니라 판단했다.

금천의 부대는 이부를 대장으로 선봉대로 삼고, 그에 알유의 부대가 바싹 붙어 전진했으며 금천의 본대는 또 그 뒤에 닿을 정도로 밀려서 전진했다. 비휴의 전사들이 이부의 선봉대와 거칠게 충돌하자 비휴는 곧 천랑대의 늑대들을 풀었다. 아무리 늑대 무리라도 이렇게 많은 숫자의 전사들과 정면으로 붙으면 위험했기에 오른쪽을 찔러 들어오려 한 것인데, 중간에 끼어 있던 알유의 부대가 즉시 오른편으로 움직이며 늑대 무리를 막아 냈다. 그리고 바싹 붙었던 금천의 본대가 조금 더 전진하여 알유 부대의 빈 공간을 메웠다. 그러다가 이부의 선봉대의 피해가 조금 심해지자 금천은 급히 전령을 보내 이부의 부대를 왼쪽으로 빠져 나가게 했다. 이부는 기다리고 있었다는 듯, 곧 썰물같이 왼쪽으로 빠져 나갔고, 곧이어 뒤에 바싹 붙어 있던 금천의 부대가 무서운 기세로 중앙으로 휘몰아쳤다.

알유와 이부의 부대는 원래 헌원의 부족에서 뽑은 전사들로 되어 있었다. 비록 대장이 돌아서기는 했지만, 원래 같은 부족인 화산족과 싸우게 되는 셈이니 사기도 떨어졌고 제대로 싸우지 못할 것이 분명했다. 물론 죽기 살기로 몰아붙이게 되면 살기 위해서 싸우기야 하겠지만, 금천은 그렇게 극단적인 방법을 쓰지 않았다. 되레 이부의 부대를 앞세우자 이부의 전사들뿐 아니라 같은 화산족으로 이루어진 비휴의 전사들까지 맥이 빠졌다. 당장이라도 적을 휩쓸어 버리겠다는 필사의 각오가 낯익은 얼굴과 말투, 복장 때문에 헐거워지고 '왜 싸워야 하나? 정말 이렇게 싸워야 하나?'라는 생각이 들기 시작했다. 이부와 비휴의 부대가 다 같이 조금이라도 맥이 빠지는 이 시기야말로 금천이 치밀하게 계산한 것이었다. 뒤를 이어 본대를 바싹 붙인 것도 이렇게 바로 교대하는 순간을 노린 것이었다. 금천의 본대는 화산족도 아닌데다 거의 선봉대와 바짝 붙어 전진했으므로 사기가 떨어지지도 않았고, 그에 맞서는 화산족은 싸울 마음이 없어진 상태였으니 전세는 판가름 난 것이나 다름없었다. 이런 심리를 찌른 작전에는 알유의 부대도 포함되어 있었다. 비휴가 나선 이상, 천랑대의 늑대 무리도 당연히 전장에 나설 것이다. 이것을 알유의 부대가 맡으면 사기도 떨어질 리 없었다. 아무리 같은 화산족 아래였다고 해도, 늑대에게까지 그런 감정이 들 리는 없었다. 되레 화산족은 천랑대와 비휴 덕분에 늑대를 보통의 개 정도로 생각하는 경우가 많았다. 사실 무장을 갖추고 대열을 갖추었으며 숫자가 많은 전사들이라면 늑대 따위는 문제가 되지 않았다. 잔혹한 늑대의 모습에 겁을 집어먹어야 효과를 발휘하는데, 화산족은 늑대를 겁내는 마음이 없으니 상대하기가 좋았다. 알유의 부대는 단박에 천랑대를 밀어 버렸고 상대가 더 강하다는 것을 본능적으로 느낀 늑대들은 대군의 압박에 밀려 꽁무니를 빼기 시작했다. 거기 더해서 금천의 부대가 중앙을 무서운 압력으로 압박해 들어왔다. 이주와 비휴는 진형을 바꾸면서 결사적으로 맞섰지만 거기에 이부의 부대가 왼쪽으로 돌고, 알유의 부대마저도 천랑대를 간단하게 밀어내며 오른쪽으로 돌아 들어왔다. 이대로라면 포위당해 전멸하는 수밖에 없었다. 비휴와 이주는 탄식하면서 전사들을 후퇴시키기 시작했다.

반대편의 전세도 마찬가지였다. 형천의 부대는 신도 울루와 풍후의 부대 가운데를 거침없이 뚫고 들어왔다. 앞에 선 형천의 무서운 힘을 막을 자는 아무도 없었다. 도끼를 휘두를 때마다 서너 명의 전사들이 가랑잎처럼 튀어 날아갔고 방패를 휘저을 때마다 굳세게 버티던 울타리가 뒤를 받친 전사들과 함께 무너져 내렸다. 풍후는 그 짧은 시간 동안에도 최선을 다해 전사들을 세 겹으로 배치해 방어막을 쳤지만, 형천의 괴물 같은 힘은 두 겹의 방어막을 혼자 헤집어 버렸고, 무시무시한 힘을 본 전사들이 넋이 나가 세 번째 방어막은 스스로 허물어져 버렸다. 양옆을 찔러 들어온 신도와 울루는 제법 사납게 대형의 측면을 공격했으나, 측면에 서 있는 대인족 전사들은 하나하나가 오랫동안 형천의 지휘를 배우고 미아우, 마갸르족과 싸워 왔다. 신도 울루가 앞장선 화산족의 측면 공격이 약한 것은 아니었지만 그에 맞선 저항이 너무도 강했다. 괴력을 지닌 신도 울루조차 대인족 전사 몇 명을 간단히 이기지 못했다. 미리 계획을 세우지 않았으면서도 경험 많은 전사들은 상황이나 서로의 눈빛만 보고도 손발이 척척 맞아서, 신도 울루를 몰아붙이고 포위해서 힘을 못 쓰게 만들면서, 옆의 약한 전사들을 귀신같이 파악해서 죽여 나갔다.

한동안 세 방향에서 정신없는 난전이 벌어졌지만 이내 순식간에 결판이 나서, 중앙의 형천은 풍후의 방어를 완전히 돌파해 버렸고, 신도와 울루의 측면 공격 부대조차 밀어내 버렸다. 그때 잠시 몸을 뺐던 아홉 갈래의 대전사들이 숨을 고르고 힘을 모은 다음 큰 소리를 지르면서 난입해 들어왔다. 결국 풍후와 비휴의 부대는 질그릇이 깨지듯 단번에 통제력을 잃고 고스란히 붕괴되기 시작했다.

양 측면에서의 싸움은 반대 양상을 띠었는데, 한편에서는 유망의 군대가 헌원의 부대를 포위하고 다른 쪽은 반대였다. 그런데 포위를 했건 당했건 무너진 것은 헌원의 부대뿐이었다. 헌원은 중앙의 본대를 둘로 나누어 양편의 부대를 구원하러 보냈다. 끽구의 부대를 형천 쪽으로 보냈고, 상백의 부대를 금천 쪽으로 보냈다.

이때, 축융의 중군(中軍)이 전진하기 시작했다. 헌원이나 기타 모든 대장들은 축융이 역시 군대를 둘로 나누어 헌원의 부대가 형천과 금천의 부대를 치는 것을 막으리라 예상했다. 그런데 축융은 그들에게는 신경 쓰지 않았다. 그는 똑바로 헌원의 중군, 가장 가운데를 향해 파고들었다. 물론 헌원의 부대는 가장 잘 싸우는 병사들로 일곱 겹이나 되는 방어선을 쳐 두고 있었다. 그런데 축융의 부대는 가장 두텁게 방어하는 부분을 골라 밀고 들어왔다. 양편으로 나뉘어진 형천이나 금천의 부대가 다시 옆구리를 찔릴 것인데, 그것에는 신경조차 쓰지 않는다는 것은 의외였다. 표정 변화가 거의 없는 헌원조차도 안색이 변했다. 그러는 동안 축융의 부대는 헌원의 중군과 에누리 없이 격돌했다. 끽구의 부대도 형천의 부대 옆구리로 돌진했다. 상백의 부대도 금천의 옆을 찔러 들어갔다.

판천성 위에서 이 광경을 내려다보는 유망은 흡족한 표정으로 옆의 부하들에게 말했다.

"하하! 저것 봐라. 재미있지 않나?"

유망의 부하들도 전세를 낙관했으나, 왜 축융이 구원군을 방관했는지 의아해했다. 그러자 유망은 웃으며 말했다.

"헌원의 대장들도 꽤나 잘하고 있다. 사실 저렇게 깨져 나가고 있지만, 대장들의 지휘는 나쁘지 않아. 되레 대단하다고 말해야겠지."

"하지만 우리가 이기고 있습니다."

"하하. 꽤 괜찮지만, 저들은 경험이 없어. 자신들의 전사들도 내 전사들만 못지않다고 믿고 있지. 그게 실수야. 키가 비슷하고 힘이 비슷하다고 비슷하게 싸울 거라고 착각하면 안 되지, 안 그래?"

유망은 헌원과 그를 따르는 십육기인의 능력을 과소평가하지 않았다. 그들의 재능이 형천이나 축융보다 못할 것이라고 막연히 생각하지도 않았다. 그러나 단 하나, 가장 중요한 차이가 있다면 전사들의 질적인 차이였다. 헌원은 대규모 전쟁을 별로 치러 보지 않았다. 그에 반해 유망의 전사들은 미아우, 마갸르군과 수도 없이 싸웠으며, 치우 형제나 최강이라는 주신 사울아비들과도 격렬하게 싸웠다. 쓰라린 패전과 굶주림의 행군까지도 모두 겪고 이겨 낸 강인한 전사들이었다. 힘이 같다고 해도 노련함은 쉽게 따라잡을 수 없다. 대규모의 전투를 해도 흥분하거나 냉정을 잃지 않으며, 전장을 살피는 눈이나, 혼전중에도 강자를 피하고 약자를 먼저 골라내 손발을 맞춰 여럿이서 제압하고 적을 허물어뜨리는 능력이 몸에 배어 있다. 진형이 조금 헝클어져도, 두려움에 휩쓸리지 않고 사태가 절망적이 되기 전까지는 제 위치를 지키며 분전할 능력과 판단력이 있다. 패전도 여러 번 했기 때문에 어떤 상황에서 두려움에 빠지면 더 처참한 결과를 맞는다는 것까지 경험으로 알고 있다. 때문에 유망은 일부러 난전을 방관했다. 헌원이 마음껏 지휘를 하게 놓아둠으로써 되레 헌원을 질식시킬 생각을 했다. 헌원이 무슨 수를 쓰건 우직하게 힘으로 밀어붙인다. 전사들 하나하나가 역전의 용사들이기에, 경험 없고 흥분 잘하는 풋내기들에게는 옆을 찔리건 포위당하건 다 이길수 있다는 판단이었다. 모험이었지만, 유망의 판단은 옳았다.

끽구의 부대는 결사적으로 형천의 부대 옆을 찔렀지만, 끽구 본인은 형천과 마주치기도 전에 아홉 대전사 중 세 명의 협공을 받고 쩔쩔매며 발이 묶여 버렸다. 형천은 아홉 갈래의 대전사들에게 각각 전사 오백 명씩을 맡겼을 뿐, 따로 계획을 세우지도 않았다. 상황을 보아 자유롭게 움직이며, 공을 세울 수 있을 만큼 세워 보라는 것이 지시의 전부였다. 형천과 함께 수많은 싸움을 겪은 대전사들은 정확히 전장의 흐름을 꿰뚫어 보며, 자유롭게 돌아다니면서 사방을 유린했다. 헌원 진영의 최강자라 할 수 있는 끽구가 나타나자마자 그 부근에 있던 세 갈래의 대전사들이 약속이나 한 것처럼 모여들어 끽구를 에워쌌다. 끽구 입장에서 분통이 터질 일은 그 대전사들은 아예 끽구와 맞상대를 하지 않는다는 점이었다. 한 명을 쫓으려 하면 뒤에서 다른 대전사가 덤벼들고, 그를 쫓으려 하면 다른 자가 활이며 돌을 날려 댔다. 맹수를 포위해서 힘을 빼듯 그들은 끽구를 가지고 놀았다. 끽구가 이끄는 부대도 당연히 돌진 속도가 늦어져, 형천이 이끄는 측면 부대의 거센 저항을 받아야 했다. 처음의 한 줄은 돌파당했지만, 대인족의 전사들은 무섭게 고함을 지르며 분전하여 어느새 돌파당한 틈을 메우고 마음대로 돌출해서 끽구의 부대를 향해 역공을 했다.

이런 모습은 금천 쪽의 전쟁에서도 마찬가지였다. 금천은 알유나 이부의 도움도 청하지 않고, 계속 전진하면서 측면은 마음대로 싸우게 내버려 두었다. 상백은 미친 듯 부하들을 독려하여 세 겹의 인파를 뚫었지만, 곧이어 분노한 금천의 부하 전사들에게 맹공을 당했다. 금천의 부하들은 형천의 대인족만큼 경험이 뛰어나지는 않았지만, 금천의 훈련을 받아 무기를 쓰는 기술이 뛰어났다. 때문에 양쪽 다 진형이 흩어지고 난전이 되자 역시 화산족의 전사들을 압도해 나가기 시작했다. 금천은 알유와 이부의 부대를 직접 돌진시키지 않고, 적과 거리를 유지하며 포위하는 데에만 신경을 쓰게 했다. 직접 싸우게 했다면 뚫렸을지도 모르지만, 거리를 유지하고 있으니 달려들기도 애매하고 신경을 쓰지 않을 수도 없었다. 결국 개개인의 전투력에 밀려 상백의 부대는 측면을 찔렀음에도 패퇴해 무너지기 시작했다.

가운데 헌원의 본진도 마찬가지였다. 축융의 부대는 서두르지도 않고, 잔꾀를 부리지도 않으면서 꾸준히 중앙을 밀어붙였다. 치열한 격전이 이어졌지만 축융의 부대는 신경 쓰지 않았다. 축융은 가는 눈을 뜨고 팔짱을 끼고 가마에 높이 앉아 있을 뿐, 특기인 불 주술조차 쓰지 않았다. 난전 상태에서 불 주술은 자기편도 해칠 위험이 있다는 이유도 있었다. 하지만 축융의 이름을 떨치게 한 불 주술을 쓰지 않는다는 말은 그만큼 축융에게 여유가 있으며, 헌원의 전사 따위는 상대가 되지 않는 뜻으로 받아들여졌다. 남만이라고 부르던 남쪽까지 정벌해서 노련하기로는 대인족 못지않은 축융의 전사들은 전황을 압도해 가고 있었다.

결국 헌원은 이대로는 안 되겠다는 판단에 전면적인 퇴각을 명했다. 대열은 헝클어지고, 적의 기세에 압도당한 수많은 전사들이 목숨을 잃거나 사로잡혔다. 육만을 헤아리던 헌원의 부대는 하루의 싸움으로 팔천이 넘는 사상자를 냈는데, 모두 죽거나 불구가 된 숫자였다. 크고 작은 상처를 입어서 전투를 이어 가지 못할 전사들의 숫자가 만 육천에 달하는 처절한 피해였다. 그나마 십육기인이 있는 대로 힘과 능력을 쥐어짜 지휘를 하고, 비휴나 끽구 같은 대장들이 미친 듯 분전하지 않았으면 피해는 더 커져 진형조차 유지하지 못했을 것이다. 단 한 번의 싸움으로 헌원은 이십 리나 진을 물릴 수밖에 없었다. 이에 비해 유망은 천여 명 정도의 손실밖에 입지 않았으며, 그나마 진군하는 대열의 옆을 공격받는 어려운 상황을 극복한 압도적 승리이기에 사기가 극도로 높아졌다.

헌원의 전군이 뒤로 밀리자, 유망은 더 뒤를 쫓지 않았다. 이대로 전멸시키자는 주장도 있었지만 유망은 고개를 저었다.

"같은 지나족인데 다 죽일 수야 없지. 이만하면 충분해."

유망은 전사들을 판천성 부근으로 물리게 하여 시체를 걷고 포로를 모은 후 잔치를 벌이게 했는데, 그때에서야 해가 뉘엿뉘엿 지고 있었다. 한나절밖에 안 되는 싸움으로 커다란 승리를 얻은 것이다. 먼발치에서 싸움을 지켜보고 있던 치우 형제 편의 부족장들은 제각기 생각했다.

'확실히 유망이 강하긴 하구나. 그래도 우리는 그런 유망도 막아 냈다. 그런데 유망에게도 저렇게 밀릴 정도라면 헌원은 아무것도 아니니 크게 신경 쓸 필요도 없겠구나. 이대로라면 당연히 유망이 헌원을 쓸어

버릴 것이니 그가 약속을 지키기만 한다면 이제 큰 싸움은 없어지겠구나. 잘되었다.'

야율쿠리와 초초룬은 전쟁의 승패가 확실히 정해졌다고 생각했고 그것이 대부분의 의견이었다. 신중한 보돈차르나 치우벌 등은 아직 두고 보아야 한다 생각했지만, 그래도 크게 전세가 바뀔 것 같지는 않았다. 치우벌은 신중하고 예의 바르게 유망에게 전령을 보내 승리를 축하했고 선물로 좋은 술과 고기를 보냈다. 서역의 뚱보 상인 시기르타의 준비성 깊은 활약 덕분에 주신 쪽은 병사는 적었지만 보급품은 충분했는데, 유망은 쾌히 선물을 고맙게 받으며 많은 보물을 보내 왔다. 아울러 병력지원은 필요 없지만 식량을 조금 구할 수 있겠냐고 의사를 타진해 왔다. 치우벌은 승낙하고 유망에게 스무 마리의 소와 그 소가 끄는 열 수레의 식량을 곧바로 보내 주었다. 그러자 유망은 고맙게 받겠다면서 그 가치를 훨씬 넘어서는 보물을 보냈다. 이렇게 하룻밤 사이에 몇 번에 걸쳐 서로가 성의를 보이자, 이제는 모두가 유망의 마음이 확실하다는 것을 믿게 되었고, 미친 짓을 하던 예전의 유망이 아님을 깨닫게 되었다.

신중한 보돈차르는 혹시나 헌원의 후속 부대가 있는지 알아보려고 많은 부하들을 사방에 풀어 정탐을 시켰다. 과감하게 삼천의 기병들 중 반 이상을 정탐병으로 풀었는데, 유망이 칼끝을 돌릴지 모른다는 의심이 남아 있다면 할 수 없을 일이었다. 치베는 유망이 이긴 것이 기뻐서, 신시로 향하고 있을 치우비에게 조금이라도 빨리 소식을 전해 주려고 날랜 몽골 기병 다섯을 동쪽으로 보냈다.

한편 상망의 뒤를 따라간 치우비는 이내 눈부신 흰옷을 입은 한 무리의 여인들을 만나게 되었다. 여인들 하나하나가 곱고 아리따웠으며, 섬세하고 부드러운 흰 옷감이 나풀거려 신비한 느낌마저도 주었다. 벌레가 만들어 내어 귀하기 이를 데 없는 비단이라는 옷감이 틀림없었다. 그 여인들의 중앙에는 역시 비단옷에 화려한 머리장식으로 머리를 높이 틀어 올린 귀부인이 있었는데, 나이는 다소 들어 보였으나 귀하게 살았다는 느낌이 완연했다. 중년의 원숙한 미모도 뛰어났지만 얼굴 전체에 시름이 가득해 아름답다기보다는 처연한 느낌을 주었다. 상망이 말없이 치우비를 인도하여 앞에 서자 귀부인이 살짝 서툰 억양의 주신 말로 물었다.

"그대가 주신의 웃뜸사울아비시오?"

"주신의 웃뜸사울아비 치우비입니다."

치우비가 정중히 고개를 숙이며 자신을 밝히자 귀부인은 슬픈 표정에도 입을 가리며 웃었다.

"웃뜸사울아비를 만나게 되어 영광이오. 정말 당당한 남자 중의 남자시군. 나는 누조라고 하오."

초면에 인사할 때에는 누구나 정중한 법이다. 더구나 주신의 웃뜸사울아비에게는 대부족의 부족장이라도 최대한 깍듯하게 말해야만 했다. 이런 경우에 반높임말을 할 수 있는 사람은 거의 없어서 치우비는 의아했다.

"선인이십니까?"

"그리 부르는 사람도 있으나, 별 재주는 없다오. 아 참, 대주신의 웃뜸사울아비이신데 말을 높여 주지 못하여 미안하게 되었구려. 그러나 나도 이유가 있소. 사위에게 말을 너무 높이는 것도 어색하지 않겠소?"

치우비는 누조가 말한 의미를 깨닫고 마음이 착잡해졌다.

"발의 어머님이시군요."

누조는 고개를 끄덕이며 가볍게 소매로 눈물을 훔쳤다.

"내가 그 가엾은 것의 어미 맞소."

치우비는 예의를 갖추어 다시 인사하며 말했다.

"비록 제가 복이 없어 혼례를 올리지는 못했으나, 마음속으로 그녀를 안사람이라 생각하지 않은 적이 없습니다. 장모님께서 저를 사위라 불러 주시니 기쁩니다. 주신의 웃뜸사울아비라 하지 마시고, 사위로 생각하셔서 그냥 비라고 불러 주신다면…… 바…… 바랄 나위가…… 없겠습니다."

치우비는 당당하게 말을 하다가 마음속에서 치밀어 오르는 슬픔을 이기지 못하고 몸을 떨며 눈물을 흘렸다. 누조는 치우비를 보고 깊이 한숨을 쉬었다.

"내 딸은 무엇 하나 잘난 구석이 없는 아이인데 세상에 손꼽히는 영웅인 웃뜸사울아비…… 아니, 말을 편하게 하겠네. 자네가 내 딸을 그리 잊지 못하니, 어미로서 자네에게 죄스럽기도 하고 안타깝기도 하네. 오래전부터 자네의 이야기를 듣고는 있었다네."

치우비는 입을 굳게 다물고 슬픔을 참으며 고개만 끄덕였다.

"허나 그 아이의 아비가 미쳐 돌아가 전쟁을 일으키지 못해 안달이 났고, 어미가 되어서 딸의 일에 아무 힘도 쓸 수 없으니 내 어찌 자네의 낯을 볼 수 있겠는가. 더구나 나도 부족장으로, 바깥사람이라는 음흉한 작자의……"

상망이 땀을 흘리며 고개를 숙인 채 끼어들었다.

"누조님…… 그래도 헌원님을 그렇게 말씀하시는 건……"

누조는 화를 벌컥 냈다.

"음흉하고 악독한 자를 그렇다고 하는데 네가 무엇이기에 끼어드느냐? 내 바깥사람을 내가 욕하는데 누가 뭐라고 해? 상망, 자네도 그자에게 정이 떨어져 곁을 떠난 주제에, 아직도 그 나쁜 녀석의 편을 드는 것인가?"

누조의 기세가 등등하자 상망은 말도 끝내지 못하고 고개만 수그렸다. 누조는 화가 치민 듯 발을 두어 번 구르다가 말을 이었다.

"내 못 볼 꼴을 보였네. 어쨌거나 나는 헌원 그 작자가 싫네. 한평생 속고 당하기만 해서 신물이 나네만, 부족 때문이라도 그자를 돕지 않을 수 없고 엮이지 않을 수가 없어. 마음 같아서는 살고 싶지도 않을 지경이네."

치우비는 고개를 숙이며 말했다.

"충분히 이해할 수 있습니다."

치우비의 대답은 짧았으나 그의 표정에서 진심을 읽은 누조는 다시 한숨을 쉬었다.

"자네는 좋은 사람일세, 처음 보는데도 믿음이 가니. 그러나 자네 처지도 딱하기 그지없네. 자네는 웃뜸사울아비로, 머잖아 헌원 놈과 싸우게 될 것 아니겠는가?"

치우비는 깊이 한숨만 쉬었다. 누조는 넌지시 말했다.

"발 그 아이는 이미 죽었네. 그 아이는 죽었지만, 자네와 같은 장부의 사랑을 받았으니 세상에 그보다 복 많은 아이는 없을 걸세. 나도 자네가 마음에 드네만 어쩔 수 없이 다른 편에 서게 되었으니 하늘을 원망할밖에. 자네를 위해 하는 말이네만, 이제 이것으로 충분하니 그 아이를 잊는 것이 좋을 것 같네."

치우비는 즉시 대답했다.

"지나족과 싸울 운명이라면 피할 수 없습니다. 헌원님과 싸우게 되더라도 제 길이 그렇다면 받아들여야겠지요. 허나 발은 잊을 수 없습니다."

누조는 안타깝다는 듯 말했다.

"웃뜸사울아비, 그러지 마시게. 그 아이에 대한 것은 잊게나. 그 아이는 마음에 묻고 다른 사람을 찾으시게. 자네와는 어울리지 않는 아이였고, 더구나 이제는 죽은 아이 아닌가. 잊으시게."

그러자 치우비는 참지 못하고 눈물을 흘렸다.

"잊으라 말씀하셨습니까? 그러면 잊게 해 주십시오. 어떻게 잊을 수 있습니까? 제 마음에 그 사람밖에 없는데, 그 사람으로 꽉 차 있는데 어찌 잊을 수 있습니까?"

치우비는 슬픔을 이기지 못해 주먹으로 땅을 쾅쾅 쳤다. 누조는 넌지시 물었다.

"그렇다고 평생 혼자 살 수는 없잖은가? 다른 여자를 만나 대를 이어야 할 거고, 또……."

치우비는 잘라 말했다.

"다른 여자는 없습니다."

"사내가 어찌 그럴 수 있는가? 자네도……."

"이대로 살 겁니다. 이제는 사는 것도 사는 것 같지 않습니다. 할 일을 다 하고 할 데까지 하다가 언젠가는 저 세상에서 발을 만날 수 있을 겁니다. 저는…… 저는…… 그날을 정말 기다리고 있습니다. 아직 형님이 계시고…… 제가 할 일이 남아 있어 따라가지 못할 뿐……. 고통스럽지만 기다리고 참으려 합니다. 그러다 보면…… 언젠가는 그날이 오겠지요. 제가 죽어 저 하늘 곁으로 가는 날, 발이 맞아 줄 겁니다. 기다리고 있습니다. 저는…… 저는……."

치우비가 슬프게 중얼거리는 소리를 듣고 상망도 눈물을 흘렸고, 그를 생전 처음 보는 누조의 시녀들까지도 눈물을 흘렸으며, 누조도 눈물을 흘렸다. 대주신의 웃뜸사울아비 치우비가 엉엉 목 놓아 울었다고 하면 누구도 믿지 않을 것이지만, 그 자리의 누구도 그런 생각이 들지 않았다. 누조는 하늘을 올려다보며 탄식했다.

"불쌍한 내 딸. 어찌 이런 사랑을 제대로 받지도 못하고……."

누조는 치우비를 일으켜 직접 눈물을 닦아 주며 말했다.

"자네는 누가 뭐래도 내 사위일세. 헌원 그 늙은이가 무슨 수를 부리더라도 내 절대 그것을 잊지 않을 것이네. 자네의 마음이 너무도 곧고 굳으니, 내 자네를 내 자식처럼 생각하고 아끼겠네. 내가 헌원을 돕더라도, 만약 그자가 자네와 맞선다면 나는 그의 편을 들지 않을 것이네."

이것은 아주 중대한 이야기였으나 치우비의 귀에는 들리지도 않았다. 애써 잊으려 한 아버지의 죽음과 밝의 죽음이 겹쳐 들자 마음이 무너지는 것 같았고 억눌러 왔던 슬픔만 터진 둑의 물처럼 흘러나올 뿐이었다. 누조가 말했다.

"내 자네에게 세 가지 줄 것이 있네. 비록 혼례를 올리지도 않았고, 밝 그 아이는 죽었지만 자네는 내 사위이니, 거절하지 말아 주게나. 첫째로 아까 말한 대로 나는 더는 헌원을 도와주지 않을 것이네. 뿐만 아니라 대놓고는 못하더라도 할 수 있는 한 자네를 도울 것이야. 둘째. 자네에게 중요한 것을 일러 주겠네."

치우비가 건성으로 고개를 끄덕이자 누조는 눈에 힘을 주며 말했다.

"이것은 중요한 일이네. 자네는 웃뜸사울아비이기도 해. 정신을 차리고 내 말을 듣게."

누조의 눈빛을 본 치우비는 죽을힘을 다해 슬픔을 삭이고 정신을 차리려 애썼다. 고통스럽기 그지없었지만 치우비가 냉정을 되찾아 가자 누조는 어머니라도 된 듯 따뜻한 눈길로 고개를 끄덕였다.

"암, 그래야 당당한 사내지."

"아무 데서나 울음을 터뜨리는 못난 녀석입니다."

"자네 마음이 어떤지 아네. 자네는 못나지 않았어. 슬픔을 느끼지 못하고, 눈물을 흘리지 않는 자들은 제대로 된 것들이 아냐. 슬퍼할 줄 알고, 또 이렇게 슬픔을 이겨 낼 줄 아는 자네야말로 진짜 사내지."

누조는 혼잣말처럼 중얼거리다가 치우비가 한참 울고 어느 정도 진정하자 심각한 표정이 되어 말했다.

"두 번째 이야기를 계속하겠네. 지금 판천에서는 염제와 헌원이 싸우고, 주신과 동맹 부족들이 주변에 있는 것을 잘 아네. 염제가 등을 돌리거나 헌원이 염제를 이기고 밀고 들어올까 걱정되어 판천과 대나무골을 떠나지 못하는 것이겠지?"

"그렇습니다."

"염제든 헌원이든 그들은 더 이상 동쪽으로 나가지 못하네. 보름 정도 지나면 그곳에는 큰 난리가 날 것이네. 그러니 자네는 어서 자네 편의 모든 군대를 제 땅으로 돌려보내게. 거기에 머물러 있으면 상당히 힘들어질 거야."

"그게 무슨 말씀입니까?"

누조는 싸늘하게 웃으며 말했다.

"비황이 그곳을 덮칠 걸세."

치우비는 깜짝 놀라며 말했다.

"비황이라면…… 메뚜기 떼 말씀입니까?"

누조는 차갑게 웃으며 말했다.

"그래. 메뚜기 떼지. 온 하늘을 뒤덮고, 모든 것을 갉아먹는 메뚜기 떼야."

"그…… 그런 메뚜기 떼는 말로만 들었습니다."

"지금 메뚜기 떼가 황하 주변에서 크게 일어났고, 나는 그들을 북쪽으로 몰고 있는 중이네."

"메뚜기 떼를 몬다고요? 어떻게……."

누조는 차가운 눈빛으로 말했다.

"내 재주가 비록 크지는 않지만 사람들이 나를 선인이라 부르는 데에는 이유가 있지. 나는 선인들의 가르침을 이었고, 그 때문에 누에를 쳐서 비단을 만들게 되었네. 물론 내게 신통력이 있거나 주술의 힘이 있는 것은 아니네. 그런 가르침은 타타츄이트에 의해 이어졌고 나는 그런 힘은 없어. 한 마리 한 마리 벌레를 부리는 기술은 타타츄이트 선인에서 이어져서 지금은 미아우족의 것이 되었다 알고 있네. 하지만 그런 신통력으로는 비황과 같은, 숫자를 셀 수도 없는 벌레를 다스릴 수 없어. 그러나 내가 이은 벌레들에 대한 지식은 숫자를 가리지 않으며, 숫자가 많을수록 지식에 의하여 다스리기 좋다네. 물론 메뚜기 떼를 마음대로 부리거나 순식간에 없앨 수는 없지만 그들을 몰고 가서 힘을 빼고, 마침내는 죽여 없앨 방법은 있네."

치우비는 고개를 끄덕였다.

"주술이 아닌 지혜로 하신다는 말씀이군요."

"내가 남에게 재주 자랑을 할 것도 아닌데 그깟 주술이 무슨 필요가 있겠는가? 결국 주술보다는 지식과 지혜가 더 강한 힘이라 나는 굳게 믿고 있네. 배우려면 선골을 타고나고 몇백 년이 걸려도 힘든 주술 따위보다는, 사람이 쉽게 사용할 수 있는 지식의 힘이 더 강해질 거야. 당장은 주술로 신통력을 부리는 것이 더 그럴듯해 보이지만 말이야."

"그럴 수도 있겠습니다."

"자네와 자네 형도 전사들을 모아서 신수를 굴복시키기도 했다던데, 정말인가?"

"굴복까지는 아닙니다만…… 어느 정도 비슷합니다."

"신수도 쓰러뜨릴 수 있는데 왜 안 되겠는가? 앞으로는 주술보다, 누가 더 현명하고 많은 지식을 가졌는지가 세상의 판세를 바꿀 거야."

치우비는 생각했다.

'이분은 선인도 아니고 주술의 힘도 없지만, 누구보다 강한 의지를

가지고 계시구나. 어찌 보면 형님의 뜻과도 통하는 면이 많다.'

그런 생각을 깨뜨리기라도 하듯 누조는 다시 말했다.

"헌원은 내게 비황으로부터 자기 화산족을 보호해 달라고 했지. 그리고 은근히 비황을 주신 쪽으로 몰아붙여 달라 했네. 자신이 싸울 주신의 힘을 약하게 할 속셈이겠지."

그 말에는 치우비도 정색을 했다. 가뜩이나 신시가 난장판인데 주신 전체가 메뚜기 떼의 침해를 받는다면 큰일이었다.

"그…… 그건 안 됩니다."

치우비가 펄쩍 뛰자 누조는 가볍게 웃었다.

"그렇게 걱정할 것은 없어. 헌원은 하나만 알고 둘은 모르고 한 소리야. 비황은 어차피 더 북쪽으로는 올라갈 수 없어. 무엇도 그들을 직접 막을 수 없지만 날씨가 차가워지면 대단한 비황도 별수 없지. 지금은 아직 찬바람이 불 시기가 아니지만, 내가 짚어 본 바로는 보름 정도 지나면 대나무골 부근에 찬바람이 불 것 같거든. 그때까지 비황을 몰고 올라가 찬바람을 이용해서 모두 죽여야 이번 비황을 막을 수 있어."

"염제와 황제가 싸우는 곳 아닙니까? 그들도 피하게 해야……."

"흥! 다른 사람을 해치지 못해 안달이 난 전사들 따위는 고생을 해야 해! 어차피 어느 정도 해를 입는 것은 어쩔 수 없는 일! 착하게 살아가는 농부와 여자, 아이 들보다는 칼 든 전사들이 사라지는 게 세상을 위해서도 좋아!"

"하지만…… 그들도 일단은 지나족이고……."

누조는 무섭게 역정을 냈다.

"그건 헌원이 욕심을 부려 무리하게 엮어 넣었을 뿐! 나는 지나족이 아냐! 남들은 다 지나족이라 하지만 우리 상족(桑族)은 지나족과 다른 조상을 지녔고, 말도 다르고 풍습도 달라! 헌원이 우리를 정복하여 우리를 이용하려고 마음대로 지나족이라 할 뿐! 내가 비록 헌원의 안사람이 되었지만 한시도 상족의 후예임을 잊은 적이 없어! 우리 부족을 뒤엎은 지나족 전사들 따위는 비황에게 당해야 해! 헌원 그 바보는 자기만 잘난 줄 알고 상족을 완전히 종 부리듯 하지만, 이번에 한번 크게 당하고 말걸? 자네는 좋은 사람이지만 적에게까지 동정을 베푸는 것은 바보짓일 뿐이야! 아니면 신시로 비황을 몰아붙이는 게 낫겠다는 건가?"

누조의 말을 듣고 치우비는 입을 다물 수밖에 없었다. 그러자 누조는 치우비를 달래듯 말했다.

"비황이 무섭지만 전사들을 물어 죽이는 것은 아니니 그렇게까지 얼굴 굳힐 것은 없어. 다만 풀 한 포기, 낟알 한 개 남지 않을 테니 그 바보들은 싸움을 계속하지 못할 거야. 싸우다 누가 망하든, 양쪽이 승부를 가리지 못해 둘 다 남든, 어쨌거나 그들은 도망치는 수밖에 없지. 가다가 굶어죽든지 말든지 그것까지 신경 써 줄 수는 없는 일이니."

"그랬다가 누조님과 상족이 보복이라도 당한다면……."

치우비의 걱정을 듣고 누조는 깔깔 웃었다.

"흥! 자기 스스로 비황을 없애 달라고 한 게 헌원이야! 헌원은 내게 자신이 주신으로 몰고 들어가고, 판천에서 싸움질을 한다고는 밝힌 적이 없지! 판천은 주신으로 가는 길목이기도 하고! 나는 비황을 주신으로 몰고 가려 했다 말하면 돼. 누가 중간에 밀고 들어와 걸리적거리라고 했는가? 그러다가 대나무골에서 찬바람을 맞아 비황이 다 죽었다고 하면, 나는 그것으로 손 털면 되고!"

"헌원이 누조님의 의도를 읽으면요?"

"그러지 못해. 나는 헌원에게 재주를 다 내보인 적이 없어. 찬바람이 부는 천기를 읽는 것이나, 비황이 추위에 약하다는 것은 한 번도 입 밖에 낸 적이 없지. 우리 상족은 싸움을 싫어하고 전사를 키우지 않아. 허나 지나족의 위협을 받고 있는데 굳이 가진 재주를 전부 내보일 필요는 없지 않겠는가? 언젠가는 갚음을 할 기회만 노려 왔는데, 마침내 기회가 온 거야. 무섭고 강해서 세상을 뒤엎는다는 수십천의 전사들이지만 이번에야말로 이 힘없는 여자, 별것 아닌 메뚜기 따위에게 한번 혼나 보라고 해!"

치우비는 속으로 긴장했다.

'이 누조라는 분은 세상에 별로 알려지지 않았지만 대단하구나. 이렇게 교묘한 꾀로 비황을 이용하여 염제와 황제와 주신군까지 물러서게 하다니. 세상에 우리 형 말고 누가 이럴 수 있겠는가?'

누조는 흥분을 가라앉히듯 잠시 헛기침을 하더니 치우비에게 다가와 말했다.

"내 흥분하여 흉한 모습을 보였군. 이것은 비밀 중의 비밀이지만 내 사위이기도 한 웃뜸사울아비와 그의 군대를 위해 알려 준 것이니, 결코 일이 틀어지지 않게 하게. 자네나 자네 부하들이 내 꾀로 해를 입으면 나도 그렇고 발 그 아이도 마음이 아플 것이야. 그러니 내 말을 따르고 이 일을 입 밖에 내지 않는다고 맹세하게."

'전쟁보다는 차라리 그렇게 물러서게 하는 것이 낫겠지. 어차피 우리 일이 더 급하고.'

치우비가 순순히 응낙하고 맹세하자 누조는 말했다.

"그러면 내 자네에게 세 번째 줄 것을 말하겠네. 발은 죽었네만 그 아이에게는 세상에 알려지지 않은 비밀이 있지. 뭔지 아는가?"

치우비는 발의 이야기가 나오자 절로 가슴이 두근거렸다.

"무엇입니까?"

"그 아이는 혼자 태어나지 않았다네. 자네와 자네 형처럼 쌍둥이로 태어났지. 그러나 헌원뿐 아니라 세상 누구도 모른다네."

치우비는 깜짝 놀랐다.

"그런 일이 있습니까?"

누조는 차분히 말했다.

"헌원이 나와 부부가 되었지만 그의 마누라는 셀 수도 없이 많아. 부족을 정복하면 자기 자식이나 하다못해 여자라도 빼앗고 말뿐인 부부로 삼아 부족장을 만드는 게 헌원의 수법이지. 더구나 아이가 태어나면 데려다가 자신이 키우는데, 그 아이들 중 남자는 잘 가르쳐서 다른 부족의 부족장을 삼지만, 우리 상족은 내가 맞서고 있기에 헌원도 꺼려하지. 그래서 그 아이는 우리 상족의 인질 역할도 겸하는 걸세. 가련하게도……."

치우비는 생각했다.

'발이 아버지를 따르면서도 항상 어딘가 그늘이 있었는데, 그런 까닭이었구나.'

누조는 계속 말했다.

"내 배가 불러 올 때부터 헌원은 자신이 아이를 키우겠다고 했네. 그랬으니 나도 속셈을 모를 수 없었어. 허나 거절하면 부족이 핍박받을 테니 그럴 수도 없었지. 그런데 정말 고맙게도 태어난 것은 쌍둥이였네. 자네 형제는 닮지 않은 쌍둥이로 아네만, 우리 아이들은 둘이 꼭 닮은 쌍둥이였지. 내 마음을 알고 하늘이 주신 선물이라 여겨서, 나는 그 사실을 숨기고 헌원에게는 한 아이만 보냈는데 그게 발, 그 아이라네."

치우비는 멍하니 고개를 끄덕였다.

"그렇습니까?"

"그래. 다른 아이는 내가 숨겨서 키웠다네. 헌원에게 들키지 않으려고 정말 애를 썼기에 아는 사람도 거의 없지. 그 아이는 모두 누랑(娘)이라 부르는데. 나중에 나이가 들면 누모(母)가 되겠고 언젠가는 내 뒤를 이어 누조가 되겠지."

"그런데 왜 그 말씀을……."

그러자 누조가 말했다.

"누랑. 나서 보아라."

저편에서 얇은 비단을 얼굴에 늘어뜨린 한 여자가 사뿐히 걸어 나와 치우비의 앞에 섰는데, 흰 비단 너머로 비친 그녀의 얼굴을 보고 치우비는 놀라며 외쳤다.

"발!"

누조가 치우비의 옆에서 넌지시 말했다.

"어떤가? 정말 닮지 않았는가? 가린 것을 치우면 더 닮았다는 걸 알 수 있을 거야."

"발…… 발아. 너…… 살아 있었구나!"

치우비는 금세라도 달려가 여자의 손목이라도 잡을 기세였다. 누조와 상망이 앞을 막았다.

"무례하게 굴지 말게! 저분은 발이 아니라 쌍둥이 자매인 누랑일세. 함부로 대하면 아니 되네!"

상망이 고함에 가깝게 외치며 치우비를 밀어냈다. 누조는 차분히 말했다.

"자네가 큰아이를 생각하는 마음은 아네. 그러나 그 아이는 이미 죽었고, 작은아이는 자네에 대한 소문을 듣고는 몹시 보고 싶어 했다네. 큰아이가 자네와 영원히 이어질 약속을 했으나 지키지 못했으니, 작은아이를 자네에게 주어 인연을 이어 나갔으면 하는 것이 내 생각이라네."

누조가 말하면서 눈짓을 하자 누랑은 천천히 얼굴을 가린 비단을 사뿐히 걷어 올렸다. 안색이 조금 헬쑥하고 속눈썹을 파르르 떨고 있었으나 얌전히 입을 다물고 있는 그녀의 얼굴 모습은 그야말로 공손발과 다를 바가 없었다. 상망도 떨리는 목소리로 말했다.

"정말 딸 아가씨와 똑같습니다요."

누조도 다소 떨리는 목소리로 말했다.

"어찌 다르겠는가? 같은 날 같은 때에 태어난 쌍둥이인데."

그러면서 두 사람은 슬며시 치우비의 표정을 바라보았다. 치우비의 표정은 그야말로 격정과 감동으로 가득 찬 눈을 크게 뜨고 눈물을 흘릴 뿐이었다. 누조는 슬쩍 옆얼굴을 흐르는 땀을 비단 옷깃으로 닦으며 속으로 중얼거렸다.

'제발 잘되어야 할 텐데.'

영웅의 피

진(晉)의 위대한 시인 도연명(陶淵明)은 『산해경(山海經)』을 기반으로 한
전설과 설화를 배경으로 열세 수의 아름다운 「독산해경시(讀山海經詩)」를 남겼는데,
염제의 딸 여왜가 정위라는 새가 되어 자신을 죽게 한 바다를 메우려 한 일화를 그린
시가 특히 유명하여 '정위전해(精衛塡海)' 라는 고사성어를 남긴 바 있다.
도연명은 형천의 일화도 잊지 않고 그의 원통함과 죽어 머리가 잘린 후에도
몸을 얼굴 삼아 계속 싸우려 했다는 산해경의 기록을 살리고,
그의 한과 기개, 투지를 높이 사 「독산해경시」에서 이렇게 노래했다.

방패 도끼 치켜들고 형천이 춤을 추니,
비록 몸은 죽었어도 기개는 여전하네.

누조는 초조한 기색을 감추지 못했으나, 최대한 차분하게 치우비에
게 물었다.

"어쩌겠는가? 웃뜸사울아비. 누랑을 받아들이겠는가?"

치우비는 의아하다는 눈빛으로 누조를 바라보았다.

"그게 무슨……"

그것을 보고 상망이 얼른 외쳤다.

"웃뜸…… 아니, 나래! 받아들이시게!"

치우비는 눈을 딱 감으며 외쳤다.

"누랑이란 여자는 비록 발과 쌍둥이라 해도, 발은 아닙니다!"

누조와 상망 두 사람은 다급한 표정이 되었다. 치우비는 눈을 감은
채 딱 잘라 말했다.

"나는 발 이외의 여자를 생각한 적이 없으며, 누랑님이라 해도 받아

들일 수 없습니다."

상망과 누조는 둘 다 탄식을 했다. 누랑은 얼굴의 비단을 다시 늘어뜨리고 고개를 숙여 보였다. 그때 치우비가 외쳤다.

"그러나 누랑님이 아닌 발은 받아들일 수밖에 없습니다!"

치우비는 상망의 손도 뿌리치고 달려가 누랑의 손목을 잡았다. 누랑이 고개를 옆으로 돌리자 비단 면사가 젖어 얼굴에 붙었다. 그녀도 눈물을 흘리고 있었다.

"발. 발아. 너…… 살아 있었구나……."

"아니, 그렇지 않아요! 저는 누랑이에요. 당신은 잘못 보셨어요!"

누랑은 손목을 뿌리치려 했으나 치우비는 놓아주지 않았다. 그리고 더 큰 소리로 말했다.

"내가 어찌 너를 몰라보겠어. 너는 발이야. 발이 틀림없어!"

상망은 한숨을 쉬며 누조를 보고 말했다.

"아무리 애를 써도 치우비의 눈을 속일 수는 없군요."

그러자 누랑은 비단 천을 휙 젖히더니 치우비에게 말했다.

"비야…… 정말…… 정말 나를 잊지 않았구나……."

두 사람은 누가 먼저랄 것도 없이 꼭 끌어안고 울음을 터뜨렸다.

누랑은 공손발이었다. 공손발은 죽었다고 알려졌으며, 헌원 또한 그녀가 죽은 것으로 사방에 알리고 장례까지 치렀다. 때문에 사실을 밝힐 수는 없었다. 한 부족의 대족장이 거짓말을 했다는 사실은 치명적인 결과를 낳을 수 있기 때문이며, 무엇보다도 발이 그럴 수는 없다며 고집을 부렸기 때문이다. 발은 치우비와 아버지가 맞서는 것을 보느니 차라리 죽은 사람으로 남겠다고 계속 고집을 부렸다. 그렇다면 치우비를 영영 안 보고도 견딜 수 있느냐고, 자신도 헌원과 얼마 같이 있지는 않았지만 그 기억으로 긴 세월을 버텼다며 누조가 계속 설득했는데, 발은 어느 순간 마음을 고쳐먹었는지 따라가겠다고 대답했다. 이때부터 상망이 꾀를 내었는데, 그녀를 쌍둥이 동생으로 알리면 치우비라도 발을 잊지 못해 그녀를 택할 것이라 생각했다. 무리가 있었지만 그 방법만이 발의 죽음을 알리지 않고 딸의 행복도 찾아줄 수 있다 믿은 누조는 그 말을 따랐다. 그래서 치우비의 뒤를 쫓아왔고, 이런 연극을 벌인 것이다.

치우비가 사실을 밝혀내자 누조는 안타까워서 발을 굴렀다.

"바보 같으니라고. 딸아이가 멍청이라고 불러서 믿지 않았더니만, 정말 눈치가 없군!"

상망이 물었다.

"무슨 말씀이십니까요?"

"굳이 티를 내지 않아도 속아 주는 척 넘어갔으면 좋았을 것을!"

발은 치우비를 끌어안은 채 말했다.

"어머니, 그렇지 않아요. 내 마음을 알아주는 것은 이 멍청이밖에 없어요. 이 사람이 거짓으로라도 누랑을 원한다 했으면 나는 혀를 깨물고 그 자리에서 죽었을 거예요."

치우비는 외쳤다.

"그런 소리는 하지도 마!"

발은 웃으며 치우비의 널따란 등을 툭툭 치고 말했다.

"그래. 비야. 나는 너를 믿어. 정말로…… 이제는 정말로……."

발은 잠시 말을 멈추었다가 말했다.

"어머니. 이제 되었어요. 이제 더 제 걱정은 하지 않으셔도……."

발은 말을 잇다가 흐느껴 울기 시작했다. 상망은 그 광경을 보고 콧등이 시큰해져서 말했다.

"아가씨. 이제는 정말 행복해지십쇼."

누조는 눈을 감은 채 기다렸다가 말했다.

"웃뜸사울아비. 자네의 내 딸을 생각하는 마음이 얼마나 깊은지 잘 알겠네. 나는 자네가 그렇게 조금도 흔들리지 않고 발을 단박에 알아볼 줄은 몰랐다네."

치우비가 멋쩍은 듯 대답했다.

"어떻게 몰라보겠습니까. 자나 깨나 틈만 나면 잊지 않으려 그토록 모습을 그려 보았는데요."

"기분을 깨뜨리고 싶지는 않으나 할 수 없이 말해야겠네. 발이 살아 있다는 것이 알려지면 안 된다네. 헌원은 체면을 무겁게 여기니 그것을 건드리면 우리 상족에게 뭔가 수작을 부릴 수도 있다네. 자네는 아무것도 두렵지 않겠지만 우리 상족의 땅은 주신에서는 헌원의 땅을 다 지나서야 다다를 수 있는 아주 먼 서쪽이라 자네가 힘을 쓸 수 없다네. 부디 이 가련한 여인네를 장모라 여긴다면, 우리 부족을 위해서라도 그것만은 드러나지 않게 해 주게."

치우비도 결코 머리가 둔한 사람은 아니었다.

"예. 절대 잊지 않겠습니다."

치우비는 무엇보다도 죽었다고 들었던 발을 다시 만난 것이 기쁘기 이를 데 없어서 설사 누조가 하늘의 별을 따 달라 해도 그러마 했을 것이었다. 누조는 말했다.

"세상에서 제일가는 사위가 한 말이니 내 어찌 안심하지 않겠는가."

네 사람은 한동안 이야기를 나누었는데, 누조가 그만 가 보겠다면서 몸을 일으켰다.

"부디 길이길이 행복하게 살기 바라네. 상족의 땅이 멀지만, 나중에 전쟁이 끝나고 손자손녀를 낳게 되면 한번 연락해 주게나."

발은 상망에게도 눈물을 흘리며 인사를 했다.

"할아범. 그동안 저를 돌봐 주고 키워 주셔서 정말 고마워요. 저……

때문에 아버님과도……."

발이 눈물을 글썽이자 상망도 말했다.

"저는 아가씨의 종일 뿐인걸입쇼. 아무 말씀 마시고 행복하게 사십쇼."

발은 더 참지 못하고 상망을 안고 엉엉 울었다.

"나는 할아범을 종으로 생각한 적이 없어. 진짜 할아버지로 생각했는걸."

상망은 인자한 미소를 지으며 발의 등을 토닥이다가 몸을 돌렸다.

"이만 가 보겠습니다요."

"할아범. 나와 같이 가면 안 될까?"

발이 조심스레 물었지만 상망은 고개를 저었다.

"이제 늙어 빠진 몸이라 쓸 데가 없습니다요. 그리고 아직 해야 할 일이 남아 있어서 말입죠. 그저 아가씨만 행복하시면 저는 더 바랄 것이 없습니다요."

상망은 한 방향으로 휙 몸을 날려 먼저 사라져 버렸다. 그러자 누조도 시녀들을 거느리고 길을 따라 떠나갔다.

치우비는 기쁨에 가득 차서 발을 끌어안은 채 일단 치우광과 다른 사람들이 기다리는 쪽으로 달려갔다. 그리고 발을 조금 떨어진 숲 속에 두고 치우광에게 달려가서 딱 잘라 말했다.

"며칠 자리를 비울 것이다."

"예? 형님은 웃뜸사울아비십니다. 아직 싸움도 있고 지휘도……."

"어차피 별일 없을 것이라 생각했기에 천천히 길을 가지 않았느냐?"

진몽희는 치우비의 안색이 붉고 근래 보지 못했던 미소가 입 끝까지 걸려 있는 것을 보고 어딘가 불안해하며 말했다.

"웃뜸사울아비께서 혼자 길을 가시게 할 수는 없어요!"

치우비는 허허 웃으며 말했다.

"혼자라도 아무도 절 해칠 수 없으니, 걱정은 마십시오."

치우비는 치우광에게 싸움터의 일은 치우벌과 보돈차르 등과 상의해 해결할 것이며, 며칠 내로 자신은 돌아올 것이니 걱정하지 말라고 일렀다. 그리고 모든 주신 부대와 다른 부족의 군대들은 떠날 준비를 갖추고 대나무골을 피하라는 당부도 잊지 않았다. 진몽회는 기분이 이상해 펄펄 뛰었으나 치우비는 꿈쩍도 하지 않았다. 진몽회는 전장을 그냥 내버려 둘 수 있느냐, 후퇴한다면 더더욱 지휘를 해야 하지 않느냐고까지 몰아붙였는데, 하필 그때 치베가 보낸 몽골 전령들과 마주쳤다. 인구가 그리 많지 않아 사람들이 다니는 길은 아직 극히 좁고 몇 갈래 없던 때다. 같은 곳을 향하다 보면 길에서 마주칠 수밖에 없었으며, 기마술에 능숙한 몽골 전령이 좋은 소식을 전하려고 말을 서둘러 달렸기에 금방 마주친 것이다. 그들에게서 유망의 압승 소식까지 들은 치우비는 마음에 걸린 일까지도 훌훌 털고 자신의 말만 챙겨서 혼자 들뜬 얼굴로 달려갔다. 치우광은 철석같이 믿는 형님이자 웃뜸사울아비인 치우비의 말을 그대로 지켜 진몽회나 그 부하들이 치우비의 뒤를 따르지 못하도록 단단히 지켰다. 진몽회는 불안했지만 할 수 없이 치우광과 함께 대나무골로 돌아갈 수밖에 없었다.

치우비는 발을 데리고 아무도 없는 숲 속으로 갔다. 그리고 그곳에서 꿈과 같은 시간을 보냈다. 전쟁도 책임도, 하물며 그토록 걱정하던 형조차도 그 순간에는 생각하지 않았다. 오랫동안 그토록 고민하고 괴로워했던 사랑이 이루어졌기에 그 달콤함이 모든 것을 잊을 정도로 벅차올랐다. 치우비는 발과 함께 숲 속에서 열흘이 넘게 머물렀다. 그사이 판천의 전장은 누구도 예상치 못한 방향으로 흘러가고 있었다.

황제 헌원은 첫 패배 이후 다시 판천성 주위를 포위하듯 에워싸 공격했다. 그러나 공격은 날카롭지 못했고 병사들의 사기도 높지 않았다. 유망은 이번에도 특별히 묘수를 쓰지 않고 성과 성 밖 부대들의 방어로만 대응했는데, 헌원의 전사들은 한동안 공격하는 듯하더니 대열이 흐트러졌다. 그러다가 성벽 밑까지 접근하지도 못하고 후퇴해 버렸다. 그다지 격렬한 싸움은 아니어서 양쪽 모두 사상자가 많지 않았다. 하지만 결과적으로 누가 보아도 헌원의 패배였다.

유망의 승리가 확실시되자 주신과 연합 부족들은 슬슬 치우광이 전해 온 치우비의 명령대로 조금씩 철수 준비를 하기 시작했다. 거기에 부소눌하가 이끌고 온 삼천 명의 정예 사울아비가 가세하게 되고 대나무골 동쪽, 주신과 통하는 길가의 방어 울타리도 완성되어 이제는 만약의 사태가 벌어져도 주신 사울아비만으로 어느 정도 방어할 수 있을 정도가 되었다. 이쯤 되자 부족을 비웠던 각 부족의 족장들은 메뚜기 떼가 아니더라도 슬슬 돌아갈 마음이 생겼다. 다만 치우비가 갑자기 사라져서 그가 올 때까지 기다리자는 생각이었다.

두 번째 패배 이후 헌원은 넓게 퍼져 있던 전사들을 한데 모아 빽빽하게 배치시켰는데 힘을 집결하여 성벽으로 돌입하려는 듯했다. 어쨌거나 그쪽도 수만에 달하는 대군이라 한데 뭉친 기세는 무시무시했다. 이를 본 유망은 코웃음을 치며 성에서 나왔다. 유망 본인이 형천, 축융과 함께 가운데에 서고, 금천과 알유를 각각 왼쪽과 오른쪽에 배치했다. 그런 유망의 군세도 절대 헌원의 군세에 못지않은데다 성을 끼고 있고 전사들은 훨씬 노련했다. 그러나 헌원은 그렇게 진세만 갖추었을 뿐, 당장 공격하지 않았고 유망도 똑같이 정세만 살폈다. 그렇게 대치한 지 이틀째 되던 밤이었다.

"다른 방법은 없는가……."

헌원은 눈을 감고 상념에 잠겼다. 이길 방법이 없었다. 화산족의 전사들은 전쟁 경험이 부족해 유망의 전사들과 비교할 수 없었다. 십육기인의 지휘력이 빠지는 것은 아니었지만 유망과 형천의 지휘를 능가하는 것도 아니었다. 지와 상망, 광성자와 적송자 등의 공백도 타격이었고 무엇보다 금천과 알유의 전향이 뼈아팠다. 이주는 예전에 얻은 구리 무기를 전사들에게 들려 보자고 했지만 풍후가 반대했다. 화산족의 전사들은 구리 무기에 익숙하지도 않았고, 구리 무기는 돌이나 뼈 무기에 비해 무겁기도 했다. 섣불리 무거운 무기를 들게 했다가 다시 한번 참패하면 손실은 아주 컸다. 더구나 뒤에 버티고 있는 주신 사울아비들과 다른 부족들의 군대도 부담이었다. 유망의 외교와 전략은 예상을 뛰어넘어서 헌원은 이제 막다른 지경에 몰려 있었다. 그나마 전력을 보존하고 이대로 물러서서 계속 유망의 지배를 받으며 다음 기회를 노릴까? 그러기엔 너무 자신만만하게 주신과의 전쟁을 선포했다. 체면이 깎이는 것도 문제지만, 그로 인해 지배력이 약화되어 영영 유망의 손아귀를 벗어나지 못할 공산이 컸다. 결국 헌원은 결단을 내릴 수밖에 없었다.

헌원이 늦게까지 자지 않고 기다린 것은 마사(馬師)의 보고를 듣기 위해서였다. 마사는 말을 돌보는 능력이 뛰어나 십육기인 중의 하나로 꼽히는 사람이지만 전투에 대해서는 백지나 다름없었다. 그러나 그는 누구보다도 빨리, 거의 소리 없이 말을 몰 수 있었고 여기저기를 돌아다니며 정보를 수집해 오는 일에 능했다. 이번에 헌원은 비밀리에 중요한 임무를 그에게 맡겼는데, 마침내 그가 돌아와 헌원에게 자신이 본 것을 말해 주었다. 치우비는 공손발과 함께 부대에서 떨어져 있다는 내용이었다. 헌원은 한숨을 쉬며 마사를 물러나게 했다. 처음부터 딸을 이용할 생각은 아니었다. 허나 헌원은 생각할 수 있는 것은 모두 생각하고, 이용할 수 있는 것은 모두 이용해 계획을 여러 갈래로 세우는 사람이었다.

더구나 진군하는 도중 유망의 계략에 타격을 입은 상황에서는 그것이 더더욱 중요한 요소가 되었다.

발이 갈 곳은 치우비 옆밖에 없었다. 치우비가 발을 맞아 어떻게 나오느냐는 헌원에게 매우 중요했다. 단 며칠이라도 유망과 싸우는 동안 치우비가 주신의 진중에 없어야 했다. 그것은 주신과 연합 부족의 군대가 유망과 함께 자신에 맞서느냐 아니냐를 판가름한다고 헌원은 생각했다. 치우비는 이전까지 싸웠던 유망이더라도 약속을 한 이상 이제 과거는 잊을 것이다. 유망이 밀리면 치우비는 당연히 전력을 다해 그를 도울 것이다. 허나 치우비가 없다면 주신과 다른 부족장들은 그렇게 하지 않을 것이라 생각했다. 유망에게 많은 원한을 가지고 있는 만큼, 설령 유망이 패하더라도 방관할 공산이 컸다.

"결국 이 방법뿐인가……."

헌원은 결국 마음을 정했다. 그는 천천히 몸을 일으켜 막사 안에 있던 화려한 상자 하나를 열었다. 상자 안에 몇 겹으로 감싼 가죽과 천을 풀고 나니 어둠 속에서도 빛을 발하는 둥근 구슬이 있었다. 예전에 얻었던 우린 구슬이었다. 헌원은 우린 구슬을 쥐려다가 망설이며 손을 멈추었다. 헌원의 이마에서 고뇌에 찬 땀방울이 솟아올랐다. 그러나 한참 망설이던 헌원은 마침내 눈을 질끈 감으며 우린 구슬로 손을 뻗었다.

잠시 후, 헌원은 싸울 준비를 갖추라는 전령을 사방으로 보냈다.

유망은 술을 약간 마시고 기분 좋게 자고 있었다. 꿈속에서 그는 아무도 염제 신농인 자신을 알아보지 못하는 어딘가에 떨어져 있었다. 꿈에서 그는 당당한 염제 신농이 아니라 어딘가 쭈그러진, 볼품없는 노인네가 되어 있었다. 그곳에는 사는 사람도 거의 없고 몇 안 되는 사람들도 그를 알아보지 못하여 평범한 노인으로 대했다. 그것이 아주 마음에 들었다. 하늘도 맑고 바람도 상쾌했다. 땅은 거칠어 힘들게 밭을 갈아야만 했고 사냥할 동물도 많지 않아 고기 맛을 보기도 힘든 척박한 생활이었다. 허나 하나하나 자기 손과 노력으로 얻어 가는 삶으로, 잊고 살았던 재미가 쏠쏠했고 전쟁이니, 모략이니, 배신이니 하는 피비린내 나는 일들은 애초에 없었다. 그런 소박하고 조용한 세상이 마음에 들었다.

허나 유망의 꿈은 형천의 목소리로 깨졌다.

"염제님. 형천이 아룁니다."

약간의 혼란과 눅눅하게 다가오는 긴장의 언짢은 느낌. 눈을 뜨고 보니 여전히 자신은 전쟁터 막사에 있었다. 다소 불쾌한 기분이 된 유망은 짜증을 부리듯 말했다.

"무슨 일이야, 형천? 아직 해도 뜨지 않은 것 같은데?"

"주무시는 것을 깨워 죄송합니다. 허나 나와 보십시오."

잠자리에 쳐 둔 휘장을 헤치고 나오니 커다란 체구의 형천이 서 있었다. 도끼와 방패를 등에 메어 무장을 하고 있는데다 적잖이 긴장하고 있었다. 유망은 대수롭지 않게 여기며 대강 옷을 걸쳤다.

"무슨 일인데 그래? 헌원 놈이 쳐들어온 거야?"

형천은 말없이 막사를 나섰다. 그 뒤를 따라 막사 밖으로 나서는 순간 유망은 깜짝 놀랐다. 적의 모습이 보여서 놀란 것이 아니다. 분명 잠들기 전까지만 해도 하늘은 맑았고 구름 한 점 없었다. 그런데 지금 막사 밖은 짙은 안개가 가득했는데, 정도가 너무 심했다. 몇 발자국 떨어진 파수나 모닥불조차 잘 보이지 않았고 눈앞에 서 있는 형천의 커다란 등조차 희미했다. 막사 밖에는 형천이 키운 아홉 대전사 중에서 세 명이 있었고 원래 유망의 친위대 격인 전사들 외에 백 명 정도 되는 노련한 전사들이 따로 모여 있었다. 허나 유망은 곧 웃는 표정이 되었다.

"뭐, 안개가 낄 수도 있는 거잖아. 심하기는 하지만."

형천은 고개를 저었다.

"이 안개는 그냥 생긴 게 아닙니다."

"그냥 생기지 않으면?"

"주술 같습니다."

유망은 곧 한쪽 눈을 치떴다.

"이런 주술을 부릴 수 있는 사람은 거의 없을 텐데? 주신의 삼사가 왔을 리도 없고……."

"저는 이상하게 오늘 잠이 오지 않아 진지를 돌아보고 있었습니다. 그런데 이 안개는 저쪽편, 헌원의 진중에서 흘러나왔습니다."

유망의 얼굴이 딱딱하게 굳었다.

"안개가 흘러나와? 그게 말이 돼?"

"말이 안 되지요. 보통 안개는 조금씩 짙어지는 법이니까요. 허나 이 안개는 살아 있는 것처럼, 누가 불어 보내는 것처럼 흘러나와 퍼졌습니다."

형천의 얼굴은 긴장으로 굳어 있었고, 유망도 얼굴을 굳히며 고개를 끄덕여 보였다.

"주술이 맞는 것 같군. 그런데 누가 이럴 수 있지? 주신 삼사가 아닌 이상 안개를 부르지는 못해."

"선인일 수도 있잖습니까."

"헌원을 따르는 선인이라면 광성자나 적송자인데, 그들은 이럴 도력이 없어. 이럴 힘이 있으면 진작에 써먹었지. 그들 스승뻘인 홍균 선인이라면 몰라도. 하지만 홍균 선인은 오래전부터 말로만 전해질 뿐 광성자 적송자 말고는 만났다는 사람도 없지……."

유망은 혼잣말처럼 중얼거리다가 형천에게 말했다.

"주술사건 선인이건 이 안개는 위험해. 명령이 제대로 전해지지 않을 거고 상황을 판단할 수 없어. 안개를 틈타 기습을 하려는 걸까?"

형천은 슬쩍 웃었다.

"헌원은 이미 우리를 공격하고 있습니다."

"뭐? 아무 소리도 안 들리는데?"

"안개가 하도 짙어 소리도 멀리 나가지 못합니다. 전령들이 모두 모이지는 않았지만, 전부 밀고 들어오는 것 같습니다."

"그러면 막아야잖아."

"막고 있습니다."

유망은 뭔가 마음에 들지 않는 듯, 미간을 찌푸리고 생각했다.

"안개 속에서 기습이라니, 좀 뻔한데?"

"그것밖에 없지 않습니까?"

유망은 고개를 저었다.

"아니지. 아냐. 자네 말대로 안개 속에서 싸우게 되면 모든 전사들이 코앞의 상대와만 싸우게 돼. 지휘도 할 수 없고 꾀도 부릴 수 없어. 허나 그렇게 되면 노련한 우리 전사들이 훨씬 유리해."

"그건…… 그렇습니다. 강하지만 숫자가 적은 전사들을 부리는 방법이죠."

형천이 말끝을 흐리자 유망이 물었다.

"안개가 짙지만 지키는 데에는 문제없겠지?"

"안개가 짙어지면 지키는 쪽이 유리합니다. 눈으로 판단하기는 힘들지만, 그건 양쪽 다 마찬가지입니다. 그러면 전령들을 시켜서 지휘를 하게 되는데 공격하는 쪽은 사방으로 흩어지지만, 지키는 쪽은 자리를 잡고 있으니까요. 적은 수로 습격하면 지휘하면서 기습할 수 있지만, 그럴 만큼 우리 편이 만만한 것도 아니고…… 허나 뭔가 께름칙합니다. 저라면……."

"말해 봐."

유망이 재촉하자 형천은 말했다.

"안개를 틈타서 사방을 어지럽게 하고 아주 강한 자들이 파고 들어와 대장만 노리는 수가 있습니다. 그러면 지휘가 어려워질 테니까요."

유망은 웃었다.

"대장 중에 자네가 있는데? 그런 미친 짓을 할 만큼 바보일까?"

"어쨌거나 생각나는 것은 그뿐이군요."

이야기를 하는 사이에 차차 안개를 뚫고 멀리서 싸우는 소리가 들려오기 시작했다. 유망의 막사는 따로 커다란 울타리가 쳐져 있고, 수천 명의 전사들이 울타리를 지키고 있었다. 또 그 밖에는 전사들이 몇 겹의 방어진을 쳐 놓았으니, 아무리 강한 자들이 돌격해 들어와도 뚫을 수 없었다. 형천 자신이 치우비와 끽구 등 유명한 영웅을 모두 데리고 돌격해도 뚫는다는 장담을 할 수 없었다. 최고의 용사답게 귀도 밝은 형천은 다시 멀리서 들려오는 싸움 소리에 한참이나 귀를 기울였다. 비명 소리와 고함 소리, 외치는 소리가 한데 섞여 알아들을 수는 없었지만 소리가 이쪽으로 다가오고 있지는 않았다. 헌원의 공격이 방어를 돌파하지 못하고 있다는 의미였다. 걱정할 것은 없었다. 그래도 형천은 확실하게 안전한 길을 택했다.

"우리 편이 잘 싸우고 있습니다만…… 여기는 저에게 맡기고 염제께서는 판천성으로 들어가시는 것이 좋을 것 같습니다."

"이봐, 나도 그리 약하지 않아."

"물론 그렇습니다만 헌원의 십육기인도 약하지 않습니다. 끽구 같은 자들이 목숨을 버리고 달려든다면 저라도 간단하지는 않습니다. 더구나 염제님은 그런 것들과는 비교도 되지 않으시니……."

비록 높여 세우는 말이었지만 유망은 형천의 속을 깨달았다. 유망이 같잖은 고집을 피운다면 형천은 힘으로라도 눌러 판천성에 던져 넣을 것이다. 그럴 수 있는 것도, 그래도 되는 것도 유망에게는 형천 한 사람뿐이었다. 유망은 아이들처럼 뾰루퉁한 표정이 되었다.

"내 싸움이니 내가 모습을 보여 줘야 하는데……."

"이런 안개 속에서는 염제님의 모습도 잘 보이지 않으니, 성안에서 전사들의 사기를 높여 주십시오. 생각하면 할수록 헌원이 노리는 건 염제님 같습니다. 바보짓이기는 하지만 그 외에는 별수가 없으니까요."

형천은 주변에 명령을 내려서 세 명의 대전사와 백 명의 전사들로 하여금 유망을 빈틈없이 호위하게 했다. 유망은 투덜거렸지만 형천이 하는 대로 내버려 두었다. 그렇게 유망이 출발하려 할 즈음, 땅이 무섭게 흔들렸다. 형천과 유망도 비틀거리다가 중심을 잡았고 몇몇 전사들은 땅 위를 굴렀다. 처음에는 지진이라고 생각해서 형천은 엎드리라고 소리치려 했다. 그러나 형천의 말이 입 밖에 나오기도 전에, 굉음과 함께 간헐천이 물을 뿜듯 흙먼지와 자갈들이 땅에서 폭발하듯 솟구쳐 올랐다. 몰아치는 흙먼지와 크고 작은 돌멩이 때문에 사람들은 눈을 감고 머리를 움츠렸다. 폭음과 먼지를 배경 삼아 땅에서 거대한 짐승의 앞발이 솟아올라 부근에 있던 몇 명의 전사와 부서진 울타리 위를 짚었다. 짙은 안개와 먼지 속에서도 울타리가 부서지고 전사들이 비명조차 지르지 못하고 거대한 손에 눌려 죽어 가는 처참한 광경이 그림자처럼 비쳤다. 형천은 유망의 앞을 막아서면서 외쳤다.

"어서 염제님을 성으로……."

형천이 외치는 사이 거대한 앞발은 그 밑에 깔린 시체들을 우두둑 깔아뭉개며 힘을 주었다. 땅을 짚은 힘으로 괴물이 막 파인 구덩이에서 머리를 내밀었다. 기다란 주둥이와 수염을 보면 두더지와 흡사한 모습이었지만 작고 찢어진 눈과 날카롭게 삐져나온 이빨은 흉악하기 이를 데 없었다. 형천은 도끼와 방패를 든 손에 힘을 주며 이를 갈았다.

"주룽……!"

형천은 이 괴물에 대해 들은 바 있었다. 동남쪽 미아우족의 땅에서 행패를 부리는 신수, 아니 신수라기보다는 괴물에 가까운 존재였다. 땅을 마음대로 파들어 다니면서 행패를 부리며, 특히 인간을 미워한다고 알려져 있는 존재. 힘도 막강하지만 땅속을 다니기 때문에 잡을 수도 없고, 도력도 막강해서 사람들에게 불운해지고 서로 미워하게 만드는 저주를 걸어 그 불행을 즐긴다는 괴물. 주룽이었다.

주룽은 재미 삼아 인간이 사는 마을을 습격하고 다녔는데, 힘으로 죽이기도 했지만 사람들에게 저주 걸기를 특히 좋아한다고 전해졌다. 보통의 신수들은 사람들이 먼저 침범하거나 건드리지 않는 이상 굳이 포악을 부리지 않는데, 주룽은 이상하게 인간들을 괴롭히는 것을 좋아하여 신수가 아닌 괴물로 불렸고, 주룽이 출몰하는 지역에서는 악몽이라고 불리며 공포의 대상이었다. 주룽의 저주를 쐬면 용모가 추악해지기도 하고, 피부가 벗겨지기도 하며, 마음씨가 고약해지기도 한다. 나아가서는 그 사람이 미움을 받게 만들고, 말의 설득력을 잃게 하고, 모난 것 없이 혐오감이 일게 만들기도 한다. 삼십여 년 전 미아우의 한 마을이 주룽의 습격을 당했는데, 주룽이 직접 죽인 사람의 숫자는 얼마 되지 않았다. 그러나 주룽의 저주를 쐰 사람들은 서로 죽이고 죽여서 마을 전체가 망해 버렸다. 주룽이 덮쳐 왔을 때 그 마을을 방문중이었던 주신의 사울아비들과 가족도 당하고 말았다. 그때 집 뒤쪽의 바위 뒤에 숨어서 목숨을 건진 주신 소녀가 있었는데, 바위 뒤에 숨었기에 저주의 영향을 덜 받았는데도 평생 자신의 말이 사람들에게 언짢게 들리는 저주의 후유증에서 벗어나지 못했다. 그녀가 바로 고시가라의 부인인 부소댕기였다. 저주를 쐬었더라도 그녀는 아주 운이 좋은 편에 속했다. 그 외에도 주룽이 사람들을 괴롭히고 해친 일은 수도 없었다.

주룽은 천천히 구덩이에서 몸을 반쯤 꺼내 한 쌍의 발로 땅을 짚고 다른 한 쌍의 팔로 마치 사람처럼 팔짱을 끼었다. 눈빛은 핏빛처럼 붉었고 거대한 주둥이는 날카로운 이빨들을 악의로 번쩍였다. 주룽에게는 네 쌍의 다리가 있었는데 두 쌍의 다리로는 구덩이 안에서 몸의 무게를 버티고 있었다. 괴물은 형천과 유망을 비롯하여 당황하고 놀란 백 명의 전사들을 여유 있게 내려다보며 쭉 찢어진 입꼬리를 슬쩍 위로 감아올렸다. 주룽은 웃고 있었다. 그것은 사람들을 가지고 끔찍하기 이를 데 없는 장난을 치게 되어 기쁘다는 듯한 핏빛 웃음이었다.

수십 리 이상 떨어져 있었지만, 정찰을 게을리하지 않았기에 판천성 부근의 이변은 주신 측에게도 전해졌다. 제일 먼저 몽골 정찰병에 의해 소식을 들은 보돈차르는 잠자리에서 일어나 정찰병을 데리고 치우벌을 찾아갔다.

"그러니까 신수가…… 안개를 일으켜 판천성 주위를 감쌌다는 거요?"

치우벌이 믿을 수 없다는 듯 말했다. 몽골족답게 무뚝뚝하기 이를 데 없는 보돈차르는 표정도 변하지 않고 고개만 한 번 끄덕였다.

"신수라니…… 이건 도대체가…….."

연이어 소식을 들은 부족장들이 치우벌의 막사로 찾아 들었다. 그러자 보돈차르는 정찰병에게 직접 이야기하라 명했다.

정찰병이 본 것은 판천과 대나무골 주변을 가로지르는 탁강 유역에서, 거대한 금빛의 뱀 같은 짐승이 물을 들이마셔 안개로 내뿜는 광경이었다. 안개는 뱀처럼 계속 불어나 판천성과 유망의 진지 부근을 뒤덮었으며, 그 지역 밖으로는 새어 나오지도 않아 커다란 연기 그릇이나 동그란 구름 모양으로 보인다고 했다. 곧이어 헌원의 부대가 일제히 전진하더니 넓게 퍼져 가며 진격하고 있다고 했다.

"신수를 부리다니…… 전쟁에서…… 그것도 헌원이……."

새로 참가한 부소눌하는 손까지 떨며 말했다. 그러자 초초문이 말했다.

"예전 가리족도 번개범을 앞세워 미아우 마을들을 쓸어버린 적이 있소. 유망이 이제까지는 유리했지만 헌원이 신수를 앞세워 기습한다면 당해 내기 어려울 거요."

"신수를 어떻게 상대한단 말이오?"

부소눌하가 말하자 야율쿠리가 싱긋 웃으며 대답했다.

"신수도 상대할 수는 있지. 쉽지 않을 뿐이오."

나단선우가 고함을 쳤다.

"누가 신수를 상대할 수 있단 말인가?"

치베가 앞으로 나서며 말했다.

"치우 형제의 지휘를 받아 신수를 두 번이나 물리쳤소. 여기 부족장 중 몇 분도 겪어 보셨던 일이오."

나단선우와 부소눌하 등은 믿을 수 없어서 입만 딱 벌렸다. 치우벌이 말했다.

"예전에 한웅님의 행차도 신수의 공격을 받은 적이 있었소. 죽는 줄만 알았지. 어쨌거나 그때도 살아났으니, 신수와 상대한다고 꼭 죽는다는 법은 없소."

치베가 다시 말했다.

"신수를 상대하는 법은 두 가지요. 신수의 도움을 받아 상대하는 방법이 있고, 신수에 대해 준비를 갖추어 싸우는 방법이 있소. 그러나 가장 중요한 것은 아무리 무서워 보이는 신수라 해도 겁을 먹지 말아야 하고, 아무리 무서운 힘을 보여도 물러서지 말아야 하오."

나단선우는 다시 외쳤다.

"그게 말처럼 쉬운가? 나도 온몸이 떨릴 지경인데 보통 전사들이 그럴 수 있겠어?"

초초룬이 차갑게 비웃었다.

"그러면 죽는 거지. 겁먹지 말고 지휘해서 차분하게 싸워야 할 거야. 치우 형제는 두 번이나 신수들을 물리친 적이 있으니, 치우천은 없더라도 치우비가 있으면 좋을 텐데……."

치우벌은 한숨을 쉬었다.

"하필 웃뜸사울아비가 자리를 비운 틈에……."

보돈차르가 차분하게 의견을 냈다.

"몽골의 보돈차르가 말한다. 이번 신수는 처음 보는 것이고, 우리는 싸울 준비도 되어 있지 않다. 우리가 전쟁에서 쓰는 무기는 신수에게는 조그마한 가시나 다를 바 없어서 쓸모가 없다. 미리 큰 무기를 준비해야 할 텐데 준비하지도 않았고, 신수의 주술과 수법에 대해 알아야 하는데, 그것도 알지 못한다."

"그렇더라도 유망이 밀리면 당장 우리 차례이니 어떻게든 유망을 도와야 하는 것 아닌가?"

부소눌하가 말하자 초초룬이 큰 소리로 말했다.

"미아우의 초초룬이 말한다. 부소눌하 당신 말도 맞다. 그러나 우리에게는 비 안다도 없고, 준비도 되어 있지 않으며 시간조차 없다. 헛되이 유망 편을 들어서 우리까지 당해 버리면 신시까지 똑바로 뚫릴지 모른다. 유망을 돕기보다 우리 편 전사들의 방어를 갖추고 신수의 약점을 알아내어 그에 대한 준비를 하는 것이 맞을 것이다!"

초초룬은 수없는 원한이 쌓인 유망을 돕는 것이 마음에 들지 않았다. 대세 때문에 어쩔 수 없이 따를 뿐이다. 이런 상황이 오자 아무래도 신중론을 내놓을 수밖에 없었다. 나단선우나 부소눌하도 초초룬의 의견에 동조했다. 헌원이건 유망이건 사람이 적일 때는 두려워하지 않았으나, 신수와 맞선다는 것은 그들에게도 가슴 떨리는 일이었기 때문이다. 치베나 야율쿠리는 치우비가 있었다면 당장 달려갔을 것이라며 유망을 도와야 한다고 주장했다. 결국 부족장들은 두 편으로 나뉘어 격렬하게 논쟁을 벌였으나 양쪽 다 일리가 있는 말이라 쉽게 타협점을 찾지 못했다. 보돈차르가 주변을 조용히시키고 치우벌에게 말했다.

"주신의 사울아비 큰스승 치우벌이여, 비 안다가 없는 동안은 당신이 대장이니 결정을 내리시오. 전투 준비를 하여 맞아 싸울 것인가, 아니면 두고 볼 것인가?"

치우벌은 땀을 뻘뻘 흘려 가며 고민했다. 그동안 다른 부족장들도 숨을 죽이고 치우벌의 입만 바라보았다. 긴장된 순간들이었다.

형천은 옆에 세워 두었던 긴 창들을 마구잡이로 움켜쥐고 주룽의 머리를 향해 빠르게 던지면서 외쳤다.

"염제님을 어서 모셔라! 여기는 내가……."

주룽은 팔짱을 꼈던 앞발을 부채처럼 흔들었고 창은 맥없이 꺾어지거나 앞발에 꽂힐 뿐이었다. 커다란 투창이었지만 거대한 주룽에게는 이쑤시개밖에 되지 않았다. 험하게 땅을 파내는 주룽의 앞발은 돌보다 단단하고 질기기 이를 데 없어서 창이 박혀도 굳은살에 매달린 꼴밖에 되지 않았다. 형천은 땅에 박혀 있던 거대한 돌 하나를 통째로 뽑아 들었다. 사람의 두 배 크기는 될 것 같은 바위였는데, 무게도 엄청난 돌을 땅에서 뽑아 올리자 주룽도 의아하다는 듯 눈을 빛냈다.

형천은 바위를 던지면서 외쳤다.

"어서 성으로!"

주룽은 앞발을 들어 날아드는 바위를 쳐내려 했다. 바위가 워낙 컸기에 주룽의 몸과 비교해도 돌의 크기는 상당했다. 주룽이 앞발로 막았는데도 바위는 앞발까지 함께 얼굴로 밀어붙였다. 결국 주룽은 자신의 앞발에 얼굴을 얻어맞은 셈이 되었다. 그때쯤 다른 전사들도 주룽에게 일제히 창이며 도끼를 던지기 시작했다. 그러나 그 무기들은 거대한 주룽에게 자그마한 가시 정도밖에 되지 않는지라 주룽은 신경조차 쓰지 않았다. 대신 주룽은 구덩이에서 몸을 뽑아 내며 앞발로 형천을 쓸어버리려 했다. 형천은 주룽의 움직임을 파악하고 있었다. 코앞도 보이지 않는 먼지구름 속에서 울쿠타 야쿠타의 화살들을 맨손으로 잡아 낸 형천이었다. 주룽의 앞발은 무섭게 빨랐지만 거대한 크기 때문에 움직임을 읽기는 어렵지 않았다. 형천이 가볍게 몸을 날려 신수의 앞발을 피하며 다시 바위를 뽑으려 하는데 뒤에서 요란한 비명 소리가 터졌다. 놀랍게도 주룽의 앞발은 형천을 지나쳐 길게 늘어나더니 한참 떨어진 곳을 달리던 유망과 부하 전사들을 덮친 것이다.

"염제시여!"

형천이 소스라치게 놀라 그쪽으로 몸을 날렸지만 주룽은 계속 벌레라도 잡듯 앞발로 치고 휩쓸어 왔다. 형천은 큰 덩치가 믿어지지 않을 만큼 날렵하게 무서운 앞발질을 이리저리 피하며 달렸다. 주룽이 형천에게 눈이 팔린 사이 주변의 전사들이 무기를 던져 댔다. 몇 명의 용감한 대전사들은 막사를 세우는 데 썼던 통나무 기둥을 뽑아 몇 명이 함께 들고 주룽에게 달려들었다. 그런 커다란 통나무에 찔리면 주룽이라도 무사하지 못할 것 같았다. 주룽도 신경 쓰이는 듯 형천을 쫓던 것을 그만두고 몸을 돌렸다. 그리고 길게 숨을 들이마시더니만 입을 벌려 무서운 바람과 돌멩이들을 내쏘았다. 주룽의 입 속에는 돌이며 먼지가 들어 있었는데, 그것을 바람과 함께 내쏘자 돌멩이 하나하나가 화살이나 우박처럼 무섭게 쏟아졌다. 통나무를 들고 용감하게 전진하던 전사들 여섯 명이 돌 우박에 휩쓸려 삽시간에 몸이 박살 나서 즉사했다. 들고 가던 통나무까지도 으깨져서 장작 무더기같이 변해 버렸다.

그러나 그 짧은 사이 형천은 몸을 날려 유망의 안위를 살폈다. 주변은 끔찍했다. 온몸이 터지고 박살 난 전사들의 시체가 겹겹이 짓눌려 있었다. 사람들이 유망을 에워싸고 이동하느라 날렵하게 피하지 못한 것이다. 시체 무더기 밑에 피투성이가 된 유망의 모습이 보였다. 형천은 흉하게 이를 악물었다.

"염제…… 유…… 유망님이…… 이…… 이럴 수가!"

이럴 수는 없었다. 광활한 대지와 수많은 부족을 다스리던 위대한 전사, 염제 신농 유망이 명예로운 싸움이나 전투도 아니고 한갓 괴물의 앞발에 눌려 죽다니. 형천은 큰 소리로 포효하다 이를 갈며 유망의 몸을 빼내 안았다. 유망의 상태는 절망적이었다. 왼팔과 왼다리가 눌려 뼈는 부서지고 살갗도 짓뭉개지다시피 했다. 너덜너덜 매달려 있는 유망의 팔과 다리를 도끼로 끊어 내면서 형천은 몇 번이나 눈물을 흘리고 이를 갈며 미친 듯 울부짖었다. 자신의 옷을 찢어 팔과 다리의 남은 부분을 동여매며 이를 악물었지만 의식하지 못하는 새 눈물이 조금씩 방울져 떨어지고 있었다. 형천은 어떤 일이 있어도 목 놓아 우는 사람이 아니었다. 그런 형천이 목이 메어 미친 듯 분노의 신음 소리를 내면서 유망의 피에 젖은 몸을 떨리는 손으로 정성껏 보살폈다. 그때 전사들을 또 한 번 밀어내 버린 주룽의 앞발이 형천을 노리고 저만치에서 다가왔다.

응룡이여. 그대는 왜 나가 싸우려하지 않는가?

우린 구슬을 통해 헌원이 물었다. 응룡은 탁강의 물을 안개로 바꾼 다음, 더 이상 움직이지 않고 하늘에 여유 있게 떠올라 아래쪽을 내려다

보고 있을 뿐 나서지 않았다. 응룡이 조금만 힘을 쓴다면 유망의 군대는 단박에 무너질 텐데 그러지 않자 헌원은 다급해졌다. 다시 한번 재촉하자 응룡은 슬쩍 자신의 마음을 보내 왔다.

싸워? 저 자잘한 인간들과 내가 싸운다고? 헌원이여, 진정으로 하는 소리인가? 내가 왜?

나를 돕기로 하지 않았는가?

안개로 적의 주위를 둘러싸 주지 않았는가. 저런 것은 큰 주술이다. 아무나 할 수 있는 것이 아냐.

하지만 그것으로는 부족하다. 나의 적, 유망의 군사를 물리쳐 달라.

그래서 신수를 두 마리나 더 끌고 오지 않았는가. 주룽이 인간들을 죽이고 카옌이 그들을 겁줄 것이다.

응룡, 당신이 나서면 모두 휩쓸어 버릴 수 있지 않나? 적이 너무 많은가?

헌원이 재촉했지만 응룡은 느긋하게 말했다.

힘으로만 이야기한다면 한순간에 먼지로 만들어 버릴 수 있지. 그들이 죽음을 느낄 사이도 없이.

그러면 왜 쓰지 않는가?

나는 이해할 수 없다. 그런 힘은 그만큼 강한 적에게나 쓰는 것이다. 저런 하찮은 존재들에게는 힘을 쓰지 않는다.

왜 일을 어렵게 만드는가? 저들을 죽여 주면 편하지 않은가?

지금 나더러 저 많은 인간들을 다 죽이라는 소리인가? 헌원, 저들은 당신의 적이지 내 적은 아니야. 저들은 나에게 아무 잘못도 하지 않았으며 나는 살아 있는 것들을 죽이고 싶지 않아. 내가 닦고 있는 도는 다른 것을 죽이면 깨질 수도 있어.

하지만 너는 내 말을 따르기로 약속했다.

따르고 있잖은가. 이렇게 도와주는데도 적을 못 물리칠 정도로 너는 허약한 존재인가?

응룡은 헌원을 비웃는 것 같았다. 헌원은 말문이 막혔다. 맨 처음 우린 구슬을 써서 모습을 바꾸어 끌고 나올 때, 응룡은 어리석었고 자신의 말을 곧이곧대로 믿었다. 그러나 세상에 나오고 난 다음 응룡은 보이지 않게 숨어서 자신과 인간을 관찰했다. 그리고 짧은 사이에 놀랄 만큼 인간사를 자세히 파악하고 깨달아 갔다. 헌원이 미처 예측하지 못한 일이었다. 까마득히 오랫동안 도를 닦아 온 응룡은 현명한 존재였다. 응룡은 인간의 전쟁을 비웃었고, 통치에 대해서도 비아냥거렸다. 응룡은 스스로를 '아직 완성되지는 않았으되 완성에 가까워지는 존재'라 겸손하게 말했지만 그 직후에 인간은 아직도 멀었다고 비웃곤 했다. 어느새 헌원의 명령에도 자꾸만 되묻고 의문을 제기하더니 급기야는 말도 잘 듣지 않게 되어 버렸다. 응룡은 살생을 거부했고 헌원의 계획도 계속 비아냥거렸으며 아예 대놓고 '귀찮다'고 했다. 이번에 두 마리의 다른 신수를 끌고 온 것도 귀찮기 때문인 것 같았다. 헌원이 한숨을 쉬자 응룡은 가볍게 웃는 느낌으로 말을 전해 왔다.

헌원. 그렇게 마음 상해하지 말라. 나는 약속을 어기는 존재가 아니고, 너는 나의 잠을 깨워 세상에 다시 나오게 만든 인간이다. 나는 너를 돕는다. 그러나 내 도를 이루는 믿음에 해를 끼치는 행동을 원하면 안 된다.

헌원은 항변하듯 말했다.

나는 인간을 통해 네가 영원히 기억되게 만들 것이고, 그러려면 내가 파멸해서는 안 된다.

응룡은 헌원을 달래듯 말했다.

헌원. 너와 나의 관계가 어떤 것인지 동굴에서 만났을 때는 몰랐다. 존재 대 존재의 약속이라 생각했지. 그러나 동굴을 나와 인간 세상을 보니, 나는 네 부하나 종이 된 셈이더군. 하하. 내가 몰랐지, 인간의 교활함을.

응룡이 대놓고 말하자 천하의 헌원도 움찔했다. 그러나 응룡은 악의 없는 느낌으로 말을 전해 왔다.

내가 모자라 맺은 약속이고, 지나간 일이니 불평하지 않는다. 네가 한 약속만 지키면 나도 내 약속은 지킨다. 다만 그렇게 함부로 죽이라고 해서는 안 된다. 나는 뒤에서 돕기만 할 테니, 죽이고 싶으면 네가 죽여야 한다. 그것은 네 선택이고, 네 책임이며…….

그 뒤에 응룡이 한 말의 의미는 헌원으로서도 정확히 알아들을 수가 없었다. 도와 운명과 인과에 대한 이야기 같았지만 제대로 느껴지지 않아 아리송할 뿐이었다. 헌원이 묵묵히 서 있자 응룡은 다시 웃는 느낌으로 말을 전했다.

네가 패하게 두지는 않을 것이니 염려하지 말라. 내가 죽이지 않아도, 주룽은 인간을 미워한다. 정확히 말해 인간 이전에 있던, 인간의 형상을 한…….

응룡은 아주 복잡한 의미를 전달했는데 헌원은 그것이 무엇인지 알 수 없었다. 복잡하고 생소한 개념들이 한꺼번에 밀려와서 실체를 느낄 수 없었다. 다만 어렴풋하게는 인간 이전에 있던, 인간과 아주 닮았지만 또 다른, 무슨 종족을 의미하는 것 같았다. 헌원이 더 생각할 틈도 주지 않고 응룡은 계속 말했다.

……에게 크게 혼이 났었기 때문이다. 지금의 인간은 그것과는 다른데도 주룽은 그들을 괴롭혀 복수하려고 하지. 그러니 주룽에게 맡겨라. 쓰레기같이 낮은 존재지만, 인간을 상대하기에는 그로서도 충분하니까.

헌원은 한숨을 쉬었다.

다 죽이지 않더라도, 적어도 염제와 형천은 죽여야 한다. 그렇지 않으면 싸움은 끝이 나지 않을 것이다.

주룽이 알아서 할 것이다. 카옌은 착한 존재라 적을 죽이지 않을 테니 주룽을 네가 말한 그 두 인간이 있는 쪽으로 가게 했다. 아마 벌써 끝났을지도 모르지. 구경이라도 하고 싶은가?

응룡은 가볍게 장난이라도 치는 기분으로 생각을 전해 왔다. 헌원의 머리가 회전했다. 좋은 기회였다. 응룡과 함께 나타나는 것만으로도 전사들은 자신을 하늘이 낸 존재로 받아들일 것이다.

좋다. 그 대신 최대한 빛나게, 많은 전사들에게 내 모습이 돋보이도록 해야 한다.

응룡은 묘한 느낌에 사로잡혀 답했다.

인간들은 겉모습에 많이 좌우되더군. 내 모습도 그렇게 하다니 헌원 당신도 그걸 바라는가? 난 이해할 수 없지만…… 인간에게 보이기 위한 거라면 인간이 놀랄 정도는 되어야겠지.

말을 마치자마자 헌원의 몸이 공중으로 떠올랐다. 헌원의 뒤에서 호위하고 있던 열두 명의 대전사들과 백 명 가까운 전사들의 무리도 같이 공중으로 떠올랐다. 대전사들도 놀라서 얼굴이 질리고, 전사들은 몸을 덜덜 떨다가 주저앉는 사람마저 있었다. 믿기지 않는 주술이었으나 응룡은 힘을 쓰기커녕 돌아보지도 않는 것 같았다. 태연한 표정으로 꼿꼿이 서 있는 사람은 헌원뿐이었다. 그는 간단히 말했다.

전사들이 놀란다. 발을 딛고 서게 해 달라.

그 말이 떨어지자마자 그들의 발밑에 평평한 빛무리 같은 것이 나타났고 그제야 전사들은 발을 딛고 설 수 있었다. 허공을 날고 있었지만 디딜 곳이 생기자 사람들은 안심하는 것 같았다. 응룡은 그것을 보고 다시 비웃듯 말했다.

무엇이 달라졌지? 달라진 것이 없는데도 발밑의 형상만으로 안심하다니. 인간들은 역시…….

응룡의 비웃음과 함께 백 명이 넘는 무리는 허공으로 떠올라 천천히 안개 덮인 싸움터 위로 날아갔다.

같은 시간, 금천도 곤경에 빠져 있었다. 그가 지키는 진에도 신수가 나타났다. 거대한 뱀의 형상을 한 신수였는데, 그가 바로 응룡이 말했던 신수 카옌이었다. 카옌은 주룽처럼 포악하게 덤벼들지는 않았으나 체구는 주룽보다 훨씬 길었고, 몸 전체를 뒤덮은 두꺼운 비늘은 어떤 무기로도 뚫리기커녕 흠집도 나지 않았다. 카옌은 인간들의 공격을 무시하고 여기저기를 빠르게 기어 다니며 진중을 엉망으로 만들었다. 그런 신수가 진중을 휩쓸고 다니는 것만으로도 전사들은 충분히 정신을 잃을 만큼 겁을 먹어 통제가 되지 않았다. 안개는 더욱 짙어졌고 헌원의 부하들은 진 전체에서 한꺼번에 덤벼들었다. 금천은 한동안 버텼으나 혼란을 바로 잡을 수가 없었다. 하는 수 없이 금천은 판천성 뒤로 퇴각을 결정하고 자신부터 몸을 뺐다. 다른 진지를 생각할 겨를도 없었다.

알유의 부대는 상황이 복잡했다. 알유의 부대에는 신수가 나타나지 않았다. 대신 반란이 일어났다. 알유는 유망의 편으로 전향하면서 위를 밑에 두었는데, 그와 이부가 합심하여 반란을 일으킨 것이다. 이부는 이전부터 자신이 알유의 뒤에 서는 것을 불만스럽게 여겨 왔는데 위를 만나 결정적인 순간이 오면 그를 제압하고 도로 헌원에게 돌아가기로 계획을 세운 터였다. 그들은 지휘에 정신이 팔린 알유를 등 뒤에서 습격하여 큰 상처를 입힌 다음 꽁꽁 묶었다. 그리고 전사들에게 무조건 항복하여 헌원의 편에서 싸우라고 외쳐 댔다. 그러나 짙은 안개 속이라 이러한 명령은 혼란을 일으켜 역효과를 냈다. 일부는 헌원의 편으로 돌아서라는 외침을 믿었지만 많은 전사들은 믿지 않았다. 대부분의 전사들은 뭐가 어떻게 돌아가는 것인지 분간할 수 없었다. 같은 편도 믿을 수 없게된데다 명령마저 전달되지 않자 전사들은 부족별, 혹은 지휘자별로 뭉쳐서 다가오는 자들을 무조건 공격하는 데까지 이르렀다. 더구나 공격해 오던 헌원의 전사들도 어느 편을 들어야 하는지, 누가 누군지 분간하지 못했다. 직접 지휘를 받을 수 없는 상황에서 적의 일부가 같은 편이 되었다고 외쳐 대니 혼란스러울 수밖에 없었다. 그 때문에 상대를 확인하려 하다가 급습을 받고 많은 숫자가 죽었다. 같은 편임을 인식하여 싸우지 않은 전사들도 많았지만 그들은 그 때문에 공격선에서 돌출되어 안으로 파고 들어갔다. 결국 유망의 전사들과 헌원의 전사들이 마구 뒤섞여 버린 것이다. 원래 같은 부족 출신의 전사들이라 서로를 식별할 방법도 없었기에 혼란은 더더욱 심했다. 이쯤 되자 헌원의 전사들은 아무도 믿지 않았고, 짙은 안개 때문에 돌출되었던 헌원의 전사끼리 맞부딪혀 싸우는 일이 사방에서 터졌다. 한번 대열이 헝클어지고, 양측의 전사들이 뒤섞이자 전사들은 살아남기 위해 미친 듯 아무나 죽여 댔다. 마침내 혼란의 여파는 더 커져서 이부나 위마저도 공격을 받았다. 그들도 결국 닥치는 대로 죽여야 했다. 이것은 이부도 위도 원한 바가 아니었지만 그들은 큰 실수를 한 것이다. 이런 안개 속에서 갑자기 명령을 뒤엎는 것은 지휘 체계를 무너뜨리는 결과밖에 낳지 못했다. 조금 더 서두르거나 더 뒤로 미루었어야 할 일이었다. 양측의 지휘 체계가 무너진 결과는 참혹했다. 유망의 편에 섰건 헌원의 편에 섰건, 이 진중에 있던 모든 전사들은 혼란의 도가니에 빠져 숫자가 급격하게 줄어들어 갔다.

한편, 고민하던 치우벌은 마침내 마음을 정했다. 마음의 결정을 내리기 힘들어서 직접 이백 명 정도의 사울아비를 거느리고 말을 달려 먼발치에서 유망의 진중을 보고 나서야 내린 결론이었다. 굳이 나서서 위험한 행동을 하고 싶지 않다는 마음이 결국은 치우벌의 마음을 사로잡았다. 신수가 나서고 엄청난 규모의 주술이 펼쳐진 이상 유망의 패배가 확실해 보였다. 치우벌은 먼발치에서 유망의 진세를 둘러싼 커다란 안개를 보았고, 금천의 부대가 후퇴하여 거미 새끼처럼 도망치는 모습을 보았다. 거대한 금빛 응룡이 날아드는 모습도 보았으며, 상당한 숫자의 사람들이 하늘을 날고 있는 것도 볼 수 있었다. 치우벌은 경악했다.

'저런 거대한 신수라니! 사람을 무더기로 날게 하는 주술이라니! 이건…… 이건 안 된다. 당할 수 없어!'

치우벌은 말머리를 돌려 덜덜 떠는 부하들과 함께 진으로 돌아왔다. 싸울 수 없다는 마음이 굳어진 다음이었다.

형천의 뒤를 덮치려던 주룽의 앞발은 난데없이 날아든 불덩어리로 인해 제지되었다. 폭음과 함께 불꽃이 사방으로 어지러이 흩날렸지만 형천은 눈도 돌리지 않고 유망의 잘린 팔과 다리에서 더 피가 빠져나오지 않게 옷조각을 동여맸다. 그러고 나서 고개를 들자 앞에 축융이 나타났다. 어지간해서는 가마에서 떠나지 않던 그도 비대한 몸을 출렁거리며 달리고 있었다.

"염제님은? 살아 계신가?"

축융은 묻고는 다시 주룽의 눈이 이쪽으로 향하는 것을 보고 화염술을 발휘해 불덩이를 내쏘았다. 주룽도 불은 꽤나 꺼리는 듯 앞발로 조심스럽게 불덩이를 쳐서 날려 버렸다. 그제야 형천이 입을 열어 대답했다.

"많이 다치셨네. 상처를 불로 지져 드리게."

형천은 축융이 대답하기도 전에 도끼를 들며 몸을 일으켰다. 이만큼 분노와 살기에 가득 찬 형천은 축융도 본 일이 없었다. 머리칼이 하늘로 곤두서고, 치켜뜬 눈은 찢어져서 핏방울이 흘렀다. 보이지는 않지만 온몸에 감도는 기세가 확실하게 느껴졌다. 분노에 가득 찬 기운은 축융의 손마저 떨게 만들 정도로 지독했다. 주룽이 앞발로 형천을 후려치려고 하자 형천은 벼락같이 고함을 쳤다. 그 소리는 방금 형천이 보였던 보이지 않는 기세를 그대로 담고 있는 것 같았다. 충격을 이기지 못하고 주변에서 허둥거리던 전사들이 와르르 뒤로 넘어졌다. 축융도 하마터면 넘어질 뻔했지만 간신히 몸을 휘청거리며 버텨 낼 수 있었다. 거대한 괴물 주룽마저도 소리에 놀라 주춤하면서 뒤로 물러섰다.

형천은 활활 타오르는 눈으로 도끼와 방패를 든 손을 넓게 벌리며 다시 한번 고함을 쳤다. 아까보다도 더 살기 짙고 커다란 소리였다. 넘어졌던 전사들은 충격을 받아 펄떡이며 몇몇 사람은 기절해 버렸다. 형천은 싸늘한 표정으로 주룽에게 천천히 걸어갔다. 형천의 입에 차가운 조소가 걸리고 이를 가는 듯한 목소리가 흘러나왔다.

"와라, 괴물!"

제아무리 형천이 크고 강한 전사라 해도 사람일 뿐이다. 코끼리보다 몇 배나 큰 주룽에게는 상대가 되지 않을 것이 분명했다. 그럼에도 형천은 천천히 다가들었고 주룽이 조금씩 몸을 흔들며 주춤거리기 시작했다. 주룽은 구덩이에서 주춤거리며 기어 나와 네 개의 다리로 땅을 짚고 선 다음, 형천을 협박하듯 시뻘건 아가리를 벌리며 포효했다. 무시무시한 소리였으나 형천은 꿈쩍도 하지 않고 주룽에게 계속 다가갔다.

축융은 화염술을 작게 발휘해서 유망의 잘린 팔과 다리 부분을 불로 지졌다. 축융은 작은 불은 스스로 만들어 낼 수 있었지만 큰 불덩어리는 주술의 힘만으로는 만들 수 없어서 몸에 감춘 기름 주머니를 이용했다. 준비한 기름의 양은 상당했지만 신수를 의식하여 너무 큰 불덩이를 쏘는 바람에 이제 그런 불덩어리는 한 번 정도밖에 더 쓸 수 없었다. 유망을 돌보는 정도의 불은 스스로의 힘으로 만들어 낼 수 있어 다행이었다. 아직 숨이 끊어지지 않은 유망은 팔다리의 잘린 부분에 불이 닿자 고통스러운 신음 소리와 함께 몇 번 몸을 들썩거리더니 이내 완전히 기절한 듯 잠잠해졌다. 축융은 유망을 들쳐 업으며 형천의 뒷모습으로 눈을 돌렸다. 형천은 주룽에 너무 가깝게 접근하고 있었다. 축융은 안 되겠다 싶어서 마지막 남은 기름으로 주룽의 머리를 향해서 화염술의 불덩어리를 쏘았다.

주룽이 불덩어리를 앞발로 쳐내려는 순간 형천의 모습이 사라졌다. 정확히 말하면, 너무 빨리 움직여서 사라진 것처럼 보였다. 주룽이 불덩이를 쳐내자 형천은 도끼를 크게 휘둘러 주룽의 앞발 관절을 찍었다. 주룽의 몸에 비하면 크지 않았으나 그래도 두 뼘도 넘는 상처가 벌어지고 살덩어리가 떨어져 나갔다. 인간 중에서 최강이라 할 수 있는 형천의 힘과 기술, 속도가 아니면 만들 수 없는 상처였다. 주룽도 아픔을 느꼈는지 화를 내며 앞발을 휘둘렀다. 허나 놀라울 정도로 날쌔게 움직이는 형천을 맞히지는 못했다. 형천은 눈으로 따라잡기 힘든 움직임으로 주룽의 공격을 피하면서 쉴 새 없이 파고들어 상처를 입혔다. 치명상은 아닐지라도 잔 상처가 늘어 가자 주룽도 당황하는 것 같았다. 형천을 잡을 방법이 없었다. 여덟 개의 다리를 미친 듯 휘두르고, 돌 우박까지 사방에 내쏘았지만 형천을 맞히지는 못했다. 흥분한 주룽이 마구 돌 우박을 날리다가 오히려 자신의 꼬리를 맞히기까지 했다.

많은 숫자의 전사들이 안개를 뚫고 나타났다. 전방을 방어하던 전사들이었다. 그것을 본 주룽은 붉은 눈을 빛내면서 주술의 힘을 발휘했다. 주룽 특유의 저주를 건 것이다. 후퇴하던 전사들은 저주에 걸려 무기를 휘두르며 서로를 죽이기 시작했다. 그러나 형천은 마음이 굳세기 때문인지 저주조차 걸리지 않았다. 전사들이 서로를 죽이고, 간혹 그를 공격하는 와중에도 조금도 속도를 줄이지 않고 계속 주룽을 공격하자 주룽도 쩔쩔매며 겁먹은 눈빛이 되었다. 이대로라면 주룽을 죽이지는 못해도 도망치게 만들 수는 있을 것 같았다. 그런데 의외의 일이 벌어졌다. 저주로 인해 사방을 무차별로 공격해 대는 전사들 때문에 유망을 업고 몸을 피한 축융이 빠져나가지 못하고 몸을 피하다가 안개에 길을 잃고 되돌아 온 것이다. 형천의 공격에 밀리며 쩔쩔매던 주룽의 눈이 타는 듯 빛났다. 형천의 공격을 무시하면서 크게 숨을 들이켜 넓은 범위에 돌 우박을 내뿜었다.

비명을 지를 틈이 없이 흐드러진 꽃처럼 피가 튀고 부서진 사람의 몸과 무기들이 여기저기서 낙엽처럼 쏟아져 내렸다. 대주술사인 축융조차도 돌 우박에서 무사할 수는 없었다. 다만 그는 등에 업은 유망 때문에 날아드는 돌들을 고스란히 앞으로 맞았다. 축융도 위낙 강인한 사람인데다 보통 사람보다 훨씬 뚱뚱하고 살집이 두꺼웠기 때문에, 돌들은 그의 몸 이곳저곳을 파고들었지만 뼈를 부수거나 단번에 목숨을 빼앗지는 못했다. 허나 잠시 버텨 냈을 뿐 몸 여기저기에 구멍이 뚫린 축융은 털썩 주저앉고 말았다.

주룽은 주저앉은 축융과 유망 쪽으로 쿵쿵거리면서 달려들었다. 형천을 따라잡을 수 없기에 축융과 유망을 대신 때려잡으려고 했다. 형천은 두세 번이나 더 주룽의 몸 이곳저곳을 찍어 댔지만 주룽은 무시해 버렸다. 축융은 가물거리는 정신을 억지로 붙잡으며 일어나려고 애썼지만, 조금 전 입은 상처의 충격이 너무나 컸다. 마음만 앞서 비틀거리기만 할 뿐 몸을 일으키지는 못했다. 주룽의 시뻘건 아가리와 커다란 앞발이 자신을 덮쳐 오는 모습이 부옇게 보였지만 피할 수 없었다. 주룽은 벌레를 때려잡듯 커다란 앞발로 축융과 유망을 한꺼번에 찍어 눌렀다.

'이제 끝인가? 나도, 염제님도…….'

축융은 눈을 질끈 감았다. 곧이어 머리 위에서 주룽의 앞발이 일으킨 바람이 저주처럼 따끔거리며 전신을 휘감았다. 그리고 요란한 굉음이 들려왔다가 주변이 조용해졌다. 축융은 죽었다고 생각하고 눈을 뜨지 않았다. 그런데 그의 귓전으로 한 줄기 익숙한 음성이 들려왔다.

"어서 가……."

축융이 눈을 뜨자 눈앞에 형천의 등이 보였다. 그는 도끼와 방패로 덮은 양팔을 올려 위에서 찍어 누르는 주룽의 앞발을 막아 냈다. 주룽이 찍어 누르는 힘은 인간이 감당할 수 없을 만큼 무서운 힘이었지만 형천은 버티어 냈다. 그의 다리는 땅속 깊이 파묻혀 있었고 공격을 막았던 방패와 도끼는 박살 나서 조각조각 떨어져 내리고 있었다. 이어서 주룽이 찢어지는 듯 울부짖었는데 그 소리는 누가 보더라도 고통에 가득한 비명 소리에 가까웠다. 주룽이 앞발을 거두자 시커먼 피가 사방에 비처럼 뿌려졌다. 그때야 축융은 주룽의 앞발이 크게 반으로 쪼개져 있는 것을 보았다. 어떻게 그럴 수 있었는지는 모르지만, 형천은 주룽을 막아 파고들면서 거대한 앞발을 거의 반으로 쪼개 버린 것이다. 뿐만 아니라 내리누르는 앞발을 막아 버티고 있었다. 축융은 쪼개져 갈라진 앞발 사이에 있었기에 살아남았음을 깨달았다. 주룽이 고통 때문에 미친 듯 울부짖는 사이 축융은 몸을 일으켰다. 등 뒤에는 아직 유망이 업혀 있었다.

"같이 피하세!"

축융이 외쳤으나 형천은 잠깐 뒤를 돌아보고는 살짝 고개를 저었다. 형천은 꿋꿋이 서 있었지만 얼굴과 몸은 주룽의 피로 온통 범벅이 되었고 양팔은 강한 타격을 이기지 못해 살갗이 터졌다. 너덜너덜해진 팔의 상처 사이로 흰 뼈가 보인 것 같기도 했다. 그러나 형천의 얼굴은 조용히 미소를 짓고 있었다.

"그러지 말고 어서……."

축융이 울음을 터뜨릴 것 같은 표정으로 다시 소리치자 형천은 슬쩍 눈빛을 아래로 돌려보았다. 그의 눈빛은 땅에 파묻힌 두 다리를 향하고 있었다. 축융이 보니, 형천의 두 다리는 단순히 땅에 틀어박힌 것이 아니었다. 서서히 주변의 땅이 붉게 번져 가는 것이나, 땅에 박힌 허벅지 부위가 눌려 터진 듯 벌어져 있는 것이 보였다. 형천의 두 다리는 이미 사라지고 없었다. 무시무시한 압력을 견뎠지만 그 대가로 두 다리가 으깨져 땅에 박혔고, 두 팔마저도 거의 박살 나고 말았다. 그러나 그는 견디어 냈다. 세상에서 제일가는 용사답게 인간으로서는 막을 수 없는 것을 막아 냈다. 수십 년을 한결같이 지켜 온 부족장이자 형제 같은 벗을 지켰다. 수백, 수천 명으로도 막지 못할 신수를 혼자 힘으로 물리쳤다.

세상 제일의 용사, 형천은 마지막으로 다시 활짝 웃어 보이며 힘겹게 말했다.

"그……분을……"

형천의 말은 목구멍 속에서 치밀어 오르는 선혈 때문에 더 이어지지 않았다. 입에서 피를 왈칵 쏟아 더 이상 말을 잇지는 못했지만 형천은 미소를 거두지 않았다. 그의 뒤쪽으로 주룽이 고통을 이기지 못해 발악하듯 몸을 구르다가 마침내 구덩이를 파 땅속으로 숨어 들어가는 모습이 보였다.

"가겠네!"

축융은 매정한 목소리로 외치고는 몸을 돌렸다. 어서 빠져나가 유망을 살려야 하기 때문이었다. 하지만 누구보다 당당한 죽음을 맞이하고 있는 형천의 모습이 눈이 부셔서 더 이상 볼 수 없기 때문이기도 했다. 영원히 눈물이란 것을 보이지 않을 것 같던 축융도 울음을 터뜨렸고, 곧이어 고통에 가득한 비명 소리도 터져 나왔다.

형천은 더 이상 아무것도 보이지 않고 아무것도 들을 수 없었다. 유망을 업은 축융이 등을 돌리던 순간이 눈망울에 남은 마지막 광경이었다. 몸에서 무엇이 빠져나가는 느낌이 있었지만, 고통도 느껴지지 않았고 아주 홀가분했다. 팔다리를 움직일 수 없었지만 형천은 단 한 가지,

쓰러질 수는 없다고 생각했다. 유망의 뒤를 막아 주어야 한다, 지켜 주어야 한다, 그 생각밖에는 하지 않았다. 다급하고 절실한 마음도 있었지만, 반대로 담담하고 차분한 느낌도 들었다. 흥분도 안도감도 없었지만 기분이 나쁘지는 않았다. 몸속이 모조리 터져 버렸는지 이제는 눈과 코, 입에서까지 칙칙한 뭔가가 흘러내렸으나 기분은 한결 편안했다.

형천은 눈앞에 거대한 응룡과 사람들이 내려서는 것조차 느끼지 못했다. 아무 것도 볼 수 없었고 움직일 수도 없었다. 다만 귀로 소리가 희미하게 들려올 뿐이고 바람이 살갗을 스치는 느낌이 있을 뿐이었다. 형천의 귓전으로 헌원의 목소리가 들렸다.

"형천이여. 그대는 진정 위대한 전사다. 혼자서 신수를 물리치다니……"

헌원의 목소리를 듣자 형천은 다시 정신이 들며 화가 치밀어 올랐다. 그는 간신히 몸에 힘을 주어 입안의 피를 왈칵 뱉어 낸 다음 일그러진 목소리로 외쳤다.

"헌……원……인가?"

"그렇다. 황제 공손헌원이다."

헌원의 표정은 경건했고 말투에도 존경심이 어려 있었다. 그는 위대한 전사가 죽어 가는 모습을 보고도 아무 느낌이 없을 만큼 못난 사람은 아니었다. 그러자 형천은 간신히 외쳤다.

"너는 죄를…… 지었다……. 사람의 싸움에…… 사람 아닌 것을 끌어들였어……. 당장은 좋겠지만…… 그건…… 그건 어리석은 짓이고…… 죄악이다……."

형천의 말은 짧았지만 헌원의 마음을 통렬하게 찔렀다. 헌원은 자신의 감정을 감추려는 듯 대답했다.

"그러지 않고는 신수조차 물리치는 당신을 어찌 이길 수 있었겠소……."

형천은 비웃듯 말했다.

"네…… 짓이 그대로 너에게 되돌아 올 것이다……. 신수는…… 네 힘을 넘어서는 것……. 무슨 수를 썼는지 모르지만…… 언제까지 그들을 부릴 수 있을 것 같은가……. 언젠가는 나처럼…… 모두가 그들에게 짓밟힐 수도 있는 것을……."

헌원은 고개를 숙였다. 변명하자면 할 수도 있겠지만 이 위대한 전사의 앞에서 그러고 싶지는 않았다. 그는 짧게 답했다.

"마음에 새겨 두겠소."

"네 잘못을 인정한다면…… 한…… 가지…… 한 가지만 들어 달라."

"뭐요?"

"염제님을…… 더 이상 쫓지 말라……. 어차피 이제 지나족은 모두…… 네 것……."

헌원은 하늘에서 형천이 싸우는 것도 보았고, 유망이 죽기 직전이며 설혹 살아난다 해도 치유될 수 없는 상처를 입은 것도 보았다. 헌원은 유망이 폐인이 되어서까지 부족장을 계속할 성격은 아니라고 생각했다. 무엇보다 형천이 죽었음을 알면 낙담하여 다시는 일어나지 못할 것이고, 대다수의 지나족은 두려워서라도 자신을 따를 것 같았다.

헌원은 조용히 대답했다.

"알겠소. 내 들어드리리다. 대신…… 당신의 목이 필요하오."

형천은 기분 좋게 웃어 보이며 가볍게 말했다.

"마음……대로……."

유망은 무사할 것이다. 축융이 데려갔고 주룽도 뺑소니를 쳐 버렸으니 더 급한 일은 생기지 않을 것 같았다. 자신은 스스로 택해서 몸을 던졌고, 결국 신수를 물리치고 유망을 구했다. 만족스러웠다. 자부심보다는 진정으로 목숨보다 위했던 사람을 구했다는 것이 만족스러웠다.

'할 일을 다 했어. 이제 된 거야……'

헌원은 '곤오'라고 이름 붙인 자신의 칼을 뽑았다. 아주 커다란 청옥(사파이어)을 오랫동안 조금씩 갈고 갈아서 만든, 자신과도 같은 칼이었다. 곤오검이 한 번 허공을 가르자 세상 제일의 용사 형천의 목은 웃는 표정 그대로 어깨에서 떨어져 땅에 굴렀다. 목이 베어졌는데도 형천의 몸은 쓰러지지 않고 계속 버티고 서 있었다. 주변의 전사들은 형천의 그런 모습에 질려 얼굴빛까지 해쓱해졌다. 전사 하나가 형천의 목을 주우려 했으나 헌원이 말없이 막았다. 헌원은 형천의 목을 조심스럽고 정중하게 높이 들어 올리며 외쳤다.

"나, 황제 공손헌원이 세상 제일의 용사 형천의 목을 베었다!"

헌원은 세 번 연달아 외쳤다. 주변에 있던 전사들도 뒤이어 크게 소리를 쳤다. 허공에 떠서 내려다보던 응룡은 비웃는 듯한, 또는 질렸다는 듯한 눈빛을 보이다가 입으로 길게 바람을 불었다. 전장의 안개가 녹아들 듯 사라져 가면서 헌원이 형천의 목을 베었다는 소리는 사방으로 퍼져 나갔다. 소리가 닿는 곳마다 싸움이 멈추고, 전사들은 무기를 버리고 주저앉아 통곡하거나, 엄숙하게 하늘을 바라보며 각자의 생각에 잠겼다. 세상 제일의 용사, 형천의 죽음은 그만큼 지나족 전사들에게 충격이었다. 영웅의 피는 땅에 뿌려졌고, 다시는 되돌릴 수 없었다.

만남과 헤어짐

뱀의 몸에 사람의 얼굴을 한 천신 이부(貳負)에게 위(危)라는 신하가 있었다.
위는 마음이 무척 고약하였다. 그는 주인인 이부를 충동질하여
뱀의 몸에 사람의 얼굴을 한 또 다른 천신 알유(窫窳)를 함께 살해했다.
황제가 이 일을 알고는 명령을 내려 두 악인을 잡아다가 서방의 소속산(疏屬山)에
묶어 두었다. 오른발에는 족쇄를 채우고 머리와 두 손을 함께 묶은 뒤 다시 산 위의
큰 나무에 꽁꽁 묶어서 죄를 다스렸다. 무고하게 살해된 알유를 불쌍히 여긴
황제는 그를 곤륜산으로 데리고 가게 했다. 그러고는 무팽(巫彭)·무저(武抵)·
무양(巫陽)·무리(巫履)·무범(巫凡)이라고 하는 여러 무사(巫師)들에게 불사약을
가져다가 알유를 살리라고 시켰다. 그 결과 알유는 정말로 되살아났다.
그러나 되살아난 알유는 곤륜산 아래에 있는 약수의 깊은 물에 뛰어들어
사람을 잡아먹는 이상한 괴물로 변하여 본성을 잃었다고 한다.
—『산해경(山海經)』,「해내남경(海內南經)」에서

치우비는 눈물을 흘리며 아무도 없는 숲을 멍하니 바라보았다. 방금
까지만 해도 그곳에는 발이 있었다. 그러나 발은 몸을 돌려 숲 저편으로
사라져 갔다. 치우비의 곁을 떠났다. 발이 남기고 간 마지막 말이 귓전
을 계속 떠돌았다.

—비. 이제 가야 해. 너를 절대 잊지 않겠지만…… 내게는 아버지가
계셔. 네게 미안하지만 나는 정말로 어느 한쪽을 선택할 수 없어.

그렇지 않다고, 이왕 나왔으니 앞으로는 자신이 다 지키고 막아 주겠
다고 외쳐 보았다. 그러나 발은 고개를 저을 뿐이었다.

—견디기 힘들었어. 그래서 죽었다는 소문도 내 보았고, 실제 죽으려
고도 해 보았어. 허나…… 너를 두고 혼자 가 버릴 수도 없었어. 그래서
너를 만나러 온 거야. 그리고…… 그리고 이제는 되었어.

가지 말라고 붙잡으려고도 해 보았다. 억지로 잡아 두겠다고 소리도 쳤다. 그러나 그녀의 발길을 막을 수는 없었다.

— 아버지가 순순히 보내 주었을 때 나는 깨달았어. 아버지가 나를 인질로 삼고 겉으로만 생각하는 척한다고 생각했지. 그러나 그렇지 않았어. 누가 뭐래도 나를 낳아 주고 길러 준 아버지야. 만약 아버지가 나를 계속 숨기려 했다면 뒤도 돌아보지 않고 너와 함께 신시로 갔을 거야. 그러나 나를 순순히 놓아준 아버지를…… 버릴 수는 없잖아.

도저히 막을 수 없는 결심인 것을 깨닫고 치우비는 울음을 터뜨렸다. 발은 선선히 치우비의 머리칼을 쓰다듬어 주며 말했다.

— 이제 아버지와 너는 전쟁을 하게 될 거야. 나는…… 견딜 수 없어. 어쨌거나 나는 지나족이고, 그들에게 돌아가야 한다고 생각해. 한 여자로서는 너에게 모든 마음을 주지만, 지나족 족장의 딸로 몸이 있어야 할 자리는 아버지 곁이야. 나도 네 곁이 좋지만, 그렇게 되면 모두에게 나빠. 아버지도 곤란해지고…… 너도 좋은 소리는 듣지 못할 거야. 죽었다고 알려진 내가 살아 있는 것 자체가 돌이킬 수 없는 일이야.

치우비는 누조가 말한 대로 누랑인 척하면서 살자고 항변했다. 발은 고개를 저었다.

— 차라리 죽으면 죽었지, 다른 사람인 척 살 수는 없어. 더구나 다른 사람 모두를 속이더라도, 나는 그게 사실이 아니란 걸 알잖아. 나 자신을 어떻게 속이며 살아간단 말야?

발은 울음을 터뜨렸다. 치우비를 부둥켜안고 큰 소리로 울음을 터뜨리며 한없이 눈물을 쏟아 냈다. 한참 동안을 울고 난 다음 발은 울먹이며 말했다.

— 나도…… 나도 정말 괴로워……. 다시 태어난다면…… 절대 대족장의 딸로 태어나지 않을 거야. 세상 제일의 용사를 사랑하지도 않을

거야……. 모든 것을 원래대로 돌리고 싶어. 정말…….

발은 몸을 일으켰다.

―이런 말 할 자격은 없지만…… 나를 잊지 말아 줘. 좋은 기억으로만 남겨 줘. 고마워, 비. 내게도 되새기며 붙잡을 좋은 추억이 필요했고, 이제는 그 추억만 생각하며 살 거야. 다시는 나를 찾지 마.

발은 떠났다. 치우비는 슬픔에 겨워 울면서도 그녀를 잡지 못했다. 그녀 스스로 그렇게 결정했으니 더 이상은 어쩔 도리가 없었다. 치우비는 울고 또 울었다. 얼마 전에 있던 아버지의 죽음조차도 이렇게까지 오래 마음을 아프게 하지는 않았다. 꼬박 사흘 동안 울던 치우비는 허물어져서 너덜거리는 마음을 부여잡고 간신히 몸을 일으켰다. 어찌 되었건 그에게는 책임이 있었다. 웃뜸사울아비로서, 많은 전사와 사울아비의 대장으로서. 치우비는 고통을 견디지 못하고 머리를 쥐어뜯으며 생각했다.

'다시 태어난다면 나도 웃뜸사울아비나 용사 따위는 되지 않겠다.'

치우비는 힘없이 대나무골로 돌아갔다. 대나무골은 메뚜기 떼의 습격을 받아 엉망진창이었다. 주신과 각 부족의 전사들도 멀찌감치 피했고 유망과 헌원의 부하들도 빠져나갔는지 아무도 없었다. 누조가 말한 것보다 메뚜기 떼가 더 일찍 몰려든 듯, 눈이 보이는 사방이 죽은 메뚜기들로 뒤덮여 있었다. 대나무골에서 밤을 나다가 추위에 죽은 것 같았다. 아직 눈이 내리거나 얼음이 얼 날씨는 아니었지만 약한 벌레에게는 충분히 치명적이었다. 눈에 들어오는 벌판과 들과 나무들이 메뚜기 떼로 뒤덮여 걸을 때마다 밟혀 바스락거리는 기분 나쁜 소리를 냈다. 죽은 메뚜기 떼로 뒤덮인 황량한 풍경은 치우비의 마음과 비슷해 보였다.

대나무골 부근에서 하루를 헤맨 후에야 치우비는 정찰 나온 사울아비들을 만나, 그들을 따라 이백 리가량 떨어진 주둔지를 찾아갈 수 있었다. 치우비가 도착하자 치우벌이 그를 맞았다. 치우벌은 메뚜기 떼의 습격이 들은 것보다 빨랐기 때문에 허둥지둥 동쪽으로 피했다고 말했다. 치우비는 헌원이 신수를 끌어내 유망을 대패시킨 것과 형천이 죽었다는 이야기도 들었다. 치우비로서는 놀라운 이야기일 뿐이었다.

'헌원이 신수를 부리다니. 아수타란을 물리칠 때 헌원이 우린 구슬을 형님과 나누어 가졌는데, 그것을 사용한 것일까? 그렇다고는 해도 신수를 전쟁에 끌어내다니!'

사태는 더 심각했다. 헌원이 형천을 죽여 목을 베자 싸움은 저절로 끝났다. 유망과 축융은 몸을 피했다고는 하는데, 지휘관이 없어진데다가 신수가 나타난 일 등으로 인해 유망의 남은 전사들은 대부분 헌원을 따라가게 되어 헌원의 세력이 불어났다는 이야기였다. 치우벌은 한숨을 쉬며 말했다. 아무도 없는 막사 안이었기에 아저씨가 조카를 대하듯 말했다.

"다만 헌원의 세가 그렇게 크게 늘어난 것만은 아니다. 금천은 크게 패했지만 먼저 후퇴한 덕분에 헌원에게 항복하지 않았지. 금천은 자신의 땅으로 돌아가려는 모양이다. 유망에게 항복했던 알유의 부대는 헌원의 부대와 뒤엉켜 거의 흩어져 버렸단다."

"어쩌다 그렇게 되었습니까? 그리고 어떻게 아셨죠?"

"지나족 중에서도 헌원에게 항복하지 않고 도망친 전사들도 꽤 많다. 그들을 모아 이야기를 들었더니 대강 알겠더구나. 알유가 안개 속에서 헌원의 부하들과 싸울 때, 부하였던 이부와 위가 배신을 하여 그를 뒤에서 쓰러뜨렸지. 한참 싸우던 중이고, 안개 속이라 되레 명령이 온통 헝클어져서, 모든 전사들이 이편저편을 가리지 않고 제각기 죽을 때까지 싸워 댔다는 거다."

"엄청난 바보짓을 했군요."

"그렇지. 헌원도 몹시 화를 내며 이부와 위를 그 자리에서 처형해 버렸다. 알유는 숨만 간신히 붙어 있었다고 하는데, 헌원은 그를 데리고 갔다고 한다. 왜 그랬는지는 모르겠지만."

그 외에도 치우벌은 지나족 탈영병들에게 들은 여러 가지 이야기를 말해 주었다. 유망은 축융과 함께 도망치기는 했지만 부상이 심해서 살지 못할 것 같다는 것이며, 헌원은 항복한 유망의 군세를 수습하느라 진격하지 못하다가 메뚜기 떼가 덮쳐 오자 미련 없이 물러섰다는 이야기 등이었다. 헌원이 물러선 것은 당연했다. 유망이 다스리던 부족들의 동태도 살펴야 하며, 포로로 거둬들인 전사들도 수습해야 한다. 무엇보다 갑자기 수많은 포로가 생겼으므로 보급에 큰 차질이 생겼을 터인데 거기에 메뚜기 떼까지 덮쳤으니 조용히 후퇴하는 것이 가장 좋은 방법이었다. 아무래도 명령 체계가 잡힌 전사들이라 메뚜기 떼 때문에 사상자가 나오지는 않았다. 잘 감추어 간직하면 식량도 털리지 않는다. 하지만 주변의 풀이 사라지면 말 먹이가 사라진다. 뿐만 아니라 물도 죽은 메뚜기 때문에 더러워지며 지나는 길에 식량을 구하기도 힘들어지니 철수는 어쩌면 당연한 수순이었다.

치우벌은 형천의 최후에 대해서도 약간 말해 주었는데, 몇몇 지나 전사의 말에 따르면 형천은 혼자서 신수 주룽을 상대해서 물리쳤으며, 유망을 구하기 위해 주룽의 일격을 몸으로 받아 내지 않았으면 완전히 물리쳤을 거라고 했다. 대부분의 사람들은 그 말이 과장되었다 생각하고 믿지 않았으나 치우비는 그럴 수 있다고 생각했다. 어쨌거나 형천은 헌원이 직접 목을 베었다고 하는데, 목이 베어진 다음에도 몸은 꼿꼿이 서서 쓰러지지 않고 버텼다고 한다. 헌원도 형천의 기개를 높이 사서, 그를 눕히지 않고 선 채로 흙을 덮어 무덤을 만들어 주었다고 했다.

형천의 장렬한 죽음에 대해 듣자 치우비는 마음이 아팠다. 슬퍼질 정도는 아니었지만 허전하고 아쉬운 마음이 안쓰러움과 뒤섞여 묘하게 마음이 무거워졌다. 적으로 여러 차례 싸우기도 했지만 호탕하고 한 번도 미워해 본 적이 없던 용사 중의 용사였다. 그와 겨루었던 마지막 대결에서 최선을 다해 싸우지 않았던 것이 마음에 걸렸다.

형천과의 마지막 만남은 지난번 화해의 잔치에서였다. 그 광경을 떠올리자 치우비의 마음이 약간 저려 왔다.

'다음번에 만나면 다시 통쾌하게 시합이라도 해 보자고 술판을 벌였는데…… 이제는 영영 그럴 기회가 없겠구나…….'

치우비는 아쉬움 때문에 치우벌에게 말했다.

"그때 우리가 형천과 유망을 도왔으면 어땠을까요?"

치우벌은 한숨을 쉬고는 고개를 설레설레 저었다.

"나도 형천 같은 용사가 그렇게 허무하게 죽은 것은 아쉽다. 하지만 그때 나는 우리가 말려들어서는 안 된다고 생각했다. 솔직히 말해 그 신수…… 지나족은 응룡이라고 부른다는데, 그것을 내 눈으로 보고 나니 아무 생각도 들지 않았다."

"잘하셨습니다. 저라도 그랬을 겁니다."

사실 치우비가 그때 있었다면 신수를 상대한 경험이 있는 작은 주신 전사들과 강한 자들만을 골라 형천과 유망을 도우러 갔을 것이다. 치우비는 신수의 무서움도 잘 알고 있었지만 무턱대고 겁을 먹지도 않았다. 들고 있던 무기는 버리고, 신수에게도 피해를 줄 만큼 커다란 무기를 들게 해 조직적으로 상대하면 쓰러뜨리지는 못하더라도 형천과 유망을 무사히 구출할 수 있었을지 모른다. 아니, 신수를 무시하고 뒤로 돌아 헌원의 군사들을 허물어 버릴 수도 있었을 것이다. 그러나 치우비는 치우벌에게 무어라 말하지 않았고, 말할 수도 없었다. 대장이면서 사사로운 일로 중요한 순간 자리를 비운 것은 자신이었기 때문이다. 치우벌은 어디를 갔었느냐고 묻지 않았다. 치우비는 발과의 이별 때문에 마음이 허물어져 피곤하고 지쳐 보였다. 투지도 의욕도 꺾여 치우벌의 눈에도 껍데기만 남은 것처럼 보였다. 무슨 일이 있었나 보다 생각할 뿐이었다. 그래도 할 일은 해야만 했다.

치우벌은 정중하게 물었다.

"이제는 어떻게 할 생각이신가, 웃뜸사울아비?"

공적인 일이기 때문에 치우벌은 존대를 했다. 치우비는 공허한 눈빛으로 대답했다.

"어떻게 하는 것이 좋을까요?"

"결단을 내리는 것은 자넬세."

치우비는 지친 듯 힘없이 대답했다.

"아저씨 생각은 어떠한지 묻고 싶은 겁니다."

"글쎄……. 우리는 많이 지쳐 있다. 헌원이 일단 물러섰다면 화산까지 돌아갔다 올 터, 곧 겨울이 되니 올해는 헌원도 움직이지 않는다고 보는 게 맞을 테지. 여기는 부소눌하와 새로 온 사울아비들에게 맡기고 신시로 돌아가는 것이 좋겠다. 각 부족장도 자기 땅을 비운 지 오래되었으니 돌아가게 하는 편이 좋을 테고. 아무래도 이런 일은 네 형의 말을 들어 보는 것이 좋겠지."

치우벌이 형의 이야기를 꺼내자 초점 없던 치우비의 눈에도 약간 생기가 돌기 시작했다.

"그렇군요. 형…… 형님이라면 뭘 해야 할지 정확히 알려 줄 겁니다. 그렇네요……."

치우벌은 치우비가 부대에 대한 이야기를 하는 것으로 생각했으나 사실 치우비는 자신의 이야기를 하고 있었다. 이런 상황에서 어떻게 해야 할까? 발은 어디로 갔을까? 발과 만나려면 어떻게 해야 할까? 치우비로서는 마음이 아파서 하나도 제대로 생각하기 어려웠다. 발이 실제로 살아 있다는 사실은 아무에게도 알릴 수 없었다. 헌원에게 타격을 줄 수 있는 일이기에 더더욱 조심해야 했다. 이 일로 헌원을 몰아붙이면 발의 마음을 배신하는 것이나 마찬가지였으니까. 그 이야기를 나눌 수 있는 것은 치우비가 누구보다도 믿는 형밖에 없었다. 치우비는 형의 생각을 하면서 억지로 기운을 내어 말했다.

"그렇게 하죠. 신시로 돌아갑시다."

치우벌은 고개만 끄덕여 보였다.

한편, 치우천은 동쪽을 계속 여행하고 있었다. 고시씨가 개척한 땅은 무척이나 넓었지만 주신 삼사와 맥달까지 대동한 여행인지라 거칠 것이 없었다. 제일 먼저 만난 사람이 고시가라였는데, 그는 부소댕기의 설득으로 움직이지 않고 머물다가 치우천의 설명을 듣자 두말없이 협력할 뜻을 밝혔다. 고시울률이 지나족과 함께 일을 꾸몄다는 것은 고시씨 전체에 큰 누가 될 일이며, 고시씨는 허물을 벗기 위해서라도 치우천의 앞을 막아서는 안 된다는 것이 고시가라의 주장이었다. 고시가라는 하늘에 대한 믿음이 지나쳤고 보통 사람은 대하기 어려운 괴짜형이었지만 대단히 유능한 대장이라 치우천도 기뻐했다. 치우천이 지나족에 맞서 고군분투하고 있을 아우를 생각하여 구원군을 파견해 줄 것을 요청하자, 부소댕기는 이미 부소눌하와 삼천의 사울아비들을 대나무골로 보냈다고 말했다. 고시가라도 곧 군대를 몰아 움직이려 했으나 치우천은 고시가라를 말렸다.

"곧 겨울입니다. 겨울에는 전쟁을 잘 벌이지 않고, 한다 해도 이렇게 많은 수를 끌고 싸우기 힘드니 일단 사람들을 쉬게 해 두십시오. 다시 부를 날이 있을 것입니다."

처음에는 다섯 사람으로 출발한 여행은 고시가라가 백 명이 넘는 사울아비를 호위로 붙여 준 까닭에 편안한 행차가 되었다. 꼼꼼한 부소댕기는 부루씨 집안의 유명하고 말 잘하는 사울아비 몇 명을 골라 그들에게 붙여 주었다. 그들은 고시울률의 죄상과 치우천의 떳떳함을 열심히 소문내고 다녔으므로 큰 도움이 되었다. 치우천은 길을 서둘렀다. 처음에는 대나무골에서의 일 때문에 마음이 놓이지 않아 하루라도 빨리 다녀오려고 발길을 서둘렀다. 허나 맥달이 치우비는 죽거나 다치지 않는다는 언질을 슬쩍 주었기에 치우천은 마음을 놓았다. 싸움의 향방이 어떻게 흘러갈지도 궁금했지만 맥달이 말할 수 있는 범위를 넘을 것 같아 묻지 않았다. 이제는 소문을 따라잡기 위해 길을 서두르고 있었다.

소문이라는 것은 사람의 움직임에 따라 퍼진다. 고시울률이 치우천에게 죽었다는 소문은 이미 한참이나 동쪽으로 파고들어 갔으며 지금도 계속 퍼지고 있었다. 며칠밖에 차이가 없었지만 의도적으로 퍼뜨리는 소문이기에 더더욱 빨리 번졌다. 그에 반해 고시울률이 지나족과 내통해 숫대 단군에 의해 죽었고, 그의 음모가 밝혀졌다는 소문은 이제 퍼지기 시작했다. 따라서 치우천은 가급적 빠르게 움직여 소문을 따라잡아야 했다. 그렇게 중간중간 만나는 곳마다 신시의 상황과 정세를 직접 설명하니 대부분의 사람들은 믿고 마음을 돌렸다. 치우천에 대해 반감을 가진 사람도 상당했지만 주신 삼사에 대해 모르는 사람은 없었다. 먼저 삼사가 나서서 앞뒤 사정을 설명하고, 치우천이 명확하게 결론을 내리면서 고시씨를 포용할 뜻을 밝히면 대부분은 상황을 수긍했다. 고집을 부리는 사람은 맥달이 치우천에게 방법을 알려 주어 따르게 만들었다. 먼 미래까지 손바닥처럼 읽는 맥달에게는 비밀이 없었다. 이제 치우천과 부부나 다름없이 가까워졌기에 맥달은 치우천에게 꽤 많은 이야기를 해 주었는데, 그중에는 자신의 능력에 대한 것도 있었다.

"벌어지지 않은 앞날을 읽을 수 있다는 것은, 이미 벌어진 일은 더 쉽게 읽을 수 있다는 뜻이랍니다."

치우천은 금방 그 말을 이해해 한술 더 떠 물었다.

"그렇다면 당신이야말로 모든 일의 옳고 그름을 다 알 수 있는 사람이겠구려."

"그건 아니옵니다. 속이고 감춘 일은 알 수 있지만, 옳고 그름이란 것은 사람마다 다르고, 때에 따라 다르며, 어느 곳의 일이냐에 따라도 달라지지요. 저는 그냥 알아볼 수만 있을 뿐이옵니다."

"그러면 세상의 시작도 알 수 있겠소."

맥달은 그 질문에도 고개를 저었다.

"그것은 아니 됩니다. 앞날을 보는 것도, 지나간 일을 보는 것도, 누가 또는 무언가 살아 있는 것의 눈을 통해 볼 뿐입니다. 산 것이 없던 세상의 시작에는 제가 볼 수 있는 것이 없지요."

"그러면 맨 처음 세상에 난 사람은 누구요? 그건 알 수 있소?"

맥달은 고개를 저었다.

"제 힘에는 분명히 한계가 있사옵니다. 무엇인가 보이지 않는 힘이 그것을 막습니다. 지금의 제 운명으로는 허락되지 않아 그렇겠지요. 아주 옛날의 일과 아주 앞날의 일은 보이지 않습니다. 볼 수 없는 것이 아니라 무엇인가가 보지 못하게 막습니다."

"아주 옛날이면 언제요?"

"대략 햇수로 육칠천 년 전입니다."

치우천은 껄껄 웃었다.

"까마득하군! 그럼 앞날은?"

"그 역시 비슷하옵니다. 그러나 그것은…… 제게는 중요한 의미가 있지요."

"몇천 년 후의 일이 무슨 의미를 지닌단 말이오?"

맥달은 생긋 곱게 웃으며 말했다.

"예전에 나눈 이야기를 기억하시옵니까? 쇤네가 가장 바라는 것 말씀이옵니다."

"아, 하나도 기억나질 않소. 옛날에는 당신을 요물처럼 생각했거든. 그래서 다 잊어버렸……."

치우천은 장난을 치려했으나 맥달이 우아하게 웃자 말을 돌리며 투덜거렸다.

"아, 당신이 내 속을 모를 리 없지. 커다란 태양 옆에서 좁쌀만 한 반딧불이 깜박거리려 했구먼. 장난치려 해도 하나도 재미없군그래."

맥달은 웃기만 하며 아무 말도 하지 않았으나 눈은 아주 맑고 선선했다. 치우천은 피식 웃고는 정색을 하고 말했다.

"내 어찌 잊겠소? 앞날을 보는 자, 자신의 예언이 깨어지기를 바란다 말하지 않았소?"

"그렇지요. 기억하시는군요."

"당연하지, 당신에 대한 일인데. 그냥 재미없는 농담을 한 것이오."

"재미있었사옵니다. 하여간에, 그것이 받아들여진다면 그때부터 제 예언은 깨어지는 것이니, 제가 그 이상의 앞날을 볼 수 없는 것이 당연하지 않겠습니까?"

"흠……. 그렇소?"

맥달도 조용히 정색을 하고 말했다.

"제게는 그것이 가장 중요한 일일지도 모릅니다. 저는 무슨 일이 있어도 깨어질 예언을 남겨, 제 스스로를 편안히 하여야 합니다. 허락해 주시겠습니까?"

"당신이 하는 일인데 하고 싶으면 하는 것이지, 무슨 상관이겠소?"

"혹 그로 인해 우리가 빨리 헤어진다거나……."

치우천은 손가락을 세워 맥달의 입술을 막는 시늉을 했다.

"어허. 그런 말은 하지 마시구려. 당신이 무엇을 원해 무엇을 하건, 나는 받아들일 거요. 당신을 믿는데 당신이 내린 결정을 내가 왜 믿고 따르지 않는단 말이오? 비록 나중에는 헤어짐과 슬픔이 있을지라도 그것을 미리 알고 싶지 않소."

치우천은 맥달에게 말했다.

"예전에 나는 이런 가르침을 받은 적이 있소. 헤어지는 것을 두려워 말라고. 한없이 정을 나눠 헤어질 때 가슴이 찢어지지 않는다면, 그것을 어찌 마음을 나누었다 하겠소? 아픔도 기쁨도 한 가지이고 뗄 수 없는 것이라 나는 믿고 있소. 다만 지금은 우리가 좋은 기억을 나눌 때요. 조급히 서두를 것도 없고, 앞날을 미리 걱정할 것도 없다고 여기오."

맥달은 환하게 미소를 지었다.

"정말 그렇사옵니다. 저도 그러겠사옵니다."

"그런데 몇천 년 후까지 어떻게 생각을 전한단 말이오? 힘든 일 같소만……."

"글자가 있지 않습니까?"

치우천은 고개를 끄덕이며 무릎을 쳤다.

"아, 그렇지. 글자! 안 그래도 전에 글자에 대해 생각한 적이 있었소. 지금 글자는 주술의 의미로 쓰이지만, 나는 주술 따위는 없어져야 옳다고 믿는 사람이오. 내가 한웅이 되면 글자를 가르쳐 사람들에게 널리 쓰게 만들 생각이오. 그러면 주술의 힘도 흩어져 버릴 테고 당신의 예언이 수천 년이 지나도 남을 수 있겠지! 발귀리 선인도 내게 강요는 하지 않으셨지만 그런 뜻을 가지신 것 같았소. 내 꼭 그렇게 할 것이오."

맥달은 고개를 끄덕이며 웃기만 했다.

후에 맥달은 치우천, 자오지 한웅의 명에 따라 퍼지게 된 신지문자를 사용해서 예언서를 썼다. 그 예언서는 사람들에게 널리 퍼지거나 알려지지는 않았으나, 비전 중의 비전으로 전해져서 몇천 년 동안 많은 일을 예지하고 많은 것을 바꾸게 했으니 그것이 비록(秘錄) 『해동감결』이다. 맥달의 이 예언서는 숨겨진 비밀을 밝혀 세상을 여러 번 구했고 수십 번의 참극과 인간사의 오류를 바로 잡는 역할을 했는데, 특히 인간 외의 존재와 관련된 일에 직접적 경고를 보내 인간 외의 것들이 인간사에 영향을 끼치는 일을 막는 수호자 역할을 했다. 후에 『해동감결』은 최후의 전승자에 의해 부정되어 불살라지는데, 이는 맥달이 스스로를 위해 거짓 예언을 적었기 때문이다. 이것은 맥달의 영혼을 구제하기 위한 시험이기도 했다. 최후의 전승자가 더 이상 예언에 얽매이지 않고 스스로의 판단으로 선악을 확실히 함으로써, 일종의 주술이라 할 수 있는 예언의 힘을 지워 버리게 해 주었기 때문이다. 그날이 바로 맥달의 예언이 끝나는 날이며, 그녀의 영혼이 스스로 그토록 힘들어했던 예언자라는 굴레를 완전히 벗어나게 되는 날이 될 것이었다.

치우천 일행은 계속 길을 가다가 지금의 요녕성 동쪽 끝을 지나 길림성 지역에 접어들 무렵 치우비가 파견한 신지사사를 만났다. 신지사사는 나름대로 최선을 다해 고시씨와 다른 씨족, 부족을 설득하여 반기를 들지 않도록 하고 있었다. 신지사사는 원래 허약하기도 했고 무리한 여행으로 인해 비쩍 마른데다가 늙은이처럼 쿨룩거리며 폐병 환자처럼 기침까지 해 댔다. 잘생기고 고운 얼굴이었지만 광대뼈가 앙상하게 튀어나와 시체처럼 안색도 창백해졌는데 눈빛만이 형형하게 빛났다. 치우천은 신지사사를 처음 대했지만 앞의 이야기를 전해 듣고 그를 격려하며 이제는 돌아가 쉬라고 했다. 그러나 신지사사는 치우비에게 자신이 일을 맡겠다고 한 이상, 일이 끝날 때까지 함께 여행하겠다고 고집을 굽히지 않았다. 신지사사는 신시에서 샌님으로만 알려졌고 몰골은 더 빈약해졌지만 그리 길지 않은 사이에 온갖 역경을 극복하며 당당한 인물이 되어 있었다. 특히 치우천은 말 잘하고 머리 좋은 그에게 동류의식을 느껴서 틈나는 대로 많은 이야기를 나누었다.

그때부터는 다소 여행이 험난해졌다. 고시씨의 반감도 상당했고 주신이 아닌 다른 부족까지 얽혀 들어가는 지역도 있어서 자잘한 어려움이 끊이지 않았다. 그러나 치우천과 맥달, 주신 삼사는 이런 어려움을 모두 극복했다. 어떨 때는 적대하는 부족 간에 중재를 하기도 하고, 말썽을 부리는 부족을 힘으로 제압할 계략을 내주기도 하며, 몇백 명 단위의 작은 전투를 직접 지휘하는 일까지 있었다. 큰 규모의 전투는 아니었지만 치우천의 신기에 가까운 용병술은 그 자체로 찬탄의 대상이 되었기에 그 이후에는 일이 훨씬 수월해졌다.

마침내 치우천은 커다란 강을 건너 고시씨 일족이 개척하고 있는 현재의 한반도 안까지 발을 들였다. 이곳의 땅은 만주 벌판과는 많이 달랐고, 신시와는 풍습이 다른 부족도 공존하고 있었다. 산이 많아 탁 트인 신시 주변의 벌판 느낌은 없었지만 산세가 좋고 나무와 숲이 우거져서 경치도 좋고, 땅도 비옥해서 신시 주변에서 볼 수 있는 같은 열매라도 더 커다랗고 맛도 달았다. 특히 여기저기서 솟아나는 물이 아주 맑은데다 흔해서 치우천은 감탄했다.

여기서 치우천은 처음으로 '쌀'을 맛보았다. 거친 수수나 좁쌀에 비해 놀랄 만큼 맛이 좋고 수확량도 많은 곡식을 대한 치우천은 찬탄을 금치 못했다. 경험 많은 병예는 쌀은 동남쪽 미아우의 땅 너머에서도 나지만, 그 쌀은 여기서 나는 쌀과는 감촉이 틀리다고 말했다. 사람마다 취향은 다르겠지만 주신 사람에게는 찰기가 많고 부드러운 이쪽의 쌀이 최고인 것 같다고도 했다. 치우천은 쌀의 종자를 얻어서 신시와 다른 부족도 이것으로 농사를 짓게 만들 생각을 했다. 또 치우천은 여기서 누에를 치는 부족을 발견하고 또 한 번 놀랐다. 치우천조차 비단은 지나족에 속한, 누조가 이끄는 상족이 만드는 것이며 벌레를 시켜 만든다는 사실 밖에 알지 못했다. 그러나 여기 사람들은 자생하는 누에에서 실을 뽑는 방법을 익히고 있었다. 그 사람들은 지나족이 누에 실을 뽑는다는 것은 알지도 못했고 관심도 없었다.* 치우천은 여기서 누에와 누에고치를 처음 보았는데 그저 신기하기만 했다.

다만 신시에서 온 사람일지라도 누에를 다루고 키우는 모든 과정을 들을 수는 없었다. 이 부족은 크지는 않았지만 비단 제조를 업으로 삼아 살아갔기에 모든 기술을 드러낼 수 없었다. 치우천은 아쉬워했으나 누에를 치는 것은 아주 까다로우며 뽕잎만을 먹이로 주는 등, 보통 기술이 아니라는 것을 듣고는 비법을 들을 생각은 포기했다. 다만 이곳의 양잠을 더 큰 규모로 하도록 지원하여 주신에서도 비단을 자체적으로 만들 수 있게 애쓰라는 당부는 잊지 않았다. 만주 일대를 누비던 치우천이 보기에는 넓지 않은 땅이었으나, 이렇게 조금씩은 다른 면이 있는 부족들이 아주 많았다. 치우천은 여기가 사람이 살기 좋은 땅이기 때문이라 생각했다. 다른 점도 있지만 그곳의 부족들도 똑같이 안파견 한님, 또는 하늘님을 믿었고, 쓰는 말도 약간씩 달랐지만 전체적으로 흡사했다. 치우천은 신시를 떠나 살 수 없었지만 이곳이 아주 마음에 들어, 여기 사

* 중국의 누에와 한반도의 누에는 유전적으로 완전히 다른 종류이며 따로 자생한 종류이다. 아울러 비단을 짜는 방법이나 실의 특성도 달라서 중국의 비단과 한반도의 비단은 상이한 특성을 가진다. 비단의 기원은 중국이라는 것이 정설화되었지만 한반도의 비단 제조도 결코 시기상 뒤지는 것이 아니며 중국에서 누에 치는 법을 배운 것도 아니다.

는 사람들에게도 스스럼없이 대했다. 부족 사람들이 신시에서 오신 높으신 분이라고 어려워할 때면 치우천은 항상 웃으며 말했다.

"같은 하늘을 섬기고 비슷한 말을 쓰는데 어찌 다른 부족이겠습니까? 모두가 가족이고 형제겠지요."

간혹 말과 풍습이 많이 틀리거나 자신의 핏줄은 주신이 아니라고 말하는 부족 사람을 만나도 치우천은 이렇게 말했다.

"저는 벗이 많습니다. 제 주위에는 우리와는 아주 다른 습관을 가진 부족 출신들이 허다하죠. 몽골, 타타르, 미아우, 마갸르부터 멀리는 서쪽의 투르크 출신이나 카린의 쑤앙마이의 제자도 있습니다. 하다못해 여러분이 보면 깜짝 놀랄 만큼 생김새가 다른 사람들도 있습니다. 머리가 금빛이거나 빨간 사람도 있고, 온몸이 새까만 사람도 있어서 사람들은 도깨비라 부르며 겁냅니다. 허나 그들도 똑같은 마음을 지닌 사람이고, 모두가 주신 사람입니다. 제가 한웅님께 청해서 수천 명의 다른 부족 사람들도 주신 사람으로 받아들였습니다. 그런데 하물며 여러분들은 왜 스스로 주신 사람이 아니라 생각하는 것입니까? 사람은 생김새로 판단하는 것이 아닙니다. 습관이나 풍습이 다른 것도 마찬가지입니다. 그 사람의 마음이 주신에 있으면 누구나 주신 사람이고, 주신에서 마음이 떠나면 다른 부족이 되는 것입니다. 피를 이은 것을 말하십니까? 신시에도 다른 부족의 피가 섞이지 않은 사람은 거의 없습니다. 같은 피가 흐른다는 것이 가볍지는 않지만, 중요한 것은 같은 마음이 흐르는가입니다. 같은 마음을 지니고 같은 하늘과 같은 조상을 섬긴다고 믿는 한, 나머지는 어찌 되었든 여러분도 주신 사람이고 같은 한님을 모시는 형제입니다."

이러한 치우천의 발언은 당시로서는 파격적이어서 귀족이나 순수 혈통을 가진 자들에게는 반발을 낳기도 했다. 그러나 작은 부족이 무수하게 모여서 살아가는 땅에서 이런 치우천의 철학은 큰 여파를 가져와 좋게 받아들여졌다. 후에 신시 시대가 끝나고 단군이 다스리는 단군 조선의 시대가 되었을 때, 이러한 가르침은 단군 조선의 바탕이 되었다. 즉 주신(조선) 사람임을 스스로 받아들이면 주신 사람이 되었다. 무수히 다른 풍습과 혈통을 가진 많은 부족들이 고조선의 아래에서 평화롭게 공존할 수 있었던 마음가짐이 이것이었고, 이는 치우천의 생각이라기보다 안파견 한 때부터 내려오는 전통이기도 했다.

치우천은 지금의 경기도 부근까지 여행을 계속했고, 맥달에게 바다를 보여 주고 싶어서 바닷길을 찾았다. 치우천 일행은 길을 잘 아는 부족의 안내를 받아 강화도로 갔는데 비렴과 신지사사는 이 섬이 그렇게 크지 않지만 뭍에서 멀지 않으면서도 사람이 살기 좋고 신령한 기운이 흐른다고 칭찬을 아끼지 않았다. 강화도에 들른 것을 마지막으로 치우천 일행은 다시 귀로에 올랐다. 신시를 출발하고 나서 어느덧 석 달 이상의 시간이 지났고 적어도 반란을 일으킬 것 같은 불온한 분위기는 완전히 진정되었다. 사람 사는 곳은 어디나 비슷한 법이라 신시 동쪽에서도 치우천을 밉게 보는 사람도 생기고 좋지 않은 소문도 퍼지곤 했으나 치우천은 신경 쓰지 않았다. 대세를 꿰뚫어 볼 때 자신이 원하던 목적은 충분히 달성된 셈이었다.

신시로 돌아가는 길은 태평스러웠고 힘든 일도 없는 유람이나 다름없었다. 주신 삼사는 치우천과 맥달이 같이 지내는 것을 막지 않았을뿐더러 시간을 함께 보내도록 배려해 주었다. 신시 동쪽의 문제가 원만히 해결된 이상, 깐깐한 비렴조차도 마음속으로는 치우천이 다음 한웅이 될 것이라 굳게 믿었다. 그렇게 본다면 개인적인 친분을 떠나 신시나 주신의 입장으로서도 맥달보다 훌륭한 한웅의 배우자는 찾을 수 없을 것이었다. 카린족 출신의 좋지 않은 소문이 도는 소녀가 치우천의 곁을 떠난 것이 오히려 다행이라 생각할 정도였다.

그러던 치우천 일행은 신시로 돌아가는 길에 전령을 만났다. 치우비는 신시로 돌아간 다음이었고 각 부족장도 자신의 부족으로 돌아간 다음이었다. 급한 일은 없었지만 대나무골의 싸움 정황을 치우천에게 알려 주고 싶어서 치우비가 굳이 전령을 보낸 것이다. 치우비가 무사하고, 대나무골에서 주신이나 다른 부족이 크게 피해를 입지는 않았다는 이야기를 듣고 치우천은 기분 좋게 웃었다. 아버지 치우우레의 장례도 일족의 도움으로 잘 마무리되어 큰 선돌을 세웠다는 이야기를 듣고는 비감한 표정이 되었다. 치우비가 유망과 평화 협정을 맺고 공상을 반환하는 대신 치우천을 염제의 후계자로 삼는 이야기를 들을 때는 머리를 긁적였다. 그러나 유망의 대패와 형천의 죽음, 이제는 공공연히 황제라고 불리게 된 헌원이 신수 응룡과 주룡을 부린다는 이야기를 듣고는 얼굴이 굳어졌다.

전령이 보고를 마치자 치우천은 신시로 먼저 가서 잘 알았다고 치우비에게 전하라며 전령을 돌려보냈다. 그런 다음에도 치우천의 얼굴은 완전히 펴지지 않았다. 비럼을 비롯한 삼사가 묻자 치우천은 말했다.

"유망이 이렇게 쉽게 패할 줄은 몰랐습니다. 형천이 설마 죽으리라고도 생각지 않았고, 헌원이 신수를 부릴 줄도 예상 못했습니다. 유망이 폐인이 되었다면 설령 죽지 않았더라도 다시 나서지는 않을 것 같습니다. 그러면 제 입장이 복잡해지는데…… 비 녀석이 잘 처리했지만 뒷일이 꼬였군요."

신지사사가 물었다.

"염제의 후계자가 된 것을 말씀하는 것이오, 치우웃뜸?"

"예. 비가 아주 큰 거래를 했어요. 형을 마음대로 올렸다 내렸다 하다니 신시에 돌아가면 장한 웃뜸사울아비님의 머리통이라도 한 대 줘어

박고 싶군요."

치우천이 농담을 하자 병예는 슬쩍 웃었지만 다시 물었다.

"공상은 어찌할 것인가? 염제의 이름은 공상을 돌려주면서 받기로 했는데 유망이 그 지경이 되었으니 소용없게 된 것 아니겠소?"

치우천은 간단히 답했다.

"원래부터 이름뿐인 자리였습니다. 설마 제가 지나 대인족 마을에 가서 부족장 노릇을 할 거라 믿으셨나요?"

"그건 아니지만…… 유망이 보증할 수 없는 이상 전혀 이득이 없는 일이 되지 않겠소? 하물며 큰 공상까지 돌려주면서……."

"이미 충분한 이득을 보았습니다. 유망이 물러서고, 헌원과 싸운 것 자체가 주신으로서는 더 바랄 수 없는 좋은 결과입니다. 공상도 어차피 주신과는 멀리 떨어진 곳이라 직접 다스리기에는 무리가 많습니다. 공상을 넘겨준다면 그곳에 창힐이 남아 있으니 그에게 맡길 것입니다. 삼사께서는 편하게 말씀하십시오."

이번에는 비렴이 물었다.

"창힐의 사람됨은 어떤가?"

"제가 공상을 칠 때 만나 보았는데, 퍽 조용하고 생각이 깊은 사람이었습니다. 유망에 대한 충성심도 아주 깊은 사람이었으니 그가 공상을 다스린다면 문제는 없을 것 같습니다. 전쟁을 좋아하는 것 같지 않았으니 주변의 다른 부족과도 잘 지낼 것이고요. 제 생각에 그가 취할 방법은 두 가지가 있습니다."

"어떤 것인가?"

"첫 번째로는 유망의 패잔병을 모아 공상을 지키면서 드러나게 헌원을 적대하지도 않고 그렇다고 주신과의 관계도 끊지 않으면서 스스로 부족을 만드는 겁니다. 공상성 주변의 땅을 지배하지는 않겠지만 주변 부족과의 교역을 하고 공상성을 지키는 것만으로도 스스로 설 수 있을 겁니다."

"우리에게도 나쁘지는 않군."

"사실 그가 두 번째 길을 택하면 더 좋습니다. 공상을 근거로 삼되 거기에 머무르지 않고 제 이름을 쓴다면 더 좋을 수도 있습니다."

"치우웃띔의 이름을 쓴다고?"

"제가 염제의 이름을 이어받았다는 명목을 걸어 주변의 미아우와 마갸르, 나아가서는 주인을 잃은 형천의 대인족이나 유망의 근거지의 지나족을 재빨리 규합하는 겁니다. 지금 헌원은 많은 전사들을 끌고 북쪽으로 멀리 떠났다가 돌아오는 것이니 그가 아무리 서둘러도 화산으로 돌아오려면 전령보다는 한두 달 시간이 더 걸릴 겁니다. 그 한두 달의 시간을 과감하게 써서 화산으로 진격하며 전사를 모으고, 주변의 흩어진 부족들에게도 제 이름을 대며 협조를 구하면 헌원은 계속 길이 막혀 더 늦어질 겁니다. 그렇게 시간을 벌면서 군대를 잘 모은다면 텅텅 빈 헌원의 본거지인 화산 일대를 단번에 쓸어버리는 것도 가능합니다. 그리고 주신과 연결하여 다시 화해를 청하면 저는 염제의 이름을 당연히 넘겨줄 것이고 적극적으로 도울 겁니다. 헌원은 본거지를 잃고 중간에 끼어서 결국은 힘도 못 써 보고 무너질 겁니다. 그러면 창힐은 단번에 지나족의 지배자가 될 수도 있을 겁니다."

치우천은 단숨에 말한 것이며 창힐의 입장에서 말한 것이지만 듣고 나니 가슴이 두근거릴 정도로 웅대한 전략이 아닐 수 없었다. 더구나 충분히 가능한 작전이기도 했다. 비렴이나 병예 등은 치우천의 탁월한 머리에 다시 한번 혀를 내둘렀다. 그러나 치우천은 곧 얼굴을 찡그리며 머리를 긁적였다.

"허나 창힐은 그렇게 과감한 성격은 아니니, 이렇게 하지는 않을 겁니다. 더구나 창힐에게 그렇게 빠르게 움직이면서 작전을 펼치고, 전사들을 끌어 모을 역량이 있는지도 모르겠군요. 형천이었다면 이렇게 했을 겁니다. 허나 실제로 일어나지 않을 일 같군요. 아마도 첫 번째 방법대로 공상을 지키리라 생각됩니다. 그렇게만 해도 큰 도움이 되지요."

"이제라도 그렇게 하도록 창힐에게 사람을 보내면?"

"아뇨. 지금 보내면 시간이 맞지 않습니다. 어쩌면 벌써 늦었을 수도 있구요. 이 꾀는 시간 싸움이니 상황이 잘 맞지 않으면 무리하게 써서는 안 됩니다. 무엇보다 창힐의 능력이 모자란다면 실패할 우려도 크고요."

"축융은 어떨까?"

"듣자 하니 축융은 유망을 데리고 혼자만 빠져나갔다고 들었습니다. 축융의 땅은 먼 남쪽인데 부하들도 데리고 가지 못했으니 돌아가는 길만도 험하기 이를 데 없을 겁니다. 헌원이 지배하는 부족들을 수도 없이 통과해야 하고 헌원도 그의 뒤를 쫓을 테니…… 목숨을 건지는 것만도 힘들 테고, 자신의 부족으로 돌아가도 그때는 헌원이 지나족을 장악한 다음일 겁니다. 축융에게는 많은 것을 바랄 수 없을 겁니다. 물론 나중에 손을 써야겠지만 일단 그의 땅은 우리 주신에서는 너무도 멉니다."

"금천은?"

"금천은 이번에 꽤 타격을 입었을 것 같습니다만 심각한 정도는 아닐 겁니다. 그는 이쪽저쪽을 자주 옮겨 다녔는데 자기 부족을 생각하는 마음이 강한 것 같더군요. 그가 형천 같은 성격이었다면 죽기를 각오하고 싸웠을 텐데 자신의 부대를 전부 빼서 유망보다 먼저 후퇴했으니 자기 땅은 보전할 것 같습니다. 그렇다고 또 헌원에게 돌아갈 수도 없으니 우리 주신 쪽으로 사람을 보내지 않을까요?"

"금천은 여러 번 배신을 했네. 그를 믿을 수 없지 않겠는가?"

"아뇨. 금천 같은 사람이 다루기 쉽습니다. 그는 배신을 자주 했지만 감정 때문도 아니고 뇌물을 받은 것도 아닙니다. 그럴 만큼 얇은 인물이라면 아무리 부하라고 해도 소호(작은 하늘)로 부를 만큼 존경하지 않습니다. 그러니까 금천은…… 자기 체면보다 부족이 유리한 길을 따릅니다. 우리가 헌원에 비해 우세하고, 그의 부족에 도움이 되어 준다면 금천은 절대로 배신하지 않을 것입니다. 그리고 보니 그의 땅은 공상과도 가깝군요. 그동안 교역할 길이 막혀서 고생했을 겁니다. 조금만 신경을 쓰면 그는 우리 편에 서서 헌원과 용감하게 맞서 줄 겁니다."

치우천은 물론 금천의 땅에 소금이 없다는 비밀을 알지 못했다. 금천과 직접 길게 만나 이야기해 본 적도 없었다. 허나 마치 손바닥을 보는 것처럼 꿰뚫어 이야기하자 삼사는 다시 한번 놀라움을 금치 못했다. 마지막으로 치우천은 삼사에게 말했다.

"어쨌거나 우리 주신과 헌원의 전쟁은 피할 수 없습니다. 헌원의 세력은 이제 유망의 힘까지 얻었으니 쉽게 이길 수 없습니다. 자칫하면 엄청난 피를 볼 테니 정말 잘해야 합니다."

"어떤 방법을 써야 할까?"

"아직은 생각이 서지 않았습니다. 정해지지 않은 것이 너무 많아요. 다만 헌원을 마음대로 설치게 놓아두면 위험합니다. 지나족은 수가 많습니다. 그들과 맞서려면 넓게 주위에 퍼져 있는 다른 부족들과 박자를 맞춰야 합니다. 헌원과 적으로 돌아설 지나족, 그러니까 창힐, 금천, 축융과도 유대를 끊으면 안 됩니다. 유망은 이름뿐인 염제의 자리를 제게 주었지만, 그건 커다란 무기가 됩니다. 지나족을 지나족에 맞서 싸우게 하려면 명분이 필요한데, 그 명분을 준 겁니다. 그렇게 모든 준비를 해도…… 이 싸움은 길어질 겁니다. 싸움을 피하기는 힘들 테니까요."

"싸운다면서 싸움을 피하다니, 그건 무슨 소리인가?"

"헌원이 지나족 전사들을 끌어모으면 그 수는 땅을 덮고 강을 메울 정도일 겁니다. 그러니 아무리 꾀를 부려도 몇 번 통하기 어렵고 엄청난 머릿수에 밀릴 수밖에 없습니다. 헌원은 그렇게 큰 무리를 이끌고 거침 없이 나아가면서 걸리는 것을 휩쓸어 버리고 싶을 겁니다. 우리는 헌원의 적이니, 그가 바라는 대로 하게 두어서는 안 되겠지요. 맞싸움을 피하면서 계속 허를 찌르고 그들을 괴롭혀서 지나족이 군대를 모을 수 없게 해야 합니다. 그래야 피를 적게 흘릴 수 있고 그나마 세상 전체가 죽음과 울음으로 뒤덮이지 않게 할 수 있습니다. 그것이 싸움의 시작이 될 것이고 결국 끝에 가서 누가 이기는가도 그에 달렸을 겁니다."

치우천이 힘주어 열변을 토하자 삼사는 박수라도 쳐 주고 싶은 심정이었다. 정말로 지나족에 헌원이 등장했을 때 주신에 치우천이라는 걸물이 나오지 않았다면 어떻게 되었을지 돌이켜 보면 암담할 지경이었다. 치우천의 활약이 없었더라면 신시는 몇 번이나 위험해졌을 것이다. 부패와 무능과 악습이 꼬리를 물고 심해져서 헌원은커녕 유망에게조차 무릎을 꿇었을 수도 있었다. 치우천은 안타깝다는 표정으로 유망에 대해 말했다.

"저는 유망을 직접 만나기도 했지만 그때는 그를 경멸했습니다. 허나 그가 정신을 차린 다음, 이번 싸움에서 보여 준 능력과 꾀를 보니 정말 대단했구나 하는 생각이 듭니다. 수없이 전쟁을 일으키고 미친 짓도 많이 벌였지만 약 때문이었고, 속마음은 따뜻하고 평화를 사랑하는 사람이었던 것 같습니다. 그가 간신히 제 모습을 찾았는데, 품은 뜻을 펼치지도 못하고 주룽 같은 괴물에게 당해 버린 것이 안타깝습니다. 형천도 아깝구요. 그들이 멀쩡했다면 앞으로 주신은 지나족과 좋은 친구가 될 수도 있었을 텐데 말입니다……."

삼사는 더 묻지 않고 치우천의 곁을 떠났지만 마음속으로는 반드시 치우천이 다음 대의 한웅이 되기를 빌었다. 신지사사는 감히 삼사의 곁에 끼어들 직위가 아니었으므로 밖에 있었는데, 그도 나중에 치우천의 전략을 신지울태에게서 전해 듣고 박수를 치며 감탄을 금치 못했다.

치우천은 삼사가 나가자 불만스러운 표정으로 턱을 고이고 생각에 잠겼다. 맥달이 다가와 우아한 미소와 함께 말을 걸었다.

"세상을 손바닥 안에 쥐고 주무르는 분이 무엇이 그리 못마땅하신가요?"

"그런 엄청난 소리 하지 마시오. 도망가고 싶어진다오."

"그래도 얼굴은 펴셔요."

"하하. 그러리다. 옛 생각이 나서 그랬소. 예전 우린 구슬 중 하나를 헌원이 가져갈 때에는 설마 했는데…… 신수를 함부로 부린다면…… 다른 일은 몰라도 이것만은 걱정되는구려."

맥달이 슬쩍 농담조로 말했다.

"헌원이 신수를 부린다지만, 신시를 지켜 주는 신수도 있지요. 당신의 벗이 된 신수와 신수 아이까지 있지 않습니까?"

"신수 아이라니?"

"붕 말입니다. 벌써 잊으셨습니까?"

"아……. 잊을 리야 있겠소만……. 허, 다시 생각해 보니 우습군. 그 커다란 녀석이 나를 엄마라고 부르며 따랐다니……."

"헌원이 신수를 부린다 소문냈지만, 신수를 부리는 것은 결코 쉽지 않습니다. 신수들은 까마득하게 오래전부터 도력을 얻은 존재들인데 그렇게 간단히 남의 부하가 된다거나 사람을 함부로 해칠 리 없습니다."

"나도 그렇다 생각하오. 번개범, 첸누, 붕, 자오지……. 모두 사람과는 생각이 달라 얼핏 보면 짐승 같지만 보기보다 훨씬 속이 깊고 현명한 존재들이오. 그런 신수가 쉽사리 헌원의 말을 따를 리 없지. 허나 헌원이 어떻게든 신수를 부려 쳐들어온다 생각하면 답답해진다오. 듣자 하니 응룡이라는 신수는 이전에 내가 만났던 신수들보다 훨씬 강한 것 같던데."

"응룡은 직접 싸우지 않았다면서요?"

"그러니 더 강할 거라 생각되는 거요. 나서지 않고도 안개만 뿜어서 유망과 형천을 무너뜨렸다잖소. 더구나 그렇게 안개를 만드는 주술 같은 것은…… 참 기막히오. 나는 사람의 힘으로 승리를 얻고 싶지, 신수니 주술의 힘을 사용하고 싶지는 않소."

"헌원이 응룡과 주룽을 부린다지만 당신이 말만 하시면 붕이나 자오지, 번개범과 어쩌면 첸누까지도 달려와 주지 않겠어요?"

"할 수야 있겠지. 그러나 그렇다면 우리가 헌원과 다를 게 뭐요? 나는 신수를 우리 일에 끌어들이는 것은 하늘의 뜻을 거스르는 것이라 생각하오. 선인들의 말씀도 그러셨고, 천부인의 뜻도 그러했소. 천부인 앞에서 주술의 힘은 쓰지 않고 흩어 버릴 것이라 큰소리를 땅땅 친 주제에 신수를 끌어내고 싶지는 않소. 다만……."

"다만 무엇인가요?"

치우천은 머리를 긁적이며 웃었다.

"뭐, 급하면 할 수 없지 않겠소. 죽거나 망할 수야 없으니까. 하하."

맥달은 같이 웃어 주다가 타이르듯 말했다.

"신수를 시켜 사람을 해치고 공격한다면 하늘의 뜻을 거스르는 것이지만, 누가 먼저 하늘의 뜻을 거슬러 그렇게 한다면 말씀하신 대로 당하고만 있을 수는 없겠지요. 신수의 힘은 신수만이 막을 수 있는 것. 막아 내는 데만 사용하고 더 쓰지 않는다면 하늘도 그리 노여워하진 않을 것 같은데요?"

맥달이 깨우쳐 주자 치우천은 맑은 소리로 웃었다.

"그렇군, 그랬어. 여기 누구보다 훌륭하신 선인이 계신데 자꾸 다른 선인 이야기만 했구려. 내 선인의 가르침을 잊지 않으리다. 아니, 이제 알 것 같소. 신수와 선인과 주술과 천부인……. 언제일지 모르지만 내 어떻게 할지 마음을 정했소."

치우천은 농담처럼 웃으며 말했지만, 그의 눈에는 확고한 신념이 번 득였다. 치우천은 긴장을 풀며 바닥에 아무렇게나 편하게 몸을 눕히며 기지개를 폈다.

"아. 당신을 만나게 되어 너무도 좋소. 이렇게 함께 있는 것만도 비할 데가 없고……."

"무엇이 그리 좋으셔요."

"그냥, 그냥 말이오. 전쟁이 있고 누구는 죽어 나가고 고통을 받지 만……. 당신과 나도 언젠가 헤어진다고 말했었지?"

"그랬지요."

"그래. 몹시 아프겠지. 아주 괴로울 거야. 허나 후회할 것 같지 않소. 단 한 순간도, 내 살아온 길에서 제일 고통스러웠던 순간마저도 말이오. 그런 아픔마저도 받아들일 수 있을 것 같소. 세상은 좋은 곳이고 산다는 건 아주 좋으니까……."

치우천은 나른하게 말하다가 눈을 감고 잠을 청했다. 아주 편안한 표 정이었기에 치우천이 혼자 잠드는데도 맥달은 그를 바라보며 계속 흐 뭇한 미소만 보낼 뿐이었다.

자오지 한웅 - 그 후 10년

치우씨는 백성과 함께 황하 이북에 자리 잡고 있으면서 안으로는 용감한 군사를 기르고
밖으로는 세상의 변화를 바라보다가 유망이 쇠하여 약해진 것을 보고 군사를 일으켰다.
이때 형제와 친척 중에서 우두머리 될 만한 사람 여든한 명을 뽑아 군사를 거느리게 하고,
갈로산(葛盧山)에서 쇠를 캐어 칼과 창과 화살촉을 꾸준히 만들게 했다.
군사를 한데 모아 정비하여 탁록(涿鹿)을 떠나 구혼(九渾)에 가서 계속 싸워 이겼다.
기세는 마치 비바람 같아서 세상 만물을 두려워 떨게 하니 위력을 천하에 떨쳤다.
그는 일 년 동안 아홉 제후의 땅을 빼앗고,
옹호산(雍狐山)으로 가 수금(水金)을 캐서 예과(芮戈)와 옹호창을 만들었다.
—『규원사화(揆園史話)』에서

판천에서 벌어진 황염대전은 동북아시아 전체의 판도에 영향을 끼쳤
다. 유망이 패주하고 형천이 죽음으로써 지나족은 거의 헌원의 지배하
에 들어가게 되었다. 헌원은 더 이상 헌원이라고 불리지 않고 황제라는
새 이름으로 불렸으며, 이 이름은 원래 만들어진 의도와는 다르게 염제
를 대신한 새로운 지배자의 이름으로 받아들여졌다. 그러기까지는 상
당한 진통이 있었다. 유망과 형천의 원한을 갚으려는 부족들이 산발적
으로 반란을 일으키거나 교역을 중단하는 등 많은 충돌이 곳곳에서 일
어났다. 창힐은 공상을 돌려받아 주변의 미아우, 마갸르족과 교통하며
세력을 굳혔다. 치우천의 예상과 크게 다르지 않았으나 창힐은 그보다
는 조금 더 적극적이었는데, 금천과 연합하여 보다 큰 세력을 구축했다.
금천은 판천 싸움에서 큰 피해를 입지 않고 후퇴했는데, 자신의 땅으로
돌아온 후에 헌원과 각을 세우며 대립했다. 거기에 창힐이 협력하여 상
당히 커다란 세력을 유지하며 주신과 화산족의 중간 영역을 지켰다.

조금 더 시간이 흘러 치우천 일행은 마침내 신시로 돌아왔다. 신시에서 치우비와 해후한 치우천은 분주히 움직였다. 치우비는 형을 만나 많은 이야기를 나누었는데, 특히 발의 이야기를 상의했다. 치우천은 한숨만 쉴 뿐이었다.

"발이 딱하구나. 너도 딱하고. 하지만 그녀가 너를 따르지 않는다 해서 원망은 하지 마라. 자신의 아비를 저버리지 않는다고 나무랄 수는 없지 않겠니?"

"형님도 방법이 없는 거야?"

"아, 나도 어쩔 수가 없구나. 전쟁이나 부족을 다스리는 것이라면 이렇게 막막하지 않을 텐데. 여자의 마음이 얽힌 일은 나로서도 캄캄할 뿐이다. 내가 그런 것까지 안다면 옛날 소녀와 문제가 그렇게 커지지도 않았을 거다. 비야. 네가 발을 위하는 마음은 알지만 발과 맺어지는 것은 이제는 정말 어렵게 되었다. 내 경우를 보아라. 물론 발은 소녀와는 다르지만 역시 마음이 굳센 여자다. 전에 발이 너를 찔렀던 것을 잊었니?"

"그건 실수였고, 이제는 그러지 않을 거야."

"그렇게 믿고 싶겠고, 또 정말 그러지 않을지도 모르지만, 주위 사람들이 그렇게 놓아두지 않을 거다. 끝없이 문제가 생기고 조롱받다 보면 너는 버틸 수 있을지 몰라도 발이 못 견디고 허물어질 거야. 여자들은 주변의 소문에 약하다. 소녀도 그래서 그렇게 변해 버린 것이다. 더구나 발이 안고 있는 문제는 소녀보다 훨씬 크지 않으냐? 비야, 발은 어쨌거나 신시에서 행복하게 살 수 없을 거야. 이제는 스스로 네 곁을 떠나기까지 했으니, 그녀의 말대로 좋은 추억만 간직하고 잊는 것이 좋겠다. 아프겠지만 참고 잊어라, 아우야."

치우비는 고개를 숙이며 눈물만 흘렸다. 치우천은 그런 아우가 불쌍하고 안타까웠으나 더 이상 그로서도 어쩔 도리가 없었다. 치우비는 그런 아픔을 마음속에 묻으려는 듯 다음 날부터는 그런 기색을 내비치지 않았다.

맨 먼저 치우천을 찾은 것은 치우비였지만, 그다음으로는 치우비의 집에서 더부살이를 하던 불쇠가 찾아왔다. 치우천은 불쇠와 한동안 비밀스럽게 이야기를 나누더니 알한과 차오스를 비롯한 투르크 용병들을 그와 함께 딸려 보냈다. 치우비가 불쇠와 알한을 어디로 보내는지 묻자 치우천은 간단히 대답했다.

"무기를 가지러 간다."

"무기라면 구리 무기 말이야? 지난번에 빼앗기지 않았어?"

치우천은 싱긋 웃었다.

"따로 준비한 것이 있다."

치우비는 전에 불쇠가 '가장 중요한 것은 갈로산 밑에 묻었고, 빼앗기지 않았다'고 한 말을 떠올렸다. 그것이 무엇이냐고 치우천에게 묻자 치우천은 목소리를 낮춰 대답해 주었다.

"구리보다 훨씬 강한 무기다. 바로 너와 내가 가지고 있는 크리스와 같은 무기들이지."

치우비는 깜짝 놀랐다.

"크리스만 해도 비할 데가 없는 무기인데……! 그걸 어떻게 구했지?"

"전에 크리스를 훔친 자에게 이야기를 들은 적이 있는데, 그건 하늘에서 떨어지는 별똥으로 만드는 것이라고 하더라. 아무 별똥이나 되는 것이 아니고, 크리스와 같은 재료로 만들어진 별똥이 있다. 나는 그간 몇 년 동안 사람들을 풀어서 보이지 않게 세상에 흩어진 별똥들을 모았다."

"그걸 어떻게 모아?"

"밤하늘을 보고 있으면 며칠에 한 번은 별똥별을 보게 된다. 그러니 별똥별이 아주 귀한 것은 아니라 믿었단다. 물론 나도 땅에 떨어진 별똥별은 발견한 적이 없지. 허나 세상은 넓고 넓으며, 별똥별은 아주 오래 전부터 떨어져 쌓여 왔을 것이니 사람을 널리 풀어 찾으면 많이 찾을 수 있다고 믿었단다."

치우천은 전에 크리스를 얻은 직후부터 불쇠와 이에 대해 상의하고, 많은 사람을 풀어서 별똥별을 사들였다. 싱카에게서 얻은 보석 거의 전부와 형요의 보물, 그리고 작은 주신을 이끌면서 모았던 재물 대부분이 수색 작업에 쓰였다. 심지어는 시기르타까지도 별똥별을 구해 오는데 큰 몫을 했고, 실제로 반 이상의 별똥은 시기르타가 여기저기서 사들여 온 것이었다. 그것으로 무기를 만든다는 것은 비밀 중의 비밀이었기에 사람들에게는 취미로 수집한다거나 별똥별을 모아 소원을 빌면 이루어진다는 유언비어까지 만들어 퍼뜨렸다. 그렇게 모아진 별똥별은 불쇠가 확인했는데, 쓸데없는 돌 부스러기가 꽤 많은 숫자를 차지했다. 그중에는 막대한 대가를 지불하고 얻은 것도 있어서 속상해한 일도 많다고 했다. 다행히 전체적으로 보아 열에 두셋 정도는 크리스와 비슷한 쇠붙이였고, 어떤 경우에는 금빛으로 빛나거나 신기한 색깔을 지닌 묘한 금속도 얻었다. 그렇게 얻은 쇠붙이는 불쇠가 따로 뽑은 건장한 대장장이들을 시켜 계속 두들기게 했다. 처음에는 절대 열을 가하면 안 된다고 생각했다. 불에 넣어도 달아오르기만 할 뿐 녹일 수가 없었고 불에 달구어 두들기면 금방 원하는 모양으로 바꿀 수 있었지만, 그런 후에는 처음보다 훨씬 약해지고 이상하게 변형되어 버렸다. 불쇠는 그것을 '쇠붙이가 죽는다'고 표현했는데, 그렇다고 크리스처럼 오랜 시간 천천히 두들겨 만들기는 너무도 힘들었다. 결국 끔찍할 정도로 많은 재물을 소비한 후에야 불쇠는 담금질을 하는 방법을 알아냈다. 즉 쇠를 달구어 약하게 만든 다음 원하는 모양으로 두들겨 만든다. 그다음 차가운 물이나 기름에 식히면 강한 무기가 되었다. 이 방법은 우연히 깨달을 수 있었다. 망친 쇠를 달구어 시험 삼아 이리저리 주무르다가 실수로 옆에 있던 물통에 빠뜨렸다. 불쇠는 비싼 별똥 한 개를 날려 먹었다고 투덜대며 별똥을 꺼냈는데, 놀랍게도 그것은 무서울 정도로 단단하게 변해 있었다. 불쇠는 타고난 대장장이답게 흥분하여 이것저것 실험을 해서 불길은 어느 정도가 좋은지, 식히는 것은 어떤 것이 좋은지 알아내려 했다. 온도의 정확한 측정은 생각도 할 수 없던 때였으므로 불길의 감은 불쇠 자신의 느낌으로 적정한 선을 찾았고, 담금질하는 재료로 물, 바닷물, 소금물, 소기름, 돼지기름, 들깨기름부터 소젖, 양젖, 진흙, 술, 사람의 오줌이나 침에 이르기까지 온갖 가지 실험을 하여 결과를 얻었다. 다만 그것은 불쇠 혼자의 경험일 뿐, 다른 사람에게 알려 줄 도리는 없었다. 워낙 비밀로 붙여야 할 기술이기도 했고 글자도 없으므로 적절히 가르칠 방법이 없었다.[*]

불쇠는 별똥을 다루는 기술을 만들었지만, 불쇠 한 사람에서 끝나고 뒤에 이어지지는 않게 되었다. 그가 운철로 만든 무기는 실로 놀라운 성능을 지녔다. 구리보다도 훨씬 가벼웠으며, 납작하게 눌러 아주 날카롭게 날을 세워도 재질이 강해서 부러지거나 날이 물러지지 않았다. 구리 무기는 돌 무기와는 비교할 수 없을 만큼 강했지만 잘 부러지고 무거워

---

[*] 철의 비등점은 구리보다 훨씬 높아서, 밀폐시켜 숯과 같은 정제 연료에 산소를 과하게 가하는 노(爐)를 만들고 풀무질을 하지 않으면 녹일 수 없다. 산화철은 흔한 원소지만 대부분 산소와 결합되어 산화되어 있기에 이렇게 녹이지 않으면 대량으로 얻을 수 없다. 녹인다 해도 탄소를 섞지 않은 철은 청동보다도 약하며, 녹인 이후의 열처리 과정에 따라 기계적인 성질이 민감하게 변한다. 천천히 식히면 아닐링(Anealing. 풀림) 처리가 되어 연해지고, 물에 넣어 단번에 식히는 식의 퀜칭(Quenching. 담금질) 처리를 해야 강해지는데, 당시에는 그런 기술이나 지식이 모자랐다. 고온로(高溫爐)로 철을 자연 상태에서 추출하고 합금 지식으로 그것을 강화하며, 열처리를 통해 그것을 다루는 기술과 지식이 모두 확립되어야 했기에 철기 시대는 훨씬 뒤에나 오게 된다. 그러나 지구상에 떨어지는 운석의 2~30퍼센트는 운철 성분을 띠고 있고 대부분 물리적인 성질이 우수하며 간혹 티타늄 합금과 같은 엄청난 재질을 지닌 운석을 발견하는 일도 그리 드물지 않다.

서 쓰는 사람의 힘을 많이 요구했다. 운철로 만들면 그런 결점이 없으니 완벽한 무기라고밖에 말할 수 없었다. 한 가지 단점이라면 쉬이 녹이 슬어서 보존하기가 어렵다는 점이었다. 그래서 불쇠는 그것들을 기름에 담가 보관했는데, 구리 무기를 모두 빼앗기면서도 쇠 무기를 잃지 않은 것은 그 덕분이었다. 비밀 유지를 위해, 또 녹이 슬지 않게 보존하기 위해 불쇠는 따로 갈로산 바위 밑에 기름 샘을 만들고 그 안에 쇠 무기들을 만드는 대로 던져 넣었다. 구리 무기 제작의 감독도 해야 하므로 한동안 자리를 비울 때에는 기름 샘에 바람이라도 들어갈까 봐 커다란 바위로 덮어 두곤 했는데, 그때 습격을 받았던 것이다. 때문에 지나족의 습격 뒤에도 쇠 무기들은 잘 보존되어 있었다. 그 부근은 원래 험하고 사람이 살기에 적당하지 않은 외진 곳이라 구리 무기를 훔쳐 간 지금에는 아무도 없을 것이었다.

예전에 불쇠는 구리갑옷을 만든 적이 있고, 실제로 신시 싸움에서 사용하기도 했다. 허나 그것들은 무거워서 천하장사가 아니면 입고 움직이기도 힘든 단점이 있었다. 불쇠는 내친김에 쇠갑옷까지 만들어 보려 했고 실제로 치우비를 염두에 두고 한 무더기의 갑옷을 만들었지만 마땅한 운철이 흔하지도 않고, 무기를 만드는 것이 낫겠다 싶어 갑옷은 그 정도에서 그쳤다. 나머지 운철로는 계속 쇠 무기를 만들어, 수가 오백여 개에 달했다. 작은 단검도 있었지만 커다란 도끼나 날카로운 장검도 있었으며 치우비에게 줄 갑옷이나 낫, 창, 도리깨, 갈고리 등 가지각색의 무기가 섞여 있었다. 운철을 녹일 기술이 없기에 원래 모양과 비슷하게 두들기다 보니 가지각색의 무기가 생산되었다. 그렇게 모인 무기들은 한 개만 흘러나가도 세상을 발칵 뒤집어 놓을 신병이나 다름없었다.

"불쇠 영감님이 고생했네. 대단한 일을 했어."

치우비가 사정을 다 듣고 감탄을 금치 못하는데 치우천은 엄숙한 표정으로 말했다.

"안됐지만 너도 고생하고, 대단한 일을 해야겠다."

"뭘 해야 하지?"

"형천이 죽었으니 나는 네가 세상 제일의 용사라고 믿는다. 너와 견줄 만한 사람들은 몇몇 있겠지만 너보다 나은 사람이 있다고는 믿을 수 없어."

치우비는 그 호칭이 듣기 싫은 듯 표정을 흐렸지만 치우천은 계속 말했다.

"허나 그것은 한 사람뿐이다. 타고난 힘은 나중에 더 강해지기가 어렵다. 열심히 훈련하면 조금은 힘이 세지겠지만 한계가 있다. 허나 싸움 기술은 그렇지 않아. 네가 그렇게 강해진 것은 힘도 힘이지만 네 기술이 뛰어나기 때문이다. 그렇지 않니?"

치우비는 겸손하게 아니라 대답하려다가 치우천의 엄숙한 표정을 보고 순순히 고개를 끄덕였다.

"그렇지. 나는 형천을 두려워했지만 끽구는 두렵지 않아. 힘만으로 따진다면 끽구가 형천보다 약간 더 세다고 생각해. 이제 나는 아홉구비의 힘도 잃었으니 힘으로는 그보다 못하겠지. 허나 끽구에게 내가 지지는 않을 거고, 그건 힘 때문이 아니야."

"그래. 그러니 힘을 키우기보다 기술을 키우는 것이 더 쉽게 강해지는 방법이겠지. 더구나 힘은 가르쳐서 강하게 만들 수 없지만 기술은 가르칠 수 있다."

"그거야 그렇지. 그래서 유명한 전사들은 서로 싸우기를 좋아하는 거야. 꼭 이기기 위해서라기보다는, 상대의 기술을 보고 배울 수 있고 자신의 기술을 다듬는 기회도 되니까. 그러나 남에게 가르치는 건 쉽지 않아. 가령……."

치우비는 휙휙 손을 휘저으며 몇 가지 동작을 보였는데, 적의 공격을 손으로 넘기면서 상대의 덜미를 잡아 쓰러뜨리는 동작이었다.

"……나라면 적이 이렇게 찔러 오면 이렇게 비틀어 무기를 뿌리치고 멱살을 잡아 던져 버릴 거야. 하지만 이건 상대보다 힘이 달린다면 쓸 수 없지. 무기를 뿌리치기커녕 내 팔이 비틀어질 테고, 무기에 찔려서 죽게 되니 미친 짓을 하는 셈이야."

치우천은 몸을 움직이거나 힘을 쓰는 데는 재주가 없었으므로 치우비의 동작을 잘 알아보지는 못했지만, 치우비가 무슨 말을 하는지는 금방 알아들었다.

"사람마다 특성이 다르니, 결국 싸움 기술도 사람에 맞춰 가르쳐야 한다는 뜻이지?"

"맞아. 그러니 한 사람 한 사람을 놓고 가르쳐 봐야 몇이나 가르칠 수 있겠어?"

"네 말은 맞지만, 내가 바라는 것은 그게 아니다. 사람마다 조금씩은 다르겠지만 그런 방식을 고집하면 안 된다. 내 바람은 두 팔 두 다리가 달린 사람이라면 누구나 쓸 수 있는 기술을 만들어 보라는 거야."

치우비는 한동안 생각하다가 고개를 저었다.

"그런 생각은 해 보지 않았군. 안 될 거야 없겠지만 별로 쓸 데가 없을 거야. 같은 기술이라도 내 몸과 내 습관에 맞춘 기술이 가장 강하고, 싸움 기술은 타고나는 거야. 적당히 아무나 쓸 수 있게 만든 기술로는 스스로 깨우쳐서 몸에 익힌 기술을 당할 수 없어."

"나는 너같은 엄청난 용사를 만들려고 말하는 게 아니다. 약한 전사들을 어느 정도 강하게 만들려고 하는 소리야."

그제야 치우비는 치우천의 뜻을 제대로 이해했다.

"흠……. 그럴 수는 있겠네. 그러니 될 수 있는 한 간단하고 누구나 배워서 따라 할 수 있는 기술을 모아 보라는 거군. 보통 전사들에게는 꽤 효과가 있을 테지만……."

그럼에도 치우비는 망설였다.

"……내 생각이지만, 이건 자칫하면 강하게 발전할 수 있는 사람을 묶어 놓을지도 몰라. 모든 사람이 쓸 수 있는 기술은 보통 사람이 낼 정도의 힘밖에 내지 못해. 하늘이 재주를 내린 사람이 자칫 기술을 따라한다는 생각에 사로잡히면 그 자체로도 벌써 약해지는 거야."

치우천은 고개를 저었다.

"하늘이 낸, 타고난 사람이라면 기술에 눌리지 않을 거다. 너나 많은 용사들도 서로 겨루면서 배우는데 기술을 가르치는 것도 도움이 되지 않겠니?"

"좀 달라. 각자 타고나서 몸에 익힌 기술을 보는 것과 그렇게 흉내 내는 기술을 보는 것은 다르니까. 그러나 형 말뜻은 잘 알겠어. 전사들 전체로 본다면 분명 지금보다는 많이 강해질 수 있을 거야. 허나…… 잘해야 한 사람이 두세 사람을 상대하는 정도겠지. 약한 기술인데……."

치우비는 마음에 들지 않는다는 듯 말했지만 치우천은 박수를 칠 듯 기뻐했다.

"그 정도면 충분하다. 비야, 너는 너무 강해서 눈도 지나치게 높아. 너야 수백 명도 너끈히 상대하겠지만 사람들이 다 그러냐? 한 사람이 두세 사람만 상대하게 된다 해도 주신의 사울아비가 두세 배로 늘어나는 것과 다를 게 없지 않으냐?"

"아니, 그건 또 꼭 그렇게만 볼 것이 아니고……."

"되었다. 어쨌거나 너는 그런 기술을 만들어서 나 같은 약골도 어느 정도 몫을 할 수 있고, 누구나 따라할 수 있는 기술을 만들어 보거라. 네가 웃뜸사울아비로서 할 수 있는 가장 큰일이다."

원래 치우천은 아우의 상심을 깨닫고 그를 잊을 수 있게 뭔가 몰입할 수 있는 일거리를 던져 주려고 말을 꺼냈다. 그러나 결과는 처음 생각보다 커져서, 결국 치우비는 그로부터 상당히 오랜 시간을 아무나 익힐 수 있는 싸움 기술 만드는 데 보내게 되었다. 쉬운 일은 아니어서, 신력을 타고난 치우비는 보통 사람과 같은 생각, 보통 사람의 한계, 보통 사람이 할 수 있는 빠르기 등을 깨닫는 데 가장 큰 힘을 썼다. 그 후에 보통 사람이 가능한, 형천 같은 사람이 보기에는 코웃음을 칠 정도로 간단하지만 보통 사람들이 익히기는 꽤 어려움이 있는 여러 개의 동작들을 뽑아 전사들에게 가르쳤다. 그것을 배운다고 해도 스스로 깨달아 기술을 만들어 내는 강자를 이길 수는 없겠지만, 누구나 열심히 그것을 갈고 닦으면 어느 정도 수준의 보통 사람을 쉽게 물리칠 정도는 될 수 있었다. 최초의 무예가 태동되었다고 볼 수 있다. 그러나 무예는 강자를 만들기 위해 탄생한 것이 아니었다. 약한 자들을 위해 만들어졌고, 가장 강한 자를 낳기보다 일정 수준의 강함을 갖추기 위해 만들어졌다. 후대에는 의미가 많이 퇴색되어 무예를 익히지 않으면 강자가 될 수 없다는 식의 선입관이 만연하게 되었다. 물론 후에도 타고난 강자들은 기술에 집착하지 않고 스스로의 기술을 만드는 데 노력을 기울여서 독창적인 기술을 만들기도 했지만, 그들도 대부분 '다른 사람이 배울 수 있는' 기술을 쓰려 했기에 적어도 실제 싸움이라는 측면에서는 항상 한계를 지녔다. 물론 이후 시대의 흐름은 각자의 싸움 능력보다는 법과 질서에 의지하게 되었으므로 이것은 퇴보가 아니라 옳은 방향으로의 발전일 수도 있었다.

치우천은 계속 신시에 머물고 있던 정체불명의 우루 사람을 직접 만나게 되었다. 그는 아주 먼 거리를 와서 수많은 통역관을 두었기 때문에 의사소통이 거의 불가능했다. 때문에 어지간한 치우천도 견디지 못하고 그를 놓아둔 채 동쪽 여행을 갔다. 다만 치우천은 혹시나 싶어 주신의 입장으로는 역시 먼 서쪽 출신인 알한과 싱카, 마냥에게 의사소통을 시켜 놓았는데, 마냥은 도움이 안 되었지만 다른 두 사람은 그사이 어느 정도 의사소통의 길을 마련해 놓고 있었다.

알한과 싱카는 우루에서 온 사람에게 직접 이야기를 전하는 것은 포기한 상태에서 시작했다. 길게 늘어선 통역사를 일일이 만나서 말이 통하는 사람이 있나 살폈다. 알한은 투르크 출신임에도 떠돌이 생활을 오래 해서 능숙하지 않지만 여러 서쪽 부족 말도 알았고, 싱카는 상당히 많은 부족의 말을 할 수 있었다. 그들은 고생 끝에 그들과 직접 의사소통이 되는 통역사 두 명을 찾아냈다. 그래서 길게 이어지는 통역 과정을 줄일 수 있었다. 나중에 보니 이 통역사들은 각각 다음 사람을 고용하는 식이었는데, 그 수가 늘어나고 혼선이 빚어지자 아무나 닥치는 대로 끌어 들이게 되어 협박이나 납치 등의 수법까지 자행되었다. 알한도 한 사람을 찾았고 싱카도 한 사람을 찾았는데, 알한보다는 싱카와 말이 통하는 통역사가 우루 사람에 더 가까웠다. 그 덕분에 통역사의 길이는 대번에 사분의 삼가량 줄어 서른 명 이상의 통역사가 필요 없게 되었다. 그들은 이 지긋지긋한 길을 더 가지 않아도 되어서 기뻐했고, 그중 세 사람은 아예 신시에 머물러 살게 해 달라고 말하기도 했다. 어쨌거나 큰 성과를 거둔 싱카는 여기서 한발 더 나아가서, 나머지 아홉 명의 통역사마저도 더 줄일 방법을 강구했다. 아홉 명이라 해도 원활한 의사소통에는 문제가 많았다. 그들에게 차근차근 원래 살던 부족을 묻고 겹치는 부분을 찾아 나가다 보니 또 네 명의 통역사를 거치지 않아도 의사소통이 가능해졌다. 남은 것은 다섯 명이었지만, 그중 두 명은 다른 부족이어도 비슷한 언어 체계를 지니고 있었기에 두 명을 줄일 수 있었다. 싱카는 여기서 그치지 않고 스스로 가장 비슷한 언어 하나를 통째로 배울 결심을 했다. 물론 단시일 내에 원활하게 의사소통을 하기는 어려웠지만 그 언어의 통역사를 보내지 않고 옆에서 자신에게 조언을 하게 한다면 중간 과정을 두 사람으로 줄이는 것도 가능했다. 마침내 싱카는 치우천이 자리를 비웠다 돌아온 칠팔 개월 사이에 우루 사람과 치우천 사이의 통역사 수를 자신을 포함해 세 명으로 줄여 놓았다. 이 정도면 약간은 불편해도 거의 끊김 없는 대화가 가능했다. 다만 우루 사람은 퍽 자존심이 강한 듯, 싱카에게는 말을 하려 하지 않고 높은 사람을 만나게 해 달라고만 했다. 치우천은 바빴고 큰 기대도 없었지만 싱카의 고생을 생각해서라도 억지로 짬을 내어 우루 사람과 대화를 하게 되었다. 그제야 그는 처음으로 얼굴을 드러냈는데, 치우비만큼이나 장대한 체구에 도깨비만큼이나 생김새가 달랐다. 머리색은 검었지만 곱슬곱슬했고, 눈가가 깊고 코가 높았다. 그의 얼굴과 손까지 온통 복잡한 문신으로 가득 새겨져 있어서 무서워 보였다. 문신은 온몸에 가득 새겨져 있는 것 같았다. 치우천은 예전에 죽은 도깨비들 중 코타가 이 사람과 비슷한 생김새를 지녔던 것을 기억했다. 코타가 있었으면 이렇게 힘들게 소통하지 않았을지도 모른다 생각하니, 오래전 죽은 그가 다시 떠올라 치우천의 마음을 아리게 했다.

우루 사람은 치우천과 대면해 모습을 드러내자 당당하고 절도 있게 자신을 밝혔다.

"나는 위대한 수메르의 영화로운 도시, 우루에서 온 갈라쉬요. 나의 혈통과 직위는 굳이 밝히지 않겠소만 큰일을 결정할 만한 위치에 있소. 아울러 위대한 마르둑 신의 가호가 이 하늘에도 가득하며, 아름다운 이 슈타르의 은총이 이 땅에도 가득하기를!"

미사어구가 가득한 표현에 치우천은 웃으며 대답했다.

"나는 주신의 치우웃뜸인 치우 집안의 천이오. 그냥 치우천이라 부르시오. 안파견 한님의 가르침이 그대의 땅에도 널리 퍼져 모든 사람들이 서로 돕고 평화롭게 지내기를. 이곳에서 그대도 평안하고 원하는 바를 이루기를!"

중간에서 통역되는 과정은 알 수 없었고 나름대로는 서로 알아들을 만하게 통역한 것이지만 의사소통은 무리 없이 되었다. 그러자 갈라쉬는 직접 자신의 목적을 말했는데 예전에 전해 들은 것과 크게 다르지 않았다.

갈라쉬는 현녀를 추적해 온 자였다. 현녀는 먼 서쪽에 있는 수메르에서도 또 아득히 서쪽에 있는 애굽 출신이었는데 원래 이름은 누미티아였다고 한다. 그녀는 무슨 죄를 짓고 동쪽으로 피신했다가 우루에도 들렀다. 그녀는 재주가 많고 주술에 능하며 사람을 끄는 재주가 있기에 우루의 궁정에서 환대받았다. 우루에서 그녀는 우시아라는 이름으로 불렸고 나름대로 고위층과도 가깝게 지냈다. 그러나 그녀는 우루에서 절대적으로 금기로 정해져 있는 무엇의 비밀을 알아 버렸고, 그대로 도주했다. 그녀가 알아낸 비밀은 우루에서 절대적인 금기로 여기는 것이었다. 현녀가 비밀을 알았다고 해도 호기심에 접한 것이고 그녀 스스로 별 의미를 두지 않았다. 그러나 우루의 왕은 신성한 비밀을 엿본 자를 살려 둘 수는 없으니 마르둑 신에 맹세코 그녀를 잡아 입을 다물게 하거나 죽이라는 명을 내렸는데, 그 일에 뽑힌 사람이 갈라쉬였다.

여기까지 들은 치우천은 그 비밀이 무언지 궁금해졌지만 갈라쉬가 말하는 동안은 끼어들 수 없었다. 끼어들려 해도 세 명의 통역을 거쳐야 하니 그러기도 어려웠다. 더구나 그 정도의 비밀이라면 묻는 것 자체가 실례였다. 그러는 동안에도 갈라쉬는 말을 이어 갔다.

그는 그녀를 잡는 데 일평생을 바치기로 맹세를 했고 우루 왕궁의 전폭적인 지지를 받아 우루를 대표할 권한과 막대한 보물을 받았다. 그리고 우루 왕궁에서 온몸에 문신을 새겨 주었는데 이는 우루를 포함한 수메르, 아니 그 지방에서는 세상 제일의 현자라고 알려진 사람의 힘을 얻은 것이라 했다. 현녀는 교활하고 주술에 능숙하므로 그녀를 효과적으로 제압하기 위해 갈라쉬를 어떤 주술도 통하지 않는 몸으로 만든 것이다. 우루 왕궁이 새어 나간 비밀에 얼마나 신경을 쓰는지 증명하는 것이나 다를 바 없었다.

치우천은 이 이야기를 듣고도 생각했다.

'어떤 주술도 통하지 않는 몸을 만들다니? 그게 가능할까? 쑤앙마이나 주신 삼사의 주술, 신수의 주술까지도 통하지 않는다는 말은 아니겠지? 그게 가능하다면 대단한 일이다. 기회가 나면 시험해 보고 싶구나.'

그것을 가능하게 했다는 현자에 대해서도 궁금해졌다.

'갈라쉬보다 그 사람이 더 궁금해지는군. 그렇게 할 수 있다면 엄청난 사람일 것 같은데? 정말 궁금하다.'

치우천이 혼자 생각하는 동안에도 갈라쉬는 계속 노래라도 하듯 이야기를 멈추지 않았다.

갈라쉬는 용맹하기 그지없는 우루의 전사 백여 명을 끌고 현녀의 뒤를 쫓았다. 처음에는 여자 하나를 잡는 것쯤은 문제없다고 생각했다. 자신도 대적할 자를 찾기 힘든 전사였고, 모든 주술을 막을 수 있는데다 우루 왕궁의 엄청난 권세까지 업고 있었으니까. 그러나 현녀는 몹시 약삭빠른데다 주술에 능해서 잡기 어려웠다. 현녀는 기괴한 주술과 이상한 물건을 사용하고 도적 떼까지도 매수하여 갈라쉬와 부하들을 함정에 빠뜨렸다. 우루의 용맹한 전사들은 도둑 떼는 쉽게 상대했지만 현녀의 주술과 기괴한 무기 때문에 전멸했다. 갈라쉬만은 주술에 면역이 된 상태여서 현녀를 거의 잡을 뻔했는데, 주술이 통하지 않는 것을 알아차린 현녀는 겁에 질려 피를 흘리며 도망쳐 갔다. 갈라쉬는 그때부터 혼자 여행해야 했다. 믿고 따르던 부하들을 잃은 갈라쉬는 늙어 죽을 때까지라도 그 요물을 추적해 잡고야 말겠다고 집념을 다졌다. 갈라쉬의 피해도 컸으나 현녀도 갈라쉬의 공격 때문에 그때까지 그 나라에서 닦은 기반을 모두 잃고 초라하게 도망쳤다. 현녀는 소유카, 치링신두 등으로 이름을 바꾸면서 여러 나라에 정착하려고 했고, 대부분 성공할 뻔했다. 그러나 갈라쉬도 만만치 않아서 계속 현녀의 근거지를 파헤치며 그녀를 쫓았다. 집요한 추격전은 오랫동안 지속되었다. 결국 현녀는 우루 왕궁의 힘조차 미치지 않는, 아득하게 먼 곳으로 도망칠 생각을 했고 마침내 성공했다. 지나족이 있는 곳까지 도망쳐서 헌원의 눈에 들어 기반을 잡았다. 갈라쉬는 현녀의 행방을 추적하고 따라잡는 데에만 거의 일 년의 시간을 보냈다. 더구나 이제는 우루나 수메르가 어디 붙었는지도 모를 정도로 먼 지방이라 왕궁의 권력도 미치지 않고 통역사들의 대열은 늘어나기만 해서 추적은 더더욱 힘들어졌다. 결국 현녀의 행방을 찾아냈으나 혼자인 갈라쉬에게는 지나족의 고위층에 오른 현녀를 상대할 방법이 없었다. 현녀가 세력을 굳힌 이상 헌원에게 요청해 보았자 죽여 달라 목을 내미는 것밖에는 되지 않는다. 입장이 바뀌어서 이제는 갈라쉬가 현녀를 쫓는 것이 아니라, 현녀가 갈라쉬를 추적하게 된 셈이다. 갈라쉬는 생각 끝에 현녀를 잡으려면 헌원의 세력이 아닌, 헌원과 적대하는 세력을 찾아야겠다고 생각했다. 그리고 나름대로 수많은 통역사들을 통해 정세를 판단했는데, 지나족과 전쟁을 치르는 부족 중에서 가장 강대한 세력이 주신이라는 것을 알아냈다. 그래서 갈라쉬는 신시로 찾아왔고, 현녀의 역추격을 받을까 봐 안전한 신시를 떠나지 못하고 있는 상황이었다.

치우천은 사연을 듣고 생각했다.

'두 사람 다 지독하구나. 이제는 우루 왕궁의 비밀이 문제가 아니라, 갈라쉬의 자존심이 추적을 계속하게 하는구나. 그나저나 이 사람은 의지가 굳을뿐더러 말도 통하지 않아 수십 명의 통역사를 두면서도 정세를 정확하게 판단했으니 머리도 좋을 것이다. 혼자가 되었으면서도 수십 명의 통역사를 이토록 엄하게 부리고, 수없이 많은 난관을 이겨 냈으니 영웅이라고 불릴 만하구나.'

갈라쉬는 자신이 바라는 것은 오로지 현녀의 목이며 그를 위해서는 무엇이든 할 수 있다고 했다. 자신을 종으로 부리든 전쟁터에 내몰아서 싸우게 하든, 현녀를 잡는 데 힘을 빌릴 수 있다면 무엇이든 마다 않겠다고 했다. 이어서 그는 품에서 소중하게 보관하던 물건을 꺼내 정중하게 치우천에게 내밀었다. 치우천이 받아 화려한 천으로 싼 것을 끌러 보니 넓적한 진흙 판이었다. 겉에 긁힌 자국이 잔뜩 나 있는 것 말고는 아무런 특이한 점도 없는 그냥 진흙덩어리였다. 치우천은 의아해졌다.

'이런 진흙덩어리를 왜 이리 소중하게 내밀까? 무슨 주술이나 의식의 의미인가? 아니면 흙을 바치는 것이니 땅을 준다는 의미일까? 아니, 우루는 아득히 먼 곳이라니 그건 아닐 테고……. 대체 무슨 뜻인지 알 수 없군.'

통역관이 갈라쉬의 말을 전했다.

"그것은 우루 왕국의 제왕, 엔야 3세께서 전하신 말씀으로, 나, 갈라쉬의 벗은 우루 왕국의 벗이며, 그것이 개인이든 부족이나 국가이든 간에 모든 조약과 협의를 나 갈라쉬의 뜻에 맡긴다고 증명한 내용이오. 이곳은 먼 곳이라 글자를 해독하기 어렵겠으나, 내 말은 그 문서에 새겨진 것과 조금도 다를 바가 없소."

치우천은 뒤통수를 얻어맞은 것 같았다. 이제 보니 이것은 일종의 글자였다. 주신은 글자를 주술로만 여겨서 사용을 꺼렸는데, 우루라는 곳에서는 이미 글자를 보편적으로 사용하고 있었다.*

치우천은 놀라서 말했다.

"이것은 글자를 새긴 판이군. 글자에 주술적인 힘이 깃들어 있지 않소?"

이것은 당시로서는 상당히 통역하기가 어려운 개념이었다. 아직 글자가 없는 부족이 더 많았기 때문이다. 결국 통역사끼리 모여 한동안 회의를 한 다음에야 의미가 갈라쉬에게 전달되었고, 갈라쉬의 대답 또한 한참 동안의 논의 끝에 치우천에게 전해졌다.

"글자의 힘은 신성하고 강하지만 저주나 주술의 힘이 따로 깃든 마법의 말은 아니니 염려하지 마시오."

의미로 보면 대강 이런 뜻이었지만 사실 아주 모호하고 불확실한 전달이었다. 글자의 의미를 대강 아는 치우천은 글자를 널리 이용하는 부족이 있다는 것을 듣고 충격을 받았다. 치우천은 운사 신지울태와 맥달을 불러 갈라쉬와 더 이야기를 나누게 했고 갈라쉬가 온 곳에 대해서도 많은 이야기를 나누었다. 갈라쉬는 맥달이 들어오자 자세를 갖추더니 노래를 불러 댔다. 치우천은 남의 여자 앞에서 갈라쉬가 주책을 부리는 것 같아서 언짢았지만 그것은 우루 왕국의 전통으로, 여자의 아름다움을 높은 가치로 삼는 우루 사람들에게는 아름다운 귀부인을 보면 한동안 예찬해야 하는 법도가 있었다. 그중 가장 좋은 것이 노래를 지어 부르는 것인데 갈라쉬는 용감한 전사였지만 노래 솜씨도 좋아서, 뜻은 알아듣지 못했으나 듣기만 해도 훌륭했다. 영문을 모르는 맥달이나 신지 사사도 어쨌거나 악의 같지 않아 별말 하지 않았지만 치우천은 혼자 뿌루퉁해 있었다.

* 수메르 지방은 기원전 3000년경부터 점토판에 뾰족한 철필로 글을 새기는 방식의 쐐기문자를 사용했다.

이야기를 나누면서 우루에 대해 이것저것을 물으니 흥미로운 면이 많았다. 우루는 수메르에 있는 도시 왕국 중의 하나인데, 수메르에는 열두 개의 거대한 도시가 있어서 널리 사람들을 다스린다고 했다. 글자를 유용하게 사용하여 주술보다는 교육이나 물건의 셈, 지식의 전달이나 법의 증명 같은 다양한 일에 사용하고 있다는 이야기였다. 치우천은 이야기를 듣고 속으로 결심했다.

'나는 주술이 사용되는 것이 싫어서 글자를 풀어 버릴 생각만 했는데, 글자라는 것은 훌륭한 쓰임새가 있구나. 주술보다도 훨씬 가치 있을 것 같다. 꼭 주술을 흩는 의미가 아니더라도 글자는 반드시 널리 퍼뜨려야겠구나.'

치우천은 갈라쉬에게 그를 돕겠다고 말했다.

"현녀를 직접 잡아 줄 수는 없지만 언젠가 기회가 되면 현녀도 전쟁터에 나오게 될 것이오. 그때 반드시 당신을 선봉에 세워 임무를 완수하게 해 주겠소."

갈라쉬는 고마워하며 정중하게 말했다.

"저만이 아니라 우리 우루와 수메르 왕국들은 주신과 치우천의 호의를 잊지 않을 것입니다. 제게 주어진 권한으로, 우루 왕국은 주신의 벗이자 동맹이며, 수메르의 여러 왕국들도 그 뜻을 따르게 할 것임을 선언합니다."

치우천은 선선히 격식을 갖춰 대답했다.

"나, 치우천도 주신을 대표하여, 우루 왕국과 수메르의 여러 왕국을 주신의 벗이자 동맹으로 받아들일 것임을 선언합니다."

수메르와 주신은 몇천 몇만 리나 아득하게 떨어져 있는 땅이니, 이런 선언을 한다고 실제적인 영향을 받을 일은 없었다. 그렇다고 또 멀리 있는 부족과 좋게 지내서 나쁠 것이 없었다. 다만 이 일이 흥미 있는 이야깃거리가 되어서, 후에 치우천의 동맹국을 말할 때 우루와 수메르, 또는 그 비슷한 발음인 수밀이도 그 안에 언급하는 사람이 생겨났다. 직접적인 영향을 주고받을 수는 없었지만, 이 작은 인연으로 치우천의 명망이 그만큼 널리 퍼졌다는 느낌은 줄 수 있었고, 수메르가 주신의 연방이었다는 이야기는 몇몇 야사나 전설에도 인용되기에 이르렀으니 그것만으로도 치우천은 큰 덕을 본 셈이다.

어쨌거나 치우천은 예의상으로라도 갈라쉬를 단순한 방문객이 아닌 부족장과 동등한 대우를 해 주도록 지시했다. 갈라쉬는 환대를 받자 감격해서, 전쟁이 벌어지기를 바랄 수는 없지만 기회가 온다면 평생을 바치더라도 기다릴 것이라 맹세하고, 또 그날이 오면 힘을 다해 현녀를 잡겠다고 선언했다. 그는 이것이 현녀를 잡을 마지막 기회라고 생각하여 소중히 보관하던 우루 왕국의 점토판을 아예 치우천에게 넘겼다. 그러나 그 점토판은 사람들의 눈을 끌 물건이 아닌데다 가치도 인정받지 못해 얼마 지나지 않아 잃어버리고 말았다.

치우천은 갈라쉬가 목적을 이루기 어려울 것이라 생각했다. 설령 헌원과 큰 전쟁이 벌어져도 현녀가 무엇 때문에 앞으로 나설 것이며, 그런다 해도 한 사람에 불과한 갈라쉬가 어찌 지나족 전사들을 뚫고 들어가 현녀를 잡을 것인가? 치우비나 형천이라도 안 될 일이었다. 다만 갈라쉬가 상당한 인물임을 알아차린 치우천은 개인적으로도 흥미가 갔고, 또 새로운 땅에 대한 호기심과, 글자를 사용하는 부족이라는 특성 때문에 환대를 아끼지 않았다. 헌데 갈라쉬는 예상 밖으로 치우천을 놀라게 했다. 갈라쉬의 전투 능력도 대단한 편이었지만 치우비에는 미치지 못했고 양역이나 마파람 정도와 비슷한 수준이었다. 글자를 사용하는 사례와 다른 지식들은 그냥 전달만 할 따름이었으니 그렇게 놀랄 것은 없었다. 그러나 그의 몸에 새겨진 문신은 놀라웠다. 그에게는 주신 삼사의 주술도 통하지 않았고 심지어는 신지울태의 글자 주술마저도 영향을 주지 못했다. 주술을 막는 힘은 정말 놀라웠다. 나중에 맥달에게 졸라 물으니 그의 문신은 특별한 것이어서 신수나 신수를 능가하는 존재가 나오더라도 그에게 영향을 줄 수 없을 것이라고 했다. 심지어는 천부인의 힘도 그 사람에게는 통하지 않을 것 같다고 맥달이 말하자 치우천은 충격을 받았다.

"아니, 천부인의 힘도 미치지 못한다니! 천부인은 안파견 한님의 힘이나 다름없지 않소? 그러면 저들의 신이 진짜이고 안파견 한님은 부족한 신이라는 거요?"

맥달은 전에 없이 엄하게 말했다.

"세상을 그렇게 간단하게 생각하려 들지 마소서. 안파견 한님도 위대한 분이고 저들이 믿는 신도 위대한 존재이십니다. 누가 낫고 덜하고 비교할 문제가 아닙니다. 주신 전체를 책임질 분이, 한낱 바보 같은 아이처럼 생각하시면 되겠습니까? 작은 구석만 보고 전체를 섣불리 단정 짓는 것은 어리석은 자들이나 하는 짓입니다."

"아…… 그렇구려. 내가 잘못했소. 그러나…… 참 받아들이기 어렵구려."

치우천이 고민하자 맥달은 웃으며 말했다.

"전에 안파견 한님의 이야기를 들려드릴 때 말씀드렸죠? 위대한 분은 어느 때, 어느 곳에서도 나오시기에 세상에 아주 많이 계신다고. 우리가 받드는 안파견 한님은 위대하십니다. 그러나 그만큼 위대한 분들도 결코 적지 않고, 우리가 알지 못하는 세상이나 알지 못하는 시대에서도 나올 수 있습니다. 안파견 한님만이 제일이라고 고집을 부리는 것은 속 좁은 일이며, 그런 분들이 많다고 하여 안파견 한님을 작게 보는 것도 잘못입니다. 우리가 따르는 분이니 할 바를 다해 받들면 그만이지,

누가 더 높으니 더 위대하니 하찮게 놀음이나 하라고 그분들이 나타나신 것은 아니지 않습니까. 함부로 옳고 그름을 가르는 것은 어리석다 못해 그분들께 죄를 짓고 스스로의 마음까지 타락시키는 짓이니, 행여 그런 생각은 하지 마소서."

맥달의 말을 듣고 반성을 했고, 아울러 우리 땅의 주술이나 선인이 제일일 것이라는 작은 교만함도 쑥 들어갔다. 허나 치우천은 이번에는 그런 힘을 만들어 낸 세상 제일의 현자가 몹시 궁금해졌다. 그가 누구인지 궁금해진 것이다. 갈라쉬는 의외로 선선히 이야기를 들려주었는데 그는 보통 '불사(不死) 노인' 이라는 의미로 불린다고 했다. 죽지 않는 노인이라는 뜻으로 들려서 정말 죽지 않는 사람이냐고 물었더니 그분은 수천 년을 넘게 살아오신 현자로 세상에 모르는 일이 없지만 겸손하게 사람들 틈에 숨어서 옳은 일을 하는 위대한 인물이라고 말했다. 아울러 그의 진짜 이름은 수메르나 그 근방의 왕족이나 제사장 등에게만 비밀히 전승되는데, 실제 이름이 '짜라투스트라' 라고 했으며 거의 세상의 처음부터 존재했던 것 같다고 말했다. 그러나 갈라쉬도 그 이상은 알지 못했다. 치우천도 궁금하기 짝이 없었으나 너무나 먼 땅의 인물인지라 더는 알아낼 수 없었다.

그동안 헌원도 손 놓고 있지는 않았다. 혼란스러워진 지나족을 황제의 이름으로 개혁시켰다. 헌원은 백 명에 가까운 아들이 있었는데, 대부분은 헌원이 세력을 확장하면서 각 부족의 여인들과 맺은 정략의 증거 같은 후손들이었다. 열 명 정도의 아들들은 거의 부족장이 되어 있었으나 이런 아들들은 헌원이 키우지도 않았고 아버지로서의 정을 준 것도 아니었다. 하지만 헌원은 '황제의 후손' 이라는 명목으로 이들의 대우를 높여 주고 적극적으로 지원했다. 어쨌거나 혈연이야말로 가장 믿을 수 있는 증거라 생각했다. 아울러 모든 전사와 대장 들을 사방으로 풀어서 말을 듣지 않는 부족을 정벌하고 아들들을 부족장의 지위에 앉혀 나갔다. 그렇게 헌원의 지배권은 일 년도 안 되어 지나족 전체에 강하게 퍼져 나갔다.

유망과 축융은 비록 목숨을 건져 탈주했다고 하나 일 년에 가깝게 소식이 끊겼고 그 후 축융만이 남쪽에 있는 자신의 근거지에 모습을 드러냈다. 그러나 축융은 유망에 대해 어떤 언급도 하지 않았고 사람들은 유망이 죽은 것으로 믿었다. 치우천이 염제의 후계자라는 소문도 있었으나 실질적으로 지나족의 지배권은 황제 헌원에게 돌아갔다.

헌원이 지나족에 대한 지배권을 확고히 굳히는 동안 치우천은 주변 부족과의 연계에 힘을 다했다. 다행히 고시울률이 죽고 판천에서의 위기를 현명하게 극복한 치우천은 정치적으로는 더 이상 적수가 없었다. 공상을 돌려준 것에 대한 불평이 소수 귀족 사이에 잠깐 일어났지만, 치우천과 삼사가 주축이 되어 정당성을 논박하자 불평은 수그러들었다. 사와라 한웅의 병세는 심해져서 의식을 잃은 상태에서 숨만 이어 가고 있었고, 큰마누라 부소구슬까지도 주신을 안정시킨 치우천의 공로를 높이 평가하여 이제는 거의 모든 정사를 치우천에게 맡겼다. 부소구슬은, 사와라 한웅의 숨이 붙어 있기는 하지만 일을 볼 수 없으니 차라리 치우천에게 한웅 자리를 물려받지 않겠느냐고 먼저 은밀히 제의하기도 했다. 그러나 치우천은 승낙하지 않았다.

"한웅의 자리는 안파견 한님께서 부르실 때까지 두는 것이 하늘의 뜻일 것입니다. 급한 일이 아니니 마누라님께서도 그런 생각은 하지 마소서."

치우천은 모든 결재와 명령을 사와라 한웅의 이름으로 했고, 부소구슬의 허락까지 밟았다. 한웅과 권한 대리인 마누라님에게도 깍듯했고 한 번도 겸손함을 잃지 않아서 치우천에 불만이 많던 고시씨나 부루씨도 점차 치우천을 인정하게 되었다. 고시울률의 사건 뒤처리도 관대하면서도 공정하게 행해서 자신에게 좋게 대하지 않았던 고시씨나 부루씨의 귀족마저 사감 없이 대했기에 아무도 불만을 제기하지 못했다.

신시는 오랜만에 정치적인 안정을 찾았다. 치우천은 치우웃뜸일 뿐이었지만 이제는 염제의 후예도 자처했으며, 하나뿐인 다음 대 한웅 후보였다. 주신 삼사도 치우천을 도와 능력을 아낌없이 발휘했다. 이번의 삼사는 역대 삼사 중에서도 아주 빼어난 사람들에 속했는데 그동안은 고시울률과 귀족에게 눌려 힘을 발휘하지 못했다. 그러다가 치우천 밑에서 날개를 펴게 되니 고기가 물을 만난 것처럼 아낌없이 재주를 펼쳤다. 그 외 신지사사나 부소댕기도 외교 역할을 많이 했다. 치우천은 하다못해 고시 집안의 괴짜이자 음험한 뒷공작을 주로 해 온 고시한이나 갈짓마루 같은 사람마저도 적절한 직위를 주었다. 고시한은 그동안 보이지 않게 치우 집안을 감시하고, 따지고 들자면 치우우레의 죽음에도 책임이 있다고 할 수 있는 자였으나 그조차 공정하게 기용하는 것을 보고 사람들은 찬탄을 금치 못했다.

신시의 실권자가 된 치우천은 제일 먼저 금천과 창힐에게 교역로를 트자는 제안을 했고 많은 지원을 했다. 고립된 것이나 다름없던 금천과 창힐은 주신과의 연합을 쾌히 수락했다. 그러지 않으면 부족의 존립조차 장담할 수 없었기 때문이다. 이들은 헌원의 세력을 견제하는 동쪽의 방파제 역할을 했다. 치우천은 모든 벗들을 사방으로 보내 외교에도 힘을 기울였다. 고시울률이 죽고 난 후 그의 재산은 남은 일족이 살아갈 양을 빼고 모두 환수했는데, 그 양이 막대하여 삼사는 이것으로 사울아비들을 더 양성하자고 했지만 치우천은 고개를 저었다.

"사울아비의 숫자는 지금으로도 충분합니다. 있는 사울아비를 강하게 만드는 것이 옳고, 우리만 강해지기보다 주변의 부족을 강하게 만드는 것이 더 좋습니다."

치우천은 재물을 주변의 부족에게 아낌없이 나누어 주었다. 보돈차르의 몽골족에게는 치베를 보내 막대한 양의 선물을 했다. 현명한 보돈차르는 이를 바탕으로 몽골의 절반 이상을 지배하는 막강한 위치까지 발전했다. 키탄의 야율쿠리에게도 보물을 보냈는데, 그는 보물보다 교역로의 확보를 중요시했다. 거칠기만 하던 야율쿠리도 나이를 먹어 가면서 현명해져서 대족장다운 지혜를 발휘하기 시작한 것이다. 키탄족은 금천의 금천족과 창힐의 공상 주변을 수호하면서 일대 교역 이득의 일부를 받았다. 헌원의 지방 세력과도 자주 충돌했기에 나중에는 초초룬의 미아우족도 그 일에 자발적으로 끼어들었다. 덕분에 야율쿠리의 울크리족과 초초룬의 부족은 부를 쌓아 키탄과 미아우에서 제일 부유한 부족으로 발전해 갔다. 야율쿠리와 초초룬은 부부이면서 그것을 인정하지는 않는 묘한 관계에 있어서 아이를 낳으면 각자 나누어 키웠다. 야율쿠리의 후계자 야율빈과 초초룬의 후계자 슈슈린은 두 사람 사이에서 난 자식이었다. 그 때문에 두 부족은 가까워져서 키탄과 미아우의 벽이 있음에도 같은 부족처럼 소통했다. 세 번째 아이가 태어났을 때 야율쿠리와 초초룬이 서로 자신이 키우겠다고 티격태격한 적이 있는데, 야율쿠리는 초초룬이 아이를 내놓지 않자 '쳐들어가서 빼앗아 오겠다'며 성질을 부렸고 초초룬도 '오면 죽여 버린다'고 맞섰다. 그대로 두면 두 사람의 성격상 일이 커질지도 몰랐다. 그때 해결책을 내준 사람이 치우천이었다. 그는 "싸우기보다 빨리 다음 아이를 가져라! 내가 신방을 차려 주겠다!"고 전했다. 치우천이 전한 말을 듣고 두 부족장은 똑같이 크게 껄껄 웃고는 얼굴을 붉히더니 대나무골로 달려갔다고 전해진다. 사실 두 사람은 예전 위기 때 대나무골에서 부부의 연을 치렀고, 그 후에도 그곳에서 남몰래 만나곤 했다. 농담 같은 말 한마디로 두 부족장 사이의 묘한 긴장감이 단번에 사라져 좋게 해결이 난 것이지만, 성질 급하기로 유명한 두 부족장을 그렇게 달랠 수 있는 사람은 세상 천지에 치우천밖에 없었다.

툰툰이 이끄는 조그마한 툰툰족은 자리를 옮겨 미아우족 초초룬의 영역으로 옮겨 가 살았다. 툰툰은 조그마한 족장에 불과했으나 초초룬의 환영을 받아 부족의 원로 대접을 받았고 그녀의 오른팔이 되었다. 그의 막내아들 유쌍도 신시를 떠나 미아우로 돌아갔고 후에 미아우의 상당히 큰 대족장의 위치에까지 오르게 된다.

진몽희는 치우비와 어떻게든 일을 만들어 보려고 신시까지 찾아왔지만 마음을 닫아 버린 치우비의 눈을 돌릴 수는 없었다. 진몽희는 그래도 포기하지 않았지만 일단은 하백족으로 돌아갔다.

타타르의 앙가마이와 앗수라트족은 비록 그 이름은 그대로 두었지만 한 부족으로 통합되었다. 같은 부족 안에서 앗수라트와 앙가마이가 공존하는 양상이었는데, 두 부족장 키타야와 구르는 사이좋게 공동으로 부족장의 지위를 누렸다. 부족의 후계자는 울라트가 되어야 할 것이지만, 울라트는 주신 사람으로 살겠다고 고집을 부렸다. 때문에 후대가 없는 두 부족장은 후계자로 새로 능력 있는 젊은이를 뽑았고, 이후 앗수라트와 앙가마이는 부족장의 자리를 대물림하지 않고 뛰어난 젊은이에게 물려주는 관습이 굳어졌다. 그 부족은 비록 크게 세력을 넓히거나 정복을 행하지 않았지만 신시의 도깨비 부대 대장을 딸로 둔 키타야의 말을 듣지 않는 타타르족은 거의 없었다. 구르도 마찬가지여서 그는 타타르의 도깨비 왕 비울걸과 친구라고 소문을 내었기에 구르의 입김도 키타야에 못지않았다. 또 키타야는 훈족의 나단선우를 잘 달랬다. 나단선우는 헌원과도 가까운 사이였지만, 이제는 주신과도 가깝게 된 셈이라 중

립을 취하게 되었다. 나단선우가 훈족 전체를 지배하는 것은 아니었지만 그의 부족은 헌원의 국경과 인접했기 때문에 이것은 큰 성과라 하지 않을 수 없었다.

와난강과 와난수는 마갸르족을 잘 이끌어서 결국 와난강이 부족장으로 선출되었다. 두 사람의 현명한 부자는 마갸르족의 대표자 역할을 하며 주신과 치우천만 아니라 금천과 창힐, 미아우족과도 계속 좋은 관계를 유지했다.

단 한 사람, 비울걸은 신시에서 자신의 출신이 밝혀지자 사람들을 대하기 껄끄러웠던지 종적도 없이 사라져서 오랫동안 나타나지 않았다. 치우천은 진심으로 비울걸을 좋아했기에 그를 보고 싶어 해서 사람을 여기저기 풀어 수소문하기도 했지만 타타르의 도깨비 왕답게 모습을 드러내지 않았다.

치우천은 쑤앙마이에게도 사람을 보냈다. 카린족이 중립을 지켜 주기를 원하는 내용이었다. 쑤앙마이의 입장에서 보면 헌원에게는 미우나 고우나 소녀가 가 있고, 치우천에게는 무라가 가 있으니 그것을 고려한 전언이었다. 쑤앙마이는 신시로 유우와 가나를 보내 정중하게 그러겠다는 답변을 보냈다. 무라는 벌을 받은 줄 알았던 유우와 가나를 만나게 되어 몹시 기뻐했으며 함께 구름골로 가서 비냐도 만나게 해 주었다. 쑤앙마이는 한편으로 치우천에게 이렇게 전했다.

'카린은 어느 편도 들지 않을 것이다. 사람의 싸움일 때는 그렇다. 사람 아닌 것이 세상을 어지럽힌다면 나는 모든 힘을 다해 반대편에 설 것이다.'

치우천은 이 말을 듣고 역시 쑤앙마이는 선인이라고 감탄했다. 헌원이 응룡을 부리는 것을 마음에 들어 하지 않는다는 증거였다. 또 치우천에게도 붕이나 첸누, 번개범 등을 사람의 일에 끼어들게 하지 말라는 충고도 내포되어 있었다. 치우천은 쾌히 그러겠다고 말을 전했다.

　어느 날 치우천은 생각지도 않던 사람의 방문을 받았다. 오래전에 헤어진 형요 여섯 자매가 신시를 찾은 것이다. 여전히 활달한 자매를 치우 형제는 기쁘게 맞았고 치베나 울라트도 몹시 반가워했다. 형요 자매는 그들이 태어난 먼 동북쪽 땅으로 돌아갔는데, 신수 첸누가 그들의 어미 노릇을 했기에 북쪽 부족은 형요 자매를 여신처럼 받들게 되었다. 그들은 대부분 남편을 얻어 결혼했는데, 특히 첫째 형요는 과보족의 부족장인 과보를 남편으로 맞았다. 과보는 부족 이름이기도 했지만 부족장 또한 과보라는 이름을 썼다. 형요는 신수의 딸이니만치 과보조차도 형요를 마누라라기보다는 여신처럼 떠받들어야 했다. 형요 자매는 치우 형제를 잊지 않고 사람을 보내 이쪽의 정세를 살피다가 마침내 그가 헌원과 싸우게 될 것임을 알고 직접 찾아온 것이다. 자매는 오래 머물지 않았지만 치우천이 헌원과 싸운다면 자신들도 과보족의 모든 힘을 동원해 돕겠다고 말해 주었다. 실제로 형요 자매는 후에 전쟁이 일어나자 부족장인 과보를 직접 데리고 와서 참전하게 된다.

　일 년 정도 후에 치우천은 신시에서 맥달과 정식으로 혼례를 올렸다. 누구에게나 축복받는 결혼으로 치우천의 입지도 한층 단단하게 만들었지만, 치우천 개인으로도 더 이상 행복할 수 없는 나날이었다. 맥달과의 결혼이 일 년이나 걸린 것은 맥달 스스로가 완곡하게 치우천을 말렸기 때문이다. 자신은 아이를 낳을 수 없는 부족한 몸이라면서 자신은 작은 마누라로 만족하니 큰마누라를 들이라고 치우천에게 말했다. 치우천은 꿈쩍도 하지 않았다. 이대로는 치우 집안의 대가 끊긴다고 말했으나 치우천은 딱 잘라 말했다.

　"나에게는 누리가 있소. 그 아이는 내가 낳지 않았으나 엄연히 치우 집안의 핏줄이니 뒤를 잇는데 부족함이 없소! 더구나 내가 계속 키웠으니 내 자식이나 마찬가지니까 다른 자식에 연연하고 싶지 않소!"

누리는 치우바람의 아들로 태어나서 치우 형제가 받아 주지 않았다면 명대로 살지 못했을지도 모른다. 생부인 치우바람은 치우 형제와 다투다가 사막에서 형 치우가람과 함께 비참하게 죽어 갔으니 어찌 보면 누리는 치우 형제를 원수로 생각할 수도 있었다. 허나 총명하고 착한 누리는 치우 형제를 누구보다 따랐고, 이제는 치우천도 누리에게 사랑을 아끼지 않아 자기 자식처럼 생각하고 있었다. 후에 자오지 한웅이 된 치우천의 뒤를 이은 것이 바로 원수의 아들이기도 한 누리였다. 그는 성인이 되면서 치우눌이라는 이름을 받아 이 대째 자오지 한웅이 되어 주신을 무리 없이 다스린다. 치우가람은 흉계를 통해 한웅이 되기를 그토록 바라다가 실패해 죽었지만 동생의 아들인 누리가 마침내 한웅이 된 것은 운명의 장난과도 같은 일이었다.

한편 주신은 군사 면에서도 역량이 커져 갔다. 형천의 뒤를 이어 세상 제일의 용사라 칭송받는 치우비가 웃뜸사울아비로 누구도 비교할 수 없게 자리를 굳혔다. 치우비는 무예 기술을 창안하여 가르쳤기에 사울아비들의 전투 능력도 올라갔다. 치우광, 양역, 쇠돌이, 부루벼락, 거서기, 삼, 마파람 등 빼어난 재주를 지닌 젊은 사울아비들이 새로운 군부의 일각을 담당했고 치우벌, 부소다솔, 고시가라, 부소눌하 등 경험 많은 대장의 기용도 빠뜨리지 않았다. 또 무라, 치베, 울라트, 울쿠타, 야쿠타, 알한, 차오스 같은 다른 부족 출신의 대장들은 출신이나 특성이 달라 직접 주신 사울아비를 맡지는 않았지만 역시 사울아비 큰스승 이상에 해당하는 직위를 맡아 부대의 참모나 부대장으로 기용될 수 있게 제도를 고쳤다. 물론 별도 편성도 해서 알한과 차오스의 용병 부대나 울라트, 울쿠타, 야쿠타의 도깨비 부대 등은 특별한 별도 부대로 따로 지원해 주고 나름대로 특성에 맞게 활약할 수 있도록 독립성을 부여했다.

도깨비 부대도 꽤나 수가 늘어났는데 각 지방 부족장들이 노예로 팔려 온 도깨비를 발견할 때마다 신시로 보내 왔기 때문이다. 그들의 숫자도 후에는 천 명 정도 규모로 늘어나서 당당한 전투 부대로 용맹을 떨쳤다. 도깨비 부대의 총대장은 이제 소녀티를 벗고 여걸로 변하고 있는 울라트였고 역시 청년이 된 울쿠타, 야쿠타가 그녀를 보좌했으며 리미, 개르, 마냥이 주축을 이루었다. 싱카는 다시 고향에 다녀온다고 상당히 오랫동안 자리를 비우곤 해서 정식 편대장이라기보다는 참모 역할을 주로 했다.

용병 부대는 알한과 차오스를 대장으로 했으며 무라도 참모 격으로 활동했다. 무라도 자주 자리를 비웠는데 그녀는 번개범과 비냐가 있는 구름골에 자주 들렀다. 그곳에서 비냐와 이야기도 하고 호랑이와 표범도 모아 길렀다. 신시 부근의 호랑이와 표범은 카린의 개명수나 흰표범과는 약간 달랐지만 그래도 비슷한 성질을 지니고 있어 기르기 쉬웠다. 그런 호랑이와 표범들도 나중에는 숫자가 수백 마리로 크게 늘어난데다 무라와도 교감이 자유롭게 되어서, 거의 비휴의 천랑대에 맞먹는 독립 부대를 만들 정도가 되었다. 무라를 따라온 개명수 카와 슈도 여기 있었는데 몇 마리 새끼를 낳아, 숫자는 적어도 가장 크고 힘이 센 개명수는 짐승 무리의 대장 역할을 했다. 그 때문에 무라의 호랑이, 표범 무리를 사람들은 개명수 부대라고 불렀다.

도깨비 부대와 용병 부대, 개명수 부대는 사람들을 놀라게 하지 않게 하려고 신시 안에 위치하지 않고 각각 신시를 보호하는 곳을 근거지로 삼아 배치되었는데, 간혹 그들이 신시로 들어와 행진이라도 하면 사람들은 몹시 놀라고 하늘에서 내려온 군대 같다고 말했다. 도깨비들 중 포리는 싸움보다는 건축이나 물건 제작 등에 퍽 뛰어난 재주가 있었기 때문에 그만은 도깨비 부대에 들어가지 않고 불쇠를 따라 무기 제작에 전념하게 했다.

솟대 단군이 죽은 이후 단군들도 많이 바뀌었는데 치우천은 누리의 후견인이기도 했던 흰 단군을 솟대 단군으로 앉히고 폐인이 된 검은 단군도 명예를 회복시켜 주었다. 그들의 죄는 사실 추궁하기 애매했는데 솟대 단군이 입을 막기 위해 잔인한 수단을 쓴 것이라 그 갚음을 해 주자 흰 단군과 검은 단군 모두가 고마워했다. 또 그들의 후계자로 질쾌가 두각을 드러냈다. 질쾌는 도단이가 살아 있었다면 좋았을 거라고 눈물을 지었다.

헌원도 군사력을 키워 갔다. 유망의 전사들을 흡수한 헌원은 길지 않은 시간에 그들의 충성을 이끌어 냈다. 일정 기간 동안 경험 많은 유망의 전사들을 조장으로 삼아 경험이 적은 자신의 전사들을 지도하게 해서 전사들의 역량을 높였다. 그리고 헌원은 각지의 부족장으로 세워 둔 자신의 수많은 아들들을 통해 각 부족마다 일정 수 이상의 전사를 양성하게 했으며 물자를 비축하여 전쟁에 대비한 준비를 하게 했다. 헌원의 부하들로 꼽히는 십육기인도 이제 구성이 변하고 숫자가 맞지 않았다. 헌원이 황제란 칭호로 더 큰 자리에 오른 이상 개인적인 관계의 느낌이 짙은 십육기인이라는 호칭은 헌원 스스로 잘 사용하려 하지 않았다. 때문에 남아 있는 자들만 십육기인으로 불렸을 뿐이다. 그들은, 혹은 헌원의 곁에서, 혹은 독립적으로 활동하며 각자 주신과 대결할 준비를 갖춰 나갔다. 비휴는 더 많은 늑대를 키우고 훈련을 시켜서 천랑대를 강하게 만들었고, 끽구는 형천의 대인족을 맡아 그의 힘으로 전사들을 굴복시키고 노련한 형천의 부하를 휘하에 거느렸다. 현녀는 애굽과 수메르, 앗카드, 인도에서 배운 지식을 바탕으로 여러 가지 기이한 무기를 만들 테니 지원을 해 달라고 헌원을 설득했다. 사실 애굽은 피라미드를 지을 정도로 토목 기술이 발달했고 수메르는 벽돌을 구워 성곽을 만들고 역청과 아스팔트 같은 새로운 물질도 잘 사용했으며, 인도는 수학이 발달하여 물건을 만들 때 미리 계산을 하는 현명함도 있었다. 앗카드는 대제왕 사르곤 왕가가 공성 병기를 발명하는 단계에 이르고 있었다. 여러 곳을 거쳐 오며 그런 것들을 본 현녀도 비슷한 무기를 만들 생각을 한 것이다. 그중에는 투석기와 비슷한 공성 병기나 후에 그리스의 불로 알려진 화염 방사기와 흡사한 물건, 원시적인 전차나 성문을 부수는 파성추, 성벽을 넘을 수 있는 이동식 망루까지 있었다. 덕분에 현녀는 거의 독립적인 지역을 할당받고 여왕처럼 군림했는데, 지나족에서도 찬밥 신세가 된 소녀를 꼭 데리고 다녔다. 현녀는 현명했지만 의심도 많아서, 커다랗고 복잡한 무기를 만들면서도 무기의 성능보다 작동법이나 제작법을 비밀에 붙이는 데 신경을 썼다. 헌원이 보기보다 무서운 사람이란 것을 깨달은 그녀는 이런 기술을 혼자 쥐고 있어야만 버림받지 않고 안심할 수 있다 여겼기 때문이다. 앞선 세계의 기술을 총망라한 무서운 무기들은 현녀의 지휘하에 느리지만 꾸준히 만들어져 갔다.

그렇게 양측은 전쟁 준비에 삼 년을 보냈다. 치우천의 외교도 그때쯤에는 완성되어 전 동북아를 망라한 대작전도 실행만 남겨 두었고 헌원의 군비도 이를 데 없이 탄탄해졌다. 지나족은 하도 숫자가 많아서 '천(千)'의 단위를 넘은 '만(萬)' 단위를 사용했는데, 이제는 그것도 모자라 새로 '억(億)'이라는 단위를 쓰고 있었다. 그래서 황제(黃帝)*의 전

* 여기서는 헌원이라는 의미.

사는 몇억을 넘는다. 억 다음의 단위도 만들어야 한다는 소문까지 돌았다.*

그렇게 긴장된 상태에서 삼 년 정도 지났을 때, 결국 오랫동안 앓던 사와라 한웅이 세상을 떠났다. 치우 형제에게는 은혜도 내리고 고생도 시킨 복잡한 인물이었고 말년에 치우가람에게 속아 큰일을 저지를 뻔도 했지만 어쨌든 대외적으로는 큰 무리 없이 주신을 다스린 좋은 한웅이었다. 다만 고시씨의 죄가 크므로 사와라 한웅의 이름은 이 대째로 끊어졌고 새로 치우천이 한웅의 자리에 올랐다. 그는 오랫동안 생각하던 '자오지 한웅'의 이름으로 한웅 자리에 올랐는데, 이는 신시 시대가 시작된 지 열네 번째로 바뀐 한웅의 이름이다. 치우천 이후로도 자오지 한웅의 이름은 삼 대까지 이어져서 도합 일백구 년 동안 주신을 다스리게 된다.

치우천은 한웅의 자리에 오르자마자 지체 없이 두 가지 큰 결단을 내렸다. 첫 번째는 모든 사람을 깜짝 놀라게 했는데, 신시의 성벽을 허무는 일이었다. 거의 안파견 한으로 대표되는 한인 시대부터 이어져 수백 년이 걸려 쌓아 올린 신시의 성벽을 허문다는 것을 사람들은 믿으려 들지 않았다. 그러나 치우천은 지체 없이 실행에 옮겼다. 이것은 주신 삼사조차 처음에는 격렬히 반대했는데 치우천은 차분하게 그들을 설득했다.

"신시의 성벽을 아주 없앤다는 뜻은 아닙니다. 지금 신시는 사람이 늘어나는데도 성벽 울타리에 갇혀 더 커지지 못하고 있습니다. 높은 성

---

* 실제로 조선 중기까지 우리나라도 숫자를 셀 때 만 다음으로 십만이 아니라 억을 쓰는 경우가 많았다. "글이 너무 좋아 일억 번 독(讀)했다"는 문집(文集)의 표현이나 "억만 년 살고지고" 같은 표현에서의 억은 사실 십만의 의미를 지닌다. 보통 관용구로 쓰이는 '억조창생'의 뜻은 실제로는 십만, 백만 단위를 나타낸다고 보는 편이 옳다.

벽은 물론 주신을 지키는 상징이기도 합니다. 허나 실제로 사람들에게 는 너무 높아서 다른 사람을 인정하지 않고 꺼린다는 의미로 받아들여 집니다. 주신과 신시는 돌로 쌓은 성벽으로 지키는 것이 아니라 주신을 둘러싼 다른 부족들로 지켜야 합니다. 진정한 성벽은 좁은 신시에 두를 것이 아니라 주신 전체에 퍼진 다른 부족과의 믿음과 협력으로 쌓는 것 입니다. 그것을 보이기 위해서라도 요란하게 헐어야만 합니다. 그리고 그런 불신이 없어질 즈음, 적당한 크기의 성벽을 훨씬 넓게 지어서 신시 를 넓히면 됩니다."

치우천의 결단은 많은 사람들이 반대했지만 결국은 좋은 결과를 맺 었다. 특히 성벽을 허물어 신시에 드나드는 사람의 제한을 없앤 것은 신 시와의 교역을 위하던 수많은 다른 부족 사람들의 찬사를 받았다. 이때 까지 주신을 불신하고 꺼리던 부족도 이 일을 증거 삼아 설득해서 거의 마음을 돌리게 만들 수 있었으니 보이지 않는 이익이 막대했다. 더구나 신시의 반경을 넓혀 정말로 거대한 도시로 변모하고 나니 사람들의 살 림살이는 번창해지고 활기차졌다. 성벽을 허물고 다시 짓는 데 많은 비 용이 들었지만 처음에만 힘들었을 뿐, 몇 년 후 신시가 넓어지고 인구가 늘어나 세금을 거두게 되니 신시의 재정도 훨씬 풍족해졌다.

치우천의 두 번째 결단은 헌원이 선수 치기를 기다리지 않고 즉각 전 쟁을 선언한 것이다. 그간의 외교 작업으로 헌원의 세력을 압박해 들어 갈 포위망은 이미 구축되어 있었다. 그렇다면 더 기다릴 이유가 없다고 판단한 것이다. 치우천이 먼저 개전을 선포하고 합류 지점으로 대나무 골을 정하자 기다리고 있던 수많은 부족들이 지체 없이 군대를 모아 주 신 쪽으로 달려왔다. 그동안 주변의 부족들도 전쟁을 준비하여 힘을 길 러 왔으므로 부족을 방어할 충분한 병력을 남겨 두었음에도 키탄과 미 아우가 각각 일만이 넘는 정예 전사를 동원했고, 보돈차르는 팔천의 몽골 기병을, 와난강 부자도 칠천의 정예병을 차출했다. 그 외에 타타르족이나 다른 미아우, 마갸르, 키탄 등의 각각의 부족에서 동원한 전사의 숫자도 막대했다. 금천과 창힐도 치우천과 함께 싸우겠다고 전해 왔으나 치우천은 그들에게 굳이 군사를 동원하지 말고 영지 방어에만 힘을 쓰라고 전했다. 그리고 마침내 치우천이 치우비와 치우광, 양역을 앞세우고 신시를 떠났다. 신시에서 떠나면서 일만의 사울아비를 동원했으며 신시에서 나서자 수많은 대장과 사울아비 스승들이 각자 군대를 거느리고 그 뒤에 합류했다. 따로 세를 불리던 용병 부대나 도깨비 부대, 무라의 개명수 부대도 두말없이 전 병력을 몰아 대열에 합류했다. 더구나 먼 동북쪽 과보족의 과보가 형요 자매와 함께 직접 참전했다. 과보는 금발에 푸른 눈을 지녀 도깨비 같아 보였지만 끽구만 한 거인인데다 엄청난 힘을 지닌 용사였다. 여기에 싱카가 남몰래 힘을 써서 몰고 온 인도의 크샤트리아 전사까지도 참여했고 멀리 남만에서 축융도 얼굴이 거무튀튀하고 코가 넓고 눈이 큰 용병 부대를 보내 왔다. 그렇게 대나무골에 다다를 즈음 치우천이 거느린 주신군도 모두 합하여 이만에 달하는 대군이 되었고 동북아만 아니라 당시 동방 세계를 거의 아우르는 연합군 성격이 되었다. 지나족은 아직도 용모가 다른 자들을 도깨비라 불렀지만 도깨비 부대가 정식으로 편제된 주신이나 그에 가까운 부족들은 십 년의 시간 동안 그런 차별 의식을 상당히 거두었기에 별 문제는 생기지 않았다. 그런 각 부족 전사들을 모두 합하면 이쪽도 일억(십만)을 헤아리는 군세가 되었다. 이곳에 모인 부족장 중 누구도, 이만한 군세가 한곳에 모이는 장관은 보지 못했다. 대나무골(탁록)이 좁은 곳은 아님에도 거의 눈에 띄는 모든 곳이 전사들로 가득 찼다. 사기는 저절로 하늘을 찔렀고 충만한 자신감이 열병처럼 번졌다. 헌원의 지나족이 아무리 수가 많고 신수 응룡이 있다 해도 이 인원으로 못할 일은 없을 것 같았다.

그러나 십만 전사의 열화 같은 박수를 받으며 단에 오른 치우천은 예상치 못한 발언을 했다.

"이제 여러분은 우리의 군세가 얼마나 강한지 직접 눈으로 보셨을 것입니다. 자신감이 들 것입니다. 이것을 잊지 마시고, 각자 부족으로 돌아가 더 힘을 키우십시오."

부족장들조차 무슨 소리냐고 충격을 받을 정도였으니 전사들의 놀라움은 말로 할 수 없을 정도였다. 우, 하며 비난의 소리가 일었고 싸우고 싶다, 싸워야 한다는 함성이 여기저기서 일다가 급기야는 하늘을 찌를 정도로 소란스러워졌다. 그러나 치우천은 침착하게 웃으며 기다리다가 어느 정도 상황을 진정시킨 다음 말했다.

"싸움을 하지 않겠다는 뜻은 아닙니다. 돌아가라고 말한 이유는 이중에서 많은 전사들이 집으로 돌아가게 될 것이기 때문입니다. 우리는 많은 숫자가 모였지만 실제 이렇게 많은 군대를 이끄는 것은 쉽지 않습니다. 따라서 우리는 이중에서도 가장 강한 전사만을 뽑을 것입니다. 열 사람 중 한 명만 뽑을 것이니 단단히 각오를 하십시오. 헌원과의 전쟁은 아주 오래될 것이며, 이번에 뽑힌 전사들은 일 년 동안 싸우고 겨울에 교체됩니다. 이번에 뽑히지 못했다고 해도 낙심하지 마십시오. 힘을 기른다면 다음번에는 참전할 기회가 올 것입니다!"

그제야 전사들은 치우천의 발언이 정말 집으로 가라는 의미가 아니라 전사들의 역량을 겨루게 할 의도라는 것을 깨닫고 환호했다. 이렇게 한번 사람에게 충격을 준 다음 다시 기세를 살리며, 악의 없는 경쟁을 통해 사기를 돋우는 것은 치우천의 특기였다. 전사들로서도 이것은 놓칠 수 없는 기회였다. 몇 년을 준비한 전쟁이었기에 이곳에 모인 전사 중 자기 실력에 자신이 없는 자는 하나도 없었다. 그중에서 열의 하나만 뽑는다니, 당장 내일 죽는다 해도 여기에 들어야 자존심이 풀릴 것 같았다. 사기는 더더욱 충천해졌고, 전사들의 다짐은 굳어졌다. 전장은 축제처럼 변해서 분위기는 더할 수 없을 만큼 고조되었다.

치우천은 전사들이 실력을 겨루어 열 명 중 하나를 선발하는 동안, 대장급의 인물을 모아 따로 작전 회의를 했다. 그 숫자는 주신 사울아비부터 각 부족장에 이르기까지 모두 합하면 백수십 명에 달했고 이름난 용사 아닌 자가 없었다. 그러나 치우천은 대부족장이나 중요한 위치에 있는 사람들은 제외하고 일흔두 명을 가려 뽑았다. 치우천은 이제는 자오지 한웅이었기에 부족장들에게도 경어를 쓰지 않았다.

"우리의 힘도 커졌으나 헌원의 힘은 더욱 무섭소. 더구나 이런 대규모의 군대가 이동하려면 큰 대가를 치러야 하오. 그러니 우리가 움직이지 않고 헌원의 큰 군대의 힘을 쇠약하게 만든 다음, 나중에 7가 제 발로 힘든 길을 걸어 이곳으로 오게 만들어야 할 것이오. 충분히 힘을 모았다가 단번에 헌원의 군대를 전멸시킨다면 세상에 큰 피해를 주지 않고도 헌원을 꺾어 버릴 수 있을 거요."

그대로만 된다면 최선의 작전이겠지만 그게 가능하겠느냐고 많은 대장들이 의문을 제기했다. 치우천은 사람을 시켜 준비한 물건을 날라 오게 하고 손수 그것들을 풀었다. 두 무더기로 이루어진 물건 중 첫 번째 것에는 구리가면이 가득 들어 있었다. 가면은 염제의 상징이기도 한 쇠뿔이 돋아 있고 몹시 무서워 보였다. 이것이 무어냐고 묻자 치우천은 웃으며 대답했다.

"이것을 쓰는 사람은 모두 자오지 한웅이 되는 것이오. 여러분은 적지만 강한 전사들을 거느리고 모두 자오지 한웅이 되어 헌원의 주변을 치는 것이오. 일흔두 명의 자오지 한웅과 최강의 전사들이 작은 부족을 순식간에 휩쓸고는 순식간에 물러서기를 계속하면, 제아무리 헌원이라도 견디지 못할 것이오."

치우천은 쌍방의 피해가 클 맞대결을 피하기 위해 소수 정예의 작은 부대를 투입하여 일종의 게릴라전을 펼 생각이었다. 작전 도중에는 이쪽이 더 피곤하겠지만 이들은 정예이고 일 년마다 공을 세운 후 교체된다. 그러니 아낌없이 힘을 발휘할 수 있다. 헌원은 계속 밖으로부터 타격을 입어 이러지도 저러지도 못하는 상황이 될 것이다. 모두가 자오지 한웅임을 자처하기 때문에 혼란에 빠지다가 점점 약화될 것이 분명했다.

어느 정도 지나면 헌원도 대비를 할 것이지만 그때는 각 방향의 부족들이 국경을 소란하게 하면 되었다. 치우천은 간단히 말했다.

"헌원이 군대를 흩으면 그때는 사방에서 달려들어 쳐 버릴 것이고, 한데 모으면 상대하지 말고 주변 부족만 계속 쳐 나가면 되오. 지나족을 칠 때도 부족장만 죽인 후 재산을 빼앗고 후퇴해야 하오. 아무리 헌원이라도 부족 사람이 남아 있으면 그냥 두지 못할 것이고, 다시 부족장을 세워야 할 거요. 그러다 보면 쓸 만한 사람도 모자라게 되고, 전체적으로 약해질 수밖에 없을 거요. 헌원이 한곳에 힘을 모을 기미가 보이면 다른 쪽에 전사를 더 보내면 되오. 우리는 열의 하나만 드러나 있으니 숨겨 둔 힘이 충분하고 헌원은 그럴 수 없으니 반드시 잘될 것이오."

실로 교묘한 작전이라서 다들 찬성하고 수긍했다. 거기에 더해 치우천은 다른 짐을 풀었는데, 거기에는 철로 만든 신기한 무기들이 사람 숫자만큼 쌓여 있었다.

"이 무기들은 대장에게만 주는 것이며, 절대 잃어버리거나 다른 사람에게 주면 안 되오. 이 싸움은 길고도 힘들 것이고, 여러분은 아주 중요한 사람들이니 만에 하나 일이 생겨도 여러분만은 무사해야 하오. 이 무기를 잘 쓴다면 위험할 일을 많이 이겨 낼 수 있을 거요. 다른 것은 괜찮지만 혹시라도 신수 응룡이나 주룽, 카옌이 나타날 기미가 보이면 그때만은 절대 상대하지 말고 피하시오. 그 외에는 다들 알아서 하시기를 바라오."

대장들은 이 강하고도 신기한 무기를 시험해 보고 놀라워서 거의 비명을 지르다시피 했다. 돌 무기가 주종인 시기에 구리 무기도 신통했는데 그를 능가하는 가볍고 강한 철 무기를 쥐게 되었으니 호랑이가 날개를 얻은 격이었다. 치우천은 이어서 신호를 보냈는데 그때까지 자취를 감추고 있던 비울걸이 모습을 드러냈다. 치우천은 그를 소개하며 말했다.

"이 사람은 타타르의 도깨비 왕, 비울걸이오. 도깨비를 풀어 언제든 내 명령을 전해 주고, 아주 먼 거리라도 순식간에 소식을 전할 수 있으니 이 사람이나 이 사람의 도깨비가 전하는 말이 있으면 그것을 내 말이라 생각하고 따라 주기 바라오."

대나무골에서의 전사 선발은 태산 회의만큼이나 많은 이야깃거리를 남기고 닷새 만에 끝났다. 약속대로 열 사람 중 한 사람은 뽑혀 대나무골에 남고 나머지는 돌아가 힘을 키우게 되었다. 그렇게 일만 정도가 남자, 치우천은 이미 뽑은 일흔두 명의 대장에게 각각 백 명씩 용사를 편성했고 나머지 삼천 명에 사울아비 부대 일부를 붙여 오천 병력을 상주시키며 이 요충지를 지키게 했다.

이렇게 일흔두 명의 대장으로 하여금 정예 부대를 이끌게 한 게릴라전은 대성공이었다. 그들은 무서운 가면을 쓰고 여기저기 나타나 스스로를 자오지 한웅이라 밝혔으므로 자오지 한웅 치우천은 지나족에게 공포의 대상이 되었다. 지나족은 그를 그들식으로 '치우천왕'이라고 불렀는데, 다른 부족도 자오지 한웅보다는 그 이름을 사용하여 불렀다. 치우천왕은 몸을 여러 개로 나누어 동에 번쩍 서에 번쩍 나타났으며 무시무시한 힘을 발휘한다고 알려졌는데, 이는 그들이 들고 있던 신병이기인 쇠 무기의 덕분이었다. 돌 무기는커녕 구리 무기로 막아도 상대를 한꺼번에 쪼개 버릴 정도의 위력은 치우천왕을 하늘이 내린 사람으로 인식하게 만들기에 충분했다. 헌원은 개전 선포와 함께 병력을 모아들이려 했는데 이렇게 자기 영토 내에서 무수한 공격을 당하자 제대로 대응을 하지 못했다.

이 소모전은 전사들을 일곱 번 교체할 때까지 칠 년 동안이나 이어져 갔다. 일흔두 명의 대장들도 몇 번 바뀌고 한때는 여든한 명으로 늘기도 했었지만 사상자는 많지 않았다. 다만 과보족의 족장 과보가 무리한 작전을 펴다가 신수 응룡과 주룽에게 그만 목숨을 잃었다. 과보는 몹시 용맹해서 치우비나 끽구가 아니면 상대할 사람이 없을 정도였기에 적진 깊이 들어가서 물러나지 않았다. 더구나 신수에 대한 소문을 믿지 않고 두려워하지도 않았는데, 이것은 늘 보아 오던 신수 첸누가 너무도 조용하고 평화스러운 성격이기에 그랬던 것이다. 응룡이 직접 싸우지는 않았지만, 과보의 부대를 안개로 빙빙 돌게 만들고 헤매게 한 다음 마지막에는 주룽이 과보를 죽였다. 과보는 형천만큼이나 강했기에 신수가 아니면 그를 죽일 수 있는 자가 없었던 것이다.

과보의 죽음은 형요 자매를 미칠 듯 분노하게 만들었다. 치우천으로서도 이것은 상당한 타격이었다. 형요 자매와의 연분도 있고 다른 부족 연합에 미치는 사기 문제도 고려하지 않을 수 없었다. 그렇다고 신수를 무리하게 끌어낼 생각은 없었다.

결국 자오지 한웅의 특명으로 주신 삼사가 나섰다. 그들의 목표는 응룡과 주룽이었다. 치우천이 주신 삼사를 보낸 데에는 이유가 있었다. 처음에는 그들이 신수를 어떻게 당해 낼까 걱정했으나 그들은 치우천에게 비밀을 말해 주었다. 자오지 한웅이 되었으니 이제 치우천에게 밝히지 못할 것은 없었다.

"삼사의 힘은 사실 천부인의 힘에서 비롯되었으며, 각자의 주술로서도 사용할 수 있지만 한웅께서 천부인의 힘을 빌려 주기를 허락하신다면 세상의 어떤 것도 이길 수 있습니다. 이것은 오래전부터 한웅님과 삼사에게만 전해지는 비밀이며, 절대 함부로 써서는 안 될 것이지만 이번에는 신수를 상대하는 일이니 허락하셔도 좋을 것 같습니다."

이전의 사와라 한웅은 마음이 굳세지 못해 천부인과 이야기할 용기를 내지 못했다. 그러나 치우천은 한웅이 되기 전부터 천부인과 이야기를 해 왔으니 꺼릴 것이 없었다. 치우천은 주신 삼사를 통해 천부인이 힘을 행사한다는 사실을 그제야 알게 되었다. 치우천은 천부인과 만난 뒤로 처음 불러 보았는데, 자오지 한웅의 이름으로 주신 삼사에게 힘을 줄 것을 청하자 천부인은 두말없이 "그렇게 될 것이오, 한웅"이라 말을 전해 왔다.

천부인의 힘을 업은 주신 삼사가 꺼릴 것은 없었다. 그들은 가면을 쓰지도 않고 정체를 숨기지도 않은 채 지나족의 영토로 들어가 응룡과 주룽을 찾았다. 응룡이 살던 동굴로 찾아간 주신 삼사는 하늘도 땅도 흔들 정도의 대격전을 치렀는데, 이로 인해 신수 카옌은 신지울태의 글자 주술로 벼락을 맞아 재가 되어 버렸고, 주룽은 비렴에 의해 몸이 반이나 날아간 채 도망쳤다. 응룡은 처음에는 삼사를 무시하고 비바람과 안개를 불러 일으켜 그들을 쫓아내려 했으나 병예가 천부인의 힘을 빌려 더 큰 비바람을 불러와서 응룡조차 벼락을 맞고 꽁지가 빠지게 도망쳐야 했다. 이 광경을 직접 본 사람은 없었지만 엄청난 주술 대결의 여파를 느낀 사람은 많았다. 그 후 응룡의 굴이 무너지고 응룡이 사라진 것이나, 주룽의 뜯긴 몸이 발견된 것으로 싸움의 결과는 누구나 짐작할 수 있었다. 이것이 전해져서 '응룡이 풍백 우사를 당해 내지 못했다'는 소문이 퍼졌다. 주신 삼사는 응룡을 죽이지는 못했지만 신수 하나를 죽였고 둘을 물리쳤으니 충분히 갚음을 했다고 판단하여 주신으로 돌아왔다. 형요 자매도 어느 정도 슬픔을 달랠 수 있었고 각 부족장도 더 이상 응룡을 겁내지 않게 되어 작전을 계속 실행할 수 있었다.

자오지 한웅, 즉 치우천왕은 지나족에게 이제 공포를 넘어 신과 같은 존재로 받아들여졌다. 치우천왕의 상징이 된 귀신 가면이 나타나면 손을 들고 항복하는 일이 비일비재했고, 심지어는 조잡한 가면을 쓰고 치우천왕을 사칭한 도둑까지 들끓을 정도였다. 지나족은 이 작전으로 인해 수없이 많은 부족장의 목이 날아갔다. 헌원의 아들 백여 명 중 대부분이 처음 삼 년 사이에 목숨을 잃었다. 혼란에 빠진 지나족은 헌원을 배신하기도 하고, 창힐이나 금천에게 달려가기도 했다. 헌원은 아들들을 잃을 때마다 비통해하다가 마침내는 건강까지 상하게 되었다. 지나족은 피폐해지고 혼란에 빠졌다.

허나 헌원은 마침내 이 전술의 의미를 꿰뚫고 전사들을 집결시켰다. 이대로 끌려 다니다가는 승산이 없다고 판단했다. 삼 년에 걸쳐서 헌원은 주변 부족이 당하건 말건 일체 대응하지 않고 근거지인 화산 일대를 기반으로 철저히 병사들을 훈련시켰다. 그렇게 모여든 전사들의 수는 삼억, 즉 삼십만에 달하는 막대한 숫자였다. 헌원이 일체 대응을 하지 않자 치우천도 헌원의 뜻을 파악하고 신출귀몰 활동하던 일흔두 개의 부대를 불러들였다. 이제는 헌원도 충분히 피폐해졌고, 막다른 지경에 몰린 것으로 판단했다. 사실 십 년이나 전쟁을 끌다 보니 주신이나 다른 부족도 지나족만큼은 아니더라도 지치고 초조해졌다. 헌원은 모든 전사를 이끌고, 심지어 전사가 아닌 사람까지도 소환하여 비장한 명령을 내렸다. 즉 근거지를 버리고, 결사의 각오로 신시까지 돌파해 나가려는 것이었다. 헌원은 엄명을 내려 그들이 살던 화산 일대의 집들을 불태워 버렸다. 그렇게 이동하기 시작한 헌원의 전사가 삼십만이고, 싸우지 않는 민간인까지 합하면 백만이 넘었다. 북진하는 동안 주신과 원한이 쌓인 전사들도 합류해서 숫자는 늘어만 갔다. 엄청난 인원이 먹고 쓰는 물건도 상상하기 어려울 정도였으나 헌원의 부하인 이주와 풍후 등이 발이 닳도록 뛰어다녀 간신히 전력을 보존할 수 있었다.

인간을 우습게 보던 응룡은 주신 삼사에게 혼이 나고부터 조금씩 변해 갔다. 헌원의 소환에도 응하지 않고 더 많은 신수를 끌어모았다. 응룡은 자신이 인간의 힘에 패한 것이 아니라 훨씬 오래전부터 내려오는 고대의 힘(천부인)에게 진 것을 알았지만 원통한 마음을 거두지 못했다. 그로 인해 야성의 흉포함이 되살아난 응룡은 곳곳에 있는 괴물과 신수를 모으며 주신을 덮칠 준비를 했다. 헌원이 전군을 몰고 탁록으로 진군하지 않았더라면 응룡 혼자라도 신시를 덮칠 기세였다. 그러나 헌원의 진군을 눈치챈 응룡은 헌원과 힘을 합쳤다. 그리고 그 뒤를 복수심에 불타는 주룽과 응룡이 거느린 많은 괴물, 신수 들이 말없이 따랐다.

거대하기 이를 데 없는, 지나족의 모든 힘을 모은 대군단은 느리지만 막강한 힘으로 계속 올라왔다. 중간에 있던 소호 금천은 나름대로 그들을 공격했다. 금천의 전사들도 잘 싸웠고 막대한 피해도 입혔다. 그러나 헌원의 전사들이 너무도 많았기에 그 정도 피해는 무시하고 금천의 땅을 송두리째 휩쓸어 버렸다. 더구나 응룡과 주룽, 괴물이 앞장서서 설치는 데는 당할 수 없었다. 이전과는 달리 응룡은 흉포하게 우박을 뿌리고 불을 내뿜는 등, 인간을 직접 공격하는 일도 서슴지 않았다. 금천은 견디다 못해 퇴각하여 대나무골에 합류했다.

금천은 대나무골에서 질쾌를 다시 만났다. 질쾌에게 여전히 자기 목을 노리느냐고 묻자 질쾌는 그렇다고 대답했다. 그러자 금천은 자신의 머리칼을 잘라 질쾌에게 쥐어 주고 질쾌의 조상에게 자신의 조상이 범한 잘못을 솔직히 고하며 성의를 다해 사과했다. 금천은 지난번 질쾌와 대결한 후 자신의 조상 이야기를 수소문했는데 안타깝게도 질쾌의 말은 사실이었다. 그래서 다시 질쾌를 만나자 그런 행동을 한 것인데, 금천이 성의를 보이자 질쾌도 더 이상 탓하지 않겠다고 맹세했다. 백 년도 넘은 과거의 일을 이제 와서 따지기도 쉽지 않았고 피차 입장차 때문에 과격한 발언들이 나왔을 뿐인데 금천이 먼저 솔직하게 잘못을 시인하자 일은 쉽게 풀렸다. 사람들은 금천의 조상이 죄지은 사실보다는 용기있게 잘못을 인정한 금천의 행동을 더 높이 평가했다.

그즈음에는 치우천도 전 부족에 소집령을 내려서 대나무골에는 이쪽도 오만이 넘는 군세가 모였다. 나머지 병력은 헌원이 자리를 비운 지나족 영지를 정복해 뒷정리를 할 생각이었다. 어쨌거나 돌아갈 수 없는 헌원의 부족, 전사만 오십만이라는 거대한 군단은 마침내 역시 오만이 넘는 대군을 거느린 치우천왕과 대나무골에서 정면으로 격돌하게 되었다. 치우 형제가 염제와 싸우고, 또 염제와 황제가 싸운 곳, 바로 그 장소에서 황제와 치우의 마지막 싸움이 벌어지게 되니, 이것이 역사에 기록된 탁록대전(涿鹿大戰)이다.

탁록대전

헌원(軒轅)은 유망이 패하여 달아나고 치우씨가 제위에 올랐다는 소식을 듣고
대신 임금이 되고자 했다. 헌원은 군사를 일으켜 치우씨에게 도전했다.
치우씨는 탁록 들에서 헌원을 맞아 크게 싸웠다. 이때 군사를 풀어 사방을 치니
죽은 자가 헤아릴 수 없었다. 또 큰 안개를 일으키자 적군의 마음이 흐려지고
손이 떨려 급히 달아나 겨우 목숨을 건졌다. 이리하여 회대(淮岱)와 기연(冀兗)을
모두 차지하게 되자 탁록에 성을 쌓고 회대에 자리 잡게 되었다.
이때의 중국 사람은 활과 돌의 힘만 믿고 투구와 갑옷을 사용할 줄 몰랐다.
또 치우씨의 높고 강한 법력에 놀라 간담이 서늘해져서 싸우면 지고 말았다.
운급(雲笈)의 『헌원기(軒轅記)』에 "치우씨가 비로소 투구와 갑옷을 만들었는데 사람들이
이것을 알지 못하여 구리 머리에 쇠 이마(銅頭鐵額者)라 했다"고 한 것이 그 말이다.
—『규원사화(揆園史話)』에서

　　대나무골, 즉 지금의 탁록에 대군이 집결하고 헌원의 대군도 다가오
자 긴장감이 고조되어 갔다. 이제까지 본 적도 들은 적도 없었던 큰 싸
움을 앞두고 전사와 사울아비, 부족장이나 단군 들까지 흥분을 감추지
못했다. 그런 분위기 탓일까, 밤하늘마저도 더 컴컴하고 달빛도 불그레
한 핏빛을 띠어 갔다. 그런 어느 밤에 자오지 한웅을 직접 만나겠다며
찾아온 이상한 차림의 두 남자가 있었다. 한 사람은 체격도 크고 힘도
세어 보이는 청년이었는데, 그는 노인 한 사람을 업고 있었다. 노인의
얼굴은 짚으로 엮은 삿갓에 가려 보이지 않았으나 팔다리를 축 늘어뜨
린 것으로 보아 몸이 불편한 사람 같았다. 보초를 서던 사울아비들이 보
기에 두 사람 다 초라하고 수수한 행색이었는데 굳이 자오지 한웅을 만
나겠다는 이유가 수상쩍었다. 그래서 좋은 말로 돌려보내려 했으나, 노

인을 업은 청년은 고집스럽게 버텼고 그의 입에서는 지나족 말투가 새어 나왔다. 긴장한 사울아비들은 그들이 지나족의 첩자일 것이라 단정하고 에워싸서 공격하려 했는데, 청년은 무기도 들지 않고 노인을 업은 채로 사울아비의 매서운 공격을 잘도 빠져나갔다. 뿐만 아니라 덤비는 사울아비를 발로 걸어차 몇 명이나 나가떨어지게 만들었다. 이 일은 자오지 한웅의 막사와는 멀리 떨어진 외곽에서 벌어진 일이었다. 헌데 마침 잠이 오지 않아 바람이라도 쐴 겸 나왔던 치우비가 싸움이 벌어진 것을 눈치채고 호통을 쳤다.

"무슨 일이냐?"

치우비도 십 년의 세월을 지나는 동안 장년이 되었다. 얼굴에서 아이티가 가시고 수염 자국이 짙게 났으며 세월의 무게와 마음의 고통 때문인지 둥글둥글하고 유순해 보이던 인상이 강하고 엄하며 조금은 고집스러운 표정으로 변해 있었다. 웃뜸사울아비의 호통을 듣자 사울아비들은 상황을 알렸다. 치우비는 불구의 노인을 업은 청년이 무슨 수작을 부릴 수도 없을 텐데 한웅을 만나겠다고 고집을 피우는 데에는 사연이 있으리라 생각했다. 그래서 싸움을 멈추게 하고 청년에게 물었다.

"무슨 까닭으로 한웅님을 뵈려 하느냐?"

청년은 고집스럽게 대답했다.

"한웅님을 뵙게 해 주시면 말씀드리겠습니다. 맹세코 한웅님께 해를 끼치려는 것은 아닙니다."

대답보다도 청년의 얼굴을 보던 치우비는 묘한 느낌을 받았다. 과거에 알던 어떤 사람과 청년의 얼굴이 무척이나 닮아 있었다.

"너, 혹시 예전 세상 제일의 용사라 불리던 형천님과 관계가 있느냐?"

청년은 기쁜 표정이 되어 대답했다.

"아버님을 아십니까? 댁은 어떤 분이시기에……."

치우비는 반가워 미소를 지었다.

"그랬구나. 나는 치우비라 한다."

청년은 반색하며 깊이 고개를 숙여 인사했다.

"주신의 웃뜸사울아비시군요. 아버님께 이야기를 들은 적이 있습니다. 머지않아 아버님을 제치고 치우비님이 세상 제일의 용사가 되실 거라구요."

"허허. 세상 제일은 무슨. 어쨌거나 반갑다. 형천님과 여러 번 겨뤘지만 서로를 절대 미워하지 않았고 나는 그분을 존경했다."

"뵙게 되어 영광입니다. 아, 이런, 저는 형예라고 합니다."

"그런가. 너도 아버님을 닮아 훌륭한 전사 같구나."

"저는 전사는 되지 않을 것입니다. 아버님의 발뒤꿈치도 따라갈 자신이 없고, 싸우고 싶지도 않습니다."

"그러냐. 그런데 뒤에 업은 분은?"

"조용한 곳에서 말씀드리겠습니다."

형예의 눈빛이 진솔하고 형천의 아들이라면 어리석은 짓은 하지 않으리라 생각한 치우비는 그를 자신의 막사로 맞이했다. 그리고 이야기를 듣자마자 치우비는 안색을 바꾸면서 형예의 등에 업힌 노인을 자신의 옷으로 덮은 후 급히 한웅의 막사로 향했다.

자오지 한웅, 치우천은 막 잠이 들었었는데 치우비가 부른다고 말하자 자리에서 일어나 아우를 맞았다. 치우비는 깍듯이 예를 지켜 말했다.

"웃뜸사울아비 치우비가 한웅님을 뵙습니다."

치우천은 웃으며 말했다.

"그래, 무슨 일이냐, 아우야."

그러자 치우비는 형예를 안으로 들게 하고 등 뒤에 업힌 노인을 덮었던 옷을 치웠다. 그러자 시체처럼 업혀 있던 노인도 부스스 몸을 일으키더니 오른손을 들어 삿갓을 벗었다.

"오랜만이외다, 자오지 한웅."

그의 얼굴을 보고 치우천은 깜짝 놀랐다. 많이 수척해지고 야위었지만 그 얼굴은 틀림없이 치우천이 아는 사람이었다. 바로 지나족의 지배자였던 염제 신농 유망이었다.

"염제 신농 아니십니까?"

"무슨……. 그냥 유망이오. 잊지 않으셨구려."

치우천은 한웅이지만 상대도 한때 지나족 전체를 지배했던 염제였다. 그래서 두 사람은 예전처럼 어느 정도 격의 없이 이야기를 나눌 수 있었다. 유망은 차분한 표정으로 말했다.

"예야. 나를 내려 다오."

형예는 유망의 몸을 푹신한 털가죽이 깔린 바닥에 조심스레 내려놓았다. 그러자 유망은 조금 어색하게 자세를 잡았는데, 그는 왼팔과 왼쪽 다리가 없었기에 앉는 것마저도 쉽지 않아 보였다.

"내, 몸이 전 같지 않아 제대로 예의를 차릴 수 없구려. 용서하시오."

치우천은 고개를 끄덕이며 앞에 마주 앉았다.

"주룽에게 당한 것이오? 그런데 다들 유망님이 돌아가셨다고 믿고 있소이다."

유망은 미소만 머금을 뿐, 구구절절 설명을 하려 들지 않았다. 형천을 잃고 불구가 된 후 세상일에 염증을 느꼈으리라. 염제 신농으로 호화롭지만 하고 싶지 않은 일을 하기보다, 아무도 모르게 조용히 살아가는 편을 택한 것이 틀림없었다. 허나 유망은 이전에 만났던 어떤 선인이나 현자 못지않게 차분한 느낌을 주었다. 신세에 대해서는 말 한마디 나누지 않았지만 치우천은 조용히 미소로 답함으로써 유망의 마음을 이해했다는 표시를 했다. 유망도 미소를 지어 그에 답했다. 침묵의 대화가 끝나자 유망이 입을 열었다.

"나는 세상을 떠나려 하는데, 마지막 남은 일 하나가 있더구려. 그래서 그것을 마칠까 하오."

치우천이 대답했다.

"제 다리는 이제 크게 불편하지 않소이다. 고통스럽지도 않고."

"그저 어리석은 노인의 고집이라 생각해 주시오. 한웅의 다리를 건드리고 끝까지 손을 쓰지 않은 것을 평생 후회해 왔다오."

치우천은 웃으며 고개를 끄덕였다.

"원하는 대로 하십시오."

그날 밤이 늦어 다음 날 새벽이 될 때까지, 유망은 하나밖에 남지 않은 손으로 치우천의 몸에 침을 놓고 상태를 바로잡는 데 힘을 쏟았다. 형예가 유망의 보조를 했고, 치료를 마치자 치우천은 이제야말로 다리의 맥이 온전히 풀린 것을 느꼈다. 완전히 보통 사람으로 돌아온 것이다. 그러나 특별한 느낌은 없었고 다 나았다는 기쁨도 별로 없었다. 다만 유망이 원하는 대로 하게 해 준 것이다. 치우천은 생각했다.

'예전에 쑤앙마이나 천부인의 힘으로도 굳이 내 다리를 바로잡지 못했다. 못한 것이 아니라 안 한 것 같구나. 이렇게 유망이 스스로의 빚을 갚을 기회를 주기 위해서였을까?'

유망은 치료를 마치고 땀을 닦은 후, 치우천의 담담한 미소를 보고 웃으며 말했다.

"역시 이 늙은이가 헛수고를 했구려."

"아닙니다. 정말 감사합니다. 바라시는 것이 있으면 무엇이든 말씀하시지요."

"다리를 고쳐 준 값이오? 나는 사람을 고치는 데 값을 바라지 않는다오."

"물론 아닙니다. 그저 옛 벗을 만난 기념이라 해 두지요."

그러자 유망은 고개를 끄덕이며 말했다.

"한웅님의 능력은 직접 겪어 본 내가 누구보다 잘 아오. 황제도 꽤 하지만 한웅님의 상대는 못 되지요. 이기고 나면 부디, 모르고 일을 벌인 우리 지나족의 전사들에게 인정을 베풀어 주시면 고맙겠소. 뭐 그러지 않으셔도 상관없소만, 굳이 말하자면 그뿐이구려."

치우천은 웃으며 대답했다.

"마음에 새겨 두겠습니다. 또 다른 것은 없으십니까?"

"내 욕심이 많은가 보오. 하나 더 있소."

"무엇입니까?"

"내 떠날 때는 소란스럽지 않게 해 주시구려. 형예 저 녀석, 사람을 고친답시고 날 따르면서 고치기커녕 두들겨 패기나 하니 못 봐 주겠소."

치우천은 미소를 지으며 고개를 끄덕였다. 형예는 형천의 아들이지만, 아버지의 죽음 때문인지 전사의 길에 염증을 느끼고 평소 군주보다는 숙부처럼 따랐던 유망을 돌보며 의술을 익히고 있었다. 치우천은 넌지시 한마디를 건넸다.

"공상성에 공공이 있소이다. 훌륭하게 크고 있더구려."

공공은 유망의 손자로, 지나족 젊은이 중에서는 공공과 헌원의 증손자뻘인 전욱이 가장 뛰어나다고 알려져 있었다. 그들은 아직 앳되기는 하지만 한 사람 몫을 할 만큼 훌륭히 성장하여 이대로라면 장차 지나족의 두 갈래의 군주가 될 것이었다. 전욱은 아기 적부터 혼자 말을 한 천재로서 그때부터 이미 십육기인의 한 자리를 차지할 정도로 유명했다. 헌원은 전욱을 자기 아들이나 손자보다 더 총애하여 오래전부터 후계자로 점찍어 놓고 있었다.

그에 반해 공공은 창힐이 미래의 주군으로 모신다면서 지배자 수업을 시키고 있었다. 용맹과 힘이 대단한데다 머리도 좋고 야망도 커서 당당한 군주감이라는 것이 그를 만나 본 모든 사람들의 평이었다. 굳이 유형으로 나누어 생각할 때 전욱이 천재형이라면 공공은 만능형이었다.

자신의 손자 이야기를 들었지만 유망은 여전히 평온한 눈빛으로 말했다.

"내 야망과 꿈은 공공 그 아이가 다 물려받았지요. 그 아이의 길은 그 아이가 알아서 걸을 테고, 나는 이대로 사라지는 게 세상을 위해 좋소. 특히 나 자신을 위해서 가장 좋고."

그 말만 남기고 유망은 더 입을 열지 않고 형예의 등에 업혔다. 치우비는 그들을 멀리 떨어진 곳까지 배웅했고 그들은 새벽 해를 마주 보면서 숲 저편으로 사라져 갔다.

유망을 배웅한 치우비는 형의 막사로 돌아갔다. 치우천은 일어나 막사 안을 이리저리 걸어 보고 있다가 치우비가 들어오자 웃어 보였다.

"이러니 저러니 해도 다리가 나으니 편하고 좋긴 하구나."

"축하드립니다, 한웅님."

"이 녀석, 둘만 있을 때는 그러지 말랬지?"

치우천은 여전히 농담을 좋아했다. 이제 치우천도 나이를 먹어서 소년과 같은 인상은 사라졌다. 허나 고운 얼굴에 원숙미가 더해지고 수염 기르는 것도 싫어해서 여전히 말쑥했다. 치우천이 한웅이 아니었다면 남자가 수염도 없다고 사람들 입에 올랐을 것이다. 허나 한웅이 수염을 기르지 않자 신시의 남자들도 저마다 수염을 다 깎기 시작했으니 웃지 못할 일이었다.

"유망을 만나 보니 그 마음을 이해할 수 있겠다. 이놈의 한웅 자리, 앉고 나니 힘들구나. 나도 어지간하면 유망처럼 도망쳐 버리고 싶어. 비야, 같이 도망칠까?"

다른 사람이 있을 때는 기품과 예의를 갖춰 행동했지만 아는 사람과 있을 때는 치우천은 여전히 소년 같았다. 순진해 보였던 치우비가 이제는 훨씬 어른 같아 보였다. 치우비는 웃는 것으로 대답을 대신했다.

형이 완치되어 기뻤지만 치우비는 오늘따라 마음이 무거웠다. 치우비는 발과 헤어진 이후 결혼을 하지 않고 홀몸으로 지냈다. 여자도 가까이하지 않았다. 형수가 된 맥달이나 동생을 삼은 울라트, 무라 정도만 치우비가 그나마 말을 붙이는 여자였다. 특히 무라는 겉보기에는 무뚝뚝하지만 남의 말을 잘 들어 주는 성격이라 치우비도 그녀와 술을 마시며 많은 이야기를 하곤 했다. 치우비가 발을 생각하며 엉엉 울면 무라는 무표정한 얼굴로 치우비의 머리를 쓰다듬곤 했는데 그러면 신기하게도 마음이 홀가분해졌다. 치우천은 무라와 치우비를 엮어 주려고 여러 번 생각했지만 그것은 치우비는 물론이고 무라도 원하지 않았다. 한번은 무라가 치우천에게 이렇게 말하기도 했다.

"비님의 마음속에 다른 여인이 있으니 내가 들어갈 수는 없어요. 저는 그런 관계를 원치 않아요. 비님을 보는 것만으로도 만족합니다. 지금 그대로 두어 주세요."

치우비는 십 년이 넘도록 발을 조금도 잊지 못했고 그 마음을 무라도 잘 알기에 하는 말이었다. 치우천은 그런 무라도 아우만큼 안쓰러웠으나 그녀 스스로 진정으로 원하는 것이라 더 말을 꺼내지 못했다.

그런데 치우비를 계속 괴롭히며 마음을 무겁게 하는 여자가 아직 있었으니 진몽희였다. 그녀도 이제는 나이를 꽤 먹어 당시 기준으로는 꽤 나이 든 노처녀인 셈인데, 꿋꿋이 치우비에게 적극적으로 달려들며 다른 남자는 거들떠보지도 않았다. 들리는 소문으로는 보지 않는 정도가 아니라 벌레 취급을 한다고도 했다. 진몽희는 갖은 수단을 써서 치우비에게 매달리려 했지만 치우비는 하백족을 위한 다른 부탁은 다 들어주어도 진몽희의 구혼만은 받아들이지 않았다. 진몽희도 다른 것은 필요 없으니 결혼해 달라고 노골적으로 말하는 판이라 치우비는 도망 다니는 형편이었다. 한동안 진몽희를 피하려 웃뜸사울아비이면서도 스스로 자오지 한웅 가면을 쓰고 전선을 달린 적까지 있었다. 그러던 와중에 진몽희는 마침내 큰 전투를 앞둔 이곳까지 따라온 것이다. 치우비는 생각에 잠겼다.

'발, 너는 대체 어디로 갔느냐?'

치우비는 은밀하게 사람을 풀어 헌원의 옆에 발이 있는지 확인해 보았으나 그 후 발의 모습을 본 사람은 없었다. 누조에게도 사람을 보냈는데 어머니인 그녀도 몰랐다. 상망을 찾아보았지만 상망조차 모습을 드러내지 않으니 미칠 노릇이었다. 과거 치우천이 맥달을 찾아 헤매듯 이제는 치우비가 발을 찾아 헤맸는데, 시간은 훨씬 길어서 십 년이 흐른 것이다. 가끔은 발이 목숨을 끊은 것 같다는 생각이 들곤 했는데, 그 생각은 더더욱 고통을 안겨 주었다. 한번은 맥달을 찾아 물은 적도 있지만 조용히 고개를 숙일 뿐 아무 대답도 해 주지 않아서 한동안 형수를 원망하기도 했다. 치우비의 마음이 어떻든 세상일은 빠르게 흘러갔다.

마침내 헌원의 대군이 대나무골에서 이틀 떨어진 거리까지 다가오자, 주신 연합군은 흥분에 휩싸였다. 지나친 긴장감을 풀고자 치우천은 잔치를 벌였는데, 그 자리에서 오랜만에 다시 모인 부족장들은 취하도록 술을 마시며 회포를 풀었다. 치우천과 치우비는 물론 야율쿠리, 초초룬, 보돈차르와 치베, 와난수 와난강 부자에 이르기까지 쟁쟁한 부족장이 모였다. 그들은 대족장이 된 뒤로 중간에 만나기도 어려웠고, 이렇게 모여 얼굴을 마주할 기회는 평생에 다시 없을 것 같았다. 그래서 치우천조차도 많이 취할 만큼 술을 마셨고 분위기에 휩쓸려 나온 맥달까지도 술을 몇 잔 했다. 분위기가 거나해지자 야율쿠리가 말했다.

"그…… 마누라님께서는 정말 선인이신가 보오! 십 년이 지났는데도 조금도 늙지 않으시니 말이오. 그…… 누구는 이미 거의 할망구가 되어 가니……."

초초문은 눈초리를 치켜세우며 야율쿠리의 허벅지를 힘껏 꼬집었고 사람들은 아이처럼 흥겹게 웃어 댔다. 보돈차르가 큰 술잔에 담긴 술을 단번에 들이켜고는 말했다.

"몽골의 보돈차르가 말씀드리오. 마누라님께서는 앞날을 보신다는데 우리에게 앞날의 이야기를 해 주실 수 없겠소이까?"

그러자 치우천이 나섰다.

"아…… 그 예언은 함부로 꺼낼 수 없는 겁니다. 이해해 주시오, 보돈차르 안다."

보돈차르는 웃으며 말했다.

"그 이야기는 나도 들었소. 허나 나는 내 운명을 묻고 싶은 게 아니오. 그건 스스로 헤쳐 나갈 일이지, 예언을 따르거나 기댈 생각은 없소. 다만 술안주 삼아, 아주 먼 훗날 우리 부족 이야기 같은 것을 안다면 기분이 좋을 것 같아서요."

진중한 성격의 와난강도 이날은 몹시 취해서 기분 좋은지 소리를 높였다.

"그렇소! 어차피 우리와는 아무 상관없는 먼 앞날이라면 말씀하셔도 괜찮을 테지. 우리가 그런 이야기를 후에 전할 방법도 없고 어차피 취하면 다 잊어버릴 테니까 말이오, 하핫!"

그러자 맥달이 일어서서 입을 열었다. 맥달도 볼이 살짝 발갛게 물들어 보였는데, 몇 잔 마신 술기운 탓 같았다.

"여러 부족장님들께서 청하시는데 말씀드리지 못할 것도 없지요. 다만 부족에 대한 이야기라면, 어느 부족이나 흥할 때가 있고 망할 때도 있다는 것부터 말씀드리고 싶군요."

그러자 와난강이 외쳤다.

"그거야 당연한 일!"

야율쿠리도 말했다.

"굳이 말하실 거면 우리 귀에 좋은 이야기만 들읍시다. 어차피 심각하게 이야기할 것도 아니니까요."

"그렇게 하지요. 좋은 자리이니 듣기 좋은 말씀만 드리겠습니다."

초초룬이 먼저 말했다.

"이 지긋지긋한 지나족은 다 망하나요?"

맥달은 웃으며 대답했다.

"아쉽게도 지나족은 다 망하지 않습니다. 먼 훗날에도 계속 남지요. 그러나 여러분의 부족도 결코 그에 못하다고는 할 수 없지요."

여러 사람이 조금 아쉽다는 듯 우, 하고 외치자 야율쿠리가 소리쳤다.

"우리 키탄은? 나 말고 용감한 내 후손도 지나족을 혼내 주겠지요?"

맥달은 웃으며 말했다.

"후에 야율쿠리님의 후손도 큰 나라를 세웁니다. 그래서 지나족과 용감하게 맞서게 되지요."

후에 키탄, 지나족이 거란이라고 부르는 야율쿠리의 후예는 요나라를 세워서 송나라를 압박하여 괴롭히게 된다. 그 요나라의 국성이 야율씨이다.

이번에는 많이 취한 와난수가 외쳤다.

"우리 마갸르의 후손은 어떻소?"

"마갸르의 후손들은 두 번이나 큰 나라를 세워 지나족을 몰아붙입니다. 먼저 세운 나라는 지나족의 우두머리를 잡아 짐승처럼 가지고 놀 정도로 위세를 떨치죠. 두 번째 나라는 더 막강해서, 지나족을 정벌하여 그들의 앞머리를 마갸르식으로 짧게 밀고 댕기를 땋게 하며 옷 입는 것까지도 마갸르식으로 바꿔 버립니다. 이 정도면 충분하지 않나요?"

"충분하오, 충분해! 세상에 그런 일이 있다니, 아니, 있을 거라니! 이 얼마나 통쾌한 일이오!"

와난강과 와난수는 눈물을 흘릴 정도로 웃으며 기뻐했다.

후에 마갸르를 기원으로 한 금나라는 잠시나마 남송을 침공해 황제를 잡아 불에 달군 철판 위를 걷게 하는 등 학대하고 조롱하는 위세를 떨친다. 당시 금나라의 국성이 완안씨였고 바로 와난강의 후예라고도 할 수 있다. 금이 몽골에 의해 멸망한 후 몇백 년이 지난 뒤 누루하치에 의해 일어난 후금은 이름을 청나라로 고치고 중국 전역을 지배하며, 중국의 판도를 엄청나게 넓히고 중국인의 두발을 변발로 밀며, 옷차림조차 청나라, 즉 마갸르식으로 바꾸어 버린다.

이번에는 말을 꺼낸 보돈차르가 웃으며 물었다. 원래 무뚝뚝하고 감정 표현이 없는 몽골인인데다 그중에서도 엄숙한 성격의 보돈차르는 이렇게 웃는 일이 드물었다.

"다들 후손이 큰일을 하는군! 우리 몽골 푸른늑대의 후손은 어떻습니까?"

맥달은 이번에도 즉시 대답했다.

"보돈차르님의 후손 중 누군가는 한번 크게 일어나, 지나족뿐 아니라 세상의 절반 정도를 정복합니다. 지나족을 정복하여 종처럼 부리는데, 그가 정복한 땅의 넓이와 기세는 세상의 누구도 따르지 못할 정도이니, 그 후손 한 명의 이름만으로도 몽골은 영원히 잊히지 않을 겁니다."

그 말을 들은 보돈차르는 흥분하여 앞에 놓인 커다란 술항아리를 통째로 들고 단숨에 비워 버렸다. 맥달의 말은 실로 더 이상을 바랄 수가 없는 찬사나 다름없었기 때문이다. 다른 부족장들은 보돈차르를 축하하며, 후손도 그렇게 다 지나족을 이겨 내는데 조상인 우리가 이기지 못할 이유가 없다고 법석을 떨었다.

후에 보돈차르의 후예이자 몽골 푸른늑대의 아들, 테무친은 수없는 고난과 난관을 극복하고 몽골을 통일한 후, 중국은 물론 서역 국가들, 아라비아와 유럽의 일부까지 정벌하여 전무후무한 대제국을 세워 누구도 따를 수 없는 정복자로 기록되었다. 그가 바로 칭기즈 칸이다. 칭기즈 칸은 중국을 정복한 후 신분을 인종에 따라 넷으로 나누었는데, 첫째가 몽골인, 두 번째는 색목인(서역인), 세 번째가 한인, 네 번째가 마지막까지 저항한 남송인이다. 후에 쿠빌라이가 원제국으로 성격을 바꾸며 신분 제도는 완화되지만 초기의 중국인은 몽골인에게 그야말로 종 취급을 받았다.

치우천만은 아무 물음도 하지 않고 있다가 나중에 맥달에게 말했다.

"그렇게 크게 당하는데도 지나족이 계속 남는다는 것은…… 벗들의 후손이 세운 나라도 언젠가는 쓰러진다는 뜻이오?"

맥달은 조용히 대답했다.

"달이 차면 기울 듯 흥하는 것은 언젠가는 망하는 법, 기운들 내시라고 한 말일 뿐이니 개의치 마셔요."

좋은 소리였지만 치우천은 그 안에 숨은 진실을 놓치지 않았다.

"그 나라들은 나중에 가면 거의 다 없어질지도……. 아, 그런 생각은 하지 않겠소. 어차피 아주 먼 훗날의 일일 테니까……. 그런데……."

치우천도 약간 긴장된 어조로 넌지시 물었다.

"우리…… 주신은 살아남소?"

맥달은 생긋 웃었다.

"안파견 한님의 가르침을 이은 주신의 후예는 끊어지지 않습니다. 제가 볼 수 있는 가장 끝날까지도 여전히 있으니 마음 놓으셔요."

그러자 치우천도 마음을 놓은 듯 큰소리로 웃었다. 맥달도 조용히 웃기만 했다.

하늘은 시리도록 맑고, 바람은 서늘하게 벌판을 맴돌았다. 무심한 태양이 말없이 내려다보는 가운데, 드디어 헌원의 대군과 치우천왕이 이끄는 군세는 천천히 다가들었다. 격렬한 대전투를 앞두고 긴장감이 넘쳐서 양측 모두 조용히 움직였다. 치우 쪽 전사와 사울아비들은 수를 헤아릴 수 없는 지나족이 까맣게 몰려오는 광경을 보며 무기를 쥔 손을 땀으로 흥건히 적셨다. 탁록의 요소요소마다 포위하듯 배치된 특이하고 날랜 전사들의 모습과 선두에서 빛나는 자오지 한웅의 가면들을 본 지나족 전사들은 자신도 모르게 치밀어 오르는 두려움을 애써 달랬다. 긴장한 것은 사람들만이 아니었다. 비휴가 이끄는 천랑대의 늑대들은 이를 드러내며 낮은 소리로 으르렁거렸고, 무라가 이끄는 개명수 부대의 호랑이들도 눈빛을 번득이며 살기를 드러냈다. 싱카가 멀리 인도에서 데리고 온 크샤트리아 전사들과 그들이 끌고 온 코끼리도 그 숫자는 적지만 압도적인 덩치로 상대를 위압했고, 그에 질세라 현녀가 만든 갖가지 커다랗고 기이한 무기들이 군세의 한 귀퉁이에 불쑥 솟아올라 상대를 조롱하는 듯했다. 주신 군대는 이미 여러 곳의 위치를 차지하고 있었으므로 움직이지 않았는데, 헌원의 군세가 서서히 다가와 화살이 닿을락 말락 한 거리에서 전진을 멈추었다.

양측 모두 기마대를 선봉으로 내세웠다. 주신의 사울아비들은 예식 때만 입는 흰옷을 걸치고 구리 무기를 번득였고, 헌원이 십 년 동안 애써 육성한 지나족의 기마대는 누런색의 옷을 걸치고 구리 무기를 번쩍였다. 헌원은 그전에 얻은 구리 무기를 동원해서 선봉에 선 부대에게 주었고 그들은 이십 년 동안 구리 무기를 손에 익히는 온갖 훈련을 거쳤다. 대세를 판가름 짓는 큰 싸움답게 전쟁의 예의를 존중하여 양측의 우두머리가 나서게 되었다.

주신에서는 자오지 한웅의 가면을 쓴 치우천왕이 온 몸에 쇠갑옷을 입고 쇠투구까지 쓴 웃뜸사울아비 치우비와 함께 천천히 앞으로 나섰고 지나족은 화려한 비단 옷을 입은 헌원과 무시무시하게 큰 구리몽둥이를 든 끽구가 나섰다. 쳐들어온 쪽인 헌원이 먼저 외쳤다.

"화산족의 헌원이며 지나족의 지배자 황제가 대화를 청한다."

그러자 치우천왕도 맞받아 소리쳤다.

"신시 치우 집안의 치우천이자 주신의 자오지 한웅이 대화를 받아들인다."

헌원이 큰 소리로 외쳤다.

"우리 지나족은 주신과는 같이 살 수 없다. 주신은 이미 십 년 동안 우리 부족들을 수도 없이 습격해 왔고 우리는 이것을 더 이상 참을 수 없다. 이에 주신의 신시를 멸함으로 하늘 아래 지나족만이 있음을 보이려 한다. 우리의 대군을 당할 자는 아무도 없으니 자오지 한웅은 어서 말에서 내려 항복하고, 다른 부족장들도 더 이상 주신의 편을 들지 말고 제 갈 길을 가라."

헌원의 말이 끝나자 지나족은 사기를 높이기 위해 와하고 함성을 질렀다. 함성이 잦아들기를 기다려 치우천왕도 큰 소리로 외쳤다.

"주신은 평화를 원했지만 지나족은 다른 부족을 정복해 지배하려 했다. 십 년 전 바로 이곳에서 지나족은 신시를 멸하겠다고 외치며 전쟁을 선언하고 주신과 평화를 맺었던 염제 신농을 멸망시켰다. 나, 치우천은 주신의 자오지 한웅이지만 염제에게 지나족의 지배권을 받은 처지, 그 복수를 하지 않을 수 없으니 내가 헌원의 부족을 멸한 것은 당연한 일이다. 그럼에도 황제 헌원은 뉘우치지 않고 주신 신시를 노리고 무리 지어 쳐들어왔으니 어찌 용서하랴! 당장 무릎 꿇고 항복하지 않으면 모조리 들이쳐 한 사람도 남기지 않으리!"

그러자 이번에는 사방에서 주신 사울아비들과 각 부족의 군대들이 저마다 소리 높여 함성을 질렀다. 숫자는 이쪽이 적었으나 여기저기 요소를 장악해 포진했기 때문에 고함 소리는 뒤지지 않았다. 소리가 잦아들자 치우천왕은 헌원에게 말했다.

"여기까지 왔으니, 더 이상 말할 필요가 있겠소?"

헌원도 조용히 되받았다.

"그럴 필요는 없겠지."

두 사람은 등을 돌려 진중으로 되돌아갔다. 그들이 도착하자 양측의 전사들은 비로소 다시 소리를 지르고 고함을 질러 사기를 높였다. 이때 헌원의 진중에서 둥둥 하고 무거운 소리가 울려 퍼졌는데, 바로 북소리였다. 북이 발명되어 전쟁의 신호로 사용된 것은 동북아에서 이때가 처음이었다.

이 소리를 신호로 헌원 측의 누런색 기마대가 달리기 시작했다. 오천에 가까운 숫자로, 모두 황제(黃帝)를 상징하는 누런 옷을 똑같이 걸치고 있어 멀리서 보면 땅이 뒤틀려 덮치는 것 같았다. 그들의 선두에는 지나족에서 가장 기마술이 뛰어난 유웅씨의 부족장이 섰다. 그에 맞서 흰옷을 입은 주신의 정예 사울아비 부대도 돌격을 시작했다. 삼천에 이르는 이들 역시 정예 중의 정예인 하늘 군대 사울아비들이었고 그들은 삼 년 전 하늘 군대 스승이 된 부루벼락이 이끌고 있었다. 뒤를 이어 양측의 궁수들이 화살을 메겨 일제히 쏘자 한꺼번에 날아오르는 화살들로 삽시간에 하늘은 시커멓게 변했다. 지나족에서는 비휴의 천랑대가 기마대의 뒤를 따랐다. 굶주린 늑대들 오천 마리가 날카롭게 울부짖으며 달리기 시작하자 무라도 개명수와 호랑이 무리를 풀었다. 오백 마리에 이르는 호랑이 무리가 무시무시하게 포효하며 전장을 달렸다.

이제까지 볼 수 없었던 엄청난 규모의 대전쟁, 탁록대전은 이렇게 시작되었다.

치우천왕은 첫 전투에서는 계책을 따로 쓰지 않았다. 치우천왕은 헌원이 자신의 꾀를 두려워할 것이라 짐작했으므로 계책부터 내기보다 상대의 반응을 보며 적절히 움직일 작정이었다. 헌원이 우직하게 한 부대씩 맞대결 양상으로 부대를 출동시키자 치우천왕도 씩 웃으며 치우비에게 말했다.

"헌원이 차근차근 맞서 나오는구나. 따라 주어야겠지."

양쪽 하늘을 뒤덮었던 화살비가 기마대에 내리꽂혔다. 수많은 전사와 사울아비 들이 화살에 고슴도치가 되어 말 아래로 굴렀으나 두 부대의 주력은 정면으로 격돌했다. 헌원은 그간 많은 고생을 하며 기마대를 육성했으니 그들의 실력은 사울아비들도 충분히 상대할 정도라 생각했다. 실력이 비슷하다면 오천 대 삼천의 겨룸에서 밀리지는 않을 것이었다. 그러나 애석하게도 예상이 틀렸다. 지나 전사가 발전한 만큼, 주신 사울아비도 그동안 치우비의 무예를 닦아 한 단계 발전되어 있었다. 양측이 부딪히는 순간 최대의 힘을 가해 한순간에 적을 거꾸러뜨리는 것이 기마대의 대결이다. 그 대결에서 무수히 떨어져 내린 것은 거의 지나족의 전사였다. 곧이어 피아를 구분할 수 없는 난전이 펼쳐졌다. 천랑대의 늑대 무리가 이를 드러내며 전장을 휩쓸어 오자 개명수와 호랑이 무리도 높이 뛰어오르며 늑대 무리를 덮쳤다. 보통 전술대로라면 보병대가 전진할 차례였지만 지나족의 보병대는 움직이지 않았다. 대신 헌원은 품에 손을 넣어 우린 구슬을 꺼내 들었다.

건너편에서 전세를 살피던 치우천왕은 보병대가 움직이지 않자 헌원의 의도를 눈치챘다. 치우천왕은 삼사를 불러 말했다.

"헌원이 신수를 불러낼 모양이오. 우리도 준비가 되어 있긴 하지만, 일단 신수는 쓰지 않고 막아야 사기가 올라갈 거요."

치우천왕도 우린 구슬을 가져왔으며 신수도 대비를 해 놓았다. 번개 범은 산 뒤편에 숨어 있고 첸누도 와 있었다. 형요 자매는 과보가 죽은 후 원통한 마음에 요요를 과보족에 보내 첸누를 데리고 왔다. 치우천왕이 만류하고 삼사를 시켜 울분을 풀어 주지 않았으면 형요 자매는 첸누와 함께 지나족을 짓밟았을 것이다. 맥달도 언제든 마음만 먹으면 붕과 자오지를 부를 수 있었다. 허나 치우천왕은 신수의 힘을 전쟁에 사용하는 것은 옳지 않으며, 잘못된 선례를 남길 수 있다고 판단했다. 전쟁은 사람의 일이니, 사람의 힘으로 승리를 해야지, 신수의 힘으로 승리한다면 신수가 세상을 지배하게 만드는 꼴이 된다는 생각이었다. 그 생각이 옳음은 맥달과 천부인과의 대화를 통해 확신할 수 있었다.

"멀리서 구름이 일어납니다. 응룡이 옵니다."

누구보다 눈이 밝은 치베가 경고하자 치우천왕은 즉각 삼사에게 작은 소리로 말했다.

"힘을 써도 좋소."

비밀이기에 구체적으로 언급하지는 않았지만 힘이란 바로 천부인의 힘을 의미했다. 그때 비렴의 머릿속에 번득이는 생각이 있었다. 비렴은 치우천왕에게 말했다.

"응룡을 막을 수도 있겠지만 그보다 우리가 먼저 안개와 비바람으로 적을 혼란시키는 것은 어떻겠습니까?"

치우천왕은 감탄하며 말했다.

"훌륭하오, 풍백. 그렇게 하시오."

비렴의 기지에 의해 주신 삼사는 다가오는 응룡을 막기 전에 천부인의 힘을 끌어올려 주술로 불러낸 안개와 비바람으로 헌원의 진 전체를 덮었다. 천부인의 힘은 거의 무한했지만 삼사의 육신이 한계가 있었기 때문에 이 이상의 주술은 쓸 수 없었다. 그러나 이것만으로도 헌원의 진은 혼란에 빠지고 말았다. 응룡을 시켜 적진을 안개에 파묻고 공격하는 방법으로 유망과 형천을 물리쳤기에 헌원의 부하들이라면 다들 이런 전법을 훈련했다. 그러나 반대로 주신 삼사가 같은 방법을 쓸 것은 생각하지 못했다. 허를 찔린 헌원의 진영은 대번에 어지러워졌다. 더구나 상황에 기민하게 대응하는 것은 치우천왕의 장기였다. 치우천왕은 가장 용맹하고 빠른 세 개의 부대에 전령을 보내 헌원의 진을 돌파하라고 명했다. 세 개의 부대는 보돈차르의 몽골 기병, 알한과 차오스의 용병대, 울라트의 도깨비 부대였다.

세 방향의 군대가 돌진하자 이미 주신의 사울아비들과 힘겹게 싸우던 유웅씨의 부족장은 꽁무니를 뺄 준비를 했다. 천랑대를 지휘하던 비휴도 휘파람을 불어 늑대들을 물러서게 했다. 뒤에서 개명수를 지휘하던 무라가 카를 탄 채 후퇴하는 유웅씨 부족장을 덮쳤다. 카의 움직임이 너무도 빨라 대처할 틈도 없었다. 부족장의 말 머리가 카의 앞발에 맞아 피를 뿌리며 부서지자 부족장은 땅에 내동댕이쳐지며 말 몸뚱이에 깔려 버렸다. 무라는 그자를 생포하려 했지만 멱살을 잡아 일으켜 보니 갈비뼈가 부서져서 숨만 간신히 붙어 있었다. 그러자 사울아비 한 명이 달려와 무라의 옆에 서서 그녀의 눈치를 살폈는데, 무라는 말 한마디 없이 다시 카의 등에 올라타더니 이번에는 비휴를 추적해 갔다. 사울아비는 부족장의 목을 베어 갔는데, 탁록대전에서 쓰러진 첫 번째 대장급 인물이었다. 유웅씨는 과거 헌원의 편을 들어 치우비의 부대와 격렬하게 싸우고 부족의 희망이었던 다섯 형제 중 넷을 잃었다. 이 부족장은 그들의 외삼촌뻘 되는 사람으로, 조카들의 복수를 하러 나섰다가 목이 달아나고 말았다. 그사이 무라는 흰 머리를 휘날리며 날듯이 달려 비휴를 따라잡았다. 늑대들을 모으며 퇴각하던 비휴는 무라를 보자 무뚝뚝하게 말했다.

"다음에 싸우면 안 될까?"

무라도 똑같이 무뚝뚝한 표정으로 딱 잘라 말했다.

"안 돼."

두 사람의 대장은 정신없이 엉켜 싸우기 시작했다.

보돈차르는 돌격 명령을 내리며 큰 소리로 덧붙였다.

"죽더라도 말머리를 돌리지 마라! 안개 속에서 길을 잃으면 우리도 위험해진다!"

보돈차르가 직접 방향을 잡은 후 무서운 속도로 말을 달리자, 용맹한 몽골 기병들도 무서운 기세로 적진을 향했다. 그들은 귀신같은 기마술 덕에 그렇게 무섭게 달리면서도 양손을 놀려 계속 헌원의 진으로 화살을 날려 댔다. 조준한 것은 아니지만 빽빽이 밀집해 있는 진에서 많은 지나족 전사들이 눈먼 화살에 맞아 죽어 갔다. 그렇게 화살 세례를 퍼붓고 난 다음 보돈차르의 명령에 따라 몽골 기병들은 각각 긴 구리칼이나 창을 빼들고 혼란에 빠진 적진을 휘젓기 시작했다.

용병대의 대장인 알한은 부대장인 차오스에게 말했다.

"이제부터 고개를 돌리지 말고 똑바로 앞만 봐라. 네가 우리 부대의 길잡이다."

차오스는 불만스러운 듯 소리쳤다.

"내 싸움은요? 내 명예는요?"

알한은 긴 구리몽둥이를 비껴들며 크게 웃었다.

"아마 싸움보다 앞만 보는 게 더 힘들걸? 네가 고개 한 번 돌리면 우리는 다 갇혀 죽는다. 알겠지?"

차오스는 불만을 터뜨렸다.

"제기랄! 나는 왜 이런 일만 시켜!"

그러나 사실은 차오스가 가장 믿을 만하기에 그런 궂은일을 시키는 셈이었다.

늘씬하고 야성적인 미녀로 성장한 울라트는 거칠게 웃으며 짧게 외쳤다.

"쓸어버려!"

부관 격인 울쿠타가 덧붙여 외쳤다.

"똑바로 전진한다! 거치적거리는 것은 전부 쳐 버리고!"

참모 격인 야쿠타도 외쳤다.

"내가 가는 방향을 따라라! 앞사람의 등을 놓치지 마라!"

울라트는 깔깔 웃으며 외쳤다.

"아, 그냥 쓸어버리래두!"

야쿠타가 작게 한숨을 쉬며 중얼거렸다.

"아, 대장님, 제발 좀……."

개르와 마냥도 신이 나서 앞장섰고 용감한 도깨비들도 제각기 함성을 지르면서 돌진했다. 리미는 울라트의 뒤를 호위하듯 따르면서 지금의 말괄량이 울라트도 멋지지만 어렸을 적의 착했던 울라트가 더 귀여웠다는 생각을 잠깐이나마 하고 있었다. 울라트는 우락부락한 도깨비 무리 속에서 버텨 내기 위해 이런 성격이 된 것인지도 몰랐다.

세 방향의 군대가 헌원의 진중에 돌입할 때까지도 무라는 비휴와 혈전을 치르고 있었다. 무라는 원래 맨주먹만을 사용했지만 불쇠가 무라를 마음에 들어 하여 특별히 좋은 쇠로 만든 갈고리 같은 무기를 손목에 달아 주었다. 비휴도 칼을 휘둘러 막았으나 무라의 갈고리는 계속 충격을 주었고, 그때마다 비휴의 구리칼은 조금씩 금이 갔다. 그러더니 마침내 무라가 양손의 갈고리를 교차시키며 힘을 주자 칼이 부러져 나갔다. 놀란 비휴는 뒤도 돌아보지 않고 도망치려 했으나, 흰색 유령 같은 무라가 놓치지 않고 무기를 휘둘러 피투성이가 되었다. 마침내는 휘파람을 길게 불어 늑대들을 몰려오게 한 다음 간신히 도망쳤는데, 무라는 비휴의 뒤를 쫓지 못하게 되자 카의 등에 올라타 헌원의 진으로 뛰어들었다. 몸을 사리지 않는 분투였다. 무라가 뛰어들자 수많은 호랑이와 표범들이 달려들어서 헌원의 진은 난장판이 되어갔다. 뒤를 이어 부루벼락도 남은 지나 기마 부대를 베면서 헌원의 진으로 난입했다. 모두 다섯 곳에서 난투가 벌어지고 있었다.

　선수를 빼앗기고 진중이 혼란에 빠진데다 세 방향에서 기습을 당한 헌원의 피해는 막심했다. 헌원을 옆에서 모시던 상백도 당황했다.
　"일단 피하셔야 합니다!"
　헌원도 안색이 변했다. 우린 구슬을 통해 응룡의 도움을 얻으려 했으나 응룡은 쌀쌀맞게 "이미 늦었다"고만 했다. 다급하게 "삼사의 주술을 없앨 수는 없는가?"라고 물었지만 응룡은 매정하게도 "난 없애는 건 모른다. 밀어낼 수는 있지만 그러면 너희가 더 당한다"고 답할 뿐이었다. 그나마 "주신 삼사는 내 상대가 되니, 대신 그들을 죽여 주겠다"고 말해 온 것이 응룡이 최대한 써 준 선심이었다. 그러나 당장 헌원의 안위가 급했다. 몽골 기병과 용병대, 도깨비 부대는 무서운 힘으로 헌원의 진중을 무인지경처럼 돌파했다. 만의 하나 그들이 헌원의 바로 앞으로 닥쳐온다면 큰일이었다. 허나 짙은 안개와 비바람 때문에 방향 감각을 잃어서 어느 방향으로 움직여야 할지 알 수 없었다.

애된 소년의 목소리가 들려왔다.

"황제님을 이쪽으로 모시시오, 상백!"

상백은 전욱의 음성이라는 걸 깨닫고 화들짝 정신을 차렸다. 소리를 따라 헌원이 가 보니 전욱이 풍후와 함께 있었다. 풍후의 손에는 작은 돌멩이가 또 다른 돌멩이 위에 뜬 채 빙글빙글 돌고 있었다. 전욱은 풍후의 손바닥을 보더니 한 방향을 가리키며 소리쳤다.

"이쪽으로 가시면 됩니다. 어서!"

전욱은 헌원과 다른 사람들을 함께 한 방향으로 이동시켰다.

풍후는 오래전부터 자력을 지닌 돌멩이를 신기해하며 장난감처럼 가지고 놀았다. 신기하고 심오한 의미가 있을 것 같아서였다. 장난은 몇 년이나 계속되었지만 사용할 방법을 찾지 못하고 있었다. 그런데 어린 전욱이 풍후가 돌을 가지고 노는 모습을 보고는 박수를 치며 좋아했다.

"그 돌은 방향을 알려 주네요! 신기해요!"

그 말 한마디에 풍후는 크게 깨닫는 것이 있었다. 그래서 돌을 갈고 닦아 뾰족하게 만들고 손의 힘을 조절하여 돌이 다른 자력을 지닌 돌멩이 위에서 빙글빙글 돌며 방향을 가리키도록 연습했다. 그러나 막상 써먹을 곳은 없었다. 맑은 날에는 해를 보면 그만이고, 밤에는 달을 보면 그만이다. 비가 많이 오거나 궂은 날은 밖을 다니지 않으니 신기하지만 쓸데는 없다고 생각했다. 그러나 쓸데없다 생각한 물건이 안개 속에서 전쟁을 하게 된 이런 위험한 순간에 헌원과 자신의 목숨을 구한 것이다. 이는 뒤에 나침반으로 개량되어 인류 역사상 손꼽히는 발명품이 되었고 풍후는 나침반의 발명자로 후세에 이름을 남겼다.*

헌원이 뒤로 빠져나간 것을 알 수 없는 치우천왕은 세 방향에서 돌파가 이루어지자 명령을 내려 전군을 진격시켰다. 그때 응룡이 구름을 일으키며 하늘로부터 날아들었다. 치우천은 주술을 집중시키던 삼사에게 응룡을 막으라고 소리쳤다. 삼사는 치우천왕의 명령을 귀로 듣기는 했으나 주술은 그렇게 순식간에 쓰고 풀 수 있는 것이 아니었다. 삼사가 주술을 푸느라 땀을 흘리는 사이, 응룡은 금방이라도 주신 삼사와 어쩌면 치우천왕까지도 덮칠 것 같았다. 치우비가 앞으로 나서서 금색으로 빛나는 도끼를 쥐고 응룡을 노려보았다. 그러나 큰일은 벌어지지 않았다. 하늘에서 날카로운 빛줄기가 나타나 응룡에게 덤벼들었기 때문이다. 주신이 오랫동안 받들던 신수, 자오지였다. 응룡은 의외의 강적이 나타나자 그쪽으로 고개를 돌리고 자오지와 맞붙어 싸우기 시작했다. 그 순간 주룡이 땅거죽을 뒤엎으며 마갸르군의 진중에서 솟구쳐 올랐다. 주룡과 때를 같이 하여 응룡이 끌어 모은 다른 괴물들도 주룡을 따라 여기저기서 모습을 드러냈다. 거의 뱀의 모습을 하거나 주룡 같은 두더지류의 신수가 많았는데, 다섯 마리나 되었다. 신수들의 기습이 적절했기에 치우천왕의 진중도 혼란에 빠졌다. 치우천왕 스스로도 신수들이 이렇게 전격적으로 여기저기서 나타날 줄은 몰랐던 터라 적잖게 당황했다. 그러나 마치 이런 일을 꿰뚫어 보았던 것처럼 맥달이 침착하게 하늘을 우러러보며 뭐라 말하자, 치우천왕의 진 뒤편 여기저기서 회오리바람과 시커먼 돌개바람이 불어 닥쳤다. 회오리바람은 허공에 번갯

* 사서에는 풍후가 수레 위에 사람 모양의 청동상을 세워 손가락 끝이 항상 남북을 가리키게 하는 지남차(指南車)를 발명하였다고 전해진다. 하지만 시대적으로 청동 무기조차 제대로 만들지 못하고 수레도 사용하지 못하던 때에 청동 사람 상을 만들어 수레에 태웠다는 기록은 과장된 것이라 여겨진다.

불을 번쩍이면서 미친 듯 날아와 주룽을 덮쳤고 시커먼 돌개바람은 육중한 소리를 내며 막 땅에서 튀어나온 괴물 한 마리를 짓눌러 버렸다. 번개범과 첸누였다. 번개범은 날카로운 송곳니를 드러내 주룽을 위협하다가 돌연 몇 줄기의 벼락을 내리꽂았다. 주룽은 지난번 삼사에게 당해 몸이 절반이나 잘려 나가는 큰 상처를 입은 터라 기세는 흉흉했어도 힘은 전보다 훨씬 약해져 있었다. 벼락을 맞고 주룽이 고통스러운 비명을 지르자 번개범은 성큼 주룽에게 달려들어 주룽의 몸을 긴 송곳니로 찍고 몸을 사정없이 물어뜯었다. 첸누는 자못 점잖게 이미 박살 난 괴물을 꾹꾹 다시 짓밟아 완전히 숨을 끊어 놓았는데, 그동안 등에 달린 뱀 머리는 다른 괴물을 향해 엄청난 냉기를 토해 냈다. 냉기를 맞은 괴물이 고통스러워 발악하면서 땅속으로 몸을 숨기려 하자 첸누가 몸을 날려 높이 뛰어오르더니 다시 괴물을 짓밟았다.

하늘에서는 자오지의 뒤를 따라오기라도 한 듯 새 신수 한 마리가 더 모습을 보였다. 그 신수는 또 다른 뱀 모양의 괴물을 덮쳐 날카로운 부리로 쪼다가 몸통을 꿰어 하늘로 솟구쳐 올랐다. 다름 아닌 붕이었다. 괴물은 고통에 몸부림치며 붕의 몸을 감아 조이려 했지만 붕은 공중에서 괴물을 날개로 후려쳐 세 토막을 내 버렸다. 그러고는 토막난 괴물의 몸을 헌원의 진중을 향해 흩뿌리자 커다란 괴물의 몸통이 사정없이 떨어져 수많은 지나 전사들은 시체에 깔려 죽었다. 붕은 승리를 자축이라도 하듯 공중에서 활짝 날개를 펴고 몇 번 길게 운 다음 자오지를 도와 응룡을 공격하기 시작했다.

순식간에 세 마리의 괴물 신수가 죽자 남은 두 마리의 신수는 방금 파고 나온 구멍으로 필사적으로 도망쳐 버렸다. 주룽은 거의 걸레가 될 정도로 번개범에게 일방적으로 물어뜯겼다. 간신히 돌 우박을 토해 내고 그 틈을 타서 땅속으로 도망치려 했으나 결국은 번개범의 이빨에 목이 꿰뚫려 처참히 죽어 갔다. 멀리서 이 광경을 본 치우비는 주룽의 죽음으로 형천의 영혼이 위안을 찾기를 빌었다. 부소댕기의 저주도 주룽의 죽음과 함께 풀리기를 바랐다.

신수들의 싸움이 끝나기 전이었지만, 전세가 다시 역전되자 치우천왕은 전군에 돌격 명령을 내려 놓고 있었다. 머리 위에서 응룡과 자오지, 붕이 함께 치열하게 싸우고 있었지만 신경도 쓰지 않았다. 주신 삼사가 주술을 멈추자 헌원의 진에 펼쳐졌던 안개는 걷혔고 비바람도 삽시간에 사그라졌다. 헌원의 진세가 완전히 흐트러져서 우왕좌왕하는 모습이 보였다. 치우천왕의 모든 군대가 일제히 헌원의 흐트러진 진세로 돌격해 들어갔다. 비휴는 한순간 후퇴했다가 결사적으로 천랑대를 불러 모아 조금이라도 적을 막으려 했다. 끽구도 커다란 구리몽둥이를 휘두르며 필사적으로 달려 나왔다.

"나, 끽구가 여기 있다! 죽고 싶은 놈은 모두 덤벼라!"

그러나 단 두 명의 사울아비가 달려들자 끽구는 별로 활약도 하지 못하고 밀리기 시작했다. 힘으로 천하제일이라 할 수 있는 끽구를 밀어붙인 것은 주신의 두 장사인 쇠돌이와 치우광이었다. 그리고 무라도 온몸에 피 칠갑을 한 채 개명수와 호랑이를 불러 모아 비휴의 천랑대에 맞섰다. 숫자는 천랑대가 훨씬 많아 열 배가 넘었지만, 열 마리의 늑대라 해도 호랑이 한 마리를 당하기는 쉽지 않았다. 더구나 호랑이들도 나름대로 무리를 이루고 있었기에 호랑이 한 마리를 열 마리의 늑대가 포위하는 상황은 일어나지 않았다. 서로 마주 보고 정면 대결로만 밀어붙인다면 늑대는 백 마리건 천 마리건 절대 호랑이를 당할 수 없었다. 늑대들이 무더기로 죽어 나가자 지나족 전사들도 죽음을 각오하고 싸우기 시작했다. 거기에 키탄과 미아우, 마갸르의 전사까지 떼를 지어 몰려오자 지독한 혈투가 벌어졌다. 야율쿠리나 초초룬 같은 부족장은 이제 선두에 서지 않았다. 부족장 중에는 보돈차르만이 계속 선봉에 서서 몽골 기병들을 이끌었다.

뒷전에 조금 쳐져 있던 신도와 울루도 더 이상 방관만 하지 않았다. 손가락을 깨물어 피를 뿌리고 주술을 쓰자 대낮인데도 시커먼 저승의 그림자들이 나타나기 시작했다. 허나 한 사람이 허공에서 불쑥 나타나 그들의 앞을 얄밉게 가로막으며 외쳤다.

"이봐, 덩치들아, 나를 잊은 거야?"

신도와 울루는 동시에 이를 갈며 소리쳤다.

"비울걸!"

욕설이나 말싸움을 할 틈도 없이, 신도 울루의 귀신들과 비울걸의 도깨비 무리가 새까맣게 나타나 싸우기 시작했다. 작은 귀신은 작은 도깨비가 상대했고 커다란 저승의 전사는 흙도깨비와 물도깨비가 상대했다. 탁록은 탁강이 흐르고 있어서 비울걸은 물도깨비까지 불러낼 수 있었다.

상황으로 보아서는 치우천왕의 완연한 승리 같았다. 진세가 흐트러졌으니 물러서는 길밖에는 없을 것이라 여겼다. 그러나 의외로 전열이 무너진 지나족 전사들은 불리한 상황에서도 치열하게 싸웠다. 지나족 전사들도 십 년간 놀고만 있지 않았고, 나름 전략도 세워져 있었다. 헌원은 지난 유망과의 싸움에서, 전사 하나하나의 의지와 각오가 얼마나 중요한지를 깨달았다. 또 치우천왕과 상대한다면 신기한 용병술을 당해 내기 힘들다고 생각했다. 지나족 전사들은 비록 전열이 무너져도 최후까지 제자리를 지키며 싸우도록 훈련을 받아 왔다. 다만 이 방법은 압도적 숫자의 우위를 지니고 많은 손해를 각오해야 하는 전술이었다. 주신이나 다른 부족은 쓸 수 없었지만 숫자가 확실히 우세한 지나족으로서는 단순하지만 가장 확실한 전법이었다.

분명 치우천왕의 군대는 지나 전사보다 훨씬 잘 싸웠고 수많은 피해를 입혔다. 그러나 막상 진세가 흩어졌는데도 허물어지지 않으니 저항도 강해져 갔다. 수많은 지나 전사들이 시체가 되어 처참히 죽어 갔으나 그럼에도 지나족은 물러서지 않았고 죽기를 각오한 듯 덤벼들었다.

하늘도 땅도 놀랄 만한 처참한 전투가 이어졌다. 하늘에서는 응룡과 자오지, 붕이 엉켜 싸웠다. 번개범과 첸누는 날 수 없었지만 나름대로 벼락과 냉기를 뿌리며 응룡을 공격했는데도 응룡은 잘 버티며 격렬하게 싸웠다. 하늘은 온통 안개와 구름, 불꽃과 냉기와 벼락으로 뒤덮였다. 땅에서는 사람들이 꽃처럼 피를 뿌려 가며 싸웠고 짐승들도 처절하게 서로를 물어뜯었다. 귀신이나 도깨비들도 온갖 수단을 써 가며 처참한 싸움을 계속했다.

헌원의 진을 돌파했던 세 부대, 몽골 기병과 용병대, 도깨비 부대는 헌원의 진을 돌파하여 뒤에서부터 다시 파고들었다. 안개가 걷힌 상황이라 꺼릴 것도 없었다. 결정적으로 이들의 공격이 전투에 쐐기를 박았다. 전열이 흐트러진 정도는 무시하며 싸우던 지나 전사들도 뒤에서 공격이 가해지자 버티지 못하고 허물어져 갔다. 안 그래도 힘이 부치던 치우천왕의 군대는 용기를 얻어 지나 전사들을 몰아붙이기 시작했다.

하늘에서의 싸움은 점차 판가름이 지어져 갔다. 응룡은 강했으나 혼자 네 마리의 신수를 당해 내지는 못했다. 응룡이 몸을 돌려 도망을 치려고 하는데, 치우천왕의 귀에 천부인의 목소리가 들려왔다.

내 힘으로 응룡을 얽어라.

치우천왕은 놀라서 재빨리 삼사에게 응룡을 얽으라고 소리쳤다. 삼사가 천부인의 힘을 응룡에게 집중하자, 대단하던 응룡도 더 견디지 못하고 마침내 땅에 떨어져 내렸다. 첸누가 응룡의 몸통을 밟고 번개범이 머리를 찍어 눌렀다. 치우천왕과 삼사, 치우비도 그제야 안도의 한숨을 쉬었다. 비렴이 치우천왕에게 물었다.

"저것을 어찌할까요?"

맥달이 나서서 치우천왕에게 말했다.

"이제 하늘의 뜻을 이루실 때가 되었습니다."

"하늘의 뜻이라……."

치우천왕은 생각에 잠겼다. 맥달이 말한 하늘의 뜻이 어떤 것인지 생각을 가다듬으려 했다. 그때 천부인의 음성이 들려왔다.

자오지 한웅. 그대는 이 땅에서 주술의 힘을 영원히 없애고 싶어 했다. 아직도 그러한가?

물론 그렇습니다.

그대는 이 네 마리의 신수를 손에 넣을 수 있다. 그대가 굴복시키거나 마음을 얻은 신수다. 이들은 사람과 가장 많은 일에 얽혀서, 운명적으로 인간을 따르게 될 존재들이었다. 그대가 이 네 마리 신수의 힘을 합하면 세상에서 무엇이든 이룰 수 있을 것이다. 그것을 바라는가?

치우천왕은 대답했다.

바라지 않습니다. 사람의 일은 사람의 힘으로 행해야 하며, 그것이야말로 정말로 사람이 세상의 주인이 되는 방법이기 때문입니다. 주술의 힘은 세상에서 사라져야 합니다. 글자 주술도, 신수와 고립자도, 주신 삼사나 다른 주술사의 주술도 없어져야 세상이 온전해집니다.

그렇게 될 것이다. 나는 그때를 대비하여 만들어졌고 오랫동안 기다려 왔다. 이 네 신수는 세상에 남은 주술의 흔적과 신수들을 없애고 그들을 새로운 세상으로 가도록 할 것이다. 자오지 한웅, 치우천왕. 그대는 하늘의 뜻에 합당하게 훌륭한 일을 했다.

그러면 이제 네 신수는 다른 세상으로 가게 됩니까?

당장 떠나지는 않지만, 대도의 길로 접어들었으니 더 이상 몸을 지니지는 않을 것이다. 그들은 사신수(四神獸)라 불리며 사람의 세상을 위한 길을 닦을 것이다…….

치우천왕은 갑자기 떠오르는 생각이 있어서 천부인의 말에 끼어들었다.

아니, 잠깐요. 번개범 속에는 비냐라는 여인의 몸이 있습니다. 번개범을 떠나면 죽고 말 가련한 여자입니다. 그 여자는 어떻게 합니까?

천부인은 잠시 깜박거리는 느낌을 전했다. 치우천왕의 느낌으로는 웃는 것 같았다.

하늘의 뜻을 논하는데 한 여인의 운명도 잊지 않다니. 그대는 좋은 한웅이 될 것이야.

말씀은 감사합니다만 비냐는…….

염려 마라.

천부인의 말이 끝나자마자 응룡의 머리를 찍어 눌렀던 번개범이 천천히 고개를 숙였다. 번개범의 이마 한가운데가 갈라지며 여자가 걸어 나왔다. 비냐였다. 그런데 썩어서 흉하게 된 몸뚱이가 아닌, 예전처럼 멀쩡한 몸이 되어 있었다. 옷도 가장 화려했던 카린산에서의 예식 복장으로 변해 있었다. 비냐는 얼떨떨한 표정이었으며, 번개범에서 나온 후에도 믿어지지 않는다는 듯 자신의 손과 얼굴을 만져 보았다.

치우천왕은 그 모습을 보고 안도의 한숨을 내쉬었다. 비냐를 그 꼴로 만든 것은 소녀였고, 아주 지독한 짓이었다. 하지만 소녀는 나름대로 치우천을 위해 한 일이었으니 그도 일말의 책임감을 항상 지니고 있었다. 다행히 이렇게 비냐가 다시 새로운 몸을 찾게 되자 자신이 지고 있던 짐까지 덜은 것 같았다. 비냐는 치우천왕을 감격스러운 눈으로 한 번 바라보고 번개범에게 고개를 돌렸다. 번개범은 서글퍼 보였으나 비냐를 보고 가라는 듯 고갯짓을 했다. 비냐는 이별의 순간이 다가왔음을 깨닫고 번개범의 머리를 안고 한동안 눈물을 흘렸고, 번개범도 신수답지 않게 눈물을 흘렸다. 그러다가 비냐가 멀어지자 번개범은 응룡을 풀어 주었고 첸누도 발을 떼었다. 응룡은 눈을 감고 뭔가 생각하는 것 같더니 몸이 금빛에서 푸른빛으로 서서히 변해 갔다. 붕도 날개를 접고 그들의 옆에 내려와 앉았다. 반대편에서는 전투가 벌어지고 있었지만 치우천왕과 삼사, 맥달과 치우비는 다시는 볼 수 없는 신기한 광경에서 눈을 뗄 수가 없었다. 천부인이 말했다.

응룡은 앞으로 청룡으로 불리울 것이며, 동쪽을 상징하는 존재가 될 것이다.

응룡은 이전에 지녔던 거만함을 금빛과 함께 씻어 버린 듯, 현명하고 온화한 눈빛으로 고개를 들었다. 천부인은 계속 말했다.

번개범은 앞으로 백호라고 불리울 것이며, 서쪽을 상징하는 존재가 될 것이다.

번개범은 고개를 들어 하늘을 우러러 보았다. 긴 이빨이 스르르 사라지고 상서로운 오색구름이 주변에서 솟아났다.

붕은 앞으로 주작이라 불리울 것이며, 남쪽을 상징하는 존재가 될 것이다.

붕도 치기 어린 눈빛을 거두고 이글이글 타오르는 화려한 깃털로 온몸을 감쌌다.

첸누는 앞으로 현무라 불리울 것이며, 북쪽을 상징하는 존재가 될 것이다.

첸누는 움직이지 않았으나 그의 몸에도 검은색의 안개가 일어났다. 다음 순간, 하늘에서 금빛의 광채가 비춰지더니 사신수가 된 청룡, 백호, 주작, 현무가 꺼지듯 사라져 버렸다. 천부인이 말했다.

앞으로 인간 세상에서 신수가 날뛰는 일은 없을 것이다. 있더라도 저들이 막을 것이다.

치우천왕은 한마디를 더했다.

자오지께서는……?

천부인은 간단히 답했다.

이미 떠났다.

치우천왕은 서운한 심정이었다. 그러나 천부인은 조용히 말을 이었다.

나도 가야 하겠지만, 최후로 할 일이 남아 있다. 이제 내가 구슬로 변하면 비렴에게 맡기라. 그러면 나는 있을 곳에 있게 되고, 할 일을 하게 되리라⋯⋯.

그 말만 남긴 채 천부인의 목소리도 더 이상 들리지 않았다. 대신 비렴의 앞에 빛이 모여드는 것처럼 빛무리가 아롱거리다가 이내 그것이 모여 작은 빛구슬이 되었다. 비렴이 엉겁결에 손을 내밀자 작은 구슬의 모습이 되어 비렴의 손에 떨어져 내렸다. 동시에 치우천이 지니고 있던 우린 구슬과 헌원이 지녔던 우린 구슬이 품속에서 깨어져 광채를 잃었다.

나중에 알게 된 것이지만, 그 광경을 직접 볼 수 있었던 사람은 치우천왕과 치우비, 맥달, 주신 삼사, 그리고 비냐까지 일곱 명뿐이었다. 나머지 사람들의 눈에는 응룡이 떨어진 이후 갑자기 모두가 사라진 것으로만 보였고, 그들의 변신이나 비냐가 나타난 일은 누구의 눈에도 보이지 않았다.

큰일을 치른 셈이지만, 시간은 얼마 흐르지 않은 것 같았다. 모두는 현실을 깨닫고 눈앞의 전쟁으로 관심을 돌렸다. 치우천왕은 헌원의 진을 살피다가 치베에게 물었다.

"그런데 헌원이 왜 보이지 않지? 치베 안다, 헌원이 어디에 있는지 살펴라. 그를 잡아야 싸움이 끝난다."

치베가 한참 둘러보았지만 헌원의 모습은 찾을 수 없었다. 치베는 치우천왕에게 말했다.

"보이지 않습니다. 빠져나간 것 같습니다."

"그 안개 속에서 어떻게 빠져나갔단 말인가?"

나침반의 발명이 이루어졌음을 알 리 없는 치우천왕은 의아해할 뿐이었다. 허나 헌원이 빠져나갔다면 무리하게 희생을 치르며 지나족 전사를 전멸시킬 필요는 없었다.

그때, 지나족의 뒤에서 커다란 먼지구름이 일어나는 광경이 보였다. 치베가 보더니 떨리는 목소리로 말했다.

"헌원이 뒤에 있습니다. 뒤에서 또 많은 무리를 이끌고 옵니다!"

"뭐? 아니, 헌원의 무리가 또 있단 말인가?"

치우천왕도 당황했다. 치우천왕과 그 밑의 전사들은 헌원의 전사들이 대나무골을 메울 정도로 많은 것을 보고 당연히 이것이 헌원의 전군이라 생각했다. 그러나 실상 그들은 이십만 정도의 선발대와 중군이었다. 후군 삼십만은 건재했고, 헌원은 급히 안개 속을 빠져나가 조금 뒤처져 대기하고 있던 후군을 모조리 끌고 왔던 것이다.

치우천왕은 지체 없이 퇴각 신호를 올렸다. 헌원이 북소리라는 새 신호 수단을 고안한 것처럼 치우천왕은 색깔이 있는 연기를 피우는 것을 퇴각 신호로 삼았다. 연기가 피어오르자 정신없이 혈투를 벌이던 각 부대는 일제히 뒤로 빠져나가기 시작했다. 치우천왕은 주신 삼사에게 일러 헌원의 후속 부대에 안개와 비를 퍼부어 합류를 늦추라고 했다. 그러나 안개에 휩싸인 후속 부대는 잠시 주춤하더니 북소리를 신호 삼아 계속 전진해 왔다. 나침반을 이용하여 방향을 잡았기에 가능한 일이었지만, 치우천왕은 지나족의 재주가 용하다고 신기해했다. 그러나 삼사가 불러낸 안개와 비도 어느 정도는 헌원의 후군을 지연시켜서 각 부대들은 큰 피해를 입지 않고 퇴각할 수 있었다. 헌원의 부대는 막대한 피해를 입었지만, 수가 워낙 많아서 강에서 물 한 바가지 퍼낸 격이었다.

지나족의 숫자가 많음에도 치우천왕은 낙담하지 않았다. 오히려 거치적거리던 신수의 존재가 완전히 사라지자 자신감을 가지고 확실하게 전략을 세울 수 있었다. 지나족의 전사들도 고된 훈련을 쌓고 강해졌지만, 여러 부족의 기술을 합치고 장단점을 살린 연합 부족을 당해 내지 못했다. 일단 헌원은 수적인 우세로 탁록 중앙으로 들어가 성에 자리를 잡았다. 예전에 마갸르족이 쌓은 작은 성인데, 그때부터 황제성(黃帝城)이라 불리게 되었다. 반면 치우천은 전투보다는 황제성이 내려다보여 관측이 용이한 고지로 자리를 옮겼는데 바로 지금의 치우채(蚩尤寨)이다.

각각 자리를 잡은 헌원과 치우천왕은 다음 날에도 싸웠는데, 신수가 사라졌으므로 순수하게 전사들의 실력과 전략으로 맞붙었다. 치열한 싸움이었으나 우월한 기동력과 탁월한 전술의 치우천왕이 결국 이겼다. 이 싸움부터는 치우비가 본격적으로 활약하기 시작했다. 치우천왕은 아우를 아껴서 신수가 날뛰던 첫 번째 싸움에서는 옆에 두고 출전시키지 않았다. 허나 이제는 꺼릴 것이 없어서 치우비는 본격적으로 전장을 누볐는데, 그를 당할 용사는 아무도 없었다. 특히 치우비가 온 몸에 입은 쇠갑옷과 투구는 구리 무기조차도 튕겨 내는 위력이 있었고 손에 든 금빛 도끼는 구리는 물론 쇠도끼보다도 강한, 불쇠가 고르고 골라 뽑은 특이한 금속*으로 만든 것이었다. 거기에 치우비의 힘과 기술이 더해지니 아무도 감당할 수 없었다. 치우비를 상대할 만한 자는 끽구뿐이었지만 그가 나타나기만 하면 치우광과 쇠돌이 두 사람의 공격을 받아 치우비에게 접근조차 하지 못했다. 비휴의 천랑대도 무라의 개명수 부대와 치열하게 싸웠지만, 결국은 거의 모든 늑대가 죽는 대패배를 맛보았다.

그다음 날의 세 번째 싸움에서는 마침내 헌원이 결단을 내려, 현녀가 새로 만든 다양한 무기들을 선두에 세우게 했다. 그 무기들은 당시에는 몹시 위력적이었지만 불행히도 대다수가 공성 병기여서 야전에는 맞지

---

* 지금의 티타늄.

않았다. 불을 뿜는 무기가 어느 정도 효과를 발휘했으나 이를 본 싱카가 인도의 코끼리 용병들을 용감하게 진격시켜 무기를 부숴 버렸다. 코끼리는 사기를 높이는 효과는 있었지만 여섯 마리밖에 되지 않아 전투에 큰 도움은 되지 못했는데 두 마리의 코끼리가 불에 타 죽기는 했어도 커다란 무기들을 엎어 버리고 부수는 데 큰 공을 세우게 되었다. 결국 새로 만든 무기조차 큰 힘을 발휘하지 못하고 태반이 부서져 나가게 되자 전날과 같은 혼전이 계속되었다. 치우비가 종횡무진으로 휩쓰는 것을 보다 못한 끽구는 치우광과 쇠돌이가 덤비는 것도 무시하며 무리하게 치우비에게 덤벼들었다. 이것은 대장들의 결투인지라 치우광이나 쇠돌이도 끼어들지 않고 숨을 죽이며 지켜보고, 양쪽의 군대도 싸움을 그친 채 넋을 잃고 신기에 가까운 두 사람의 대결을 바라보았다. 괴물 같은 힘을 지닌 두 사람은 한동안 무서운 싸움을 했다. 힘은 끽구가 우세했지만 몸은 치우비가 빨랐고 기술도 뛰어났다. 끽구는 점점 지쳐 이길 수 없을 것 같자 최후의 힘을 발휘해서 같이 죽을 심산으로 구리몽둥이까지 던져 버리고 단검을 빼어 치우비에게 달려들었다. 치우비의 도끼는 끽구의 오른팔을 송두리째 잘라 버렸으나 끽구는 결사적으로 단검으로 치우비의 옆구리를 찔렀다. 그러나 끽구에게는 불행하게도, 치우비는 온몸을 쇠갑옷으로 두르고 있어서 구리단검도 뚫을 수 없었다. 다만 끽구의 무서운 힘 때문에 갑옷이 움푹 찌그러졌을 뿐이다. 끽구가 피를 흘리며 말에서 떨어져 헐떡이자 양쪽 군대는 동시에 함성과 경악의 외침 소리를 냈다. 치우비가 다가가자 끽구는 이를 악물고 말했다.

"죽여라."

"왜 죽으려 하시오? 이제 그만하면 할 만큼 하셨소. 이제는 싸움을 그만두시오."

치우비가 좋은 표정으로 말하자 끽구는 이를 악물었다.

"그…… 그 쇠옷만 아니었어도……."

치우비는 차분히 말했다.

"이것을 입지 않았더라면 다른 방법으로 막았을 것이오."

"그…… 그랬나? 그랬던가?"

끽구가 분을 못 이겨 눈물을 흘리자 치우비는 타이르듯 정중히 말했다.

"당신은 위대한 용사였소. 이제 그만 돌아가 쉬시오, 끽구."

치우비는 말머리를 돌렸다. 그러나 끽구는 이를 악물고는 하늘을 향해 외쳤다.

"죄송합니다, 헌원님! 저는 여기까지인가 봅니다!"

소리를 지르자마자 끽구는 치우비가 제지할 틈도 없이 땅바닥에 솟아난 돌에 머리를 부딪쳐 자살해 버렸다. 그동안 계속 끽구와 겨루었던 치우광이나 쇠돌이도 숙연한 표정이 되어 끽구의 시체에 간단히 고개를 숙여 절을 했고 치우비도 말 위에서 눈을 감고 영혼이 편한 곳으로 가기를 빌었다. 헌원의 전사들은 축 처져서 끽구의 시체를 운반했고 치우비도 그날은 싸움을 멈추었다. 그러나 치우비가 있는 곳 외의 다른 전선에서는 지나족의 사기가 떨어져 그날도 큰 피해를 입었다.

끽구가 죽은 날 밤, 헌원은 분노로 가득 차 술을 마시고 취해 버렸다. 신수도 더는 부릴 수 없었다. 아무런 충격도 주지 않았는데 품 안의 우린 구슬이 깨어져 버린 것을 알았기 때문이다. 그것만으로도 응룡도 주룡도 다른 신수도 이 세상에 없다는 것을 막연하게 깨달을 수 있었다. 현녀의 무기들도 실패했고, 군의 대들보 같던 끽구까지 잃었다. 헌원은 분한 나머지 참지 못하고 눈물까지 흘렸다. 단순히 응룡을 생각한다거나, 응룡을 잃은 것이 아까워 흘리는 눈물이 아니었다.

'이제 치우천을 잡을 방법이 없구나. 우리 전사의 숫자가 아무리 많아도 결국은 저들을 이기지는 못할 것이다. 그러니 그 방법을…… 써

야 하는데…… 아아…… 정말 그래야 할까? 그런 방법까지 쓰면서 이 거야 하는 것인가…….'

주변의 신하들도 헌원이 왜 이리 비통해하는지 깨닫지 못했다. 헌원 은 마침내 결심을 굳혔다. 입술을 피가 나도록 깨물며 취해서 몽롱한 눈 동자에 힘을 주었다.

'나를 사람도 아니라 욕해도 할 수 없다. 절대로 못할 짓이지만…… 할 수밖에 없어. 정말로…… 정말로 이러고 싶지는 않았는데…….'

헌원은 아무도 따라오지 못하게 한 다음, 자신의 막사에 소중히 숨겨 둔 작은 상자 하나를 꺼냈다. 그리고 화산을 떠나올 때부터 헌원 외에는 아무도 가까이 하지 못하게 봉해 둔 막사로 들어섰다. 막사 안에는 불도 켜져 있지 않았고 특별한 것도 없었다. 어둠 속에 한 사람이 인형처럼 앉아 있을 따름이었다. 헌원은 그 앞에 무릎을 꿇으며 흐느꼈다.

"미…… 미안하다……."

"그러실 필요 없습니다, 아버님."

차분하게 들리는 목소리는 바로 발의 음성이었다. 그녀의 목소리는 이제 더 이상 앳되거나 애교스럽지 않았다. 아무런 감정이 실리지 않은 밋밋함과 싸늘함 자체였다.

"어차피 아버님께서 주신 목숨, 원하는 대로 하소서. 이미 모든 미련 을 버린 지 오래랍니다."

"발아……."

헌원이 흐느끼는데 갑자기 막사의 휘장이 열리며 누가 뛰어들었다. 자그마한 체구의 남자는 발의 앞을 막아서며 헌원의 손에서 상자를 빼 앗으려 했다.

"이러지 마십시오! 헌원님!"

상망이었다. 그는 모습을 숨긴 채 십 년이나 발의 주변을 맴돌았다.

이날이 오지 않을까 하는 걱정 때문이었다. 상망이 모습을 드러내자 헌원은 깜짝 놀랐으나, 상자를 빼앗기지 않으려고 손에 힘을 주었다.

"상망! 무슨 짓이냐?"

상망은 결사적으로 매달리며 엉엉 울었다.

"그것만은 안 됩니다, 헌원님! 남도 아니고 헌원님의 따님입니다! 어찌 딸을……."

헌원은 상망을 뿌리치며 말했다.

"상망! 나도 괴롭다! 하지만 이대로라면 우리는 진다. 뿐만 아니라 모두가 죽는다! 지나족을 위해서 더 이상은 어쩔 수 없다!"

상망은 절규하듯 외쳤다.

"푸른 구슬을 쓰는 것은 발님을 죽음보다 못하게 만드는 겁니다! 차라리 저를 죽이십시오! 그리고 발님도 죽이십시오! 허나 제발 그것만은……."

상망이 결사적으로 매달리자 헌원도 어쩔 줄을 몰랐다. 상망은 겉보기에 체구도 작고 볼품없어서 잘 알려지지 않았지만 실제로는 상당히 힘이 세고 싸움에도 능한 사람이었다. 이런 상망이 말리면 자칫 큰일이겠다 싶어서 헌원은 상자에서 손을 놓았다. 상망은 상자를 빼앗자 그것을 품에 안고 고개를 숙였다.

"감사합니다. 감사합니다, 헌원님. 마음을 돌리셔서 정말 다행……."

상망은 말을 이을 수 없었다. 헌원이 작은 칼을 꺼내 고개를 숙이는 상망의 뒷덜미를 찔렀기 때문이다. 상망이 눈물을 거두지도 못하고 눈을 뜬 채 앞으로 쓰러지자 헌원은 상자를 주워 들고 탄식했다.

"내 손으로 자네를 죽이게 될 줄은 몰랐네, 상망."

발이 차가운 목소리로 말했다.

"마음에 없는 소리 마시고, 하시려면 어서 하세요. 저는 두렵지 않아요."

발은 상망에게로 몸을 굽혀 상망의 희게 센 머리칼을 쓰다듬으며 눈물을 흘렸다.

"할아범…… 할아범…… 미안해, 정말로 미안해……."

헌원도 잠시 눈물을 흘렸으나 이내 마음을 굳힌 듯, 입술을 굳게 악물었다. 그리고 떨리는 손으로 상자를 열었다.

잠시 고통스러운 비명 소리가 막사 안에 울렸으나 곧이어 조용해졌다. 막사 밖에 숨어 있던 사람은 놀라 입을 막으며 다급히 몸을 숨겼다. 현녀였다. 그녀는 주술에 많은 지식이 있기에 안에서 무슨 일이 벌어지는지 눈치챌 수 있었다. 아직 시작된 것은 아니지만, 그것은 무서운 저주였다. 절대로 피해야만 하는 저주. 그녀는 몸을 떨며 자신의 막사로 도망쳐 들어갔다.

다음 날 날이 밝자마자 헌원이 또다시 북을 치며 싸움을 걸어 오자 치우천왕은 얼굴을 찌푸리며 옆에 있던 치우비에게 말했다.

"헌원도 어지간하구나. 아직 싸울 방법이 남았을까? 아니면 정말로 저 많은 사람들을 다 죽여야만 그만둘 건가?"

"마음이 아프군요, 형님."

"그래. 지나족을 미워도 했지만 이렇게 모조리 죽이고 싶지 않았어. 아무리 전쟁이라도 저 사람들을 다 죽여야 한다면…… 이게 어찌 사람이 할 일이냐."

치우천왕도 진정으로 괴로워했고 본성이 선량한 치우비는 더 마음이 아팠다. 이미 세 번이나 싸워 가진 패를 다 잃었다면 항복해 남은 부하들이라도 살리는 편이 옳았다. 그런데도 무리한 고집을 부려 저항을 멈추지 않으니 되레 이긴 쪽이 불안해하는, 딱하기 그지없는 일이었다.

치우천왕은 정색을 하며 말했다.

"아무래도 이 싸움을 끝낼 방법은 두 가지 뿐인 것 같다. 어찌 되었든 질 수는 없잖겠느냐?"

"무슨 방법입니까, 형님?"

치우천왕은 독한 표정을 지으며 말했다.

"첫 번째 방법은 헌원이 바라는 대로, 여기 모인 지나족을 전부 죽이는 것이다!"

"아…… 그래도 그건……."

"아니다. 헌원이 자초한 일이야. 이런 바보짓을 하는 자가 또 나오지 않게, 이런 짓의 끝이 어떻다는 것을 세상에 알리기 위해서라면 나도 독해져야 할 것 같다."

"그러지 마십시오. 다른 방법은 무엇입니까?"

"두 번째 방법도 별건 없다. 서둘러 헌원의 목을 치는 것이다."

"지나족을 다 죽이지 않고서야 어떻게 헌원의 목을 칩니까?"

치우천왕은 한동안 생각하다가 대답했다.

"그리 뾰족한 수는 아니지만, 오늘 지나족의 공격이 거셌으면 좋겠구나."

"예?"

"그 공격에 우리가 패해 물러서는 척하는 거다. 비야, 옛날 카린에서 헌원과 싸웠던 일, 기억하니?"

치우비로서는 잊을 수 없는 사건이었다. 서로 밀고 밀리다가 마지막 순간 최후의 도박으로 돌격을 해 헌원의 목을 치려고 했다. 그런데 발이 자신의 앞을 막아섰다. 그로 인해 자신은 상처를 입고 쓰러졌고, 결국은 헌원을 놓쳤다. 그때 치우비만 멀쩡했으면 신도 울루에게 가로막혔어도 헌원의 목을 벨 수 있었을지도 몰랐다. 그러나 발을 생각하면……

치우비의 낯이 흐려지자 치우천왕은 치우비의 어깨를 툭툭 쳤다.

"발은 없는 사람이니, 그 생각은 말거라. 나는 그냥 그것과 비슷한 작전이라는 뜻으로 말한 거야."

치우천왕의 작전은 바로 채택되어 각 부족장과 부대장 들에게 자세한 명령이 내려졌다. 헌원의 공격에 대항하다가 무너지는 척 전군을 후퇴시킨다. 그러면 헌원은 반드시 뒤를 쫓을 것이다. 그때를 틈타 도깨비 부대와 용병대, 치우광의 부대가 지나족의 허리를 끊는다. 치우비와 양역, 하늘 군대 사울아비들이 그 틈을 파고들어 단번에 헌원에게 달려간다. 중간에 앞을 막아서는 자들은 사울아비들이 하나씩 맡아 막는다. 즉 치우비가 선두에 서는 송곳 모양의 진형이 양파처럼 벗겨져 나가면서 방해를 뿌리치고 치우비가 단숨에 헌원의 목을 벤다는 작전이었다. 다소 위험성이 큰 작전이었으나 치우비의 힘과 쇠갑옷의 보호가 있으니 가능성이 높았다. 치우천왕은 치우비에게 넌지시 말했다.

"지나족을 하나라도 더 살리려고 너를 위험하게 하다니, 이건 참 무슨 하늘의 장난인지 모르겠구나. 하지만 너를 믿는다. 당부하건대 중간에 일이 틀어지면 무리하지 말고, 헌원을 보면 절대 망설여서는 안 된다."

치우비는 묵묵히 고개를 끄덕여 보이고 출전 준비를 갖추었다.

전투 준비가 한참일 무렵, 현녀는 비밀히 소녀의 손을 잡고 빠르게 걸음을 옮겼다. 소녀는 대체 현녀가 왜 그러는지 영문을 알 수 없었다. 느닷없이 들이닥쳐 이상한 기호를 온몸에 그리게 하더니만, 이제는 전쟁터로 자신을 끌고 나갈 모양이었다. 왜 그러느냐고 묻고 싶었으나 현녀는 소녀가 입을 열 기회조차 주지 않았다. 공성 무기들 앞에 가서야 현녀는 주위에 아무도 없는 것을 확인하고 소녀에게 말했다.

"내 말 잘 들어. 오늘 무서운 일이 벌어질 거야."

"이미 무서운 일은 넘치고도 넘치지 않나요?"

현녀는 코웃음을 치며 말했다.

"이런 것과는 비교도 안 돼. 자칫하면 모두 죽을 거야."

"대체 무슨 일이기에 그러죠?"

"헌원은 절대 건드려서는 안 되는 주술을 쓰려고 해. 아무도 그에 대해 모르지만, 나는 조금 들은 적이 있지. 우루 왕궁이 이토록 지독하게 나를 뒤쫓는 이유가 바로 거기 있거든."

현녀는 간략하게 우루의 왕궁에서 그녀가 본 금단의 비밀에 대해 말해 주었다. 그것은 어떤 주술이 걸린 물건에 대한 기록인데, 거기에는 아득한 고대의 주술에 대해 씌어 있었다. 그것은 인간이되 인간이 아니었던 그런 존재들에 의해 만들어진 주술로, 지금의 주술과는 완전히 맥을 달리하는 기이한 주술이었다. 그 주술들은 이제는 완전히 잊혀졌지만 아직도 그 주술을 쓰는 자가 선인으로 남아 있으니 그녀의 이름은 발귀리라고 씌어 있었다.

"발귀리라면 대선인인데……."

"그렇지. 그런데 문제는 그 대선인이 무언가를 목적으로 금단의 주술의 힘이 담긴 구슬을 만들었다는 데 있어. 원래는 좋은 목적으로 만들어졌다고 해. 다른 존재와 말이 통하게 만들어 주는 것이 있고, 혹시라도 다른 존재가 난폭하게 굴 경우 그를 속박해서 움직이지 못하게 만드는 것이 있다는 거야."

"그런데요?"

그 구슬들은 원래 인간을 위해 만들어진 것이므로 발귀리 선인의 손에서 떠나 인간에게 주어졌고, 후에 여러 곳을 흘러 다니게 되었는데, 우루 왕궁의 주술사는 동방에서 온 사람이라 구슬에 대한 내용을 남긴 것이다. 소통의 구슬은 문제가 없었지만 속박의 구슬은 엄청난 힘을 지니고 있었다. 그것은 글자 그대로 신수나 고립자도 묶어서 움직이지 못하게 하는 힘을 담은 것이다. 그런데 그 힘을 만약 인간에게 사용한다면 엄청난 문제가 생긴다. 속박의 힘이 너무 강해서 약한 인간들은 그 자리에서 몸이 굳고 움직이지 못하며 힘을 더 가하면 온몸이 터져 죽게 된다. 더구나 고대의 주술은 마음의 영역을 담은 것이라 힘이 퍼지는 범위나 제한이 없다. 개념 주술이라 이름 붙여진 이것은 쓰임새가 기묘했다. 사람 수천 명이 몰려 있는 속에 주술을 뿜어도 마음먹은 자만 노릴 수 있고, 복잡한 경계선을 뚫는 것이 아니기 때문에 개념을 담은 안에서는 어디서든 작용되는 등 신비한 점이 많다고 했다. 그러니 일단 마음먹고 사용하면 아무도 피할 수 없었다. 발귀리도 그것을 걱정하여 소통의 도를 닦은 사람의 후손이 아니면 사용할 수 없게 만들고, 또 사용하려면 엄청난 대가를 치르게 제약을 걸었다는 내용이었다.

"이것이 왜 그리 중대한 비밀로 정해졌는지는 모르지만 우루의 왕궁은 이 일을 아주 심각하게 생각해. 그래서 단지 이 기록을 엿본 것만으로 나는 지긋지긋하게 쫓기게 되었지."

거기까지 듣고 소녀는 아리송한 표정을 지었다.

"그런데 왜 그런 이야기를 하는지 모르겠어요."

현녀는 답답하다는 듯 외쳤다.

"그게 뭔지 모르겠어? 소통의 구슬이 바로 헌원과 치우천왕이 나누어 가졌다는 우린 구슬이야. 그리고 발이 치우비의 도움으로 진몽희에게 얻어 왔다는 것이 바로 푸린 구슬, 즉 속박의 구슬일 거야! 발은 벌레와 소통하는 도를 닦은 누조의 딸이고. 이제 알아들어? 헌원은 푸린 구슬을 얻었고, 그걸로 자기 딸을 이용하여 속박의 주술을 펼치려고 하는 거야! 우루의 왕궁 기록이 사실이라면 아주 위험해."

"믿기 어렵네요. 또 그래 봐야 치우천 부하들만 죽을 텐데 뭐가 위험하죠?"

현녀는 답답하다는 듯 말했다.

"그 구슬을 사용하는 대가가 뭔지 알아?"

"뭔데요?"

"자신의 용모와 젊음이야. 너 같으면 얼굴이 찌글찌글한 할망구가 되어도 속이 편하겠어? 그것도 아비가 딸에게 그렇게 강요했다면? 그것도 사랑하는 남자를 죽이라고 한다면? 그 아비를 용서할 수 있을까?"

그제야 소녀도 얼굴빛이 변했다.

"그…… 그렇다면……."

"아마 헌원이 발에게는 거짓말을 했을 거야. 죽이는 건 아니라고 말야. 그러다가 치우비가 죽어 봐! 아마도…… 발은 미칠 거야. 발이 미쳐 눈이 뒤집히면 치우천왕의 부하만이 아니라 모두 죽어! 헌원은 치우천왕을 죽이는 데 눈이 뒤집혀서 거기까지 생각 못하고 있어! 그러니 틈을 봐서 도망쳐야 해."

"왜…… 그런데 왜 나를 데리고 가려는 거에요? 왜 나 같은 사람에게 잘 대해 주는 거죠?"

현녀는 한숨을 쉬고 말했다.

"솔직히 말할게. 나는 쫓기고 있어. 어쩌면 영원히 쫓길지도 모르지. 헌원도 망하면 이제 어디에 가서 숨겠어? 카린의 여인족은 남자를 꺼리니 거기가 내게는 제일 안전한 곳일 거야. 쑤앙마이도 대선인이라니 한번 뵙고 싶고. 그러니 너를 데리고 가려는 거야."

"난…… 난 죄인이에요."

현녀는 소녀가 귀엽다는 듯 엷은 미소를 지으며 말했다.

"쑤앙마이가 널 해치려 들었으면 벌써 해쳤겠지. 하다못해 사람을 보내 꾸짖기라도 했을 거야. 그러나 그러지 않았다는 건, 널 이미 용서했다는 뜻이야. 바보! 카린에 가면 나, 푸대접하지 마."

마침내 싸움이 다시 시작되고, 주신의 선봉대와 헌원의 선봉대는 눈을 번득이며 마주쳤다. 작전은 예정대로 진행되어 치우비와 임무를 맡은 부대는 야산 기슭에 몸을 숨기고, 나머지 부대들은 지나 군대를 예정된 방향으로 유인하려 했다. 그런데 이변이 일어났다. 헌원군의 선봉대가 싸우려 들지 않았다. 뒤로 물러서며 주신의 선봉대를 유인하는 듯했다. 그러더니 방패로 막은 진이 열리면서 단 한 사람, 자그마한 노파가 비틀거리며 걸어 나왔다. 어이없는 일이었다. 예전에 비울걸이 혼자 몸으로 신도 울루의 부대를 막은 적이 있지만, 이 노파는 비울걸의 손톱 하나 만큼도 힘이 없어 보였다. 대체 무슨 수작일까 생각하여 전사들이 멍하니 바라보는데 이변이 일어났다. 노파가 몸에 힘을 주며 부들부들 몸을 떨자 이상한 열기가 피어오르며 사방을 휩쓸기 시작했다. 주변의 땅이 바짝바짝 말라 쩍쩍 갈라지고, 나무가 순식간에 시들며 물이 말라 버렸다. 그렇다고 그녀가 뿜는 열기가 불길같이 뜨거운 것은 아니었다. 아차 하는 사이 열기는 치우군의 선봉대를 덮쳤는데, 기이한 열기를 쐰 순간 모든 사람들이 행동을 멈추고 그 자리에서 쓰러졌다. 단번에 수천 명의 군대가 한 사람도 남지 않고 거짓말처럼 쓰러져 버리자 치우채 위에서 아래를 내려다보던 치우천왕은 놀라 부르짖었다.

"주술인가? 아니, 어떻게……!"

주신 삼사는 주신에서 주술에 가장 해박한 사람들이었는데도 무슨 주술인지 알아볼 수가 없었다. 다만 치볘가 덜덜 떨며 관찰한 바로는, 사람들은 쓰러졌지만 죽지는 않았고 힘겹게 꿈틀거릴 뿐이었다. 그제 야 지나족 전사들이 돌진하기 시작했다. 남김없이 쓰러진 전사들은 밟히기만 해도 죽을 판이었다. 다급해진 각 부대들은 쓰러진 선봉대를 구원하기 위해 무조건 달리기 시작했다. 치우천왕조차 명령을 고쳐 내릴 생각을 하지 못했다. 그런데 가장 빨리 도착한 몽골 기병들도 말과 함께 그 자리에서 픽픽 쓰러지기 시작했다. 노파 주변 일정 범위에만 들어가면 누구든 쓰러져 버리는지라 힘을 쓸 방법이 없었다. 몽골 기병을 지휘하던 보돈차르는 급히 외쳤다.

"활을 쏴라! 활로 저 마녀를 죽여!"

몽골 기병들은 앞 다투어 화살을 날렸으나 마녀와의 거리가 멀어 화살이 닿지 않았다. 그렇다고 범위 안으로 들어가면 맥없이 쓰러지는 판이니 대책이 없었다. 그러자 치베가 이를 갈아붙이며 나섰다.

"한웅이시여, 아니 천 안다. 내가 가게 허락해 주시오."

치우천왕은 치베의 활솜씨를 믿고 그를 달려가게 했다. 그러면서 당황하여 맥달을 찾았는데, 맥달은 눈을 감고 뒤에 서 있었다. 치우천왕이 다급한 목소리로 물었다.

"맥달, 저게 뭐요? 저 마녀는 누구요? 이제 세상에 주술은 끊겼는데 어디서 저런 마녀가 나온 거요?"

맥달은 가슴 아픈 듯, 조용히 한마디만 했다.

"아우님을 보내세요. 그것이 유일한 방법이랍니다."

치우천왕은 맥달의 표정을 보고 당혹스러워졌다.

"비를? 알았소. 헌데 그러면 저 마녀를 잡을 수 있는 거요? 대체 왜 우시오? 비가 다치기라도 하는 거요?"

"더는 말씀드릴 수 없으니 용서하시어요."

치우천왕은 입을 반쯤 벌린 채 믿을 수 없다는 표정을 지었다. 그의 생각으로는 치우비를 돌격시키면 마녀를 잡을 수는 있겠지만 맥달의 슬픈 표정으로 보아 아우가 죽거나 다칠 것 같았다. 그렇다고 이대로 두면 전부가 위험에 빠진다. 치우천왕은 거칠게 고개를 저었다.

"안 돼! 비를 다치게 할 순 없소! 치베를 믿겠소!"

치우천왕은 전령을 불러 치우비는 다른 명령이 있을 때까지 그 자리에서 움직이지 말라고 전했다.

치우비도 치우천왕과 똑같이 당황했다. 난데없이 나타난 마녀 한 사람 때문에 전군이 혼란에 빠졌다. 그는 어릴 적부터의 벗, 양역의 얼굴을 쳐다보았다. 강자들이 넘쳐나는 치우 형제 주변이라 눈에 띄는 대장은 아니었지만 치우 형제와 가깝기로는 양역을 따를 사람이 없었다.

치우비는 양역에게 물었다.

"역아. 어떻게 해야 하지?"

"대장은 나래 너 아니냐?"

"네 생각을 듣고 싶어!"

그러자 양역은 말했다.

"나라면 일단 달려가고 본다."

"그래. 나도……"

그 순간 멀리서 전령이 헐레벌떡 달려왔다. 절대 움직이지 말라는 치우천왕의 명을 전했다. 치우비는 의아했지만 순순히 고개를 숙여 명령에 순종했다. 양역도 할 수 없다는 듯 고개를 숙였다. 치우비의 눈에 멀리서 치베가 마녀를 향해 돌진하는 모습이 보였다. 치베는 강하고 큰 활을 들고 있었는데, 그것이라면 마녀를 쏘아 맞출 수 있을 것 같았다.

'힘내라, 치베 안다!'

치우비가 속으로 응원하는 사이, 치베는 어느새 자리를 잡고 활만큼이나 엄청 긴 화살을 활에 메겼다. 마녀가 치베 쪽으로 고개를 돌렸다. 치베가 선 곳은 마녀의 힘이 닿는 곳에서 훨씬 멀었는데도 치베는 활을 메긴 자세 그대로 몸이 굳어 말 아래로 굴러떨어졌다. 치우비는 놀라 외마디 소리를 지르면서 자신도 모르게 말을 달리기 시작했다.

치우천왕은 또 놀라고 있었다. 마녀가 분명 힘을 쓰고 있는데도, 지나 전사들은 마녀의 옆을 거리낌 없이 지나가고 있었다. 마녀가 주술을 펴는 것은 그렇다 치더라도 그 힘이 지나 전사에게는 미치지 않고 주신 사울아비에게만 미친다니 믿을 수가 없었다. 해박한 병예조차도 입을 딱 벌렸다.

"저…… 저럴 수가……!"

신지울태가 정신을 차려 글자 주술을 쓰기 시작했다. 먼 거리였고 천부인의 힘도 얻을 수 없지만 잘하면 벼락을 때릴 수 있을 것 같았다. 그런데 저 멀리서 마녀가 이쪽을 힐끗 보자 신지울태마저도 몸이 뻣뻣하게 굳으며 그 자리에 쓰러져 버렸다. 비럼이 펄쩍 놀라며 일단 치우천왕의 앞을 자신의 몸으로 막아섰다.

"이제 보니 저 마녀의 주술은 거리도 상관없구나! 이게 무슨 괴이한 일이냐!"

병예는 급히 신지울태의 맥을 짚었다. 맥도 있고 숨도 쉬고 있지만, 신지울태는 극심한 고통을 느끼고 있는 것 같았고 눈도 깜박하지 못했다. 신수도 물리친 적 있는 주신의 운사 신지울태가 이런 꼴이 되었다면 아무도 믿지 않을 것이다. 주신 삼사조차 당황한 판이니 다른 부족장들의 놀라움은 더욱 컸다. 그러는 사이 지나 전사들은 거침없이 달려가 통나무처럼 굳어 쓰러진 주신 사울아비들을 베어 죽이기 시작했다. 글자 그대로 대학살이었다.

치우비는 무엇보다 치베가 염려되어 견딜 수 없었다. 그마저도 마녀의 주술에 당할지 모르지만 그런 것은 신경조차 쓰지 않았다. 오로지 치베를 향해 달렸다.

치우채 언덕 위에서는 치우천왕이 치우비가 홀로 달려가는 것을 발견하고 "안 돼" 하고 부르짖었다.

"됐다! 지금이야!"

현녀는 급히 소녀의 손을 잡아끌며 전선을 빠져나가 옆쪽으로 도망치기 시작했다. 자칫하다가 일이 커진 다음이면 아예 빠져나가지 못할 테니, 차라리 지금 빠져나가는 것이 좋다 여긴 것이다. 이기고 있는 판국이니 도망친다고는 아무도 생각 못할 것이었다.

그러나 불행히도 이렇게 현녀가 빠져나가려는 모습이 누군가의 눈에 띄었다. 하필 그것도 혹시나 현녀를 잡을 수 있을까 하는 집념으로 이국에서 십여 년을 버텨 온 우루의 전사, 갈라쉬의 눈에 띄고 말았다. 갈라쉬는 현녀가 여자 한 명의 손목만 잡고 도망치려는 것을 발견한 순간, 이것은 마르둑 신이 자신의 오랜 기다림을 불쌍히 여겨 내린 은총이라 생각했다. 그는 손님인지라 전투 부대가 아닌 전령 같은 역할을 하고 있었는데, 현녀를 발견한 순간 아무것도 생각할 수 없었다. 그대로 무기를 잡아 뽑고 현녀에게로 곧장 달려들었다. 갈라쉬가 부하를 이끌고 달려왔다면 공격 신호로 보아 지나 전사들도 방어했을지 모르지만 혼자 달렸기에 지나 전사들은 그에게는 관심조차 두지 않았다. 그런데 현녀도 갈라쉬가 미친 듯 달려오는 것을 발견했다. 갈라쉬야말로 현녀가 가장 두려워하는 지긋지긋한 자인지라, 현녀도 안색이 변하며 뒤돌아 다시 지나족 진영으로 도망치기 시작했다. 갈라쉬는 죽어라 뒤를 쫓았다. 소녀가 잘 달리지 못하자 현녀는 꾀를 내어 주술을 쓰고 있는 마녀 쪽으로 방향을 틀었다. 마녀의 영역 안까지 쫓아올까 하는 생각에서였다. 그러나 갈라쉬는 그런 것은 생각하지도 않고 달렸다. 멀리서 그것을 본 치우천왕은 깜짝 놀랐다. 갈라쉬는 온몸에 불사 노인의 문신이 새겨져 있어 주술에 면역이 되어 있다고 했는데, 놀랍게도 그는 아무도 당해 내지 못하는 마녀의 영역 안에 들어가서도 멈추지 않고 달리고 있었다.

"갈라쉬! 마녀를 죽이시오!"

치우천왕이 소리치자 주변의 전사들도 입을 모아 갈라쉬에게 소리를 질렀다. 갈라쉬도 십 년 이상 신시 생활을 했기에 이제는 주신 사람만큼 주신 말을 잘했다. 현녀는 마녀의 주술이 효과가 없자 다시 방향을 바꿔서 멀어져 가고 있었다. 갈라쉬는 고민에 빠졌다. 이대로 현녀를 따라 잡아 숙원을 달성할 것이냐, 믿음으로 대해 준 주신 사람들을 도울 것이냐?

갈라쉬는 마녀 쪽으로 몸을 돌렸다. 두어 명의 지나 전사가 앞을 막았으나 능숙한 전사이기도 한 그는 간단히 처리했다. 마녀에게 뛰어든 그는 그녀의 심장에 칼을 내리꽂았다. 그 순간 갈라쉬는 노파가 평온하게 눈을 감는 모습을 보았다. 이런 눈빛은 스스로를 죽여 달라고 하는 것이니 마녀가 지을 수 있는 눈빛이 아니었다. 순간 갈라쉬는 자신도 모르게 손이 흔들렸고 심장을 향했던 칼은 조금 비껴나 어깨만 깊이 찔렸다. 마녀가 쿨럭 피를 뿜으며 쓰러지자 갈라쉬는 망설였다. 아무리 마녀라고는 해도 왠지 모르게 악한 것 같지 않은 노파를 두 번이나 찌르고 싶지도 않았고, 도망친 현녀를 어서 따라잡아야 한다는 마음도 들었다. 그래서 우루의 용사 갈라쉬는 다시 달려서 현녀의 뒤를 추격해 갔다.

이후, 현녀와 소녀, 그리고 갈라쉬를 다시 본 사람은 주신과 지나족을 통틀어 아무도 없었다. 어떤 이는 현녀와 소녀가 카린으로 돌아가 평온하게 살았고 갈라쉬는 객사했을 거라고 했고 다른 사람은 갈라쉬가 마침내 현녀를 베고 우루로 돌아갔으며 소녀만 쑤앙마이 곁으로 갔다고도 했다. 그러나 그들이 정말 어떻게 되었는지는 아무도 알 수 없었다.

어쨌든 갈라쉬가 마녀를 쓰러뜨리자 주신 전사들은 환호성을 올렸다. 마녀가 뿜어 내던 열기도 사라졌다. 허나 마녀가 쓰러졌는데도 속박

당한 사람들의 주술은 풀리지 않았다. 그러자 사람들은 한결같이 생각했다.

'마녀가 아직 죽지 않았구나.'

헌원이 직접 전사들과 대장들을 이끌고 마녀 쪽으로 열심히 달려오는 모습이 보였다. 헌원은 직접 나서지도 않고 서두는 일도 없는 사람인데 저렇게 달려오니 심상치 않았다. 전장의 사람들이 마녀가 얼마나 중요한 인물인지 다시 한번 깨닫게 되었다. 주신 전사들도 마녀를 향해 달리기 시작했다. 지나족 전사들도 마녀를 보호하려 모여들었다. 작전이고 명령이고 없이 마녀라는 한 점을 향해 모든 전사들과 군세가 모여드는 혼란의 도가니가 되었다. 주신 전사가 한시라도 빨리 도착하여 손만 한번 휘두르면 치우천왕이 이기는 것이고, 지나 전사가 먼저 도착하여 그녀를 구하면 헌원이 이기는 셈이었다. 그러나 아무리 주신 사울아비가 빨리 말을 달려도 바로 부근에 있던 지나 전사보다 빠를 수는 없었다. 지나 전사 몇 명이 마녀의 옆에 도달하여 그녀를 부축하려고 했다. 치우천왕조차 이제 틀렸다고 생각했다. 그런데 의외의 일이 벌어졌다.

"손대지 마!"

나이답지 않게 날카로운 소리와 함께 마녀가 눈을 치뜨자, 그녀를 부축하려던 지나 전사의 몸이 폭죽처럼 터져 버렸다. 허공에 피와 살 조각을 뿌리면서 사람 한 명이 완전히 없어져 버렸다. 옆에 있던 몇 명의 지나 전사들도 몸이 터지지는 않았지만 주신 사울아비들처럼 몸이 굳어 쓰러져 버렸다. 마녀는 무리하게 힘을 썼는지 쿨럭 피를 토하며 지나 전사들에게 말했다.

"아무도…… 손대지 마……. 다가오지 마……. 나를…… 나를 이대로 죽게 놓아둬……."

그때 조금 먼 거리에서 달려오던 치우비는 그 목소리를 듣고 심장이 멈추는 것 같았다.

'발?'

멀어서 정확하게 들리지는 않았으나 그것은 분명 발의 목소리였다. 탁해지고 갈라진 음성이었지만 너무도 닮았다. 다음 순간 치우비는 그쪽을 향해 달려가고 있었다.

그런 치우비를 전령 한 명이 막아섰다.

"웃뜸사울아비께서는 절대 저 마녀 옆에 가지 마시오. 한웅께서 내리시는 엄명이오!"

"아니, 저건 마녀가 아니라 발이오. 나는 가야……."

치우비의 뒤를 따라온 양역이 치우비를 말렸다.

"웃뜸! 형님의 말씀이 아니라 한웅의 명이란 말이오!"

치우비는 양역이 눈물까지 글썽이며 외치자 마음은 그녀에게 가 있었지만 걸음을 멈출 수밖에 없었다.

마녀의 외침에도 사람들은 양측에서 조심스레 그녀를 향해 다가갔다. 그러나 마녀는 피를 뿜으며 다시 무섭게 외쳤다.

"오지 마! 아무도 오지 말란 말이야!"

마녀가 소리치자 이번에는 훨씬 넓은 범위에서 주신과 지나를 가리지 않고 모든 사람들이 와르르 쓰러졌다. 몇몇 사람은 피를 토하기도 한 것으로 보아 이번에는 아까보다 강한 힘을 쓴 것 같았다. 쓰러지지 않은 사람들은 이럴 수도 저럴 수도 없어서 엉거주춤해 있는데, 그사이 결국 헌원이 달려왔다. 그것을 보고 치우비도 급히 그쪽을 향했다. 양역이 거의 매달리다시피 해서 막으려 했지만 치우비는 양역을 질질 끌고 갔다. 보다 못한 전령이 다시 앞을 막아섰다.

"웃뜸사울아비께서는 한웅님의 명을 따르십시오!"

치우비도 호통을 쳤다.

"몹시 급하다! 한웅님께는 내가 따로 아뢸 것이니 비켜랏!"

치우비는 성큼성큼 무서운 기세로 마녀를 향해 달려갔다. 치우비가 다가오는 것을 보자 마녀는 앙칼진 목소리로 외쳤다.

"저 앞의 멍청이는 누구냐! 가까이 오지 말란 말이다!"

그 말을 듣고 치우비는 눈에 눈물이 가득 고였다. 이제는 확신할 수 있었다.

"너…… 정말 발이구나……."

발은 치우비를 모르는 체하려 했지만 자기도 모르게 마음이 약해져 예전 철없을 때 치우비를 놀릴 때 쓰던 '멍청이'란 소리를 입에 올리고 만 것이다. 마녀는 고개를 돌리며 다시 소리쳤다.

"누구든 가까이 오면 죽여 버린다!"

치우비는 조금도 겁내지 않고 그녀에게 다가섰다. 마녀는 협박하듯 눈을 부릅떴지만 어깨의 상처 때문에 인상을 찌푸렸다.

"발아, 많이 다쳤니? 너……."

"너는 내 말을 듣지 않고……."

치우비의 눈물 젖은 눈길과 그녀의 눈길이 마주치는 순간, 독하게 소리치려던 그녀의 입은 자신의 주술에 걸린 것처럼 굳어 버리고 말았다. 그녀는 고개를 숙이며 작은 소리로 말했다.

"바…… 바보……."

헌원이 조금 떨어진 곳까지 다가와 소리쳤다.

"발아! 무엇 하느냐! 어서 힘을 써! 치우비를 잡아가자꾸나! 어서!"

양역이 소리를 질렀다.

"헌원! 발은 죽었다고 하지 않았나? 자기 딸을 이런 꼴로 만들어서 사람을 죽이라 시켜? 넌 사람도 아니다!"

양역이 욕을 퍼붓자 헌원만 아니라 모든 지나 전사들의 가슴을 찔렀다. 아무리 전쟁이 치열해도 해서는 안 될 일이었다. 헌원이 처음부터 그랬던 것은 아니며 발이 스스로 되돌아온 것이라 사정은 복잡했지만 그런 것까지 일일이 설명할 수도 없고, 결과적으로 발을 마녀로 만든 것은 헌원이었으므로 입을 열어 변명할 수도 없었다.

헌원은 양역에게 소리쳤다.

"오죽하면 이런 수단을 썼겠느냐? 너희가 죽인 내 아들만 백 명이다! 자식 백 명을 잃은 기분을 너희가 짐작이라도 할 수 있느냐? 백 명이 품은 한이 이렇게 만들었다! 너희가 이렇게 한 거야!"

실제로 십 년에 걸친 전쟁 중에 헌원은 부족장으로 앉혀 둔 아들 백 명을 모조리 잃었다. 주신도 알고 그런 것은 아니지만 어쨌거나 그런 이야기를 들으니 지나 전사들도 조금씩이나마 헌원을 옹호하는 분위기가 되었다. 그러나 양역은 지지 않고 외쳤다.

"전쟁에서 목숨을 걸고 싸우니 전사가 죽어도 원한을 묻지 않는 법이다! 사람이라면 백 명이 아니라 천 명이 죽었어도 그런 변명을 할 수도 없고, 자기 딸을 이렇게 만들어 내몬 죄를 용서받을 수도 없다!"

헌원은 화가 나서 부하들에게 활을 쏘게 하려 했지만 그때 발이 외쳤다.

"쏘지 말아요! 누구든 무기를 들면 내가 쓰러뜨릴 거예요!"

"발아…… 난 네 아비다."

헌원이 말했으나 발은 딱 잘라 말했다.

"난 이제 발이 아니에요. 추악한 마녀일 뿐이라고요!"

치우비가 말했다.

"발아. 나와 함께 가자. 어서 다친 것도 치료하고 또……."

"멍청이! 너도 가 버려! 다 필요 없어!"

발은 구슬프게 울었다.

"가 버려! 죽고 죽이는 것밖에 모르는 바보들! 다른 데 가서 죽어 버리란 말이야……. 날 더 괴롭히지 마…….."

여기 모인 전사들은 산전수전을 겪은 사람들이라 여자 하나가 우는 것으로 기가 꺾일 리 없었다. 허나 그 여자가 무시무시한 힘을 지녔다면 이야기가 다르다. 아무도 섣불리 행동하지 못하고 그녀가 울게 놓아두었다. 발은 한참 울다가 헌원을 향해 말했다.

"이 사람들을 다 죽이라고 하셨나요? 죄송해요……. 전…… 전 못……하겠어요. 그런 일…… 정말로…….."

그제야 사람들은 발이 주술을 써서 사람들을 죽일 수도 있었지만 차마 힘을 주지 못해 마비만 시킨 것임을 깨달았다. 발은 계속 울다가 눈 앞에서 터져 나가 흔적만 남은 시체를 보고는 화들짝 놀라며 통곡했다.

"미안해요……. 정말 미안해요……. 이러려던 건 아니었어요…….."

실제로 발이 직접 죽인 사람은 방금 몸을 터뜨린 지나족 전사뿐이었다. 그 한 사람의 죽음도 이렇게 두려워하는 발을 보고 치우비는 더 참지 못하고 울며 말했다.

"발, 우리 가자. 너는 상처를 많이 입었어. 어서…….."

발은 슬픔과 고통을 이기지 못해서 비록 말은 하고 있지만 거의 정신이 나간 것 같았다.

"이 지긋지긋한 싸움, 그만둬요. 제발요…….."

발은 치우비를 향해서도 말했다.

"비야…… 제발…… 제발 싸우지 말아 줘…….."

치우비는 눈물만 흘렸다.

"아아……."

헌원이 날카롭게 말했다.

"누가 뭐라 해도 내 딸이다. 내가 데려가겠다!"

치우비도 화를 내며 맞서려고 하는데 발이 간신히 떨리는 손으로 치우비의 옷깃을 잡았다.

"비야……. 난…… 난 더 여기 있기 싫어. 더 이상 사람을 해치지 않을게. 허나 난 아버지에게 가야 해. 누가 뭐래도 나를 낳아 주신 분인걸."

비록 발이 사람을 해치지 않는다 말했어도 이런 위험한 여자가 헌원의 손에 들어가는 것은 주신 쪽 누구도 바라지 않았다. 슬며시 주신 사울아비들이 나서려 했으나 치우비가 눈물을 머금고 막아섰다.

"딸이 아비에게 돌아가는 것이 당연하지. 어찌 갈라놓겠는가?"

그때 저만치에서 무라의 개명수 카가 달려왔다. 카의 등에는 무라와 진몽희가 같이 타고 있었다. 진몽희는 물이 전문인 하백족 출신이라 참전은 했지만 물에서 싸울 일이 없어서 먼 곳에서 구경만 하고 있었다. 그녀는 도착해 발을 보자마자 부르짖었다.

"세상에! 정말이었어!"

진몽희는 곧바로 헌원에게 욕을 했다. 진몽희는 성격이 불같은데다 화가 머리끝까지 나 있었기에 대족장인 헌원에게도 막말을 해 댔다.

"헌원! 이러려고 푸린 구슬을 얻어 갔나요? 나는 당신이 자기 딸을 보호하려는 줄 알고 내준 것인데 이걸 자기 딸에게 쓰다니! 이게 얼마나 사람을 해치는지 알고나 이런 짓을 한 거요? 이건 최악의 경우 부족을 지키는 보물이지만 그 대가는 상상도 못 할 만큼 큰 것인데……. 정말 미쳤군!"

진몽희는 치우비에게 소리쳤다.

"웃뜸사울아비님! 뭐 하는 거예요! 얼른 발을 구하지 않고!"

"무슨 소리입니까? 진몽희님…… 발은 아버지를 따라간다고……."

진몽희는 발까지 구르며 소리쳤다.

"아, 답답하군! 발이 왜 그러는지 아직도 모르겠어요? 발은 푸린 구슬 때문에 얼굴이 다 망가지고 쪼그라든 노파가 되었잖아요! 그러니 당신을 피하는 것뿐. 아버지를 생각해서 그러는 줄 알아요? 여자 마음을 그렇게 몰라요?"

"나…… 나는……."

치우비가 놀라 더듬거리자 진몽희는 헌원에게 따지고 들었다.

"당신, 어디서 훔쳐 배웠는지는 모르지만 푸른 구슬로 사람을 그 꼴로 만들었으니 대가가 무언지도 알겠죠?"

헌원은 간신히 대답했다.

"내 딸의 모습이 이 꼴로 망쳐지지 않았는가?"

진몽희는 코웃음을 쳤다.

"흥! 그것뿐이면 다행이게? 난 아까 자리에 없어서 못 보았지만 발이 주술을 썼다면 분명 땅이 말라 갈라지고 나무까지 시들어 죽었을 거예요. 그렇지 않나요?"

진몽희가 본 것처럼 이야기하자 사람들은 놀라면서 신기해했다. 이제 싸움이나 전쟁은 뒷전이고 모든 사람들이 이 자리의 결과에만 귀를 기울이고 있었다. 진몽희는 당차게 이야기했다.

"그 주술은 심한 대가가 있어요. 주술을 쓴 사람이 말라비틀어지는 건 차라리 작은 일이죠. 주술을 쓰기만 하면 그 사람이 있는 곳은 땅도 말라 갈라지고 나무도 풀도 시들어요! 비도 오지 않고 가뭄이 계속되는 거예요!"

비가 오지 않는 가뭄은 재앙 중에서도 손꼽히는 것으로 그 말을 들은 사람들은 깜짝 놀랐다. 그렇다면 그것은 대가 정도가 아니라 엄청난 저주에 가까웠고 한 사람의 피해가 아니라 부족 전체가 피해가 될 것이었다. 진몽희는 답답하다는 듯 발을 굴렀다.

"왜 푸른 구슬이 하필이면 물에서 사는 우리 하백족에게 전해졌겠어요? 만의 하나 그걸 쓰게 되어도 하백족은 물가에 사니까 가뭄의 피해를 덜 입죠. 그래서 우리가 보관하게 된 거라고요. 헌원 당신도 이런 사실을 분명히 알 텐데, 당신 부족이 말라 죽을 것을 정말 각오하고 주술을 쓴 건가요?"

헌원은 얼굴이 창백해져 말했다.

"난…… 난 거기까지는 미처 생각하지 않았다. 나는……."

진몽희는 날카롭게 외쳤다.

"거짓말! 당신이 하필 여기 대나무골까지 와서 주술을 쓰게 한 건 꼭 주술 때문만이 아니야! 가뭄이 이 땅을 덮치라는 저주도 한 셈 아니겠어? 당신이 이기면? 어떡하겠어? 부족 전체에게 가뭄이 닥칠 것을 참고 딸을 구하겠어? 당신이 그럴 사람이야? 그럴 사람이라면 애당초 딸을 이렇게 만들지 않아! 당신이 이기면 발은 비참하게 쫓겨나겠지! 더구나 당신이 져서 발을 빼앗기더라도 복수는 할 수 있지! 치우비님이 발을 데리고 가면 신시가 가뭄으로 말라비틀어질 테니까 충분히 복수하는 셈이 되겠지! 호호! 얼마나 무서운 속셈인지, 정말 헌원 당신은 대단해! 하지만 당신 실수했어. 가장 큰 실수는 푸린 구슬에 대해 낱낱이 꿰고 있는 나, 진몽희가 있다는 걸 잊은 거야."

진몽희는 단숨에 엄청난 이야기를 쏟아 냈다. 그 말을 들은 사람들은 얼굴색이 질렸다. 헌원의 생각이 이렇게 흉악하고, 이렇게 철두철미할 줄은 아무도 몰랐던 것이다. 주신과 다른 부족 사람들은 물론이고 일부 지나족마저도 분노에 찬 표정을 지었다. 분위기가 험악해지자 헌원은 소리쳤다.

"네가 무슨 소리를 지어내도 듣지 않겠다! 어쨌든 발은 내 딸이니 내가 데리고 간다!"

이번에는 치우비가 막아섰다.

"못 가오. 발을 두고 가시오."

진몽희가 치우비에게 말했다.

"구하려면 아까 내가 말하기 전에 했어야죠. 그랬으면 헌원은 모르는 척 발을 넘겨줬을 거예요. 이제 내가 다 말한 이상, 자기 체면 때문에라도 죽어도 발을 내놓지 않을걸요?"

헌원은 눈을 감고 말했다.

"발을 원한다면, 나를 쓰러뜨리고 빼앗아가라."

"치우비님, 정말로 그렇게 발을 구하고 싶으세요?"

"그렇소! 당연히!"

"발은 쭈그렁 할망구가 되어 버렸어요. 하나도 예쁘지 않아요. 그런데도요?"

사람들은 진몽희가 말이 심하다고 생각했고 몇몇은 진몽희가 치우비의 정을 떼려 그러는 거라고도 생각했다. 발도 작은 소리로 "그만"이라 외쳤고 치우비도 얼굴이 붉어졌다. 그러나 치우비는 참고 대답했다.

"예쁜 발도 좋지만, 내가 발을 좋아한 건 얼굴 때문이 아니오. 그녀의 모든 것을 좋아하고, 설령 발이 지금보다 더 흉하게 변해도 내 마음은 변하지 않을 거요!"

"발과 혼례를 치를 거예요?"

치우비는 망설이지 않고 말했다.

"당연히!"

진몽희는 웃으며 말했다.

"아까 제가 한 말 잊었나요? 발이 있는 곳은 이제 비도 오지 않고 나무도 땅도 말라 버리게 돼요. 부족 전체가 위험해지는데 그런데도 그런 재앙 덩어리와 산다는 말인가요?"

이것은 정말 심각한 문제여서 치우비를 동정하는 사람들도 이것만은 안 될 것 같다고 생각했다. 그러나 치우비는 망설임 없이 대답했다.

"그래도 좋소. 부족에 해를 준다면 나와 발 두 사람만이라도 아무도 없는 곳을 찾아가 살 것이오. 비가 오지 않아 땅이 말라 죽는다면 비가 오지 않는 사막으로 들어가 살 것이오."

치우비가 거침없이 대답하자 사람들은 그 대범함에 감탄했다. 그러자 진몽희는 눈을 빛내며 다시 물었다.

"치우비님은 대장부시네요. 마지막으로 물을게요. 치우비님은 대주신의 웃뜸사울아비시고, 세상 제일의 용사세요. 더구나 자오지 한웅님의 아우 되시는 분으로 형님의 뜻을 받들어 지켜야 하구요. 책임이 크고 할 일도 많죠. 그런데도 여자와 함께 말없이 사라질 수 있으세요?"

이 말에는 치우비도 대답을 하지 못하고 땀을 뻘뻘 흘렸다. 이것은 정말 중요한 문제였고 치우비로서도 가장 심각한 문제이기도 했다. 사람들은 치우비가 어떤 대답을 할까 궁금하여 그의 입만 바라보았다. 마침내 치우비는 천천히 입을 열었다.

"웃뜸사울아비의 자리나 세상 제일 용사 따위는 상관없지만, 형님이신 한웅님의 은혜와 정은 저버릴 수 없소. 내가 할 수 있는 일은 다 할 거요. 주신의 가장 큰 걱정거리인 지나족 문제를 말끔히 해결한 다음, 형님께 청하여 떠나게 해 달라 하겠소. 이게 내가 할 수 있는 최선이오."

몇 마디 답을 하는 짧은 시간 동안 치우비는 정말로 엄청난 고민을 했으며 몸이 땀으로 범벅이 될 정도였다. 그가 형을 얼마나 끔찍이 생각하고 주신을 위하고 있는지 보여 주는 것이었다. 진몽희는 한숨을 쉬고 말했다.

"더 물을 수도 있지만, 치우비님이 힘들어하시니 이쯤 해 두겠어요. 그런데 치우비님, 만약 발님을 원래대로 되돌릴 수 있다면 어쩌겠어요?"

그러자 의외로 헌원이 먼저 물었다.

"발 이 아이를 고치려면 어떻게 해야 하나?"

진몽희는 화난 표정으로 헌원을 돌아보며 말했다.

"당신에게 그럴 마음이나 있나요?"

헌원은 어두운 표정으로 말했다.

"그건 나를 잘못 보는 말일세. 어차피 이제 와서 무슨 욕을 먹어도 상관없지만……. 나는 정말 주술을 풀 수 있을 줄은 몰랐네. 혹시나 내가 후회할 짓을 하지 않았나 싶어 묻는 거네."

"쓸모 있는 무기가 없어지는 게 아쉬운 건 아니고요?"

"더 이상 그렇지 않아. 발 이 아이는 사람을 해칠 아이가 아니었고 나도 더 딸을 다그치고 싶지 않네. 발 이 아이가 치우비를 선택한다면 나는 잡을 생각이 없어. 전에도 한 번 그 아이를 놓아준 적이 있었다네. 그러나 스스로 돌아왔지."

치우비도 그 사실은 알고 있었기에 솔직히 고개를 끄덕였다. 헌원은 조용히 말했다.

"나는 백 명이나 되는 아들을 잃었네. 누가 뭐라 해도 나는 그 아이들의 복수를 할 걸세. 그들은 발의 오라비도 되니, 발도 한몫을 해야 한다고 생각했네. 내가 못할 짓을 했다 욕해도 좋지만 사실이 그렇네. 어쨌든 발이 치우비, 자네를 택한다면 나로서도 굳이 딸아이를 흉하게 두어서 무엇하겠는가? 그러나…… 마음에 걸리는 일이 있어서 말이야."

"그게 뭐죠?"

진몽희가 되묻자 헌원은 어두운 표정으로 말했다.

"혹시 푸른 구슬이 필요한 것은 아닌가? 그렇다면 큰일이네……. 내가 강에 던져 버렸으니."

치우비와 무라, 발과 진몽희는 깜짝 놀랐다.

"왜 그런 짓을?"

무라가 따지자 헌원은 탄식했다.

"딸을 잡아먹은 물건이 뭐가 보기 좋다고 가지고 있겠는가? 더구나 나는 눈이 뒤집혀서 나를 말리던 상망마저도 내 손으로 죽였네. 지금 생각하면 참으로 못할 짓을 했지만…… 나는 발 이 아이를 이렇게 만들고 화가 나서 구슬을 가지고 강으로 나가 멀리 던져 버렸네. 바보 같은 짓을 했어. 하백족은 물속에서도 잘 다닌다는데 찾을 수 있을까?"

그러자 진몽희가 대답했다.

"아무리 하백족이라도 그 넓은 강에서 작은 구슬을 찾는 것이 어찌 쉽겠어요? 더구나 강은 물살이 빨라서 멀리 바다까지 떠내려갈 수도 있는데……. 정말 큰일이네."

헌원은 고개를 숙였다.

"내 막사 동쪽의 언덕 위에서 던졌는데, 찾을 수 없겠나?"

진몽희도 한숨을 쉬었다.

"안 될 것 같아요, 아쉽게도."

헌원은 깊은 한숨을 쉬었다.

"내 잘못이 크군. 죄를 씻을 길이 없을 거야……."

발이 주술을 풀어 버렸는지 쓰러졌던 사람들은 어느새 일어나고 있었다. 치베와 신지울태도 다시 기운을 차렸다. 어쨌거나 더 이상 싸울 기분도 아니고 억지로 발을 빼앗을 수도 없는 터라 헌원과 치우비는 내일 다시 겨루자고 말하고는 묵묵히 헤어졌다. 그리고 양쪽의 전사들도 물러갔다. 헌원에게 욕을 해 대는 주신 사울아비들이 많았으나 헌원은 아무 말도 하지 않았다.

막사로 돌아온 치우비는 양역과 이야기를 나누려 했는데 치우천왕이 치우비를 불렀다. 치우천왕은 화난 표정으로 말했다.

"아우야, 왜 내 말을 듣지 않는 거냐?"

"무슨 말을 듣지 않았습니까, 형님?"

"헌원을 만나면 마음이 흔들리지 않게 그 자리에서 쳐 버리라고 했잖느냐."

치우비는 할 말이 없어 고개를 숙였다. 치우천왕은 다시 말했다.

"헌원이 발의 아버지인 것도 맞지만, 자기 딸을 그렇게 만든 사람이니 네가 그의 목을 베어도 누가 뭐라 할 사람은 없다. 아까 헌원이 다가왔을 때만큼 좋은 기회가 없었을 텐데 왜 그러지 않았느냐?"

치우비는 궁색한 변명을 했다.

"어떻게 자식 앞에서 아비를 죽입니까?"

"그 때문에 지나족 수십만이 죽고 우리 전사들도 수없이 죽는다 해도 말이냐?"

치우천왕은 더 따지지 않고 조용히 말했다.

"네 마음이 괴롭겠지. 허나 이건 중요한 일이다. 내가 아무리 한웅이라도 명령을 듣지 않으면 너를 벌할 수밖에 없다. 헌원은 우리의 큰 적인데 그를 네 사사로운 정 때문에 자꾸 살려 주면 주신 전체가 위험해진다. 헌원을 죽이든 지나 전사들을 죽여 그들이 다시는 우리를 넘볼 수 없게 하든 둘 중 하나뿐이다. 네가 알아서 생각해라."

마녀가 발임을 알게 되자 치우비의 마음은 더욱 복잡해졌다. 더구나 치우비 자신이 속임수로 아버지 치우우레와 상대해 싸웠을 때의 아픔을 기억하고 있었다. 맞서는 것만으로도 마음이 터지는데 아버지의 죽음을 본다면 기분이 어떻겠는가? 이럴 수도 저럴 수도 없어 고민을 거듭했다. 헌원을 죽이지 말고, 팔다리 두 개 정도만 베어 유망처럼 만들면 되지 않을까 생각도 했다. 하지만 생각해 보니 유망은 원래부터 자리에 염증을 느꼈기에 그렇게 되자 그냥 염제 자리를 버렸지만 헌원은 더욱 복수심을 불태울 것 같았다. 아들 백 명이 죽은 원한은 쉽게 씻을 수 없는 것이라 목이 붙어 있는 한 복수를 포기할 것 같지도 않으니 죽이는 수밖에 없었는데, 그것은 또 너무도 마음 아파서 어찌할 수가 없었다. 또 형의 입장은 어떻게 될 것이며 주신의 앞날까지 생각한다면……

치우비는 이제까지의 고통은 비교도 되지 않을 만큼 고통스러운 밤을 보내야 했다. 사랑은 얻기 전보다 얻은 후에 고통을 안겨 준다더니, 발을 다시 만나고 나자 고민과 갈등이 더 심해졌다.

다음 날 헌원은 또다시 싸움을 걸어 왔다. 그러나 어제 있었던 일 때문인지 지나족의 사기는 많이 떨어져 진세가 허술했다. 공손발도 전선에 나서지 않았다. 이때부터 가뭄을 몰고 오는 그녀를 지나 전사들은 한발(旱魃)이라 부르기 시작했다.

치우천왕은 여전히 헌원을 집중적으로 노릴 계획이었다. 처음부터 전군을 돌격시키는데 부대를 셋으로 나누고 또 그 세 부대를 다시 세 개씩으로 나누는 것이 핵심이었다. 예전 공상 싸움에서 사용한 손가락 전법을 개량한 것인데, 싸움에 쓸 때는 다섯 손가락으로 나누는 것이 많으니 세 개로 줄이고 다시 손가락에서 손가락이 돋아나는 식으로 다양한 전술을 펼치는 것이었다. 즉 엄지, 집게, 가운데의 세 손가락으로 편성되는 셈인데, 치우비, 양역, 쇠돌이, 부루벼락으로 이루어진 하늘 군대는 헌원에게 돌입할 직접 부대이므로 가장 중심인 집게의 집게를 맡았다.

전투가 시작되었다. 헌원의 지나족은 여전히 수가 많았으나 치우천왕의 변형된 전술에 당황한 것 같았다. 치우천왕의 오만 군세는 쐐기형으로 일제히 헌원의 진 중앙을 파고 든 다음 셋으로 갈라져 양쪽을 밀어 내고, 집게손가락이 중앙을 향해 달렸다. 치우천왕은 이번에야말로 헌원의 군세를 끝장낸다는 필사의 각오로 부족장까지 전부 동원해 전군을 휘몰아쳤기 때문에 기세가 엄청났다. 거의 열 배에 가까운 숫자의 지나 전사들이지만 내세울 만한 대장도 거의 남았고 믿고 있던 신수, 신병기, 주술까지 못 쓰게 된데다 헌원에 대한 신뢰까지 금이 가서 사기가 바닥을 쳤다. 거기다가 시시각각 연기로 신호하는 치우천왕의 기민한 전술 때문에 거대한 진영은 갈가리 찢겨져 나갔다. 키탄, 몽골, 마갸르로 이루어진 엄지손가락 부대는 반으로 가른 지나 전사들이 합치는 것을 좌측에서 막았고 미아우, 타타르, 기타 세 개의 특수 부대로 이루어진 가운뎃손가락 부대는 우측을 맡았다. 이 과정에서 비휴가 야율쿠리에게 목이 달아나고 상백은 도깨비 부대에게 짓밟혀 시체조차 찾지 못하게 되었다. 비휴가 죽자 천랑대는 슬프게 포효하며 전장을 이탈해 버렸다. 신도 울루는 헌원의 후방에 있었는데 비울걸이 나타나 싸움을 거는 바람에 꼼짝없이 발이 묶여 버렸다.

주신 사울아비들로 이루어진 집게손가락 부대는 헌원의 본진을 매섭게 들이쳤다. 본진을 파고들자 집게손가락 부대는 또다시 세 개의 손가락으로 갈라지며 본진조차 대나무를 쪼개듯 갈라 버리기 시작했다. 거서기와 삼이 이끄는 엄지손가락 부대와 치우광과 마파람이 이끄는 가운뎃손가락 부대는 지나 전사들의 간격을 벌리며 헌원이 있는 본진 중앙으로의 길을 텄다. 그리고 그 중앙을 주신 최강이자 이 시대 최강자인 치우비가 선두에 서고 양역, 쇠돌이, 부루벼락이 뒤를 받쳤다.

하지만 아무리 사기가 떨어진 지나 전사들일지라도 본진의 방어는 결사적이었다. 엄청난 난전이 벌어지는 가운데 갑자기 양역이 돌출하며 앞으로 달려 나갔다. 치우비가 놀라서 양역을 불렀으나 그는 뒤돌아보며 한 번 웃어 보이고는 집요하게 안으로 파고 들어갔다. 양역은 헌원을 노리고 간 것이다. 치우비가 헌원을 죽이지도 살리지도 못할 고민에 빠진 것을 깨달은 양역은 자신이 헌원을 죽임으로써 치우비의 고민을 해결해 주고 싶었다. 깜짝 놀라 뒤를 따르려 했지만 치우비는 너무도 유명하여 거의 모든 지나족 용사들이 치우비 한 사람을 노리고 달라붙어 있었다. 수없이 적을 베어 넘겼지만 쉽사리 돌파할 수가 없었다. 쇠돌이와 부루벼락이 양역의 뒤를 받치려 했으나 때는 늦었다. 양역은 무서운 기세로 헌원을 향해 달려들었으나 뒤에는 노련한 이주와 풍후가 활을 든 전사들과 함께 대기하고 있었다. 헌원이 앉아 있는 본진 뒤에는 자그마한 숲이 있었는데 거기에 궁수들이 매복해 있었던 것이다.

치우천왕이 굳이 치우비에게 헌원의 목을 베라고 한 것은 까닭이 있었다. 세상에 하나밖에 없는 쇠갑옷을 입어 화살을 무용지물로 만들 수 있기에 치우비만이 적진을 돌파하여 헌원의 목을 베는 임무를 수행할 수 있었다. 벗을 생각해 무리하게 앞서간 양역은 소나기처럼 쏟아지는 화살을 피하지 못하고 헌원의 몇 발자국 앞에서 결국 목숨을 잃고 말았다.

어릴 적부터의 친구인 양역의 죽음을 본 치우비는 머릿속이 분노로 가득 차올랐다. 망설임과 고민이 한꺼번에 뇌리에서 사라졌다. 치우비는 괴물 같은 함성을 지르며 닥치는 대로 지나 전사들을 베어 넘겼다. 쇠돌이와 부루벼락도 독기가 올라 죽기 살기로 싸웠다. 멀리서 양역의 죽음을 본 치우천왕도 순간 오랜 친구의 죽음에 눈물을 흘렸으나 곧 연기 신호를 보내어 급하게 치우비의 뒤를 받쳤다. 엄지손가락 부대에서 보돈차르와 치베의 몽골 기병들이 돌출해 나왔고 가운뎃손가락 부대에서는 울라트의 도깨비 부대가 튀어나왔다. 이 두 부대는 거칠 것 없이 치우비의 뒤를 받쳐 중앙을 돌파해 갔다. 그럼에도 헌원의 본진을 둘러싼 사람의 장벽은 아직도 너무 두꺼웠다. 치우비의 하늘 군대는 이미 너무 많은 적을 죽여 시체 때문에 말을 몰기 어려울 지경이었고 그 뒤를 몽골 기병과 도깨비 부대가 밀어붙였음에도 방어를 뚫지 못했다. 치우천왕은 결단을 내려 이번에는 야율쿠리의 키탄족 부대와 알한의 용병 부대를 중앙으로 돌렸다. 적진의 양익을 막던 엄지손가락과 가운뎃손가락 부대는 이제 삼분의 일의 병력만으로 적을 밀어내야 했기에 차차 밀리기 시작했다. 이대로 밀리면 모든 주신군은 삽시간에 지나족에 포위되어 전멸하게 되는 것이다.

치우천왕의 도박 같은 시도는 마침내 성공하여 정오가 지날 무렵 단단하기 그지없는 헌원의 본진 방어를 완전히 돌파하기에 이르렀다. 선봉에는 당연히 치우비가 섰다. 빗발 같은 화살이 날아들었으나 치우비의 쇠갑옷에 막혀 한 대도 박히지 않았다. 많은 지나족의 용사와 영웅들이 치우비의 앞을 막았으나 그 누구도 치우비가 휘두르는 금빛 도끼를 단 한 번도 막아 내지 못했다. 결국 치우비는 온몸에 적의 피를 뒤집어쓴 채 헌원을 눈앞에 포착했다. 마지막 남은 궁수들이 활을 칼처럼 휘두르며 발악적으로 덤벼들었으나 치우비의 도끼 한 방에 서너 명씩 날아갔다. 치우비가 다가오자 풍후와 이주는 후퇴하자고 말했으나 헌원은 무슨 생각을 하는지 눈을 감고 태산처럼 자리에 앉은 채 움직이지 않았다. 결국 풍후와 이주마저도 밀려나고 치우비는 말 등에서 몸을 날려 헌원의 옆에 서서 도끼를 치켜들었다. 그러나 그 직전 날카로운 외침이 치우비의 손을 머뭇거리게 만들었다.

"비! 안 돼! 아버지를 해치지 마……. 제발 부탁이야."

발이었다. 그녀는 상처가 낫지 않아 한 어린 소년의 부축을 받고 있었는데 그것은 전욱이었다. 그녀는 치우비의 옷깃을 부여잡고 울며 빌었다.

"내가…… 내가 이렇게 빌게. 네 적이고…… 나를 이렇게 만들었지만 어쨌든 우리 아버지야. 나를 봐서…… 아니, 나를 대신 죽여도 좋아……."

헌원이 발에게 호통을 쳤다.

"너는 얼마나 더 나를 모욕할 작정이냐? 네 눈물로 빌어 살아날 나,

헌원이 아니다. 치우비. 잘 싸웠고, 내가 졌다. 망설이지 마라."

발은 계속 울면서 치우비에게 매달렸다. 치우비가 헌원의 목에 도끼를 겨누자 부근의 지나 전사들은 전의를 상실해 뒤로 물러서기만 했다. 덕분에 쇠돌이와 부루벼락도 그 앞에 도달했는데 부루벼락이 큰 소리로 외쳤다.

"웃뜸사울아비! 이 모든 전쟁의 원흉일세! 더 이상 망설이지 말게!"

쇠돌이도 소리쳤다.

"한웅님의 명령을 어기면 안 되우!"

치우비는 눈에 띌 정도로 몸을 떨었으나 도끼를 거두지도 내리치지도 못했다. 치우비는 작은 목소리로 헌원에게 물었다.

"왜 내가 올 때 몸을 피하지 않았소?"

헌원도 작은 목소리로 말했다.

"발을 부탁한다."

치우비는 헌원이 진정으로 발을 이렇게 만든 것을 뉘우치고 있으며 스스로 죽음으로서 죗값을 치르려 한다는 것을 눈치챘다. 결국은 피도 눈물도 없는 듯 보였던 헌원도 아버지였다. 그것을 깨닫는 순간 치우비의 눈에서 눈물이 솟았다.

사정을 모르는 모든 사람은 긴장하여 치우비의 손끝만 바라보고 있었다. 치우비는 도끼를 내리치는 대신 큰 소리로 외쳤다.

"하늘이시여! 치우 집안의 못난 후손 치우비가 하늘에 묻습니다!"

사람들은 치우비가 왜 저러는지 알 수 없어서 수군거렸다. 모든 전선에서 싸움은 거의 그쳤고 수십만의 눈과 귀가 치우비를 향해 있었다. 치우비의 엄숙한 표정을 보자 부루벼락에게 갑자기 생각나는 것이 있었다. 지난번 신시에서 치우우레가 죽기 전에 보였던 기적이었다. 하늘이 치우 집안의 후손에게 단 한 번 허락한다는, 목숨을 걸고 밝혀야 할 일이 있을 때 부를 수 있다는…….

"치우 집안의 기적! 비가 그것을……!"

놀란 나머지 부루벼락의 입에서는 예전 부르던 호칭이 그대로 나왔다. 그러자 쇠돌이도 놀라며 말했다.

"그런데 대체 뭘 밝히려고?"

치우비는 계속 외쳤다.

"여기 있는 공손헌원은 지나족의 지배자로 우리 주신과 오래 싸워 온 적입니다. 이 사람의 야망 때문에 수많은 전쟁이 일어났고 수많은 피가 흘렀으며 수많은 과부와 고아가 생겨났습니다. 그러나 이 사람의 딸 공손발은 제가 진정으로 사랑한 여인이고, 이제는 모든 것을 빼앗긴 가련한 여인입니다……."

치우비가 계속 말하자 비록 전투중인데도 사방에서 무기 부딪는 소리가 멎었다. 비록 적을 앞에 두고 있지만 경계를 하되 치우비의 말에 정신을 쏟게 되었기 때문이다. 치우비는 눈물을 흘리며 외쳤다.

"저는 정말 힘듭니다. 주신과 집안, 한웅이신 형님을 위해서는 당연히 헌원의 목을 베어야 합니다. 그러나 한 사람으로서 진정으로 사랑한 사람의 아비를 그 딸이 보는 앞에서 해치는 것도 못할 짓입니다. 더구나 저는 사랑하는 사람에게 아무것도 해 주지 못하고, 다만 고통과 고민만을 안겨 준 못난 사람입니다. 사람으로 할 바를 못하는데, 웃뜸사울아비이건 용사이건 그 무엇이 중요하리까. 더구나 이렇게 택할 수 없는 것을 택해야 하니, 이 고통, 견딜 수가 없습니다."

치우비의 비통한 목소리는 탁록 전체에 메아리쳤다. 전사들은 숙연한 기분으로 발돋움까지 해 가며 치우비를 바라보았다. 치우비는 잠시 말을 멈추고 눈물을 삼키다가 다시 외쳤다.

"이제 내게 얽매인 모든 것들을 잊고 제 진심을 밝히오니, 내 지금 말할 바가 진실이면 하늘은 기적을 보여 주소서. 내 말에 조금이라도 거짓이 있다면 이 거짓된 목숨, 거두어 가소서."

치우비는 잠시 호흡을 가다듬고 큰 소리로 외쳤다.

"나는 공손발을 사랑하며, 그녀를 위해서는 무엇이건 할 수 있다! 형님의 우애도, 주신의 앞날도, 주신 사울아비의 명예도 중요하지만, 나에게 무엇보다 중요한 것은 이것이다! 나는 공손발을 위해 내 모든 것을 대신 바쳐 헌원의 목숨을 살리고자 한다!"

치우비는 손에 들었던 도끼를 헌원의 본진 뒤에 있던 숲을 향해 던져 버렸다. 도끼가 빙글빙글 날아 숲의 나무에 박히자 순간 기적이 일어났다. 새파란 숲의 나뭇잎들이 일제히 붉게 물들었다. 후에 이 붉은 나무들은 단풍(丹楓)나무로 불리는데, 단(丹)은 일편단심을, 풍(楓)은 풍백을 많이 맡은 치우 집안을 상징하여 붙여진 이름이었다.

그것을 본 치우비는 편안한 표정으로 눈물을 흘리며 천천히 주저앉았다. 치우비는 말했다.

"고맙습니다, 하늘이시여. 이제 편해졌습니다."

이어서 헌원에게 말했다.

"일어서서 가시오."

헌원은 주먹을 꾹 쥘 뿐 움직이지 않았다. 공손발은 엉엉 울면서 치우비에게 매달렸으나 치우비는 조용히 한마디만을 했다.

"미안하다, 발아. 나는 한 번도 네 말을 들어준 적이 없었지. 이제 들어줄게……."

치우비는 이어 외쳤다.

"형님, 천 형님. 제가 죄를 지었습니다. 너무나도 못난 이 아우는 형님의 큰 뜻을 저버리게 되었습니다. 그 죄, 달게 받겠습니다. 다만 저는 사람으로서 할 바가 부족이나 그 밖의 어떤 이유보다 중요하다 생각했습니다. 어찌 딸 앞에서 아비를 죽이며, 하물며 그것이 사랑하는 여인이 더란 말입니까? 큰 뜻과 큰 이유도 중요하지만, 저는 도저히 할 수 없었습니다. 그러니 이 못난 아우를 죽은 사람으로 여겨 주소서. 아니면 죽여 주소서. 다만 부디 오래오래 사셔서 큰 뜻을 이루소서."

바로 옆에 있던 쇠돌이가 소리쳤다.

"비 형! 비 형! 이게 무슨 짓이야? 왜 그러는 거야?"

"나는…… 형님이신 한웅님의 법을 어겼다. 스스로를 용서할 수 없어. 치우비는 이제 죽은 사람이다."

치우비는 눈을 감으며 말했다.

"이미 죽은 사람이니, 누구라도 나를 죽일 수 있다. 형님이 벌을 주지 못하신다면, 누구라도 내게 벌을 줄 수 있다. 다만 헌원은 건드리지 말라. 헌원을 죽이려는 자는 누구든 나를 먼저 죽여야 할 것이다."

공손발은 치우천의 등에 기대어 엉엉 울며 소리쳤다.

"아무도 비를 건드리지 마! 비야, 비야. 너는…… 너는 이럴 필요가 없었어."

그러자 헌원이 일어서서 말했다. 엄숙한 표정이었다.

"내가 황제 공손헌원이다. 세상의 누구도 나를 동정하지 못한다. 내 목숨 값은 누구도 마음대로 정하지 못한다. 허나……."

공손헌원은 고개를 숙이며 말했다.

"치우비. 그대가 지운 빚을 감당할 수 없다. 내가 졌다. 치우비……."

헌원은 주위에 남아 있는 지나 전사들에게 소리쳤다.

"황제 공손헌원의 명이다. 모든 전사는 무기를 내려놓아라! 싸움은 끝났다."

지나족 전사들은 하나둘 무기를 내던지기 시작했다. 이어 사방에서 무기를 던지는 소리가 벼락같이 울려 왔다. 이것은 전혀 예상치 못했던 일이었다. 스스로의 목숨이건, 아들딸의 목숨이건, 그가 이끌던 부족의 목숨이건, 이상을 위해서는 무엇이든 희생할 것 같던 집념의 화신 헌원이 마음을 돌렸다.

지나족이 무기를 모두 버리자 헌원은 다시 외쳤다.

"주신의 자오지 한웅에게 전한다. 지나족의 황제 공손 헌원은 패배를 인정한다. 오늘부터 주신과의 전쟁을 그만두겠다. 앞으로도 내가 살아 있는 한 싸우지 않을 것을 약속한다."

주신 사울아비들은 다 같이 환호성을 올렸다. 지나족 전사들은 헌원이 패배를 인정하자 의기소침해져 소리를 지르지는 않았지만 전쟁이 끝났으므로 기뻐하는 기색이 역력했다. 잠시 후 풍백 비렴이 말을 달려와서 치우천왕의 말을 대신 전했다.

"주신의 자오지 한웅은 지나족의 지배자 황제의 의견을 존중한다. 주신도 오늘부터 지나족과 싸우지 않을 것이며, 자오지 한웅의 이름이 있는 한 지나족과 싸우지 않을 것임을 약속한다."

드디어 평화가 찾아오자 사람들은 환호성을 올렸다. 십 년, 혹은 그 이전부터 끌어오던 전쟁이 끝났으니 그 기쁨은 따로 표현하지 않아도 넘칠 정도였다.

비렴은 치우비에게 말했다.

"자오지 한웅의 명이다. 주신의 웃뜸사울아비 치우비는 한웅의 명을 어기고 마음대로 행동했으니 스스로 원한 대로 죽은 사람으로 쳐서 목숨을 맡아 둔다."

그 말에 주변 사람들은 모두 놀라고 화까지 냈다. 치우비 덕분에 헌원이 마음을 돌린 것이 분명한데 어찌 그에게 벌을 준단 말인가? 허나 비렴은 웃으며 덧붙였다.

"그러니 오래오래 원하는 곳에서 평화롭게 살라는 말씀이 계셨소. 목숨을 맡긴 만큼 무슨 일이 있어도 잘 살아야 하며 형님보다 먼저 죽어서는 안 된다고도 전하셨고."

그 말을 듣자 비로소 사람들은 치우천왕이 너그러이 아우를 용서했을뿐더러 그동안 치우비가 겪은 괴로움을 이해하고 아우가 원하는 대로 살 자유를 주었다고 생각했다. 그러나 사정을 모르는 자들은 이것을 일컬어 치우, 심지어는 치우천왕이 탁록에서 죽었다고 잘못 전했다.

이때의 전사자들도 많았고 대장급의 용사들도 많이 죽어 그를 기리는 무덤이 탁록에 많이 생겼는데 그중에는 치우의 갑옷과 무기를 묻은 무덤도 있다. 이는 치우비가 세속을 버리고 떠났음을 상징하려고 그가 사용하던 무기를 매장한 것인데 이것이 치우의 시체를 묻은 무덤으로 오인되기도 했다. 공손발의 남은 물건을 묻은 무덤도 생겼고 후세 사람들은 이것을 치우의 아낙 견(絹)부인의 무덤이라고 불렀는데, 공손발이 비단의 상징인 누조의 딸이라 그리 부른 것이다. 지금도 치우의 무기나 말을 묻은 무덤의 이야기가 전해지는 것은 이런 까닭이다.

이로써 탁록 전투는 치우천왕의 승리로 끝났다. 헌원은 패배를 인정하고 항복한 셈이며 통치권도 그대로 보존받았다. 그러나 헌원은 이후 이전 자신의 행동과 많은 전쟁을 일으킨 일을 깊이 후회하여 황제의 이름과 통치권을 버리고 사방으로 도를 닦으러 다녔다. 마지막 순간 발의 일에 대한 후회가 헌원에게 깨달음을 준 것이라는 사람도 있었고 치우비의 간절한 기원이 헌원의 정신을 맑게 해 주었다는 이야기도 있으나 확인할 수 없는 일이다. 그의 자리는 전욱에게로 이어져 이후 그는 유망의 후손인 공공과 지나족의 지배권을 놓고 큰 싸움을 하기도 한다. 살아남은 풍후, 이주 등은 죽을 때까지 전욱을 섬겼다.

신도 울루는 비울걸과 싸우다가 탁록대전이 끝나자, 싸움을 멈추고 이야기를 나누었는데, 이상하게 마음이 통해 죽이 맞았다. 이후 이들은 세상을 버리고 함께 귀신과 도깨비 등을 연구한다며 산으로 들어갔고, 다시 나타나지 않았다. 울라트의 도깨비 부대와 알한의 용병 부대는 후에 모두 치우비의 뒤를 따라갔는데, 치우천왕은 그들을 너그러이 보내 주었다. 비냐는 무라를 만난 후 카린으로 돌아갔고, 모든 부족장들도 돌아가 승리를 자축했다.

전쟁은 끝났지만 발의 저주를 고칠 방법이 없었기 때문에 치우비는 먼 곳으로 떠날 수밖에 없었다. 그녀가 있는 곳은 가뭄이 들게 되고 자칫 주술이라도 쓰면 땅과 나무까지도 죽어 버리니 떠나는 수밖에 없었다. 치우비가 떠나갈 때, 멀리서 이것을 보던 치우천왕은 눈물을 흘리며 맥달에게 말했다.

"드디어 비도 자기 행복을 찾아가는구려. 정말…… 정말 다행이오. 내 평생 비를 부려 먹기만 하고 편하게 해 준 적이 없는데……. 비가 한 일을 보시오. 헌원의 마음을 돌릴 수 있으리라고는 나도 전혀 생각 못했소. 그가 얼마나 큰 일을 했는지 아시오? 저런 비가 내 아우요! 내 하나밖에 없는 아우란 말이오……."

치우천왕은 하루 종일 맥달에게 아우 이야기를 했고 나중에 치우비가 떠난 후에도 아우 이야기만 나오면 시간 가는 줄을 모르고 이야기를 나누었다. 치우천왕은 이후 치우비를 두 번 다시 만나지 못했지만 아우를 한시도 잊은 적은 없었다.

뒷이야기

『한서지리지(漢書地理誌)』에 의하면 치우의 무덤은 동평군(東平郡) 수장현(壽長縣)
감향성(闞鄕城) 안에 있다고 하며 높이가 다섯 길이라 전한다.
진한(秦漢) 때 백성이 시월이 되면 제사를 지내는데 반드시 비단 폭과 같은
붉은 기운이 일어났다. 백성들은 이것을 치우기(蚩尤族)라 했다.
뛰어난 혼과 씩씩한 넋은 보통 사람과 달라서 천 년이 지나도록 사라지지 않았다.
치우씨가 비록 물러나 돌아왔지만 중토는 이 때문에 쓸쓸해지고,
유망이 다시 복위하지 못하여 염제의 뒤는 이로써 끊어지고 말았다.
이때부터 헌원이 대신 중토의 주인이 되어 황제(黃帝)가 되었다.
그러나 치우씨의 형제 여러 명이 오래도록 유청(幽青)에 살면서
그 명성과 위엄이 계속되었기 때문에 황제는 편안치 못했다.
그가 세상을 떠날 때까지 베개 한번 높이 베고 눕지 못했다고 한다.
―『규원사화(揆園史話)』에서

치우천왕은 하늘의 뜻을 이어 세상에 남은 주술의 힘을 없앴으며 탁
록 전쟁 이후 동북아 전체에 평화를 가져왔다. 신시의 문호를 넓혀 부족
간의 갈등을 없애고 글자를 사용하게 권장하였다. 그 외에도 치우천왕
의 업적은 수를 헤아릴 수 없지만, 치우천왕은 전투에서의 신화적인 활
약으로 수천 년 동안 군신으로 추앙받았으며 미아우족(묘족)은 지금도
치우천왕을 조상신으로 받들어 모시고 있다.

치우비는 공손발과 함께 가뭄에도 상관없는 땅을 찾아 여행을 떠났
다. 공손발과는 죽을 때까지 한 순간도 떨어지지 않았다. 그를 존경하는
수많은 인물들과 영웅들이 뒤를 따랐고 울라트의 도깨비 부대와 알한
의 용병 부대등도 치우비의 뒤를 따랐다. 결국 치우비는 많은 모험을 한

후 비가 거의 내리지 않는 고산 지대인 장당경(藏唐京. 지금의 티벳 부근)에 자신을 따르는 영웅, 용사들의 힘을 모아 스스로의 국가를 개척하여 임금이 되었다. 치우비는 평생 자신을 죄인이라 생각하고 주신으로 돌아가지 않았으나 사람을 보내서 형과 형수인 맥달과 계속 교분을 나누고 주신의 일은 힘이 닿는 대로 도왔다.

진몽희는 탁록 전투 후에도 치우비를 잊지 못하고 도움이 될까 하여 무라와 하백족과 함께 푸른 구슬을 빠뜨렸다는 탁강을 수색했다. 그러나 며칠이 걸려도 푸른 구슬을 찾지 못했는데 어느 날 강가에서 시체 한 구를 발견했다. 그 사람은 바로 헌원에 의해 살해된 상망이었는데 뒷목에 칼이 꼽힌 채 물에 떠 있었다. 그의 품에서 푸른 구슬이 나왔다. 상망이 죽지 않고 숨었다가 헌원이 구슬을 버릴 때 물로 뛰어들어 푸른 구슬을 찾은 것일 수도 있고, 죽은 상망의 혼이 끔찍이 위하던 발을 위해 그런 기적을 만든 것인지는 알 수 없었다. 진몽희는 푸른 구슬을 발견하고 뛸 듯이 기뻐했는데, 이후 그녀는 진몽희의 이름을 버리고 발을 치료하기 위해 치우비의 뒤를 따라갔다는 이야기가 전해진다.

한편 무라는 탁록 전투 이후 치우비가 행복을 찾아 떠나고 진몽희도 떠나자 홀로 신시를 등지고 개명수를 타고 여행을 다니다가 마음에 드는 산을 발견한다. 그 산이 바로 무산(巫山)이다. 이후 무라는 산에서 혼자 살았다. 사람들은 특이한 용모의 그녀를 산신이나 선인으로 섬기기도 하고 산귀(山鬼)라 부르기도 했다. 무라는 그곳에서 치우비와의 추억을 곱씹으며 살아갔다. 그녀의 조용한 품성과 특이한 외모는 후대에까지 전해져, 초나라의 대시인 굴원은 그의 작품 『초사』에서 무라를 묘사한 것으로 보이는 노래를 남겼다.

첩첩 깊은 무산 속에 예쁜 여인 살았는데
벽려풀 옷 걸쳐 입고 이끼풀 띠 둘렀다네.
눈빛 깊이 다정하고 사랑스런 미소 지어,
성품까지 자상하고 자태 또한 날렵했네.
적표(赤豹) 타고 나설 때면 문리(文狸) 따라 시중들며
백목련을 수레 삼고 계수나무 깃발 세워.
수레에는 그득 담긴 석란(石蘭), 두형(杜衡), 향기 속에
꽃 한 송이 살짝 꺾어 사랑하는 님 그리네.

(들어보게, 들어보게.
슬픈 그녀 노랫소리 그 얼마나 처연한지)

돌아감도 잊은 채로, 난 망연히 서 있네요.
나이 들어 이미 황혼, 누구라면 무엇이면
잃어버린 내 젊음을 돌려줄 수 있을까요.
무산(巫山) 깊이 삼수초(三秀草)로 내 미모를 찾을래도
바윗돌은 첩첩하고 엉킨 넝쿨 어지러워.
돌아감도 잊은 채로, 한탄하며 그저 서서
탄식하다 이제 나는 우리 님을 원망해요.
우리 님은 정말 나를 기억하고 있는가요.
아니라면 너무 바빠 찾을 틈도 없는가요.

— 굴원, 『초사(楚辭)』 중 「구가(九歌)」 산귀(山鬼) 편

❈ 주신족 ❈

치우천(蚩尤天, 희네)

이야기의 주인공. 성인이 되기 전의 이름은 희네인데 얼굴이 희고 여자보다 잘생긴 용모를 지녔기에 그런 이름을 얻었다. 치우비의 쌍둥이 형이지만 이란성 쌍둥이라 닮지는 않았다. 주신의 사울아비로 이야기의 장을 여는 인물이다. 힘은 세지 않으며 절맥(絶脈)으로 인해 다리를 절어서 말조차 잘 타지 못하는, 사울아비로서는 크나큰 단점을 지녔지만 뛰어난 지략과 올곧은 마음, 큰 그릇을 가진 청년이다. 후에 주신 14대 자오지 한웅으로 등극하는 치우천왕이 바로 그이다.

치우비(蚩尤飛, 나래)

치우천의 동생이며 치우천과 함께 이야기의 주인공. 비길 데 없는 힘과 침착함과 성실함을 타고난 장사이며 대용사이다. 치우천의 쌍둥이 동생이며 언뜻 둔해 보이지만 실은 그렇지 않다. 형 치우천을 숭배하여 형의 말이라면 무엇이든 따르며, 형을 누구보다 좋아하고 형을 가장 잘 알고 감탄하는 사람이기도 하다. 따를 자가 없을 정도의 힘과 용맹을 지녀 대영웅으로 알려지지만 의외로 수줍고 아이들을 좋아하는 따뜻한 성격이다.

⊗ 지나족 ⊗

공손헌원(公孫軒轅)

후에 황제(黃帝)로 알려지게 되는 지나족의 대족장, 우두머리. 핏줄로는 주신족 갈래였던 소전(小典)의 아들이지만 스스로는 지나족이라 굳게 생각하고 있다. 역시 비길 데 없이 큰 그릇과 지략, 큰 뜻을 품은 영웅으로 흩어져 있는 지나족을 모아 하나로 뭉치게 하고 결국에는 주신을 정복하여 모든 부족을 통일하려는 야망을 지닌 인물이다. 중국(지나인)의 시조로 받들어지는 인물이기도 하다.

공손발(公孫魃)

헌원의 막내딸로 버릇없이 자라 망나니처럼 보이는 유쾌한 아가씨이다. 치우비와 만난 것 때문에 인생이 바뀌게 되고 후일 엄청난 비극의 주인공이 된다. 천하를 통일하려는 생각뿐인 아버지를 따르기 싫어하고 반항하여 성격마저 제멋대로인 말썽꾼처럼 보이지만, 속마음은 곱고 따뜻하다. 뛰어난 용모이지만 제멋대로인 성격 때문에 남자들은 그녀를 슬슬 피한다.

유망(炎帝神農, 염제 신농)

헌원 이전에 지나족을 지배했던 대부족장. 염제라는 직함과 신농이라는 직함을 가지고 있는데 최초에 농사와 약을 알아내 가르쳤다는 신농씨의 후손이다. 대영웅의 그릇을 가졌으나 독과 마약 때문에 서서히 몸과 마음을 잠식당하여 파멸해 가는 비운의 영웅이기도 하다.

❀ 기타 종족 ❀

현녀(玄女)

애굽 출신. 죄를 짓고 피신한 우루 왕국에서 금기시되어 있는 비밀을 알고 난 후 갈라쉬에게 쫓겨 수십 개 나라를 전전하다가 헌원의 밑에까지 오게 된다. 지나 말에 능숙하고 지금껏 거쳐 온 모든 지역 말들을 할 줄 안다. 상황파악이 빠르며 교활하고 주술에 뛰어나다. 지나족에서 입지를 굳히기 위해 헌원을 부추겨 싸움을 크게 만들기도 한다.

갈라쉬

수메르의 우루에서 절대적으로 금기되어 있는 비밀을 알아낸 현녀를 추적해 주신까지 오게 된다. 많은 나라를 거치면서 그만큼 많은 통역을 거느리고 있다. 주술을 다루는 현녀와 맞서기 위해 온갖 주술이 통하지 않는 문신을 새겼다. 우루 왕국과 주신 사이에 동맹을 맺고 자신의 손으로 현녀를 해치울 날을 기다리고 있다.

❀ 선인 ❀

맥달

선인 발귀리의 자손이며 미래를 손바닥처럼 내다볼 수 있는 능력을 지닌 천하의 재녀. 미래를 보는 무서운 능력 때문에 아기일 때 버림받고 자부 선인에게 구원받아 신수인 맥에 의해 키워졌다. 그 때문에 치우천에게 맥달이라는 이름을 받는다. 미래를 내다보는 힘에 대해 끝없는 부담을 느끼지만 치우천에 대한 애정 때문에 모든 것을 견디어 낸다. 후에 우사의 지위에 오르며 『해동감결』을 쓰게 되는, 최고의 대예언가이다.

⊞ 신수 ⊞

자오지

주신이 가장 숭배하고 높이 친 신수로, 다리가 셋 달리고 불과 광채를 뿜
는다. 주신에서 가장 신성하게 여기는 솟대 끝에 새길 정도이며, 이는 자오
지가 과거 안파견 한의 전설에서 큰 역할을 했기 때문이라 전해진다. 시일이
지나며 그 전설조차도 잊히고 변형되어 자오지는 해 속의 불까마귀나 삼족
오. 봉황 등으로 변해 가지만 주신 자체를 상징하는 존재가 신성한 새라는
사실은 변하지 않는다.

치우천왕기 6 : 자오지 한웅

1판 1쇄 2011년 5월 7일 | 1판 15쇄 2025년 3월 19일

지은이 이우혁

책임편집 임지호 | 편집 지혜림
디자인 윤종윤 이원경 | 저작권 박지영 형소진 오서영 조경은
마케팅 정민호 서지화 한민아 이민경 왕지경 정유진 정경주 김수인 김혜원 김예진
브랜딩 함유지 박민재 김희숙 이송이 김하연 박다솔 조다현 배진성
제작 강신은 김동욱 이순호 | 제작처 영신사

펴낸곳 (주)문학동네 | 제작처 김소영
출판등록 1993년 10월 22일 제2003-000045호

주소 10881 경기도 파주시 회동길 210
대표전화 031) 955-8888 | 팩스 031) 955-8855 | 전자우편 elixir@munhak.com
인스타그램 @elixir_mystery | X(트위터) @elixir_mystery

ISBN 978-89-546-1462-7 04810
       978-89-546-1456-6 (세트)